KB045314

리틀 라이프 2

한야 야나기하라 장편소설 | 권진아 옮김

리틀 라이프 2

A LITTLE LIFE

SIGONGSA

일러두기

1. 도서명과 잡지, 신문 등은 《 》로, 미술작품과 영화, 노래 제목 등은 〈 〉로 표시했습니다.
2. 본문의 주는 모두 옮긴이의 주입니다.

A LITTLE LIFE

차례

5부

행복한 시절

1

서른여덟 살이 되고 한 달쯤 지난 어느 날, 윌럼은 자기가 유명해졌다는 걸 깨달았다. 처음에는 상상했던 것보다 덜 혼란스러웠다. 어떤 면에서 그는 늘 자신을 일종의 유명인이라고 생각했으니까. 그와 제이비 이야기다. 주드나 누군가와 다운타운에 나갔다가 누군가 주드에게 다가와서 인사하면, 주드는 그를 이렇게 소개했다. "애런, 윌럼 알지?" 그럼 애런은 말했다. "물론이지. 윌럼 라그나르손. 다들 윌럼을 알지." 하지만 그건 그의 작품 때문이 아니라 애런의 전 룸메이트의 여동생이 예일에서 그와 데이트했기 때문이거나, 그가 2년 전 애런의 친구의 형의 친구인 극작가의 낭독회를 해줬기 때문이거나, 화가인 애런이 예전에 제이비와 아시안 헨리 영과 단체전을 했고 뒤풀이 파티에서 윌럼을 만났기 때문일 것이다. 뉴욕 시에서 보낸 성인기는 거의 대학 시절의 연장이었고, 가끔 그곳 토대 자체가 보스턴에서 들어 올려 로어맨해튼과 브루클린 외곽 몇 블록 반경 내에 쿵 떨어뜨려놓은 것 같았다. 그들 넷은 대학 시절과 같은 사람들, 뭐 똑같은 사람들은 아니더라도 적어도 같은 종류의 사람들과 이야기했고, 그 예술가와 배우와 음악가들의 영역에서는 물론 그는 유명인이었다. 늘 그랬으니까. 그건 별로 크지 않은 세계, 모두가 모두를 아는 그런 세계였다.

넷 중에서 오직 주드만, 그리고 어느 정도는 맬컴도 다른 세상, 삶에 필요한 일들—법을 만들고, 사람들을 가르치고 치료하고, 문제를 해결하고, 돈을 다루고, 물건을 사고파는 일—을 하는 사람들이 살아가는 진짜 세상에 산 경험이 있었다(늘 생각했지만, 더 놀라운 건 그가 애런을 안다는 게 아니라 주드가 애런을 안다는 거였다). 서른일곱이 되기 직전, 그는 〈플라타너스 법정〉이라는 잔잔한 영화에서 뒤늦게 커밍아웃하는, 조그만 남부 마을의 변호사 역할을 했다. 그는 아버지 역할을 맡은 배우와 함께 작업하려고 그 역을 맡았다. 그가 존경하는 배우로, 영화에서는 과묵하고 무심하게 독설을 퍼부어대며, 아들을 인정하지 않고 그 실망감 때문에 무정해지는 인물을 연기했다. 역할 조사차 그는 주드에게 하루 종일 어떤 일을 하는지 정확하게 설명해달라고 했고, 그 이야기를 들으면서 그는 자기가 절대 이해할 수 없는 방식으로 똑똑하다고 생각하는 주드가 너무나 압도적으로 지루한, 집안일의 지적 버전 같은 일을 하면서 인생을 보낸다는 게 약간 슬퍼졌다. 그건 청소하고 분류하고 세탁하고 정리한 다음, 다음 집으로 옮겨 전부 새로 다시 시작하는 것과 다를 바 없었다. 물론 그런 말은 하지 않았고, 어느 토요일 그는 로젠 프리처드에서 주드를 만나 주드가 글을 쓰는 동안 그의 폴더와 서류들을 구경하면서 사무실 안을 얼쩡거렸다.

"자, 어떻게 생각해?" 주드가 의자에 기대앉아 그를 보고 싱긋 웃으며 질문했고, 그도 마주 웃으며 대답했다. "꽤 인상적인데." 그 나름의 방식으로 정말 그랬다. 주드는 웃었다. "무슨 생각 하는지 알아, 윌럼. 괜찮아. 해럴드도 그렇게 생각하니까. '크나큰 낭비'라고." 그는 해럴드의 목소리로 말했다. "'크나큰 낭비야, 주드.'"

"그런 생각 하는 거 아냐." 그는 항의했지만, 사실은 그랬다. 주드는 늘 자신의 상상력 부족, 벗어날 수 없는 실용적 정신을 한탄했지만, 윌럼은 한 번도 그가 그렇다고 생각해본 적이 없었다. 사실 낭비 같았다. 로펌에서 일해서가 있어서가 아니라 법조계에 있어서였다. 그는 주드 같은 마인드를 가진 사람은 정말로 뭔가 다른 걸 하고 있어야 한다고 생각했다. 뭔지는 몰랐지만, 이건 아니었다. 말도 안 되는 생각이라는 건 알고 있었지만, 그는 주드가 로스쿨을 다닐 때도 그가 실제로 변호사가 될 거라고는 한 번도 진심으로 믿지 않았다. 늘 어느 순간 그가 그걸 그만두고, 수학 교수나 성악 교사, (심지어 그때도 그 아이러니를 깨달았지만) 심리학자 같은 다른 걸 할 거라고 상상했다. 그는 남의 이야기를 너무 잘 들어줬고 늘 친구들에게 위안이 되는 존재였으니까. 주드가 자기 일을 사랑하고 있고 그 일에 탁월하다는 게 분명해진 후에도 자기가 왜 주드에 대해 이런 생각을 고집하고 있는지 알 수가 없었다.

〈플라타너스 법정〉은 예상치 않게 흥행했고, 윌럼은 역대 최고의 호평을 받으며 수상 후보에도 올랐다. 더구나, 촬영은 2년 전에 마쳤지만 후반 작업 때문에 개봉이 연기되고 있던 대작 영화와 나란히 극장에 걸려, 심지어 자신조차도 지금이 자신의 위치가 바뀌는 순간이라는 걸 느낄 수 있을 정도였다. 그는 늘 현명하게 역할을 선택—자신에게 탁월한 재능이라는 게 있다고 말할 수 있다면, 바로 역을 고르는 재능이라고 그는 늘 생각했다—했지만, 그해까지는 자리를 제대로 잡았다거나 50대나 60대에 자기가 하고 싶은 영화를 거론할 수 있을 거라는 생각을 해본 적이 한 번도 없었다. 주드는 늘 그에게 일에 대한 신중함이 지나치다고, 생각보다 더 잘하고 있다고 말했지만, 한 번도 그런 느낌이 든 적이 없었다. 동료들과 비평가들로부터 존중받는 건 알지만, 마음 한구석에는 늘 그게 경고도 없이 갑작스레 끝나버릴 거라는 두려움이 자리하고 있었다. 그는 실제적인 것과는 거리가 먼 분야에서 실제적인 사람이었고, 일을 맡을 때마다 친구들에게 다음 일은 없을 거라고, 이게 분명 마지막 일일 거라고 말하곤 했다. 한편으로는 두려움을 쫓아버리기 위해서였고—가능성을 인정해주면 실제로 일어날 가능성이 낮아질 것 같았다—한편으로는 그게 사실이니까 하는 소리였다.

나중에 주드와 둘이만 남게 되면, 그제야 그는 진짜 소리 높여 걱정하곤 했다. "다시는 일을 못 하게 되면 어떡하지?"

"그런 일은 없을 거야."

"그래도 만약 그렇게 되면?"

"음." 주드는 심각하게 말했다. "만에 하나 네가 다시는 연기를 못 하게 된다면, 다른 걸 할 거야. 그리고 그걸 찾아내는 동안은 우리 집에 와서 살면 돼."

물론 또 일을 할 거라는 건 알고 있었다. 그건 믿어야만 했다. 모든 배우들이 다 그랬다. 연기는 일종의 사기여서 자기가 자기를 믿지 못하면 다른 모든 사람들도 못 믿게 된다. 그래도 그는 여전히 주드가 거듭 안심시켜주는 게 좋았다. 혹시라도 정말 연기를 그만두게 된다면 어딘가 갈 데가 있다고 해주는 게 좋았다. 가끔 그답지 않게 유독 자기연민이 강한 날이면, 연기를 그만두게 되면 뭘 할지 생각하곤 했다. 장애아들과 일할 수도 있겠지. 그건 잘할 수 있을 테고, 즐겁게 할 수 있을 것이다. 로어이스트사이드의 어느 초등학교에서 서쪽으로 소호까지 걸어가 그린 스트리트로 걸어오는 자신의 모습을 상상했다. 물론 그의 아파트는 교육학 석사 학비를 대느라 팔았을 테고(이 꿈속에서는 그가 지금까지 번 그 수백만 달러의 돈, 쓰지도 않은 수백만 달러의 돈은 어쩐지 다 사라졌다), 그는 지난 20년이 전혀 존재하지 않았던 것처럼 주드의 아파트에서 살고 있을 것이다.

하지만 〈플라타너스 법정〉 이후로 이 침울한 환상들은 점점 줄어들었고, 서른일곱 살 후반기에는 이전에 한 번도 가져보지 못한, 자신감에 가까운 감정을 느꼈다. 뭔가가 달라졌다. 뭔가 단단해졌다. 그의 이름이 어딘가 돌에 새겨졌다. 그에게는 늘 일이 있을 것이다. 원하면 약간 쉴 수도 있을 것이다.

9월이었고, 그는 촬영장에서 돌아와 곧 유럽 프로모션 투어에 오를 예정이었다. 뉴욕에서 딱 하루의 시간이 있었고, 주드는 원하는 어디든 데려가주겠다고 말했다. 두 사람이 만나 점심을 먹은 후에, 그는 다시 차에 올라 런던행 비행기를 탈 공항으로 갈 예정이었다. 뉴욕에 온 지 너무 오랜만이어서 그는 정말 다운타운의 어디 싸고 편안한 곳, 20대 때 갔던 베트남 국수집 같은 데 가고 싶었지만, 그러는 대신 주드가 멀리까지 움직이지 않아도 되도록 미드타운에 위치한 해산물로 유명한 프랑스 식당을 골랐다.

레스토랑은 경영인들, 부와 권력을 양복 재단과 섬세한 시계로 전달하는 부류의 인간들로 가득 차 있었다. 무슨 메시지가 오가는지 이해하려면 자기도 돈과 권력이 있어야 했다. 겉보기에는 그냥 다 회색 양복을 입은 다 똑같아 보이는 남자들이었다. 여주인이 나와서 그를 기다리고 있는 주드에게 안내해줬고, 주드가 일어서자 그는 다가가서 꼭 껴안았다. 주드가 그런 걸 좋아하지 않는다는 건 알고 있지만, 어쨌거나 그는 그러기로 최근 결심했다. 그들은 회색 양복의 남자들을 양쪽에 둔 채 껴안고 서 있다가, 그가 주드를 놓아주고 자리에 앉았다.

"나 때문에 좀 당황했지?" 그가 묻자 주드는 미소 지으며 고개를 흔들었다.

짧은 시간 사이에 너무 논의할 게 많아서 주드는 실제로 영수증 뒤에 의사일정을 적었고 그걸 본 그는 웃음을 터뜨렸지만 결국에는 거의 그 순서를 그대로 따라 이야기했다. 다섯 번째 화제(맬컴의 결혼: 축배 때 무슨 이야기를 할 것인가)와 여섯 번째 화제(내부를 다 들어내는 중인 그린 스트리트 아파트의 진행 상황) 사이에 그는 화장실에 가려고 일어섰는데, 테이블로 돌아오는 도중 누군가 지켜보고 있다는 불안한 느낌이 들었다. 물론 그는 감정당하고 검사당하는 데 익숙했지만, 이 시선, 그 강도와 침묵의 질에는 뭔가 다른 데가 있었다. 오랜만에 처음으로 그는 자기가 양복이 아니라 청바지를 입고 있다는 사실에, 자기가 이 분위기에 어울리지 않는다는 생각에 자의식을 느꼈다. 사실 다른 사람들은 다 양복을 입고 있었고, 그렇지 않은 사람은 그 하나뿐이었다.

"옷을 잘못 입고 온 것 같아." 그는 다시 앉으며 조용히 주드에게 말했다. "다들 쳐다보고 있어."

"네 옷 때문에 쳐다보는 게 아냐." 주드는 말했다. "네가 유명하니까 쳐다보는 거지."

그는 고개를 흔들었다. "너랑, 그야말로 몇십 명 정도한테나 그런 거지."

"아냐, 윌럼." 주드는 말했다. "너 그래." 그는 미소 지었다. "왜 여기서 너한테 재킷을 입으라고 안 한 것 같아? 법인 양복을 입지 않은 사람은 아무나 들여보내지 않는 곳이야. 왜 이 에

피타이저들을 계속 갖다준다고 생각하는 거야? 나 때문이 아니야. 장담해." 이제 그는 웃음을 터뜨렸다. "도대체 왜 여길 고른 거야? 다운타운 어디를 고를 줄 알았는데."

윌럼은 끙끙댔다. "크루도*가 좋대서. 그런데 그건 또 무슨 소리야? 여기 복장 규정이 있어?"

주드가 다시 웃으며 대답을 하려는데, 분별 있어 보이는 회색 양복 하나가 다가와 역력히 당황한 기색으로, 방해해서 미안하다고 사과했다. "그냥 〈플라타너스 법정〉 정말 좋았다고 말씀드리고 싶었습니다." 그는 말했다. "정말 팬입니다." 윌럼은 감사하다고 했고, 50대 정도 되어 보이는 그 남자는 뭐라고 더 말하려다가 주드를 보더니 분명히 알아보는 기색으로 눈을 깜박거리며 잠시 빤히 쳐다봤다. 분명 머릿속에서 주드를 재분류하면서 그에 대해 아는 바를 재정리하고 있는 중이었다. 그는 입을 열었다가 닫더니 다시 사과하고 떠났고, 주드는 내내 평온한 얼굴로 그를 바라보며 미소 짓고 있었다.

"보라고." 주드는 남자가 허둥지둥 가고 나자 말했다. "저 사람은 뉴욕에서 제일 큰 로펌 소송분과 팀장이야. 그런데 완전히 네 팬이잖아." 그는 윌럼에게 씩 웃어 보였다. "이제 네가 유명하다는 걸 제대로 알겠어?"

"명성의 척도가 20대 RISD** 여자 졸업생과 비밀 게이들이 알아봐주는 거라면, 그럼 맞아." 그는 말했고, 둘은 진정이 될 때까지 어린애처럼 킬킬거리며 웃기 시작했다.

주드가 그를 쳐다봤다. "잡지 표지들에 실리고도 자기가 유명하지 않다고 생각할 수 있는 사람은 너밖에 없을 거야." 그는

---

*돼지 뒷다리를 익히지 않고 통째로 소금에 절여 만든 음식.

**로드아일랜드 스쿨 오브 디자인. 프로비던스에 있는 사립예술학교.

다정하게 말했다. 하지만 그 잡지 표지들이 나왔을 때 윌럼은 현실에 있지 않았다. 그는 세트장에 있었다. 세트장에서는 다들 유명인처럼 행동했다.

"그건 달라. 도무지 설명을 못 하겠네." 하지만 나중에 공항으로 가는 차 안에서 그는 그 차이가 뭔지 깨달았다. 그렇다, 그는 남들의 시선에 익숙했다. 하지만 어떤 종류의 공간에서 어떤 종류의 사람들의 시선을 받는 데만 익숙했다—그와 자고 싶어 하거나, 자기 경력에 도움이 될까 해서 이야기하고 싶어 하거나, 그가 알아볼 수 있는 사람이라는 단순한 사실만으로 뭔가 간절하고 미친 듯한 갈망이 솟구쳐서 그와 같이 있고 싶어 하는 사람들의 시선. 하지만 다른 할 일이 있는 사람들, 뉴욕의 배우보다 걱정할 더 크고 중요한 일들이 있는 사람들의 시선을 받는 데는 익숙하지 않았다. 뉴욕에는 배우들이 사방에 널려 있다. 힘 있는 사람들이 그를 쳐다보는 건 개봉일뿐이다. 그런 날이면 그는 영화사 사장들에게 소개되고 악수를 나누며 함께 대화하지만, 그러는 중에도 그들이 그가 얼마나 제대로 시험을 통과했는지, 출연료는 얼마나 지불했는지, 그들이 그를 더 자세히 보려면 영화가 얼마나 돈을 벌어들여야 할지 계산기를 두드리고 있는 걸 알 수 있었다.

하지만 이상하게도 이런 일—방이나 레스토랑, 건물에 들어가면 일순 모든 게 살짝 정지하는 느낌을 받곤 했다—이 점점 잦아질수록, 그는 자기의 가시성을 껐다 켰다 할 수 있다는 걸 깨닫기 시작했다. 사람들이 알아볼 거라고 생각하면서 레스토랑에 들어가면 늘 실제로 그랬다. 그렇지 않을 거라고 생각하고 들어가면 좀처럼 시선을 받지 않았다. 그 차이를 만드는 게 그저 자신의 의지 외에 정확히 뭔지는 알 수가 없었다. 하지만 그건 통했다. 그래서 그날 점심식사 후 6년 뒤, 주드 집으로 들어간 이후에도 그는 소호를 그냥 편하게 돌아다닐 수 있었다.

주드의 자살 시도가 있은 뒤 집에 돌아온 후부터 그는 그린 스트리트에서 살았고, 몇 달이 지나면서 자기 물건들(처음에는 옷, 다음에는 노트북, 다음에는 책 상자들과 모닝커피를 끓일 때 몸에 두르고 돌아다니는 제일 아끼는 울 담요. 너무 돌아다니며 살아서 필요하거나 소유한 것도 별로 없었다)이 옛날 쓰던 침실에 점점 더 많이 쌓이고 있다는 걸 깨달았다. 1년 후에도 그는 여전히 거기서 살고 있었다. 어느 날 아침 그는 늦게 일어나 커피를 끓이고(주드에게 커피메이커가 없었기 때문에 자기 걸 가져와야 했다) 잠에서 덜 깬 채로 아파트 안을 이리저리 돌아다니다가, 어찌 된 일인지 자기 책들이 이제 주드 책장에 꽂혀 있고 자기가 가져온 그림들이 주드의 벽에 걸려 있다는 걸, 마치 처음 보는 것처럼 깨달았다. 언제 이렇게 된 거지? 딱히 기억나진 않았지만, 이게 맞다 싶었다. 여기 돌아오는 게 옳은 일 같았다.

어바인 씨마저 동의했다. 지난봄 맬컴 생일 때 맬컴 집에서 만났을 때, 어바인 씨는 말했다. "다시 주드 집에 들어갔다며." 그는 영원한 청춘에 대한 설교를 들을 태세를 갖추며 그렇다고 대답했다. 결국 그는 곧 마흔넷이었고, 주드는 거의 마흔둘이었다. 하지만 어바인 씨는 말했다. "넌 좋은 친구야, 윌럼. 둘이 서로 잘 돌봐주니 좋구나." 어바인 씨는 주드의 자살 시도에 큰 충격을 받았다. 물론 다들 마찬가지였지만, 어바인 씨는 친구들 중 주드를 가장 좋아했고, 모두들 그걸 알고 있었다.

"고맙습니다, 어바인 씨." 그는 놀라며 말했다. "저도 좋아요."

주드가 병원에서 퇴원한 후 쓰라렸던 처음 몇 주 동안, 윌럼은 주드가 살아 있는지 확인하려고 새벽 시간 그의 방에 들어가곤 했다. 그 당시 주드는 계속 잠만 잤고, 그는 가끔 침대 끝자락에 앉아 주드를 쳐다봤다. 주드가 여전히 그들과 함께 있다는 게 무시무시하게 경이롭게 느껴졌다. 리처드가 20분만 더 늦게 발견했어도 주드는 죽었을 것이다. 퇴원한 지 한 달쯤 됐을 때, 윌럼은 편의점에 갔다가 선반에 걸린 커터 칼을 보고 거의 울 뻔했다. 너무 중세적이고 잔인한 도구 같았다. 응급실 외과의가 주드의 상처가 이제껏 본 중 가장 깊고 결연한 자해 상처였다고 말했다는 걸 앤디에게 들었다. 주드가 불안하다는 건 늘 알고 있었지만, 이렇게 주드에 대해 아는 게 없다는 게, 그가 자신을 해칠 결심을 그렇게 모질게 했다는 게 거의 두려워지기까지 했다.

어떤 면에서 그는 지난 26년 동안보다 지난 몇 년 사이에 주드에 대해 더 많이 안 것 같았고, 새로 알게 된 사실들은 끔찍했다. 주드의 이야기들은 그가 대답해줄 채비가 되지 않은 그런 이야기들이었다. 수많은 이야기들이 대답할 수조차 없는 것들이었다. 손등의 상처 이야기—그게 첫 번째 이야기였다—는 너무 지독해서 윌럼은 그날 밤 잠들지 못하고 밤을 꼬박 새웠다. 그저 누군가와 그 이야기를 나누고 싶어서, 말없이 그냥 같이 있고 싶어서 해럴드에게 전화를 걸까 하고 심각하게 고민하기까지 했다.

다음 날 그는 주드의 손에서 시선을 뗄 수가 없었고, 주드는 결국 소매로 손등을 가렸다. "너 때문에 자꾸 의식되잖아."

"미안해." 그가 대답했다.

주드는 한숨을 쉬었다. "윌럼, 이런 식으로 반응하면 이야기 안 할래." 조금 있다 그는 말했다. "괜찮아, 정말이야. 오래전 일이었어. 전혀 생각도 안 해." 그리고 또 말을 멈췄다. "이런 이야기들을 해도 날 다르게 안 봤으면 좋겠어."

그는 심호흡을 했다. "응. 네 말이 맞아. 네가 옳아." 그래서 이제 주드가 해주는 그런 이야기들을 들을 때면, 그는 아무 말도 하지 않으려고, 어떤 조그맣고 무심한 소리라도 내지 않으려고 신경 썼다. 마치 친구들이 모두 식초에 흠뻑 적신 벨트로 기절할 때까지 매질을 당했거나 자기가 바닥에 토해놓은 토사물을 강제로 먹기라도 했던 것처럼, 마치 그게 어린 시절의 정상적인 관례인 것처럼. 하지만 이런 이야기들을 들어도, 그는 여전히 아무것도 몰랐다. 여전히 루크 수사가 누구인지 몰랐다. 수도원이나 고아원에 대한 조각조각 이야기들을 제외하고는 아무것도 몰랐다. 여전히 주드가 어떻게 필라델피아에 왔으며, 거기서 어떤 일이 있었는지도 몰랐다. 부상에 대한 이야기도 여전히 몰랐다. 하지만 주드가 그나마 더 쉬운 이야기들부터 하고 있는 거라면, 혹시라도 남은 이야기들을 듣게 되는 날이 온다면 그건 무시무시하게 소름 끼치는 이야기일 거라는 것 정도는 알 수 있었다. 거의 알고 싶지 않을 정도였다.

"샘 로이만이 그러던데 전화 안 했다며." 앤디가 말했다. "주드, 이건 멍청한 짓이야. 전화해야 해. 이건 퇴원 조건 중 하나였다고."

"앤디, 말했잖아요. 난 안 가요." 그 순간 주드가 말을 안 듣고 있는데도, 윌럼은 주드의 고집이 되돌아온 게 기뻤다. 2개월 전 모로코에 갔을 때, 저녁을 먹다 접시에서 고개를 들어보니 주드는 앞에 놓인 메제이* 접시들을 하나도 안 건드리고 물끄러

*여러 접시에 나오는 중동지방의 에피타이저.

미 바라만 보고 있었다. "주드?" 그가 묻자 주드는 두려운 얼굴로 그를 바라봤다. "뭐부터 시작하는지 모르겠어." 그는 조용히 말했고, 윌럼은 팔을 뻗어 각 접시에서 조금씩 음식을 덜어 주드의 접시에 놓고 그에게 맨 위에 있는 가지 스튜부터 시작해 시계 방향으로 먹으면 된다고 말해줬다.

"뭔가 해야 해." 앤디는 말했다. 앤디가 평정을 잃지 않으려고 애쓰고 있지만 잘 안 되고 있는 것도 보였고, 그것도 기분이 좋았다. 나름 정상으로 돌아오고 있다는 신호다. "윌럼도 그렇게 생각해, 맞지, 윌럼? 이런 식으로 계속 살 수는 없어! 넌 인생에서 굉장한 트라우마를 겪었어. 누군가와 이야기를 해야 한다고!"

"좋아요." 주드는 피곤한 표정으로 말했다. "윌럼한테 말할게요."

"윌럼은 건강관리 전문가가 아니야!" 앤디가 말했다. "배우라고!" 그 말에 주드가 그를 쳐다봤고, 두 사람은 웃기 시작했다. 어찌나 미친 듯이 웃었는지 들고 있던 음료수를 내려놓아야만 했고, 결국 앤디는 이렇게 덜 자란 것들한테 자기가 왜 신경을 쓰고 있는지 모르겠다며 일어나 나가버렸고, 주드가 뒤에서 그를 불렀지만—"앤디! 우리가 미안해요! 가지 마요!"—너무 웃느라 무슨 말인지 알아들을 수도 없었다. 주드의 웃음소리를 듣는 건 몇 달 만에 처음이었다. 심지어 그 시도 전에도 그는 별로 웃지 않았다.

나중에 진정하고 나서 주드가 말했다. "있잖아, 난 가끔 너한테 이야기하면 어떨까 생각했어, 윌럼. 하지만 네가 괜찮겠어? 부담이 되지 않을까?" 그는 물론 괜찮다고, 자기도 알고 싶다고 대답했다. 늘 알고 싶었지만, 그 말은 하지 않았다. 그게 비판처럼 들릴 수 있다는 걸 그는 알고 있었다.

하지만 주드가 원래대로 돌아갔다고 아무리 믿고 싶어도, 그는 또한 변했다. 어떤 것들, 예를 들어 이야기를 하는 건 좋은 변화였다. 일부는 슬픈 변화였다. 손에 점점 기운이 돌아오긴 했지만, 덜해지긴 해도 여전히 간혹 떨렸고, 그럴 때면 주드는 당황했다. 그리고 어느 때보다 신체적 접촉에 민감했고, 특히 해럴드에게 더 예민했다. 한 달 전, 해럴드가 왔을 때 주드는 거의 과장되다 싶은 동작으로 그의 포옹을 피했다. 해럴드의 표정을 보자 안됐다는 생각이 들어서, 윌럼은 자기가 대신 포옹했다. "일부러 그러는 거 아니라는 거 아시죠." 그는 해럴드에게 조용히 말했고, 해럴드는 그의 뺨에 키스했다. "넌 정말 착해, 윌럼."

시도 이후 13개월이 지난 10월이었다. 그는 밤에는 극장에 있었다. 12월에 공연을 마치고 나서 두 달 후, 스리랑카에서 돌아온 후 처음으로 영화 촬영에 들어갔다. 〈반야 삼촌〉*을 각색한 영화로, 그는 흥분했고 촬영은 허드슨밸리에서 이루어지고 있었다. 그는 매일 밤 집으로 돌아올 수 있었다.

촬영 장소는 우연이 아니었다. "뉴욕에 계속 있게 해줘." 작년 가을 러시아에서 찍는 영화에서 빠지면서 그는 매니저와 에이전트에게 지시했다.

"얼마 동안?" 에이전트인 키트가 물었다.

"모르겠어." 그는 말했다. "적어도 내년까지는."

"윌럼." 키트는 침묵을 지키다 말했다. "너랑 주드가 얼마나 가까운지는 이해해. 하지만 지금 이 여세를 이용해야 한다고 생

*러시아 극작가 안톤 체호프의 희곡.

각 안 해? 하고 싶은 건 뭐든 할 수 있다고." 그는 대히트를 기록한 〈일리아드〉와 〈오디세이〉 이야기를 하고 있었다. 이건 원하는 건 뭐든 할 수 있는 증거라고, 키트는 즐겨 말하곤 했다. "내가 아는 주드라면 나랑 똑같은 소리를 할 거야." 그리고 그가 아무 말도 하지 않자 말했다. "주드가 네 아내나 애나 그런 것도 아니잖아. 네 친구라고."

"'그냥 친구일 뿐'이라는 말이겠지." 그는 퉁명스럽게 말했다. 키트는 키트였다. 그는 에이전트답게 생각했고, 그는 키트의 사고방식을 신뢰했다. 그는 배우 생활을 시작할 때부터 함께한 사람이었고, 그와 싸우고 싶지 않았다. 키트는 늘 그를 잘 인도해줬다. "과한 것도 땜빵도 없어." 그는 윌럼의 역할사를 돌이켜보며 으스대길 좋아했다. 둘 다 키트가 그보다 훨씬 더 야심만만하다는 걸 알고 있었다. 늘 그랬다. 하지만 리처드의 전화가 왔을 때, 스리랑카에서 출발하는 첫 번째 비행기에 그를 태운 것도 키트였다. 프로듀서들에게 제작을 일주일 동안 중지하게 해서 그가 뉴욕에 다녀올 수 있게 한 것도 키트였다.

"화나게 하려는 건 아니지만, 윌럼." 키트는 조심스레 말했다. "네가 주드를 사랑한다는 거 알아. 하지만 좀. 뭐 네 일생의 사랑이라거나 하면 이해하겠어. 하지만 이건 너무 극단적이야, 네 경력을 이런 식으로 막는 건."

하지만 그는 가끔 자기가 누군가를 주드만큼 사랑할 수 있을까 싶었다. 물론 주드 자체가 좋지만, 주드와 같이 지내는 게, 자기를 그렇게 오랫동안 알아온 사람이 있다는 게, 그날 자기의 모습을 늘 있는 그대로 받아들여줄 거라 믿을 수 있는 사람이 있다는 게 편안했다. 그의 일, 그의 삶 자체가 가장과 가면극이었다. 그와 그를 둘러싼 상황은 모든 게 끊임없이 변했다. 머리,

몸, 그날 밤 어디서 잘지. 가끔 그는 자기가 밝은색 병에서 밝은색 병으로 계속해서 따라지고 있는 액체, 한 번 옮길 때마다 조금은 흘리고 조금은 남는 액체 같다는 생각이 들었다. 하지만 주드와의 우정은 자기에게도 진짜배기, 변하지 않는 뭔가가 있다는 느낌을, 가장으로 이루어진 삶 속에도 본질적인 뭔가가 있다는 느낌을, 자기가 못 볼 때조차 주드는 알아봐주는 뭔가가 있다는 느낌을 줬다. 마치 주드가 지켜봐주고 있다는 게 자기를 진짜로 만드는 것 같았다.

대학원 때 한 선생님은 최고의 배우들은 가장 지루한 사람들이라고 말했다. 배우는 자아를 사라지게 만들어야 하기 때문에 자의식이 강한 건 도움이 되지 않는다. 배우는 자신을 캐릭터에 녹아들게 해야 한다. "개성 있는 사람이 되고 싶다면, 팝스타가 돼라." 선생님은 말했다.

그는 그 말에 담긴 지혜를 이해했고, 지금도 이해하고 있지만, 사실 그들은 다 자아를 갈망했다. 배우 생활을 오래할수록 자신이 생각하는 자신으로부터 정처 없이 멀어져가고, 원래 자리로 돌아가는 길을 찾기가 더 어려워진다. 그렇게 많은 동료들이 다 그렇게 망가진 게 과연 놀랄 일일까? 그들은 다른 사람 흉내를 내면서 돈을 벌고 인생을 살고 자기의 정체성을 만든다. 그렇다면 그들이 자기 인생을 모양 짓기 위해 끝없이 다음 촬영장, 다음 무대를 필요로 하는 게 놀랄 일인가? 그게 없다면 그들은 무엇이며 누구란 말인가? 그래서 그들은 뭔가 자기만의 것을 가지려고 종교를, 여자친구를, 대의를 찾는다. 그들은 자지도, 멈추지도 않고, 혼자 있는 걸, 자기가 누구인지 질문해야만 하는 걸 두려워한다. ("배우가 이야기를 하는데 아무도 듣는 사람이 없으면, 그래도 배우일까?" 한번은 친구 로먼이 물었다.

그는 가끔 그게 궁금했다.)

하지만 주드에게, 그는 배우가 아니었다. 그는 그의 친구였고, 그 정체성이 다른 모든 것을 대신했다. 그건 그가 너무 오래 살아온 역할이라 지울 수 없는, 자기 자신이 됐다. 주드에게는, 주드 자신이 일차적으로 변호사가 아니듯이 그도 일차적으로 배우가 아니었다. 그건 그들이 상대방을 묘사할 첫 번째도, 두 번째도, 세 번째 방식도 아니었다. 다른 사람인 척하면서 인생을 살기 전 그의 모습—형이 있는 사람, 부모가 있는 사람, 모든 것과 모든 사람을 인상적이고 흥미진진하게 보던 사람—이 어땠는지 기억하는 사람은 주드였다. 자기의 과거 모습, 다른 사람이 되려고 굳게 결심했던 시절의 자신을 기억하는 사람들을 원하지 않는 배우들도 있었지만, 그는 그런 사람이 아니었다. 그는 과거의 자신을 일깨워주는 사람을 원했다. 그는 절대 자기가 배우라는 사실을 가장 흥미로운 것으로 여기지 않을 사람 옆에 있고 싶었다.

정직히 말해서, 그는 주드와 함께 오는 사람들, 해럴드와 줄리아도 사랑했다. 주드의 입양은 그가 처음으로 주드가 가진 것에 부러움을 느꼈던 일이었다. 그는 주드가 가진 것들—그의 지성과 사려 깊음, 풍부한 지식—을 늘 대단하게 생각했지만, 그를 질투해본 적은 없었다. 하지만 해럴드와 줄리아가 주드와 함께 있는 모습을, 주드가 그들을 보고 있지 않을 때조차 그를 바라보는 그들의 눈빛을 보면서, 그는 공허함 같은 걸 느꼈다. 주드는 부모님이 없었고 대부분 그 생각은 전혀 하지 않고 살았지만, 자신에게 부모님은 소원하기는 해도 적어도 그를 그의 삶에 붙들어 매어주는 존재였다는 걸 느꼈다. 가족이 사라지자, 그는 공중을 부유하는 종잇조각, 바람이 휙 불 때마다 위로 날

아가는 종잇조각이었다. 그와 주드는 그 점에서 하나였다.

물론 이 부러움이 말도 안 되고 터무니없이 치사하다는 건 알았다. 그는 부모님 밑에서 자랐고, 주드는 아니었다. 그리고 해럴드와 줄리아가 자신이 품은 애정만큼이나 그를 사랑한다는 것도 알고 있었다. 그들은 그의 영화를 하나도 빠짐없이 다 봤고, 그의 연기에 대한 칭찬과 동료 연기자들과 촬영 기술에 대한 지적인 논평을 포함한 길고 자세한 감상을 보냈다. (그들이 절대 보지 않은—적어도 논평하지 않은—유일한 영화는 주드가 자살하려 했을 때 찍고 있었던 영화 〈시나몬 왕자〉였다. 그도 그 영화는 한 번도 보지 않았다.) 그들은 그에 관한 기사—리뷰와 마찬가지로 그는 기사들도 피했다—는 다 읽었고, 그의 기사를 실은 잡지란 잡지는 다 샀다. 생일에는 전화를 걸어 뭘 하면서 축하할 거냐고 물었고, 해럴드는 그가 몇 살이 되는 건지 상기시키곤 했다. 크리스마스에는 늘 책과 함께, 전화할 때나 메이크업 의자에 앉아 있을 때 주머니에 넣고 만지작거릴 수 있는 웃기는 조그만 선물이나 재치 있는 장난감 같은 걸 보냈다. 추수감사절이면 줄리아는 주드와 함께 부엌에서 음식을 만들고, 그와 해럴드는 거실에 앉아 게임을 보며 이런 대화를 나눴다.

"우리 감자칩이 다 떨어져가고 있어." 해럴드가 말한다.

"알아요."

"가서 좀 더 가져오지그래?"

"집주인이 해야죠."

"넌 손님이잖아."

"제 말이요."

"주드 불러서 좀 더 가져오라 그래."

"직접 부르세요!"

"아니, 네가 불러."

"좋아요." 그러면 그는 고함을 쳤다. "주드! 해럴드가 감자칩 더 원하신대!"

"너 정말 대화의 신이구나, 윌럼." 해럴드는 주드가 사발을 더 채우러 오면 말하곤 했다. "주드, 이건 순전히 윌럼의 생각이야."

하지만 해럴드와 줄리아가 그를 사랑하는 건 대체로 그가 주드를 사랑하기 때문이라는 걸 그는 알고 있었다. 그가 주드를 돌봐주는 걸 신뢰한다는 걸 알고 있었다. 그들에게 그는 그런 존재였고, 그는 상관없었다. 그게 자랑스러웠다.

하지만 최근 그는 주드에 대한 감정이 달라지고 있었고, 그 감정을 어떻게 해야 좋을지 몰랐다. 어느 금요일, 그와 주드는 소파에 앉아 별것 아닌 이야기를 나누고 있었다. 그는 극장에서 막 돌아왔고 주드는 방금 퇴근한 참이었다. 그러다 어느 순간 그는 거의 몸을 숙이다시피 해서 주드에게 키스했다. 하지만 그는 멈췄고, 그 순간은 지나갔다. 하지만 그 이후로 그런 충동을 다시 느꼈다. 두 번, 세 번, 네 번.

그는 걱정되기 시작했다. 주드가 남자여서가 아니었다. 전에도 남자와 섹스해본 적은 있었다. 그가 아는 사람들은 다 그랬다. 대학 시절 어느 날 밤 제이비와 술이 떡이 돼서 지루함과 호기심에 서로 애무를 한 적도 있다(다행히도 둘 다에게 완전 별로인 경험이었다. "그렇게 잘생긴 사람이 어쩌면 그렇게 감흥이 없을 수가 있지?" 제이비는 말했다). 대부분 친구들에 대한 감정이 그렇듯, 주드에게 늘 일종의 억제된 끌림 같은 걸 느끼는 건 아니라서 걱정하는 것도 아니었다. 이유는 그가 뭔가를 시도한다면 정말 확신을 가져야만 했기 때문이다. 어떤 일에도 가볍지 않은 주드는 분명 섹스에 대해서도 가볍지 않으리라고 그는 확신하고 있었다.

주드의 성생활, 그의 성 정체성은 그를 아는 모든 사람들, 특히 윌럼의 여자친구들이 늘 궁금해하던 화제였다. 주드가 없을 때는 간혹 셋이서—그와 맬컴과 제이비—도 그 화제를 입에 올린 적 있었다. 주드는 섹스를 하고 있을까? 한 적은 있을까? 누구랑? 모두들 파티에서 주드를 쳐다보거나 수작을 거는 사람들을 봤지만, 그는 전혀 알아차리지 못했다.

"저 여자는 너한테 홀딱 반했다고." 파티에서 돌아가는 길에 그는 주드에게 말하곤 했다.

"어떤 여자?" 이런 식이었다.

주드가 누구와도 그 문제는 이야기하지 않겠다는 태도를 너무 분명히 했기 때문에, 그들은 자기들끼리 그 이야기를 했다. 그 화제가 등장하면, 그는 특유의 눈길로 그들을 바라보며 도저히 오해할 수 없는 단호한 태도로 화제를 바꿨다.

"주드가 외박한 적 있어?" 제이비가 물었다(그와 주드가 리스페너드 스트리트에 살 때 이야기다).

"이봐들." 그는 말했다(그런 대화는 그를 불편하게 했다). "이 이야기는 안 하는 게 좋겠는데."

"윌럼!" 제이비는 말하곤 했다. "새침 떨지 마! 무슨 비밀을 누설하는 것도 아니잖아. 그냥 말해줘. 예스야 노야. 한 적 있어?"

그는 한숨을 쉬었다. "없어."

침묵이 흘렀다. "아무래도 무성애자인가봐." 잠시 후 맬컴이 말했다.

"아니, 그건 너고, 맬."

"꺼져, 제이비."

"동정일까?" 제이비가 물었다.

"아니." 그는 말했다. 왜 아는지는 알 수 없지만, 그는 주드가 동정이 아니라고 확신했다.

"그건 정말 낭비야." 제이비는 말했고, 그와 맬컴은 다음에 무슨 소리가 나올지 알았기 때문에 서로 쳐다봤다. "그런 얼굴을 낭비하다니. 그 얼굴은 내가 가졌어야 해. 나라면 적어도 사람들이랑 즐거운 시간을 보냈을 거라고."

시간이 지나자, 그들은 그걸 주드의 일부로 받아들이게 됐다. 그 화제를 거론하지 않을 목록에 넣었다. 해가 가고 또 가도 주드는 아무와도 데이트하지 않았고, 누구와 만나는 모습도 보지 못했다. "어쩌면 주드는 아주 화끈한 이중생활을 하고 있는지도 몰라." 리처드는 한때 이런 가설을 내밀었고, 윌럼은 어깨만 으쓱했다. "그럴지도." 하지만 아무 증거도 없긴 하지만, 사실 그는 그게 아니라는 걸 알고 있었다. 마찬가지로 증거도 없지만, 그는 (아닐 수도 있지만) 주드가 어쩌면 게이라고, (비록 정말로 틀리길 바랐지만) 어쩌면 한 번도 연애를 해보지 않았을지 모른다고 추측했다. 주드가 아무리 아니라고 우겨도, 윌럼은 그가 외롭지 않을 거라고, 마음속 어두컴컴한 한구석에서 누군가와 함께 있고 싶어 하지 않을 거라고 절대 확신하지 않았다. 라이어넬과 싱클레어의 결혼식이 생각난다. 그때 맬컴은 소피와, 그는 로빈과, 제이비는—그때는 서로 이야기하지 않았지만—올리버와 왔고, 주드는 아무도 데려오지 않았다. 주드는 개의치 않아 보였지만, 윌럼은 테이블 너머로 주드를 보면서 안됐다고 생각했었다. 그는 주드가 혼자 늙어가는 걸 원치 않았다. 주드를 챙겨주고 주드에게 끌리는 사람과 같이 있기를 바랐다. 제이비 말이 맞았다. 그건 정말 낭비였다.

그래서, 이 이끌림은 그런 걸까? 두려움과 동정이 더 기분 좋은 형태로 변한 건가? 주드가 혼자 있는 걸 보는 게 견딜 수가 없어서 주드한테 끌린다고 자기를 설득하고 있는 건가? 그건 아니라고 생각했다. 하지만 알 수가 없었다.

예전이라면 이 문제를 제이비와 의논했겠지만, 다시 친구로 지내고, 아니면 적어도 우정을 회복하려고 노력하고 있는 중이긴 하지만, 제이비에게 이런 이야기를 할 수는 없었다. 모로코에서 돌아온 후 주드는 제이비에게 전화를 걸어 둘이서 저녁을 먹으러 갔고, 한 달 후 윌럼과 제이비도 둘이서 저녁을 먹었다. 이상한 일이지만, 그는 주드보다 제이비를 용서하기가 더 힘들었다. 처음 만남은 대참사였다. 제이비는 과장스럽게 유쾌했고, 그는 속이 부글부글 끓었다. 결국 그들은 레스토랑 밖으로 나가 서로 소리를 질러대며 싸웠다. 인적 없는 펠 스트리트—가볍게 눈이 내리고 있어서, 길에는 아무도 없었다—에서 서로의 생색과 잔인함, 비합리와 자기도취, 독선과 나르시시즘, 순교주의와 멍청함을 비난해댔다.

"나만큼 자기를 증오하는 사람이 있을 것 같아?" 제이비가 그에게 소리 질렀다. (그의 네 번째 전시회, 잭슨과 함께했던 중독의 나날을 기록한 전시회의 제목은 "나르시시스트의 자기혐오 가이드"였다. 저녁을 먹으면서 제이비는 그 전시회로 스스로에게 막대하고 공개적인 벌을 줬으며 지금은 갱생했다고 몇 번이나 언급했다.)

"아니, 제이비." 그도 맞받아 고함질렀다. "주드는 네가 평생 할 자기혐오보다 훨씬 더 많이 자신을 혐오해. 그런데 넌 그걸 알면서도 주드가 자기를 훨씬 더 혐오하게 만들었잖아."

"내가 그걸 모를 것 같아?" 제이비가 소리 질렀다. "그 일로 내가 날 증오하지 않았을 것 같아?"

"난 충분한 것 같지 않아, 절대로." 그도 맞받아쳤다. "왜 그랬어, 제이비? 하고 많은 사람들 중에, 주드한테 왜 그랬어?"

그러자 놀랍게도 제이비는 좌절해서 길바닥에 철퍼덕 주저앉았다. "넌 왜 주드만큼 날 사랑해주지 않는 거야, 윌럼?" 그는 물었다.

그는 한숨을 쉬었다. "제이비." 그는 차가운 보도 위 제이비의 옆에 앉아 말했다. "넌 주드만큼 날 필요로 하지 않았잖아." 그것만이 이유는 아니었지만, 어느 정도는 그랬다. 살아오면서 누구도 그를 필요로 하지 않았다. 사람들은 그를—그에게서 섹스를, 프로젝트를, 심지어 우정을—원했지만, 주드만은 그를 필요로 했다. 주드에게만 그는 필수 불가결했다.

"있잖아, 윌럼." 제이비는 잠시 가만히 있다 말했다. "네가 생각하는 것만큼 주드가 너를 필요로 하지 않을 수도 있어."

그는 잠시 생각해봤다. "아니." 그는 마침내 말했다. "내 생각엔 그래."

이제 제이비가 한숨을 쉬었다. "사실," 그는 말했다. "네 말이 맞는 것 같아."

그 일이 있고 나서, 상황은 이상하게 나아졌다. 하지만 그가 아무리 다시—조심스럽게—제이비와 어울려도, 이 문제를 그와 이야기할 준비는 안 된 것 같았다. 그가 이미 X 염색체 가진 것들과는 다 자버려서 이제 Y 염색체 쪽으로 가고 있는 중이라거나, 이성애적 기준을 포기한다든가, 최악으로는 주드에게 느끼는 매력이 사실은 다른 것, 자살 시도에 대한 부적절한 죄책감이라거나 일종의 은인 행세라거나 방향을 잘못 찾은 단순 권태라거나 하는 농담을 듣고 싶지 않았다.

그래서 그는 아무 행동도, 아무 말도 하지 않았다. 시간이 가고 가벼운 데이트들을 하면서, 그는 자기 감정을 들여다보았다. 미쳤어, 그는 속으로 생각했다, 이건 좋은 생각이 아니야. 둘 다 사실이었다. 애초에 이런 감정이 없다면 훨씬 더 쉬울 텐데. 하지만 행동한다면 어떻게 되는 거지? 그는 마음속으로 논쟁을 벌였다. 모든 사람들에게는 행동하지 않는 게 나은 감정들이 있다. 행동해버리면 인생이 훨씬 더 복잡해진다는 걸 알기 때문이다. 백지에 타이프로 친 가상의 내면 대화—제이비와 자신의 가상의 대화—각본만 해도 몇 페이지는 됐다.

하지만 감정은 끈질기게 계속 남았다. 추수감사절에 그들은 2년 만에 처음으로 케임브리지에 갔다. 옥스퍼드에서 온 줄리아의 남동생이 위층 침실을 썼기 때문에 그와 주드가 한 방을 썼다. 그날 밤 그는 침실 소파에 누워 잠들지 못하고 주드가 자는 걸 바라봤다. 그는 생각했다, 그냥 침대 옆자리에 올라가 잠들어버리면 얼마나 쉬울까? 그건 거의 예정된 운명처럼 느껴졌고, 말도 안 되는 건 그 사실이 아니라 그 사실에 저항한다는 것이었다.

그들은 차를 몰고 케임브리지에 갔고, 집에 올 때는 그가 잘 수 있도록 주드가 차를 몰았다. "윌럼." 맨해튼에 들어오기 직전 주드가 말했다. "궁금한 게 있는데." 윌럼이 그를 쳐다봤다. "너 괜찮아? 마음에 걸리는 거 있어?"

"물론, 난 괜찮아." 그는 말했다.

"너 정말로, 뭔가 걱정 있는 것처럼 보여." 주드가 말했다. 그는 침묵했다. "있잖아, 네가 와서 같이 지내준 건 정말 큰 선물이었어. 그냥 너랑 같이 사는 것뿐만이 아니라, 모든 게. 네가 없었으면 어떻게 됐을지 생각할 수도 없어. 하지만 너한테는 분명 진 빠지는 일이라는 거 알아. 그래서 네가 확실히 알았으면 좋겠어. 다시 집에 가고 싶다면, 난 괜찮을 거야. 약속해. 날 망가뜨리는 짓 같은 건 하지 않을 거야." 주드는 길을 바라보면서 이야기했지만, 이제는 그를 돌아봤다. "어쩌다 내가 이렇게 운이 좋았나 몰라."

그는 잠시 아무 말도 할 수가 없었다. "내가 집에 돌아갔으면 좋겠어?"

주드는 침묵했다. "물론 아니야." 그는 매우 조용히 말했다. "하지만 난 네가 행복했으면 좋겠어. 그런데 넌 요즘 별로 행복해 보이지가 않아."

그는 한숨을 쉬었다. "미안해, 정신이 좀 딴 데 팔려 있었어. 네 말이 맞아. 하지만 절대 그건 너랑 살아서가 아니야. 난 너랑 같이 살 거야. 너랑 같이 사는 게 좋아." 그는 올바른, 완벽한 말을 덧붙이려고 머리를 쥐어짰지만, 생각나지 않았다. "미안해." 그는 다시 말했다.

"그러지 마." 주드가 말했다. "하지만 뭐든, 언제든, 이야기하고 싶으면, 아무 때나 이야기해."

"알았어." 그는 말했다. "고마워." 그들은 집까지 남은 여정을 말없이 달렸다.

그리고 12월이 됐다. 그의 공연이 끝났다. 휴가 동안 그들 넷은 인도에 갔다. 몇 년 만에 다 함께 가는 첫 여행이었다. 2월에 〈반야 삼촌〉 촬영이 시작됐다. 세트장은 그가 좋아하고 추구하지만 잘 찾기 힘든 그런 곳이었다. 사람들은 모두 전에 같이 일한 적 있는 사람들이었고, 다들 서로를 좋아하고 존중했으며,

감독은 텁북숭이에 온화하고 상냥한 사람이었고, 주드가 좋아하는 소설가가 한 각색은 아름답고 담백한 데다, 대사는 입에 올리는 게 기쁠 정도로 근사했다.

젊었을 때 〈시슬레인의 집〉이라는 연극에 출연한 적 있는데, 아버지 가족이 몇 세대 동안 소유해왔지만 더 이상 유지할 수가 없어서 세인트루이스의 집을 정리하고 떠나는 가족 이야기였다. 그들은 세트 대신 폐가가 된 할렘의 한 사암 건물 한 층에 무대를 꾸몄고 관객들은 밧줄로 둘러친 구역 밖에 있는 한이 방 저 방을 자유롭게 돌아다닐 수 있었다. 어디서 보느냐에 따라 배우들을 다른 각도에서 볼 수도 있고, 공간 자체를 볼 수도 있었다. 그는 가장 망가진 장남 역을 했고, 거의 1막 내내 입을 다문 채 식당에서 신문지로 접시를 쌌다. 그는 어린 시절을 보낸 집을 떠난다는 걸 상상하지 못하는 아들 역을 위해 신경성 틱을 설정했고, 부모 역 배우들이 거실에서 싸우는 동안 접시들을 놓고 부엌 근처 식당 구석에 딱 붙어 앉아 벽지를 조각조각 뜯어냈다. 그 막의 대부분은 거실에서 이루어졌지만, 늘 몇 명 정도의 관객들은 그의 방에 남아 그가 벽지를 뜯어 손가락 사이에 말아 바닥에 버리는 걸 지켜봤다. 그래서 매일 밤 한쪽 구석에는 마치 쥐가 조그만 둥지를 서툴게 짓고 있는 것처럼 벽지 조각들이 어수선하게 쌓였다. 힘든 연극이었지만 그는 그 연극을, 관객들과의 그 친밀함, 특이한 무대, 그 역할의 작고 세밀한 물질성을 사랑했다.

이 프로덕션은 그 연극과 굉장히 느낌이 비슷했다. 허드슨 강변에 자리한 도금시대 저택인 집은 장대했지만 삐걱거리고 추레해서—예전 여자친구인 필리파가 결혼하고 늙었을 때 살자고 상상한 그런 집이었다—감독은 그중 식당, 거실, 일광욕실,

세 개만 썼다. 관객 대신 그들이 공간 사이로 움직이면 따라오는 스태프들이 있었다. 하지만 일이 즐겁기는 해도, 마음 한구석에서는 그도 〈반야 삼촌〉이 지금 그가 할 수 있는 최상의 일은 딱히 아니라는 걸 알고 있었다. 세트장에서 그는 아스트로프 박사였지만, 그린 스트리트에 돌아오면 소냐였고, (그 희곡을 좋아하고 늘 좋아했고, 불쌍한 소냐를 사랑하고 가엾게 여겼지만) 소냐는 어떤 상황에서도 그가 할 수 있을 거라 생각한 역이 아니었다.* 그 영화에 대해 사람들에게 말하자, 제이비가 말했다. "그러니까 그건 젠더블라인드 캐스팅이구나." 그래서 그는 물었다. "무슨 소리야?" 제이비는 말했다. "어, 당연히 네가 엘레나 아니야?" 모두들 웃음을 터뜨렸고, 특히 그는 박장대소했다. 제이비의 이런 면이 좋았지, 그는 생각했다. 그는 언제나 자기가 아는 것보다 더 똑똑했다. "엘레나 역에는 너무 늙었지." 주드도 다정하게 거들었고, 다들 다시 웃었다.

〈반야〉 촬영 일정은 효율적이어서 36일밖에 안 됐고, 3월 마지막 주면 끝났다. 촬영이 끝난 직후 어느 날 그는 예전 여자친구이자 오랜 친구인 크레시와 트라이베카에서 만나 점심을 먹었다. 가볍고 보송보송한 눈을 맞으며 그린 스트리트로 걸어 돌아가면서 그는 늦겨울 뉴욕을 얼마나 좋아했는지를 새삼 떠올렸다. 날씨는 한 계절과 다음 계절 사이에서 정지되고, 주드가 매 주말 요리를 하고, 거리를 몇 시간씩 걸어 다녀도 개를 산책시키러 나온 몇몇 사람들 빼고는 아무도 볼 수 없는 늦겨울을.

처치 스트리트에서 북쪽으로 가다가 리드를 건너서 오른쪽에 있는 카페를 슬쩍 봤더니 앤디가 구석 테이블에 앉아 책을 읽고

*〈반야 삼촌〉에서 소냐는 아스트로프 박사를 오랫동안 짝사랑하는 인물이다.

있었다. "윌럼!" 앤디가 불렀고, 그는 그쪽으로 다가갔다. "여기서 뭘 하고 있어?"

"친구랑 점심 먹고 집에 가는 길이에요." 그는 말했다. "여기서 뭐 해요? 이렇게 멀리 다운타운에서."

"너희 둘과 그놈의 산책." 앤디는 고개를 저으며 말했다. "조지가 여기서 몇 블록 떨어진 곳 생일파티에 가서, 끝나면 데려가려고 기다리는 중이야."

"조지가 지금 몇 살이죠?"

"아홉 살."

"세상에, 벌써?"

"그러게."

"같이 있어줄까요?" 그가 물었다. "아니면 혼자 있고 싶어요?"

"아냐." 앤디는 말했다. 그는 책 사이에 냅킨을 끼워 위치를 표시했다. "있어줘." 그래서 그는 앉았다.

물론 그들은 잠시 뭄바이에 출장 간 주드, 〈반야 삼촌〉("그냥 아스트로프는 믿을 수 없는 도구라는 생각밖에 안 나." 앤디는 말했다), 4월 말에 브루클린에서 촬영을 시작하는 그의 다음 프로젝트, 병원을 확장하는 앤디의 부인 제인과 아이들 이야기를 했다. 조지는 막 천식 진단을 받았고, 베아트리스는 다음 해에 기숙학교에 가고 싶어 한다고 했다.

그리고 다음 순간 자제할 틈도 없이—자제해야겠다는 특별한 욕구도 들지 않았다—그는 앤디에게 주드에 대한 감정을 털어놓고 있었다. 그 감정이 뭔지, 어떻게 해야 할지 잘 모르겠다고, 그는 이야기하고 또 이야기했고, 앤디는 무표정한 얼굴로 들었다. 카페에는 두 사람밖에 없었고, 바깥에는 눈이 점점 더 빨리 세차게 내리고 있었다. 불안한 심정인데도 그는 마음이 차분해졌고, 누군가에게 이야기해서, 그리고 그 누군가가 그와 주드를 둘 다, 그것도 아주 오랫동안 아는 사람이어서 기뻤다. "이상하다는 거 알아요." 그는 말했다. "나도 그게 뭘까 계속 생각했어요, 앤디. 정말이에요. 하지만 마음 한구석에서는 늘 이렇게 될 운명이 아니었나 하는 생각이 들어요. 그러니까, 지금까지 수십 년 동안 데이트를 했지만, 한 번도 잘되지 않은 건 어쩌면 그러기로 되어 있어서가 아닐까, 결국 내내 주드와 같이할 운명이었던 게 아닐까요? 어쩌면 내가 이런 생각을 주입하는 걸 수도 있겠죠. 아니면 그냥 단순한 호기심일 수도 있고. 하지만 그건 아닌 것 같아요. 그보다는 나 자신을 잘 알고 있다고 생각해요." 그는 한숨 쉬었다. "내가 뭘 해야 할까요?"

앤디는 잠시 말이 없었다. "우선," 그는 말했다. "이상하다고 생각 안 해, 윌럼. 여러 면에서 말이 된다고 생각해. 너희 둘 사이는 늘 뭔가 다르고 특별했어. 그래서, 네가 여자친구들이 있는데도 난 늘 의아했지.

이기적으로 말하자면, 멋진 일이라고 생각해. 널 위해서, 하지만 특히 주드를 위해서 말이야. 네가 주드와 사귀고 싶어 한다면, 그건 주드가 받을 수 있는 최고의 선물, 최고의 치유 선물이 될 거야.

하지만 윌럼, 만약 시작하려면 넌 주드에게, 주드와 같이 있는 것에 책임질 준비 같은 걸 하고 시작해야 해. 네 말이 맞아. 넌 그냥 좀 노닥거리다가 빠져나오지 않을 거니까. 이런 말을 한다고 내가 뭘 누설한다거나 하는 건 아니겠지. 너와 친밀한 관계가 되는 건 주드에게는 매우 힘든 일이 될 테고, 넌 정말로 인내심을 가지고 참아줘야 할 거야."

둘 다 말이 없었다. “그러니까 내가 행동을 한다면, 평생이라고 생각하고 해야 한단 말이군요.” 그는 앤디에게 말했고, 앤디는 그를 몇 초쯤 바라보다 미소를 지었다.

“뭐, 더한 종신형도 있잖아.”

“그럼요.”

그는 그린 스트리트로 돌아왔다. 4월이 왔고, 주드는 집에 돌아왔다. 그들은 주드의 생일—“마흔셋” 해럴드가 한숨을 쉬었다. “마흔셋이라니, 그 시절이 가물가물하구먼”—을 축하했고, 그는 다음 프로젝트 촬영을 시작했다. 대학원 시절부터 알고 지내던 오랜 여자친구 하나가 그가 부패한 형사 역으로 출연하는 영화에 아내 역으로 출연해서 그들은 몇 번 같이 잤다. 모든 것이 늘 그랬듯이 흘러갔다. 그는 일을 했고, 그린 스트리트의 집으로 돌아왔고, 앤디의 말을 생각했다.

그러던 어느 토요일 아침 그는 굉장히 일찍, 동이 트고 있는 순간 잠에서 깼다. 5월 하순이었고 날씨는 변덕스러웠다. 어떤 날은 3월 같다가, 어떨 때는 7월 같았다. 20미터 떨어진 곳에는 주드가 누워 있었다. 갑자기 그의 소심함, 혼란, 망설임이 다 어리석게 느껴졌다. 그는 집에 있었고, 집은 주드였다. 그는 주드를 사랑했다. 그는 주드와 함께할 운명이었다. 그는 주드에게 절대 상처 입히지 않을 것이다. 그는 그 정도로 자신을 믿었다. 그렇다면 두려워할 게 뭐가 있나?

〈오디세이〉 촬영 준비를 하면서, 대학 1학년 이후 다시 보지 않았던 《오디세이》와 《일리아드》를 다시 읽고 있을 때 로빈과 했던 대화가 생각났다. 처음 데이트를 시작했을 때 일이고, 둘 다 아직 상대방에게 잘 보이려고 애쓰던 때여서, 상대방의 전문 지식에 양보하면 마음이 들뜨던 그런 때였다. “그 시에서 가장

과대평가된 구절이 뭐야?" 그는 물었고, 로빈은 눈을 굴리다 암송했다. "'우린 아직 우리 시련의 끝에 도달하지 않았다. 또 한 번의 고난이 우리 앞에 놓여 있다. 무한하고 위험하고 위대하고 긴 고난이. 난 처음부터 끝까지 그에 용감하게 맞서야만 한다.'" 그녀는 우웩 하고 진저리 쳤다. "너무 뻔해. 게다가 웬일인지 온갖 실력 없는 미식축구팀들이 몽땅 다 경기 전 응원 구호로 이걸 쓰거든." 그녀는 덧붙였고, 그는 웃었다. 그녀가 익살맞게 그를 쳐다봤다. "당신 축구했잖아." 그녀는 말했다. "당신도 이 구절 제일 좋아했지?"

"절대 아니야." 그는 분노를 가장하며 말했다. 이건 늘 놀이만은 아니었던 그들만의 놀이의 일부였다. 그는 멍청한 배우, 더 멍청한 시골뜨기였고, 그녀는 그와 데이트하면서 그가 모르는 것들을 가르쳐주는 똑똑한 여자였다.

"그럼 좋아한 구절 말해줘." 그녀가 도전했고, 그가 말하자 로빈은 그를 빤히 쳐다보며 말했다. "흠. 흥미로운걸."

이제 그는 침대에서 일어나 하품을 하며 담요를 몸에 둘렀다. 그날 저녁 그는 주드에게 말할 것이다. 자기가 어디로 가고 있는지는 몰랐지만 안전할 거라는 건 알고 있었다. 그는 두 사람 다 안전하게 지킬 것이다. 그는 부엌에 가서 커피를 끓였고, 그러면서 그 구절을 혼자 속삭였다. 집에 올 때마다, 오랫동안 떠나 있다가 그린 스트리트에 돌아올 때마다 생각하는 그 구절을. "말해다오. 난 절대적 확신을 원한다. 내가 도착한 이곳이 정말 이타카인가?" 그를 둘러싼 아파트가 환한 빛으로 가득 찼다.

—

매일 아침 그는 일어나 3킬로미터를 수영하고 위층으로 올라와 앉아 아침을 먹고 신문을 읽는다. 친구들은 출근하는 길에 뭘 사는 대신 실제로 아침 준비를 한다는 사실, 그가 여전히 종이 형태의 신문을 배달받는다는 사실을 갖고 놀려대지만, 이 의식은 늘 그의 마음을 차분하게 해줬다. 심지어 고아원에 있을 때도 그때가 카운슬러들도 온화하고 다른 아이들도 너무 졸려서 그를 괴롭히지 않는 유일한 시간이었다. 그는 식당 구석에 앉아 책을 읽으며 아침을 먹었고, 그때만큼은 혼자 내버려져 있을 수 있었다.

그는 효율적인 독서가여서, 먼저 《월스트리트저널》을 훑어본 다음, 《파이낸셜타임스》를, 그리고 《뉴욕타임스》를 집어 들어 처음부터 끝까지 읽는다. 그때 그의 눈에 부고란 머리기사가 들어온다. "케일럽 포터, 52세, 패션 중역." 순간 입 안에 들어 있던 스크램블드에그와 시금치가 마분지와 풀로 변하고 그는 힘겹게 음식을 삼킨다. 구역질이 나고 모든 신경말단이 툭툭 살아나는 느낌이다. 기사를 세 번 더 읽고서야 사실들이 이해된다. 췌장암. "순식간이었다"고 동료이자 오랜 친구는 말했다. 그의 관리하에서 신생 패션브랜드 로스코는 아시아와 중동 시장으로 공격적으로 확장했을 뿐 아니라 최초의 뉴욕 부티크를 오픈했다. 그는 맨해튼 자택에서 사망했고, 유족으로는 몬테카를로에 사는 여동생 미카엘라 포터 드 소토와 여섯 명의 조카들, 그리고 역시 패션 중역인 연인 니콜라스 레인이 있다.

그는 잠시 동안 조용히 신문을 뚫어지게 쳐다보기만 했고, 결국 글자들은 눈앞에서 멋대로 재배열되어 회색 덩어리로 변한다. 다음 순간 그는 절뚝거리며 미친 듯이 허둥지둥 부엌 옆 화장실로 들어가 방금 먹은 것들을 다 토해내고, 긴 침 줄기가 나올 때까지 구역질을 한다. 변기 좌석을 내리고 기분이 나아질 때까지 손에 얼굴을 파묻고 앉아 있다. 면도날 생각이 절박하지만, 낮 동안에는 그러지 않으려고 늘 조심해왔다. 기분이 안 좋기도 하고, 아무리 인위적이더라도 한계를 정해야 한다는 걸 알기 때문이다. 그러지 않으면 하루 종일 팔만 긋고 있게 될 것이다. 최근 그는 자해를 하지 않으려고 굉장히 노력해왔다. 하지만 오늘 밤에는 예외를 허락해야겠다. 지금은 아침 7시. 열다섯 시간 후면 다시 집에 돌아온다. 낮 동안만 버티면 된다.

그는 접시를 식기세척기에 넣고 침실로 조용히 걸어가 욕실로 들어가 샤워를 하고 면도를 한 뒤, 우선 옷장과 침실 사이 문이 완전히 닫혔는지 확인한 다음 옷장에서 옷을 입는다. 이 시점에 그의 일과에는 새로운 단계가 하나 더해졌다. 지금 지난달 해오던 대로 한다면, 문을 열고 침대 왼쪽 편에 가서 앉아 윌럼의 팔에 손을 얹을 것이고, 그러면 윌럼이 눈을 뜨고 미소를 지을 것이다.

"나 나가." 그도 미소 지으며 말하고, 윌럼은 고개를 흔든다. "가지 마." 윌럼이 말하고 그는 대답한다. "가야 해." 그럼 윌럼은 또 말한다. "5분만." 그러면 그가 말한다. "5분만." 그리고 윌럼이 자기 쪽 담요를 젖히고 그가 그 아래로 들어가면, 윌럼이 그의 등에 바싹 붙고 그는 눈을 감고 윌럼의 팔이 몸을 감싸길 기다리며 영원히 이대로 있을 수 있길 바란다. 하지만 10분에서 15분 후면 그는 결국 내키지 않아 하며 일어나 딱히 윌럼의 입술 위는 아니지만 그 근처 어딘가에 키스하고—4개월이나 지났는데도 여전히 이 일이 편치 않다—출근한다.

하지만 오늘 아침, 그는 이 단계를 생략한다. 대신 식탁에서 잠깐 걸음을 멈추고 윌럼에게 일찍 나가야 해서 깨우고 싶지 않았다고 메모를 써놓고는, 문 쪽으로 걸어가다 다시 돌아와 《타임스》를 식탁에서 낚아챈다. 이게 얼마나 비이성적인 행동인지 알지만, 그는 윌럼에게 케일럽의 이름이나 사진, 어떤 증거도 보여주고 싶지 않다. 윌럼은 케일럽이 그에게 무슨 짓을 했는지 여전히 모르고, 그는 그가 아는 게 싫다. 케일럽의 존재 자체, 아니 이제 케일럽은 더 이상 존재하지 않으니, 그가 한때 존재했다는 것을 알게 되는 것조차 싫다. 팔 아래 따뜻한 신문이 마치 살아 있는 것 같고, 케일럽의 이름은 그 페이지 안에 담긴 시커먼 독성 매듭 같다.

그는 잠시라도 혼자 있을 수 있도록 차를 몰고 출근하기로 결정하지만, 차고에서 나가기 전 신문을 꺼내 다시 한 번 읽은 후 신문을 접어 서류가방에 넣는다. 그 순간 갑자기 그는 헉헉거리며 미친 듯이 흐느낀다. 횡경막에서 나오는 그런 종류의 흐느낌이다. 그는 평정을 되찾으려고 고개를 핸들에 기댄다. 이 기사에 얼마나 깊이 안도했는지, 지난 3년 동안 얼마나 겁에 질려 살았는지, 지금도 얼마나 굴욕과 수치심에 시달리는지, 이제야 스스로에게 인정할 수 있다. 그는 이러는 자신을 증오하면서 신문을 다시 꺼내 부고를 또 읽다가 "역시 패션 중역인 연인 니콜라스 레인" 부분에서 읽기를 멈춘다. 그는 생각한다. 케일럽은 니콜라스 레인에게도 그에게 한 짓을 했을까, 아니면—그는 분명 그렇지만—니콜라스는 그런 취급을 당할 필요가 없는 그런 사람일까? 니콜라스는 절대 그가 겪었던 경험을 하지 않았기를 바라지만, 한편 그는 그런 경험을 하지 않았을 거라고 확신하게 되자 더 격하게 운다. 그에게 폭력 사건 신고를 하게 하려고 애쓰면서 해럴드가 주장한 게 바로 그거였다. 케일럽은 위험한 사람이고, 그를 신고해서 체포하면 다른 사람들을 보호하게 된다는 주장이었다. 하지만 그는 그게 사실이 아니라는 걸 알고 있었다. 케일럽은 다른 사람들에게는 그에게 저지른 짓을 하지 않을 것이다. 케일럽이 그를 때리고 미워한 건 다른 사람들을 때리고 미워했기 때문이 아니다. 그가 그를 때리고 미워했던 건 케일럽 때문이 아니라 그 자신 때문이었다.

마침내 그는 겨우 마음을 진정하고는, 눈물을 닦고 코를 푼다. 울음. 케일럽과 보낸 시간의 또 다른 잔재. 몇 년 동안 그는 울음을 통제할 수 있었지만, 그날 밤 이후의 그는 늘 울고 있거나 울기 일보 직전이거나 울지 않으려고 기를 쓰는 상태 중 하나인 것 같다. 지난 몇십 년 동안의 진전이 온데간데없이 사라지고, 다시 루크 수사의 보호를 받는 눈물 많고 무력하고 상처 입기 쉬운 아이로 돌아간 것 같다.

막 차를 출발하려는데, 손이 떨리기 시작한다. 그는 이제는 기다리는 수밖에 없다고 체념하며 무릎에 손을 얌전히 올린 채 규칙적으로 심호흡하려고 애쓴다. 때로는 그게 도움이 된다. 몇 분 뒤 전화가 울릴 때에서야 손이 약간 진정됐고, 그는 전화를 받으며 목소리가 멀쩡하길 바란다. "아, 해럴드."

"주드." 해럴드가 말한다. 목소리가 어쩐지 기운이 없다. "오늘 《타임스》 읽었어?"

즉시 떨림이 심해진다. "네."

"췌장암은 죽기엔 아주 고약한 방법이지." 해럴드가 말한다. 냉혹하게 만족스러운 목소리다. "잘됐다. 난 기뻐." 침묵이 흐른다. "넌 괜찮으냐?"

"네." 그는 말한다. "네, 전 괜찮아요."

"연결이 자꾸 끊겨." 해럴드가 말하지만, 그는 아니라는 걸 안다. 손이 너무 심하게 떨려서 전화를 제대로 들고 있을 수가 없다.

"미안해요. 차고에 있어요. 저기, 해럴드, 이제 출근해야 해요. 전화해줘서 고마워요."

"좋아." 해럴드가 한숨을 내쉰다. "이야기하고 싶으면 전화하는 거다, 알았지?"

"네." 그는 말한다. "고마워요."

바쁜 날이다. 그는 그게 고맙고, 일 외에는 아무 생각 할 짬도 주지 않으려고 기를 쓴다. 오전 늦게 앤디에게 문자—그 새끼 죽은 거 봤겠지. 췌장암=끔찍한 고통. 괜찮아?—를 받고 괜찮다고 답을 보내고, 점심을 먹으며 마지막으로 부고를 읽은 후 신문 전체를 분쇄기에 쑤셔 넣고 컴퓨터로 돌아간다.

오후에 다음 프로젝트 건으로 만나는 감독이 저녁 약속을 미뤄서 11시 이전에는 집에 못 들어올 것 같다는 윌럼의 문자가 오고, 그는 안도한다. 9시에 그는 동료들에게 일찍 퇴근한다고 말한 다음 집으로 와 재킷을 벗고 소매를 걷고 시계를 풀면서 곧장 욕실로 들어간다. 첫 번째 상처를 낼 때쯤에는 갈급한 마음에 거의 호흡항진 상태다. 한 번에 두 개 이상 상처를 내본 게 거의 2개월 전 일이지만, 이제 그는 자제심을 버리고 긋고, 긋고, 또 긋는다. 드디어 호흡이 느려지면서 낯익고 편안한 텅 빈 느낌이 속에 내려앉는다. 일을 마친 후, 그는 소독하고 세수를 하고 부엌으로 가서 전 주말에 만들어놓은 수프를 데워 그날 첫 번째 식사를 하고 양치를 한 후 쓰러지듯 침대에 눕는다. 자해로 기운이 없지만, 몇 분 쉬고 나면 나아질 거라는 걸 안다. 목표는 윌럼이 돌아올 때까지는 정상이 되는 것, 윌럼에게 걱정거리를 주지 않는 것, 지난 18주간의 이 불가능하고 황홀한 꿈을 망쳐놓을 어떤 짓도 하지 않는 것이다.

윌럼이 자기 감정을 이야기했을 때, 그는 너무 당황하고 너무 믿을 수가 없었지만, 오로지 윌럼의 입에서 그 말이 나왔다는 것만으로 그게 무슨 끔찍한 농담은 아닐 거라고 믿었다. 윌럼에 대한 그의 믿음은 윌럼이 암시하는 엉터리 같은 소리보다 더 강력했다.

하지만 가까스로 믿을 정도일 뿐이었다. "무슨 소리야?" 그는 윌럼에게 열 번째로 물었다.

"너한테 관심 있다고 말하고 있는 거야." 윌럼은 참을성 있게 말했다. 그리고 그가 아무 말도 하지 않자 또 말했다. "주디, 난 그게 뭐 대단히 이상하다고 생각하지 않아, 정말로. 넌 나한테 그런 감정 느낀 적 없어, 이렇게 오랜 세월 동안?"

"아니." 그는 즉시 대답했고, 윌럼은 웃음을 터뜨렸다. 하지만 그는 농담이 아니었다. 그는 절대로 윌럼과 자신이 함께 있는 걸 상상할 정도로 주제넘은 사람이 아니었다. 게다가 자신은 윌럼의 짝으로 상상했던 사람이 아니었다. 그는 아름답고 (여자이고) 지적인 누군가, 자기가 얼마나 행운인지 알 사람, 윌럼도 행운아라고 느끼게 해줄 사람을 윌럼의 짝으로 상상했다. (어른들의 연애에 대해 그가 가졌던 수많은 상상과 마찬가지로) 이런 생각이 다소 얄팍하고 순진하다는 건 알았지만, 그렇다고 해서 그런 일이 있을 수 없는 건 아니었다. 그는 절대로 윌럼이 같이 있어야 할 사람이 아니었다. 그가 윌럼을 위해 소환한 이론적 환상의 여인을 버리고 윌럼이 그와 함께한다는 건 믿을 수 없는 전락이었다.

다음 날 그는 윌럼에게 왜 자기가 그와 함께하고 싶어 해서는 안 되는지 스무 가지 이유를 적은 목록을 내밀었다. 목록을 내밀자 윌럼은 살짝 재미있다는 표정을 지었지만, 읽기 시작하더니 표정이 바뀌었다. 그는 윌럼을 보고 싶지 않아서 서재로 물러났다.

잠시 후 윌럼이 문을 두드렸다. "들어가도 돼?" 그는 물었고, 그는 허락했다.

"2번을 보는 중이야." 윌럼이 진지하게 말했다. "이런 말 하긴 싫지만, 주드, 우린 같은 몸을 가지고 있다고." 그는 윌럼을 쳐다봤다. "네가 2센티미터 정도 더 크지만 서로 옷도 바꿔 입을 수 있다는 걸 상기시켜줄까?"

그는 한숨을 쉬었다. "윌럼." 그는 말했다. "내 말 무슨 뜻인지 알잖아."

"주드." 윌럼이 말했다. "이게 이상하고 예상하지 않았던 일일 거라는 거 알아. 네가 정말로 원하지 않는다면 난 물러나서 널 가만히 둘 거고, 우리 사이에 어떤 변화도 없을 거라고 약속할게." 그는 말을 멈췄다. "하지만 네 두려움과 자의식 때문에 나더러 너랑 있을 수 없다고 설득하려는 거라면, 뭐, 그것도 이해해. 하지만 시도조차 안 해보기엔 충분한 이유 같지 않아. 네가 원하는 만큼 천천히 갈 거야, 약속해."

그는 조용했다. "생각해봐도 돼?" 그는 물었고, 윌럼은 고개를 끄덕였다. "물론." 그는 대답하고 그를 혼자 두고 나와 미닫이문을 닫았다.

그는 생각에 잠긴 채 서재에 오랫동안 말없이 앉아 있었다. 케일럽 이후로 그는 이런 일은 절대 하지 않을 거라고 맹세했다. 윌럼이 자신에게 어떤 나쁜 짓도 하지 않을 거라는 걸 알지만, 그래도 그의 상상력은 제한되어 있었다. 그는 맞고, 발에 차여 계단 아래로 굴러떨어지고, 다시는 할 필요 없을 거라 다짐했던 일들을 억지로 하게 되는 걸로 끝나지 않을 관계를 상상할 수가 없었다. 그게 가능할까, 그는 질문했다. 자기가 심지어 윌럼처럼 좋은 사람마저 그런 결과로 내몰게 되지 않을까? 심지어 윌럼에게마저 일종의 증오를 불러일으킬 거라는 게 기정사실 아닐까? 역사—자기 자신의 역사—가 그에게 가르쳐준 교훈을 무시할 정도로 그렇게 간절히 누구와 함께 있고 싶은 걸까?

하지만 마음속에서 또 다른 목소리가 반박했다. '이 기회를 거절하면 넌 미친 거야. 상대는 네가 늘 믿어왔던 유일한 사람이라고. 윌럼은 케일럽이 아니야. 그는 절대 그런 짓 하지 않을 거야, 절대.'

그래서 마침내 그는 윌럼이 저녁을 차리고 있는 부엌으로 갔다. "좋아, 해보자."

윌럼은 그를 쳐다보며 미소 지었다. "이리 와." 그는 말했고, 그는 갔고, 윌럼은 그에게 키스했다. 그는 두려웠고 공포에 질렸고, 다시 한 번 루크 수사 생각이 났다. 이 사람은 두려워할 사람이 아니라 결국 윌럼이라는 사실을 잊지 않기 위해 그는 계속 눈을 뜨고 있었다. 하지만 막 긴장이 풀리며 빠져들려는 순간, 케일럽의 얼굴이 마음속에 파장처럼 스치고 지나갔고, 그는 캑캑거리고 손으로 입을 닦으며 윌럼에게서 떨어져 나왔다. "미안해." 그는 그에게서 등을 돌리고 멀어지며 말했다. "미안해. 이런 거 별로 잘하지 못해, 윌럼."

"무슨 소리야?" 윌럼이 그를 돌려세우며 말했다. "잘하기만 하는데." 그는 윌럼이 화나지 않았다는 안도감에 온몸의 긴장이 풀렸다.

그 이후로 그는 자기가 아는 윌럼과 자기에게 육체적 욕망을 느끼는 모든 사람들에 대해 흔히 하는 예상 사이에서 끊임없이 혼란을 겪었다. 마치 그가 알아온 윌럼이 다른 사람으로 바뀔 것 같고, 다른 관계에서는 다른 윌럼이 있을 것 같았다. 처음 몇 주 동안 그는 어쩌다 윌럼을 언짢게 하거나 실망시킬까봐, 그를 화나게 할까봐 벌벌 떨었다. 윌럼의 입에서 나는 커피 냄새를 못 참겠다는 말을 할 용기를 그러모으는 데 며칠이나 걸렸다(하지만 그 이유—루크 수사, 그 끔찍한 근육질의 혀, 늘 잇몸을 따라 끼어 있는 커피 가루—를 설명하진 않았다. 그가 케일럽에게 감사했던 몇 가지 중 하나가 커피를 마시지 않았다는 것이다). 그는 윌럼이 그만하라고 말할 때까지 사과하고 또 사과했다. "주드, 괜찮아." 그는 말했다. "내가 먼저 알아차렸어야 했는데. 정말로. 이젠 안 마실게."

"하지만 넌 커피를 좋아하잖아."

윌럼은 미소 지었다. "좋아하지, 그럼." 그는 말했다. "하지만 필요하지는 않아." 그는 다시 미소 지었다. "내 치과 의사가 좋아서 날뛸걸."

그리고 그 첫 달, 그는 윌럼에게 섹스에 대해서 이야기했다. 그들은 이야기하기 더 쉬운 밤에 침대에서 이런 대화들을 했다. 그는 밤을 늘 자해와 연결시켰지만, 이제 밤은 뭔가 다른 것이 되어가고 있었다. 윌럼을 만져도 자의식이 덜하고, 윌럼의 이목구비는 하나하나 다 볼 수 있으면서도 윌럼은 자기 얼굴을 못 보는 척할 수 있는 시간. 불 끈 방 안에서 윌럼과 나누는 이런 대화들이 밤을 대표했다.

"언젠가는 섹스하고 싶어?" 어느 날 밤 그는 윌럼에게 물었다. 입 밖으로 나오는 순간, 그 말은 이미 한없이 멍청하게 들렸다.

하지만 윌럼은 그를 비웃지 않았다. "그래. 그러고 싶어."

그는 고개를 끄덕였다. 윌럼은 기다렸다. "좀 시간이 걸릴 거야." 그는 마침내 말했다.

"괜찮아. 기다릴게."

"하지만 몇 달이 걸린다면?"

"그럼 몇 달 걸리는 거지." 윌럼이 말했다.

그는 생각해봤다. "그보다 더 오래 걸리면?" 그는 조용히 물었다.

윌럼은 손을 뻗어 그의 얼굴을 만졌다. "그럼 그러는 거지."

그들은 한참 동안 아무 말도 하지 않았다. "그동안 넌 어쩔 거야?" 그의 질문에 윌럼은 웃음을 터뜨렸다. "내가 자제심이 좀 있거든, 주드." 그는 미소 지으며 말했다. "너한텐 충격적일지 몰라도, 난 섹스 없이도 오랫동안 잘 지낼 수 있어."

"그런 건," 그가 가책에 시달리며 말을 시작했지만, 윌럼이 그를 붙잡더니 뺨에 요란하게 키스했다. "농담이야." 그는 말했다. "괜찮아, 주드. 네가 원하는 만큼 시간 가져."

그래서 그들은 여전히 섹스를 하지 않았고, 때로는 어쩌면 심지어 앞으로도 영원히 하지 않을지 모른다는 기대를 가져보기까지 한다. 윌럼의 육체, 그의 애정은 너무나 편안하고 자연스럽고 자발적이어서 그도 더 편안하고 자발적인 기분이 된다. 윌럼은 침대 왼쪽에서, 그는 오른쪽에서 잔다. 처음 같은 침대에서 잤던 날 그가 여느 때처럼 오른쪽으로 옆으로 돌아눕자, 윌럼이 자기 오른팔을 그의 목 아래 넣어 어깨를 감싸고 왼팔은 그의 배 위에 두르더니 다리를 그의 다리 사이에 집어넣고 몸을 바짝 붙였다. 그는 놀랐지만, 처음 불편을 극복하고 나자, 마치 포대기로 감싸지는 것 같은 그 느낌이 마음에 들었다.

하지만 6월 어느 날, 윌럼은 그러지 않았고, 그는 자기가 뭔가 잘못한 게 있을까봐 걱정이 됐다. 다음 날 아침—이른 아침은 낮에 이야기하기에는 너무 민감하고 어려운 문제들에 대해 이야기하는 또 다른 시간이었다—그는 윌럼에게 자기한테 화난 것이 있는지 물었고, 윌럼은 놀란 얼굴로 물론 아니라고 대답했다.

"그냥 궁금해서." 그는 더듬거리며 말했다. "어젯밤에는 네가—" 하지만 너무 부끄러워서 말을 마칠 수가 없었다.

하지만 그 순간 윌럼의 표정이 환해지더니, 그쪽으로 넘어와 그에게 팔을 감았다. "이거?" 그가 물었고, 그는 고개를 끄덕거렸다. "그냥 어젯밤에는 너무 더워서 그랬어." 그는 윌럼이 비웃길 기다렸지만, 그는 비웃지 않았다. "그것뿐이야, 주디." 그 이후로 윌럼은 에어컨도 공기에서 께느른함을 걷어내지 못하고 둘 다 땀에 축축하게 젖어 깨는 한이 있어도 매일 밤 똑같은 자세로 그를 안고 잤다. 이게 바로 그가 관계에서 내내 원했던 거라는 걸 그는 깨닫는다. 때로 케일럽도 잠깐 그를 안았고, 그러면 늘 다시 안아달라고, 더 오래 안아달라고 말하려는 충동을 참아야 했다. 하지만 지금 여기에는 그게 있다. 두려운 섹스 그 자체는 없되, 서로를 사랑하고 섹스를 하고 있는 건강한 사람들 사이에 존재하는, 그가 아는 모든 육체적 접촉이.

그는 도저히 윌럼에게 먼저 육체적 접촉을 시작하지도 못하고 해달라는 말도 못 하지만, 그래도 기다린다. 거실에서 윌럼 옆을 지나갈 때면 윌럼이 그의 팔을 잡아 끌어당겨 키스하거나 스토브 앞에 서 있으면 뒤에서 다가와 침실에서와 같은 자세—가슴과 배—로 그를 껴안는 매 순간을 기다린다. 그는 제이비와 윌럼이 자기들끼리도, 주위 모든 사람들과도 너무나 스스럼없이 육체적 접촉을 하는 걸 늘 감탄하며 지켜봤다. 자기와는 의식적으로 육체적 접촉을 피한다는 걸 그도 알고 있었고 그런 배려에 깊이 감사했지만, 때로는 그리운 생각이 들기도 했다. 때로는 그들이 자기 말을 듣지 않았으면, 자기에게도 다른 모든 사람들에게 하는 것처럼 상냥하면서도 대담하게 굴었으면 싶기도 했다. 하지만 그들은 절대 그러지 않았다.

그가 드디어 윌럼 앞에서 옷을 벗은 8월 말까지는 3개월이 걸렸다. 매일 밤 그는 긴소매 티셔츠와 헐렁한 바지를 입고 침대에 들었고, 매일 밤 윌럼은 속옷을 입고 침대에 들었다. "이러면 불편해?" 그는 물었고, 그는 그렇지 않았지만 고개를 저었다. 사실 완전히 싫은 건 아니지만 그래도 불편했다. 지난달 매일매일 그는 혼자 다짐했다. 옷을 벗고 끝내버려야지. 그날 밤 해야지. 어차피 언젠가는 해야 하니까. 하지만 그의 상상력이 갈 수 있는 곳은 거기까지가 한계였다. 그는 윌럼의 반응을, 혹은 그다음 날 그의 반응을 짐작할 수가 없었다. 그러다보면 밤이 됐고, 그들은 잠자리에 들고, 그의 결심은 무너지고 만다.

어느 날 밤, 윌럼이 그의 셔츠 안으로 손을 집어넣어 등을 만졌고, 그는 너무 화들짝 몸을 피하다 침대에서 떨어졌다. "미안해." 그는 윌럼에게 말했다. "미안해." 그는 침대 위로 다시 올라왔지만 매트리스 끝부분에 누워 더 이상 들어오지 않았다.

둘 다 말없이 누워 있었다. 그는 똑바로 누워 샹들리에를 쳐다봤다. "있잖아, 주드." 윌럼이 마침내 말했다. "난 너 셔츠 안 입고 있는 거 본 적 있어."

그는 윌럼을 쳐다봤고, 윌럼은 심호흡을 했다. "병원에서." 그는 말했다. "사람들이 드레싱을 갈면서 몸을 닦아주고 있었거든."

그는 눈시울이 뜨거워져서 다시 천장을 올려다봤다. "얼마나 봤는데?" 그가 물었다.

"다는 못 봤어." 윌럼이 그를 안심시켰다. "하지만 등에 흉터가 있는 건 알아. 그리고 팔도 봤고." 윌럼은 기다리다가, 그가 아무 말도 하지 않자 한숨을 쉬었다. "주드, 약속하지만 그건 네가 생각하는 그런 게 아냐."

"날 역겨워하게 될까봐 걱정돼." 마침내 그는 겨우 말했다. 케일럽의 말이 다시 떠올랐다. '넌 진짜 기형이구나. 정말 그래.' "절대 옷을 못 벗을 거라고는 생각 안 해." 그가 웃으려고, 이 상황을 농담으로 바꾸려고 애쓰며 물었다.

"그럼." 윌럼이 말했다. "왜냐하면 처음에는 안 좋을지 몰라도, 난 그게 너한테 좋을 거라고 생각하거든, 주디."

그래서 다음 날 밤 그는 그렇게 했다. 윌럼이 침대에 눕자마자, 그는 이불 밑에서 재빨리 옷을 벗은 다음 옆으로 돌아누워 등을 윌럼 쪽으로 돌렸다. 그는 내내 눈을 감고 있었지만, 윌럼이 그의 등, 정확히 어깻죽지 사이에 손바닥을 갖다 대자 격렬하게 울기 시작했다. 수치심으로 몸을 움츠린 채, 몇 년 동안 해본 적 없는 쓰라리고 울분에 찬 울음을 토해냈다. 계속해서 케일럽과의 그날 밤, 그가 그렇게 심하게 노출되었던 그 마지막 순간, 이렇게 심하게 울었던 마지막 순간이 생각났다. 자기가 왜 이렇게 동요하는지 윌럼은 조금밖에 짐작하지 못하리라는 걸, 지금 이 순간의 수치심—옷을 벗는 것, 다른 사람에게 자신을 맡긴다는 것—이 자기가 드러냈던 것에 대한 수치심만큼이나 크다는 것을 그는 모른다는 걸 알고 있었다. 말 자체보다 어조로 윌럼이 다정하게 달래주고 있다는 걸, 어쩔 줄 모르고 당황하면서 그의 기분을 풀어주려고 애쓰고 있다는 걸 느꼈지만, 마음이 너무 괴로워 윌럼이 뭐라고 하는지 알아들을 수도 없었다. 욕실에 가서 자해를 하려고 침대에서 빠져나오려 했지만, 윌럼이 그를 잡아 너무 꼭 껴안는 바람에 움직일 수가 없었고, 결국에는 어느 정도 진정했다.

다음 일요일 아침 늦게 잠에서 깨니, 윌럼이 그를 빤히 쳐다보고 있었다. 피곤해 보였다. "기분 어때?" 윌럼이 물었다.

밤의 기억이 떠올랐다. "윌럼." 그는 말했다. "정말, 정말 미안해. 너무 미안해. 뭣 때문에 그랬는지 모르겠어." 그는 그제야 자기가 여전히 아무것도 입고 있지 않다는 걸 깨닫고, 이불 밑으로 팔을 넣어 턱 아래까지 이불을 끌어당겼다.

"아냐, 주드." 윌럼이 말했다. "내가 미안해. 그게 너한테 그렇게 깊은 상처가 될 줄은 몰랐어." 그는 팔을 뻗어 그의 머리카락을 쓰다듬었다. 그들은 아무 말도 하지 않았다. "네가 우는 거 처음 봤어."

"뭐," 그는 침을 삼키며 말했다. "어쩐지 기대했던 것만큼 성공적인 유혹법은 아닌 것 같네." 그리고 윌럼을 바라보며 살짝 미소 지었고, 그도 마주 보고 미소 지었다.

그날 아침 그들은 침대에 그대로 누운 채 이야기를 나눴다. 윌럼은 그에게 흉터들에 대해 물었고, 그는 대답했다. 등에 상처가 어떻게 생겼는지 설명했다. 고아원에서 도망치려 하다가 잡혔던 날, 뒤이은 매질, 그 결과 생긴 감염, 등에서 며칠 동안 고름이 나왔던 것, 살에 박힌 빗자루대 가시 주위로 생겼던 물집들, 그 모든 게 끝났을 때 그에게 남은 것들. 윌럼은 다른 사람 앞에서 마지막으로 나체로 있어본 게 언제였는지 물었고, 그는 거짓말로—앤디를 제외하면—열다섯 살 때라고 말했다. 윌럼은 그의 몸에 대해 온갖 다정하고 믿을 수 없는 말들을 했고, 그는 그 말들을 무시하기로 했다. 사실이 아니라는 걸 알고 있었기 때문이다.

"윌럼, 만약 그만두고 싶다면 난 이해해." 그는 말했다. 그들의 우정이 다른 뭔가로 변할 수도 있다는 걸 다른 사람들에게 말하지 않기로 한 건 그의 생각이었다. 윌럼에게는 그렇게 하면 남들에게 구애받지 않고 서로 함께할 방법을 알아볼 여유가 있을 거라고 말했지만, 그는 그러면 윌럼에게 재고할 시간, 다른 사람들 의견을 두려워하지 않고 마음을 바꿀 수 있는 기회를 줄 수 있을 거라고 생각했다. 물론 이렇게 결심하면서 똑같이 비밀이었던 지난번 관계가 떠오르는 건 어쩔 수 없는 일이었다. 그는 이번은 다르다고, 그가 똑같이 만들어버리지만 않으면 이번은 다르다고 거듭 상기했다.

"주드, 물론 난 아니야." 윌럼이 말했다. "물론 아니야."

윌럼은 손가락 끝으로 그의 눈썹을 따라 그렸고, 전혀 성적이지 않으면서 애정 어린 그 동작에 어쩐지 마음이 안심됐다. "그냥 내가 너한테 계속해서 고약한 충격거리가 될 것 같아." 그가 마침내 말하자, 윌럼은 고개를 저었다. "충격일지는 몰라도, 고약하진 않을 거야."

그래서 그는 매일 밤 옷을 벗으려고 애쓴다. 어떤 때는 가능하고, 어떤 때는 불가능하다. 때로는 윌럼이 등과 팔을 만져도 괜찮지만, 또 어떨 때는 안 된다. 하지만 낮에는, 심지어 불빛만 있어도 윌럼 앞에서 옷을 벗을 수 없고, 영화나 엿들은 지식으로 아는, 연인들이 자기들끼리만 있을 때 한다고 하는 어떤 일들도 할 수 없다. 윌럼 앞에서 옷을 입을 수도, 같이 샤워를 할 수도 없다. 루크 수사와는 같이 샤워해야 했는데, 그게 너무 싫었다.

하지만 그의 자의식은 전염되지 않았고, 윌럼은 신기하게도 아무 때나 무심히 옷을 벗고 돌아다닌다. 아침이면 그는 윌럼의 이불을 젖히고 자는 그의 몸을 임상관찰이라도 하듯 엄밀히 쳐다보며 정말 완벽한 몸이라는 생각을 하다, 문득 이걸 보고 있는 사람이 자기라고, 이 몸이 자기에게 주어진 거라는 생각을 하면 마음이 이상하고 소심하게 들뜨곤 한다.

때로 이렇게 있을 법하지 않은 일이 자기에게 일어났다는 충격이 덮쳐오면, 그는 말조차 할 수 없다. 첫 번째 연애(그걸 연애라고 부를 수 있을까?), 루크 수사. 두 번째, 케일럽 포터. 세 번째, 윌럼 라그나르손. 가장 소중한 친구이자 그가 아는 최고의 사람, 남자든 여자든 원하는 사람은 거의 누구든 가질 수 있는 윌럼이 기괴한 이유들—비틀린 호기심? 광기? 동정? 멍청함?—로 그에게 안착했다. 어느 날 밤, 그는 윌럼과 해럴드가 테이블에 같이 앉아 머리를 맞대고 종잇조각을 들여다보고 있는 꿈을 꿨다. 해럴드는 계산기로 계산을 하고 있었다. 그는 설명을 들을 필요도 없이 해럴드가 윌럼에게 자기와 같이 있어주라고 돈을 주고 있다는 걸 파악한다. 꿈속에서 그는 고마움 비슷한 감정과 함께 굴욕감을 느낀다. 해럴드가 그렇게 관대하다는 게, 윌럼이 그 장단을 맞춰야 한다는 게 고맙고도 수치스럽다. 잠에서 깨어 윌럼에게 뭐라고 하려는 순간, 논리가 다시 깨어난다. 분명 윌럼은 돈이 필요 없고 자기 돈만 해도 넘치게 많다. 윌럼이 그와 함께 있는, 그를 선택한 이유가 아무리 당혹스럽고 알 수 없다 해도 강요받은 건 아니다. 자유롭게 스스로 내린 결정이다.

그날 밤, 윌럼이 돌아오길 기다리며 침대에서 책을 읽다 잠이 들었다가 깨어보니 윌럼의 손이 그의 얼굴을 어루만지고 있다.

"왔네." 그는 그에게 미소 짓고, 윌럼도 미소 짓는다.

그들은 어둠 속에 누워 윌럼과 감독의 저녁식사, 텍사스에서 1월 하순에 시작되는 촬영 이야기를 한다. 그 영화 〈듀엣〉은 그가 좋아하는 소설이 원작으로, 1960년대에서 1980년대까지 조그만 마을 고등학교 음악 교사인 비밀 레즈비언과 비밀 게이의 25년간의 결혼 생활을 따라가는 이야기다. "네 도움이 필요해." 윌럼이 말한다. "정말 피아노 치는 걸 복습해야 하거든. 게다가 결국 그 영화에서 노래도 부르게 된대. 코치를 붙여줄 거라지만, 나랑 연습 좀 해줄래?"

"물론이지." 그는 말한다. "걱정할 필요 없어. 네 목소리는 근사하니까, 윌럼."

"가늘어."

"달콤한 목소리야."

윌럼은 웃으며 그의 손을 꼭 쥔다. "키트한테 그 말 좀 해주라. 벌써 난리 치고 있어." 그는 한숨을 쉰다. "오늘 하루 어땠어?" 그가 묻는다.

"좋아." 그는 말한다.

그들은 키스하기 시작하고, 그럴 때면 그는 아직도 눈을 뜨고 있다. 자기가 키스하고 있는 사람이 루크 수사가 아니라 윌럼이라는 걸, 자기가 잘하고 있다는 걸 상기하기 위해서. 그러다 케일럽과 아파트로 돌아와 케일럽이 그를 벽으로 밀어붙였던 그 첫 번째 밤, 그리고 그 이후 벌어진 모든 일들이 떠오르고, 그는 윌럼에게서 갑자기 몸을 떼고 얼굴을 외면한다. "미안해." 그는 말한다. "미안해." 그는 오늘 밤 옷을 벗지 않고, 이제 손 위로 소매를 내리고 있다. 옆에서는 윌럼이 기다리고, 그는 고요 속에 대고 말한다. "아는 사람이 어제 죽었어."

"아, 주드." 윌럼이 말한다. "저런. 누군데?"

그는 한참 동안 애만 쓰며 아무 말도 못 한다. "나랑 사귀었던 사람." 마침내 그가 말한다. 입 안에서 혀가 어색하다. 윌럼이 더 집중하는 게, 그 쪽으로 더 가까이 다가오는 게 느껴진다.

"네가 누굴 사귄 줄은 몰랐는데." 윌럼이 조용히 말한다. 그가 헛기침을 한다. "언제?"

"네가 〈오디세이〉를 찍고 있을 때." 그는 여전히 조용히 말하고, 다시 한 번 공기가 달라지는 게 느껴진다. '내가 없는 동안 무슨 일이 있었어.' 윌럼의 말이 생각난다. '뭔가 잘못됐어.' 윌럼도 그 대화를 기억하고 있다는 걸 안다.

"음." 윌럼이 한참 동안 말이 없다 말한다. "말해줘. 그 행운아가 누구였는데?"

그는 이제 거의 숨도 쉬지 못하지만, 계속 말한다. "남자였어." 그는 이야기를 시작한다. 샹들리에에 시선을 고정한 채 윌럼을 쳐다보지도 않고 있지만, 자기가 계속 말할 수 있도록 그가 격려하며 고개를 끄덕이는 게 느껴진다. 하지만 할 수가 없다. 윌럼이 먼저 대사를 줘야 할 것이다. 그는 그렇게 한다.

"이야기해줘." 윌럼이 말한다. "얼마나 오래 사귀었는데?"

"4개월."

"그런데 왜 끝났어?"

그는 이 질문에 어떻게 대답해야 할지 생각한다. "그 사람이 나를 별로 안 좋아했어." 그가 마침내 말한다.

대답을 듣기도 전에 윌럼의 분노가 느껴진다. "멍청이였구나." 윌럼이 딱딱한 목소리로 말한다.

"아니." 그는 말한다. "굉장히 똑똑한 사람이었어." 그는 뭔가 더 말하려고—무슨 말인지는 모른다—입을 열지만, 계속할 수가 없어 다시 다문다. 두 사람은 말없이 누워 있다.

마침내 윌럼이 다시 먼저 할 말을 준다. "그래서 어떻게 됐는데?" 그가 묻는다.

그는 기다리고, 윌럼은 함께 기다린다. 두 사람이 나란히 숨쉬는 소리가 들린다. 마치 오로지 두 사람이 방 안의, 아파트의, 세상의 공기를 다 자기들 폐 속으로 빨아들였다가 내보내고 있는 것 같다. 그는 호흡수를 센다. 다섯, 열, 열다섯. 스무 번째에 그는 말한다. "말하면 화내지 않겠다고 약속할래?" 윌럼이 다시 몸을 뒤척이는 게 느껴진다.

"약속해." 윌럼이 낮은 목소리로 말한다.

그는 심호흡한다. "내가 당했던 교통사고 기억하지?"

"그래." 윌럼이 말한다. 그 목소리가 목이 졸린 것처럼 불분명하다. 호흡이 거칠다. "기억해."

"교통사고가 아니었어." 그가 말하자, 마치 그게 신호이기라도 하듯 손이 떨리기 시작하고, 그는 손을 황급히 이불 속으로 집어넣는다.

"무슨 소리야?" 윌럼이 묻지만, 그는 입을 다문 채 가만히 있고, 결국 그는 윌럼이 그가 하려는 말이 무엇인지 깨닫는 걸 본다기보다 느낀다. 순간 윌럼이 털썩 그의 옆으로 다가와서 그를 바라보며 이불 밑으로 손을 뻗어 그의 손을 잡는다. "주드." 윌럼이 말한다. "누가 너한테 그런 짓을 했다고? 누가"—그는 그 말을 차마 하지 못한다—"누가 널 때렸다고?"

그는 울지 않아 다행이라고 생각하며 간신히 고개를 끄덕인다. 하지만 폭발할 것 같은 기분이다. 몸에서 살점들이 파편처럼 사방으로 터져 나가 벽에 철썩 달라붙고, 샹들리에에 대롱대롱 매달리고, 시트가 피칠갑이 되는 모습이 눈앞에 보인다.

"세상에." 윌럼은 그의 손을 떨어뜨리고, 그는 윌럼이 침대에서 뛰쳐나가는 걸 지켜본다.

"윌럼." 뒤에서 부르다 일어나 그를 따라 욕실로 들어가자, 윌럼은 세면대 위로 몸을 구부린 채 거친 숨을 몰아쉬고 있다가, 그가 어깨를 건드리려 하자 그 손을 뿌리친다.

그는 방으로 돌아와 침대 가장자리에 앉아 기다린다. 윌럼이 나온다. 울었던 게 분명하다.

그들은 길고 긴 몇 분 동안 팔이 닿을락 말락 하게 나란히 앉아 아무 말도 하지 않는다. "부고가 실렸어?" 윌럼이 마침내 묻고, 그는 고개를 끄덕인다. "보여줘." 윌럼의 말에, 그들은 서재 컴퓨터로 간다. 그는 물러서서 윌럼이 읽는 걸 본다. 윌럼이 두 번, 세 번 읽는 걸 지켜본다. 그리고 윌럼이 일어서서 그를 꽉 껴안았고, 그도 윌럼을 마주 안는다.

"왜 이야기 안 했어?" 윌럼이 그의 귀에 대고 말한다.

"그래봤자 달라질 게 없었으니까." 그가 말하자, 윌럼은 조금 물러서서 어깨를 붙든 채 그를 바라본다.

윌럼이 감정을 억누르려 애쓰고 있는 게 보인다. 긴 입을 굳게 다물고 있는 턱 근육이 자기도 모르게 떨린다. "하나도 빼지 말고 다 이야기해줘." 윌럼이 말한다. 그는 그의 손을 잡고 서재 소파로 데리고 가 앉힌다. "부엌에 술 한 잔 만들러 갈 거야. 그리고 다시 올게." 윌럼이 말한다. 그는 그를 바라본다. "너도 한 잔 만들어줄게." 그는 그저 고개를 끄덕이는 수밖에 없다.

기다리면서 그는 케일럽을 생각한다. 그날 밤 이후로 케일럽에게서는 어떤 소식도 듣지 않았지만, 몇 달에 한 번 그는 케일럽을 찾아보곤 했다. 그는 누구나 볼 수 있는 곳에 있었다. 파티, 오프닝, 쇼에서 미소 짓고 있는 케일럽의 사진들. 신생 브랜드가 이미 포화 상태 시장을 뚫고 들어가려고 할 때 맞닥뜨리는 도전에 대한 케일럽의 이야기를 담은 로스코의 첫 번째 독립 부티크에 대한 기사. 호텔과 부티크들에도 여전히 다듬어지지 않은 매력이 있는 동네로 자기가 사는 플라워 디스트릭트를 소개하는 케일럽의 말을 인용한, 플라워 디스트릭트 재등장에 대한 잡지 기사. 케일럽도 그를 찾아봤을까? 그의 사진을 니콜라스에게 보여줬을까? "예전에 사귀었는데, 괴상한 인간이었어"라고 했을까? 니콜라스—금발에 단정하고 자신만만한 남자일 것 같다—에게 그가 어떻게 걷는지 보여주고, 그가 침대에서 얼마나 형편없고 얼마나 활기라곤 없었는지 이야기하며 서로 웃어댔을까? "그 녀석 역겨웠어"라고 했을까? 아니면 아무 말도 안 했을까? 케일럽은 그를 잊었을까, 아니면 적어도 다시는 생각하지 않기로 했을까? 그는 어린 시절의 부서진 장난감들과 오래전 부끄러운 기억들과 함께 케일럽의 마음 깊은 곳에 비닐로 싸서 처박아놓은 실수, 짧은 너저분한 순간, 탈선이었을까? 자기도 잊고, 다시는 케일럽 생각 같은 건 안 하겠다고 선택할 수 있었으면 좋겠다. 왜, 그리고 어떻게—점점 더 그에게서 멀어져가고 있는—그 4개월의 기억이 자기에게 그렇게 큰 영향을 미치도록, 그의 인생을 그토록 바꿔놓도록 내버려뒀는지 늘 궁금하다. 하지만 그러자면 차라리—종종 그가 그러듯이—왜 자기 인생의 처음 15년이 지난 28년을 그렇게 지배하도록 내버려뒀는지 물어보는 게 나을 것이다. 그는 대단히 운이 좋았다. 그는 사람들이 꿈꾸는 어른의 삶을 살고 있다. 그런데 왜 그렇게 오래전 있었던 일들을 고집스레 곱씹고 되새길까? 왜 그냥 현재를 즐기지 못하는 걸까? 왜 과거에 그렇게 경의를 표해야 할까? 왜 거기서부터 멀어질수록, 기억이 점점 덜해지는 게 아니라 더 생생해질까?

윌럼이 얼음 넣은 위스키 두 잔을 들고 돌아온다. 그는 셔츠를 입었다. 잠시 그들은 소파에 앉아 술만 홀짝거린다. 혈관에 열기가 오르는 게 느껴진다. "말해줄게." 그가 윌럼에게 말하자, 윌럼은 고개를 끄덕인다. 말하기 전 그는 몸을 기울여 윌럼에게 키스한다. 평생 그가 먼저 키스한 건 처음이었고, 그는 이걸로 어둠 속에서조차, 회색빛 여명 속에서조차 말할 수 없는 모든 것들, 수치스러운 모든 일들, 감사하는 모든 마음을 다 전달할 수 있기를 바란다. 이번에는 그도 눈을 감는다. 어딘지 모르지만 사람들이 키스할 때, 섹스할 때 간다고 하는 그곳으로 자기도 곧 갈 수 있을 거라 상상한다. 그가 한 번도 가보지 못한 땅이자 보고 싶은 곳, 그에게 영원히 금지되어 있지 않았으면 하는 그 세계로.

—

키트가 뉴욕에 오면 주로 점심이나 저녁, 아니면 에이전시의 뉴욕 사무실에서 만났지만, 12월 초에 왔을 때 윌럼은 그 대신 그린 스트리트에서 만나자고 제안했다. "점심 해줄게." 그는 키트에게 말했다.

"왜?" 키트는 즉시 경계하며 물었다. 두 사람은 나름의 방식으로 가까웠지만, 친구는 아니었고 윌럼은 한 번도 그를 그린 스트리트에 초대한 적이 없었다.

"이야기할 게 있어." 그가 말하자, 키트는 길게 천천히 숨을 내쉬었다.

"좋아." 키트는 말했다. 그는 그 이야깃거리가 뭔지, 뭔가 잘못된 건지 묻지 않을 분별력이 있었다. 그저 그렇게 추정만 했다. "이야기할 게 있어"는 키트의 세상에서는 좋은 소식의 서론이 아니었다.

그도 물론 이걸 알고 있었고, 키트를 안심시켜줄 수도 있었지만 약간 심술기가 발동해서 그러지 않기로 했다. "좋아!" 그는 밝은 목소리로 말했다. "다음 주에 봐!" 전화를 끊고 나자 한편으로 키트를 안심시켜주지 않은 게 그냥 유치한 짓이었다는 생각이 들었다. 그는 키트에게 해야 할 말—그와 주드는 이제 연인이다—을 나쁜 소식으로 생각하지 않지만, 키트도 같은 식으로 바라볼지는 모르는 일이다.

그들은 자기들의 관계를 몇 명에게만 말하기로 결정했다. 우선 해럴드와 줄리아에게 말했고, 주드는 왠지 무척 불안해했지만 그건 가장 보람 있고 즐거운 폭로였다. 겨우 두어 주 전 추수감사절 때 일이었고, 두 사람 다 너무 행복해하며 흥분했다. 주드가 소파에 앉아 살짝 미소 띠며 세 사람을 지켜보는 동안, 두 사람은 그를 포옹했고 해럴드는 약간 울었다.

다음은 리처드였는데, 그는 예상과 달리 별로 놀라지 않았다. "정말 환상적인 생각이라고 생각해." 그는 그들이 무슨 자산에 공동 투자하겠다고 선언이라도 한 것처럼 힘주어 말했다. 그리고 두 사람을 포옹했다. "잘했어." 그는 말했다. "잘했어, 윌럼." 그는 리처드가 뭘 말하고 싶어 하는지 알고 있었다. 수년 전 주드가 살 안전한 장소가 필요하다고 말했을 때, 그가 리처드에게 하려고 했던 바로 그 말이었다. 사실 그때 그는 리처드에게 자기가 할 수 없을 때 주드를 돌봐달라는 부탁을 하고 있었다.

그러고는 맬컴과 제이비에게 각각 말했다. 먼저 맬컴은 충격을 받든 행복해하든 둘 중 하나일 거라 예상했는데, 그의 반응은 두 번째였다. "정말 너무 잘됐다." 그는 두 사람에게 환히 웃으며 말했다. "정말 굉장해. 너희 둘이 사귄다니 너무 좋다." 그는 어쩌다 그렇게 된 거냐고, 얼마나 됐냐고 물었고, 전에는 몰랐던 무엇을 서로에게서 발견한 거냐고 놀리듯이 물었다. (두 사람은 서로를 슬쩍 보고는—맬컴이 안다면 얼마나 좋겠어!—아무 말도 하지 않았고, 이에 맬컴은 그게 언젠가 파헤칠 더러운 비밀 보고의 증거라도 되는 것처럼 미소 지었다.) 그러다 한숨을 내쉬었다. "하지만 한 가지는 슬프다." 그의 말에 그들은 뭐냐고 물었다. "네 아파트 말이야, 윌럼. 그건 너무 아름다운 아파트라고. 녀석이 혼자 있게 돼서 너무 외로울 거야." 그들은 간신히 웃음을 참고, 사실 그 아파트는 맨해튼에서 영화를 찍고 있는 윌럼의 스페인 배우 친구에게 빌려줬고 그 친구가 한 해 정도 더 있기로 했다고 맬컴을 안심시켰다.

예상대로 제이비는 더 까다로웠다. 그들은 그가 배신감, 방치된 기분, 강한 소유욕을 드러낼 것이며, 이 모든 감정들은 그와 올리버가 4년도 더 넘게 사귀다가 최근 헤어졌기 때문에 더 심할 거라고 예상했다. 그들은 제이비를 데리고 (비록 주드는 장담할 수 없다고 했지만) 그가 소란을 피울 가능성이 적을 장소로 저녁을 먹으러 갔고, 소식은 주드가 전했다. 제이비는 여전히 주드 앞에서는 좀 더 조심했고, 주드에게는 부적절한 말을 덜 하려 했기 때문이다. 제이비는 포크를 내려놓고 손으로 머리를 감싸 쥐었다. "아파." 그는 말했고, 그들은 그가 고개를 들고 말할 때까지 기다렸다. "하지만 너희들 정말 너무 잘됐다." 그제야 그들은 안도의 숨을 내쉬었다. 제이비는 부라타 치즈를 포크로 찍었다. "내 말은, 더 일찍 말 안 해줘서 화는 나지만, 그래도 행복하다 이거지." 앙트레가 나왔고, 제이비는 농어를 쿡 찔렀다. "내 말은, 내가 진짜 정말로 화났다는 거야. 하지만. 난. 행복. 하다고." 디저트가 나오고 구아바 수플레를 미친 듯이 퍼먹고 있을 즈음의 제이비는 누가 봐도 흥분해 있었다. 그들은 반쯤은 웃음이 터져 나올 것 같아서, 반쯤은 제이비가 바로 그 레스토랑 안에서 폭발할 것 같아 진짜로 걱정이 돼서 테이블 밑에서 서로 발을 차댔다.

저녁식사 후 그들은 바깥에 나갔고, 윌럼과 제이비는 담배를 피우며 제이비의 다음 다섯 번째 전시회 이야기와 지난 몇 년간 가르치고 있는 예일대 학생들 이야기를 했다. 이 짧은 휴전은 어떤 여자가 그에게 다가와 "같이 사진 좀 찍어도 될까요?" 하고 묻는 바람에 다 망쳐졌고, 제이비는 콧방귀도 아니고 신음 소리도 아닌 소리를 냈다. 나중에 그린 스트리트에 돌아와서 그와 주드는 제이비의 어리둥절함에, 기를 쓰고 품위를 지키려는 그의 노력에, 초지일관 적용되는 그의 자기도취에 박장대소했다. "불쌍한 제이비." 주드가 말했다. "제이비 머리가 터져버리는 줄 알았어." 그는 한숨을 쉬었다. "하지만 이해해. 제이비는 늘 널 좋아했으니까, 윌럼."

"그런 거 아니야." 그는 말했다.

주드가 그를 쳐다봤다. "자, 자기 모습을 제대로 못 보는 사람이 누구지?" 그는 물었다. 윌럼이 늘 그에게 주드 자신이 바라보는 자기 모습은 거의 망상에 가까울 정도로 이상하다고 말하기 때문이다.

그도 한숨 쉬었다. "전화해야겠네."

"오늘 밤은 그냥 둬." 주드는 말했다. "준비되면 자기가 할 테니까."

정말 그랬다. 그 주 일요일 제이비는 그린 스트리트에 왔고,

주드는 그를 맞은 다음 할 일이 있다며 서재에 들어가서 윌럼과 제이비만 있을 수 있게 해줬다. 윌럼은 앉아서 제이비의 두서없는 이야기들을 들어줬고, 그 수많은 비난과 질문들 사이사이에는 후렴구처럼 "하지만 너희 둘 정말 잘됐다"가 들어갔다. 제이비는 화가 나 있었다. 윌럼이 미리 이야기해주지 않았다고, 상담조차 하지 않았다고, 자기보다 맬컴과 리처드—리처드라니!—에게 먼저 말했다고. 제이비는 당황하고 있었다. 윌럼이 사실을 말해줘도 괜찮았다. 그는 늘 주드를 더 좋아하지 않았나? 왜 그걸 인정하지 못했나? 게다가 늘 이런 감정을 가지고 있었던 거였나? 그 긴 세월 여자들과 자고 다닌 건 그들을 속이기 위한 거대한 거짓말 같은 거였나? 제이비는 질투하고 있었다. 그도 주드에게 끌렸다, 정말 그랬다. 그리고 그게 말이 안 되고 어쩌면 아주 약간은 자기 문제라는 걸 알고 있었다. 하지만 그래도 윌럼이 그가 아니라 주드를 선택했다는 데 화가 났다고 윌럼에게 말하지 않는다면 그건 거짓일 것이다.

"제이비." 그는 거듭 말했다. "그건 매우 자연스러운 거였어. 너한테 말하지 않았던 건 내 머릿속에서 먼저 생각해볼 시간이 필요했기 때문이야. 그리고 너한테 끌린다는 문제에 대해서는, 뭐라고 말해야 할까? 난 아니야. 그리고 너도 나한테 끌리지 않고! 한 번 장난을 친 적은 있지, 기억해? 넌 완전 흥미를 잃었다고 했잖아, 기억해?"

하지만 제이비는 이 말을 다 무시했다. "난 여전히 왜 네가 맬컴이랑 리처드한테 먼저 말했는지 이해가 안 돼." 그는 뚱하게 말했고, 윌럼은 아무 대답도 하지 않았다. "어쨌거나," 제이비는 잠시 말이 없다 말했다. "너희 둘 정말 잘됐다. 정말이야."

그는 한숨을 쉬었다. "고마워, 제이비." 그는 말했다. "정말 고마워." 그들은 둘 다 다시 입을 다물었다.

"제이비." 주드가 서재에서 나와 제이비가 아직 거기 있는 걸 보고 놀란 표정을 하며 말했다. "저녁 먹고 갈래?"

"뭘 할 건데?"

"대구. 그리고 네가 좋아하는 감자구이 할게."

"그럼 그럴까." 제이비가 부루퉁하게 말했고, 윌럼은 제이비 머리 너머로 주드에게 싱긋 웃었다.

그는 주드와 함께 부엌에 들어와 샐러드 준비를 시작했고, 제이비는 식탁에 털썩 주저앉아 주드가 놓아둔 소설을 휙휙 넘겨보기 시작했다. "나 이거 읽었어." 그가 그들의 등에 대고 말했다. "끝에 어떻게 되는지 말해줄까?"

"하지 마, 제이비." 주드가 말했다. "나 아직 반밖에 안 읽었어."

"목사는 결국 죽어."

"제이비!"

그 후로 제이비는 기분이 좀 풀리는 것 같았다. 심지어 그의 마지막 일제사격마저 뭔가 늘쩍지근해서 진심에서 우러났다기보다 의무감에서 하는 것 같았다. "내 장담하는데, 10년 뒤면 너희 둘은 완전히 레즈비언으로 변이해 있을 거야. 고양이들도 키우고"가 하나였고, "너희 둘이 부엌에 있는 모습을 보니 존 커린* 그림을 약간 인종적으로 모호하게 만든 버전을 보는 것 같아. 내 말 무슨 소리인지 알겠어? 찾아봐"가 다른 하나였다.

"커밍아웃할 거야 아니면 조용히 있을 거야?" 제이비가 저녁 먹으며 물었다.

"기자회견을 하지는 않을 거야. 네 말이 그런 뜻이라면." 윌

*미국의 현대화가. 주로 인물들을 다양한 화풍의 조합으로 에로틱하고 과장되게 그렸다.

럼은 말했다. "하지만 숨기지도 않을 거야."

"그건 잘못하는 거라고 생각해." 주드가 재빨리 덧붙였다. 윌럼은 대답하려 하지 않았다. 그들은 한 달째 이 문제로 논쟁 중이었다.

저녁을 먹은 후 그와 제이비는 소파에 앉아 차를 마셨고, 주드는 식기세척기에 접시들을 넣었다. 이때쯤 제이비는 완전히 기분이 풀려 보였다. 제이비와 함께하는 대부분 저녁식사의 궤적이 늘 이랬다. 심지어 리스페너드 스트리트 시절에도. 저녁은 날카롭고 신랄하게 시작해서 부드럽고 상냥하게 끝났다.

"섹스는 어때?" 제이비가 물었다.

"황홀해." 그는 즉시 대답했다.

제이비는 뚱한 표정을 지었다. "젠장." 그는 말했다.

하지만 물론 그건 거짓말이었다. 섹스가 황홀할지 아닐지 알 수가 없었다. 왜냐하면 그들은 섹스를 하지 않았으니까. 지난 금요일에는 앤디가 놀러 왔고, 그들이 그에게 말하자 앤디는 일어나 둘 다를 매우 엄숙하게 포옹했다. 마치 그가 주드의 아버지이고 그들이 막 약혼 소식을 알리기라도 한 것 같았다. 윌럼은 그를 문까지 배웅해줬고, 엘리베이터를 기다리는 동안 앤디가 그에게 조용히 말했다. "어때?"

그는 잠시 침묵했다. "좋아요." 그는 조금 있다 대답했고, 앤디는 그가 말하지 않은 모든 걸 알아들을 수 있다는 듯이 그의 어깨를 꽉 잡았다. "쉽지 않은 거 알아, 윌럼. 하지만 넌 분명 제대로 하고 있어. 주드가 저렇게 편안하고 행복해 보이는 모습은 한 번도 본 적이 없다, 정말로." 그는 뭔가 더 말하고 싶은 듯이 보였지만, 뭐라고 하겠는가? 그는 주드 이야기를 하고 싶으면 전화해, 라거나 내가 도와줄 일 있으면 알려줘, 라고 말하지 못했고, 대신 엘리베이터가 내려가 사라지는 사이 윌럼에게 짧은 경례를 하고 떠났다.

그날 밤 제이비가 돌아간 후, 그는 그날 카페에서 앤디와 나눴던 대화를 생각했다. 그게 얼마나 어려운 일일지 앤디가 경고했음에도 그는 그 말을 완전히 믿지는 않았다. 돌이켜보면, 그러지 않아서 다행이었다. 앤디의 말을 믿었다면 그는 겁을 먹었을 테고, 너무 겁이 나 시도조차 못 했을지도 모르기 때문이다.

그는 돌아누워 자고 있는 주드를 쳐다봤다. 오늘 그는 옷을 벗고 자고 있었고, 머리 옆에 한 팔을 구부린 채 똑바로 누워서 자고 있었다. 윌럼은 손가락으로 주드의 팔 안쪽을 쓸어봤다. 자주 해보는 일이다. 흉터들이 피부를 애처로운 지형, 불에 그슬린 산과 계곡으로 만들어놓고 있었다. 가끔 주드가 완전히 깊이 잠들었다고 확신하면, 그는 자기 쪽 램프를 켜고 낮에 보지 못하게 하는 주드의 몸을 더 상세히 보곤 했다. 그는 이불을 젖히고 손바닥으로 주드의 팔, 다리, 등을 쓸며 거칠다가 번들번들하게 변해가는 피부결을 느껴보곤 했다. 피부가 그렇게 다양하게 변할 수 있다는 게 놀라웠고, 파괴하려는 시도에도 불구하고 몸이 자신을 회복해나가는 그 다양한 방식에 감탄했다. 예전에 하와이의 빅아일랜드에서 영화를 찍은 적이 있었다. 쉬는 날 그와 다른 출연자들은 용암지대를 트래킹하며, 땅이 석화된 뼈처럼 구멍 뚫리고 바싹 마른 암석에서 용암이 힘차게 소용돌이치는 형태 그대로 얼어붙어 생긴 빛나는 검은 풍경으로 변해가는 모습을 지켜봤다. 주드의 피부는 그 정도로 가지각색이었고 그 정도로 불가사의했고, 어떤 부분에서는 아예 피부 같지 않아서, 공상적이고 미래적인 무언가, 지금부터 만 년 후의 육체가 어떨지 보여주는 원형 같다는 느낌이 들었다.

"역겹지." 두 번째로 옷을 벗었을 때 주드는 조용히 말했고, 그는 고개를 흔들었다. 그렇지 않았다. 주드가 늘 자기 몸을 너무 숨기고 사수하는 바람에, 막상 진짜로 보니 뭔가 용두사미 같은 느낌이었다. 그가 상상했던 것보다 결국 너무 정상이고, 덜 극적이었다. 하지만 상처들은 보기 힘들었다. 미학적으로 불쾌해서가 아니라 그 하나하나가 저항이나 가해의 증거였기 때문이었다. 그 이유로 주드의 팔은 그의 몸에서 가장 그를 괴롭게 하는 부분이었다. 밤에 주드가 잠들면 그는 그 팔을 돌려보며 상처 자국들을 헤아렸고, 자기 몸에 기꺼이 고통을 가하고 싶어지는 상태, 자기 존재를 적극적으로 좀먹고 싶어지는 상태를 상상해보려고 애썼다. 때로는 새로 생긴 상처—주드가 자해를 하면 늘 알 수 있었다. 그런 밤이면 셔츠를 입은 채 자고, 그러면 그는 그가 잠든 후 소매를 걷고 붕대를 만져봐야 했다—가 있었고, 그는 주드가 언제 그랬을지, 왜 눈치채지 못했는지 생각하곤 했다. 자살 시도 후 주드의 집에 들어왔을 때 해럴드는 주드가 면도날 가방을 숨긴 곳을 이야기해줬고, 그도 해럴드처럼 그 가방을 없애버리기 시작했다. 하지만 그러자 가방은 완전히 사라져버렸고, 주드가 어디에 숨기고 있는지 알아낼 수가 없었다.

어떨 때는 호기심이 아니라 두려움을 느꼈다. 그는 윌럼이 이해했던 것보다 훨씬 더 많이 망가져 있었다. 어떻게 이걸 모를 수가 있었을까? 그는 자문했다. 어떻게 이걸 못 볼 수가 있었을까?

그리고 섹스 문제가 있었다. 앤디가 섹스에 대해 경고했던 건 알고 있지만, 섹스에 대한 주드의 공포심과 반감에 그는 혼란스러웠고 때로는 두렵기까지 했다. 11월 말 어느 날 밤, 연인이 된

지 6개월이 지났을 때, 그가 주드의 속옷 안으로 손을 집어넣자 주드는 다른 짐승의 입 안에 들어간 짐승이 내는 소리, 목이 졸린 것 같은 이상한 소리를 내며 너무나 맹렬하게 몸을 피해 램프에 머리를 쾅 부딪쳤다. "미안해." 그들은 서로 사과했다. "미안해." 그때 윌럼은 처음으로 두려움 같은 걸 느꼈다. 그는 내내 주드가 부끄러움이 많은 거라고, 엄청나게 많지만 결국에는 자의식을 좀 버릴 거라고, 섹스를 할 정도로 마음이 편해질 거라고 여겼다. 하지만 그 순간 그는 섹스에 대한 저항감 정도로 생각했던 것이 사실은 섹스에 대한 공포심이라는 걸 깨달았다. 어쩌면 주드는 절대 편해지지 않을 수도 있다는 걸, 그들이 결국 섹스를 하게 된다면, 그건 주드가 그래야 한다고 결심했기 때문이거나 윌럼이 억지로 그를 밀어붙여야겠다고 결심했기 때문일 거라는 걸 깨달았다. 둘 중 어느 가능성도 마음에 들지 않았다. 사람들은 늘 그에게 자신을 내맡겼다. 그는 절대 기다릴 필요가 없었고, 자기는 위험한 사람이 아니라고, 상처 주지 않을 거라고 설득하려고 애쓸 필요도 없었다. 어떻게 하지? 그는 자문했다. 혼자서 해답을 생각할 정도로 그는 똑똑하지 않았다. 하지만 물어볼 사람도 없었다. 그리고 사실 그의 욕망은 매주 점점 더 절박하고 무시하기 힘들어지고 있었고, 결심은 더 커져갔다. 누군가와의 섹스를 그렇게 강렬하게 원한 건 정말로 오랜만의 일이었다. 게다가 그게 자신이 사랑하는 사람이라는 사실을 생각하면 그 기다림이 더 참을 수 없고 어이없게 느껴졌다.

그날 밤 주드가 자고 있을 때, 그는 그를 지켜봤다. 어쩌면 실수한 건지도 몰라, 그는 생각했다.

그는 입 밖으로 소리 내어 말했다. "이렇게 복잡하리라고는 생각 못 했어." 옆에서 주드는 윌럼의 배반을 모른 채 고르게

호흡하고 있었다.

그리고 아침이 왔다. 그는 자기의 순진무구함과 오만은 제쳐두고서라도 애초에 자기가 왜 이 관계를 결심했는지 생각했다. 이른 아침이었지만 그는 잠이 깼고, 반쯤 열린 옷장 문으로 주드가 옷을 입고 있는 걸 봤다. 이건 최근 생긴 변화였고, 윌럼은 그게 그에게 얼마나 힘든 일인지 알고 있었다. 그는 주드가 얼마나 열심히 노력하고 있는지 봤다. 그와 그가 아는 사람들이 당연하게 여기는 모든 것들—다른 사람 앞에서 옷을 입고, 다른 사람 앞에서 옷을 벗는 것—이 주드에게는 다시, 또다시 연습해야만 하는 일들이었다. 그가 얼마나 굳게 결심했는지, 얼마나 용기를 내고 있는지 봤다. 그걸 보자 그도 계속 노력해야 한다는 생각이 들었다. 그들은 둘 다 모르는 게 많았고, 둘 다 최대한 노력하고 있었다. 스스로를 의심하고, 앞으로 나아가고, 물러나기도 할 것이다. 하지만 둘 다 계속 노력할 것이다. 서로를 믿으니까. 상대방이 그런 고난, 그런 어려움, 그런 불안과 노출을 무릅쓸 만한 가치가 있는 유일한 사람이니까.

다시 눈을 뜨자 주드가 침대 가장자리에 앉아 그에게 미소 짓고 있었고, 그의 마음속은 주드에 대한 애정으로 가득 찼다. 그는 너무 아름답고 너무 소중하고, 그를 사랑하는 건 너무도 쉬운 일이다. "가지 마." 그는 말했다.

"가야 해." 주드가 말했다.

"5분만." 그는 말했다.

"5분만." 주드가 말하며 이불 밑으로 들어왔고, 윌럼은 그의 양복을 구기지 않으려고 조심하며 팔로 그를 안고 눈을 감았다. 이것 또한 그는 사랑했다. 그 순간 주드를 행복하게 해주고 있다는 게 좋았다. 주드가 애정을 원하고 있고, 그걸 주도록 허락

받은 사람이 자기라는 게 좋았다. 이건 오만일까? 자만일까? 자축일까? 그는 그렇게 생각하지 않았다. 상관없었다. 그날 밤, 그는 주드에게 추수감사절 주에 올라가서 해럴드와 줄리아에게 말하자고 했다. "확신해, 윌럼?" 주드는 걱정스러운 표정으로 물었고, 그는 사실 주드의 질문은 이 관계 자체에 대한 확신 여부라는 걸 알았다. 그는 늘 문을 열어놓은 채, 그에게 떠나도 된다고 알려줬다. "난 네가 정말로 이 문제를 생각해보길 바라. 특히 그분들에게 알리기 전에." 그 말을 할 필요도 없었지만, 윌럼은 다시 한 번 깨달았다. 해럴드와 줄리아에게 말했는데 나중에 그의 마음이 바뀐다면, 그 결과가 어떻게 될지. 그들은 그를 용서하겠지만, 예전이랑 똑같지는 않을 것이다. 그들은 늘, 언제나 그보다는 주드를 선택할 것이다. 그는 알고 있었다. 그게 정상이었다.

"난 결심했어." 그는 말했고, 그래서 그들은 말했다.

그는 키트에게 물을 따라주고 샌드위치 접시를 식탁으로 들고 오면서 이 대화를 떠올렸다. "이게 뭐야?" 키트는 샌드위치를 미심쩍은 눈으로 바라보며 물었다.

"버몬트 체다치즈와 무화과를 넣어 그릴에 구운 페전트 브레드." 그는 말했다. "이건 배와 하몽을 넣은 에스카롤 샐러드."

키트는 한숨을 쉬었다. "내가 빵 안 먹으려 하고 있는 거 알잖아, 윌럼." 그는 몰랐다. 키트는 샌드위치를 베어 물었다. "맛있네." 그는 마지못해하며 말했다. "좋아." 그러고는 샌드위치를 내려놓고 말했다. "말해봐."

그래서 그는 말했고, 관계를 공표할 계획은 아니지만 아닌 척할 생각도 없다고 덧붙였고, 키트는 신음했다. "젠장. 젠장. 이걸 줄 알았어. 왜인지는 알 수 없지만, 하여간 그랬어. 젠장, 윌럼." 그는 이마를 식탁에 갖다 댔다. "잠깐만 좀." 키트는 식탁에 대고 말했다. "에밀한테 말했어?"

"응." 그는 말했다. 에밀은 윌럼의 매니저였다. 키트와 에밀은 연합해서 윌럼에게 맞설 때 제일 죽이 잘 맞았다. 서로 의견이 같을 때 그들은 서로를 좋아했다. 의견이 다르면 서로 싫어했다.

"에밀은 뭐래?"

"이렇게 말했어. '세상에, 윌럼, 네가 드디어 진정 사랑하고 편안해하는 사람한테 헌신하게 되었다니 너무 기쁘다. 너의 친구이자 오랜 지지자로서 한없이 행복하다'라고." (에밀이 실제로 한 말은 이랬다. "맙소사, 윌럼. 진짜야? 키트한테는 이야기 했어? 키트는 뭐래?")

키트는 고개를 들고 그를 노려봤다(그는 유머 감각이 별로 없었다). "윌럼, 정말 잘된 일이고 나도 기뻐. 널 좋아하니까. 하지만 네 배우 생활이 어떻게 될지 생각은 해봤어? 이제 얼마나 천편일률적인 역들만 맡게 될지 생각해봤어? 이 업계에서 게이 배우로 사는 게 어떤 건지 넌 몰라."

"난 내가 게이라고는 별로 생각 안 하는데." 그는 말을 시작했지만, 키트는 눈을 굴렸다. "그렇게 순진하게 굴지 마, 윌럼." 그는 말했다. "남자놈 걸 건드리는 순간, 넌 게이인 거야."

"섬세하고 품위 있는 표현이네, 늘 그렇듯이."

"뭔들 어때, 윌럼. 이런 문제를 갖고 무심하게 굴 여유 같은 건 너한테 없다고."

"그런 거 아니야, 키트." 그는 말했다. "하지만 내가 톱배우는 아니잖아."

"또 그 소리! 하지만 좋건 싫건 넌 그래. 넌 마치 네 배우 생활이 이때까지와 똑같이 굴러갈 것처럼 구는데, 칼이 어떻게 됐는지 잊었어?" 칼은 키트 동료의 고객이었고, 10년 전에는 제일 거물 배우 중 하나였다. 그러다 강제로 커밍아웃을 당했고, 그의 배우 경력은 바래졌다. 아이러니컬하게도 칼이 쇠퇴하고 갑자기 인기가 없어지면서, 윌럼 자신의 경력은 부상했다. 적어도 윌럼이 맡은 역 두 개는 생각해보면 칼에게 갔을 역들이었다. "자, 봐. 넌 칼보다 훨씬 더 재능 있고 스펙트럼도 더 다양해. 칼이 커밍아웃했을 때와 지금은 분위기도 다르고, 적어도 국내에서는 말이지. 하지만 어느 정도는 썰렁해질 대비를 하라고 말해주지 않는다면, 내가 내 일을 제대로 안 하고 있는 거겠지. 사적인 문제는 사적으로 해. 그냥 비밀로 둘 수 없어?"

그는 대답하지 않고 샌드위치를 하나 더 집어 들었고, 키트는 그를 살펴봤다. "주드 생각은 어때?"

"주드는 내가 결국 알래스카 유람선에서 캔더와 앱의 시사풍자극*을 하는 신세가 될 거래." 그는 인정했다.

키트는 콧방귀를 뀌었다. "주드 생각과 네 생각 사이 어디쯤이 네가 생각해야 할 지점이야, 윌럼." 그러더니 구슬프게 덧붙였다. "함께 노력해서 이만큼 이루어놓았는데."

그도 한숨을 쉬었다. 거의 15년 전 주드가 키트를 처음 만났을 때, 주드는 나중에 윌럼에게 와서 미소 지으며 말했다. "저 사람이 너의 앤디구나." 세월이 흐르면서 그는 그 말이 얼마나 맞는 말인지 깨닫게 됐다. 오싹하게도 키트와 앤디는 서로 아는 사이—그들은 1학년 때 같은 수업을 들었을 뿐 아니라 같은 기숙사에 살았다—일 뿐 아니라, 어느 정도 윌럼과 주드의 창조

*존 캔더와 프레드 앱의 곡들을 모아 만든 풍자 뮤지컬 〈세상은 돌아가네〉.

자 행세 하기를 좋아했다. 그들은 그들의 옹호자들이자 보호자였고, 또한 기회가 있을 때마다 그들 삶의 형태와 형식을 결정해주기 위해 애썼다.

"난 네가 이 문제에 조금 더 우호적일 거라고 생각했어, 키트." 그는 슬프게 말했다.

"왜? 내가 게이라서? 게이 에이전트로 산다는 건 너 정도 급의 게이 배우로 산다는 것과는 차원이 다르다고." 키트는 투덜거렸다. "뭐, 적어도 이 문제로 좋아할 사람이 있긴 하겠네. 노엘"—〈듀엣〉의 감독—"은 완전 흥분하겠지. 이 일로 그 작은 영화가 엄청나게 홍보될 테니까. 네가 게이 영화들 하는 걸 좋아하길 바란다, 윌럼. 결국 남은 평생 넌 그런 영화나 찍고 있게 될 테니까."

"난 〈듀엣〉이 게이 영화라고 생각 안 하는데." 그는 말했고, 키트가 눈을 굴리며 다시 설교를 늘어놓기 전 덧붙였다. "그리고 결국 이 일이 그렇게 끝난다고 해도, 괜찮아." 그는 키트에게 주드에게 한 말을 해줬다. "늘 일은 있을 테니까. 걱정하지 마."

"하지만 영화 일이 안 들어오면 어떻게 할 건데?" 주드는 물었었다.

"그럼 연극을 하면 되지. 아니면 유럽에서 일하고. 늘 스웨덴에서 일을 더 많이 해보고 싶었어. 주드, 약속할게. 난 언제나, 언제나 일을 할 거야."

주드는 말이 없었다. 그들은 침대에 누워 있었고, 늦은 시간이었다. "윌럼, 난 정말 괜찮아. 정말로. 네가 이 일을 비밀로 하고 싶어 해도." 그는 말했다.

"하지만 내가 안 그러고 싶어." 그는 말했다. 그는 그러고 싶지 않았다. 그런 일에, 그런 걸 계획하고 참는 데 쓸 기운이 없었다. 사실은 게이이지만 여자들과 결혼해 살고 있는 다른 몇몇 배우들—그보다 나이가 더 많고 상업적인 배우들—을 알고 있었고, 그들의 삶이 얼마나 공허하고 인위적인지 봤다. 그는 그런 삶을 원하지 않았다. 세트장에서 나와서도 여전히 인물을 연기하고 있다는 느낌으로 살고 싶지 않았다. 집에 있을 때는 진짜로 집에 있다는 기분을 느끼고 싶었다.

"난 그냥 네가 날 원망하게 될까봐 두려워." 주드는 조그만 소리로 고백했다.

"널 원망하는 일은 절대 없을 거야." 그는 약속했다.

이제, 그는 키트의 암울한 전망들을 한 시간 동안 들었고, 결국 윌럼이 절대 마음을 바꾸지 않을 게 분명해지자 키트는 마음을 바꾸는 것 같았다. "윌럼, 괜찮을 거야." 그는 마치 지금까지 내내 윌럼이 걱정하고 있었던 것처럼 결연하게 말했다. "이런 일을 할 수 있는 사람이 있다면, 그건 너야. 우리가 잘되게 만들 수 있어. 괜찮을 거야." 키트는 그를 쳐다보며 고개를 갸웃했다. "두 사람 결혼할 거야?"

"세상에, 키트." 그는 말했다. "조금 전까진 우릴 갈라놓으려 했으면서."

"아니야, 그건 아냐, 윌럼. 그건 아니라고. 난 그저 네 입을 막으려 했을 뿐이야. 그게 다야." 그는 다시 한숨을 내쉬었지만, 이번에는 체념의 한숨이었다. "주드가 네 희생에 감사하길 바란다."

"이건 희생이 아니야." 그는 항의했고, 키트는 그를 쏘아봤다. "지금은 아니지. 하지만 그렇게 될지도 몰라."

주드는 그날 밤 일찍 집에 왔다. "어떻게 됐어?" 그는 윌럼을 유심히 바라보며 물었다.

"좋아." 그는 자신 있게 말했다. "잘됐어."

"윌럼—" 주드가 입을 열었지만, 그가 막았다.

"주드. 끝났어. 괜찮을 거야, 맹세해."

키트의 사무실은 이 이야기를 두 주 동안은 막았고, 첫 번째 기사가 실렸을 때쯤엔 그와 윌럼은 홍콩행 비행기 안에 있었다. 그들은 헤어포드 스트리트 시절 주드의 옛 룸메이트인 찰리 마를 만난 다음, 베트남과 캄보디아, 라오스에 갈 예정이었다. 휴가 중에는 메시지들을 확인하지 않으려 하지만, 키트가 《뉴욕》 잡지 기자에게 전화를 받았고, 그래서 기사가 실릴 거라는 걸 알았다. 기사가 나왔을 때 그는 하노이에 있었다. 키트는 아무 말 없이 기사를 그에게 전송해줬고, 그는 주드가 욕실에 있는 동안 재빨리 훑어봤다. "라그나르손은 현재 휴가 중이어서 어떤 코멘트도 할 수 없지만, 그의 대변인은 그가 대학 신입생 룸메이트 시절부터 친한 친구이자 막강 로펌 로젠 프리처드 앤드 클라인에서 높은 평가를 받고 있는 탁월한 소송변호사 주드 세인트 프랜시스와 연인 관계임을 확인해줬다." 기사에는 이렇게 쓰여 있었다. "라그나르손은 단연코 가장 명백한 태도로 기꺼이 동성애 관계를 인정한 배우이다." 그 뒤에는 마치 부고처럼 그의 영화 장면들, 그의 용기를 칭찬하면서도 한결같이 그의 쇠락을 예견하는 여러 에이전트들과 홍보담당자들의 말들, 이 사실로 인해 변하는 것은 없을 거라고 약속하는 동료 배우들과 감독들의 말, 그리고 마지막으로, 그의 강점은 어차피 로맨틱한 역이 아니었으니 아마도 괜찮을 거라고 말한, 이름을 밝히지 않은 한 영화사 중역의 말이 실려 있었다. 기사 끝에는 9월 휘트니에서 열린 리처드의 전시회 오프닝 날 주드와 찍힌 사진이 링

크되어 있었다.

주드가 나오자 그는 기사를 보여주고, 그가 읽는 모습을 지켜봤다. "아, 윌럼." 그는 말했고, 나중에 괴로운 표정으로 "내 이름이 있네" 하고 말했다. 처음으로 주드가 그가 조용히 있길 원했던 게 윌럼뿐만 아니라 자신의 프라이버시를 위해서였을지 모른다는 생각이 들었다.

"내가 주드의 정체를 확인해주려면 주드한테 먼저 물어봐야 한다고 생각 안 해?" 키트는 윌럼 대신 기자에게 뭐라고 말해야 할지 결정하면서 그에게 물었었다.

"아니, 괜찮아." 그는 말했다. "상관하지 않을 거야."

키트는 말이 없었다. "할지도 몰라, 윌럼."

하지만 그는 그럴지도 모른다는 생각은 정말 하지 못했다. 하지만 이제 자기가 오만했을 수도 있다는 생각이 들었다. 어떻게 네가 괜찮다고 해서 주드도 괜찮을 거라고 생각할 수 있었어? 그는 자문했다.

"윌럼, 미안해." 주드는 말했다. 그는 죄책감을 느끼고 있을지도 모를 주드를 안심시켜주고 사과도 해야 한다는 걸 알고 있었지만, 그럴 기분이 아니었다. 그 순간은 아니었다.

"좀 뛰고 올게." 그는 말했고, 주드를 보지 않았지만 그가 고개를 끄덕이는 걸 느낄 수 있었다.

너무 이른 시각이라 바깥은 아직 고요하고 시원했고, 공기는 희뿌옇고, 거리를 달리는 차는 몇 대밖에 없었다. 호텔은 오래된 프랑스 오페라하우스 근처에 있었고, 그는 그 주위를 한 바퀴 돈 다음 다시 호텔 앞으로 와서 조그만 연녹색 라임들과 레몬과 장미, 후추열매 향 허브들이 쌓인 커다랗고 납작한 대나무 바구니를 놓고 쪼그리고 앉은 노점 상인들 앞을 지나 식민지 시대 건물들이 남아 있는 구역으로 갔다. 거리가 좁아지면서 속도를 늦춰 걷기 시작하다 어느 골목 안으로 들어갔다. 골목에는 조그만 간이식당들이 빼곡히 늘어서 있었다. 수프인지 기름인지 모를 뭔가가 끓고 있는 솥 뒤에는 여자가 혼자 서 있고, 손님들은 그 앞에 놓인 플라스틱 의자 네다섯 개에 앉아 재빨리 음식을 먹고 허둥지둥 골목 입구로 돌아가 자전거를 타고 달려갔다. 그는 골목 끝에서 걸음을 멈추고 자전거가 지나가도록 비켜줬다. 자전거 뒤에 묶여 있는 바구니에 든 바게트에서 풍기는 뜨거운 우유 향기가 그의 콧속을 가득 채웠다. 그는 다른 골목, 이번에는 허브 다발과 새까만 망고스틴을 수북이 쌓아놓고 쪼그리고 앉은 노점상들이 즐비한 골목을 따라 걸어갔다. 옆의 쇠쟁반 위에 놓인 은분홍색 생선들이 어찌나 신선한지 입을 뻐끔거리는 소리가 들리는 것 같았고, 눈알을 절박하게 굴리는 것까지 다 보였다. 머리 위에는 기운차게 짹짹거리는 새들이 한 마리씩 들어 있는 새장들이 등처럼 걸려 있었다. 현금이 좀 있어서, 그는 주드에게 줄 허브 다발을 하나 샀다. 로즈메리처럼 생겼지만 상쾌한 비누 향이 났고, 뭔지 몰랐지만 주드는 알 것도 같았다.

너무 순진했다. 그는 호텔로 천천히 돌아오면서 생각했다. 자신의 경력에 대해, 주드에 대해. 왜 항상 자기가 무슨 일을 하고 있는지 알고 있다고 생각했을까? 왜 자기가 원하는 건 뭐든 할 수 있고 모든 게 자기가 상상한 대로 이루어질 거라 생각했을까? 창의력이 없어서일까, 아니면 오만일까, 아니면 (그가 추측하듯이) 그냥 멍청해서일까? 그가 믿고 존중하는 사람들은 늘 그에게 경고했는데—키트는 경력에 대해, 앤디는 주드에 대해, 주드는 그 자신에 대해—그런데도 그는 늘 그들을 무시했다.

처음으로 그는 키트의 말이 맞지 않을까, 주드의 말이 맞지 않을까, 앞으로 다시는 일을 못 하는 게 아닐까, 적어도 그가 좋아하는 일은 못 하는 게 아닐까 생각했다. 주드를 원망하게 될까? 그런 생각은 하지 않았다. 그건 아니길 바랐다. 하지만 두고 봐야 할 거라고는 절대 생각하지 않았다, 정말로.

하지만 그보다 더 두려운 건 자신에게도 물어볼 수 없는 질문이었다. 그가 주드에게 시키고 있는 일들이 결국 주드에게 좋지 않은 거면 어떡하나? 그 전날 그들은 처음으로 같이 샤워를 했는데, 그러고 나서 주드가 너무 조용했고, 생기 없고 텅 빈 눈으로 멍하게 있어서 윌럼은 순간적으로 무서워졌다. 주드는 하고 싶어 하지 않았지만 윌럼이 강요했다. 샤워실에서 주드는 뻣뻣하고 표정이 안 좋았고, 꽉 다문 주드의 입에서 그가 참고 있다는 걸, 끝나길 기다리고 있다는 걸 알 수 있었다. 하지만 그는 주드가 샤워실에서 못 나가게 했다. 억지로 있게 했다. 그는 케일럽처럼 행동했다(의도는 아니었지만 그게 무슨 상관인가). 그는 주드가 원하지 않는 일을 하게 했고, 주드는 그가 시켰기 때문에 했다. "너도 좋을 거야." 그는 말했고, 그걸 떠올리자—비록 그는 그 말을 믿었지만—거의 토할 것 같았다. 주드처럼 무조건적으로 그를 신뢰하는 사람은 없었다. 하지만 그는 자기가 무슨 짓을 하고 있는지 몰랐다.

"윌럼은 건강관리 전문가가 아니야." 앤디의 말이 생각났다. "배우라고." 그와 주드 모두 그때는 웃었지만, 그는 앤디가 틀렸다고는 믿지 않았다. 그가 뭐라고 주드의 정신 건강을 바로잡겠는가? "날 너무 믿지 마." 그는 주드에게 말하고 싶었다. 하지만 어떻게 그럴 수 있을까? 이게 그가 주드에게서, 이 관계에서 원하는 게 아니었나? 서로에게 너무나 없어서는 안 될 존재가 돼서 그 사람 없는 삶은 생각조차 할 수 없게 되는 것? 이제 그는 그걸 가졌고, 그 위치의 책임에 두려움이 밀려왔다. 그는 자기가 얼마나 큰 해를 끼칠 수 있는지 완전히 이해하지도 못하면서 책임지길 요청했다. 이걸 할 수 있을까? 그는 섹스에 대한 주드의 공포심을 생각했고, 그 공포심 뒤에는 다른 게, 늘 추측은 하고 있지만 절대 물어보지 않았던 게 놓여 있다는 걸 알고 있었다. 그럼 그는 뭘 해야 할까? 그는 자기가 잘하고 있는지 아닌지 결정적으로 말해줄 수 있는 누군가가 있길 바랐다. 일에 있어 키트가 그를 안내해주듯이 이 관계에서 그를 안내해줄, 언제 위험을 무릅써야 하고 언제 물러나야 할지, 언제 영웅 윌럼 역할을 하고 언제 악당 라그나르손이 될지 말해줄 누군가가 있었으면 하고 바랐다.

'아, 내가 무슨 짓을 저지르고 있는 거야?' 그는 하루를 시작하는 남자들과 여자들과 아이들을 지나, 벽장처럼 좁은 건물들을 지나, 꼰 밀짚으로 만든 딱딱한 벽돌 같은 베개들을 파는 조그만 가게들을 지나, 근엄하게 생긴 도마뱀을 품에 안고 있는 조그만 소년을 지나 탁탁 달려가며 주문이라도 외듯 계속 생각했다. '내가 무슨 짓을 저지르고 있는 거야, 아, 내가 무슨 짓을 저지르고 있는 거야?'

한 시간 후 호텔로 돌아왔을 즈음에는 하늘은 흰색에서 감미로운 민트빛 연파란색으로 변했다. 여행사에서는 늘 그랬던 것처럼 침대 두 개짜리 스위트룸을 예약해줬고(그는 비서에게 이걸 수정하라고 하는 걸 잊어버렸다), 주드는 전날 밤 둘이 함께 잤던 침대에 옷을 입은 채 누워 책을 읽고 있다가 윌럼이 들어오자 일어나 다가와서 포옹을 했다.

"땀투성이야." 그는 중얼거렸지만, 주드는 놓지 않았다.

"괜찮아." 주드는 말했다. 그는 한 걸음 물러나 팔을 잡은 채 윌럼의 얼굴을 쳐다봤다. "괜찮을 거야, 윌럼." 그는 고객들과 전화 통화를 할 때 윌럼이 가끔 들었던 그 단호하고 선언적 어조로 말했다. "정말이야. 내가 늘 널 보살펴줄게, 알지?"

그는 미소 지었다. "그럼." 그에게 위안이 된 건 그런 안심되는 말 자체라기보다 자기도 뭔가 줄 게 있다는 자신감과 능력과 확신에 차 보이는 주드의 태도였다. 그걸 보자 윌럼은 그들의 관계가 결국 구조 작업이 아니라, 그가 주드를 구하고 그만큼 자주 주드도 그를 구했던 우정의 연장이라는 걸 깨달았다. 그가 주드가 아플 때 도와주거나 사람들이 너무 많은 질문을 할 때 막아준 만큼 주드는 일에 대한 그의 고민을 들어줬고, 역을 맡지 못해서 비참해할 때 위로해줬고, 일거리가 떨어져 학자금 대출을 갚지 못하고 있었을 때는 (굴욕적이게도 석 달 연속으로) 대신 내줬다. 그런데도 지난 일곱 달 동안 그는 자기가 주드를 회복시켜놓겠다고, 자기가 그를 고칠 거라고 결심하고 있었던 것이다. 사실은 고칠 필요가 없는데. 주드는 늘 그를 있는 그대로 받아들였다. 그도 주드를 똑같이 대하려고 노력해야 했다.

"아침 시켰어." 주드가 말했다. "사람들 앞에 나서고 싶지 않을 것 같아서. 샤워할래?"

"고마워." 그는 말했다. "하지만 먹고 나서 할래." 그는 숨을 들이쉬었다. 불안감이 사라지는 게 느껴졌다. 자기 자신으로 돌아가는 느낌이 들었다. "같이 노래할래?" 지난 두 달 동안 그들은 〈듀엣〉 준비를 위해 같이 노래 연습을 했다. 영화 속에서 그가 맡은 인물과 그의 아내는 해마다 크리스마스 연극을 하고, 그와 아내 역을 맡은 배우가 모두 직접 노래를 부를 예정이었다. 감독은 연습할 노래 곡목을 보내줬고, 주드가 그와 같이 연습해왔다. 주드가 멜로디를 맡고, 그는 화음을 맡았다.

"물론이지." 주드가 말했다. "늘 하던 걸로?" 지난주 그들은 아카펠라로 불러야 하는 〈아데스테 피델레스〉를 연습했고, 지난주 내내 그는 늘 똑같은 지점, 바로 첫 연 "베니테 아도레무스"에서 반음이 올라가곤 했다. 그럴 때마다 그는 실수에 움찔했지만, 주드는 그에게 고개를 흔들며 계속 불렀고, 그도 끝까지 계속 불렀다. "넌 생각이 너무 많아." 주드는 말하곤 했다. "반음이 올라가는 건 음을 맞추려고 너무 집중하고 있기 때문이야. 그냥 생각하지 마, 윌럼. 그러면 제대로 될 거야."

하지만 그날 아침에는 제대로 할 거라는 확신이 들었다. 그는 주드에게 허브 다발을 줬고, 그는 여전히 그걸 들고 있었다. 주드는 고맙다고 하며 보라색 꽃들을 손가락으로 집어 향을 풍겼다. "페릴라 같은데." 그가 향기를 맡아보라며 윌럼에게 손가락을 내밀었다.

"좋은데." 그는 말했고, 둘은 서로 바라보며 미소 지었다.

주드가 시작했고 그가 뒤따랐고, 그는 음이탈 없이 해냈다. 노래가 끝나고 마지막 음표를 마치자마자, 주드는 곧장 목록의 다음 곡 〈우리를 위해 한 아기 나셨네〉를 부르기 시작했고, 그 다음에는 〈선왕 바츨라프〉를, 그리고 또 한 곡, 또 한 곡을 부르고, 윌럼은 따라갔다. 그의 목소리는 주드만큼 풍부하지 않았지만 그 순간 그는 그걸로 충분하다고, 어쩌면 충분 이상일지 모른다고 생각했다. 주드의 목소리와 함께하니 더 근사하게 들렸다. 그는 눈을 감고 마음껏 음미했다.

아직 노래를 부르고 있는 도중 벨이 아침식사의 도착을 알렸지만, 그가 일어서자 주드가 그의 손목을 잡았고, 주드는 앉고 그는 선 채로 마지막 가사까지 노래를 마쳤다. 노래를 끝내고서야 그는 문으로 가서 열었다. 그를 둘러싼 방 안에는 그가 발견한 이름 모를 허브 향기가 푸르고 상쾌하면서도 어딘가 익숙한 향기를 뿜어냈다. 갑자기, 예기치 않게 그의 인생에 나타나고서야 좋아하고 있었다는 걸 깨닫게 된 어떤 것처럼.

2

처음으로 윌럼이 그의 곁에서 떠났을 때—약 20개월 전, 두 번의 1월 이전—모든 게 엉망이 됐다. 윌럼이 〈듀엣〉 촬영을 시작하러 텍사스로 떠난 지 두 주 만에 그는 등 문제로 세 번의 삽화를 겪었다(사무실에서 한 번, 그리고 집에서 겪었던 한 번은 두 시간이나 지속됐다). 발의 통증도 다시 시작됐다. 오른쪽 종아리에는 (어디에서 생긴 건지 도무지 알 수 없는) 베인 상처가 생겼다. 하지만 그건 다 괜찮았다. "이런 상황에서도 너 참 빌어먹게 유쾌하다." 일주일 사이 두 번째로 진료 약속을 잡아야 했을 때 앤디는 말했다. "의심스러워."

"아, 뭐." 그는 너무 고통스러워서 말도 제대로 못 하면서도 대답했다. "보통 있는 일이잖아요, 안 그래요?" 하지만 그날 밤 침대에 누워서 그는 그렇게 오랫동안 버텨준 것에, 통제해준 것에 대해 자기 육체에게 감사했다. 그와 윌럼의 구애 기간이라고 내심 생각했던 그 몇 달 동안 그는 한 번도 휠체어를 쓰지 않았다. 삽화는 드물고 짧았고, 윌럼 앞에서는 한 번도 일어나지 않았다. 윌럼은 그의 문제를 알고 있고 최악의 모습도 봤으니 어리석은 생각이라는 건 알지만, 그래도 두 사람이 서로를 다르게 보기 시작했을 때 재창조의 기간, 멀쩡한 사람 흉내를 낼 수 있는 기간이 허락된 걸 감사했다. 그래서 다시 정상으로 돌아갔을 때, 그는 윌럼에게 무슨 일이 벌어지고 있는지 이야기하지 않았다. 그는 그 화제에 너무 질려서 다른 사람은 질리지 않을 수 있다는 걸 상상할 수가 없었다. 윌럼이 돌아온 3월 무렵에는 상태가 그럭저럭 좋아져서 다시 걸을 수 있었고 상처도 대체로 다시 통제가 됐다.

그 이후로 윌럼은 네 번 더—두 번은 촬영차, 두 번은 홍보여행차—오래 집을 비웠고, 그때마다, 심지어 때로는 윌럼이 집을 떠나는 바로 그날 그의 육체는 망가졌다. 하지만 그는 그 타이밍과 예의에 감사했다. 마치 그의 몸이 마음보다 먼저 그가 이 관계를 지속해야 한다고 결정 내리고는 될 수 있는 대로 최대한 장애물과 당황스러울 것들을 없애서 제 역할을 다하고 있는 것 같았다.

이제 9월 중순이고, 윌럼은 다시 떠날 준비를 하고 있다. 까마득한 옛날 최후의 만찬 이후 의식처럼 늘 그래왔듯이, 윌럼이 떠나기 전 그들은 엄청나게 비싼 곳에서 저녁을 먹은 후 나머지 시간은 이야기를 나누며 토요일 밤을 보낸다. 일요일에는 아침 늦게까지 자고, 오후에는 실질적인 문제들을 검토한다. 윌럼이 없는 동안 해야 할 일들, 먼저 해결해야 할 문제들, 내려야 할 결정들. 과거의 관계에서 현재의 관계로 변하면서 그들의 대화는 더 친밀하고 일상적이 됐고, 그 마지막 주말은 그 모든 것의 완벽한 축약 버전이다. 토요일은 두려움과 비밀과 고백과 추억으로, 일요일은 실행 계획, 두 사람의 생활을 함께 나아가게 만드는 일상적인 작업을 한다.

그는 윌럼과 하는 두 가지 대화를 다 좋아하지만, 상상했던 것보다 더 일상적 대화를 즐긴다. 늘 큰 문제들—사랑, 신뢰—로 윌럼에게 묶여 있다고 느꼈지만, 작은 일들, 청구서나 세금, 치과 치료 등으로도 묶여 있다는 게 좋다. 몇 년 전 해럴드와 줄리아네 집에 갔을 때 일이 늘 생각난다. 그때 그는 심한 감기에 걸려서 그 주말 대부분을 거실 소파에서 담요를 두른 채 자다 깨다 하며 보냈다. 그 토요일 밤 같이 영화를 보고 있었는데, 어느 순간 해럴드와 줄리아가 트루로 집 부엌 수리에 대해 이야기하기 시작했다. 그는 비몽사몽간에 그들이 조용히 나누는 대화를 듣고 있었다. 너무 지루한 이야기라 세부 사항은 대부분 듣지 못했지만 한편으로는 굉장히 평화로운 기분이 들었다. 공동 생활의 역학을 의논할 수 있는 사람이 있다는 건 어른들 관계의 이상적 표현 같았다.

"그래서 그 나무 인부한테 메시지 남겨서 이번 주에 전화하라고 했어, 알았지?" 윌럼이 묻는다. 그들은 거실에서 윌럼이 짐 싸는 걸 마무리하고 있다.

"알았어." 그는 말한다. "내일 전화해야 한다고 나도 메모 써놨어."

"맬한테도 네가 다음 주말에 같이 가볼 거라고 말해놨어."

"알아." 그는 말한다. "스케줄에 넣어놨어."

윌럼은 이야기하면서 옷가지들을 가방에 넣고 있다가, 갑자기 동작을 멈추고 그를 쳐다본다. "기분이 안 좋아." 그는 말한다. "너무 많은 일들을 너한테 떠맡기고 가네."

"그러지 마. 문제없어, 정말이야." 그들의 생활에서 스케줄 관리는 대부분 윌럼의 조수와 그의 비서들이 했지만, 업스테이트 집에 관한 일들은 자기들이 맡아 하고 있다. 어쩌다 이렇게 됐는지는 서로 이야기하지 않았지만, 자기들이 함께 짓고 있는 이곳, 리스페너드 스트리트 이후 처음으로 같이 만들어나가는 이곳 공사 과정에 같이 참여하고 지켜보는 걸 둘 다 중요하게 여기고 있다는 걸 그는 느낀다.

윌럼이 한숨을 쉰다. "하지만 넌 정말 바쁜데."

"걱정 마." 그는 말한다. "정말이야, 윌럼. 알아서 할 수 있어." 그래도 윌럼은 계속 걱정스러운 얼굴이다.

그날 밤, 그들은 잠을 이루지 못한다. 윌럼을 알아온 내내, 떠나기 전날에는 같은 기분이 든다. 윌럼과 이야기하고 있는 중에도 그가 없으면 얼마나 그리울지 벌써 느껴진다. 이제 그들이 실제로, 육체적으로 하나가 되니, 그 기분은 이상하게도 더 강해졌다. 이제 윌럼의 존재에 너무 익숙해져서 그의 부재는 더 크고 더 기운이 빠진다. "그거 말고 무슨 이야기 해야 하는지 알지." 윌럼이 말하고, 그가 뭐라 대답하기 전, 윌럼이 그의 소매를 걷고 왼쪽 손목을 살짝 쥔다. "약속해줘." 윌럼이 말한다.

"맹세해." 그는 말한다. "그럴게." 옆에서 윌럼이 그의 팔을 놓고 다시 똑바로 눕는다. 둘 다 아무 말도 하지 않는다.

"피곤해." 윌럼이 하품을 한다. 그들은 정말 피곤하다. 지난 2년 남짓 사이, 윌럼은 게이로 재분류됐고, 루시엔은 회사에서 은퇴했고, 그는 소송분과장을 맡았고, 그들은 도시에서 북쪽으로 80분 거리에 위치한 전원에 집을 짓고 있다. 주말에 같이 있을 때면—윌럼이 집에 있을 때면 그도 집에 있으려고 노력하고, 토요일에 늦게까지 있지 않으려고 주중에는 훨씬 더 일찍 출근한다—때로는 초저녁부터 거실에서 햇빛이 사라질 때까지 내내 말도 없이 그냥 거실 소파에 같이 누워 뒹굴댄다. 가끔은 외출도 하지만 예전처럼 자주는 아니다.

"레즈비언 세계로의 이행이 내 예상보다 더 빠르네." 제이비와 그의 새 남자친구 프레더릭, 맬컴과 소피, 리처드와 인디아,

앤디와 제인을 저녁에 초대한 어느 날 제이비는 말했다.

"가만 좀 둬, 제이비." 다른 사람들은 다 웃고 리처드는 가볍게 핀잔을 줬지만, 윌럼이 기분 상했다는 생각은 들지 않았고, 자기도 당연히 기분 나쁘지 않았다. 결국 그가 상관하는 건 윌럼뿐이었다.

그는 잠시 윌럼이 무슨 다른 말을 할지 기다린다. 윌럼이 섹스를 해야 하는지 궁금하다. 아직도 윌럼이 언제 섹스를 원하고, 언제 아닌지 대체로 잘 분간이 안 된다. 언제 포옹이 더 침입적이고 원치 않는 것으로 넘어가는지 잘 알 수가 없다. 그래도 그는 늘 준비되어 있다. 인정하기 싫고, 생각하기도 싫고, 절대 입 밖에 내지도 않겠지만, 윌럼이 떠날 때 그가 기대하는 정말 얼마 안 되는 것들 중 하나가 바로 그거다. 그가 떠나 있는 몇 주 동안, 혹은 몇 달 동안은 섹스가 없을 테고, 그는 그제야 긴장을 풀고 쉴 수 있다.

그들은 이제 18개월째 섹스를 하고 있고, 윌럼은 거의 10개월 동안 그를 기다려줬다. (그는 마치 성생활이 복역 기간인 것처럼, 끝내기 위해 노력하는 일인 것처럼 세는 걸 그만둬야 한다고 깨닫는다.) 그 기간 동안 그는 어딘가에 숫자가 내려가고 있는 시계가 있다는 걸 날카롭게 의식하고 있었고, 시간이 얼마나 남았는지는 모르겠지만 윌럼이 아무리 인내한다 해도 영원히 인내할 수는 없다는 걸 알고 있었다. 몇 달 전 윌럼이 제이비에게 그들의 성생활이 얼마나 근사한지 거짓말하고 있는 걸 엿들은 그는 그날 밤 윌럼에게 준비되었다고 말해야겠다고 맹세했다. 하지만 너무 겁에 질려서 그 순간을 그냥 지나쳐 보냈다. 그로부터 한 달 정도가 지난 후 동남아시아에 휴가 갔을 때, 그는 다시 한 번 시도해보겠다고 다짐했지만 역시 아무것도 하지 못했다.

그리고 1월이 됐고, 윌럼은 〈듀엣〉을 찍으러 텍사스로 떠났고, 그는 몇 주 동안 혼자 준비를 하면서 보냈고, 윌럼이 돌아온 날 밤—그는 윌럼이 자기에게 돌아왔다는 게 여전히 놀라웠다. 너무 놀라고 황홀하고 행복해서 창문 밖으로 얼굴을 내밀고 이건 있을 수 없는 일이라고 외치고 싶을 정도였다—윌럼에게 준비됐다고 말했다.

윌럼은 그를 쳐다봤다. "확신해?"

물론 아니었다. 하지만 윌럼과 같이 있으려면 결국에는 해야 할 것이다. "응." 그는 말했다.

"정말 원하는 거야?" 윌럼은 여전히 그를 쳐다보며 물었다.

이건 뭘까, 그는 의아했다. 설명을 요구하는 걸까? 아니면 진짜 질문일까? 안전한 게 낫지, 그는 생각했다. 그래서 그는 "응" 하고 대답했다. "물론 원해." 윌럼의 미소로 그는 정답을 골랐다는 걸 알았다.

하지만 먼저 자기의 병에 대해 말해야 했다. "나중에 섹스를 하게 되면, 절대 잊지 말고 늘 그 사실부터 밝혀야 해." 필라델피아의 의사는 수년 전 그에게 말했다. "다른 사람에게 병을 옮기고 싶지는 않을 테지." 의사는 엄격했고, 그는 그때 느낀 수치심, 그리고 자신의 불결함을 다른 사람과 나눌 수 있다는 두려움을 절대 잊지 않았다. 그래서 그는 할 말을 적어놓고 완전히 외울 때까지 낭송했다. 하지만 실제로 그 말을 하는 건 예상보다 훨씬 더 힘들었고, 그래서 너무 조그만 목소리로 말해서 다시 말해야 했고, 그건 더 끔찍했다. 이 이야기는 딱 한 번 케일럽에게만 했고, 그는 말이 없다가 나지막한 목소리로 말했다. "주드 세인트 프랜시스. 결국 창녀였군." 그는 억지로 미소 지으며 동의했다. "대학 때." 그는 겨우 말했고, 케일럽은 살짝 미소 지었다.

윌럼도 말없이 그를 쳐다보다 물었다. "언제 병에 걸린 거야, 주드?" 그리고 말했다. "미안해."

그들은 나란히 누워 있었다. 윌럼은 자기 쪽 자리에서 주드를 향해 누워 있었고, 주드는 똑바로 누워 있었다. "워싱턴디시에 있을 때." 그는 겨우 말했다. 물론 그건 사실이 아니었다. 하지만 진실을 말하면 이야기가 더 길어질 테고, 그 대화에는 준비가 되어 있지 않았다, 아직은.

"주드, 미안해." 윌럼이 말했고 그에게 손을 뻗었다. "말해줄래?"

"아니." 그는 완강하게 말했다. "우리 하자. 지금." 그는 이미 준비가 되어 있었다. 하루 더 기다린다고 해서 상황이 달라지진 않을 것이고, 용기만 잃게 될 것이다.

그래서 그들은 했다. 그는 내심 큰 희망을, 심지어 기대를 가지고 있었다. 윌럼과는 다를 거라고, 마침내 그 과정을 즐기게 될 거라고. 하지만 일단 시작되자, 예전의 온갖 나쁜 느낌들이 되돌아왔다. 이번은 분명 더 낫다고, 윌럼은 케일럽보다 더 상냥하다고, 조급하게 굴지 않는다고, 그리고 결국 이 사람은 그가 사랑하는 윌럼이라는 데 집중하려고 애썼다. 하지만 끝나고 나자, 똑같은 수치심, 똑같은 메스꺼움, 창자를 다 끄집어내서 벽에 철퍼덕하고 피를 튀기며 내동댕이치고 싶은 자해 욕구가 똑같이 들었다.

"괜찮았어?" 윌럼이 조용히 물었고, 그는 돌아누워 너무나 사랑하는 윌럼의 얼굴을 바라봤다.

"응." 그는 말했다. 그리고 생각했다, 어쩌면 다음번에는 더 괜찮을 거야. 그리고 다음에 또 똑같은 기분이 들었을 때, 그는 그다음에는 더 괜찮을 거라고 생각했다. 매번 이번에는 다를 거라고 희망했다. 매번 그럴 거라고 되뇌었다. 심지어 윌럼마저 자신을 구원해줄 수 없다는 걸, 그는 구제불능이라는 걸, 이 경험은 영원히 끔찍하다는 걸 깨달았을 때, 그는 이제껏 느껴보지 못한 슬픔을 느꼈다.

결국 그는 몇 가지 규칙을 만들었다. 첫째, 절대 윌럼을 거부하지 않는다. 이게 윌럼이 원하는 거라면 그는 할 수 있고, 절대 거절하지 않을 것이다. 그와 함께 있기 위해 윌럼은 너무 많은 희생을 치렀고, 그에게 너무나 큰 평화를 안겨줬기 때문에, 그는 뭐든 자기가 할 수 있는 방법으로 감사하겠다고 굳게 결심했다. 두 번째, 그는—루크 수사가 예전에 말했던 대로—약간 활기를, 약간 열의를 보이려고 노력할 것이다. 케일럽과의 관계 막바지에는 그는 평생 해왔던 대로 돌아가기 시작했다. 케일럽이 그를 돌아눕히고 바지를 내리면, 그는 그냥 누워서 기다렸다. 이제 윌럼과 있을 때는 루크 수사의 명령, 그리고 그가 늘 따랐던 명령—뒹굴어. 이제 소리를 좀 내. 이제 좋았다고 말해—을 기억하려 애썼다. 그리고 적절한 순간 그것들을 적절히 섞어서 자기도 적극적으로 참여하는 척했다. 그는 이런 반응이 자신의 열의 부족을 어떻게든 숨겨주기를 바랐고, 윌럼이 자는 동안 루크 수사가 가르쳐준 교훈들, 어른이 된 후 내내 잊어버리려 했던 교훈들을 기억했다. 윌럼이 자신의 능수능란함에 놀랐다는 걸 그는 알았다. 다른 사람들이 침대에서 어땠다는 둥, 어떻게 했으면 좋겠다는 둥 허풍을 늘어놓을 때 늘 아무 말 없이 있던 그, 친구들이 그런 화제로 대화할 때마다 참고 있기는 했지만 절대 같이 이야기를 나누지는 않았던 그가 아니었던가.

세 번째 규칙은 윌럼이 세 번 먼저 섹스하자고 할 때마다 한 번은 자기가 먼저 손을 내밀어서 너무 기울어 보이지 않게 하는 것이었다. 네 번째는, 윌럼이 그에게 뭘 원하든 간에 한다는 것이었다. '이건 윌럼이야.' 그는 거듭 되뇌곤 했다. '이 사람은 절대 널 일부러 해칠 사람이 아니야. 그가 원하는 거라면 다 이유가 있어.'

하지만 루크 수사의 얼굴이 눈앞에 보였다. '넌 그 사람도 신뢰했잖아.' 목소리가 그를 괴롭혔다. '그 사람도 널 보호해주고 있다고 생각했잖아.'

'어떻게 감히.' 그는 그 목소리와 싸웠다. '어떻게 윌럼을 루크 수사와 비교할 수 있어.'

'뭐가 달라?' 그 목소리가 받아쳤다. '너한테서 똑같은 걸 원하는데. 결국 넌 그 사람들한테 똑같은 거야.'

결국 그 절차에 대한 두려움은 줄어들었지만, 두려움 자체는 사라지지 않았다. 윌럼이 섹스를 즐긴다는 건 늘 알고 있었지만, 그가 그와 함께하는 걸 너무 즐기는 것 같아 놀라고 실망했다. 그게 얼마나 부당한 생각인지는 알지만, 그는 그것 때문에 윌럼을 좀 덜 존경하게 됐고, 그런 생각을 하는 자신을 더 미워하게 됐다.

그는 케일럽 이후 그 경험에서 더 나아진 게 뭔지 생각하려고 애썼다. 여전히 고통스럽긴 하지만, 다른 어떤 사람과 할 때보다 덜 고통스러웠고, 그건 분명 좋은 일이었다. 여전히 불편하지만, 마찬가지로 예전보다는 덜했다. 여전히 수치스럽지만, 윌럼과 함께라면, 자기가 가장 좋아하는 사람에게 적어도 조그만 기쁨을 주고 있다는 생각으로 위로 삼을 수 있었고, 매번 버티는 데 도움이 됐다.

윌럼에게는 자동차 부상 때문에 발기 능력을 잃었다고 말했지만, 그건 사실이 아니었다. (수년 전) 앤디의 진단에 따르면, 그가 발기를 못 하는 데는 어떤 육체적 이유도 없었다. 하지만 어쨌거나 그는 할 수 없었고, 수년간 한 적도 없었다. 대학 시절 이후로는 한 적이 없고, 대학 때조차 드물고 어찌해볼 도리가 없는 일이었다. 윌럼은 할 수 있는 방법—주사나 약—이 없는지 물었지만, 그는 그런 주사나 약 성분에 알레르기가 있는 데다가 그래봤자 달라질 게 없다고 말했다.

케일럽은 이 일에 별로 신경 쓰지 않았지만, 윌럼은 신경 썼다. "도움 되는 게 뭐가 있지 않을까?" 그는 묻고 또 물었다. "앤디한텐 물어봤어? 다른 걸 시도해봐야 하지 않을까?" 마침내 그는 제발 좀 그만 물으라고, 자기가 괴물이 된 기분이라고 쏘아붙였다.

"미안해, 주드. 그런 뜻은 아니었어." 윌럼은 침묵하다 말했다. "난 그냥 너도 즐겼으면 해서."

"즐기고 있어." 윌럼에게 이렇게 많은 거짓말을 하는 게 싫었지만, 대안이 뭔가? 대안은 그를 잃는 것, 영원히 혼자가 되는 거였다.

때로 그는 이렇게 한계에 갇힌 자신을 저주했지만, 또 어떨 때는 마음이 누그러졌다. 자기 마음이 몸을 보호해왔다는 걸, 자기보호를 위해 성적 충동을 차단하고 그런 고통을 안겨준 모든 부분들을 석회화시켜버렸다는 걸 알 수 있었다. 하지만 보통은 다 자기 잘못이라고 생각했다. 윌럼에 대한 원망이 잘못이라는 걸 알고 있다. 전희—매번 상호작용에 앞서는 그 길고 당황스러운 전초 작업, 자신의 흥분 능력이 어디까지인지 실험해보는 그만의 방법인 그 친밀한 육체적 동작들—에 대한 윌럼의 애정을 참기 힘들어하는 게 잘못이라는 걸 알고 있다. 하지만 그의 경험상 섹스는 최대한 빨리, 짐승에 가까울 정도로 효율적이고 통명스럽게 해치워야 할 일이었다. 윌럼이 그 시간을 늘리려고 애쓰고 있으면, 그는 나름 단호하게 방향을 제시하기 시작했고, 나중에야 윌럼이 그걸 열정으로 착각했다는 걸 깨달았다. 그러면 루크 수사의 의기양양한 선언—'너도 즐기고 있는 거 다 들렸어'—이 머릿속에 들려와 그는 몸을 움츠렸다. '아니야.' 는 말하고 싶었고, 지금도 말하고 싶었다. '난 아니야.' 하지만 그럴 용기가 없었다. 그들은 사귀는 사이다. 사귀는 사람들은 섹스를 했다. 윌럼을 계속 붙들고 싶으면, 이 거래에서 자기 몫을 해야 했고, 그 의무가 싫다고 해서 그 사실을 바꿀 수는 없다.

그래도 그는 포기하지 않았다. 자기는 아니더라도 윌럼을 위해서라도 스스로를 고쳐보려 노력하겠다고 다짐했다. 윌럼이 홍보 투어를 간 동안—몰래, 주문할 때 얼굴이 따끔거렸다—섹스 자습서 세 권을 사서 읽었고, 윌럼이 돌아왔을 때 학습한 것을 써보려 했지만, 결과는 마찬가지였다. 침대에서 잘하는 법에 대한 기사들이 실린 여성 잡지들을 사서 면밀히 공부했다. 성적 학대—그가 싫어하고 자신에게 적용하지 않는 용어—의 희생자들이 어떻게 섹스하는지에 대한 책을 주문해서 어느 날 밤 윌럼이 들어오지 못하게 서재 문을 잠그고 몰래 읽었다. 하지만 약 1년 후 그는 야심을 수정하기로 결심했다. 평생 섹스를 즐길 수 없을지도 모르지만, 그렇다고 해서 윌럼에게 더 즐거운 일로 못 만들어줄 건 없었다. 섹스는 그의 감사의 표현이자, 더 이기적으로는 윌럼을 옆에 붙들어둘 방법이었다. 그래서 그는 수치심을 뒤로하고 싸워나갔고, 윌럼에게 집중했다.

이제 다시 섹스를 하게 되자, 그는 이 모든 세월 내내 자기가 얼마나 섹스에 둘러싸여 살아왔는지, 깨어 있을 때 자기 마음에서 그 생각을 얼마나 완전히 몰아냈었는지 깨달았다. 수십 년 동안 그는 섹스에 대한 토론을 피해왔지만, 이제는 그런 이야기를 마주할 때마다 열심히 들었다. 동료들의, 레스토랑에서 여자들의, 길거리에서 지나치는 남자들의 이야기를 엿들었다. 모두들 섹스 이야기를 하고 있었다. 언제 하는지, 얼마나 더 원하는지(덜 원하는 사람은 아무도 없는 것 같았다). 마치 대학 시절로 다시 돌아간 것 같았다. 동료들은 다시 한 번 부지불식간에 선생님이 되었다. 그는 정보에, 어떻게 하는지에 대한 훈계에 귀를 쫑긋 세웠다. 텔레비전 토크쇼를 봤다. 수많은 토크쇼들의 주제는 커플들이 결국 어떻게 섹스를 하지 않게 되는가인 것 같았다. 게스트들은 몇 달 동안, 때로는 몇 년 동안 섹스를 하지 않은 부부들이었다. 그는 이 쇼들을 공부했지만, 어떤 것도 그가 원하는 정보를 주지 않았다. 연인관계에서 섹스는 언제까지 계속되는가? 그와 윌럼에게도 그런 일이 일어날 때까지 그는 얼마나 더 오래 기다려야 하나? 그는 커플들을 봤다. 행복한가? (분명 아니었다. 그들은 토크쇼에서 생판 모르는 사람들에게 자기들 성생활 이야기를 하면서 도움을 구하고 있었다.) 하지만 그들은 행복해 보였다. 아닌가? 적어도 나름대로 행복해 보였다. 3년 동안 섹스를 하지 않은 남자와 여자는, 여자의 팔에 닿아 있는 남자의 손으로 볼 때 분명 여전히 상대방에 대한 애정을 지니고 있고, 섹스보다 더 중요한 이유로 함께 있는 게 분명했다. 비행기에서 그는 로맨틱코미디들과 섹스를 하지 않는 부부들에 대한 소극들을 봤다. 젊은 사람들이 나오는 모든 영화들은 섹스 욕구에 대한 이야기였고, 늙은 사람들이 나오는 모든 영화들도 섹스 욕구에 대한 이야기였다. 그는 이 영화들을 보고 좌절했다. 사람들은 언제 섹스를 그만 원하게 되나? 때로는 이 일의 아이러니를 음미하곤 했다. 모든 면에서 완벽한 파트너이고 여전히 섹스를 원하는 윌럼과 모든 면에서 이상적이지 않은 파트너이며 섹스를 원하지 않는 그. 절름발이인 그가 섹스를 원하지 않는데, 윌럼은 어쩐지 그를 원하는 것. 그럼에도 윌럼은 그가 생각하는 행복이었다. 그가 절대 가질 수 없을 거라고 생각한 행복의 모습이었다.

그는 윌럼에게 여자와의 섹스가 그리우면 하라고, 자기는 신경 쓰지 않을 거라고 확고히 말했다. 하지만 윌럼은 말했다. "아니. 난 너랑 하고 싶어." 다른 사람이라면 이 말에 감동했을 테고 그도 감동했지만, 한편으로는 절망했다. 이 일은 언제 끝날까? 그리고 필연적으로 다른 질문들이 뒤따랐다. 영원히 안 끝난다면? 평생 그만해도 된다는 허락을 받지 못한다면? 그는 모텔에서의 시절을 떠올렸다. 심지어 그때조차 비록 가짜이긴 해도 기대할 날짜가 있었다. 열여섯 살이 되면 그만둘 수 있을 거라고 기대했었다. 이제 그는 마흔다섯인데, 마치 다시 열한 살로 돌아가 누군가—예전에는 루크 수사, 지금은 (부당하고도 부당하게도) 윌럼—그에게 "됐어. 넌 의무를 다했어. 이젠 그만해도 돼"라고 말해주길 기다리는 것 같았다. 이런 감정에도 불구하고 그래도 자기는 여전히 인간이라고, 아무것도 잘못된 건 없다고 누군가 말해주길 바랐다. 분명 누군가, 그와 같은 기분을 느끼는 누군가가 세상 어딘가에는 있지 않을까? 분명 그 행위에 대한 그의 증오심이 교정되어야 할 결함이 아니라 단순한 선호일 수 있지 않을까?

어느 날 밤 윌럼과 함께 침대에 누워 있는데—둘 다 피곤한

하루를 보낸 뒤였다—윌럼이 느닷없이 같이 점심을 먹은 오랜 친구에 대해 이야기하기 시작했다. 몇 년 동안 한두 번 만난 몰리라는 여자인데, 힘든 시기를 보냈고 수십 년이 지난 지금 마침내 엄마에게 몇 년 전 죽은 아버지에게 성적 학대를 당했다는 이야기를 털어놓았다는 것이다.

"끔찍한 이야기네." 그는 자동적으로 말했다. "가엾은 몰리."

"그래." 윌럼은 말했고, 잠시 침묵이 흘렀다. "난 그냥 몰리한테 몰리는 하나도 부끄러워할 것 없다고, 아무것도 잘못한 것 없다고 말해줬어."

그는 얼굴이 뜨거워지기 시작했다. "맞아." 그는 겨우 말하고 과장되게 하품했다. "잘 자, 윌럼."

일이 분 정도 그들은 아무 말도 하지 않았다. "주드." 윌럼이 부드럽게 말했다. "나한테 언젠가는 이야기해줄 거야?"

무슨 말을 할 수 있겠는가, 그는 입을 꾹 다문 채 생각했다. 왜 윌럼이 지금 이걸 묻는 거지? 그는 자기가 너무 훌륭하게 정상 흉내를 잘 내고 있다고 생각했다. 하지만 어쩌면 아니었을지 모른다. 더 열심히 노력해야 할지도 모른다. 그는 윌럼에게 루크 수사와 있었을 때 일을 전혀 이야기해주지 않았다. 그 이야기는 할 수 없기도 하지만 마음 한구석에서 할 필요 없다고 생각하고 있었다. 지난 2년 동안 윌럼은 다양한 각도에서 그 문제에 접근하려 애썼다. 이름이 있을 때도 있고 없을 때도 있는 친구들과 지인들 이야기를 통해(그 사람들 일부는 창작이라고 추정할 수밖에 없었다. 세상 누구에게도 성적 학대에 시달린 친구들이 그렇게나 많을 수는 없을 테니까), 잡지에서 읽은 소아성애자들 이야기를 통해, 수치심의 본질과 종종 그게 어떤 식으로 그냥 주어져버리는지에 대한 다양한 이야기들을 통해서. 그런 이야기를 마치고 나면 윌럼은 마치 그가 마음으로 손을 내밀고 그에게 춤을 청하고 있는 것처럼 기다렸다. 하지만 그는 절대 윌럼의 손을 잡지 않았다. 매번 그는 침묵을 지키거나 화제를 바꾸거나 윌럼이 아무 이야기도 하지 않은 척했다. 윌럼이 어떻게 그에 대해 알게 됐는지 알지 못했고, 알고 싶지도 않았다. 분명 그가 보여주고 있다고 생각했던 사람은 윌럼, 혹은 해럴드가 본 사람이 아니었다.

"왜 그걸 묻는 거야?" 그가 물었다.

윌럼이 몸을 뒤척였다. "왜냐하면," 그는 말을 시작했다 멈췄다. "왜냐하면," 그리고 계속했다. "오래전에 그 이야기를 하게 했어야 했기 때문이야." 그는 다시 말을 멈췄다. "확실히 우리가 섹스를 시작하기 전에."

그는 눈을 감았다. "내가 제대로 못 하고 있는 거야?" 그는 조용히 물었고, 묻자마자 후회했다. 그건 루크 수사에게 물었어야 할 질문이었고, 윌럼은 루크 수사가 아니었다.

윌럼의 침묵으로 그는 윌럼도 그 질문에 놀랐다는 걸 알 수 있었다. "그래." 그는 말했다. "내 말은, 아니야. 하지만 주드, 난 너한테 무슨 일이 있었다는 걸 알아. 네가 말해줬으면 좋겠어. 내가 도울 수 있게 해줬으면 좋겠어."

"다 끝난 일이야, 윌럼." 그는 겨우 말했다. "오래전 일이야. 도움은 필요 없어."

다시 침묵이 흘렀다. "루크 수사가 널 다치게 한 사람이야?" 윌럼이 물었고, 그는 말이 없었고, 시간은 똑딱똑딱 흘러갔다. "넌 섹스하는 게 좋아, 주드?"

말을 하면 울 것 같아서 그는 아무 말도 하지 않았다. 아니, 라는 말. 너무 짧고 너무 하기 쉬운 말, 어린애 소리, 말이라기보다 소리, 숨을 짧게 토해내는 것. 그저 입술을 떼기만 하면, 그 말이 나올 테고, 그러면, 그러면 뭐? 윌럼은 떠날 것이고 모든 걸 가져가버릴 것이다. 난 참을 수 있어, 그는 섹스할 때 생각하곤 했다, 참을 수 있어. 윌럼 옆에서 잠을 깨는 매일 아침을 위해, 윌럼이 주는 모든 애정을 위해, 그와 같이 있는 편안함을 위해서 참을 수 있었다. 윌럼이 거실에서 텔레비전을 보고 있을 때 그 옆을 지나가면, 윌럼이 손을 뻗어 그의 손을 잡고, 그는 그대로 있곤 했다. 윌럼은 앉은 채 화면을 보고 그는 서서 서로 손을 잡은 채. 그러다 마침내 손을 놓고 계속 걸어가는 것이다. 그는 윌럼이 같이 있는 게 필요했다. 윌럼이 다시 그의 집에 들어온 이후 매일, 〈시나몬 왕자〉 촬영을 하러 윌럼이 떠나기 전 함께 있었을 때의 평온함을 느꼈다. 윌럼은 그에게 안정감을 주는 존재였고, 그는 늘 자기가 얼마나 이기적으로 행동하고 있는지 의식하면서도 거기 매달렸다. 윌럼을 정말로 사랑한다면 그를 떠나야 한다는 걸 그는 알고 있었다. 윌럼에게 더 좋은 사람, 같이 섹스를 즐길 수 있는 사람, 그를 진짜로 욕망할 사람, 문제가 적은 사람, 더 매력적인 사람을 찾으라고 허락할—만약 필요하다면 억지로 시킬—것이다. 윌럼은 그에게 좋은 사람이었지만, 그는 윌럼에게 나쁜 사람이었다.

"넌 나랑 섹스하는 게 좋아?" 그는 간신히 말을 할 수 있게 되자 물었다.

"그럼." 윌럼은 즉시 대답했다. "난 좋아. 하지만 넌 좋아해?"

그는 침을 삼키고 셋을 셌다. "그래." 그는 자신에게 분노하고 한편으로는 안도하면서 조용히 말했다. 그는 시간을 벌었다. 윌럼과 함께 있을, 하지만 섹스를 해야 할 시간을. 그는 궁금하다. 아니라고 대답했다면 어떻게 되는 걸까?

그래서 그들은 그대로 갔다. 하지만 섹스에 대한 보상으로 그는 점점 더 많이 팔을 긋기 시작했다. 수치심을 달래기 위해, 마음속 원망에 대해 스스로를 꾸짖기 위해. 그는 아주 오랫동안 규칙을 지켜왔다. 한 번에 두 개씩, 그 이상은 하지 않는다. 하지만 지난 6개월 동안 그는 다시, 또다시 규칙을 어겼고, 이제는 케일럽과 있었을 때만큼 많이, 입양 전 몇 주 동안만큼 많이 자해를 하고 있다.

이 가속화된 자해는 그들이 처음으로 큰 싸움을 한 이유였다. 연인으로서가 아니라 29년 동안 친구로 지내는 내내 그렇게 심한 싸움은 처음이었다. 때로 그 자해는 그들 관계와 아무 상관이 없다. 때로는 그게 그들의 관계, 모든 대화, 아무 말도 하고 있지 않을 때조차 이야기하고 있는 화제 '그 자체'가 된다. 언제 그가 긴소매 셔츠를 입고 가도 윌럼이 아무 말도 하지 않을지, 아니면 언제 윌럼이 그를 심문하기 시작할지 알 수가 없다. 이게 필요하다고, 도움이 된다고, 멈출 수가 없다고 윌럼에게 수없이 설명했지만, 윌럼은 그를 이해할 수 없고 이해하려 하지 않는다.

"이것 때문에 내가 왜 이렇게 속상해하는지 정말 몰라?" 윌럼이 묻는다.

"아니, 윌럼." 그는 말한다. "난 내가 무슨 짓을 하고 있는지 알아. 넌 날 믿어줘야 해."

"널 믿어, 주드." 윌럼은 말한다. "하지만 이 문제는 신뢰에 대한 게 아니야. 문제는 네가 너 자신을 해치고 있는 거라고."
그러면 대화는 막다른 골목에 도달한다.

싸우기 한 달 전쯤, 그들은 다른 싸움을 했다. 윌럼은 물론 그의 자해가 늘었다는 걸 눈치챘지만, 그 이유는 몰랐고, 그저 그러고 있다는 것만 알았다. 그러던 어느 날 그가 윌럼이 확실히 잠들었다고 생각하고 욕실로 살금살금 빠져나가려는데 갑자기 윌럼이 그의 손목을 세게 붙들었고, 그는 숨이 멎을 뻔했다. "세상에, 윌럼." 그는 말했다. "깜짝 놀랐잖아."

"어디 가는 거야, 주드?" 윌럼은 긴장된 목소리로 물었다.

그는 팔을 빼내려 했지만, 윌럼이 너무 꽉 잡고 있었다. "화장실에 가려고. 놔줘, 윌럼, 진짜야." 그들은 어둠 속에서 서로를 빤히 쳐다봤고, 마침내 윌럼이 그를 놓아주더니 자기도 침대에서 나왔다.

"그럼 가자." 그가 말했다. "내가 볼 거야."

그때 그들은 치열하게 싸웠다. 둘 다 상대방에게 화가 머리끝까지 났고, 둘 다 배신당한 기분이었다. 그는 윌럼에게 자기를 애처럼 대한다고 비난했고, 윌럼은 혼자 비밀을 만든다고 비난했다. 서로에게 소리 지르다시피 하며 싸운 건 이번이 처음이었다. 싸움은 그가 윌럼의 손아귀에서 빠져나와 서재에 가서 문을 잠그고 가위로 팔을 그으려고 달려가다 너무 정신없는 나머지 넘어져 입술이 찢어지면서 끝났다. 윌럼이 얼음통을 가져왔고, 그들은 침실과 서재 사이 거실 바닥에 앉아 서로 안은 채 사과했다.

"난 네가 너 자신한테 이런 짓을 하는 걸 내버려둘 수가 없어." 윌럼이 다음 날 말했다.

"난 안 할 수가 없어." 그는 오랫동안 침묵만 지키다 대답했다. '넌 내가 그러지 않고 사는 걸 보고 싶겠지.' 하지만 그는 윌럼에게 이렇게도 말하고 싶었다. '이러지 않고 어떻게 살아갈 수 있을지 난 모르겠어.' 하지만 그는 말하지 않았다. 그는 윌럼이 이해할 수 있는 방식으로 설명할 수가 없었다. 그게 어떻게 처벌이자 정화의 방법인지, 어떻게 그게 그 안의 모든 독과 망가진 것들을 빠져나오게 하는지, 어떻게 그게 다른 사람들, 모든 사람들에게 비이성적으로 화내지 않게 해주는지, 어떻게 그게 고함지르는 걸, 폭력적이 되는 걸 막아주는지, 어떻게 그게 자기의 몸, 자기 인생을 진정 다른 누구의 것도 아닌 자기 것으로 느끼게 해주는지 설명할 수가 없었다. 때로 그는 궁금했다. 루크 수사가 해결책으로 그 방법을 가르쳐주지 않았다면, 그는 어떤 사람이 되었을까? 다른 사람들을 해치는 사람, 그는 생각했다. 다른 모든 사람들도 그만큼 끔찍한 기분을 느끼게 만들려는 사람, 그보다 더 끔찍한 사람이 되었을지도 모른다.

윌럼은 아주 한참 동안 말이 없었다. "노력해줘." 그는 말했다. "나를 위해, 주디. 노력해줘."

그래서 그는 노력했다. 다음 몇 주 동안 밤에 잠에서 깨거나 섹스를 하고 나서 욕실에 갈 수 있도록 윌럼이 잠들기를 기다리는 대신, 그는 주먹을 꽉 쥐고 가만히 누워 호흡수를 셌다. 뒷목에서는 식은땀이 났고, 입이 바짝바짝 말랐다. 모텔의 계단과 거기서 몸을 내던지는 자기 모습을, 퍽 하고 떨어지는 소리를, 그러면 얼마나 흡족하게 나른한 기분이 들지, 얼마나 아플지 상상했다. 그는 자기가 얼마나 힘들게 노력하고 있는지 윌럼이 알았으면 싶기도 하고 몰라서 다행이라는 생각이 들기도 했다.

하지만 때로 이걸로는 충분하지 않았고, 그런 밤이면 1층으로 내려가 탈진할 때까지 수영을 했다. 아침이면 윌럼이 팔을 보자고 했고, 그 문제로도 그들은 싸웠지만, 결국에는 그냥 윌럼이 보도록 내버려두는 게 더 쉬웠다. "만족해?" 그는 윌럼의 얼굴을 쳐다보지도 못한 채 윌럼의 손아귀에서 팔을 홱 빼고 소매를 다시 내리고 커프스단추를 잠그면서 외쳤다.

"주드." 윌럼은 잠시 있다 말했다. "내 옆에 좀 누워 있다가 가." 하지만 그는 고개를 젓고는 그냥 가버렸고, 하루 종일 후회했고, 윌럼이 그에게 다시 보자고 청하지 않는 날이 계속될수록 자신이 더 미워졌다. 그들의 새로운 아침 의식은 윌럼이 그의 팔을 검사하는 것이었고, 윌럼이 자해의 증거를 찾는 동안 옆에 앉아 있으면 점점 더 좌절감과 굴욕감이 커져갔다.

윌럼에게 더 열심히 노력하겠다고 약속한 지 한 달이 지난 어느 날 밤, 그는 문제가 생겼다는 걸, 어떤 것도 그 욕망을 잠재울 수 없다는 걸 알았다. 그날은 예기치 않게 특별히 추억이 많이 밀려온, 과거와 현재를 가로막고 있는 커튼이 이상하게 얇고 투명해진 그런 날이었다. 저녁 내내 장면들이 조각조각 흐릿하게 눈앞에서 흘러 다녔고, 저녁을 먹으면서는 현실에 뿌리박고 있기 위해, 그 끔찍하고도 익숙한 추억의 그림자 세상으로 정처 없이 끌려 들어가지 않기 위해 사투를 벌였다. 그날 밤 그는 처음으로 윌럼에게 섹스를 하고 싶지 않다고 거의 말할 뻔했지만, 결국 그러지 못했고, 그들은 섹스를 했다.

나중에 그는 탈진했다. 그는 섹스를 할 때면 늘 정신을 차리고 있으려고, 정신을 놓아버리지 않으려고 고군분투했다. 어릴 때 자기 몸에서 떠나버리는 방법을 알아냈을 때, 고객들은 루크 수사에게 불평했다. "애 눈이 죽은 눈이야." 그들은 그걸 좋아하지 않았다. 케일럽도 같은 말을 했다. "정신 차려." 한번은 그의 뺨을 툭툭 치며 말하기도 했다. "도대체 어디 있는 거야?" 그래서 그러면 경험이 더 생생함에도 불구하고 정신을 차리고 있으려고 노력했다. 그날 밤 그는 윌럼이 베개 밑에 팔을 넣고 엎드려 자는 모습을 보면서 누워 있었다. 그의 얼굴은 깨어 있을 때보다 더 엄해 보였다. 그는 300을 셀 때까지 기다렸다가 다시 300을 더 세어 한 시간이 지나갈 때까지 기다렸다. 그는 자기 쪽 침대 램프를 달칵 켜고 책을 읽으려 했지만, 눈앞에는 면도날밖에 보이지 않았고 너무 긋고 싶어 팔이 따끔거릴 지경이었다. 마치 팔에 혈관이 아니라 쉬익, 삑삑거리는 전기가 통하는 회로가 있는 것 같았다.

"윌럼." 그는 속삭였고, 윌럼이 대답하지 않자 그의 목에 손을 갖다 댔다. 그래도 그가 움직이지 않자 그제야 침대에서 나가 최대한 살금살금 옷장 안으로 들어가 겨울 코트 안주머니에 숨겨둔 가방을 꺼내어 방에서 나가 아파트 반대쪽에 있는 욕실로 가서 문을 닫았다. 여기에도 커다란 샤워실이 있어서 그는 그 안에 앉아 셔츠를 벗고 서늘한 석재에 등을 기댔다. 그의 팔 안쪽은 이제 멀리서 보면 석고에 빠뜨렸다 꺼낸 것처럼 두꺼운 흉터로 덮여 있어서 자살 시도로 생긴 상처는 거의 보이지도 않았다. 그는 줄무늬를 이룬 상처 사이사이와 그 둘레를 그어 층층이 선을 더하고 흉터들을 위장했다. 최근에는 상완에 더 집중하기 시작했지만(역시 상처들로 가득한 이두박근이 아니라 삼두박근 쪽인데, 만족감은 덜했다. 목을 힘들게 돌리지 않고도 면도날로 그으면서 상처를 보고 싶었다), 이제 왼쪽 삼두박근을 따라 조심스레 면도날을 길게 그었고, 한 번 그을 때마다 숨을 참으며—하나, 둘, 셋—초를 셌다.

그는 왼쪽 팔에 네 번, 오른쪽 팔에 세 번 면도날을 그었고, 달콤한 탈력감으로 손을 바들바들 떨면서 네 번째를 긋다 고개를 들었더니 윌럼이 문간에 서서 그를 지켜보고 있었다. 수십 년 동안 자해를 해왔지만 한 번도 행위 중에 목격당한 적은 없었다. 그는 일순 동작을 멈췄다. 한 대 강타당한 것처럼 충격적이었다.

윌럼은 아무 말도 하지 않았지만, 그가 자기 쪽으로 걸어오자 그는 굴욕감과 공포심에 샤워실 벽에 바싹 붙어 몸을 움츠린 채 무슨 일이 벌어질지 기다렸다. 윌럼은 웅크리고 앉더니 그의 손에서 면도날을 살살 빼냈다. 잠시 동안 그들은 그 자세 그대로 꼼짝도 하지 않고 면도날만 바라봤다. 순간 윌럼이 일어나 무슨 서론이나 경고도 없이 면도날로 가슴을 그었다.

순간 그는 정신이 번쩍 들었다. "안 돼!" 외치며 일어나려 했지만, 기운이 없어서 다시 주저앉았다. "윌럼, 안 돼!"

"젠장!" 윌럼이 고함질렀다. "젠장!" 하지만 그는 첫 번째 바로 아래 또 한 번 면도날을 그었다.

"그만해, 윌럼!" 그는 거의 눈물을 흘리며 외쳤다. "윌럼, 그만둬! 널 해치고 있잖아!"

"아, 그래?" 윌럼이 물었고, 윌럼의 눈이 반짝거리는 걸로 봐서 그도 거의 울고 있었다. "내 기분이 어떤지 알겠지, 주드?" 그는 욕을 하며 세 번째로 가슴을 그었다.

"윌럼." 그는 신음하며 그의 발을 잡으려 몸을 털썩 내던졌지만, 윌럼은 그 손을 피했다. "제발 그만둬. 제발, 윌럼."

그는 애원하고 또 애원했지만, 윌럼은 여섯 번이나 긋고서야 멈추고 반대쪽 벽에 무너지듯 털썩 앉았다. "젠장." 그는 몸을 앞으로 숙이며 팔로 상체를 감쌌다. "젠장, 아프잖아." 그는 소독을 도우러 가방을 쥐고 급히 윌럼 쪽으로 갔지만, 윌럼은 그를 피했다. "나 내버려둬, 주드."

"하지만 붕대를 감아야 해."

"빌어먹을 네 팔이나 감아." 윌럼이 여전히 그를 쳐다보지도 않고 말했다. "이건 우리가 함께할 무슨 빌어먹을 의식이 아니야. 자해 상처에 서로 붕대나 감아주다니."

그는 뒤로 물러났다. "그런 뜻은 아니었어." 그가 말해도, 윌럼은 대답하지 않았고, 결국 그는 자기 상처를 소독한 후 가방을 윌럼 쪽으로 밀었고, 그도 마침내 몸을 움찔거리며 똑같이 소독했다.

그들은 오랫동안, 아주 오랫동안 아무 말이 없었다. 윌럼은 여전히 몸을 숙이고 있었고, 그는 윌럼을 쳐다보고 있었다. "미안해, 윌럼." 그가 말했다.

"세상에, 주드." 윌럼이 한참 후에 말했다. "이거 정말로 아프잖아." 그가 겨우 그를 쳐다봤다. "이런 걸 어떻게 참는 거야?"

그는 어깨를 으쓱했다. "익숙해져." 그가 말하자, 윌럼은 고개를 저었다.

"아, 주드." 윌럼은 소리 없이 울고 있었다. "너 나랑 있는 게 행복하긴 해?"

마음속에서 뭔가가 깨져서 무너졌다. "윌럼." 그는 입을 열었다가 다시 시작했다. "내 평생 이렇게 행복했던 적은 없어."

윌럼은 이상한 소리를 냈고, 그는 나중에야 그게 웃음소리라는 걸 깨달았다. "그럼 왜 그렇게 칼로 그어대는 거야?" 그는 물었다. "왜 더 심해지냐고?"

"모르겠어." 그는 나직하게 말했다. 그는 침을 꿀꺽 삼켰다. "네가 떠날까봐 두려워서 그런 것 같아." 이야기 전체는 아니었지만—전체 이야기는 할 수가 없었다—일부이긴 했다.

"내가 왜 떠난다는 거야?" 윌럼이 물었고, 그가 아무 대답도 하지 못하자 말했다. "이건 시험이구나, 그럼? 날 어디까지 밀어붙여도 내가 네 옆에 있는지 보려는 거야?" 그는 눈물을 닦으며 고개를 들었다. "그런 거야?"

그는 고개를 저었다. “어쩌면.” 그는 대리석 바닥에 대고 말했다. “내 말은, 의식적으로는 아니지만. 그렇지만, 어쩌면. 나도 모르겠어.”

윌럼은 한숨을 내쉬었다. “난 안 떠난다고, 날 시험할 필요 없다고 어떻게 너한테 확신을 줄 수 있을지 나도 모르겠다.” 그는 말했다. 그들은 다시 말이 없었고, 윌럼은 깊은숨을 들이마셨다. “주드.” 그가 말했다. “어쩌면 잠시 다시 병원에 입원해야 하지 않을까? 그냥, 모르겠어, 정리를 위해?”

“아니.” 그는 공포로 목구멍이 죄어드는 것 같았다. “윌럼, 아니야—안 그럴 거지, 어?”

윌럼이 그를 쳐다봤다. “어. 그러지는 않을 거야.” 그는 말을 멈췄다. “하지만 그럴 수 있으면 좋겠어.”

어찌어찌 밤이 지나가고, 어찌어찌 다음 날이 밝았다. 그는 너무 피곤해서 머리가 어지러웠지만 출근했다. 싸움은 어떤 결론도 내지 못했지만—어떤 약속도 없었고, 최후통첩 같은 것도 없었다—다음 며칠 동안 윌럼은 그에게 말도 하지 않았다. 아니 그렇다기보다는 말은 했지만, 아무것도 아닌 이야기만 했다. 아침에 출근할 때면 “잘 갔다 와” 하고 말하고, 밤에 집에 오면 “잘 다녀왔어?” 정도의 말만 했다.

“응.” 그는 대답했다. 그는 윌럼이 뭘 어떻게 해야 할지, 이 상황에 대해 기분이 어떤지 생각하고 있다는 걸 알았고, 그래서 그동안 최대한 눈에 띄지 않으려고 노력했다. 밤이면 침대에 누웠지만, 늘 이야기하던 그 자리에서 그들은 둘 다 말이 없었고, 침묵은 마치 그들 사이에 누운 거대하고 털이 북슬북슬하고 찌르면 잔인하게 변하는 제3의 존재 같았다.

나흘째 밤, 그는 더 이상 참을 수가 없었다. 둘 다 아무 말 없이 한 시간 정도 누워 있었을 때, 그는 그 침묵의 존재를 타고 넘어가 윌럼에게 팔을 둘렀다. "윌럼." 그는 속삭였다. "사랑해. 용서해줘." 윌럼은 대답하지 않았지만, 그는 계속했다. "노력 중이야." 그는 말했다. "정말이야. 내가 실수했어. 더 열심히 노력할게." 윌럼은 여전히 아무 말도 하지 않았고, 그는 그를 더 꽉 안았다. "제발, 윌럼." 그는 말했다. "네가 괴로워하는 거 알아. 한 번만 더 기회를 줘. 제발 화내지 마."

윌럼이 한숨 쉬는 게 느껴졌다. "화난 거 아니야, 주드." 그는 말했다. "네가 노력하고 있는 것도 알아. 난 그냥 네가 노력하지 않아도 됐으면 좋겠어. 네가 그렇게 힘들게 싸워야 하는 일이 아니면 좋겠어."

이제는 그가 조용해질 차례였다. "나도 그래." 그는 간신히 말했다.

그날 밤 이후, 그는 다른 방법들을 시도했다. 수영은 물론이거니와 밤늦게 베이킹도 했다. 부엌에 밀가루와 설탕, 달걀, 이스트가 떨어지는 법이 없도록 했고, 오븐에 든 게 다 되길 기다리는 동안 거실 테이블에 앉아 일을 했다. 빵이건 케이크건 쿠키건 그게 다 될 즈음이면(만든 건 윌럼의 조수를 시켜 해럴드와 줄리아에게 보낸다) 거의 날이 밝아와서, 알람이 울리기 전 침대에 겨우 한두 시간 살짝 눕곤 한다. 하루 종일 피로로 눈이 화끈거린다. 윌럼이 늦은 밤 베이킹을 싫어한다는 걸 알지만, 그 대안보다는 이걸 선호하기 때문에 아무 소리도 하지 않는다는 것도 안다. 청소는 이제 더 이상 선택 사항이 아니다. 그린 스트리트로 이사 온 후 그는 주 부인이라는 가정부를 고용했고, 부인은 일주일에 네 번 와서 울적할 정도로 철저하게, 너무 철저하게 청소를 해서 때로는 자기가 치울 수 있도록 일부러 어지렵혀보고 싶다는 유혹까지 든다. 하지만 이건 어리석은 생각이라는 걸 알기 때문에, 그는 하지 않는다.

"뭘 시도해보자." 어느 날 밤 윌럼이 말한다. "잠에서 깨서 자해를 하고 싶으면 날 깨워, 알았지? 몇 시든 간에." 그는 그를 쳐다본다. "그렇게 해보자, 알았지? 그냥 나한테 좀 맞춰줘."

그래서 그는 그렇게 한다. 대부분은 윌럼이 어떻게 할지 궁금해서다. 어느 날 밤 매우 늦게 그는 윌럼의 어깨를 문지르고, 윌럼이 눈을 뜨면 그에게 사과한다. 하지만 윌럼은 고개를 흔들고는 그의 위로 올라와 숨을 쉬기조차 힘들 정도로 그를 꽉 안는다. "너도 나 잡아." 윌럼이 말한다. "우리가 같이 떨어지고 있어서, 두려워서 서로 붙들고 있는 거라고 생각해."

윌럼을 너무 꽉 잡고 있어서, 손가락 끝에 닿은 윌럼의 등 근육이 꿈틀거리는 게, 윌럼의 심장과 그의 심장이 함께 뛰는 게, 그의 갈비뼈와 맞닿은 윌럼의 갈비뼈가, 호흡할 때마다 그의 배가 오르락내리락하는 게 느껴진다. "더 세게." 윌럼이 말하고, 그는 팔이 피곤하다 못해 얼얼해질 때까지, 피곤해서 몸이 축 늘어질 때까지, 정말로 추락하는 느낌이 들 때까지 꼭 붙든다. 처음에는 매트리스를 통과해서, 다음에는 침대틀을 통과해서, 다음에는 바닥을 통과해서 떨어지고, 마침내 느린 동작으로 건물의 모든 층들을 통과하고, 건물은 젤리처럼 휘어지다 그를 집어삼킨다. 리처드 가족이 지금 모로코 타일들을 쌓고 있는 5층을 통과하고, 비어 있는 4층을 지나, 리처드와 인디아의 아파트를 지나고 리처드의 스튜디오를 지나고, 다음에는 1층을 지나 수영장으로, 그러고도 더 아래로, 점점 더 멀리, 지하철 통로를 지나고, 암반과 퇴적토를 지나, 지하호수와 유전을 지나고 화석층들과 혈암을 지나 마침내 지구핵의 불길 속으로 쓸려 들어간다. 그러는 내내 윌럼은 그를 안고 있고, 불길 속으로 들어갈 때 그들은 타버리는 게 아니라 녹아서 하나가, 다리와 가슴과 팔과 머리가 하나로 융합된다. 다음 날 잠에서 깨자 윌럼은 그의 위가 아니라 옆에 누워 있지만 여전히 서로 뒤얽혀 있고, 약간 몽롱하긴 하지만 안도감이 든다. 자해를 하지 않았을 뿐만 아니라 아주 깊은 잠을 잤다. 몇 달 동안 해보지 못한 두 가지 일이다. 그날 아침 그는 새 사람이 된 듯 깨끗해진 기분이다. 인생을 제대로 살 수 있는 두 번째 기회를 얻은 것만 같다.

하지만 물론 필요할 때마다 윌럼을 깨울 수는 없다. 그는 열흘에 한 번으로 제한한다. 그 열흘 동안 나머지 여섯, 일곱 번의 나쁜 밤들은 수영을 하고 베이킹을 하고 요리를 하면서 혼자 버텨나간다. 그 갈망을 피하기 위해서는 몸으로 할 수 있는 일이 필요하다. 리처드가 스튜디오 열쇠를 줬고, 어떤 밤에는 파자마 차림으로 아래층에 내려가면 고맙게도 아무 생각 없이 반복적으로 할 수 있는, 완전히 수수께끼 같은 일거리들이 남겨져 있다. 어느 주에는 새 척추를 크기별로 분류하고, 어느 주에는 한 무더기 쌓인 윤나고 살짝 미끈미끈한 흰족제비 가죽을 색깔별로 나눈다. 이런 작업들을 하다보면, 수년 전 넷이서 주말마다 제이비를 위해 엉킨 머리카락들을 풀어 정리하던 일이 생각나고, 윌럼에게 그 이야기를 하고 싶지만 물론 그럴 수 없다. 리처드에게 윌럼에게는 아무 말도 하지 말라고 단속시켰지만, 리처드가 그 상황을 완전히 편하게 받아들이는 건 아니라는 걸 알고 있다. 리처드가 한 번도 면도날이나 가위나 과도 같은 걸 쓰는 작업을 맡기지 않는다는 걸 눈치챘고, 리처드 작업의 많은 부분이 날카로운 모서리들을 포함한다는 걸 생각하면 그건 의미심장한 일이다.

어느 날 밤, 리처드의 책상 위에 남겨진 오래된 커피 캔 안을 들여다보니 그 안에 온통 칼날들—조그만 직각 날, 커다란 쐐기모양 날, 그가 좋아하는 평범한 사각형 날들—이 잔뜩 들어 있다. 그는 조심스레 캔 안에 손을 넣어 한 주먹 가득 날을 꺼내 손바닥에서 우수수 떨어지는 칼날들을 바라본다. 그는 사각형 면도날 하나를 꺼내 바지 주머니에 넣지만, 일을 그만하고 떠날 때—너무 지쳐서 바닥이 기우뚱하는 것 같다—가 되자 결국 가기 전 면도날을 캔 안에 다시 살짝 갖다 둔다. 잠들지 못하고 건물 안을 배회하는 그런 시간이면, 때로 자기가 인간으로 위장한 악마이고, 밤에만 낮 동안의 가장을 안전하게 벗어던지고 진정한 본성을 마음껏 누리고 있다는 생각이 든다.

화요일이다. 날은 여름처럼 따뜻하고 윌럼이 도시에 있는 마지막 날이다. 그는 그날 아침 일 때문에 일찍 나갔다가 점심때 작별인사를 하러 온다.

"보고 싶을 거야." 그는 여느 때처럼 윌럼에게 말한다.

"내가 더 보고 싶을 거야." 윌럼도 여느 때처럼 말하고, 또 언제나처럼 덧붙인다. "잘하고 있을 거지?"

"그래." 그는 그의 손을 놓지 못하며 말한다. "약속할게." 윌럼이 한숨 쉬는 게 느껴진다.

"아무 때나 전화해도 된다는 거 잊지 마, 시간이 몇 시건." 윌럼이 말하고 그는 고개를 끄덕인다.

"가. 난 괜찮을 거야." 그는 말한다. 윌럼은 다시 한 번 한숨을 쉬고 떠난다.

윌럼이 떠나는 게 싫지만, 이기적인 이유에서 흥분되기도 한다. 한편으로는 윌럼이 일을 그렇게 많이 하는 게 안도감이 들고 행복하다. 그해 1월 베트남에서 돌아와서 〈듀엣〉을 찍으러 떠나기 전까지 윌럼은 불안과 허세 섞인 자신감 사이에서 왔다 갔다 했고, 불안감에 대해서는 이야기하지 않으려 했지만 윌럼이 얼마나 걱정하고 있는지 느낄 수 있었다. 자신들의 관계를 공표하고 나서 찍는 첫 번째 영화가, 아무리 아니라고 부정해도, 게이 영화라는 걸 걱정하고 있다는 걸 알고 있다. 하고 싶어 했던 SF스릴러 영화감독의 전화가 생각했던 것보다 빨리 오지 않았을 때 윌럼이 걱정했다는 걸 알고 있다(하지만 그는 결국 그 영화를 했고, 모든 것이 그가 바라던 대로 풀렸다). 미국에 돌아왔을 때 그들을 반겨주던, 윌럼에 대해 끝도 없이 쏟아지던 기사들, 끝없는 인터뷰 요청들, 억측과 텔레비전 코너들, 가십 칼럼들과 사설들에 대해 그가 걱정한다는 것도 알았고, 키트가 말했듯이 그건 그들이 통제하거나 멈출 수 있는 일이 아니었다. 그들은 그저 사람들이 지겨워질 때까지 기다리는 수밖에 없었고, 그건 몇 달이 걸릴 수도 있었다. (윌럼은 대체로 자기 기사들을 읽지 않았지만, 그냥 기사들 자체가 너무 많았다. 텔레비전을 켜기만 해도, 인터넷을 보기만 해도, 신문을 펼치기만 해도, 윌럼에 대한 이야기와 그가 지금 대변하고 있는 것들 천지였다.) 그들이—윌럼은 텍사스에, 그는 그린 스트리트에서—전화로 이야기할 때, 그는 윌럼이 자기의 불안감에 대해 별로 이야기하려 하지 않는 걸 느낄 수 있었고, 그게 자기가 죄책감 느끼는 걸 윌럼이 원하지 않기 때문이라는 것도 알았다. "말해줘, 윌럼." 그는 마침내 말했다. "자책 같은 거 절대 안 한다고 약속해. 맹세할게." 그가 이 말을 매일 일주일 동안 반복한 후에야 윌럼은 마침내 속을 털어놨고, 그는 죄책감을 느꼈지만—이런 대화를 할 때마다 그는 나중에 자해를 했다—윌럼에게 확신을 요구하지 않았고, 이미 경험한 것보다 윌럼의 기분을 더 상하게 만들지 않았다. 그는 그저 이야기를 들어줬고 최대한 위로해주려고 노력했을 뿐이다. '잘했어.' 자신의 두려움을 꾹 누르고 아무 말도 하지 않고 나면 전화를 끊은 후 늘 자신을 칭찬해줬다. '잘했어.' 그러고 나면 면도날 끝으로 흉터를 파고들었다. 흉터 조직을 면도날 모서리로 살짝 위로 젖히고 그 아래 부드러운 살을 그었다.

윌럼이 지금 런던에서 찍고 있는 영화는, 키트 표현에 의하면 게이 영화인데, 키트는 이걸 좋은 징조라고 생각한다. "보통은 하지 말라고 하겠지만," 키트는 윌럼에게 말했다. "놓치기에는 너무 대본이 좋아서 말이지." 영화 제목은 〈독이 든 사과〉였고, 앨런 튜링의 삶의 마지막 몇 년, 외설 혐의로 체포되어 화학적 거세를 당한 이후의 삶을 다룬 것이다. 그는 물론 튜링을 숭배했고—모든 수학자들이 그랬다—대본을 읽고는 감동해서 거의 울 뻔했다. "이거 꼭 해야 해, 윌럼." 그는 말했다.

"모르겠어." 윌럼은 미소 지으며 말했다. "또 게이 영화 해?"

"〈듀엣〉은 완전 잘됐잖아." 그가 윌럼에게 상기시켰지만—정말 그랬다, 모두의 예상보다 더 잘됐다—논쟁할 여지도 별로 없었다. 윌럼은 이미 그 영화를 하기로 결정했기 때문이다. 그는 윌럼이 자랑스러웠고, 모든 윌럼의 영화에 대해 그랬듯이 그 영화 속 윌럼의 모습을 볼 생각에 아이처럼 흥분했다.

윌럼이 떠난 후 토요일, 맬컴이 아파트에 와서 두 사람은 북쪽으로, 그들의 집을 짓고 있는 개리슨 외곽까지 드라이브를 간다. 윌럼이 3년 전 거기에 호수와 숲을 포함한 8만 평의 땅을 샀고, 3년 동안 그 땅은 텅 빈 채 그대로 있었다. 맬컴이 설계도를 그렸고, 윌럼이 승인했지만, 맬컴에게 시작해도 좋다는 말은 실제로 하지 않았다. 하지만 18개월 전 어느 날 아침, 거실에 나와

보니 윌럼이 테이블에서 맬컴의 설계도를 보고 있었다.

윌럼은 도면에서 눈도 떼지 않고 그에게 손을 내밀었고, 그는 그 손을 잡고 윌럼이 이끄는 대로 그 옆으로 갔다. "우리 이거 하자." 윌럼이 말했다.

그래서 그들은 다시 맬컴을 만났고, 맬컴은 새 도면을 그렸다. 원안은 소금통 모양을 한 모더니즘 양식의 2층집이었지만, 새집은 1층이었고 대부분이 유리로 되어 있었다. 그가 돈을 내겠다고 했지만, 윌럼은 거절했다. 그들은 옥신각신했다. 윌럼은 자기가 그린 스트리트에 아무 공헌도 하고 있지 않다고 말했고, 그는 상관없다고 말했다. "주드." 윌럼이 마침내 말했다. "우린 돈 문제로 한 번도 안 싸웠잖아. 지금 그러진 말자." 그는 윌럼이 옳다고 생각했다. 그들의 우정은 돈으로 재단된 적이 없었다. 돈이 전혀 없었을 때도 절대 돈 이야기는 하지 않았고—그는 자기가 번 건 윌럼의 것이기도 하다고 늘 생각했다—이제 돈이 있어도 그 생각에는 변함이 없었다.

8개월 전 맬컴이 공사를 시작했을 때, 그와 윌럼은 부지로 가서 그 주위를 산책했다. 그날은 특히 상태가 좋았다. 집이 자리한 곳에서 완만하게 내려오는 언덕길을 걸어 내려와 거기서 왼쪽으로, 호수를 품고 있는 숲 속으로 걸어가면서 윌럼이 손을 잡고 가는 것까지도 허락했다. 숲은 상상했던 것보다 더 우거졌고, 솔방울이 빽빽하게 깔린 땅바닥은 발을 내디딜 때마다 푹푹 꺼져서 마치 발아래 땅이 물렁물렁하고 찌그러지고 반쯤은 공기가 찬 뭔가로 이루어진 것 같았다. 그곳은 그에게는 힘든 지질이어서 윌럼의 손을 꼭 잡았지만, 윌럼이 그만 가고 싶으냐고 묻자 그는 고개를 저었다. 약 20분 후 호수를 거의 반쯤 돌자, 머리 위 하늘은 온통 진녹색 전나무 꼭대기들이었고, 땅바닥은 나무에서 떨어진 것들로 잔뜩 덮여 부드러운 가죽 같았다. 그들은 거기서 걸음을 멈추고 주위를 둘러봤고, 그 적막은 윌럼이 말을 했을 때야 깨어졌다. "그냥 여기다가 지어야겠어." 그는 미소 짓고 있었지만, 속에서 뭔가가 뒤틀리는 듯한, 누군가가 온 신경계를 배꼽에서 잡아당겨 뽑고 있는 것 같은 느낌이 들었다. 한때 자기가 살 거라 생각했던 다른 숲이 떠올랐고, 마침내 결국 그걸 가지게 됐다는 걸 깨달았기 때문이다. 숲 속의 집, 근처의 물, 그리고 그를 사랑하는 사람. 그러자 몸이 떨리기 시작했고, 떨림이 온몸으로 퍼져나갔다. 윌럼이 그를 쳐다봤다. "추워?" 그가 물었다. "아니. 그냥 계속 걷자." 그래서 그들은 계속 걸었다.

이후 그는 그 숲을 피했지만, 부지에 가는 건 좋아했고 맬컴과 다시 일하는 것도 즐겁다. 그 아니면 윌럼이 격주로 가지만, 자기가 오는 걸 맬컴이 더 좋아한다는 걸 안다. 윌럼은 프로젝트의 세부 사항에 별로 관심이 없기 때문이다. 윌럼은 맬컴을 신뢰하지만, 맬컴은 신뢰를 원하지 않는다. 그는 자기가 이즈미르 외곽 조그만 채석장에서 발견한 은색 줄무늬 대리석을 보여주고 그걸 얼마나 쓰는 게 너무 많이 쓰는 것일지 논쟁할 사람, 욕조용으로 기후 현에서 가져온 삼나무 향을 맡을 사람, 콘크리트 바닥에 삼엽충처럼 박아 넣을 물건들—망치, 렌치, 집게—을 검토할 사람을 원한다. 집과 차고 외에 야외수영장과 헛간 안에 실내수영장이 지어질 테고, 집은 3개월 내에, 수영장과 헛간은 내년 봄까지는 완성될 것이다.

이제 그는 맬컴과 함께 집을 둘러보며 맬컴이 도급업자에게 수정 사항들을 지시하는 걸 듣고 표면을 만져본다. 늘 그렇듯이 일하는 맬컴의 모습은 감탄스럽다. 친구들이 일하는 모습은 아무리 봐도 질리지 않지만, 맬컴의 변신이 보기에 가장 만족스럽다. 심지어 윌럼의 변신보다 더 만족스럽다. 그런 순간들이면, 그는 대학교 2학년 때 너무나 주의 깊고 세심하게, 그리고 진지하게 상상의 집을 만들던 맬컴의 모습을 떠올린다. 한번은 제이비가 마약에 취해(실수였다고 그는 나중에 주장했다) 그의 집 하나를 불에 태운 적이 있었는데, 맬컴은 너무 화나고 상처 입어서 거의 울기 시작했다. 그는 후드에서 뛰쳐나가는 맬컴의 뒤를 따라가 추운 도서관 계단에 함께 앉았다. "바보 같다는 거 알아." 맬컴은 진정한 후 말했다. "하지만 나한테는 소중한 거라고."

"알아." 그는 말했다. 그는 늘 맬컴의 집들을 사랑했고, 오래전 그의 열일곱 번째 생일 때 맬컴이 선물로 만들어준 첫 번째 집을 아직도 가지고 있다. "바보 같지 않아." 맬컴에게 그 집들이 어떤 의미인지 알고 있었다. 그건 통제력에 대한 주장, 인생의 온갖 불확실성에도 불구하고 그가 완벽하게 조종할 수 있는, 말로는 할 수 없는 것을 늘 표현할 수 있는 한 가지가 있다는 것을 상기시켜주는 물건들이었다. "맬컴이 걱정할 게 뭐가 있어?" 맬컴이 뭔가 불안해하면 제이비는 묻곤 했지만, 그는 알았다. 맬컴이 걱정하는 건 살아가는 것 자체가 걱정이기 때문이었다. 삶은 두려운 것, 알 수 없는 것이다. 맬컴의 돈도 완벽한 면역이 될 순 없다. 인생은 그에게 벌어질 테고, 나머지 친구들과 마찬가지로 그에 답하기 위해 노력해야만 할 것이다. 그들 모두는—맬컴은 자기의 집들로, 윌럼은 여자친구들에게서, 제이비는 그림에서, 그는 면도날로—위안을, 자기만의 것을, 세상의 무시무시한 거대함, 불가능성, 그 세상의 분들과 시간들, 날들의 가차 없음을 저지할 무엇인가를 찾고 있었다.

요즘 맬컴은 주택 작업은 점점 줄이는 중이다. 사실 예전에 비해 만나는 횟수도 훨씬 적다. 벨카스트는 이제 런던과 홍콩에 사무실이 있고, 맬컴은 대부분의 미국 사업을 맡고 있긴 하지만, 점점 더 보기 힘들어지고 있다. 지금은 그들 모교의 박물관 신관을 계획 중이다. 하지만 그는 그들의 집을 직접 감독하고 있고 약속을 어기거나 새로 잡은 적이 한 번도 없었다. 부지를 떠나며 그는 맬컴의 어깨에 손을 올린다. "맬, 정말 말할 수 없이 고마워." 그리고 맬컴이 미소 짓는다. "이건 내가 제일 좋아하는 프로젝트야, 주드. 내가 제일 좋아하는 사람들을 위한."

도시로 돌아와 그는 맬컴을 코블힐에 내려주고 다리를 건너 북쪽 사무실로 간다. 이건 윌럼이 없을 때 그가 누리는 마지막 즐거움이다. 윌럼이 없으면 늦게까지, 더 오래 사무실에서 일할 수 있다. 루시엔이 은퇴하고 나자, 일은 더 재미있기도 하고 더 재미없기도 하다. 더 재미없는 건, 은퇴 후 자칭 코네티컷의 백수 골퍼가 된 루시엔을 여전히 만나기는 해도 매일 그와 만나 이야기하던 것들이, 그를 섬뜩하게 하면서도 자극하던 루시엔의 시도들이 그립기 때문이다. 더 재미있는 건, 분과를 지휘하고 회사 보상위원회의 일원으로 회사의 이익이 매해 어떻게 나눠질 것인지 결정하는 게 예상 외로 즐거웠기 때문이다. "자네가 그렇게 권력주의자일 줄 누가 알았겠어, 주드?" 그가 이 사실을 인정하자 루시엔은 말했고, 그는 항의했다. 그런 거 아닙니다. 그건 매해 실제로 들어오는 것, 사무실에서 보낸 그와 다른 모든 사람들의 시간과 나날들이 숫자로 변환되고, 그 숫자들이 현금으로, 그리고 그 현금이 동료들의 삶의 구성물들, 집과 학비와 휴가와 차로 변화하는 과정을 지켜보는 게 만족스러웠기 때문이었다. (루시엔에게는 이런 말은 하지 않았다. 루시엔은 그가 낭만적 기분을 내고 있다고 할 테고, 그의 감상주의 경향에 대한 심술궂고 아이러니한 설교가 뒤따를 것이다.)

로젠 프리처드는 늘 중요했지만, 케일럽 사건 이후에는 필수 불가결한 존재가 됐다. 회사에서 그의 삶은 그가 확보한 사업들과 그가 한 일에 의해서만 평가받았다. 거기서는 과거도, 결핍도 없었다. 거기서 그의 삶은 로스쿨에 갔을 때와 거기서 한 일들에서부터 시작됐고, 매일의 성취, 청구 가능한 한 해 시간들의 장부들, 그가 끌어올 수 있는 새로운 고객들과 함께 끝났다. 로젠 프리처드에서는 루크 수사나 케일럽, 트레일러 박사나 수도원이나 고아원이 끼어들 여지가 없었다. 그들은 관련 없었다. 관계없는 사항들이었다. 그들은 그가 창조해낸 사람과 아무 상관이 없었다. 거기서 그는 화장실에 웅크리고 앉아 자해를 하는 사람이 아니라 일련의 숫자였다. 그가 얼마나 많은 돈을 벌어오는지를 나타내는 숫자 하나, 그가 청구한 시간들의 숫자를 나타내는 또 하나의 숫자, 얼마나 많은 사람들을 감독하고 있는지 표시하는 세 번째 숫자, 그들에게 얼마나 많은 보상을 주고 있는지를 보여주는 네 번째 숫자. 그건 그가 얼마나 많은 일을 하는지 감탄하면서도 가엾어하는 친구들에게 절대 설명할 수 없는 것들이었다. 친구들에게는 절대로 말할 수 없었다. 그 사무실에서, 그들이 무의미해 보일 정도로 지루하다고 생각하는 사람들과 일에 둘러싸여 있을 때 가장 인간다운 기분이 든다고, 가장 고귀하고 강인한 인간이 된 느낌이 든다고는 절대 말할 수 없었다.

윌럼은 촬영 중 긴 여유시간이 생겼을 때 두 번 집에 왔다. 하지만 한 번은 그가 장염으로 아팠고, 다음번에는 윌럼이 기관지염으로 아팠다. 하지만 윌럼이 아파트에 걸어 들어오면서 그의 이름을 부르는 소리를 들을 때마다, 그때마다 그는 이게 자기 인생이고, 이 인생에서 윌럼이 돌아올 자리는 자신이라는 걸 새삼 떠올린다. 그런 순간이면, 섹스에 대한 반감이 인색한 욕심이라고, 그게 얼마나 싫은지는 잊어버려야 한다고, 안 그렇다 해도 그냥 더 열심히 노력해야 한다고, 자기연민 같은 건 덜어야 한다는 생각을 한다. '강해져.' 그 주말들이 끝날 때 윌럼에게 작별키스를 하며 그는 자신을 책망한다. '감히 이걸 망쳐선 안 돼. 네가 누릴 자격조차 없는 걸 불평해서는 안 돼.'

윌럼이 완전히 집에 돌아오기까지 한 달 남짓 남은 어느 날 밤, 그는 잠에서 깨어난다. 그는 거대한 덤프트럭의 트레일러 안에 있고, 아래에는 반으로 접힌 지저분한 파란 퀼트 이불이 깔려 있고, 트럭이 고속도로를 따라 달리는 동안 온갖 뼈가 덜컹거리고 있다. 안 돼, 그는 생각한다, 안 돼. 그는 일어나 피아노로 허둥지둥 달려가 기억나는 바흐의 파르티타란 파르티타는 다 연주한다. 순서도 안 맞고 소리는 너무 크고 속도는 너무 빠르다. 예전에 루크 수사가 피아노 수업을 하면서 들려준 우화가 생각난다. 한 중년 여인이 집에서 류트를 점점 더 빨리 연주했더니 문밖에 있던 악마들이 춤을 추다 다 녹아버렸다는 이야기다. 루크 수사는 더 빠른 속도로 연주하게 하기 위해, 그 목적을 강조하기 위해 이 이야기를 들려줬지만 그는 늘 그 이미지가 좋았다. 때로 통제하고 쫓아버리기 쉬운 단 한 조각의 기억이 슬금슬금 그를 파고 들어오면 그는 그 기억이 사라질 때까지 노래하거나 연주한다. 음악은 그와 기억 사이의 방패다.

로스쿨 1학년 때 그의 삶은 기억들로 나타나기 시작했다. 일상적 일들, 저녁을 차리거나, 도서관에서 책들을 정리하거나, 배터에서 케이크에 아이싱을 입히거나, 해럴드가 볼 논문을 찾고 있으면, 갑자기 눈앞에 어떤 장면이, 그만이 볼 수 있는 무언극이 나타나곤 했다. 그 시절 기억들은 서사가 아니라 장면들이었고, 며칠 동안 한 장면이 몇 번이고 나타났다. 그의 몸 위에 올라타고 있는 루크 수사, 지나가는 그를 낚아채는 고아원의 카운슬러, 루크 수사가 돈 통으로 놓아둔 스탠드 위 접시에 바지 호주머니 안 동전들을 탈탈 넣어놓는 고객의 형상들. 때로 그 기억들은 더 짧고 더 모호했다. 어느 고객이 침대에서도 신고 있던 말 무늬 파란 양말, 필라델피아에서 트레일러 박사가 준 첫 식사(버거, 종이봉지에 든 프렌치프라이), 볼 때마다 찢어진 살이 생각나는, 트레일러 박사 집 그의 방에 있던 복숭아색 울 베개. 이 기억들이 밀고 들어오면, 그는 방향 감각을 상실하곤 했다. 늘 조금 후에야 이 광경들이 그의 인생의 장면들일 뿐만 아니라 그의 인생 자체라는 게 생각났다. 그 시절에는 그 기억들이 그를 방해하도록 그냥 내버려뒀고, 그 기억의 마력에서 벗어나보면 쿠키를 앞에 놓은 채 아이싱용 짤주머니를 꼭 쥐고 있다거나, 도서관 책장에 책을 반쯤은 걸치고 반쯤은 안 걸친 어정쩡한 상태로 들고 서 있는 자신을 발견하곤 했다. 그때 그는 자기가 삶의 많은 부분을, 심지어 일이 벌어지고 나서 며칠 후에 그냥 지워버렸다는 걸 깨닫게 됐고, 또한 어느 시점부턴 왠지 그 능력을 잃어버렸다는 걸 알게 됐다. 그건 삶을 즐기는 대가였다. 지금 좋아하는 일들에 집중하려면 그 대가도 받아들여야만 하는 것이다. 조각조각 돌아오는 인생의 기억들이 공격적이긴 하지만, 친구들을 가질 수 있다면, 다른 사람들에게서 위안을 구할 수 있는 능력을 계속 가질 수 있다면 그건 견딜 수 있었다.

그건 세상이 살짝 갈라지고, 그 속에 묻혀 있던 무언가가 뒤집힌 비옥한 땅에서 휙 날아 올라와, 그가 알아보고 자기 것이라며 찾아갈 때까지 앞에서 맴돌고 있는 것 같은 느낌이다. '넌 정말 네가 우릴 버리도록 내버려둘 줄 알았어?' 그들은 말한다. '우리가 안 돌아올 줄 알았어?' 결국 그는 또한 자기가 심지어 지난 몇 년간의 일들도 얼마나 편집을 많이 했는지, 더 받아들이기 쉬운 모습으로 편집하고 재배열하고, 재작성했는지 깨닫게 되었다. 대학 3학년 때 봤던 영화, 어느 대학생에게 두 형사가 와서 그를 다치게 했던 사람이 감옥에서 죽었다고 알려주던 영화는 영화가 아니었다. 그건 그의 삶이었고, 그가 그 학생이었다. 그는 후드 안뜰에 서 있었고, 두 형사는 그날 밤 들판에서 그를 발견하고 트레일러 박사를 체포하고 그를 병원에 데려가고 트레일러 박사를 감옥에 처넣은 사람들이었다. 그들은 그에게 더 이상 두려워할 게 없다고 직접 말해주러 찾아왔다. "멋진 곳이네." 한 형사는 주변의 아름다운 캠퍼스, 절대 안전할 수 있는 오랜 벽돌 건물들을 둘러보며 말했다. "우린 네가 자랑스럽다, 주드." 하지만 그는 이 기억을 흐릿하게 지워, 형사는 그냥 "우린 네가 자랑스럽다"라고 말했고 그의 이름은 사라졌고, 그 소식에도 불구하고 생생하게 느꼈던 공포심, 나중에 누가 같이 이야기하고 있던 사람들이 누구냐고 물을까봐 느꼈던 두려움, 자신의 현재를 그렇게 물리적으로 침입해 들어오는 메스꺼울 정도로 엉망진창인 과거 또한 삭제해버렸다.

결국 그는 그 기억들을 어떻게 다루어야 하는지 알게 됐다. 그 기억들은 일단 시작되면 절대 끝나지 않았다. 막을 수는 없지만, 그들이 언제 오는지 그는 더 잘 예상하게 됐다. 뭔가 그를 방문할 거라는 느낌이 드는 순간과 날을 진단할 수 있게 됐고, 그게 어떤 식의 만남을 원하는지, 대적인지 위로인지 그저 단순한 관심인지 알아내야 했다. 그것이 원하는 환대 방식을 정한 다음, 그곳으로 다시 물러나게 하기 위해서는 어떤 식으로 떠나게 해야 하는지 결정하곤 했다.

조그만 기억들은 억누를 수 있었지만, 시간이 가고 윌럼을 기다리면서, 그는 이게 기다란 뱀장어 같은, 미끄럽고 잡을 수 없는 기억이라는 걸 깨닫는다. 그 기억은 꼬리로 그의 장기들을 철썩철썩 치며 그를 꿰뚫고 꿈틀꿈틀 지나가고, 그래서 마치 살아 있는 생물처럼 그에게 상처를 입힌다. 장기에, 심장에, 폐에 철썩하고 부딪치는 호된 일격이 느껴진다. 때로 기억들은 이런 식이고, 이런 기억들이 올가미로 붙들어 축사로 돌려보내기 가장 힘든 종류들이다. 날이 갈수록 그 기억은 그 안에서 점점 더 커져가서, 결국에는 몸이 피와 근육과 수분과 뼈가 아니라 기억, 그의 손가락 끝까지 풍선처럼 부풀어 오르며 커져가는 기억 그 자체가 된 것 같다. 케일럽 이후 그는 자기가 전혀 통제할 수 없는 기억들이 있다는 걸 깨달았고, 그래서 의지할 방법이라고는 그 기억이 지쳐 나가떨어질 때까지, 그래서 그를 혼자 내버려두고 어두운 무의식 속으로 다시 헤엄쳐 돌아갈 때까지 기다리는 것밖에 없었다.

그래서 그는 몬태나에서 보스턴까지 오면서 트럭 속에서 보냈던 약 2주일의 기억이 그를 송두리째 차지하도록 내버려둔 채 기다린다. 마치 그의 마음, 몸 자체가 모텔이고 이 기억이 그의 유일한 손님인 것처럼. 이 기간 동안 그의 목표는 윌럼에게 한 약속을 지키는 것, 자해하지 않는 것이고, 그래서 가장 위험한 자정과 새벽 4시 사이 아주 엄격하고 지치는 스케줄을 정한다. 토요일이면 다음 몇 주 동안 밤마다 할 일들의 목록을 만든다. 수영과 요리, 피아노 연주, 베이킹, 리처드 스튜디오 작업,

그와 윌럼의 옛날 옷 정리, 책장 정리, 주 부인에게 맡길 작정이었지만 자기도 완벽하게 잘하는 윌럼 셔츠 단추 다시 달기, 스토브 옆 서랍에 쌓인 잡동사니—빵끈과 고무줄, 안전핀, 성냥—청소를 교대로 돌린다. 치킨스톡을 한가득 끓이고, 윌럼이 돌아올 때를 위해 간 양고기로 미트볼을 만들어 얼려놓고, 그와 리처드가 위원회에 속해 있고 그가 재정 관리를 돕는 무료급식소에 리처드가 가져갈 빵을 굽는다. 효모를 넣어놓고 식탁에 앉아 좋아하는 소설들을 읽는다. 단어와 플롯과 인물들은 편안하고 익숙하고 변함없다. 애완동물이 있었으면 좋겠다. 헐떡대며 미소 짓는, 말 못 하고 고분고분한 개나 가느다란 오렌지색 눈으로 그를 비판하듯 노려보는 쌀쌀한 고양이 같은 게. 아파트 안에 이야기할 수 있는 숨 쉬는 존재가, 부드러운 발소리로 정신을 들게 해주는 그런 존재가 있었으면 싶다. 그는 밤늦게까지 일하다, 쓰러져 잠들기 직전 팔을 긋는다. 왼팔에 한 번, 오른팔에 한 번. 그리고 잠에서 깨면 피곤해도 무사히 밤을 넘긴 자신이 자랑스럽다.

하지만 윌럼이 돌아오기 두 주 전, 기억들이 다음번 돌아올 때까지 희미하게 사라지기 직전, 하이에나들이 돌아온다. 아니 어쩌면 돌아온다는 말에는 어폐가 있다. 케일럽이 놈들을 그의 삶에 들인 후로 놈들은 한 번도 떠난 적이 없었으니까. 하지만 이제 놈들은 그를 쫓지 않는다. 그럴 필요가 없다는 걸 안다. 그의 삶은 넓은 대초원이고 그는 포위되어 있다. 놈들은 노란 풀밭에 퍼져 앉거나 촉수처럼 나무둥치에서 뻗어 나온 나지막한 바오밥 나뭇가지 위에 축 늘어진 채, 날카로운 노란 눈으로 그를 노려본다. 놈들은 늘 거기 있다. 그와 윌럼이 섹스를 시작한 후, 그 숫자는 더 늘어났다. 안 좋은 날, 특히 놈들이 두려운 날이면 더 많아진다. 그런 날 그가 천천히 놈들의 영역을 가로질러 걸어가면 놈들이 수염이 실룩이며 무심히 조롱하는 게 느껴진다. 자기는 놈들의 먹이라는 걸 자기도 알고, 놈들도 안다.

윌럼의 일이 주는 섹스로부터의 휴가를 간절히 바라면서도, 또한 그래서는 안 된다는 것도 안다. 그 세계로 다시 들어가는 게 늘 힘들기 때문이다. 어렸을 때도 그랬다. 섹스의 리듬보다 더 끔찍한 유일한 것은 섹스의 리듬에 다시 적응하는 일이었다.
"얼른 집에 가서 널 보고 싶어." 다음번 그들이 이야기할 때 윌럼이 말한다. 그 어조에선 어떤 추파도 느껴지지 않고 섹스에 대해서는 일언반구도 없지만, 과거 경험으로 볼 때 돌아오는 날 밤 윌럼이 섹스를 원할 거라는 걸, 집에 돌아온 첫 주 내내 평소보다 더 자주 원할 거라는 걸, 두 번의 휴가 때 번갈아가며 아픈 바람에 아무것도 못 해서 이번에는 특히 더 원할 거라는 걸 그는 알고 있다.

"나도 그래." 그는 말한다.

"자해는 어때?" 윌럼이 마치 줄리아의 단풍나무가 괜찮은지, 날씨가 어떤지 묻기라도 하듯 가볍게 묻는다. 대화를 마무리할 무렵이면 그는 늘 그냥 그 문제에 아주 살짝 관심 있어서 예의상 물어보듯이 이렇게 질문한다.

"괜찮아." 그는 언제나처럼 대답한다. "이번 주에는 두 번밖에 안 했어." 그는 덧붙이고 그건 사실이다.

"잘했어, 주디." 윌럼이 말한다. "다행이다. 힘든 거 알아. 하지만 정말 네가 자랑스러워." 이런 순간이면, 그는 마치 전혀 다른 대답을 기대하고 있기라도 한 듯—아마 그랬을지도 모른다—늘 너무나 안도한 목소리다. '안 좋아, 윌럼. 어젯밤에는 너무 많이 그어서 팔이 완전히 떨어져 나가버렸어. 다시 만날 때 놀라지 마.' 순수한 자부심과 맥 빠진 슬픔이 속에서 뒤섞인다. 윌럼이 그를 너무나 신뢰하고 있고 그가 실제로 그에게 진실을 말하게 됐다는 건 자랑스럽지만, 윌럼이 그런 질문을 해야 한다는 게, 이런 일을 그들이 실제로 자랑스러워하고 있다는 게 슬프다. 다른 사람들은 남자친구의 재능이나 외모나 운동신경을 자랑스러워하는데, 윌럼은 남자친구가 면도날로 자신을 저미지 않고 하룻밤을 무사히 보냈다는 걸 자랑스러워하게 됐다.

결국 그의 노력으로 억누를 수 없다는 걸 아는 밤이 온다. 오래오래, 심하게 그을 수밖에 없다. 하이에나들이 울부짖고 캥캥거리기 시작하고, 그 소리는 그들 안 다른 짐승에게서 나오는 것 같다. 오로지 고통만이 그 소리를 잠재울 수 있다는 걸 그는 안다. 그는 뭘 해야 할지 생각한다. 윌럼은 일주일 후 돌아올 것이다. 지금 팔을 그으면 그가 돌아오기 전까지 상처가 완전히 아물지 않을 테고, 그러면 윌럼은 화를 낼 것이다. 하지만 아무것도 하지 않으면. 그땐 모르겠다. 해야 한다, 해야만 한다. 너무 오래 기다렸다는 걸, 그는 깨닫는다. 끝까지 할 수 있을 줄 알았다. 비현실적인 생각이었다.

그는 침대에서 일어나 텅 빈 아파트를 가로질러 조용한 부엌으로 간다. 그날 밤의 스케줄—해럴드에게 줄 쿠키 굽기, 윌럼의 스웨터 정리, 리처드의 스튜디오—이 조리대에서 어른어른 빛을 발하고 있다. 그 일정들은 무시당하면서도 좀 봐달라고, 그 목록이 쓰여 있는 종잇장 같은 얄팍한 구원을 제시하며 그에게 손짓한다. 그는 잠시 꼼짝 못 하고 서 있다가, 마지못해 천천히 계단 위 문으로 걸어가 빗장을 풀고 잠시 주저하다 문을 활짝 연다.

케일럽과의 그날 밤 이후 이 문을 연 적이 없다. 이제 그는 입구에 기대어 그날 밤처럼 문틀을 단단히 붙들고 그 검은 심연을 내려다보며 자기가 과연 할 수 있을까 생각한다. 이렇게 하면 하이에나들을 달랠 수 있다는 걸 알고 있다. 하지만 그건 뭔가 너무 비참하고 극단적이고 구역질 나는 데가 있어서, 이 짓을 하면 어떤 선을 넘어버리고 실제로 입원 치료를 받아야 할 사람이 될 것 같다. 결국, 결국 그는 손을 덜덜 떨며 문틀에서 떨어져 문을 쾅 닫고 빗장을 다시 철컥 채우고 터벅터벅 물러난다.

다음 날 직장에서 그는 산제이라는 파트너변호사와 고객 하나와 계단을 내려간다. 고객이 담배를 피울 수 있게 하기 위해서다. 흡연자 고객들이 몇 명 있는데, 그들이 계단으로 내려가면 그도 같이 갔고, 그들은 보도에서 계속 회의를 진행한다. 루시엔은 흡연자들은 담배를 피울 때 가장 편안하고 느긋해진다는, 따라서 그 순간 더 조종하기가 쉽다는 이론을 가지고 있다. 루시엔이 그 말을 했을 때는 웃었지만, 어쩌면 그 말이 맞을 수도 있다 싶다.

고객들에게 그 정도로 망가진 모습을 보여주고 싶진 않지만, 그날 그는 발이 욱신거려서 휠체어를 타고 있다. "내 말 믿어, 주드." 몇 년 전 이런 걱정을 내비치자 루시엔은 말했다. "고객들은 자네가 앉아 있건 서 있건, 자네를 여전히 똑같은 피도 눈물도 없는 망할 자식으로 볼 거야. 그러니 제발 좀 의자에 앉아 있으라고." 바깥 날씨는 춥고 건조했고, 그래서 어쩐지 발이 덜 아프다. 셋이서 이야기를 나누고 있는데, 그는 최면이라도 걸린 듯 자기도 모르게 고객이 든 담배 끝 조그만 오렌지색 불빛을 응시한다. 불꽃이 고객이 빨아들이고 내쉬는 데 따라 흐려졌다 밝아졌다 하며 그에게 눈을 찡긋한다. 갑자기 그는 자기가 무슨 짓을 하려는지 깨닫고, 거의 동시에 복부에 둔탁한 타격이라도 받은 느낌이 든다. 그는 윌럼을 배신하려 하고 있고, 배신뿐만 아니라 거짓말을 하려 하고 있었다.

그날은 금요일이고, 그는 앤디에게 차를 몰고 가면서, 해결책이 생겼다는 데 흥분하고 안도하며 계획을 짠다. 앤디는 쾌활하고 투지 왕성한 기분이고, 그는 그의 활발한 에너지에 잠깐 다른 생각을 잊는다. 어느 순간부터 그와 앤디는 그의 다리가 마치 골칫거리에 변덕스럽지만 버릴 수도 없고 끊임없이 돌봐줘야 하는 친척이라도 되는 듯 이야기하기 시작했다. "그 늙은 개자식들." 앤디는 그의 다리를 이렇게 불렀고, 그가 처음 그 말을 썼을 때, 그는 그 별명이 너무 정확해서 웃음을 터뜨렸다. 마음속 근저에는 내키지 않는 애정이 자리하고 있지만, 언제라도 그 애정을 잊게 만드는 속 터지는 짓들을 저지르는 그런 친척 말이다.

"그 늙은 개자식들은 어때?" 앤디가 묻고, 그는 미소 지으며 대답한다. "늘 그렇죠 뭐. 게으르고 기력을 다 빨아먹고 있어요."

하지만 그의 머릿속은 곧 저지를 일로 가득해서, 앤디가 "네 대단한 반쪽은 요새 뭐라고 해?"라고 묻자 즉시 쏘아붙인다. "그게 무슨 말이에요?" 그러자 앤디는 말을 멈추고 이상하다는 듯이 그를 쳐다본다. "아무것도 아니야." 그는 말한다. "그냥 윌럼이 어떻게 지내나 궁금해서."

윌럼, 그는 생각한다. 그 이름을 듣는 것만으로도 번민에 휩싸인다. "잘 지내요." 그는 조용히 말한다.

진찰이 끝날 무렵 앤디는 언제나처럼 그의 팔을 검사하고, 이번에도 지난 몇 번의 진찰 때와 마찬가지로 투덜대며 인정한다. "너 정말로 삭감했구나." 그는 말한다. "말장난 아니야."

"나 알잖아요, 늘 향상심에 불타는 인간인 거." 그는 농담조로 말하려 하지만, 앤디는 그의 눈을 빤히 쳐다본다. "알아." 그는 부드럽게 말한다. "힘들다는 거 알아, 주드. 하지만 기쁘다. 정말로 기뻐."

저녁을 먹으며 앤디는 마음에 들지 않는 남동생의 새 남자친구에 대해 불평을 늘어놓는다. "앤디." 그는 말한다. "베켓의 남자친구들을 모조리 미워할 순 없잖아요."

"알아, 안다고." 앤디는 말한다. "그냥 너무 경박한 인간이라 그래. 베켓은 훨씬 더 나은 사람을 만나야 하는데. 그놈이 프루스트를 프로우스트라고 발음했다는 이야기 했지?"

"몇 번이나요." 그는 웃으며 말한다. 욕먹고 있는 베켓의 이 새 남자친구—상냥하고 유쾌하고 야심만한 조경 건축가—는 석 달 전 앤디네 디너파티에서 만난 적 있다. "하지만 앤디, 내가 보기엔 좋은 사람이던데요. 게다가 베켓을 사랑하고요. 그리고 어쨌거나 그 사람이랑 앉아서 프루스트 이야기를 할 것도 아니잖아요?"

앤디는 한숨을 내쉰다. "너 꼭 제인처럼 말한다." 그는 부루퉁하게 말한다.

"뭐," 그는 다시 미소 지으며 말한다. "아마 제인 말을 들어야 할걸요." 몇 주 만에 처음으로 한결 가벼운 마음으로 웃는다. 앤디의 뚱한 표정 때문만은 아니다. "《스완네 집 쪽으로》를 잘 모르는 것보다 더한 범죄가 수두룩하다고요."

집으로 돌아오며 그는 계획을 생각하지만, 다음 순간 기다려야 한다는 걸 깨닫는다. 요리하다 데었다고 우겨야 하는데, 뭔가 잘못돼서 앤디에게 가야 한다면 앤디는 왜 같이 저녁을 먹은 날 밤에 요리를 했냐고 물을 것이다. 그럼 내일이야, 그는 생각한다. 내일 해야겠다. 그러면 오늘 밤 윌럼에게 제이비가 좋아하는 플랜틴바나나 튀김을 만들 거라고 이메일에 쓸 수 있어. 끔찍하게 잘못될 반즉흥적 결정이다.

'이게 바로 정신병에 걸린 사람들이 계획을 짜는 방식이야.' 마음속 인정머리 없고 비하적인 목소리가 말한다. '이런 계획은 오로지 미친 사람들만 할 짓이라는 거 알고 있지.'

'그만해.' 그는 말한다. '그만해. 이게 미친 짓이라는 걸 안다는 것 자체가 내가 안 미쳤다는 의미야.' 마침내 그 목소리는 웃으며 그의 방어적 태도를, 여섯 살배기 같은 논리박약을, "미친"이라는 단어에 대한 반감을, 그 단어가 자기에게 달라붙을까봐 두려워하는 마음을 야유한다. 하지만 비웃고 으름장 놓으며 경멸하는 그 목소리조차도 그를 막지 못한다.

다음 날 밤 그는 윌럼의 짧은 티셔츠로 갈아입고 부엌에 간다. 필요한 건 다 준비해뒀다. 올리브오일과 기다란 성냥. 왼팔을 털을 뽑아야 할 새처럼 싱크대에 놓고 손바닥이 시작되는 지점에서 몇 센티미터 위 지점을 선택한 다음, 오일을 적신 종이타월로 자두 크기 정도로 동그랗게 문지른다. 몇 초 정도 반들거리는 기름 자국을 지켜보고 있다가 큰 숨을 들이마시고는 성냥에 불을 붙여 피부에 갖다 댄다. 마침내 불이 붙는다.

고통이—고통이 뭐지? 다친 이후로 고통 없이 보낸 날은 단 하루도 없었다. 때로는 드물게 찾아오고 약하거나 단속적일 때도 있다. 하지만 고통은 늘 거기 있다. "조심해야 해." 앤디는 늘 말했다. "넌 고통에 너무 단련되어서 더 큰 문제의 징후일 때조차 알아보는 능력을 상실했어. 그러니 고통이 5나 6 정도밖에 안 되어도, 이 정도 모양이면," 그들은 다리에 생긴 상처에 대해 말하고 있다. 상처 주위 피부가 독성의 거무스름한 회색,

썩은 색깔로 변하고 있었다. "대부분의 사람들에게는 9나 10 정도의 고통일 거라고 생각해야 해. 그리고 꼭, 꼭 나한테 와야 하고. 알겠지?"

하지만 이 고통은 그가 몇십 년 동안 느껴보지 못한 고통이다. 그는 비명을 지르고 또 지른다. 목소리, 얼굴, 기억의 편린들, 기이한 연상들이 머릿속에서 윙윙 돈다. 연기를 내뿜는 올리브오일 냄새에 페루자에서 윌럼과 함께 먹었던 구운 버섯 요리가 떠오르고, 그 기억이 20대 때 맬컴과 프릭 컬렉션에서 봤던 틴토레토 전시회로, 거기서 다시 고아원에서 실제 이름은 제드였지만 알 수 없는 이유로 다들 '프릭'이라고 불렀던 소년의 기억으로 이어지고, 거기서 다시 헛간에서 지냈던 밤들로, 거기서 또 루크 수사와 언젠가 섹스를 했던 소노마 외곽의 연기 자욱한, 텅 빈 초원에 있던 건초 더미로, 그리고 또, 또, 또, 또, 또. 고기 타는 냄새에 몽환에서 깨어나 스토브 위에 뭐라도, 팬에서 타들어가고 있는 스테이크 덩어리라도 올려둔 것처럼 화들짝 스토브를 쳐다보지만, 거기에는 아무것도 없다. 그제야 그는 그게 자기 냄새라는 걸, 자기 팔이 익어가는 냄새라는 걸 깨닫는다. 그제야 그는 수도꼭지로 돌아서고 상처에 물이 쏟아진다. 기름 연기가 피어오르고, 그는 다시 비명을 지른다. 그리고 여전히 싱크대 위, 강낭콩 모양의 스테인리스 그릇 안에 절단된 것처럼 쓸모없이 널브러져 있는 왼팔은 내버려둔 채 오른팔을 휙 뻗어 스토브 위 찬장에서 소금통을 가져와 날카로운 소금 알갱이들을 한 주먹 상처에 대고 문지르며 흐느낀다. 다시 시작된 고통에 눈앞이 눈부시게 하얗게 변한다. 마치 태양을 정면으로 바라봐서 장님이 되는 것 같다.

정신을 차리자 그는 싱크대 아래 찬장에 머리를 처박은 채 바닥에 쓰러져 있다. 사지가 경련을 일으킨다. 열이 나지만 춥다. 그는 찬장이 부드러운 물건이기라도 한 것처럼 머리를 박는다. 그렇게 하면 모든 걸 잊을 수 있을 것 같다. 감은 눈꺼풀 뒤에서 문자 그대로 그를 먹어치우기라도 한 것처럼 주둥이를 핥고 있는 하이에나들이 보인다. '행복해?' 그는 묻는다. '행복하냐고?' 물론 놈들은 대답 못 하지만, 멍하고 만족해 보인다. 경계심이 약해지고, 커다란 눈이 만족스럽게 감기는 게 보인다.

다음 날 그는 열이 난다. 부엌에서 침대까지 가는 데 한 시간이 걸린다. 발이 너무 쓰라린데, 팔로 길 수가 없다. 잠을 잔다기보다 의식이 오락가락하고, 고통이 조수처럼 그를 철썩철썩 때린다. 때로는 물러나 정신을 깨웠다가, 때로는 탁한 구정물로 그를 뒤덮는다. 그날 밤 늦게 겨우 정신을 차려 팔을 보자, 시커멓고 악의에 찬, 파삭파삭하게 탄 커다란 동그라미가 보인다. 마녀화형식이나 동물희생제, 강령의식 같은 무시무시한 오컬트 제의라도 치른 땅덩어리 같다. 전혀 피부 같지가 않지만(그리고 사실 더 이상 피부도 아니다) 아예 피부였던 적도 없는 어떤 것 같다. 다 타서 재만 남은 나무, 종이, 타맥처럼.

월요일이면 상처에 감염이 일어날 것이다. 점심때 그는 전날 밤 맨 붕대를 간다. 붕대를 풀자 피부가 같이 떨어져 나오고, 비명을 지르지 않으려고 손수건을 입에 문다. 점도는 피지만 색은 석탄 같은 덩어리들이 팔에서 떨어지고, 그는 욕실 바닥에 앉아 몸을 앞뒤로 흔든다. 배 속에서는 음식과 위산이 역류해 나오고, 팔은 팔 자체의 병, 그 자체의 찌끼를 토해낸다.

다음 날 고통은 더 심해지고, 그는 앤디를 보기 위해 일찍 출근한다. "세상에." 앤디가 상처를 보고 소리를 지르더니 잠시 입을 꾹 다문다. 그는 겁에 질린다.

"고칠 수 있어요?" 그는 속삭인다. 이제까지 고칠 수 없을 지경으로 자해할 수 있다는 생각은 한 번도 해본 적이 없다. 갑자기 앤디가 이 팔은 영원히 잃게 될 거라고 말하는 모습이 떠오르고, 다음 순간 그는 윌럼에게 뭐라고 하지? 하고 생각한다.

하지만 "그래" 하고 앤디는 말한다. "할 수 있는 건 할 테니. 그리고 병원에 가. 누워." 그는 눕고, 앤디는 상처를 세척하고 소독하고 드레싱한다. 그가 울자, 앤디는 미안하다고 한다.

앤디가 부분마취를 위해 주사를 놓았기 때문에, 그는 한 시간 후에야 겨우 일어나 앉을 수 있게 됐고, 두 사람은 아무 말 없이 앉아 있다.

"어떻게 그렇게 완벽한 원형으로 3도 화상을 입었는지 말해줄 거야?" 앤디가 마침내 묻고, 그는 앤디의 차가운 냉소를 무시하고 대신 준비된 이야기를 한다. 플랜틴바나나 튀김, 기름불.

또 한 번 침묵이 이어지고, 이번 건 설명할 수는 없지만 뭔가 다르고 마음에 들지 않는다. 그러더니 앤디가 매우 조용히 말한다. "거짓말하는구나, 주드."

"무슨 말이에요?" 그는 오렌지주스를 마시고 있는데도 갑자기 목이 타서 묻는다.

"거짓말이야." 앤디는 변함없이 조용한 목소리로 되풀이하고, 그는 진찰대에서 미끄러져 내려와 문 쪽으로 걸어간다. 쥐고 있던 주스 병이 스르르 미끄러져 바닥에 산산조각 난다.

"그만해." 앤디는 차갑게 분노해 있다. "주드, 털어놔. 무슨 짓을 한 거야?"

"말했어요." 그는 말한다. "말했잖아요."

"아니. 무슨 짓을 했는지 말해, 주드. 네가 말해. 말하라고. 네

입으로 말하는 걸 듣고 싶어."

"말했잖아." 그는 고함친다. 기분이 엿 같고, 골이 쾅쾅 울리고, 발은 연기 나는 쇳덩어리가 달려 있고, 부글부글 끓는 냄비가 팔을 파고 들어간다. "나 갈래, 앤디. 보내줘요."

"아니." 앤디는 말하고, 그도 소리 지르고 있다. "주드, 너, 넌—" 그는 말을 멈추고, 그도 멈춘다. 둘 다 앤디의 다음 말을 기다리고 있다. "넌 제정신이 아니야, 주드." 그는 낮고 필사적인 목소리로 말한다. "넌 미쳤어. 이건 미친 짓이야. 이런 짓을 하면 몇 년은 갇혀 지낼 수 있고 그래야 해. 넌 제정신이 아니야, 제정신 아니고 미쳤고, 도움을 받아야 해."

"어디다 대고 미쳤대요." 그는 고함을 지른다. "그 소리 어디 하기만 해요. 난 아니야, 아니라고."

하지만 앤디는 무시한다. "윌럼이 금요일에 오지, 그렇지?" 그는 대답을 이미 알면서도 묻는다. "윌럼에게 말할 시간, 오늘 밤부터 일주일 줄게, 주드. 일주일이야. 그 후에는 내가 직접 말한다."

"법적으로 그건 허용 안 되는 일이거든요." 그는 소리 지른다. 눈앞에서 모든 게 빙빙 돈다. "아주 거액의 소송을 걸어서 아예—"

"최근 판례법이나 확인해보시지, 변호사 나리." 앤디가 그를 향해 씩씩댄다. "로드리게스 대 메타 사건. 2년 전. 환자가 자기도 모르게 다시 심각한 자해를 시도하는 경우, 이 환자가 빌어먹을 동의를 하건 말건 주치의에게는 환자의 동반자나 가장 가까운 친척에게 알릴 권리—아니, 의무—가 있다."

그는 갑자기 입을 다문다. 고통과 두려움과 방금 앤디가 한 말의 충격으로 머리가 빙빙 돈다. 두 사람은 여전히 진찰실에,

그가 너무나, 너무나 많이 찾아왔던 그 방에 서 있지만, 다리가 후들거리고, 비참함이 밀려오고, 분노가 솟구친다. "앤디." 그는 애원조로 말한다. "제발 말하지 말아요. 제발요. 그 말을 들으면 윌럼은 날 떠날 거예요." 그는 그게 사실이라는 걸 안다. 윌럼이 왜 그를 떠날지는 모르지만, 그의 말이 맞다. 그게 그가 저지른 짓 때문일지 아니면 거짓말 때문일지는 몰라도 윌럼은 떠날 것이다. 그런 짓을 한 게 다 섹스를 계속할 수 있게 하기 위해서였는데도. 섹스를 그만두면 어쨌거나 윌럼은 그를 떠날 것이다.

"이번에는 안 돼, 주드." 앤디는 말하고, 더 이상 소리 지르고 있지 않지만, 그 목소리는 냉정하고 결연하다. "이번에는 덮어주지 않을 거야. 일주일 남았어."

"하지만 이건 윌럼이 상관할 일이 아니잖아요." 그는 필사적으로 말한다. "내 문제라고요."

"바로 그거야, 주드." 앤디가 말한다. "이게 윌럼의 문제야. 그게 바로 그 빌어먹을 관계라는 거라고. 아직도 그걸 모르겠어? 자기가 원하는 대로 할 수 없다는 걸 몰라? 네가 자해를 하면 윌럼도 해치는 일이라는 걸 몰라?"

"아뇨." 그는 무너지지 않으려고 오른손으로 진찰대 가장자리를 꼭 잡은 채 고개를 흔들며 말한다. "아뇨. 윌럼한테 상처 안 주려고 이 짓을 하는 거예요. 윌럼을 보호하려고 하는 거라고요."

"아니." 앤디는 말한다. "이걸 망친다면, 주드, 만약 널 사랑하는 사람한테, 널 '정말로' 사랑하는, 그저 널 있는 그대로 보고 싶어 하는 사람한테 계속 거짓말을 한다면, 탓할 사람은 너밖에 없어. 다 네 잘못일 거라고. 그리고 그건 네가 어떤 사람이라거나, 너한테 어떤 일이 있었다거나, 네가 가진 병이라거나, 네가 생각하는 네 외모나 그런 것들 때문이 아니라, 네 행동 때문이야. 윌럼에게 터놓고 이야기할 정도로, 윌럼이 늘, '언제나' 보여준 것과 같은 관대함과 믿음을 보여줄 정도로 네가 윌럼을 믿지 못하기 때문이야. 넌 윌럼을 보호하고 있다고 생각하겠지. 하지만 아니야. 넌 이기적이야. 이기적이고 고집쟁이에 오만하고, 너한테 일어난 최고의 일을 망치게 될 거야. 그걸 모르겠어?"

그날 밤 두 번째로 그는 말문이 막혔고, 결국 그가 기진맥진한 나머지 스르르 쓰러지기 시작했을 때야 앤디가 손을 뻗어 그의 허리를 잡았고, 대화는 끝난다.

그는 앤디의 고집으로 다음 사흘을 병원에서 보낸다. 낮에는 출근을 하고 밤이면 돌아와 앤디가 재입원시킨다. 머리 위에는 한 팔에 하나씩, 수액 봉지 두 개가 매달려 있다. 하나에는 포도당만 들어 있다는 걸 안다. 두 번째에는 다른 것, 고통을 부드럽게 달래주고 겨울을 그린 일본 목판화, 세상은 온통 눈에 덮여 있고 아래쪽에 밀짚 옷을 입은 말없는 여행자가 있는 목판화 속 짙푸른 하늘처럼 짙고 고요한 잠을 주는 뭔가가 들어 있다.

금요일이다. 그는 집에 돌아간다. 윌럼은 그날 밤 10시경에 도착할 것이다. 주 부인이 이미 청소를 했지만, 그는 어떤 증거도 없다는 걸, 모든 실마리들은 다 숨겼다는 걸 확인한다. 정황 없이는 그 실마리들—소금, 설탕, 올리브오일, 종이타월—은 실마리도 아니다. 그것들은 그들이 함께하는 생활의 상징들, 매일 쓰는 물건들일 뿐이다.

그는 여전히 어떻게 할지 결정하지 않았다. 그는 사정해서 앤디에게서 9일을 더 받았다. 휴일 때문에, 다음 주 수요일 추수감사절을 지내러 보스턴에 가기 때문에 시간이 더 필요하다고 설득했다. 이제 다음 일요일까지 윌럼에게 말하든지, (이 말은 안 했지만) 앤디를 설득해서 마음을 돌려놔야 한다. 두 시나리오 모두 막상막하로 불가능해 보인다. 하지만 그래도 시도해볼 것이다. 문제는, 지난 며칠 밤 동안 거의 잠을 설쳤기 때문에 이 상황을 어떻게 협상해나갈지 생각할 시간이 거의 없다는 것이다. 자기가 구경거리가 된 기분이다. 그의 몸을 차지하고 있는 온갖 것들—흰 족제비 같은 생물, 하이에나, 목소리들—이 그가 뭘 할 건지 지켜보고 있다가, 그를 비판하고 조롱하고 잘못했다고 말할 것이다.

윌럼을 기다리면서 거실 소파에 앉았는데, 눈을 뜨자 윌럼이 옆에 앉아 미소 지으며 그의 이름을 부르고 있다. 그는 왼팔에 힘이 들어가지 않도록 조심하며 윌럼을 포옹하고, 그 순간 모든 것이 가능하면서도, 동시에 형언할 수 없이 어렵게 느껴진다.

'이것 없이 어떻게 살아갈 수 있을까?' 그는 자문한다.

그리고 다음 순간 생각한다. '난 어떻게 해야 하지?'

'9일이야.' 그 안의 목소리가 잔소리한다. '9일.' 하지만 그는 그 목소리를 무시한다.

"윌럼." 그는 윌럼의 품안에서 큰 소리로 말한다. "돌아왔구나, 집에 왔어." 그는 긴 숨을 내뱉는다. 윌럼이 그 떨림을 듣지 않기를 바란다. "윌럼." 그는 그 이름이 입 안에 가득 찰 지경으로 부르고, 부르고, 또 부른다. "윌럼, 윌럼, 얼마나 보고 싶었는지 몰라."

—

떠난다는 것에서 가장 좋은 건 집에 돌아오는 것이다. 누가 이 말을 했더라? 그는 아니지만, 그랬을지도 모르지. 그는 아파트 안을 돌아다니며 생각한다. 정오다. 화요일. 내일 그들은 보스턴으로 간다.

집을 사랑한다면—아니 설사 그렇지 않다 하더라도—돌아와서 첫 주만큼 집이 아늑하고 편안하고 즐거운 적은 없다. 그 첫 주 동안은 심지어 짜증 났던 것들, 예컨대, 새벽 3시에 빠앙 하고 지나가는 차 소리, 자려고 애쓰고 있는데 침대 뒤 창틀에 와서 구구 하며 시끄럽게 구는 비둘기들마저 영속성의 상징처럼 느껴진다. 아무리 멀리, 아무리 오래 집에서 떠나 있었다 해도 인생이 늘 자애롭게 그 영속성을 다시 허락해주는 것처럼 느껴진다.

또 그 주에는 원래 좋아했던 것들도 그 존재 자체만으로 축하할 일 같다. 조깅할 때 지나가면서 손을 흔들면 늘 화답해주는 크로스비 스트리트의 설탕호두 행상인, 런던에서 어느 날 밤 미칠 듯이 먹고 싶어 잠까지 깼던, 블록 아래 트럭에서 파는 피클 추가한 팔라펠 샌드위치, 하루가 가면서 이쪽 끝에서 저쪽 끝으로 햇볕이 비스듬히 들어오는 아파트, 자기의 물건들과 음식과 침대와 샤워실과 냄새가 있는 이 아파트.

그리고 물론 돌아갈 사람이 있다. 얼굴과 몸과 목소리와 향과 손길, 무슨 말을 아무리 길게 해도 끝까지 다 듣고 나서야 자기 말을 시작하는 그 태도, 달이 뜨는 것처럼 얼굴 위로 천천히 번져가는 미소, 그동안 너무 그리워했고 다시 만나서 너무 행복해하는 모습. 그리고 정말 행운아라면 집을 비운 사이 그 사람이 자기를 위해 해놓은 일들이 있다. 찬장을, 냉동고를, 냉장실을 가득 채운, 좋아하는 음식들과 좋아하는 스카치위스키. 작년에 극장에서 잃어버렸다고 생각했는데, 깨끗하게 접혀 선반에 놓여 있는 스웨터. 단추가 달랑달랑했는데 제자리에 다시 달려 있는 셔츠. 책상 한쪽에 정리되어 쌓여 있는 편지들, 독일에서 찍을 호주 맥주 광고 계약서와 그 여백에 적어놓은 변호사와 상의할 문제들. 그런 일들을 해놓고도 그 사람은 어떤 언급도 하지 않는다. 그건 순전히 좋아서 한 일이다. 이 아파트에서 살고 이 관계를 좋아하는—아주 작은 부분이지만 일부—이유는 그가 늘 집을 만들어주기 때문이다. 그리고 이런 말을 하면 화내는 게 아니라 기뻐한다. 순수한 감사의 뜻으로 한 말이기 때문에 자신도 기쁘다. 집에 돌아와서 거의 일주일 동안 이런 순간들이면, 도대체 왜 그렇게 자주 집을 떠나는지 이해가 안 된다는 생각이 들고, 다음 해 해야 할 일들이 다 끝나고 나면 자신이 진정으로 속한 이곳에서 한동안 머물러야 하는 게 아닐까 생각하게 된다.

하지만 또한 그는—주드도 알듯이—자기가 끊임없이 떠나는 이유의 일부는 반작용이라는 걸 안다. 주드와의 관계가 공식화된 후, 그와 키트와 에밀이 어떤 일이 벌어질 것인지 기다리고 있는 동안, 그는 젊은 시절 느끼곤 했던 그런 불안을 경험했다. 다시는 일을 못 하게 되면 어떡하지? 이게 그거면 어떡하지? 눈에 보이는 급제동 같은 건 거의 없이 상황이 흘러갔다는 게 이제는 보이지만, 그래도 예전과 마찬가지로 여전히 어떤 감독들은 그를 원하고 어떤 감독들은 그를 원하지 않고("말도 안 돼, 누구든 너랑 일하길 원할걸." 키트는 말했고 그는 그 말이 고마웠다), 어쨌거나 그는 더 좋지도 나쁘지도 않은 똑같은 배우이고, 변한 건 없다고 안심하기까지 1년이 걸렸다.

하지만 같은 배우가 되는 건 허락받았다 해도, 같은 사람이 되는 건 허락되지 않았다. 게이로 공표되고 나서 몇 개월—그는 절대 반박하지 않았다. 홍보담당자가 부정이나 공언 같은 것도 내놓지 못하게 했다—사이에 그는 오랫동안 그가 가졌던 것보다 더 많은 정체성들을 가지게 됐다는 걸 알았다. 성인이 된 후 대부분의 시간, 그는 자기 자아들을 벗어던져야 하는 상황 속에 있었다. 더 이상 형제가 아니었고, 더 이상 아들이 아니었다. 하지만 단 하나의 의외의 사실로, 이제 그는 게이가 됐다. 게이 배우, 명확한 태도의 게이 배우, 명확한 태도의 비참여적 게이 배우, 마지막으로 명확한 태도의 배신자 게이 배우. 1년 전쯤 그는 여러 해 알고 지내던 맥스라는 감독과 저녁식사를 했는데, 저녁을 먹으며 맥스는 동성애자 권리 조직을 돕는 공식 만찬에서 게이라는 걸 선언하는 연설을 해달라고 부탁했다. 윌럼은 늘 그 조직을 지지해왔고, 그는 맥스에게—지난 10년간 매해 그래왔듯이—수상을 하거나 테이블 하나를 후원하는 일은 얼마든지 하겠지만 커밍아웃을 하지는 않을 거라고 말했다. 그는 커밍아웃할 거리가 없으며, 자신은 게이가 아니라고 했다.

"윌럼." 맥스는 말했다. "넌 남자랑 사귀고 있다고, 그것도 깊게. 그게 바로 게이의 '정의'야."

"전 남자와 사귀고 있는 게 아니에요." 그는 그 말이 말도 안 되게 들린다고 생각하며 말했다. "전 주드와 사귀고 있는 거예요."

"맙소사." 맥스는 중얼거렸다.

그는 한숨을 쉬었다. 맥스는 그보다 열여섯 살이 더 많았다. 그는 정체성의 정치학이 바로 자신의 정체성인 시절 성인이 됐고, 맥스를 비롯해서 자기에게 커밍아웃을 하라고 다그치고 애원하는 사람들, 자기는 그런 게 아닌데도 자기혐오니 비겁하다

느니 위선이라느니 부정이라느니 하며 비난하는 사람들의 주장을 이해했다. 자기가 대표하겠다고 나서지 않은 뭔가를 대표하게 될 거라는 걸 알고 있었다. 자기가 그 대표를 원하든 아니든 그건 거의 중요하지 않다는 걸 알고 있었다. 하지만 그래도 그걸 할 수는 없었다.

주드는 자신과 케일럽은 서로 상대에 대해 아무에게도 말하지 않았다고 했다. 주드의 비밀주의는 수치심에서 비롯되었지만(케일럽의 경우는 적어도 손톱만큼이라도 죄책감에서 비롯되었기를 윌럼은 바랄 수밖에 없었다), 그 또한 자기와 주드의 관계는 다른 사람들이 아니라 자기들에게만 존재한다고 느꼈다. 그건 뭔가 신성하고, 쟁취한 것이고, 그들만의 독특한 것이었다. 물론 이건 말도 안 되는 소리였지만, 그는 그렇게 느꼈다. 그 정도 되는 배우는 여러모로 소유물 같은 데가 있다. 그의 능력이나 외모나 연기에 대해 한 마디 하고 싶은 사람이면 누구나 달려들어 싸우고 논쟁하고 비판할 수 있는 소유물이었다. 하지만 연인관계는 달랐다. 사람들이 그에 대해 얼마나 많이 안다고 생각할지 몰라도, 그 속에서는 오로지 상대방을 위한 역을 연기했고, 그 사람만이 그의 관객이고, 다른 누구도 그걸 보지 않았다.

그의 관계는 또한 신성불가침이었다. 왜냐하면 최근에서야—지난 6개월 남짓 사이에—그 관계의 리듬을 파악하게 됐기 때문이다. 자기가 안다고 생각했던 사람은 알고 보니 어떤 면에서 그의 앞에 있는 사람이 아니었고, 얼마나 많은 면을 더 봐야 하는지 알아내는 데 시간이 좀 걸렸다. 늘 별표라고 생각했던 모양이 사실은 수많은 면이 있고 수없이 차원 분열해서 훨씬 더 측정하기 복잡한 12면체 같았다. 그럼에도 그는 한 번도 떠날 생각은 하지 않았다. 그는 무조건, 사랑으로, 충성심으로,

호기심에서 그 자리를 지켰다. 하지만 쉽지는 않았다. 사실 때로는 무진장 힘들었고, 어떤 면에서는 늘 그랬다. 주드를 고치려 들지 않겠다고 다짐했을 때, 그는 누군가의 문제를 해결한다는 건 그들을 고치길 '원하는' 거라는 걸 잊고 있었다. 문제를 진단하고 그 문제를 고치려 하지 않는 건 무관심일 뿐만 아니라 비도덕적인 것 같으니까.

근본적 문제는 섹스였다. 그들의 성생활과 그에 대한 주드의 태도였다. 그와 주드가 함께한 지 10개월이 다 되어가고 여전히 주드가 준비되길 기다리고 있었을 때(열다섯 살 이후로 이렇게 오랫동안 금욕 생활을 한 건 처음이었고, 그는 남자친구나 여자친구가 빵이나 파스타를 먹지 않는다는 이유로 자기도 그 음식들을 끊는 사람들처럼 이를 일종의 도전으로 생각하고 달성했다), 그는 이 관계가 어디로 가고 있는지, 그냥 주드가 섹스를 할 수 없는 게 아닌지 심각하게 염려하기 시작했다. 어떤 이유에서인지는 몰라도 그는 주드가 학대당했다는 걸, 뭔가 끔찍한 짓(어쩌면 여러 가지 끔찍한 짓들)을 당했다는 걸 알았고 늘 알고 있었지만, 부끄럽게도 그 문제를 꺼낼 말을 찾을 수가 없었다. 심지어 그 말들을 찾을 수 있다고 해도, 주드 본인이 준비되기 전에는 절대 그 이야기를 하려 하지 않을 거라고 혼자 생각했다. 하지만 사실은 그는 너무 겁쟁이였고, 오로지 그 비겁함 때문에 사실은 아무런 행동도 취하지 않은 것이다. 그러다 텍사스에서 돌아왔고, 그들은 결국 섹스를 했고, 그는 안도했다. 주드도 자기만큼이나 즐겨서, 무리하거나 부자연스러운 데가 전혀 없어서 또 안도했다. 주드가 자기가 추측했던 것보다 성적으로 더 능란하다는 걸 알았을 때는 세 번째로 안도했다. 하지만 주드가 왜 그렇게 노련한지는 결론을 내릴 수가 없었다. 리처드 말이 맞아서, 주드가 그동안 내내 일종의 이중생활을 하고 있었던 걸까? 그 설명은 너무 깔끔했다. 하지만 다른 가설은 너무 버거웠다. 그건 그들이 만나기 전 주드가 쌓은 지식, 즉 어린 시절 배운 것들이라는 의미가 되기 때문이다. 그래서 마음을 짓누르는 죄책감에도 불구하고 그는 아무 말도 하지 않았다. 자기 삶이 덜 복잡해지는 설명을 믿기로 했다.

하지만 어느 날 밤 그는 꿈을 꿨다. 그와 주드는 막 섹스를 끝냈고, 주드는 옆에서 소리 내지 않으려 애쓰면서 울고 있었다. 꿈속에서마저 그는 주드가 왜 울고 있는지 알고 있었다. 주드는 자기가 하고 있는 일을 증오하고 있었다. 윌럼이 하게 만드는 일을 싫어하고 있었다. 다음 날 밤 그는 주드에게 대놓고 물었다. 너 이게 좋아? 그리고 그는 그 대답이 무엇일지도 모르면서 기다렸고, 주드가 그렇다고 대답하자 그는 그 허구가 계속될 수 있다는 데, 그 평형상태가 변함없이 지속될 수 있다는 데, 이끄는 건 고사하고 어떻게 시작해야 되는지조차 알 수 없는 대화를 할 필요 없다는 데서 또다시 안도했다. 파도 위에서 사정없이 흔들리면서도 다시 제자리를 찾아 평온하게 계속 항해해 나가는 조그만 배의 모습이 머리에 떠올랐다. 파도가 칠 때마다 그 불쌍한 조그만 배를 표면 아래로 끌어당겨 꿀럭 하고 사라지게 만들려는 위협적인 괴물들과 해초가 득실대는 시커먼 물 위에서 항해하는.

매우 산발적이고 무작위적으로 일어나는 일이긴 하지만 가끔, 주드 안으로 들어가 밀어붙이고 있을 때나 그 이후 믿을 수 없을 정도로 칠흑 같고 완전한 침묵을 느끼고 있을 때 주드의 얼굴을 볼 때가 있고, 그럴 때면 주드가 거짓말을 했다는 걸, 자기가 오직 한 가지 대답만 가능한 질문을 했다는 걸, 주드가 대답은 했지만 그건 진심은 아니었다는 걸 알게 된다. 그럴 때 그는 자기의 행동을 정당화하면서, 또 그 때문에 스스로를 질책하면서 속으로 갈등했다. 하지만 정말로 스스로에게 정직할 때면, 그는 문제가 있다는 걸 알았다.

하지만 그 문제가 무엇인지는 명확하게 말할 수 없었다. 어쨌거나 주드는 섹스를 할 때마다 늘 자기도 원하는 것처럼 보였다. (그것 자체가 수상하지 않나?) 하지만 그는 그렇게 전희를 거부하는 사람, 섹스 이야기를 하기조차 싫어하는 사람, 그 말조차 입에 담지 않는 사람은 한 번도 만난 적이 없었다. "당황스러워, 윌럼." 주드는 그가 시도할 때마다 말했다. "그냥 하자." 종종 그는 함께하는 섹스 시간이 측정되고 있는 느낌, 그가 할 일은 가능한 한 빨리 철저하게 그 일을 수행한 다음 절대 이야기하지 않는 것이라는 느낌을 받았다. 주드의 발기부전보다, 가끔 경험하는, 뭐라고 이름 붙일 수조차 없을 정도로 정의할 수도 없고 모순투성이인 이 이상한 느낌, 섹스를 할 때마다 자기는 주드에게 더 가까이 다가가고 있는데 그럴수록 주드는 더 멀어지는 것 같은 이 이상한 느낌이 더 염려됐다. 주드는 온갖 적절한 행동은 다 했다. 온갖 적절한 소리를 냈고, 다정하고 의욕적이었다. 하지만 그럼에도 윌럼은 뭔가, 어딘가 잘못됐다는 걸 알고 있었다. 그는 혼란스러웠다. 사람들은 늘 그와 섹스하기를 즐겼는데, 이건 도대체 어떻게 된 일일까? 역설적으로, 그럴수록 그는 섹스를 더 원했다. 그 대답을 두려워하면서도, 그렇게 해서라도 대답을 찾고만 싶었다.

성생활에 문제가 있다는 걸 아는 것과 마찬가지로, 그는 주드의 자해가 섹스와 관련 있다는 것도 알았다. 알지 못하면서도, 아무 이야기도 안 듣고도 알았다. 그 생각을 하면 늘 두려움이 왈칵 밀려왔다. 근심걱정으로 초췌해진 채 변명—'윌럼 라그나르손, 너 지금 도대체 무슨 짓을 하고 있다고 생각하는 거야? 넌 너무 멍청해서 못 알아내'—을 늘어놓으며 더 알아보는 걸 외면할 때면 늘 두려웠다. 두려워서 뱀과 지네가 우글거리는 오물 같은 주드의 과거에 팔을 집어넣어 노란 비닐에 싸인 그 두꺼운 책, 그가 근본적으로 이해한다고 생각하고 있던 누군가를 설명해줄 그 두꺼운 책을 꺼낼 수가 없었다. 그들 중 누구도—그도, 맬컴도, 제이비나 리처드나 심지어 해럴드까지도—그걸 시도해볼 정도로 용감하지 않았다. 다들 자기 손을 더럽히지 않아도 될 다른 이유들을 발견했다. 다른 소리를 하는 사람은 앤디가 유일했다.

하지만 아닌 척하기는, 알고 있는 걸 무시하기는 쉬웠다. 대부분의 시간, 아닌 척하기는 쉬웠기 때문이다. 그들은 친구니까, 같이 있는 걸 좋아하니까, 주드를 사랑하니까, 평생을 함께 했으니까, 그에게 끌리니까, 그를 갈망하니까. 하지만 낮 동안의 주드와 심지어 황혼녘과 새벽녘의 주드가 따로 있었고, 밤마다 몇 시간 동안 그의 친구를 장악하고 있는 주드가 있었다. 때로 두려움에 떨며 생각하지만, 그 주드가 진짜 주드 같았다. 그들의 아파트를 홀로 유령처럼 배회하는 사람, 고통으로 눈을 크게 뜨고 팔을 면도날로 아주 서서히 긋는 사람, 아무리 수없이 확신을 주고, 아무리 많은 협박을 해도 그가 절대 가 닿을 수 없는 사람. 때로는 그들의 관계를 진정으로 지배하는 사람은 그 주드 같았고, 그가 있을 때는 누구도, 심지어 윌럼도 쫓아낼 수 없었다. 그런데도 여전히 그는 완강히 고집을 부렸다. 그는 강렬하고 강력하고 결연한 사랑으로 그 주드를 쫓아버릴 것이다. 유치한 생각이라는 건 알고 있었지만, 모든 완강한 행동은 어린애 같은 법이다. 완강함만이 그의 유일한 무기였다. 인내심, 완강함, 사랑, 이것들로 충분할 거라고 믿어야만 했다. 주드가 어떤 습관들을 아무리 오랫동안, 성실하게 지켜왔다 해도 그게 더 강할 거라고 믿어야 했다.

때로 그는 앤디와 해럴드로부터 경과보고서 같은 것들을 받았다. 두 사람은 그를 볼 때마다 감사했고, 그는 그게 필요하진 않지만 힘은 된다고 생각했다. 그건 자기가 주드에게서 봤다고 생각하는 변화들, 예컨대 감정을 좀 더 잘 표현하고 신체에 대한 자의식이 줄어든 게 결국 그의 상상만은 아니라는 뜻이었기 때문이다. 하지만 또한 그는 혼자였다. 주드에 대한 새로운 의심과 바닥 모를 어려움, 그 어려움들에 제대로 대처할 수 없다는, 대처하기 싫다는 생각을 혼자 떠안고 있느라 뼈저리게 외로웠다. 몇 번이나 앤디와 만나 조언을 구할 뻔했다. 자기가 제대로 된 결정을 내리고 있는지 거의 물어볼 뻔했었다. 하지만 그러지 않았다.

대신 그는 타고난 낙관주의로 두려움을 감추고 그들의 관계가 근본적으로 즐겁고 밝은 것인 척했다. 종종 그는 자기들이 소꿉놀이를 하고 있는 것 같았다. 리스페너드 스트리트에 있을 때도 그런 느낌이 든 적 있다. 가장 친한 친구랑 세상과 세상의 규칙들에서 도망쳐서 (열차의 객차나 나무집 같은) 부적당하지만 완벽하게 편리한 곳, 절대 집이 될 수 없지만 집으로 만들고 말겠다는 공통의 확신으로 만든 집에서 사는, 소년들의 판타지를 살고 있는 것 같았다. 삶이 거의 30년째 이어지고 있는 장기 파자마 파티, 자기들이 뭔가 커다란 것, 오래전 버렸어야 할 뭔가를 여전히 가지고 있으면서도 처벌받지 않고 넘어가고 있다는 스릴이 느껴지는 날들이면 그는 생각했다. 어바인 씨 말이 완전히 틀린 건 아니었어. 파티에 가서 누군가 우스꽝스러운 소리를 할 때 테이블 건너편을 슬쩍 보면 그도 눈치챌까 말까 하게 눈썹만 살짝 올리며 무표정하게 그를 마주 보고, 그러면 그는 웃느라 입 안 가득 든 음식을 뿜어내지 않으려고 황급히 물을 마신다. 나중에 아파트—터무니없을 정도로 아름다운 아파트, 둘 다 상대방에게 절대 설명할 필요 없는 이유들로 당황스러울 정도로 좋아하는 그 아파트—에 돌아와 그 끔찍한 디너 전체를 복기하고 있으면 너무 미친 듯이 웃느라 행복과 고통을 동일시하게 된다. 혹은 매일 밤 자기보다 더 똑똑하고 사려 깊은 사람과 함께 자기의 문제들을 상의하고, 이렇게 시간이 흘러도 여전히 놀랍고 불편한, 만화책 속 악당이나 가질 것 같은 터무니없이 엄청난 돈을 가지고 산다는 것에 대한 이야기도 한다. 부모님 집으로 차를 몰고 갈 때는 한 사람이 카스테레오에 넣은 이국풍의 노래들을 어릴 때도 안 해본 식으로 말도 안 되게 고래고래 따라 부르기도 한다. 나이가 들수록, 한 번에 며칠 넘게 진정 계속 같이 있고 싶은 사람은 정말 얼마 안 된다는 걸 깨닫지만, 그는 여기서 몇 년이고 같이 있고 싶은 사람, 심지어 그 사람이 가장 불투명하고 혼란스러울 때조차 함께 있고 싶은 사람과 함께 살고 있다. 그러니, 행복하다. 그렇다, 그는 행복했다. 생각할 필요도 없었다, 정말로. 자신도 알다시피, 그는 단순한 사람, 세상에서 가장 단순한 사람인데, 어쩌다보니 세상에서 가장 복잡한 사람과 같이 있게 된 것이다.

"내가 원하는 건 그저," 어느 날 밤 그는 마음속에서 밝은 푸른색 주전자 속 물처럼 보글보글 거품을 내고 있는 만족감을 주드에게 설명하려고 애쓰고 있었다. "좋아하는 일과 살 곳, 그리고 나를 사랑하는 사람이야. 봐? 단순하지."

주드는 슬프게 웃었다. "윌럼." 그는 말했다. "내가 원하는 것도 그것뿐이야."

"하지만 넌 다 가지고 있잖아." 그는 조용히 말했고, 주드는 말이 없었다.

"그래." 그가 마침내 말했다. "네 말이 맞아." 하지만 그의 목소리는 확신이 없어 보였다.

그 화요일 밤, 나란히 누워 반쯤은 잠에 빠져 들어가면서도 깨어 있고 싶어서 하는, 비몽사몽간의 대화 아닌 대화 중, 주드가 어딘지 심각한 목소리로 그의 이름을 불러 그는 눈을 번쩍 뜬다. "왜?" 주드의 얼굴은 여전히 조용하고, 여전히 침착해서 그는 겁에 질린다. "주드?" 그는 말한다. "말해봐."

"윌럼, 내가 팔을 안 그으려고 애쓰고 있는 거 알지." 그는 말하고, 윌럼은 고개를 끄덕이며 기다린다. "난 계속 노력할 거야. 하지만 때로는, 때로는 날 통제하지 못할지도 몰라."

"알아." 그는 말한다. "네가 애쓰고 있는 거 알아. 그게 너한테 얼마나 힘든 일인지도 알아."

주드가 그에게서 돌아눕고, 윌럼은 몸을 돌려 팔로 그를 감싸 안는다. "내가 실수를 하더라도 네가 이해해줬으면 좋겠어." 주드가 말한다. 목소리가 잠겨 있다.

"물론이야." 그는 말한다. "주드, 물론 이해할 거야." 오래 침묵이 이어지고, 그는 주드가 더 말할 게 있는지 보려고 기다린다. 그는 마라톤 선수 같은 근육질의 마른 몸이지만, 지난 6개월 동안 더 살이 빠져서 거의 병원에서 퇴원했을 때처럼 말랐다. 윌럼은 그를 조금 더 바짝 안는다. "살이 더 빠졌어." 그가 말한다.

"일 때문에." 주드가 말하고, 그들은 다시 입을 다문다.

"넌 더 많이 먹어야 해." 그가 말한다. 그는 튜링을 연기하기 위해 몸무게를 늘려야 했고, 조금 빼긴 했지만 주드 옆에 있으니 자기가 거대하고 부풀어 오른 것 같다. "앤디가 내가 널 제대로 돌보지 못하고 있다고 생각할 거야. 나한테 소리를 지를걸." 그는 덧붙이고, 주드는 웃음소리 같은 소리를 낸다.

추수감사절 전날인 다음 날 아침, 그들은 둘 다 쾌활하게—둘 다 운전을 좋아한다—해럴드와 줄리아를 위해 주드가 구운 쿠키와 파이와 빵 상자와 짐을 싣고 일찍 출발한다. 차는 〈듀엣〉의 사운드트랙에 맞춰 소호의 돌길을 따라 경쾌하게 동쪽으로 달리고 FDR 드라이브 고속도로를 따라 부웅 올라간다. 우스터 외곽 주유소에서 차를 세우고, 주드가 민트와 물을 사러 들어간다. 차 안에서 기다리며 신문을 뒤적거리고 있는데, 주드의 전화가 울려 그는 손을 뻗어 누구인지 확인하고 전화를 받는다.

"아직 윌럼한테 이야기 안 했어?" 그가 인사를 하기도 전에 앤디의 목소리가 말한다. "오늘 지나면 사흘 남았어, 주드. 그러고 나면 내가 직접 말할 거야. 정말이야."

"앤디?" 그가 말하자, 갑자기 날카로운 침묵이 내려앉는다.

"윌럼." 앤디가 말한다. "제기랄." 전화 너머에서 어린아이가 즐거운 목소리로 외친다. "앤디 삼촌이 나쁜 말 했어!" 앤디가 다시 욕을 하며 미닫이문 닫히는 소리가 들린다. "네가 왜 주드 전화를 받아?" 앤디가 묻는다. "주드는 어디 있는데?"

"해럴드와 줄리아 집에 가는 길이에요." 그가 말한다. "주드는 물 사러 갔고." 저쪽에서는 아무 말이 없다. "무슨 일이에요, 앤디?" 그가 묻는다.

"윌럼." 앤디가 말하다가 다시 멈춘다. "난 못 해. 주드한테 하라고 했어."

"주드는 나한테 아무 말도 안 했어요." 그가 말한다. 온갖 층위의 감정들이 밀려온다. 공포 위에 호기심 위에 공포 위에 짜증 위에 공포가. "앤디, 말해줘요." 그가 말한다. 속에서 뭔가 두려움이 올라오기 시작한다. "안 좋은 거예요?" 그가 묻는다. 그러고는 애원하기 시작한다. "앤디, 이러지 마요."

앤디의 숨소리가 느려진다. "윌럼." 그가 조용히 말한다. "팔에 화상이 정말은 어떻게 된 건지 물어봐. 난 가야 해."

"앤디!" 그가 고함지른다. "앤디!" 하지만 전화는 끊겼다.

머리를 돌려 창밖을 보자 주드가 차 쪽으로 오고 있다. 화상, 그는 생각한다. 화상이 뭐? 주드는 제이비가 좋아하는 플랜틴 바나나 튀김을 하다가 화상을 입었다고 했다. "빌어먹을 제이비." 그는 주드의 팔을 동여맨 붕대를 보며 말했다. "늘 모든 걸 다 망쳐버리지." 주드는 웃었다. "심각하다고." 그는 말했다. "넌 괜찮아, 주드?" 주드는 그렇다고 했다. 그는 앤디에게 갔고, 인공피부 비슷한 걸 이식했다. 그리고 그들은 주드가 얼마나 심한 화상인지 알려주지 않았다고 말다툼을 했고—주드의 이메일로는 그냥 약간 그슬린 정도로 생각했지 피부 이식이 필요할 정도라고는 당연히 생각하지 않았다—오늘 아침 아직 팔에 분명 통증이 있는데도 주드가 운전하겠다고 고집했을 때 또 한 번 말다툼을 했다. 하지만, 화상이 뭐? 그리고 갑자기 앤디의 말을 해석할 길은 단 하나뿐이라는 걸 깨닫는다. 그는 재빨리 고개를 숙인다. 방금 누군가 그를 치기라도 한 것처럼 머리가 빙빙 돈다.

"미안해." 주드가 차에 타며 말한다. "줄이 하도 길어서 말이야." 그는 봉지에서 민트를 흔들며 꺼내고 고개를 돌려 그를 쳐다본다. "윌럼?" 그가 묻는다. "무슨 일이야? 얼굴이 안 좋아

보여."

"앤디가 전화했어." 그는 말을 한 후 주드의 얼굴을 지켜본다. 얼굴이 굳어졌다가 공포에 질리는 걸 지켜본다. "주드." 자기 목소리가 마치 협곡 저 아래서 말하는 것처럼 아득하게 들린다. "팔에 화상 어쩌다 생긴 거야?" 하지만 주드는 대답하지 않고 그냥 그를 쳐다보기만 한다. '이건 사실이 아니야.' 그는 속으로 말한다.

하지만 물론 그렇다. "주드." 그는 반복한다. "팔에 화상 어쩌다 생긴 거야?" 하지만 주드는 입을 꾹 다문 채 그를 쳐다보기만 하고, 그는 다시, 또다시 묻는다. "주드!" 그는 고함을 지르고는, 자기 분노에 자기가 놀란다. 주드가 고개를 휙 숙인다. "주드! 말해! 당장 말해!"

주드가 뭔가 너무 작게 말해서 그는 듣지 못한다. "더 크게." 그가 고함지른다. "안 들려."

"내가 태웠어." 주드가 마침내, 매우 나직하게 말한다.

"어떻게?" 그는 격하게 묻고, 다시 한 번 주드의 대답은 너무 작아서 대부분은 듣지 못하지만 몇 마디는 알아들을 수 있다. 올리브오일—성냥—불.

"왜?" 그는 절박하게 외친다. "왜 이런 짓을 했어, 주드?" 그는 너무—자기 자신에게, 주드에게—너무 화가 나서 그를 안 후 처음으로 한 대 치고 싶다는 생각이 든다. 자기 주먹이 주드의 코를, 그의 뺨을 강타하는 게 보인다. 그 얼굴이 박살 나는 꼴이 보고 싶고, 그런 짓을 저지르는 사람이 되고 싶다.

"칼로 안 그으려고 노력하고 있었어." 주드가 개미 목소리로 말하고, 그 말에 그는 새로 분노가 치민다.

"그래서 그게 내 잘못이야?" 그가 묻는다. "날 벌주려고 이런 거야?"

"아니야." 주드가 애원한다. "아냐, 윌럼, 아냐, 난 그냥—"

하지만 그가 말을 자른다. "루크 수사가 누군지 왜 말을 안 해줘?" 질문이 불쑥 나온다.

주드가 소스라치는 게 느껴진다. "뭐라고?" 그가 묻는다.

"해주겠다고 약속했잖아." 그가 말한다. "기억해? 그건 내 '생일선물'이었어." 마지막 말이 자기 의도보다 더 냉소적으로 나온다. "말해. 당장 말해줘."

"못 해, 윌럼." 주드가 말한다. "제발. 제발."

주드가 고통스러워하는 게 보이지만, 그래도 그는 밀어붙인다. "그 말을 어떻게 할지 생각할 시간이 4년이나 있었어." 그는 말하고, 주드가 시동을 걸려는 순간, 그가 먼저 손을 뻗어 자동차 열쇠를 낚아챈다. "그 정도면 유예기간은 충분한 것 같은데. 지금 당장 말해줘." 그리고 어떤 반응도 없자, 다시 주드에게 고함친다. "말해."

"루크 수사는 수도원 수사들 중 하나였어." 주드가 속삭인다.

"그리고?" 그가 소리를 지른다. 난 너무 멍청해, 그는 고함을 지르면서도 생각한다. '난 너무, 너무, 너무 멍청해. 너무 잘 속아 넘어가.' 그리고 동시에 생각한다. '날 무서워하고 있어. 내가 사랑하는 사람에게 소리를 지르면서 날 두려워하게 하고 있어.' 오래전 앤디에게 소리를 지르던 게 갑자기 생각난다. '주드를 어떻게 하면 더 낫게 할 수 있는지 모르겠으니까 화가 난 거죠. 그래서 나한테 퍼붓는 거죠.' 아, 맙소사, 그는 생각한다. 아, 맙소사. 내가 왜 이러고 있는 거야?

"난 그 사람이랑 도망갔어." 주드가 말한다. 이제 그 목소리는 너무 약해서 몸을 그 쪽으로 기울여야 들린다.

"그리고?" 그는 말하다가, 당장이라도 울 것 같은 주드의 얼굴이 보이자 갑자기 다 그만두고 뒤로 기대앉는다. 지치고 스스로가 역겹고 갑자기 겁도 난다. 다음 질문이 마침내 그 문들을 여는 질문이면 어떻게 하나, 그래서 주드에 대해 알고 싶어 했던 모든 것, 대면하고 싶지 않았던 모든 것들이 마침내 쏟아져 나오면? 그들은 오랫동안 앉아 있고, 차 안에는 떨리는 숨소리만 들린다. 손가락 끝에 감각이 사라진다. "가자." 그가 마침내 말한다.

"어딜?" 주드가 묻고, 윌럼이 그를 쳐다본다.

"보스턴까지 한 시간밖에 안 남았어." 그가 말한다. "두 분이 우릴 기다리고 있잖아." 주드는 고개를 끄덕이고 손수건으로 얼굴을 닦고 열쇠를 받아 들고 주유소에서 서서히 차를 운전해 나간다.

고속도로를 달리며, 자기에게 불을 붙인다는 게 정말 어떤 건지 갑자기 눈앞에 그려진다. 보이스카우트 시절 피웠던 모닥불이 생각난다. 신문지 다발 주위에 원뿔형 천막 모양으로 쌓은 나뭇가지들, 가물거리는 불꽃에 어른어른 떨리던 주변 공기, 그 오싹한 아름다움. 그리고 주드가 그걸 자기 피부에 하는 걸 생각하고 그의 살을 파먹어 들어가는 오렌지색 불꽃을 상상하자, 속이 뒤집어진다. "차 세워." 그가 헐떡이며 주드에게 말하고, 주드는 끼이익 마찰음을 내며 길에서 벗어나고, 그는 차 밖으로 몸을 내밀고 더 이상 나올 게 없을 때까지 토한다.

"윌럼." 주드의 말이 들리지만, 그 소리에 그는 격분하면서도 망연자실해진다.

그들은 남은 여정 내내 아무 말도 하지 않고, 해럴드와 줄리아 집 앞에 차를 덜컹거리며 주차했을 때, 아주 잠깐 서로를 쳐다봤지만 마치 한 번도 본 적 없는 사람 얼굴을 보는 기분이다. 주드를 보니, 긴 손과 다리, 아름다운 얼굴, 한 번 보면 계속 쳐다보게 되는 그런 얼굴을 가진 잘생긴 남자가 보인다. 이런 남자를 파티나 레스토랑에서 만난다면, 계속 쳐다볼 구실을 만들려고 말을 걸게 될 것이다. 이런 남자가 면도날로 팔을 너무 그어대서 팔의 피부가 더 이상 피부가 아니라 연골같이 되었을 거라고는, 혹은 한때 데이트한 사람에게 너무 많이 맞아서 죽을 뻔했다고는, 어느 날 밤 몸에 갖다 댄 불꽃이 더 환하고 빨리 타도록 피부에 오일을 발랐다고는, 예전 어렸을 때 역겹고 싫은 보호자의 책상에서 반짝거리고 거부할 수 없는 뭔가를 가져갔을 뿐인데 이런 짓을 그에게 저지른 사람에게서 이 아이디어를 받았을 거라고는 생각지도 못할 것이다.

입을 열고 뭐라 말하려는데 해럴드와 줄리아가 인사하는 소리를 들리고, 둘 다 눈만 깜박거리다가 돌아서서 억지로 미소 지으며 차에서 내린다. 그는 줄리아에게 키스하며 뒤에서 해럴드가 주드에게 말하는 소리를 듣는다. “괜찮아? 정말? 약간 멍해 보여서.” 그리고 주드가 중얼거리며 그렇다고 동의하는 소리가 들린다.

그는 가방을 들고 침실로 가고, 주드는 곧장 부엌으로 간다. 그는 칫솔과 전기면도기를 꺼내 욕실에 놓고 침대에 앉는다.

그는 오후 내내 잔다. 너무나 압도적인 충격에 아무것도 할 수가 없다. 저녁식사에는 넷뿐이고, 그는 다른 사람들이 있는 식탁으로 가기 전 거울을 보며 재빨리 웃는 연습을 한다. 저녁을 먹는 동안 주드는 매우 조용하지만, 윌럼은 힘들어도 모든 게 정상인 것처럼 이야기하고 들으려고 노력한다. 하지만 머릿속은 온통 새로 알게 된 사실뿐이다.

분노와 실망 와중에도 주드의 접시에 거의 아무것도 없다는 게 신경 쓰이지만, 막상 해럴드가 "주드, 좀 더 먹어라. 너무 말랐어. 안 그래, 윌럼?" 하며 그가 보통 반사적으로 내놓는 지원 사격과 감언이설을 기대하며 그를 쳐다보자, 그는 대신 어깨만 으쓱한다. "주드는 어른이잖아요." 그가 말한다. 자기 목소리가 이상하게 들린다. "자기한테 뭐가 제일 좋은지 알겠죠." 줄리아와 해럴드가 시선을 교환하는 게 힐끗 보이고, 주드는 접시만 쳐다보고 있다. "하면서 많이 먹었어요." 그가 말해도, 다들 그게 사실이 아니라는 걸 안다. 주드는 요리하면서 먹는 법이 없고 남들이 그러는 것도 막기 때문이다. "간식 슈타지* 같으니." 제이비가 붙인 이름이다. 주드는 멍하게 화상 입은 부분의 스웨터를 손으로 감싸다가 고개를 들고 윌럼이 쳐다보고 있는 걸 보더니 손을 내리고 다시 고개를 숙인다.

어찌어찌 식사를 마치고, 줄리아와 설거지를 하는 동안 그는 개괄적이고 가벼운 대화를 계속한다. 그러고 나서 그들은 거실로 가고, 거실에서는 해럴드가 녹화해둔 지난 주말 경기를 보려고 그를 기다리고 있다. 거실 입구에서 그는 걸음을 멈춘다. 보통 때라면 소위 해럴드 의자 옆에 놓인 오버사이즈의 푹신한 의자에 주드 옆에 끼어 앉겠지만, 오늘 밤은 주드 옆에 앉을 수가 없다, 쳐다볼 수조차 없다. 하지만 그러지 않으면 줄리아와 해럴드가 둘 사이에 뭔가 심각한 문제가 있다는 걸 확실히 알게 될 것이다. 하지만 그가 망설이는 동안 주드가 일어나 마치 그의 곤경을 예상한 듯이 피곤해서 자러 가야겠다고 말한다. "정말이야?" 해럴드가 묻는다. "밤은 이제 막 시작인데." 하지만

*동독 비밀경찰.

주드는 그렇다고 하며 줄리아에게 인사를 하고 해럴드와 윌럼 쪽으로 모호하게 손을 흔든다. 다시 한 번 줄리아와 해럴드가 서로 시선을 교환한다.

줄리아도 결국 나가고 나자—그녀는 절대 미식축구의 매력을 이해하지 못했다—해럴드는 영상을 잠시 멈추더니 그를 쳐다본다. "너희 둘 괜찮은 거야?" 그가 묻고 윌럼은 고개를 끄덕인다. 나중에 그가 자러 가려고 일어나자, 앞을 지나가는 그의 손을 해럴드가 팔을 뻗어 잡는다. "있잖아, 윌럼." 그는 그의 손바닥을 꼭 쥐며 말한다. "우리가 사랑하는 사람이 주드만은 아니야." 그는 시야가 뿌옇게 된 채 고개를 끄덕이고, 해럴드에게 인사하고 나간다.

침실은 조용하고, 그는 잠시 서서 담요 아래 주드의 형상을 바라본다. 사실 잠든 게 아니라, 잠든 척하고 있는 게 보인다. 실제로 잠들었다고 하기엔 너무 조용하다. 마침내 그는 옷을 벗고 서랍장 옆 의자 등에 옷을 걸쳐놓는다. 침대로 들어가자, 주드가 아직 깨어 있다는 걸 알 수 있다. 두 사람은 오랫동안 침대 양쪽에 누워서, 둘 다 그가, 윌럼이 무슨 말을 할지 두려워하고 있다.

하지만 그는 잠을 잤고, 잠에서 깼을 때 방은 한층 더 조용하다. 이번에는 진짜 고요다. 그는 습관적으로 주드 쪽으로 돌아누워 눈을 뜨고, 그 순간 주드가 거기 없다는 걸, 그쪽 침대 위가 차갑다는 걸 깨닫는다.

그는 일어나 앉는다. 일어선다. 조그만 소리, 너무 작아서 소리라고 부를 수도 없는 소리가 들리고, 그는 돌아서서 닫힌 욕실 문을 쳐다본다. 하지만 사방이 캄캄하다. 그는 어쨌거나 문 쪽으로 가서 사납게 손잡이를 돌려 쾅하고 열어젖힌다. 빛이 새어 나가는 걸 막으려고 문아래 쑤셔 넣은 타월이 기차처럼 문을 따라 끌려간다. 예상했던 대로 거기 주드가 옷을 다 입은 채 욕조에 기대어 있다. 크게 뜬 눈이 겁에 질려 있다.

"어디 있어?" 그가 내뱉는다. 하지만 그는 신음하고 싶다, 울고 싶은 심정이다. 자신의 실패에, 밤이면 밤마다 공연되는 이 끔직하고 기괴한 연극에. 관객이라곤 우연히 찾아온 자신뿐이다. 관객이 없을 때조차 연극은 어쨌거나 텅 빈 무대에 올라가고, 유일한 배우는 너무나 성실하고 헌신적이라 아무것도 그가 재주를 발휘하는 걸 막을 수 없다.

"아니야." 주드가 말하고, 윌럼은 그게 거짓말이라는 것을 안다.

"어디 있어, 주드?" 그는 물으며 그의 앞에 쭈그리고 앉아 손을 붙잡는다. 아무것도 없다. 하지만 그는 그가 팔을 긋고 있었다는 걸 안다. 그 커다란 눈에서, 핏기라곤 없는 입술에서, 떨리는 손으로 안다.

"아니야, 윌럼, 아니야." 주드는 말한다. 그들은 위층의 줄리아와 해럴드를 깨우지 않으려고 속삭이고 있다. 그 순간 생각도 하기 전 그는 주드에게 달려들어 옷을 찢고, 주드는 저항하지만 왼팔을 전혀 쓰지 못하는 데다 어쨌거나 힘이 세지도 않다. 그들은 소리 없이 서로에게 고함지른다. 그는 주드 위에 올라타고 세트장에서 예전에 격투 사범이 가르쳐준 대로 그의 어깨를 무릎으로 찍어 누른다. 마비와 고통을 동시에 주는 방법이라는 걸 그는 안다. 그러고는 주드의 옷을 벗긴다. 아래에서 주드가 미친 듯이 저항하며 멈추라고 위협하고 애원한다. 아무 생각 없이 보면 누가 봐도 강간이겠지만, 그는 강간을 하려는 게 아니다. 면도날을 찾으려는 것이다. 그때 소리가, 타일에 팅 하고 떨어지는 쇳소리가 들리고, 그는 손가락으로 날을 잡아 뒤로 던지고는 다시 계속해서 옷을 벗긴다. 하면서도 주드의 옷을 잡아 벗기는 자신의 잔인한 효율성에 스스로가 놀란다. 속옷까지 내리고서야 그는 벤 상처들을 발견한다. 왼쪽 허벅지 위쪽에 나란히 깔끔한 평행선 여섯 개가 나 있다. 그는 주드를 놓아주고 그에게 병이라도 있는 듯이 허둥지둥 물러난다.

"넌, 미쳤어." 그는 최초의 충격이 어느 정도 가시고 나자 단조롭게 천천히 말한다. "넌 미쳤어, 주드. 딴 데도 아니고 다리를 긋다니. 무슨 일이 생길 수 있는지 알잖아. 감염될 수도 있다는 걸 알잖아. 도대체 무슨 생각을 하는 거야?" 그는 비참해서, 힘들어서 숨을 헐떡인다. "넌 환자야." 그는 말한다. 주드가 낯설고 새삼 그가 정말 얼마나 말랐는지 깨닫는다. 왜 전에 눈치채지 못했을까. "넌 환자야. 넌 입원해야 해. 넌—"

"날 고치려 하지 마, 윌럼." 주드가 그에게 내뱉는다. "내가 너한테 뭔데? 넌 도대체 왜 나랑 있는 거야? 난 네 빌어먹을 자선사업거리가 아니야. 너 없이도 잘 살고 있다고."

"아 그러셔?" 그가 묻는다. "내가 그 이상적인 남자친구에 부응해주지 못해서 미안하네. 네가 가학적인 연애를 더 좋아한다는 건 알아, 맞지? 널 계단 아래로 몇 번 걷어차주면, 아마 나도 네 기준에 부응하겠지?" 주드는 그에게서 물러나려고 욕조에 더 몸을 기댄다. 눈에서 뭔가가 텅 비고 닫히는 게 보인다.

"난 헤밍이 아니야, 윌럼." 주드가 그에게 씩씩거린다. "구하지 못한 사람 대신 네가 구원해줄 절름발이가 되지는 않을 거라고."

그는 휘청거리며 일어나 뒷걸음질 치면서 면도날을 집어 들어 있는 힘껏 주드의 얼굴을 향해 내동댕이친다. 주드는 팔을 들어 방어하고, 면도날은 손바닥에 맞고 떨어진다. "좋아." 그는 헐떡거린다. "상관 안 할 테니 어디 마음대로 갈기갈기 그어봐. 넌 나보다 자해를 더 사랑하잖아." 그는 문을 쾅 닫고 싶지만, 스위치만 탁 쳐서 끄고 욕실에서 나온다.

침실에 돌아온 그는 베개와 담요 하나를 침대에서 집어 들고 소파에 몸을 던진다. 완전히 떠나버릴 수 있다면 그러겠지만, 해럴드와 줄리아가 발길을 막아 떠나지 못한다. 그는 얼굴을 묻고 베개에 대고 소리 지른다, 진짜로 소리 지른다. 발작하듯 떼를 쓰는 아이처럼 쿠션을 차고 주먹으로 치면서 소리 지른다. 분노와 후회가 걷잡을 수 없이 뒤섞여 숨도 쉬지 못한다. 많은 생각들이 떠오르지만, 그중 어떤 것도 뚜렷하게 구분하지도, 말하지도 못한다. 세 개의 환상이 머릿속에서 연달아 재빨리 펼쳐진다. 차에 타고 도망가 다시는 주드와 이야기하지 않는다. 욕실로 돌아가 주드가 따를 때까지, 주드를 낫게 할 수 있을 때까지 안아준다. 지금 당장 앤디에게 전화해서 내일 아침이 되자마자 주드를 입원시킨다. 하지만 그는 이 중 어느 것도 하지 못하고, 그저 제자리에서 수영이라도 하는 것처럼 속절없이 주먹을 휘두르고 발로 차기만 한다.

마침내 그는 동작을 멈추고 가만히 눕는다. 아주 오랜 시간이 흐른 후에야 마침내 주드가 살금살금 방 안으로 들어오는 소리가 들린다. 흠씬 두들겨 맞은 것처럼, 마치 오로지 학대받기 위해 사는 사랑받지 못하는 존재, 개처럼 살금살금 천천히 들어오는 소리가 들리더니 침대 위로 삐걱거리며 올라가는 소리가 들린다.

길고 추한 밤이 비틀거리며 흘러가고, 얕고 은밀한 잠에 빠졌다 깨어나보니 아직 해도 뜨지 않았지만 그는 옷과 조깅화를 챙겨 입고 아무 생각도 하지 않으려 애쓰며 밖으로 나간다. 지쳐서 온몸에 물기란 물기는 다 짜낸 것 같은 느낌이다. 달리는 동안 추위 때문인지 온갖 일들 때문인지 눈물이 찔끔찔끔 흘러나와 시야를 가리고, 그는 눈을 북북 문지르며, 자신을 벌주기라도 하듯 폐가 아플 정도로 바람을 한가득 들이마시며 속도를 높여 계속 달린다. 집에 돌아와 방에 들어가자 주드는 여전히 침대 한쪽 편에 몸을 말고 누워 있다. 순간 그가 죽었을 거라는 상상에 소스라치게 놀라 그의 이름을 부르려 할 때, 주드가 잠결에 살짝 뒤척거리고 그는 대신 욕실에 들어가 샤워를 하고 조깅화를 가방에 넣고 옷을 입은 다음 침실 문을 조용히 닫고 부엌에 간다. 부엌에 있던 해럴드가 늘 그러듯이 그에게 커피잔을 내밀고, 주드와 사귀기 시작한 이후로 늘 그러듯이 그는 고개를 흔든다. 하지만 지금 이 순간은, 따뜻한 나무 향을 풍기는 커피 냄새만으로도 거의 걸신들릴 것 같은 기분이 든다. 해럴드는 그가 커피를 끊은 것만 알지 왜 끊었는지는 모르기 때문에, 늘 유혹의 길로 다시 끌어들이려 애쓴다. 보통 때라면 그와 시시콜콜 농담을 하겠지만 오늘 아침은 농담을 하지 않는다. 심지어 해럴드를 볼 수조차 없다. 너무 부끄럽다. 그리고 화도 난다. 말하지 않아도 느껴지는 해럴드의 굳건한 기대, 주드를 어떻게 하면 좋을지 그가 늘 잘 알고 있을 거라는 그 기대, 그리고 어젯밤 그가 무슨 말을 하고 무슨 짓을 했는지 해럴드가 안다면 그에게 느낄 경멸을 생각하니 화가 난다.

"안색이 안 좋아." 해럴드가 말한다.

"아니에요." 그가 말한다. "해럴드, 정말 죄송해요. 키트가 어젯밤 늦게 전화해서 이번 주 만날까 생각하고 있던 감독이 오늘 밤 떠난다고 하네요. 오늘 뉴욕으로 돌아가야겠어요."

"아, 저런, 윌럼. 정말?" 해럴드가 말하는데, 주드가 들어오고, 해럴드는 계속 말한다. "윌럼이 너희들 오늘 아침에 뉴욕으로 돌아가야 한다는데."

"넌 있어도 돼." 그는 주드에게 말하지만, 버터를 바르고 있는 토스트에서 눈을 떼지 않는다. "차는 네가 가지고 있어. 하지만 난 돌아가야 해."

"아냐." 주드가 잠깐 침묵하다 말한다. "나도 돌아가야겠어."

"무슨 이런 추수감사절이 다 있어? 아침만 먹고 가겠다고? 저 칠면조들은 다 어쩌라고?" 해럴드가 말하지만, 그의 연극조의 분노는 부드럽고, 무슨 일인지, 뭐가 문제인지 알아내려고 두 사람을 번갈아 쳐다보는 게 느껴진다.

그는 줄리아와 잡담을 하고 해럴드의 무언의 질문들을 무시하려고 애쓰며 주드가 준비되기를 기다린다. 그가 먼저 차로 가서 자기가 운전하겠다는 의사를 분명히 한다. 인사를 하는 동안 해럴드가 그를 바라보며 입을 열었다가 다시 다물더니 대신 포옹을 한다. "운전 조심해."

차를 몰며 그는 분노가 들끓어 계속 속도를 높이다가 정신을 차리고 속도를 늦춘다. 아침 8시도 되지 않았고 추수감사절 날이라 고속도로는 텅 비어 있다. 옆에서는 주드가 얼굴을 외면한 채 창에 머리를 대고 있다. 윌럼은 여전히 그를 쳐다보지 않았고, 그가 어떤 표정을 짓고 있는지도 모르고, 앤디가 병원에서 숨기려야 숨길 수 없는 과다한 자해의 표시라고 말한 눈 아래 다크서클을 쳐다볼 수도 없다. 킬로미터 단위로 분노가 치솟다가 물러난다. 때로는 주드가 그에게 거짓말하는 장면—그가 늘 그에게 거짓말을 하고 있다는 걸 깨닫는다—이 보이고, 분노가 뜨거운 기름처럼 그를 가득 채운다. 때로 그가 했던 말, 그가 한 행동, 상황 전체, 사랑하는 사람이 자기 자신에게 그런 끔찍한 짓을 한다는 걸 생각하면 숨 막히는 연민이 몰려와 정신을 차리려고 핸들을 꽉 잡아야만 한다. 그는 생각한다. 주드 말이 맞나? 내가 그를 헤밍으로 보고 있나? 다음 순간 그는 생각한다. 아니다. 그건 주드가 잘못 생각한 거다. 그는 누군가 자기와 같이 있기를 원한다는 걸 이해하지 못하니까. 그건 진실이 아니다. 하지만 그 설명은 위로가 되지 않고, 사실 그를 더 비참하게 만든다.

뉴헤이븐을 막 지나서 그는 차를 멈춘다. 보통 때라면 뉴헤이븐을 통과할 때는 제이비와 대학원에서 룸메이트로 지내던 시절 일화들을 들려준다. 제이비와 아시안 헨리 영이 게릴라 전시회로 의대 건물 바깥에 흔들거리는 고깃덩어리들을 걸어놓는 작업에 차출되었던 일. 제이비가 드레드락을 다 잘라 싱크대에 내버려두는 바람에 결국 윌럼이 2주 후에 치웠던 일. 그와 제이비가 테크노음악에 맞춰 40분 내내 춤을 춰서 제이비 친구인 비디오아티스트 그레이그가 녹화했던 일. "제이비가 리처드 욕조에 올챙이를 가득 채워놨던 이야기 해줘." 주드는 기대에 차서 싱긋 웃으며 말하곤 했다. "그 레즈비언이랑 데이트했던 때 이야기 해줘." "제이비가 그 페미니스트 의식에 난입했던 이야기 해줘." 하지만 오늘은 아무도 말을 하지 않고, 그들은 침묵 속에서 뉴헤이븐을 통과한다.

그는 기름을 넣고 화장실에 가려고 차에서 내린다. "이젠 안 설 거야." 그는 꼼짝 않고 있는 주드에게 말하지만, 주드는 고개만 젓고 윌럼은 다시 화가 복받쳐 문을 쾅 닫는다.

그들은 정오가 되기 전 그린 스트리트에 도착하고, 말없이 차에서 내려 말없이 엘리베이터에 타고 말없이 아파트에 들어선다. 침실에 가방을 가져가는데, 뒤에서 주드가 피아노 연주하는 소리—슈만의 〈환상곡 C장조〉다. 그렇게 파리하고 기운 없는 사람에게 어울리지 않는 꽤 힘찬 곡이라고 그는 씁쓸하게 생각한다—가 들리자, 아파트에서 나가야겠다는 생각이 든다.

그는 코트도 벗지 않고 다시 거실로 돌아와 열쇠를 집어 든다. "난 나가." 그가 말해도 주드는 연주를 멈추지 않는다. "내 말 들려?" 그가 외친다. "난 나간다고."

그러자 주드가 연주를 멈추고 그를 쳐다본다. "언제 돌아올 거야?" 그는 조용히 묻고, 윌럼은 결심이 약해지는 걸 느낀다.

하지만 순간 그는 자기가 얼마나 화났는지 다시 떠올린다. "몰라. 기다리지 마." 그는 엘리베이터 버튼을 누른다. 잠시 모든 게 정지되었다가 주드가 다시 연주를 시작한다.

다음 순간 그는 바깥에 나와 있고, 가게들은 다 문이 닫혀 있고 소호는 고요하다. 그는 웨스트사이드하이웨이 쪽으로 걸어가 조용히 길을 따라 올라간다. 그는 선글라스를 끼고 자이푸르에서 산, 너무 부드러워서 수염이 조금만 자라도 걸리곤 하는 캐시미어 스카프(주드는 회색, 그는 푸른색이다)를 조금 자란 수염 자국이 거칠거칠한 목에 두르고 있다. 그는 걷고 또 걷는다. 나중에는 자기가 무슨 생각을 했는지, 생각을 했는지조차 기억하지 못할 것이다. 배가 고프자 그는 동쪽으로 꺾어 피자 한 조각을 사서 무슨 맛인지도 못 느끼면서 길거리에서 먹고 다시 고속도로로 돌아간다. 이게 내 세상이야, 그는 강가에 서서 강 건너 뉴저지 쪽을 바라보며 생각한다. 이게 내 조그만 세상인데, 그 속에서 뭘 해야 할지 알 수가 없구나. 덫에 갇힌 기분이지만, 자기가 차지하고 있는 조그만 장소에 대해 협상조차 할 수 없는데 어떻게 덫에 갇혔다고 생각할 수 있겠나? 자기가 하고 있다고 생각했던 걸 이해할 수도 없는데 뭘 더 바랄 수 있단 말인가?

밤이 순식간에 갑자기 찾아오고 바람은 더 거세지지만, 그는 여전히 걷는다. 온기와 음식, 웃고 있는 사람들과 함께 실내에 있고 싶다. 하지만 추수감사절 날 혼자서는, 이런 기분으로는 레스토랑에 들어갈 수조차 없다. 사람들이 그를 알아볼 테고, 그는 그런 만남에 필요한 잡담, 쾌활함, 정중함을 감당할 기운이 없다. 그의 친구들은 자기를 안 보이게 만들 수 있다는 그의 주장, 자기의 가시성, 인지도를 어찌어찌 조종할 수 있다는 그의 주장을 가지고 늘 그를 놀렸지만, 그는 증거가 계속 그의 말을 논박하는데도 정말로 그걸 믿었다. 이제 그는 이 믿음이 자기기만, 세상이 그가 바라보는 대로 정렬될 거라고 끊임없이 가장하는 자기기만의 또 다른 증거임을 깨닫는다. 자기가 원하니까 주드가 나아질 거라고 믿는 것. 주드를 이해한다고 생각하고 싶기 때문에 주드를 이해하는 것. 소호를 걸어 다녀도 아무도 그가 누군지 모를 거라는 착각. 하지만 사실은 그는 갇혀 있다. 그의 직업, 그의 관계, 대체로는 그 자신의 고집스러운 천진난만함에.

결국 그는 샌드위치를 사서 택시를 타고 페리 스트리트로, 이제는 자기 집이라 할 수 없는 자기 아파트로 간다. 사실 몇 주 뒤면 그 아파트는 더 이상 자기 집이 아니다. 미국에서 점점 더 많은 시간을 보내고 있는 스페인 친구 미구엘에게 팔았기 때문이다. 하지만 오늘 밤은 아직 그의 집이고, 그는 마치 그가 마지막으로 온 후로 아파트가 타락하기라도 한 것처럼, 괴물들을 낳기라도 한 것처럼 조심스레 집 안으로 들어간다. 이른 저녁이지만 그는 옷을 벗고 미구엘의 긴 의자에 놓인 옷을 치우고 미구엘의 침대에서 담요를 가져와 의자에 누워 그날—단지 하루인데 너무 많은 일이 일어났다!—의 무력감과 혼란을 가라앉히고 울기 시작한다.

울고 있는데 전화가 울리고, 그는 주드라고 생각하고 일어나 앉지만 아니다. 앤디다.

"앤디." 그는 울며 말한다. "내가 망쳤어요. 정말로 다 망쳐버렸어요. 끔찍한 짓을 저질렀어요."

"윌럼." 앤디가 상냥하게 말한다. "분명 네 생각만큼 나쁘지는 않을 거야. 분명 과하게 자책하는 걸 거야."

그래서 그는 띄엄띄엄 무슨 일이 있었는지 앤디에게 말하고, 그가 이야기를 마치고 나자 앤디는 아무 말이 없다. "아, 윌럼." 그는 한숨을 내쉬지만 화난 목소리는 아니다. 그냥 슬픈 목소리다. "좋아. 네가 생각하는 것만큼 상황이 안 좋네." 그러자 무슨 이유에서인지 그는 약간 웃음이 터지지만, 곧 비탄에 빠진다.

"어떻게 해야 하죠?" 그가 묻자, 앤디는 다시 한숨을 쉰다.

"주드랑 계속 같이 있고 싶으면, 나라면 집에 가서 이야기를 할 거야." 그는 천천히 말한다. "주드랑 계속 같이 있고 싶지 않다면, 그래도 나라면 집으로 가서 이야기를 할 거야." 그는 말을 멈춘다. "윌럼, 정말 미안해."

"알아요." 그는 말한다. 그리고 앤디가 인사를 하려는 순간, 그가 막는다. "앤디." 그가 말한다. "솔직히 말해줘요. 주드가 정신적으로 문제가 있는 거예요?"

아주 긴 침묵이 이어지다 마침내 앤디가 말한다. "그렇게 생각하진 않아, 윌럼. 화학적으로 뭐가 잘못됐다고는 생각하지 않아. 그의 문제는 모두 인재人災야." 그는 말이 없다. "너한테 이야기하게 해, 윌럼." 그는 말한다. "너한테 이야기하게 만들면, 내 생각에 너는, 넌 왜 주드가 그렇게 되었는지 이해해줄 거야." 갑자기 집에 가야겠다는 생각이 들어, 그는 옷을 입고 허둥지둥 밖으로 나와 택시를 불러 타고 내려서 엘리베이터로 들어가서 문을 열고 아파트 안으로 들어간다. 아파트는 조용하다, 불안할 정도로 고요하다. 안으로 들어가면서 갑자기 무슨 전조처럼 주드가 죽어 있는, 자살한 모습이 떠오르고, 그는 그의 이름을 부르며 아파트를 달려 가로지른다.

"윌럼?" 목소리가 들리고, 정리된 그대로 건드리지 않은 침대가 있는 침실을 한 바퀴 다 돌고서야 주드가 옷장 맨 왼쪽 구석 바닥에 웅크린 채 벽을 보고 앉아 있는 걸 발견한다. 하지만 그는 그가 왜 거기 있는지 생각하지 않고, 그냥 그의 옆 바닥에 털썩 주저앉는다. 주드를 만져도 되는 건지 알 수 없지만, 어쨌거나 팔로 그를 감싸 안는다. "미안해." 그는 주드의 뒤통수에 대고 말한다. "정말 미안해, 정말 미안해. 내 말 진심 아니었어. 네가 자해를 하면 너무 괴로울 거야. 아냐, 이미 괴로워." 그는 숨을 내뱉는다. "그리고 절대, 절대로 너한테 폭력을 써서는 안 됐어. 주드, 정말 미안해."

"나도 미안해." 주드가 속삭이고, 그들은 말이 없다. "그런 짓 해서 미안해. 거짓말한 거 미안해, 윌럼."

그들은 오랫동안 말없이 있었다. "네가 계속해서 고약한 충격거리가 될까봐 두렵다고 나한테 말했던 거 생각나?" 그가 묻고, 주드는 고개를 살짝 끄덕인다. "아니야." 그는 그에게 말한다. "그렇지 않아. 하지만 너랑 같이 있는 건 굉장히 환상적인 풍경 속에 있는 것 같아." 그는 천천히 말을 잇는다. "어떤 것, 숲이라고 생각하는데, 다음 순간 갑자기 풍경이 바뀌면서 평원이나 정글이나 얼음 절벽이 나타나. 그런데 다들 아름답지만,

이상하기도 해. 그리고 지도도 없어서 어떻게 한 지형에서 다음 지형으로 그렇게 느닷없이 이동했는지 이해하지 못하고, 다음 이행이 언제 일어날지도 모르고, 필요한 장비도 없어. 그래서 그냥 계속 걸어가면서 적응하려 하지만 자기가 뭘 하고 있는지 도무지 모르기 때문에 종종 실수를, 아주 큰 실수들을 하는 거야. 가끔 그런 느낌이 들어."

그들은 말이 없다. "근본적으로," 주드가 마침내 말한다. "근본적으로, 내가 뉴질랜드라는 말이네."

그는 잠시 후에야 주드가 농담하고 있다는 걸 깨닫고, 안도감과 슬픔에 혼란스럽게 웃기 시작하다, 주드를 자기 쪽으로 돌려 키스한다. "그래." 그는 말한다. "그래, 넌 뉴질랜드야."

그리고 또 그들은 심각하게 침묵하지만, 적어도 서로를 바라보고 있다.

"떠날 거야?" 주드가 묻는다. 너무 조그맣게 말해서 윌럼은 거의 듣지도 못한다.

그는 입을 열었다가 다문다. 이상하게도 지난 낮과 밤 동안 생각하고 생각하지 않았던 그 모든 것들에도 불구하고 떠난다는 생각은 해보지 않았다. 그는 지금 그 생각을 해본다. "아니." 그는 말한다. "떠나지 않을 거야." 주드가 눈을 감았다가 뜨고 고개를 끄덕인다. "주드." 입에서 그냥 말이 나오고, 그 말을 하는 순간 이게 옳다는 생각이 든다. "넌 도움을 받아야 해. 나는 방법을 모르는 도움을." 그는 심호흡을 한다. "자진해서 입원을 하든지, 로이만 박사를 일주일에 두 번 만나든지 해." 그는 주드를 오랫동안 바라본다. 무슨 생각을 하는지 알 수가 없다.

"둘 다 싫다면?" 주드가 묻는다. "떠날 거야?"

그는 고개를 흔든다. "주드, 난 널 사랑해. 하지만 그럴 수는 없어. 이런 행동을 용인할 순 없어. 내가 있는 걸 네가 일종의 암묵적 승인으로 해석한다면, 네 옆에 있으면서 네가 이런 짓을 하는 걸 보고 있을 수는 없어. 그러니까. 맞아. 떠나야겠지."

다시 그들은 말이 없고, 주드는 몸을 돌려 똑바로 눕는다. "나한테 있었던 일을 이야기해주면," 그가 더듬거리며 말을 꺼낸다. "내가 의논할 수 없는 모든 일들을 다 이야기하면, 다 이야기한다면, 윌럼, 그래도 난 가야 하는 거야?"

그는 그를 쳐다보다 다시 고개를 흔든다. "아, 주드." 그가 말한다. "그래. 그래, 그래도 가야 해. 하지만 그래도 네가 나한테 말해주면 좋겠어. 정말이야. 그게 뭐든. 뭐든지."

그들은 다시 침묵을 지키고, 이번에는 고요가 잠으로 바뀐다. 두 사람은 서로 꼭 붙은 채 자고 또 자고, 마침내 주드의 목소리가 들려 윌럼은 잠에서 깨어 주드의 이야기를 듣는다. 이야기는 몇 시간이 걸릴 것이다. 때로 주드가 더 이상 계속하지 못하기 때문이다. 기다리며 윌럼이 주드를 너무 꼭 안아서 주드는 숨도 쉬지 못할 것이다. 그는 두 번 발버둥을 치며 빠져나가려 하지만 윌럼이 바닥에 꼭 누른 채 안고 있어서 겨우 진정한다. 그들은 옷장 안에 있어서 몇 시인지도 모르고, 침실에서, 욕실에서 옷장 문 안으로 카펫처럼 펼쳐지는 햇살로 그저 날이 새고 지는 걸 알 것이다. 그는 상상도 할 수 없는, 역겨운 이야기들을 들을 것이다. 그는 세 번 양해를 구하고 욕실에 가서 거울에 비친 자기 얼굴을 보며 아무리 귀를 막고 주드의 입을 막아 이야기를 그만두게 하고 싶어도 용기를 내어 들어야 한다고 다짐할 것이다. 주드가 그를 마주 보고 싶어 하지 않기 때문에, 그는 주드의 뒤통수를 본다. 자기가 안다고 상상한 사람이 자욱한 먼지 구름을 일으키며 무너져 잔해가 되고, 그 근처에는 숙련공들이 그를 다른 소재로, 다른 모양으로, 몇 년 동안이나 서 있었던 그 사람이 아닌 다른 사람으로 다시 제작하려고 애쓰는 모습이 눈에 보일 것이다. 이야기는 끝도 없이 계속되고, 그 길에는 오물들이, 피와 먼지와 병과 비참함이 널려 있을 것이다. 주드가 루크 수사와 함께 있던 시절의 이야기를 마치면, 윌럼은 다시 물을 것이다. 조금이라도, 아주 조금이라도, 아주 가끔이라도 섹스를 즐겼는지. 그리고 몇 분이 지난 후에야 주드는 아니라고, 싫다고, 늘 그랬다고 대답하고, 그는 망연자실한 심정으로 고개를 끄덕이지만, 진짜 대답을 들었다는 데 안도할 것이다. 그리고 그는 그런 질문이 어디 숨어 있었는지조차 몰랐으면서, 남자한테 끌리기는 하냐고 물을 테고, 그러면 주드는 침묵하다 잘 모르겠다고, 늘 남자와만 섹스해서 늘 그럴 거라고 생각했다고 대답할 것이다. "여자와 섹스해볼 생각은 있어?" 그가 묻고, 또 아주 오랜 침묵이 흐른 후 주드는 고개를 흔들 것이다. "아니. 너무 늦었어, 윌럼." 그는 그렇지 않다고, 그를 도와줄 수 있는 방법들이 있다고 말하지만, 주드는 다시 고개를 흔들 것이다. "아니야. 아냐, 윌럼. 난 충분히 했어. 더 이상은 필요 없어." 그는 한 대 맞은 것처럼 이 말의 진실을 깨닫고 입을 다물 것이다. 그들은 다시 자겠지만, 이번에는 그의 꿈은 끔찍할 것이다. 그는 자기가 모텔 방의 그 남자들 중 하나로 나오는 꿈을 꾸고, 자기가 그 사람들과 다를 바 없었다는 걸 깨달을 것이다. 그는 악몽을 꾸며 깨어날 테고, 이번에는 주드가 그를 달래줘야 할 것이다. 마침내 그들은 바닥에서 몸을 일으켜—토요일 오후이고, 그들은 목요일 밤부터 옷장 안에 누워 있었을 것이다—샤워를 하고 뭔가 뜨겁고 마음을 달래주는 음식을 먹고, 부엌에서 바로 서재로 가서, 윌럼이 그동안 내내 지갑 안에 간직하고 있던 로이만 박사의 명함을 순식간에 마법처럼 내밀고 주드가 로이만 박사에게 메시지를 남기는 걸 들은 후, 거기서 침대로 가서 서로의 얼굴을 바라보며, 서로 질문하길 두려워하며 누울 것이다. 그는 주드에게 이야기를 마무리하라고 하길 두려워하고, 주드는 그에게 언제 떠날 거냐고 묻기를 두려워할 것이다. 왜냐하면 그가 떠난다는 건 이제 필연적인 수순처럼, 그저 실행의 문제처럼 보이기 때문이다.

그들은 계속 쳐다보기만 하고, 마침내 주드의 얼굴은 그에게 얼굴로서의 의미를 거의 상실한다. 그건 다른 사람들에게 기쁨을 주는 방식으로 정렬된 일련의 색과 면과 형태이지만, 정작 그 주인에게는 아무 의미도 없다. 그는 자기가 뭘 해야 할지 알지 못한다. 자기가 들은 이야기 때문에, 자신의 어마어마한 오해를 깨닫느라, 상상을 초월하는 일을 기를 쓰고 이해하느라, 그가 공들여 유지해온 건물들이 이제 복구할 수 없이 파괴되었다는 깨달음 때문에 머리가 어지럽다.

그래도 지금 그들은 그들의 침대에, 그들의 방에, 그들의 아파트에 있고, 그는 손을 뻗어 주드의 손을 부드럽게 감싼다.

"몬태나에 간 데까지는 이야기했어." 그는 말한다. "그러니 말해줘. 그다음에는 어떻게 된 건지?"

—

필라델피아까지의 도주는 그가 거의 떠올리지 않는 시절이었다. 그 시절 그는 자신으로부터 분리돼 부유하고 있어서, 자기 인생을 살고 있었지만 모든 게 꿈같고 현실 같지가 않았다. 그 주들 동안 그는 눈을 뜨고 있어도 방금 일어난 일이 실제로 일어난 건지 자기가 상상한 건지 분간하지 못하는 때가 많았다. 이 부술 수 없는 끈질긴 몽유병은 유용한 기술이었고 그를 보호해줬지만, 이 능력 역시 잊는 능력과 마찬가지로 그를 버리고 가버렸고, 다시는 그 능력을 얻지 못했다.

처음 이 부유 상태를 눈치챈 건 고아원에서였다. 밤이면 가끔 카운슬러 하나가 그를 깨웠고 그는 늘 카운슬러가 근무하고 있는 사무실로 따라가서 그들이 원하는 건 뭐든 했다. 용무를 마치고 나면, 그들을 그를 다시 방—느리고 뚱뚱하고 겁에 질린 표정을 하고 걸핏하면 화를 내는, 정신장애가 있는 아이와 함께 쓰는 이층침대가 있는 조그만 공간으로, 그 아이도 가끔 밤에 카운슬러들이 데리고 갔다—에 데려가 문을 잠갔다. 카운슬러들이 이용하는 아이들은 몇 명 있었지만, 룸메이트를 제외하고 다른 아이들이 누군지는 몰랐고, 그저 그런 아이들이 있다는 것만 알았다. 그런 시간이면 그는 거의 아무 말도 하지 않고 무릎을 꿇거나 쪼그리고 앉거나 누워서, 초침이 무감각하게 빙빙 돌고 있는 동그란 시계 자판을 떠올리며 끝날 때까지 회전수를 셌다. 하지만 그는 절대 빌지도, 애원하지도 않았다. 협상도, 약속도 하지 않았고, 울지도 않았다. 그럴 기운이 없었다. 확신도 없었다. 이제는, 더 이상은.

리어리 씨네 집에서 주말을 보내고 몇 달 후 그는 탈출을 시도했다. 그는 월, 화, 수, 금요일에 커뮤니티칼리지에서 수업을 들었고, 그럴 때면 카운슬러 하나가 주차장에서 그를 기다리고 있다가 고아원으로 태워갔다. 그는 수업이 끝나는 게 두려웠고, 집에 돌아가는 길이 두려웠다. 어떤 카운슬러가 그를 기다리고 있을지 몰랐지만, 주차장에 가서 누구인지 보면 때로 발걸음이 느려졌다. 하지만 결국엔 마치 자석이라도 된 것처럼, 의지가 아니라 이온에 지배받는 물건인 것처럼, 차 안으로 이끌려 들어가곤 했다.

하지만 열네 살이 된 직후의 3월 어느 날 오후, 모퉁이를 돌아 카운슬러를 봤더니 로저라는 가장 잔인하고 가장 벅차고 가장 악독한 사람이 와 있었다. 그는 발걸음을 멈췄다. 오랜만에 처음으로 그 안의 뭔가가 저항했고, 로저를 향해 계속 걸어가는 대신 복도를 다시 살금살금 되돌아가다가 안전하게 시야에서 벗어났다고 확신하자 달리기 시작했다.

준비도 하지 않았고 계획도 없었지만, 그의 마음 한구석 숨겨져 있던 열혈인자가 나머지 마음이 고치에 싸여 두껍고 솜털 같은 잠 속에 빠져 있을 때 주변을 관찰하고 있었던 것 같았다. 정신을 차려보니 그는 개조 공사 중인 과학실을 향해 뛰고 있었고, 다음 순간 노출된 건물 한쪽을 덮어놓은 파란 비닐 방수포 아래로 들어갔고, 거기서 낡아빠진 내부벽과 그 주위에 쌓고 있는 새 시멘트 외부벽을 나누는 45센티미터 공간으로 기어 들어갔다. 그곳은 간신히 끼어 들어갈 수 있는 정도밖에 안 돼서, 그는 발이 보이지 않도록 조심스레 수평으로 누운 자세를 취하며 최대한 안쪽 깊숙이 파고 들어갔다.

그는 거기 누워 다음에 뭘 해야 할지 결정하려고 애썼다. 로저는 그를 기다릴 테고, 그가 나타나지 않으면 결국엔 찾아다닐 것이다. 하지만 거기서 밤 동안 버틸 수 있으면, 사방이 조용해질 때까지 기다릴 수 있다면 도망칠 수 있을 것이다. 여기까지가 그가 생각할 수 있는 한계였지만, 그도 가능성이 희박하다는 걸 깨달을 정도의 판단력은 있었다. 수중엔 음식도, 돈도 없었고 오후 5시밖에 되지 않았지만 이미 굉장히 추웠다. 등과 다리와 손바닥, 돌바닥에 닿은 모든 부위들이 마비되어가는 게 느껴졌고 신경들이 수천 개의 바늘구멍으로 변하는 것 같았다. 하지만 몇 달 만에 처음으로 정신이 번쩍 들었고, 몇 년 만에 처음으로 아무리 보잘것없고 엉성하고 가망 없더라도 스스로 결정을 내릴 수 있다는 데서 아찔한 스릴을 느꼈다. 갑자기 바늘구멍들이 벌이 아니라 축하할 일, 그의 내부에서 터지는 수백 개의 미니 불꽃놀이 같은 축하로 느껴졌다. 마치 그의 육체가 그에게 자신이 누구인지, 그가 여전히 자기 자신은 소유하고 있다는 걸 일깨워주고 있는 것 같았다.

그는 두 시간을 버티고 경비견에게 발견돼 발부터 질질 끌려 나왔고, 그 순간에도 시멘트 블록을 잡고 매달리느라 손바닥이 다 까졌다. 그때쯤엔 너무 추워서 걸어가면서 자기 발에 걸려 넘어졌고, 손가락이 너무 곱아 차 문을 열 수도 없었다. 차에 타자마자 로저가 그를 향해 몸을 돌리더니 얼굴을 후려쳤고, 끈끈하고 뜨겁고 위안이 되는 코피가 흘러나왔다. 그 맛이 마치 수프처럼 이상하게 풍부해서, 자기 몸이 뭔가 불가사의하고 자연치유적이어서 결연히 스스로를 구하려는 것처럼 느껴졌다.

그날 밤, 그들은 그를 가끔 밤에 데려가곤 하는 헛간으로 데려갔고, 어찌나 심하게 팼는지 매질이 시작되기 무섭게 기절해 버렸다. 그는 그날 밤 입원했고, 몇 주 뒤 상처가 감염되었을 때 또 한 번 입원했다. 그 몇 주 동안, 그는 혼자 지냈다. 병원에서는 그가 비행소년에, 거칠고, 문젯거리에 거짓말쟁이라고 알고 있었지만, 간호사들은 친절하게 대해줬다. 그중 나이 많은 간호사 하나는 그의 침대 옆에 앉아 사과주스 병에 빨대를 꽂아 그가 고개를 들지 않고도 마실 수 있게 해줬다(등을 소독하고 상처의 고름을 빼기 위해 옆으로 누워 있어야 했다).

“네가 무슨 짓을 했든 난 상관 안 해.” 어느 날 밤 그녀는 붕대를 갈아주고 말했다. "누구도 이런 짓을 당할 수는 없어. 내 말 듣고 있니?"

'그럼 도와줘요.' 그는 말하고 싶었다. '제발 도와줘요.' 하지만 그러지 않았다. 너무 수치스러웠다.

나중에 어른이 되어 그는 그 간호사가 자기가 만들어낸 인물이 아닐까, 너무 절망해서 그려낸 상상의 인물, 거의 진짜만큼 좋은 친절의 환영이 아닐까 생각하곤 했다. 그는 속으로 논쟁했다. 그 간호사가 진짜로 존재했다면, 누군가에게 그의 이야기를 하지 않았을까? 누군가 와서 그를 도와주지 않았을까? 하지만 그 시절 기억들은 약간 흐릿하고 믿을 수가 없었고, 세월이 가면서 그는 자기가 늘 자기 인생을, 어린 시절을 약간 더 정상적이고 받아들일 만한 것으로 만들려 한다는 걸 깨닫게 됐다. 카운슬러들 꿈을 꾸다 화들짝 놀라서 깨어나면 이런 식으로 위안하곤 했다. '널 이용한 사람은 둘뿐이었어. 어쩌면 셋. 나머지는 안 그랬어. 모두 잔인했던 건 아니야.' 그러고 나면 며칠씩이나 실제로 그런 카운슬러가 몇 명이나 있었는지 기억하려고 애쓰곤 했다. 둘이었나? 셋이었나? 몇 년 동안 그는 이게 자신에게 왜 그렇게 중요한 문제인지, 이게 왜 그렇게 문제가 되는지, 왜 늘 과거 기억을 가지고 왈가왈부하는지, 왜 과거 일의 세부사항에 대해 가타부타하며 그렇게 많은 시간을 보내는 건지 이해할 수가 없었다. 그러다 그는 깨달았다. 그건 자기 기억보다 덜 끔찍했다고 스스로를 납득시킬 수만 있으면, 자기가 두려워하는 것보다는 덜 망가졌다고, 정상에 더 가깝다고 납득시킬 수 있으리라 생각했기 때문이다.

결국 그는 고아원에 다시 보내졌고, 처음 자기 등을 봤을 때 움찔하며 욕실 거울에서 휙 물러나다 젖은 타일 바닥에 미끄러져 넘어졌다. 매질을 당하고 처음 몇 주 동안 흉터가 생기고 있었을 때 등에 살이 울퉁불퉁 불룩하게 솟아올라, 점심시간에 혼자 앉아 있으면 나이 많은 아이들이 젖은 냅킨을 뭉쳐 그의 등이 과녁이라도 되듯 던졌고 냅킨이 맞아서 튕겨 나오면 환호성을 지르곤 했다. 그때까지 그는 자기 외모에 대해 한 번도 구체적으로 생각해본 적이 없었다. 자기가 못생겼다는 건 알고 있었다. 망가졌다는 건 알고 있었다. 병이 있다는 것도 알고 있었다. 하지만 기괴하다고는 한 번도 생각하지 않았다. 하지만 이제 그는 그랬다. 해가 갈수록 더 안 좋아지는 게, 더 역겹고 더 타락하는 게 필연 같았다. 그의 인생이 그런 것 같았다. 해가 갈수록 인간으로서 그의 권리는 축소됐다. 해가 갈수록 그는 점점 더 인간이 아니게 됐다. 하지만 이제는 상관없었다. 그럴 자격조차 없었다.

하지만 애정 어린 관심 없이 사는 건 힘들었다. 이상하게도 그는 루크 수사의 약속, 그가 열여섯 살이 되면 과거의 삶은 끝나고 새로운 삶이 시작될 거라는 그 약속을 잊을 수가 없었다. 루크 수사가 거짓말하고 있다는 걸 알고 있었지만, 그 생각을 떨칠 수가 없었다. 열여섯, 밤이면 그는 혼자 생각했다. 열여섯. 열여섯이 되면 이것도 끝날 거야.

한번은 루크 수사에게 열여섯이 되고 나면 어떻게 살게 되느냐고 물은 적이 있다. "넌 대학에 갈 거야." 루크는 즉시 대답했고, 그는 흥분했다. 어느 대학에 가냐고 묻자 루크는 그가 다녔던 대학 이름을 댔다(하지만 그가 결국 그 대학에 가서 루크 수사—에드거 윌못—를 찾아봤더니 그런 사람이 학교를 다녔다는 기록은 전혀 없었고, 그는 수사와 공통점을 가지지 않게 돼서 안도했다. 비록 그가 거기 가게 될 거라고 상상하게 만든 사람이 루크 수사이긴 했지만). "나도 보스턴으로 이사 갈 거야." 루크는 말했다. "그리고 우린 결혼해서 캠퍼스 밖 아파트에서 함께 사는 거지." 그들은 가끔 이 문제를 함께 의논했다. 그가 들을 과목들, 루크 수사가 대학에 있을 때 한 일들, 그가 졸업한 후 함께 여행할 곳들에 대해. "어쩌면 언젠가는 같이 아들도 가질 거야." 한번은 루크 수사가 말했고, 그는 뻣뻣하게 굳었다. 루크가 말을 안 해도 그가 이 환상 속 아들에게 그에게 한 짓을 할 거라는 걸 알았기 때문이다. 그런 일은 절대 일어나지 않을 거라고, 존재하지 않는 이 환상 속 아이를 절대 존재하게 못하게 하겠다고, 절대 다른 아이가 루크 옆에 있게 하지는 않겠다고 생각했던 기억이 난다. 이 아들을 보호하겠다고 생각했던 기억도 난다. 그리고 찰나의 끔찍한 순간, 그는 절대 열여섯이 되지 않길 바랐다. 열여섯이 되면 루크는 다른 사람을 필요로 할 테고, 그는 그런 일이 생기도록 내버려둘 수 없었다.

하지만 이제 루크는 죽었다. 환상의 아이는 안전하다. 그는 안전하게 열여섯이 될 수 있었다. 열여섯이 되고도 안전할 수 있었다.

몇 달이 흘렀다. 등은 나았다. 이제 수업이 끝나면 보안요원이 그를 기다리고 있다가 주차장으로 데리고 가서 담당 카운슬러를 기다렸다. 가을학기가 끝날 무렵 어느 날, 수학 교수가 수업이 끝난 후 그에게 말했다. 대학 생각을 해본 적은 없느냐고, 그가 도와줄 수 있다고, 대학에 가는 걸 도와주겠다고, 그는 좋은 대학, 일류대학에 갈 수 있다고 했다. 아, 그는 가고 싶었다, 벗어나고 싶었다, 대학에 가고 싶었다. 그 시절 그는 자기 인생은 영원히 그 꼴일 거라는 사실을 체념하고 받아들이려는 절망과, 아무리 작고 어리석고 고집 센 신세지만 인생이 변할 수 있다는 희망 사이에서 줄다리기를 했다. 체념과 희망 사이 균형은 나날이, 시시각각, 때로는 매분마다 바뀌었다. 그는 늘, 언제나 그가 어떻게 해야 하는지, 받아들여야 하는지 도망쳐야 하는지 결정하려고 애썼다. 그 순간 그는 교수를 바라봤지만, 대답—네, 네, 도와줘요—하려는 순간, 뭔가가 그를 막았다. 교수는 늘 그에게 친절했지만, 그 친절의 어딘가가 루크 수사와 닮은 데가 있지 않나? 도와주겠다는 교수의 제안에 대가가 따르면 어떡하나? 교수가 그의 대답을 기다리고 있는 동안 그는 머릿속에서 싸움을 벌였다. 한 번 더 해봤자 다치지 않아. 절박한 쪽이 말했다. 떠나고 싶어 하는 쪽, 열여섯 살이 될 때까지 매일 날짜를 세는 쪽, 나머지 부분이 조롱하는 쪽이. '그냥 한 번 더일 뿐이야. 또 한 명의 고객일 뿐이야. 지금은 자존심을 내세울 때가 아니야.'

하지만 결국 그는 그 목소리를 무시했다. 실망하는 데 너무 지쳤고, 너무 쓰라렸고, 너무 탈진했다. 결국 그는 고개를 흔들었다. "대학은 제 몫이 아니에요." 그는 거짓말을 하느라 긴장해서 가느다란 목소리로 대답했다. "고맙습니다. 하지만 도움은 필요 없어요."

"큰 실수를 하는 것 같은데, 주드." 교수는 잠시 침묵하다 말했다. "다시 생각해보겠다고 약속해줄래?" 교수는 팔을 뻗어 그의 팔을 건드렸고, 그는 홱 피했다. 이상하다는 듯이 그를 쳐다보는 교수를 뒤로하고, 그는 교실에서 뛰쳐나와 베이지색 면만 흐릿하게 보이기 시작하는 복도를 달렸다.

그날 밤 그는 헛간으로 불려 갔다. 헛간은 더 이상 본래의 헛간으로 쓰이지 않고 기술과 자동차정비 수업 작업들을 보관하는 곳이어서, 각 칸에는 반쯤 조립한 기화기와 반쯤 수리한 트럭 동체들, 고아원에서 파는, 반쯤 사포질한 흔들의자들이 있었다. 그는 흔들의자들이 있는 칸에 있었고, 카운슬러 하나가 그의 위에서 앞뒤로 움직이고 있었다. 그는 자신의 몸에서 나와 칸들 위로 날아올라 헛간 서까래에서 멈추고 아래의 광경을 내려다봤다. 낯선 조각 같은 기계들과 가구들, 결코 완전히 지워버릴 수 없는 원래 헛간의 모습을 알려주는, 흙과 건초 부스러기들로 지저분한 바닥, 다리 여덟 개 달린 이상한 생물이 된 두 사람, 한 사람은 조용하고 한 사람은 시끄럽게 신음하며 활기차게 찔러 넣고 있는 모습을. 다음 순간 그는 벽 저 높은 곳에 뚫린 동그란 창밖으로 날아가 고아원 위로, 여름이면 노란색과 녹색의 개갓냉이들로 눈부시게 아름답고, 12월인 지금도 희미하게 반짝이는 하얀 달빛과 아무도 아직 밟지 않은 새로 내린 눈에 덮여 여전히 아름다운 들판 위로 날아갔다. 이 모든 것 위로 날아올라 책에서는 읽었지만 본 적은 없는 풍경을 지나고, 보고 있는 것만으로도 깨끗해질 것 같은 산들을 지나고, 바다처럼 넓은 호수들을 지나 마침내 그는 보스턴 위에 떠 있었다. 그는 강 옆에 늘어선 일련의 건물들, 군데군데 사각형 잔디밭을 둘러싸고 있는 방대한 건물들로 선회하며 내려갔다. 그곳은 그가 와서 새로 만들어질 곳, 그의 인생이 시작될 곳, 그전에 있었던 모든 일들은 다른 사람의 인생이거나 실수였던 것처럼 다시는 거론하지도, 들여다보지도 않을 수 있는 곳이었다.

정신이 들었을 때, 카운슬러는 그의 몸 위에서 잠들어 있었다. 그의 이름은 콜린이었고, 종종 취해 있었는데, 오늘 밤도 그랬다. 술 냄새 나는 뜨거운 숨결이 얼굴에 훅 와 닿았다. 그는 발가벗고 있었고, 콜린은 스웨터만 입고 있었다. 그는 잠시 동안 그의 무게를 견디며 누워 그가 깨어나길 기다렸다. 얼른 방에 돌아가 팔을 긋고 싶었다.

다음 순간 그는 마치 생각 없이 팔다리를 움직이는 꼭두각시라도 된 것처럼 아무 생각 없이 조용히, 그리고 재빨리 콜린의 몸 아래서 빠져나와 허둥지둥 옷을 입고, 그러고는 또다시 생각도 하기 전에 콜린의 불룩한 코트를 걸려 있던 고리에서 내려 입었다. 콜린은 그보다 훨씬 덩치가 크고 더 뚱뚱하고 근육질이었지만, 키는 비슷해서 보기보다 입을 만했다. 그리고 바닥에 떨어져 있는 콜린의 청바지에서 지갑을 꺼내 그 안의 돈을 재빨리 챙겼다. 얼마인지 세어보지도 않았지만 얄팍한 걸로 보아 얼마 되지 않을 것 같았다. 그는 그 돈을 자기 바지 주머니에 쑤셔 넣고 달리기 시작했다. 그는 늘 날쌔고 조용하고 단호하게 잘 달렸다. 그가 트랙에서 뛰는 걸 보던 루크 수사는 그에게 모히칸의 피가 흐르고 있는 게 틀림없다고 늘 말하곤 했다. 이제 그는 반짝반짝 빛나는 고요한 밤을 향해 문을 열고 주위를 둘러보며 헛간에서 나와, 아무도 보이지 않자 고아원 기숙사 너머 들판으로 달려갔다.

기숙사에서 도로까지는 8킬로미터였고, 보통 헛간에서 그런 일을 하고 나면 아팠지만, 그날 밤은 아픔도 느끼지 않았다. 오로지 오늘 밤, 이 모험을 위해 특별히 마법처럼 소환된 듯한 벅찬 감정과 흥분된 명료한 정신만 있었다. 고아원 경계선에서 그는 땅바닥에 누워 콜린의 코트 소매로 손을 감싸 철조망을 잡고 그 아래로 조심스레 몸을 굴려 빠져나갔다. 안전하게 자유를 얻자, 마음이 더욱 들떴고, 그는 보스턴이 있는 동쪽을 향해 달리고 또 달렸다. 고아원으로부터, 서부로부터, 모든 것들로부터 도망쳤다. 결국에는 이 좁고 대부분 흙길인 소로에서 벗어나 고속도로로 가야 한다는 걸 알고 있었다. 도로에 가면 노출은 더 되겠지만 또한 더 익명의 인물이 될 수 있다. 그는 주간 고속도로와 길을 가르고 있는 어둡고 빽빽한 숲을 향해 언덕을 재빨리 내려갔다. 풀밭을 달리는 건 더 힘들었지만, 그는 숲 가장자리에서 벗어나지 않았다. 차가 지나가면 숲 속으로 휙 들어가 나무 뒤에 숨기 위해서였다.

어른, 절름발이 어른, 그리고 심지어는 더 이상 걷지도 못하게 된 진짜 불구자 어른 입장에서 그날 밤을 돌이켜보면 경외심이 들곤 한다. 달리기가 날기와 마찬가지로 불가능한, 마법이나 다를 바 없는 지금의 그로서는 그렇게 재빠르고, 신속하고, 지치지도 않고, 운이 좋았다는 게 너무도 경이롭다. 비록 그때는 고아원에서 최대한 멀리 가야 한다는 것 외엔 아무 생각도 하지 않았지만, 그날 밤 그렇게 오래—적어도 두 시간, 아마도 세 시간은 됐을 것이다—달렸다는 게 감탄스럽다. 하늘에는 태양이 뜨기 시작했고, 그는 숲 속으로 달려 들어갔다. 그 숲은 어린 소년들에게 두려움의 원천이었고, 대체로 자연을 두려워하지 않는 그조차 빛도 들어오지 않는 그 빽빽한 숲을 무서워했지만, 최대한 숲 속 깊숙이 들어갔다. 주간 고속도로에 가려면 숲을 가로질러야 했고, 숲 속 깊이 숨을수록 발견될 가능성이 더 적어진다는 걸 알고 있었기 때문이다. 마침내 그는 크기가 안심해도 좋다는 보장이라도 되는 것처럼, 그를 보호하고 지켜주기라도 할 것처럼, 그중 제일 큰 나무 하나를 골라 뿌리들 사이에 몸을 웅크리고 잠들었다.

잠이 깼을 때는 다시 어두워져 있었지만, 늦은 오후인지 깊은 밤인지 이른 새벽인지 알 수가 없었다. 그는 마음을 달래기 위해, 앞에서 뭐가 기다리고 있건 인기척을 내기 위해, 두려워하지 않는다는 걸 보여주기 위해 나지막이 노래 부르며 다시 나무들 사이로 이동하기 시작했다. 숲 반대쪽으로 뚫고 나왔을 때는 여전히 캄캄했다. 그러니까 실제로 밤이었고 그는 하루 종일 잠이 들었던 거였다. 그걸 알게 되자, 더 기운이 나고 활기가 샘솟았다. '잠이 음식보다 더 중요해.' 그는 스스로에게 충고했다. 너무 배가 고팠기 때문이다. 그리고 발에게 명령했다. '움직여.' 그리고 그는 주간 고속도로를 향해 언덕을 달려 올라갔다.

숲 속 어딘가에서 그는 보스턴에 갈 수 있는 방법은 하나밖에 없다는 걸 깨달았고, 그래서 길가에 서 있다가 첫 번째 트럭이 멈추자 차에 탔다. 그는 트럭이 멈췄을 때 무엇을 해야 하는지 알고 있었고, 그렇게 했다. 다시, 또다시, 또다시 그렇게 했다. 때로 운전사들은 그에게 음식이나 돈을 줬고, 때로는 안 줬다. 그들은 모두 트럭 트레일러 안에 조그만 보금자리를 만들어 둬서, 거기서 누웠다. 때로는 용무를 마친 후 운전사들이 좀 더 멀리까지 태워주기도 했고, 그러면 그는 거기 누워 세상이 끊임없는 지진처럼 움직이는 걸 느끼며 잠을 잤다. 주유소에서 그는 먹을 걸 사고 기웃거리며 기다렸고, 그러면 결국 누군가 그를 선택—언제나 누군가는 선택했다—했고 그는 트럭 안으로 기어 올라갔다.

"어디에 가니?" 그들은 물었다.

"보스턴이요." 그는 대답했다. "삼촌이 거기 살아요."

때로는 자기가 하는 짓이 너무나 견딜 수 없이 부끄러워서 토하고 싶었다. 강제였다는 말은 이제 절대 스스로에게 할 수 없다는 걸 그는 알고 있었다. 그 남자들과 자유롭게 섹스했고, 그 사람들이 하고 싶은 대로 하게 했고, 자기도 열성을 담아 잘했으니까. 때로는 감상을 배제했다. 그는 해야 할 일을 하고 있을 뿐이다. 다른 방법은 없다. 이게 그가 가진 기술, 탁월한 기술이었고, 더 나은 곳에 가기 위해 그 기술을 이용하는 것이다. 자신을 구하기 위해 자기를 이용하고 있는 것이다.

가끔 남자들은 그를 더 오래 원해서 모텔 방을 잡았고, 그는 루크 수사가 화장실에서 기다리고 있다고 상상했다. 가끔 그들은 그에게 이야기—그들은 말했다. 나도 네 또래 애가 있단다, 나도 네 또래 딸이 있단다—를 했고, 그러면 그는 누워서 이야기를 들었다. 가끔은 다시 길을 떠날 준비가 될 때까지 텔레비전을 봤다. 어떤 사람들은 잔인했고, 어떤 사람들은 그를 죽이거나 심하게 망가뜨려 못 도망치게 만들 거라는 공포를 안겨줬다. 그럴 때면 그는 겁에 질려 절박하게 루크 수사를, 수도원을, 그에게 친절하게 대해줬던 간호사를 불렀다. 하지만 대부분은 잔인하지도 친절하지도 않았다. 그들은 고객이었고, 그는 그들이 원하는 걸 주고 있었다.

몇 년 후, 그 몇 주의 시간을 더 객관적으로 바라볼 수 있게 됐을 때, 그는 자신의 멍청함과 좁은 시야에 경악했다. 왜 그냥 도망치지 않았을까? 왜 번 돈을 가지고 버스표를 사지 않았을까? 그는 그때 돈을 얼마나 벌었는지 생각해내려고 기억을 쥐어짰다. 비록 그게 많은 돈은 아니었어도, 보스턴은 아니더라도 어딘가, 어디든 갈 정도는 됐을 것이다. 하지만 그때는 그냥 그런 생각을 하지 못했다. 마치 가진 모든 책략, 모든 용기를 고아원에서 도망칠 때 다 써버리고는, 막상 혼자가 되자 전에 배운 대로 이 남자, 저 남자를 따라가며 자기 인생을 다른 사람들 손에 맡겨버린 것 같았다. 어른이 되어 스스로를 변화시킨 그 모든 것들 중, 가장 배우기 힘들면서도 가장 보람 있는 교훈은 적어도 자기 미래의 일부는 스스로 창조할 수 있다는 생각이었다.

한번은 너무 악취가 나고 땀을 뻘뻘 흘리는 거구의 남자가 와서 거의 마음을 바꿀 뻔했지만, 섹스는 끔찍했어도 그 남자는 그 후에 다정하게 굴면서 샌드위치와 소다를 사주고 그에 대해 진짜 질문들을 하고 그가 꾸며낸 대답들을 열심히 들어줬다. 그는 그 남자와 이틀 밤을 보냈다. 남자는 트럭을 몰 때 블루그래스*를 들으며 따라 불렀는데, 낮고 맑은 좋은 목소리를 가지고 있었다. 남자는 그에게 가사를 가르쳐줬고, 그는 어느새 남자와 함께 노래를 따라 부르며 매끄러운 도로를 달리고 있었다. "세상에, 너 정말 목소리가 좋구나, 조이." 그 말에 그는 마음이 따뜻해지면서—얼마나 약하고 애처로운 꼴이란 말인가!—시궁창 쥐가 곰팡이 핀 빵 조각에 달려들 듯이 게걸스레 이 애정을 집어삼켰다. 이틀째 날, 남자가 같이 있겠느냐고 물었다. 그들은 오하이오에 있었고, 불행히도 그는 더 이상 동쪽으로 가지 않고 이제는 남쪽으로 내려가지만 그가 함께 있겠다고 하면 정말 기쁠 테고 잘 돌봐주겠노라고 말했다. 그는 남자의 제안을 거절했고, 남자는 그럴 줄 알았다는 듯이 고개를 끄덕이더니 그에게 접은 지폐들을 주고 키스했다. 운전사들 중 키스한 사람은 그가 처음이었다. "행운을 빈다, 조이." 그는 인사했고, 나중에 남자가 떠난 후 돈을 세어봤더니 생각보다 많았다. 지난 열흘 동안 번 돈을 다 합친 것보다 더 많았다. 나중에, 그다음 남자가 잔인하게 굴었을 때, 폭력적이고 거칠었을 때, 그는 그 남자와 갈걸 하고 생각했다. 갑자기 보스턴이 상냥함보다, 그를 보호해주고 그에게 잘해줄 사람보다 중요하지 않아 보였다. 그는 자신의 잘못된 선택을, 그에게 실제로 친절하게 대해준 사람들을 알아보는 안목의 부재를 한탄했다. 또 루크 수사 생각이 났다. 루

*컨트리뮤직의 한 종류.

크는 절대 그를 때리지도 그에게 소리를 지르지도 않았다. 루크는 절대 그에게 욕을 하지 않았다.

어디선가 그는 병이 들었지만, 그게 길에서 얻은 병인지, 고아원에서 얻은 병인지 알지 못했다. 남자들에게 콘돔을 쓰게 했지만, 몇 명은 하겠다고 해놓고 하지 않았고, 그가 저항하고 소리 질러도 아무 소용이 없었다. 그는 과거 경험으로 의사가 필요하다는 걸 알았다. 몸에서는 냄새가 났고, 너무 아파서 거의 걸을 수도 없었다. 필라델피아 외곽에서 그는 쉬기로 했다. 그래야 했다. 그는 콜린의 코트 소매에 조그만 구멍을 내고 돈을 말아 그 안에 쑤셔 넣은 후, 어느 모텔 방에서 발견한 안전핀을 찔러놨다. 그는 마지막 트럭에서 기어 내려왔다. 하지만 그때는 그게 마지막 트럭이 될 거라는 걸 몰랐다. 그때만 해도 한 번만 더, 하고 생각하고 있었다. 한 번만 더 하면, 보스턴에 도착할 것이다. 이렇게 가까이 와서 멈춰야 한다는 게 싫었지만, 도움이 필요한 상황이었다. 그는 최대한 기다렸다.

운전사는 필라델피아 근처 어느 주유소에 섰다. 그는 도시 안으로 들어가고 싶지 않았다. 거기서 그는 천천히 화장실로 가서, 몸을 씻었다. 병 때문에 피곤했고, 열이 났다. 그날—1월 하순쯤이었다. 날씨는 여전히 추웠고, 습기 차고 매서운 바람이 후려갈기듯 불었다—마지막으로 기억나는 건, 메마르고 방치된 조그만 나무 한 그루가 홀로 서 있는 주유소 가장자리로 걸어가, 이제는 더러워진 콜린의 코트를 입은 채 그 허약하고 미덥지 않은 나무줄기에 기대앉아 눈을 감은 것이다. 잠을 조금 자고 나면, 적어도 기운이 조금은 나길 바라면서.

잠이 깼을 때, 그는 자동차 뒷좌석에 있었고, 차는 달리고 있었고, 슈베르트가 흘러나오고 있었다. 그 소리에 약간 위안이 됐다. 너무 기운이 없어서 일어나서 얼굴을 볼 수도 없는 낯선 사람이 낯선 풍경을 가로질러 알 수 없는 곳으로 몰고 있는 낯선 차라는 익숙지 않은 상황에서 그래도 그 음악은 그가 아는 것, 익숙한 것이었기 때문이다. 다시 잠이 깼을 때는 방 안, 어느 거실에 있었다. 주위를 둘러보자, 그가 앉은 소파, 그 앞의 커피테이블, 안락의자 두 개, 온통 갈색 톤의 석재 벽난로가 보였다. 그는 일어났다. 여전히 머리가 어지럽긴 했지만 조금은 덜했다. 그 순간 문간에 한 남자가 서서 그를 바라보고 있는 게 보였다. 남자는 그보다는 약간 키가 작고 말랐지만, 배가 나오고 엉덩이가 풍만하고 불룩했다. 그는 위쪽 반은 검정 뿔테고, 아래쪽은 유리인 안경을 쓰고 있었고, 밍크코트처럼 매우 짧고 부드럽게 손질한 삭발을 하고 있었다.

"부엌으로 와서 뭘 좀 먹어." 남자가 조용하고 단조로운 목소리로 말하자, 그는 천천히 그 뒤를 따라 부엌으로 들어갔다. 부엌도 타일과 벽을 제외하고는 갈색이어서, 갈색 식탁, 갈색 찬장, 갈색 의자가 있었다. 그는 식탁 끝 쪽 의자에 앉았고, 남자는 그의 앞에 햄버거와 감자튀김이 담긴 접시와 우유 한 잔을 내놓았다. "난 보통 패스트푸드는 안 먹어." 남자는 이렇게 말하고, 그를 쳐다봤다.

그는 뭐라고 해야 할지 몰랐다. "고맙습니다." 그는 말했고, 남자는 고개를 끄덕였다. "먹어." 남자가 말했고, 그는 먹었다. 남자는 식탁 상석에 앉아 그를 지켜봤다. 보통 때라면 이런 상황에서 자의식이 들었겠지만, 지금은 너무 배가 고파서 신경 쓸 여유가 없었다.

그가 다 먹고 바로 앉아 고맙다고 다시 인사하자, 남자도 다시 고개를 끄덕였고, 침묵이 이어졌다.

"넌 매춘부지." 남자가 말했고, 그는 얼굴을 붉히며 식탁 아래 윤기 나는 갈색 다리만 쳐다봤다.

"네." 그가 인정했다.

남자가 조그맣게 콧소리를 냈다. "매춘부 생활을 얼마나 했지?" 그의 질문에 그는 대답하지 못하고 입을 다물고 있었다. "응?" 그가 물었다. "2년? 5년? 10년? 평생?" 그는 인내심을 잃었고, 아니 거의 잃은 것 같았지만, 목소리는 부드러웠고 고함도 지르지 않았다.

"5년이요." 그가 대답하자, 남자는 또 조그맣게 똑같은 소리를 냈다. "넌 성병에 걸렸다." 남자가 말했다. "냄새로 알 수 있어." 그는 몸을 움츠리며 고개를 숙이고 끄덕였다.

남자가 한숨을 쉬었다. "음, 너는 운이 좋다. 왜냐하면 난 의사고, 집에 항생제가 좀 있으니까." 그는 일어나 한 찬장으로 어슬렁어슬렁 걸어가더니 오렌지색 플라스틱 병을 가지고 와서 알약을 꺼냈다. "먹어." 남자가 말했고, 그는 먹었다. "우유 다 마셔." 남자가 말하자, 그는 그렇게 했다. 그리고 남자는 방에서 나갔고, 그는 남자가 돌아올 때까지 기다렸다. "따라와."

그는 따라갔다. 다리에 힘이 바짝 들어간 게 느껴졌다. 그는 남자를 따라 거실 맞은편 문으로 갔다. 남자는 빗장을 풀고 문을 열어 잡고 있었다. 그는 주저했고, 남자가 조바심 내며 쯧쯧 소리를 냈다. "들어가." 그가 말했다. "침실이다." 그는 피곤하다는 듯이 눈을 감았다가 다시 떴다. 그는 이 남자가 잔인할 거라는 대비를 하기 시작했다. 조용한 사람들은 늘 그랬다.

문간에 가서 보자, 문은 지하실로 이어지고 있었고, 그가 내려가야 할, 사다리처럼 가파른 나무 계단이 있었다. 그가 경계하며 다시 주춤하자, 남자가 또다시 그 괴상한 곤충 같은 소리를 내며 그의 등 중간 부분을 살짝 밀었고, 그는 고꾸라지듯 계단을 내려갔다.

미끌거리고 물이 새고 축축한 지하감옥 같은 게 있을 거라 생각했지만, 그곳은 정말로 침실이었다. 담요와 시트가 정리된 매트리스, 매트리스 아래 깔린 둥글고 파란 깔개, 왼쪽 벽을 따라 서는 계단과 같은 재질의 마감 안 된 나무로 만든, 책이 꽂힌 책장이 있었다. 그 공간은 병원이나 경찰서에서 본 것처럼 적극적이고 무자비하게 밝은 조명이 켜져 있었고, 벽 저쪽 위에는 사전 크기의 조그만 창문이 하나 나 있었다.

"네가 입을 옷을 좀 뒀다." 그의 말에 보니, 매트리스 위에 잘 접힌 셔츠와 편한 바지, 그리고 수건과 칫솔이 놓여 있었다. "욕실은 저기다." 남자가 오른쪽 구석을 가리키며 말했다.

그리고 그는 나가려 했다. "잠깐만요." 그가 남자를 부르자, 남자는 계단을 올라가다 멈추고 그를 쳐다봤다. 그는 남자의 시선 아래에서 셔츠를 벗기 시작했다. 남자의 얼굴이 약간 변하더니, 몇 계단 더 올라갔다. "넌 병에 걸렸어." 그가 말했다. "먼저 몸부터 나아야 해." 그리고 그는 방에서 나갔고, 문이 찰칵하며 닫혔다.

그날 밤 그는 할 일도 없고 너무 지쳐서 잠을 잤다. 다음 날 아침, 잠에서 깨자 음식 냄새가 났고 그는 신음하며 일어나 천천히 계단을 올라갔다. 거기에는 수란과 베이컨 두 줄, 롤, 우유 한 잔, 바나나, 그리고 하얀 알약이 한 알 더 있었다. 접시를 가지고 내려가기엔 너무 몸이 흔들려서 그는 거기 나무 계단에 앉아서 음식을 먹고 약을 삼켰다. 잠시 쉰 다음 일어나서 문을 열고 접시를 부엌에 가져가려고 했지만, 문이 잠겨 있어서 손잡이가 돌아가지 않았다. 고양이는 본 적 없지만 고양이 문일 것 같은 조그만 사각형 구멍이 문 아래쪽에 뚫려 있어서, 그는 고무 장막을 젖히고 머리를 내밀었다. "저기요?" 그는 외쳤다. 남자의 이름을 모른다는 걸 깨달았지만, 그건 특이한 일도 아니었다. 남자들의 이름을 안 적은 없었다. "선생님? 저기요?" 하지만 아무 대답도 없었고, 집 안의 고요로 봐서 자기 혼자 있는 것 같았다.

공포를 느껴야 할, 두려워해야 마땅한 상황이지만, 짓누르는 피로 외에는 아무것도 느껴지지 않았다. 그는 계단 위에 접시를 두고 천천히 내려가 침대로 들어가 다시 잠에 빠져들었다.

그는 그날 하루 종일 꾸벅꾸벅 졸았고, 잠이 깼을 때는 그 남자가 또 위에 서서 그를 내려다보고 있었다. 그는 화드득 일어나 앉았다. "저녁이다." 남자가 말했고, 그는 남자를 따라 계단을 올라갔다. 그는 여전히 빌린 옷을 입고 있었는데, 허리는 너무 크고 소매와 다리는 너무 짧았다. 자기 옷은 찾아봐도 온데간데없었다. 내 돈, 그는 퍼뜩 떠올렸지만, 머리가 너무 혼란스러워서 그 이상은 생각할 수가 없었다.

다시 한 번 그는 갈색 부엌에 앉아 있었고, 남자는 갈색 고깃덩어리와 으깬 감자, 브로콜리가 놓인 접시와 알약을 그에게 주고 자기도 한 접시 가져왔고, 두 사람은 말없이 식사를 했다. 침묵은 보통 불안할 게 없었지만—대개 그는 오히려 감사히 여겼다—이 남자의 침묵은 뭔가 비밀스러운 데가 있었다. 고양이가 뭔지 알 수도 없는 걸 조용히 뚫어지게 쳐다보고 쳐다보고 또 쳐다보다가, 갑자기 풀쩍 뛰어올라 발톱으로 뭔가를 움켜잡을 때 같았다.

"어떤 의사세요?" 그는 주저하며 물었고, 남자는 그를 쳐다봤다.

"정신과." 남자가 말했다. "그게 뭔지 아나?"

"네."

남자가 그 소리를 또 냈다. "매춘부 하는 게 좋아?" 그가 물었다. 왠지 눈물이 날 것 같았지만, 그는 눈을 끔적거려 막았다.

"아니요."

"그럼 왜 하는 거지?" 남자가 물었고, 그는 고개를 흔들었다. "말해." 남자가 말했다.

"모르겠어요." 그가 말하자, 남자가 화난 듯이 허 하는 소리를 냈다. "할 줄 아는 일이라서." 그는 겨우 말했다.

"잘하나?" 남자가 물었고, 또 눈이 따끔거려서 그는 오랫동안 아무 말도 하지 못했다.

"네." 그는 말했다. 이제껏 해본 자백 중에 가장 끔찍하고 가장 하기 힘든 말이었다.

식사를 마친 후, 의사는 그를 다시 문으로 데려가서 다시 똑같이 살짝 밀었다. "기다려요." 그는 문을 닫고 있는 남자에게 말했다. "제 이름은 조이예요." 남자는 아무 말도 하지 않고 그냥 그를 쳐다봤다. "선생님 이름은 뭐예요?"

남자는 계속 그를 보고 있었지만, 이제 거의 미소 같은 걸, 아니면 적어도 그 비슷한 표정을 띠고 있었다. 하지만 다음 순간 그 표정은 싹 걷혔다. "트레일러 박사다." 남자는 그렇게 말하고는, 마치 그 정보가 그와 함께 가둬놓지 않으면 날아가버릴 새이기라도 한 것처럼 재빨리 문을 닫았다.

다음 날이 되자 좀 덜 쓰라리고, 열도 좀 내렸다. 하지만 일어서보니 여전히 기운이 없었고, 휘청거리고 허우적대긴 했지만 결국 쓰러지진 않았다. 그는 책장 쪽으로 가서 책들을 살펴봤다. 열기와 습기로 부풀고 뒤틀리고 약간 달큰한 곰팡내가 나는 페이퍼백들이었다. 도망치기 전 수업에서 읽던 《엠마》가 있어서, 그걸 가지고 천천히 계단 위로 올라갔고, 예전에 읽다 중단한 지점을 찾아 읽으며 아침을 먹고 약을 먹었다. 이번에는 조그만 글씨로 "점심"이라고 적은 냅킨과 함께 종이에 싼 샌드위치도 하나 더 있었다. 식사를 마친 후, 그는 책과 샌드위치를 들고 계단을 내려가 침대에 누웠다. 책을 너무 읽고 싶었다는 생각이 들면서, 자기 삶에서 벗어날 이 기회가 주어진 게 새삼 감사했다.

그는 또 잠이 들었다 깨어났다. 저녁이 되자 굉장히 피곤했고, 통증도 약간 다시 돌아왔다. 트레일러 박사가 문을 열어줬을 때, 계단을 올라가는 데 시간이 오래 걸렸다. 저녁을 먹으며 그는 아무 말도 하지 않았고, 트레일러 박사도 아무 말 하지 않았지만, 설거지나 요리를 돕겠다고 하자 박사는 그를 쳐다보고 말했다. "넌 아파."

"나아졌어요." 그가 말했다. "원하시면 부엌일을 도울 수 있어요."

"아니, 내 말은, 넌 아프다고." 트레일러 박사가 말했다. "넌 병이 있어. 병 있는 사람에게 내 음식을 건드리게 할 수는 없다." 그는 굴욕감에 고개를 숙였다.

침묵이 이어졌다. "부모님은 어디 있냐?" 트레일러 박사가 물었고, 그는 다시 고개를 저었다. "말해." 트레일러 박사가 말했고, 이번에는 목소리를 높이지 않았지만 참을성이 사라진 목소리였다.

"몰라요." 그는 더듬거렸다. "그냥 없었어요."

"어쩌다 매춘부가 됐지?" 트레일러 박사가 물었다. "네가 시작한 거야, 아니면 다른 사람이 도와준 거냐?"

그는 위장 속에서 곤죽이 되어가는 음식을 느끼며, 꿀꺽 삼켰다. "누가 도와줬어요." 그는 속삭였다.

다시 침묵이 이어졌다. "매춘부라고 부르면 싫어하는구나." 남자가 말했고, 이번에 그는 가까스로 고개를 들고 그를 쳐다봤다. "네." 그는 말했다. "이해한다." 남자가 말했다. "하지만 그게 너잖아, 안 그래? 하지만 원하면 다른 말로 부를 수도 있다. 창녀라거나." 그는 입을 다물었다. "그게 더 좋나?"

"아뇨." 그는 다시 속삭였다.

"그럼," 남자가 말했다. "매춘부로 하는 거다, 알겠지?" 그리고 그를 쳐다봤고, 결국 그는 고개를 끄덕였다.

그날 밤 욕실에서 그는 팔을 그을 걸 찾았지만 방에는 날카로운 물건이라곤 없었다, 하나도. 책 페이지조차 물에 불어 부드러웠다. 그래서 그는 몸을 구부린 채 힘들고 불편해서 얼굴을 구기며 손톱으로 허벅지를 찔렀고, 마침내 피부에 구멍을 내고는 그 안에 손톱을 집어넣어 앞뒤로 흔들어 상처를 점점 더 벌렸다. 그는 오른쪽 다리에 겨우 상처 세 개를 낸 다음, 너무 피곤해서 잠이 들었다.

사흘째 아침이 되자 상태가 눈에 띄게 좋아졌다. 더 기운이 나고 정신도 또렷해졌다. 그는 아침을 먹고 책을 읽다가, 접시를 치우고 장막 쳐놓은 구멍으로 머리를 내밀고 그 사이로 어깨를 넣어보려고 애썼다. 하지만 어떤 각도를 취해도, 그는 너무 크고 구멍은 너무 작아서 마침내 포기할 수밖에 없었다.

조금 쉰 후, 다시 구멍으로 머리를 내밀었다. 왼쪽으로는 거실이 직통으로 보였고, 오른쪽에는 부엌이 있었다. 그는 실마리라도 찾는 것처럼 보고 또 봤다. 집은 굉장히 깔끔했다. 그 깔끔함으로 봐서 트레일러 박사 혼자 사는 것 같았다. 목을 죽 빼면,

왼쪽 저 끝에 2층으로 올라가는 계단이 보였고, 바로 그 너머에 현관이 있었지만, 자물쇠가 몇 개나 있는지는 안 보였다. 하지만 대체로 그 집에서 가장 두드러진 특징은 고요였다. 시계 소리도, 차 소리도, 바깥에 지나가는 사람 소리도 안 들렸다. 공간을 휙 통과해 가고 있는 집일지도 몰랐다. 그 정도로 조용했다. 들리는 소리라고는 간헐적으로 윙윙 돌아가는 냉장고 소리뿐이었고, 그마저 중지되면 완전한 고요가 내려앉았다.

특징이라곤 없는 집이긴 했지만, 그는 집에 매혹됐다. 그건 그가 들어가본 겨우 세 번째 집이었다. 두 번째는 리어리 씨 집이었다. 첫 번째는 고객의 집이었다. 루크 수사는 솔트레이크시티 외곽에 모텔 방에 오기 싫어서 돈을 더 지불한 중요 고객이 있다고 말했다. 사암과 유리로 지어진 그 집은 거대했고, 루크 수사는 같이 가서 그와 고객이 섹스를 하고 있는 침실 옆 욕실—자기들 모텔 방만큼이나 큰 욕실—에 몰래 숨었다. 나중에 어른이 됐을 때, 그는 집에, 특히 자기 집에 집착했다. 그린 스트리트나 랜턴 하우스, 런던 아파트를 가지기 전에도, 그는 예쁜 곳들을 더 예쁘게 만드는 일을 하면서 살아가는 사람들에 관한, 집에 관한 잡지들을 몇 달에 한 번씩 사서 사진들을 하나하나 보며 천천히 페이지를 넘기곤 했다. 친구들은 이런 그를 놀렸지만, 그는 상관하지 않았다. 그는 자기만의 것들로 채워진 자기만의 공간을 가질 날을 꿈꿨다.

그날 밤 트레일러 박사는 그를 다시 불러냈고, 이번에도 부엌과 식사였고, 두 사람은 말없이 음식을 먹었다. "저 더 나아졌어요." 그는 용기를 내어 말했고, 트레일러 박사가 아무 말도 하지 않자 덧붙였다. "뭘 원하시면." 그는 트레일러 박사에게 어떤 식으로든 보답하지 않고서는 떠날 수 없을 거라는 걸 알 정도의 현실 감각은 있었고, 떠나도 된다는 허락을 받을지 모른다고 생각할 정도의 희망은 간직하고 있었다.

하지만 트레일러 박사는 고개를 흔들었다. "더 나은 것 같을지는 몰라도 아직 병이 있어. 그 항생제를 열흘 먹어야 감염을 막을 수 있다." 그는 입에서 너무 가늘어서 투명한 생선뼈를 꺼내 접시 가장자리에 놓았다. "성병에 걸린 게 이게 처음이라고는 말하지 마." 그는 그를 쳐다보며 말했고, 그는 또 얼굴을 붉혔다.

그날 밤, 그는 뭘 해야 할지 생각했다. 달릴 수 있을 정도의 기운은 생긴 것 같았다. 다음번 저녁을 먹을 때 트레일러 박사를 따라가다 그가 등을 돌렸을 때 문 쪽으로 도망가서 밖으로 나가 도움을 구하는 것이다. 이 계획에는 문제—아직 자기 옷도 없었고, 신발도 없었다—가 좀 있긴 했지만, 그는 이 집이 뭔가 잘못됐다는 걸, 트레일러 박사가 이상하다는 걸, 여기서 나가야 한다는 걸 알았다.

다음 날 그는 기운을 모으려고 애썼다. 마음이 진정되지 않아 책을 읽을 수도 없었고, 방 안을 서성이지 않으려고 애써야 했다. 그는 그날분 샌드위치를 먹지 않고 빌려 입은 바지 주머니에 넣어뒀다. 오랫동안 숨어 있어야 하면 먹을 게 필요했다. 다른 주머니에는 화장실 휴지통에 있던 비닐봉투를 쑤셔넣었다. 트레일러 박사가 쫓아올 수 없는 곳까지 안전하게 도망가고 나면 그걸 반으로 찢어 신발을 만들 수 있을 것 같았다. 그리고 그는 기다렸다.

하지만 그날 밤 그는 방에서 나가지도 못했다. 구멍 옆 계단 위 자리에서 거실 불이 켜지는 게 보이고 음식 냄새가 풍겼다. "트레일러 박사님?" 그는 불렀다. "저기요?" 하지만 팬에서 고기 굽는 소리, 텔레비전의 저녁 뉴스 소리 외에는 아무 소리도 나지 않았다. "트레일러 박사님?" 그는 다시 불렀다. "제발요, 제발요!" 하지만 아무 일도 일어나지 않았고, 그는 부르고 또 부르다 지쳐서 축 늘어진 채 계단을 내려갔다.

그날 밤 그는 그 집 2층에 다른 침실들이 길게 늘어선 꿈을 꿨다. 침실마다 나지막한 침대가 있었고 그 아래에는 술 달린 깔개들이 놓여 있었고, 침대마다 소년들이 하나씩 있었다. 어떤 애들은 이 집에 오래 있어서 좀 더 나이가 많았고, 어떤 애들은 더 어렸다. 누구도 다른 아이들이 있다는 걸 몰랐고, 아무도 다른 사람들 소리를 듣지 못했다. 그는 자기가 이 집의 규모를 모른다는 걸 깨달았다. 꿈속에서 이 집은 수백 개의 방이 있는 고층 건물이었고, 방방마다 다른 남자아이들이 있어서 트레일러 박사가 꺼내주길 기다리고 있었다. 그 순간 그는 헉헉거리며 잠에서 깨어나 계단 위까지 달려 올라갔지만, 고무장막을 젖히려고 하자 움직이질 않았다. 장막을 걷고 봤더니 구멍은 회색 플라스틱 조각으로 막혀 있었고, 아무리 밀어도 꼼짝도 하지 않았다.

어떻게 해야 할지 알 수가 없었다. 남은 밤 동안 자지 않고 버티려고 했지만 잠이 들어버렸고, 잠에서 깨자, 아침과 점심, 아침, 저녁용 알약 두 개가 놓인 접시가 있었다. 그는 알약을 손가락으로 집어 물끄러미 봤다. 약을 먹지 않으면 나아지지 않을 테고, 그럼 트레일러 박사는 그의 몸이 나을 때까지는 건드리지 않을 것이다. 하지만 약을 먹지 않으면 나아지지 않을 테고, 그러면 과거의 경험으로 얼마나 아플지, 얼마나 상상을 초월할 정도로 지저분해질지 알고 있었다. 그의 존재 전체가, 안팎 모두, 배설물을 뒤집어쓴 꼴이 될 것이다. 그는 몸을 흔들며 생각했다. '어떻게 하지, 어떻게 하지?' 뚱뚱한 트럭 운전사, 친절했던 그 운전사가 생각났다. '도와줘요.' 그는 애원했다. '도와줘요.'

'루크 수사님.' 그는 빌었다. '도와줘요, 도와줘요.'

그는 생각했다. 또다시 난 잘못된 결정을 내렸어. 적어도 운동장과 학교는 있었던 곳을 떠났어. 거기서는 무슨 일이 벌어질지는 알았는데. 이제 그런 것조차 없구나.

'넌 너무 멍청해.' 내면의 목소리가 말했다. '너무 멍청해.'

엿새 동안 이런 일이 계속됐다. 음식은 그가 자는 사이 나타났다. 그는 약을 먹었다. 안 그럴 수가 없었다.

열흘째가 되던 날, 문이 열리고 트레일러 박사가 서 있었다. 그는 너무 놀라서 준비가 되어 있지 않았지만, 그가 일어서기도 전에 트레일러 박사가 문을 닫고 그를 향해 걸어왔다. 어깨에는 쇠 부지깽이를 야구방망이처럼 느슨하게 걸치고 있었다. 그가 다가오자 그는 부지깽이 때문에 공포에 질렸다. 저게 뭘까? 저걸로 자기에게 무슨 짓을 하려는 걸까?

"옷 벗어." 트레일러 박사가 한결같은 침착한 목소리로 말했고, 그는 시키는 대로 했다. 트레일러 박사가 어깨에서 부지깽이를 내려 휘둘렀고, 그는 반사적으로 팔로 머리를 가리며 피했다. 박사가 조그맣게 쩝쩝거리는 소리가 들렸다. 다음 순간 트레일러 박사는 바지 벨트를 풀고 그의 앞에 섰다. "바지 내려." 그가 말했고, 그는 따랐다. 하지만 시작하기도 전, 트레일러 박사가 부지깽이로 그의 목을 슬쩍 찌르며 말했다. "뭘 하기만 해 봐. 깨물거나, 뭐든. 그러면 이걸로 곤죽이 될 때까지 때려줄 거다. 알아들어?"

그는 뻣뻣하게 굳어 아무 말도 못 하고 고개만 끄덕였다. "말해." 트레일러 박사가 소리 질렀고, 그는 깜짝 놀랐다.

"네." 그는 침을 꿀꺽 삼켰다. "네, 알겠습니다."

물론 트레일러 박사는 무서웠다. 모든 고객들 중에서 제일 무서웠다. 하지만 고객과 싸운다는 생각, 그들에게 대적한다는 생각은 한 번도 해본 적이 없었다. 그들은 힘이 셌고, 그는 아니었다. 그리고 루크 수사는 그를 너무 잘 훈련시켰다. 그는 너무 고분고분했다. 트레일러 박사가 인정하게 만들었듯이, 그는 훌륭한 매춘부였다.

매일이 이렇게 흘러갔다. 섹스는 전보다 더 나쁘진 않았지만, 계속 이건 서막에 불과하다는, 결국엔 굉장히 나쁘고 이상하게 될 거라는 확신이 들었다. 사람들이 서로 하는 일들에 대해 루크 수사에게 들은—비디오로 본—이야기들이 있었다. 사용하는 도구, 소품, 무기들에 대해. 몇 번은 그도 이런 것들을 경험해본 적 있었다. 하지만 여러모로 그는 운이 좋았다. 험한 꼴은 당하지 않았으니까. 앞으로 어떤 일이 있을지 모른다는 공포가 섹스 자체의 공포보다 여러모로 더 끔찍했다. 밤이면 그는 상상할 줄 모르는 것에 대해 상상하며, 땀으로—이제 다른 옷이었지만 여전히 그의 옷은 아닌—옷이 흠뻑 젖은 채 공포로 헐떡대곤 했다.

어느 날 용무가 끝나갈 때, 그는 떠나도 되느냐고 트레일러 박사에게 물어봤다. "제발요." 그는 말했다. "제발요." 하지만 트레일러 박사는 자기가 열흘 동안 환대를 베풀어줬으니, 그도 그 열흘을 되갚아야 한다고 말했다. "그러고 나면 가도 돼요?" 그가 물었지만 박사는 벌써 문을 나가고 있었다.

보답한 지 엿새째, 그는 계획을 짜냈다. 트레일러 박사가 부지깽이를 왼팔 아래에 끼고 오른손으로 바지 벨트를 푸는 동안 일이 초—딱 그만큼—정도의 시간이 있었다. 타이밍을 제대로 잡으면, 책으로 박사의 얼굴을 치고 도망칠 수 있다. 정말로 빨라야 되고, 정말로 민첩해야 했다.

그는 책장의 책들을 죽 훑어보며, 다시 한 번 몽땅 다 두꺼운 페이퍼백이 아니라 그중 몇 권이라도 하드커버였다면 좋았을 거라는 생각을 했다. 작은 책이 더 후려치기에도 적당하고 휘두르기도 쉬울 것 같아서 그는 결국 《더블린 사람들》을 골랐다. 책은 잡기 편할 정도로 얇고 얼굴을 후려칠 수 있을 정도로 낭창낭창했다. 그는 책을 매트리스 아래 쑤셔 넣었다가, 다음 순간 숨길 필요도 없다는 걸 깨달았다. 그냥 옆에 두면 됐다. 그래서 그는 그렇게 하고 기다렸다.

그리고 트레일러 박사와 부지깽이가 나타났다. 그가 바지 벨트를 풀기 시작했을 때, 그는 벌떡 일어나 박사의 얼굴을 있는 힘껏 철썩 때렸다. 박사가 비명을 지르고 부지깽이가 시멘트 바닥에 쨍강 떨어지는 소리가 들렸다. 박사가 발목을 붙들었지만, 그는 발로 차고 비틀거리며 계단을 올라가 문을 열고 달렸다. 현관에 자물쇠가 수두룩 달린 걸 보고 거의 흐느끼다시피 하며 서투른 손가락으로 빗장을 이리저리 열어젖혔다. 다음 순간 그는 바깥에서, 그 어느 때보다 빨리 달리고 있었다. '할 수 있어, 할 수 있어.' 머릿속 목소리가 그를 격려하며 비명을 지르다, 다음에는 더 절박하게 외쳤다. '더 빨리, 더 빨리, 더 빨리.' 그가 회복될수록 트레일러 박사가 주는 식사량은 점점 더 작아졌고, 그래서 늘 기운이 없고 피곤했다. 하지만 지금 그는 정신이 한없이 맑았고, 도와달라고 외치면서 달리고 있었다. 하지만 달리면서 고함을 쳐도 아무도 그 소리를 들을 수 없다는 걸 알았다. 눈앞에 집이라고는 하나도 없었고, 나무라도 있을 줄 알았지만 그조차 없었다. 그저 숨을 곳 하나 없이 끝없이 펼쳐진 텅 빈 땅뿐이었다. 그제야 날씨가 너무 춥다는 게, 발바닥에 뭔가 박히고 있다는 게 느껴졌지만, 그래도 그는 계속 달렸다.

그 순간 뒤에서 바닥을 탁탁 치는 또 다른 발소리와 익숙한 찰칵 소리가 들렸다. 트레일러 박사였다. 박사는 소리도 안 지르고 협박도 하지 않았지만, 뒤로 돌아 박사가 얼마나 가까이 있는지—정말 가까웠다, 몇 미터밖에 떨어져 있지 않았다—보는 순간, 그는 발을 헛디뎌 넘어지면서 뺨을 길바닥에 요란하게 부딪쳤다.

넘어지고 나자 온몸에서 기운이 빠져나갔다. 새 떼들이 푸드득거리며 날아올라 멀리 휙 날아갔고, 찰칵 소리는 트레일러 박사의 벨트 소리라는 걸 알았다. 그는 바지에서 벨트를 풀어 그를 때렸고, 그는 몸을 웅크린 채 맞고 또 맞았다. 그러는 내내 박사는 아무 말도 하지 않았고, 들리는 소리라고는 벨트로 그의 등과 다리와 목을 점점 더 모질게 내리치느라 힘들어서 헉헉대는 박사의 숨소리뿐이었다.

집에 돌아와서도 매질은 계속됐고, 다음 며칠, 몇 주 동안도 계속 맞았다. 매질은 규칙적이지 않아서 다음번에 언제 맞을지 알 수도 없었지만 자주 벌어졌고, 음식도 조금밖에 주지 않아서 늘 현기증이 나고 늘 기운이 없었다. 다시는 달릴 기운이 없을 것 같았다. 두려워하던 대로 섹스도 더 끔찍해져서, 누구에게도, 자기 자신에게조차 절대 말할 수 없는 짓들을 강요받았다. 늘 무시무시한 걸 하는 건 아니었지만 늘 공포에 질린 채 멍하게 살게 할 정도로는 자주 했다. 그는 트레일러 박사의 집에서 죽게 될 것이다. 어느 날 밤 그는 어른이, 진짜 어른이 된 꿈을 꿨는데, 그는 여전히 트레일러 박사의 지하실에서 박사를 기다리고 있었다. 꿈속에서 그는 자신에게 무슨 일이 있었다는 걸 알았다. 그는 정신이 나가 있었고, 고아원 시절 룸메이트 같았다. 그는 잠에서 깨어 빨리 죽게 해달라고 빌었다. 낮에는 잠을 자면서 루크 수사 꿈을 꿨고, 꿈에서 깨어날 때면, 루크가 늘 자기를 얼마나 많이 보호해줬는지, 얼마나 잘 대해줬는지, 얼마나 친절했는지 깨달았다. 그는 다리를 절며 나무 계단 꼭대기까지 올라가 아래로 몸을 내던졌고, 다시 기어 올라가 또다시 내던졌다.

그러던 어느 날(3개월 뒤? 4개월 뒤? 나중에 애너는 트레일러 박사가 그를 주유소에서 발견하고서 12주가 지났다고 말했다고 했다), 트레일러 박사가 말했다. "난 너한테 질렸다. 넌 더럽고 역겨워. 여기서 나가라."

그는 믿을 수가 없었다. 하지만 정신을 차리고 대답했다. "좋아요." 그는 말했다. "좋아요. 지금 떠날게요."

"아니." 트레일러 박사가 말했다. "넌 내가 원하는 방식으로 떠날 거다."

며칠 동안 아무 일도 벌어지지 않았고, 그는 이것 또한 거짓말이라고 추측했다. 자기가 너무 흥분하지 않아서 다행이라고, 드디어 거짓말을 들으면 알아차릴 수 있게 돼서 다행이라는 생각이 들었다. 트레일러 박사는 접은 신문지 위에 음식을 주기 시작했고, 어느 날 날짜를 봤더니 그의 생일이었다. "열다섯 살이 됐구나." 그는 조용한 방에 대고 말했다. 자기의 말—그 아래 깔린, 그만이 알 수 있는 희망과 망상과 불가능한 일들—을 듣고 있으니 속이 메슥거렸다. 하지만 그는 울지 않았다. 울지 않는 능력은 그의 유일한 성취, 그가 유일하게 자랑할 수 있는 일이었다.

그러던 어느 날 밤 트레일러 박사가 부지깽이를 들고 지하실로 내려왔다. "일어나." 그가 부지깽이로 등을 쿡쿡 찌르며 말했고, 그는 더듬더듬 계단을 올라가며 무릎을 부딪쳤다 일어나고 다시 헛디뎠다 다시 일어났다. 그는 부지깽이로 쿡쿡 내몰리며 살짝 열려 있는 현관으로, 그러고는 바깥으로, 밤의 들판으로 나갔다. 날씨는 여전히 추웠고 여전히 축축했지만, 공포에 떠는 와중에도 계절이 바뀌고 있다는 걸 느낄 수 있었다. 그에게는 시간이 정지되어 있었지만, 나머지 세상은 그렇지 않았고 계절은 무심히 앞으로 나아가고 있었다. 공기에서 녹색 기운을 맡을 수 있었다. 옆에는 검은 가지가 달린 휑한 덤불이 있었는데, 그 가지 끝에 연한 라일락 봉오리가 새싹을 틔우고 있었다. 그는 미친 듯이 그 새싹을 바라봤다. 앞으로 밀려가기 전에 그 모습을 사진처럼 마음속에 담고 싶었다.

차에 가서 트레일러 박사는 트렁크를 열더니 다시 그를 부지깽이로 쿡 찔렀다. 흐느낌 같은 소리가 툭 흘러나왔지만, 그는 울지 않고 안으로 기어 들어갔다. 하지만 너무 기운이 없어서 트레일러 박사가 도와줘야만 했고, 박사는 그에게 직접 닿지 않아도 되도록 손가락으로 셔츠 소매를 집어서 밀어 올렸다.

그들은 차를 타고 달렸다. 트렁크는 깨끗하고 넓었고, 그는 그 안에서 이리저리 구르며, 차가 모퉁이를 돌고 언덕을 올라가다 내려오고 길게 뻗은 평평한 길, 심지어 도로를 달리는 걸 느꼈다. 그리고 차가 왼쪽으로 크게 돌더니 울퉁불퉁한 길 위를 덜컹거리며 달리다 마침내 멈췄다.

잠시 동안, 3분—그가 셌다—동안, 아무 일도 일어나지 않았다. 아무리 귀를 기울여도 자기의 숨소리와 심장박동 소리 외에는 아무 소리도 들리지 않았다.

트렁크가 열리고, 트레일러 박사가 셔츠를 당겨 그가 나오는 걸 도와주더니 부지깽이로 그를 차 앞으로 밀었다. "거기 있어." 그는 박사가 다시 차에 타는 걸 보면서 떨며 서 있었다. 박사가 창문을 내리더니 몸을 내밀고 말했다. "달려." 그가 얼어붙은 채 그대로 서 있자 박사는 다시 말했다. "달리는 거 아주 좋아하잖아, 안 그래? 그러니까 달려." 트레일러 박사가 시동을 걸었고, 마침내 그는 정신이 들어 달리기 시작했다.

그들은 넓고 황량한 사각형 들판에 있었다. 몇 주만 지나면 풀이 돋아나겠지만, 지금은 아무것도 없어서, 그저 살얼음과 별처럼 빛나는 하얀 조약돌밖에 없었다. 살얼음이 그의 맨발 밑에서 도자기처럼 깨어졌다. 들판은 중간 부분이 살짝 움푹하게 꺼져 있었고, 오른쪽에는 도로가 있었다. 도로가 얼마나 큰지는 보이지 않았고, 그저 도로가 하나 있다는 것만 보였다. 지나가는 차들은 없었다. 들판의 왼쪽 저 멀리에는 철조망이 있었고, 그 너머에 뭐가 있는지는 보이지 않았다.

그는 달렸고, 차는 바로 뒤에서 따라왔다. 처음에는 달리는 게, 바깥에 있는 게, 그 집에서 벗어났다는 게 사실 좋았다. 발밑에서 유리처럼 부서지는 얼음, 얼굴을 때리는 바람, 다리 뒤를 슬쩍 미는 자동차 범퍼, 심지어 이런 것들까지도 그 집보다는, 콘크리트 벽에, 창문이라고 할 수도 없는 조그만 창문이 있는 그 방보다는 나았다.

그는 달렸다. 트레일러 박사는 그를 따라오면서 가끔 속도를 높여서 더 빨리 뛰게 했다. 하지만 그는 예전처럼 뛸 수 없었고, 자꾸 넘어졌다. 넘어질 때마다 차는 속도를 늦췄고 트레일러 박사는—화도 안 내고 소리조차 높이지 않고—말했다. "일어나. 일어나서 달려. 일어나서 달리든지, 아니면 집으로 돌아갈 거다." 그러면 그는 억지로 일어나서 다시 달렸다.

그는 달렸다. 그게 그의 인생에서 마지막으로 달리는 것인 줄 그때는 몰랐다. 많은 시간이 흐른 후 그는 생각하곤 했다. 그걸 알았다면 더 빨리 뛸 수 있었을까? 하지만 물론 그건 불가능한 질문, 비질문, 해답 없는 공리였다. 그는 다시, 또다시 넘어졌고, 열두 번째 넘어졌을 때 뭔가 말하려고 입을 움직였지만 아무 말도 나오지 않았다. "일어나." 박사가 말했다. "일어나. 또 넘어지면, 그게 마지막이 될 거다." 그는 다시 일어났다.

그때쯤 그는 더 이상 달리고 있지 않았다. 휘청거리며 걷고 있었다. 차를 피해 기고 있었다. 차는 그를 점점 더 세게 밀었다. 멈추게 해줘요, 그는 생각했다, 멈추게 해줘요. 예전에 들은 이야기—누가 해줬더라? 어떤 수사였는데, 누구였더라?—가 생각났다. 그보다 훨씬 더 비참한 처지의 불쌍한 어린 소년이 있었는데, 오랫동안 아주 착하게(그와 소년의 또 다른 차이점이었다) 산 후, 어느 날 밤 하느님께 자기를 데려가달라고 기도했다. 전 준비가 됐어요, 이야기 속 소년은 말했다. 전 준비가 됐어요. 그러자 불처럼 이글거리는 눈을 하고 황금 날개를 단 무시무시한 천사가 나타나서 소년을 날개로 감쌌고, 소년은 재로 변해 사라져 이 세상에서 해방되었다.

'전 준비가 됐어요.' 그는 말했다. '전 준비가 됐어요.' 그는 소름 끼치는 미모의 천사가 나타나 그를 구해주기를 기다렸다.

마지막으로 넘어졌을 때, 그는 더 이상 일어나지 못했다. "일어나!" 트레일러 박사의 고함 소리가 들렸다. "일어나!" 하지만 그럴 수가 없었다. 그러자 다시 시동 켜지는 소리가 들리더니, 헤드라이트가, 천사의 눈 같은 불기둥 두 개가 그를 향해 다가왔다. 그는 고개를 옆으로 돌리고 기다렸고, 차는 그에게 달려와 그를 치고 갔고, 모든 게 끝났다.

그게 끝이었다. 그 후 그는 어른이 되었다. 병원에 누워 있고 애너가 옆을 지키고 있을 때, 그는 스스로 다짐했다. 자기가 저지른 실수들을 평가했다. 그는 누구를 믿어야 할지 제대로 알지 못했다. 조금만 친절하게 대해주면 아무나 따라갔다. 하지만 이제는 그러지 않을 것이다. 다시는 사람을 그렇게 쉽게 믿지 않을 것이다. 다시는 섹스를 하지 않을 것이다. 다시는 구원의 기대 같은 건 갖지 않을 것이다.

"앞으로는 이 정도로 나쁘진 않을 거야." 애너는 병원에서 그에게 말하곤 했다. "앞으로 다시는 이렇게 나쁘진 않을 거야." 애너가 통증 이야기를 하고 있다는 걸 알았지만, 그게 인생 전반에 대한 이야기라고 생각하고 싶었다. 해가 갈수록, 상황은 나아질 것이다. 그리고 애너 말이 맞았다. 정말로 더 나아졌다. 루크 수사도 맞았다. 열여섯 살이 됐을 때, 그의 인생이 바뀌었기 때문이다. 트레일러 박사로부터 1년이 지났을 때, 그는 꿈꾸던 대학에 가 있었다. 섹스 없이 또 하루를 보낼 때마다 그는 점점 더 깨끗해졌다. 그의 인생은 해가 갈수록 더 믿을 수 없어졌다. 해가 갈수록 그의 행운은 커지고 강해졌다. 그는 자기에게 주어지는 것들과 아량에, 그의 인생에 들어온 사람들에 놀라고 또 놀랐다. 그 사람들은 그가 알던 사람들과 너무 달라서 완전히 다른 종족 같았다. 결국 어떻게 트레일러 박사와 윌럼을 같은 사람이라고 부를 수 있을까? 가브리엘 신부와 앤디는? 루크 수사와 해럴드는? 첫 번째 집단에 존재하는 것들이 두 번째 집단에도 존재하나? 그렇다면 두 번째 집단은 어떻게 다른 길을 갔단 말인가? 어떻게 그런 사람들이 될 수 있었단 말인가? 상황은 그냥 바로잡힌 정도가 아니라, 거의 말도 안 될 정도로 역전됐다. 그는 빈손에서 당황스러울 정도로 부자가 됐다. 그는 삶이 상실을 보상해준다는 해럴드의 주장을 떠올리고, 그 말이 옳았다는 걸 깨닫곤 했다. 하지만 때로는 삶이 그냥 보상 정도가 아니라 터무니없이 과한 보상을 해주는 것 같았다. 마치 인생이 그에게 용서해달라고 빌고 있는 것 같았다. 그가 인생을 원망하지 않도록, 인생이 계속 앞으로 가게 허락해주도록 금은 보화를 쌓아놓고 온갖 아름답고 근사하고 바라던 물건들로 그를 질식시키고 있는 것 같았다. 결국 그는 친절하게 대해주는 사람들을 따라갔다. 또 사람들을 믿었다. 다시 섹스를 했다. 구원을 희망했다. 물론 매번은 아니지만 대부분의 경우, 그건 옳은 선택이었다. 그는 자주 과거의 교훈을 무시했고, 그로 인해 보상받았다. 그는 아무것도 후회하지 않았다, 섹스마저도. 희망을 가지고 했으니까, 그에게 모든 걸 준 사람을 행복하게 해주기 위해서 했으니까.

윌럼과 연인이 된 직후 어느 날 밤, 그들은 사랑하고 좋아하는 사람들만 격식 없이 모여 시끄럽게 즐기는 리처드의 디너파티에 가 있었다. 제이비와 맬컴과 블랙 헨리 영과 아시안 헨리 영과 페드라와 알리와 그들의 남자친구, 여자친구, 남편, 부인들이 다 와 있었다. 부엌에서 리처드가 디저트 준비하는 걸 돕고 있는데, 약간 술에 취한 제이비가 들어와 그의 목에 팔을 두르고 뺨에 키스했다. "주디." 그가 말했다. "너 결국 정말 다 가졌구나, 안 그래? 일, 돈, 아파트, 남자. 어떻게 그렇게 운이 좋냐?" 제이비가 그를 보고 싱긋 웃었고, 그도 마주 보고 미소 지었다. 윌럼이 그 말을 듣지 않아서 다행이다 싶었다. 윌럼은 그 말을 다른 사람들은 다 자기보다 인생이 수월하고, 주드는 그 누구보다 더 복 받은 사람이라는 제이비의 확신과 질투로 받아들이고 짜증을 낼 게 뻔했기 때문이다.

하지만 그는 그렇게 생각하지 않았다. 그건 제이비 나름의 아이러니, 축하 방식이라는 걸 그는 알고 있었다. 과다하지만 그가 깊이 감사하고 있다는 걸 두 사람 다 아는 행운에 대한 축하. 정직하게 말하면, 제이비의 질투에 기분이 우쭐하기도 했다. 제이비 눈에 그는 비참한 달리기로 엄청난 보상을 받은 절름발이가 아니었다. 제이비에게 그는 부럽기만 할 뿐, 동정할 거리는 전혀 없는 동등한 사람이었다. 게다가 제이비 말이 맞다. 어쩌다 그는 그렇게 운이 좋았을까? 어쩌다 이 모든 걸 다 가지게 됐을까? 절대 알 수 없다. 언제나 궁금할 것이다.

"모르겠어, 제이비." 그는 미소 지었고 먼저 자른 케이크 한 조각을 주면서 말했다. 식당에서는 윌럼이 뭐라고 하는 소리가 들리더니 모두가 박장대소하는 소리가 들렸다. 순수한 기쁨의 웃음소리였다. "하지만 알잖아, 난 평생 운이 좋았거든."

3

여자의 이름은 클로딘, 지인의 친구의 친구인 보석 디자이너다. 이건 그로서는 약간 일탈인데, 보통은 임시방편에 더 익숙하고 관대한 업계 사람들하고만 자기 때문이다.

나이는 서른다섯이었고, 끝으로 갈수록 밝아지는 짙은 색 긴 머리에 손가락이 어린애처럼 아주 작았고, 그 손가락에 자기가 만든, 반짝이는 보석이 박힌 금반지들을 끼고 있었다. 섹스를 하기 전 여자는 반지를 마지막으로 뺐다. 마치 속옷이 아니라 이 반지들이 가장 은밀한 부분을 감추고 있는 것처럼.

그들은 거의 두 달째 같이 자고 있었고—사귀는 건 아니었다. 그는 아무와도 사귀지 않으니까—이 또한 그로서는 일탈이었고, 이 관계를 곧 끝내야 한다고 생각한다. 처음 시작할 때부터 그는 이건 섹스뿐이고, 자기는 사랑하는 사람이 따로 있으며, 절대 자고 갈 수는 없다고 못 박았고, 여자도 개의치 않는 것 같았다. 그녀는 자기도 괜찮다고, 자기도 사랑하는 사람이 따로 있다고 했다. 하지만 여자의 아파트에는 다른 남자의 흔적이 전혀 없었고, 문자를 보낼 때마다 늘 시간이 됐다. 이것도 경고 신호다. 끝내야 한다.

지금 그는 여자의 이마에 키스하고 일어나 앉는다. "가야 해." 그가 말한다.

"가지 마." 그녀가 말한다. "그냥 있어. 조금만 더."

"그럴 수 없어."

"5분만."

"5분만." 그는 동의하고 다시 눕는다. 하지만 5분 뒤 다시 뺨에 키스한다. "정말 가야겠어." 그가 말하자, 여자는 항의와 체념의 표시로 뭐라고 웅얼거리며 돌아눕는다.

그는 욕실에 가서 샤워하고 입을 헹군 다음 나와서 다시 키스한다. "문자할게." 거의 완전히 상투적인 말밖에 하지 않게 된 자신이 역겹다. "오게 해줘서 고마워."

집에 돌아와 그는 어두컴컴한 아파트를 살금살금 가로질러 침실로 들어가 옷을 벗고, 끙 하며 침대에 들어가 주드 쪽으로 가서 그를 포옹한다. 주드가 잠이 깨서 돌아눕는다. "윌럼." 그가 말한다. "집에 왔구나." 주드의 목소리에 담긴 안도와 행복감을 들을 때마다 늘 느끼는 죄의식과 슬픔을 덮기 위해 윌럼은 그에게 키스한다.

"물론이지." 그는 늘 집에 돌아온다. 안 그런 적이 없다. "너무 늦어서 미안해."

습하고 조용한 무더운 밤이지만, 그는 마치 몸을 따뜻하게 데우려는 것처럼 주드에게 바싹 붙어 다리를 감는다. 그리고 다짐한다, 내일은 클로딘이랑 끝내야지.

한 번도 같이 이야기한 적 없지만, 그는 자기가 다른 사람들과 섹스하는 걸 주드가 알고 있다는 걸 안다. 심지어 그에게 허락도 해줬다. 수년간의 혼란 끝에, 주드가 모든 걸 완전히 밝힌, 윌럼의 시야를 늘 흐리게 막고 있던 구름 조각들이 느닷없이 말끔히 사라져버린 그 끔찍한 추수감사절 이후의 일이다. 며칠 동안 그는 어떻게 해야 좋을지 알 수가 없었다(할 수 있는 거라곤 자기도 심리치료를 다시 시작하는 것밖에 없었다. 주드가 로이만 박사와 첫 번째 약속을 잡은 바로 다음 날, 그는 자기 의사에게 전화했다). 주드를 볼 때마다 그가 한 이야기들이 조각조각 떠올랐고, 그는 주드를 몰래 관찰하며 그의 인생에서 벌어진 모든 일들을 생각하면 절대 가능할 리가 없는데도 어떻게 이런 사람이 될 수 있었을까 생각하곤 했다. 주드에게 느낀 경외심, 그리고 절망과 공포는 다른 사람이 아니라 우상에게 느끼는 감정이었다. 적어도 그가 아는 어떤 사람에게도 느낄 수 있는 감정이 아니었다.

“네 기분 알아, 윌럼.” 언젠가 앤디는 그들만의 비밀 대화 중 말했다. “하지만 주드는 네가 자기를 숭배하기를 바라지 않아. 있는 그대로 봐주길 바라지. 아무리 상상조차 할 수 없는 인생이지만, 그래도 그것도 인생이라고 말해주길 원해.” 그는 말을 멈췄다. “내 말 무슨 뜻인지 알아?”

“잘 알아요.” 그는 말했다.

주드의 이야기를 듣고 멍멍했던 처음 며칠 동안, 주드는 마치 눈에 띄고 싶지 않은 것처럼, 윌럼이 이제 알게 된 것들을 상기시키고 싶지 않은 것처럼, 쥐 죽은 듯 살았다. 일주일 정도 지난 어느 날 밤, 아파트에서 말없이 저녁을 먹고 있는데, 주드가 상냥하게 말했다. “이제 날 보지도 못하는구나.” 고개를 들자 창백하고 겁에 질린 주드의 얼굴이 보였다. 그는 주드 옆으로 의자를 끌고 가 앉아 그를 쳐다봤다.

“미안해.” 그는 중얼거렸다. “멍청한 소리를 할 것 같아서 그랬어.”

“윌럼.” 주드는 입을 열었다가 다시 다물었다. “모든 상황을 고려할 때 난 꽤나 정상적인 사람이 된 것 같아. 그렇지 않아?"
그 목소리에 담긴 긴장과 희망이 다 느껴졌다.

"아니." 그가 말하자 주드가 움찔했다. "내 생각엔, 모든 상황을 고려하건 안 하건, 넌 굉장한 사람이 됐어." 그러자 드디어 주드가 미소 지었다.

그날 밤 그들은 앞으로 어떻게 할지 의논했다. "미안하지만 넌 나한테서 못 빠져나갈 것 같다." 그가 입을 뗐고, 그 말에 너무나 안도하는 주드의 표정을 보는 순간, 그는 왜 그의 옆에 있을 거라는 말을 진작 더 분명하게 해주지 않았는지 화가 치밀었다. 그는 감정을 추스르고, 육체적 문제들에 대해 이야기를 나눴다. 어디까지 갈 수 있는지, 주드가 뭘 싫어하는지.

"네가 원하는 건 뭐든 해도 돼, 윌럼." 주드가 말했다.

"하지만 넌 싫잖아."

"하지만 그건 내가 해줘야 할 일이야."

"아니." 그는 말했다. "그건 의무로 생각할 일이 아니야. 게다가 넌 나한테 어떤 의무도 없고." 그는 잠깐 말을 멈췄다. "네가 흥분되지 않는다면, 나도 마찬가지야." 그는 덧붙였지만, 부끄럽게도 사실 그는 여전히 주드와 섹스하고 싶었다. 주드가 하고 싶지 않다면 이젠 절대 하지 않을 테지만, 그렇다고 해서 갑자기 욕망을 없앨 수는 없는 일이다.

"하지만 넌 나와 있기 위해 너무 많은 걸 희생했잖아." 주드가 한참 있다 말했다.

"예를 들면?" 그가 궁금해하며 물었다.

"정상성." 주드가 말했다. "사회적 적합성. 편안한 삶. 심지어 커피까지. 거기다가 섹스까지 더할 순 없어."

그들은 이야기하고 또 했고, 결국 그는 간신히 주드가 정말로 좋아하는 것들을 말해보라고 설득할 수 있었다. (별로 없었다.)

"하지만 넌 어쩌려고?" 주드가 물었다.

"아, 난 괜찮을 거야." 그는 자기도 잘 모르면서 대답했다.

"있잖아, 윌럼. 원하는 사람이 있으면 주저 말고 자. 난 그냥,"—그는 더듬거리며 말했다—"이기적인 생각이라는 건 알지만, 이야기는 안 듣고 싶어."

"이기적이지 않아." 그는 침대를 가로질러 주드에게 팔을 뻗었다. "그리고 난 그런 건 안 해. 절대로."

그게 8개월 전 일이었고, 그 8개월 동안 상황은 더 나아졌다. 다 괜찮은 척하고 그 반대를 암시하는 불편한 증거나 의심스러운 정황들은 무시했던 예전 같은 좋음이 아니라 실제로 더 좋아졌다. 주드가 정말로 편안해진 게 보였다. 육체적 금제도 덜했고, 더 애정이 넘쳤다. 그건 윌럼이 주드가 자기의 의무라고 생각했던 것에서 그를 해방시켜줬기 때문이었다. 이제 그에겐 주드가 더 나아졌다는 해럴드와 앤디의 확인이 필요 없었다. 이젠 그게 사실이라는 걸 자기도 알았다. 유일한 문제는 그가 여전히 주드를 욕망한다는 것이었다. 때로 그는 더 이상 가면 안 된다고, 주드가 참을 수 있는 한계선에 다가가고 있다고 상기해야만 했고, 억지로 자신을 멈췄다. 그런 순간이면 화가 났다. 주드나 자신—그는 한 번도 섹스를 원하는 데 대해 죄의식을 느껴본 일이 없었고, 지금 원하고 있는 것에도 죄의식을 느끼지 않았다—에게 화가 나는 게 아니라, 인생에 화가 났다. 그로서는 즐거움밖에 떠올릴 수 없는 일을 주드가 두려워하게 만든 인생이 원망스러웠다.

그는 같이 잘 상대를 세심하게 골랐다. 예전 경험으로 오로지 자기와의 섹스에만 관심 있으면서도 분별력 있는 사람이라는 느낌이 오거나 그렇다는 걸 아는 사람들(여자들이었다, 정말. 거의 다 여자들이었다)을 선택했다. 때로 그들은 혼란스러워했고, 그는 그게 당연하다고 생각했다. "남자랑 사귀고 있는 거 아니에요?" 그들은 물었고, 그러면 그는 그렇다고, 하지만 개방관계라고 대답하곤 했다. "그럼 사실은 게이가 아닌 거예요?" 그들이 물으면, 그는 "네, 근본적으로는 아니에요" 하고 대답했다. 젊은 여자들이 이런 걸 더 잘 받아들였다. 그들도 남자와 자는 남자친구들이 있었고(혹은 지금도 있고), 자기들도 다른 여자와 자봤다고 했다. "아." 그들은 말했고, 보통 그걸로 끝이었다. 다른 문제들이나 질문이 있다 해도 그들은 묻지 않았다. 이 젊은 여자들—배우들, 메이크업 조수들, 의상 보조들—은 그와의 연애를 원하지 않았다. 때로는 아예 연애 자체를 원하지도 않았다. 때로 여자들은 주드에 대해 질문—어떻게 만났어요, 어떤 사람이에요—했고, 그러면 그는 대답을 해주면서 그를 그리워했다.

하지만 그는 이런 생활이 집에서의 생활을 침범하지 않도록 주의했다. 한번은 가십난에 실린 익명 기사를 키트가 보내줬는데, 누가 봐도 그의 이야기였다. 그는 주드에게 이야기할까 말까 망설이다가 결국 하지 않기로 했다. 주드는 그 기사를 절대 보지 않을 테고 주드가 이론상 그럴 거라 생각하는 일들을 실제로 대면하게 만들 필요는 없었다.

하지만 제이비는 그 기사를 봤고 그게 사실인지 물어봤다(다른 지인들도 그 기사를 봤겠지만, 실제로 물어본 사람은 제이비가 유일했다). "너희들이 개방관계인 줄은 몰랐는데." 그는 비난조라기보다 호기심 어린 어조로 말했다.

"어, 그래." 그는 가볍게 말했다. "처음부터 그랬어."

물론 성생활과 가정생활이 별개의 영역이어야 하는 건 슬펐지만, 그는 모든 관계에는 뭔가 충족되지 않고 실망스러운 게, 다른 곳에서 찾을 수밖에 없는 게 있다는 걸 알 정도로 나이가 들었다. 예를 들어, 친구 로먼은 아름답고 충실하지만 똑똑하지 않기로 유명한 여자와 결혼했다. 그의 아내는 로먼이 나오는 영화들을 이해하지 못했고, 함께 이야기를 나눌 때면 의식적으로 대화의 속도와 난이도와 내용을 재조정해야 했다. 대화가 정치나 경제, 문학, 예술, 음식, 건축, 환경으로 넘어가면 줄곧 혼란스러운 표정을 짓기 때문이다. 로먼도 자기들의 관계와 리자에게서 모자라는 점을 알고 있었다. "아, 뭐." 언젠가 그는 자발적으로 윌럼에게 말했다. "즐거운 대화를 원하면 친구들이랑 하면 되지, 안 그래?" 로먼은 일찍 결혼한 친구였고, 그때 그는 로먼의 선택을 흥미로워하면서도 믿을 수가 없었다. 하지만 지금은 안다. 늘 뭔가는 희생해야 하는 법이다. 문제는 무엇을 희생하느냐이다. 어떤 사람들—제이비, 그리고 아마도 로먼—에게 그의 희생은 상상할 수조차 없는 일이라는 걸 안다. 예전이라면 그도 상상할 수 없었을 것이다.

요즘 그는 대학원 시절 했던 연극 생각을 자주 했다. 나중에 스파이 영화 각본가로 크게 성공했지만 대학원 시절에는 불행한 부부들에 관한 핀터*풍의 드라마를 쓰려고 했던 뚱하고 단조로운 창작과 여자가 쓴 희곡이었다. 〈이게 영화라면〉은 남편은 고전음악 교수이고 부인은 오페라 대본작가인 뉴욕의 불행한 부부 이야기였다. 부부는 40대(그때, 40대란 까마득하게 멀고 상상할 수도 없이 음울한 회색 지대였다)여서, 유머도 없고,

*노벨문학상을 받은 영국의 극작가 해럴드 핀터.

인생이 실제로 가능성과 희망으로 가득 차 있는 것 같았던, 자신들도 낭만적이었던, 삶 자체가 낭만이었던 젊은 시절에 대한 갈망만을 늘 품고 살았다. 그가 남편 역을 했는데, 그게 애당초 정말 형편없는 극(거기에는 "이건 〈토스카〉가 아니야! 이건 '인생'이라고!" 같은 대사들이 들어가 있었다)이라는 걸 깨닫기는 했지만, 그가 했던 2막 끝 마지막 대사는 절대 잊지 못했다. 아내가 떠나고 싶다고, 이 결혼에서 충족감을 느낄 수 없다고, 분명 더 나은 사람이 기다리고 있을 거라고 선언하자, 남편이 하는 말이다.

> **세스** 하지만 이해 못 하겠어, 에이미? 당신은 틀렸어. 모든 걸 다 주는 관계는 없어. '어떤' 것들만 주는 거라고. 누군가에게서 바라는 것들을 다—예를 들어, 성적으로 잘 맞는다거나 대화가 잘 통한다거나 경제적 지원이라거나 지적 관심사가 잘 맞는다거나, 상냥하다거나, 충실하다거나—생각해보고 그중 세 개만 택해야 하는 거야. '세 개', 바로 그거야. 아주 운이 좋으면 어쩌면 네 개를 가질 수도 있겠지. 나머지는 딴 데서 찾을 수밖에 없어. 원하는 걸 다 주는 사람을 찾는 건 영화 속에서나 있는 일이야. 하지만 이건 영화가 아니잖아. 현실세계에서는 남은 인생에서 그중 어떤 세 가지를 가지고 살고 싶은지 파악하고, 그걸 가진 사람을 찾아야 하는 거야. 그게 진짜 인생이라고. 그게 함정인 걸 모르겠어? 계속 모든 걸 다 찾으려 하다가는 아무것도 가지지 못하게 될 거야.
>
> **에이미** (울면서) 그래서 당신은 뭘 골랐는데?
>
> **세스** 모르겠어. (소리) 모르겠어.

그 당시 그는 이 말을 믿지 않았다. 그때는 정말로 모든 게 가능해 보였다. 그는 스물셋이었고, 다들 젊고 매력적이고 똑똑하고 멋졌다. 모두들 몇십 년 동안, 평생 친구로 지낼 거라고 생각했다. 하지만 물론 대부분의 사람들에게 그런 일은 일어나지 않았다. 나이가 들어가면서, 자고 싶거나 데이트하고 싶은 사람들에게 바라는 것들이 같이 살고 싶거나 같이 있고 싶거나 묵묵히 함께 견디고 싶은 사람에게서 원하는 바와 반드시 일치하지 않는다는 것을 깨닫게 된다. 똑똑하다면, 운이 좋다면, 이걸 깨닫고 받아들인다. 자기에게 가장 중요한 게 뭔지 파악하고, 그걸 찾아다니고, 현실적인 사람이 되는 것이다. 사람들은 다 다른 선택을 했다. 로먼은 미모, 상냥함, 나긋나긋함을 선택했다. 맬컴은 신뢰도, 능력(소피는 무시무시할 정도로 능률적이었다), 미학적 양립성을 선택한 것 같다. 그렇다면 그는? 그는 우정을 선택했다. 대화, 친절, 지성. 30대 때 그는 어떤 사람들의 관계를 보고 수많은 디너파티 대화들에 불을 붙인(여전히 붙이고 있는) 질문을 던졌다—어떻게 되어가고 있는 거야? 하지만 이제 거의 마흔여덟 살이 다 되고 보니, 사람들의 관계를 가장 통렬하지만 말할 수 없는 욕망의 반영, 타인의 형상으로 육화된 희망과 불안으로 보게 됐다. 이제 레스토랑이나 거리에서나 파티에서 커플들을 보면 이런 의문이 든다. 왜 같이 있는 거죠? 당신은 자신에게 가장 불가결한 게 뭐라고 생각하나요? 다른 사람이 채워줬으면 하는 당신의 결핍은 뭔가요? 이제 성공적인 관계는 양쪽 모두 상대방이 줄 수 있는 최고가 뭔지를 인지하고 있고, 그걸 소중하게 여기는 관계 같았다.

어쩌면 우연만은 아니게도, 그 역시 처음으로 심리치료—그 약속들과 전제들—에 회의를 품기 시작했다. 전에는 심리치료가 최악의 경우에도 순한 치료라는 데 의문을 품지 않았다. 젊은 시절에는 심지어 호사로 생각했다. 자기 인생 이야기를 50분 동안 방해받지도 않고 떠들 수 있다는 건 그의 인생이 그렇게 오랜 관심을 받을 자격이 있는, 그런 관대한 청자를 가질 사람이 되었다는 증거처럼 생각됐다. 하지만 이제는 인생이 어떻게든 복구 가능하다는 암시, 사회적 규순이라는 게 존재하고 환자는 그걸 따르는 쪽으로 인도되고 있다는 암시가 심리치료의 못된 현학성으로 보이기 시작하면서, 그는 점점 참을성을 잃어가고 있었다.

"망설이는 것처럼 보이네요, 윌럼." 몇 년째 그가 찾고 있는 정신과 의사인 이드리스가 말했고, 그는 아무 말도 하지 않았다. 심리치료와 치료사들은 절대 판단하지 않을 것(하지만 그건 불가능한 일 아닌가? 사람한테 이야기하면서 비판받지 않는다는 건?)을 약속하지만, 모든 질문들 뒤에는 어떤 결함에 대한 인식을 향해, 자기가 존재하는지도 몰랐던 문제의 해결을 향해 부드럽게, 하지만 무정하게 미는 손길이 있다. 몇 년 동안 그는, 어린 시절은 행복했고 부모님은 애정 넘쳤다고 확신하던 친구들이 상담을 받은 후 어린 시절도, 부모님도 그렇지 않았다는 걸 자각하는 걸 봐왔다. 그는 그런 일을 겪고 싶지 않았다. 만족이 아니라 결국은 망상이라는 소리를 듣고 싶지 않았다.

"주드가 절대 섹스를 원하지 않을 거라는 데 대해 어떻게 생각해요?" 예전에 이드리스가 물었었다.

"모르겠어요." 전에는 그렇게 말했다. 하지만 그는 그 대답을 알았고, 그래서 대답했다. "주드가 원했으면 좋겠어요, 주드를 위해서. 인생 최고의 경험 중 하나를 주드가 놓치고 있다는 게 슬퍼서요. 하지만 주드가 안 할 권리를 얻었다고 생각해요." 건

너편에서 이드리스는 묵묵히 듣고 있었다. 사실 그는 이드리스가 그의 관계에서 무엇이 잘못됐는지 진단하려 드는 걸 바라지 않았다. 어떻게 고쳐야 하는지 듣고 싶지 않았다. 주드에게도, 자기에게도 그래야 한다는 이유만으로 원하지 않는 일을 하게 하고 싶지 않았다. 그들의 관계는 특이하지만 괜찮았다. 그렇지 않다는 소리는 듣고 싶지 않았다. 때로는 관계가 섹스를 포함해야 한다고 생각하게 된 게 그와 주드 둘 다 그냥 창의력이 부족해서가 아닐까 하는 생각도 들었다. 하지만 한편으로는 그것만이 더 깊은 감정을 표현할 유일한 방법인 것 같았다. '친구'라는 말은 너무 모호하고 너무 구체적이지 않고 불만스럽다. 그에게 주드가 어떤 존재인지를 어떻게 인디아나 헨리 영들과 같은 단어로 설명할 수 있단 말인가? 그래서 그들은 다른, 더 익숙한 형태의 관계를 선택했지만, 그건 잘되지 않았다. 하지만 이제 그들은 그들만의 새로운 관계를 만들어나가고 있다. 역사에 의해 공식적으로 인정받지도, 시나 노래 속에서 불멸로 칭송받지도 않았지만, 더 진실하고 덜 구속적인 관계를.

하지만 심리치료에 대한 커져가는 회의에 대해서는 주드에게 말하지 않았다. 한편으로는 정말로 아픈 사람들에겐 심리치료가 필요하다는 믿음이 남아 있고, 주드—그는 마침내 속으로 인정하게 됐다—는 정말로 아픈 사람이었기 때문이다. 주드가 치료사에게 가기 싫어한다는 건 알고 있다. 처음 몇 번 치료를 마치고 왔을 때, 주드가 너무 말이 없고 조용해서 그는 이건 다 주드를 위해서 하는 일이라고 거듭 다짐해야만 했다.

마침내 그는 더 이상 참을 수가 없었다. "로이만 박사랑은 어때?" 치료를 시작한 지 한 달쯤 지난 어느 날 밤, 그가 물었다.

주드는 한숨을 쉬었다. "윌럼, 내가 얼마나 더 가길 바라?"

"모르겠어. 그런 생각은 안 해봤는데."

주드는 그를 빤히 바라봤다. "그러니까 평생 갈 거라고 생각하고 있구나."

"음." (사실 그랬다.) "그게 정말 그렇게 끔찍해?" 그는 말을 멈췄다. "로이만이 싫은 거야? 다른 사람을 구해볼까?"

"아니, 로이만 때문이 아니야." 주드가 말했다. "그 절차 자체가 싫어."

그도 한숨을 쉬었다. "주드, 힘든 일이라는 거 알아. 정말이야. 하지만, 일단 1년은 다녀봐, 알았지? 1년이야. 열심히 해봐. 그러고 나서 생각해보자." 주드는 약속했다.

그리고 그가 촬영차 떠나 있었던 봄 어느 날 밤, 함께 이야기하던 중 주드가 말했다. "윌럼, 숨김없이 다 이야기하기 위해서, 털어놓을 게 있어."

"좋아." 그는 전화기를 꽉 쥐며 말했다. 그는 런던에서 〈헨리와 이디스〉를 찍고 있었다. 그는 이디스 워튼과의 우정이 시작되던 무렵의—키트의 지적에 의하면, 열두 살이나 더 어리고 25킬로그램은 더 날씬한—헨리 제임스 역을 하고 있었다. 영화는 자동차 여행 장면이 많아 대부분 프랑스와 영국 남부에서 촬영했고, 이제 마지막 장면들을 향해 가고 있는 중이었다.

"자랑스럽지는 않지만," 주드가 말했다. "로이만 박사와의 지난번 약속 네 번을 안 갔어. 아니 그렇다기보다, 가긴 갔지만 안 갔어."

"무슨 소리야?" 그가 물었다.

"음, 가긴 가." 주드가 말했다. "하지만 바깥에서 차에 앉아 치료시간 내내 책을 읽다가, 시간이 다 되면 차를 몰고 사무실에 오는 거야."

그는 아무 말도 하지 않았고, 주드도 입을 다물었다. 다음 순간 그들은 둘 다 웃음을 터뜨렸다. "뭘 읽었는데?" 겨우 다시 말할 수 있게 되자, 그가 물었다.

"《나르시시즘에 관하여》*" 주드가 자백했고, 그들은 또다시 웃음을 터뜨렸고, 너무 심하게 웃어서 윌럼은 의자에 앉아야만 했다.

"주드—" 그가 겨우 말을 시작하자, 주드가 그 말을 잘랐다. "알아, 윌럼. 나도 알아. 다시 갈게. 멍청한 생각이었어. 그냥 지난 몇 번은 도저히 갈 수가 없었어. 왜 그런지는 모르겠어."

전화를 끊고 난 후에도 그는 여전히 미소 짓고 있었다. 그러다 머릿속에서 이드리스의 말이 들리자—"그런데 윌럼, 주드가 가겠다고 해놓고 안 가는 것에 대해 어떻게 생각해요?"—그는 그 말들을 날려버리려는 듯이 눈앞에서 손을 휘휘 저었다. 주드의 거짓말과 그의 자기기만은 둘 다 어린 시절부터 계속해온 자기보호 방식이었다. 세상을 실제보다 더 받아들이기 쉽게 만들어주는 그들의 습관이었다. 하지만 이제 주드는 거짓말을 덜 하려고 노력하고 있고, 그는 아무리 간절하게 희망하고 그럴 수 있다고 믿는 척해도 절대 자기가 생각하는 인생에 맞춰질 수 없는 일들이 있다는 걸 받아들이려고 애쓰고 있다. 그래서 사실 그는 치료가 주드에게 제한된 도움밖에 줄 수 없다는 걸 알고 있다. 주드는 계속 팔을 그을 거라는 걸 알고 있다. 주드는 절대 낫지 않으리라는 걸 알고 있다. 그가 사랑하는 사람은 아프고 늘 아플 테고, 그의 책임은 그를 더 낫게 만드는 게 아니라 덜 아프게 만드는 거였다. 이런 관점의 변화를 절대 이드리스에게

*1914년 출판된, 나르시시즘에 관한 프로이트의 에세이들을 담은 책.

이해시키지 못할 것이다. 때로는 자기조차 이해할 수 없었다.

그날 밤 그는 미술조감독을 자기 집에 데려왔고, 함께 누워 있으면서 똑같은 질문들에 대답해줬다. 주드를 어떻게 만났는지, 어떤 사람인지, 아니, 적어도 이런 경우를 위해 만들어낸 이야기를 들려줬다.

"멋진 집이네요." 이사벨이 말했고, 그는 약간 미심쩍게 그녀를 쳐다봤다. 제이비는 이 플랫을 보자마자 그랜드바자르*에 능욕당한 것처럼 보인다고 말했는데, 이사벨은 촬영감독이 탁월한 감각을 가지고 있다고 선언한 사람이었다. "정말이에요." 그녀는 그의 얼굴을 보더니 말했다. "예쁘네요."

"고마워요." 그는 말했다. 이 플랫은 그와 주드의 소유였다. 둘 다 런던에서 점점 일이 많아질 게 확실해지면서, 겨우 두 달 전에 산 집이었다. 그가 집 보러 다니는 일을 맡았고, 그 책임을 이용해 일부러 조용하고 매우 지루한 매릴리본 지역을 골랐다. 차분한 분위기나 편리함 때문이 아니라 근처에 의사들이 넘치게 많았기 때문이다. "아하." 윌럼이 선택한 아파트를 부동산업자와 함께 보러 가길 기다리면서 거주자 목록을 살펴보던 주드가 말했다. "여기 1층에 뭐가 있는지 봐. 정형외과네." 그가 눈썹을 치켜 올리며 윌럼을 쳐다봤다. "이거 참 재미있는 우연의 일치네, 안 그래?"

그도 미소 지었다. "그렇지?" 그가 물었다. 하지만 그 농담 아래에는 둘 다 말할 수 없는 문제가 있었다. 연인이 된 이후만이 아니라 친구가 된 이후로 거의 내내, 언제일지는 몰라도 어느 시점에는 주드의 상태가 악화될 거라는 걸 둘 다 알고 있었

*터키 이스탄불 구시가지의 재래시장.

다. 그게 구체적으로 무엇을 뜻하는지는 월럼도 확실히 모르지만, 정직에 헌신하기로 한 새로운 자세의 일환으로, 그는 자신이 예측할 수 없는 미래, 주드가 걷지 못하게 될 수도 있는, 서지 못하게 될 수도 있는 미래에 대비하려고 애쓰고 있었다. 그래서 결국 할리 스트리트 4층이 유일한 선택이었다. 그가 본 모든 플랫들 중에서 여기가 그린 스트리트와 가장 비슷한 곳이었다. 이곳은 커다란 문과 넓은 복도, 커다란 사각형 방들, 휠체어가 들어갈 수 있게 변경 가능한 욕실들이 있는 단층 아파트였다(아래층 정형외과는 이 아파트가 그들의 아파트여야 한다는 이유들 중 마지막, 무시할 수 없는 이유였다). 그들은 플랫을 샀다. 그는 그동안 일하면서 사 모은—그린 스트리트 지하실 상자에 담아놓았던—모든 러그와 램프, 담요들을 여기로 가지고 왔고, 촬영이 끝나고 뉴욕으로 돌아가기 전, 벨카스트 런던지사에 있는 맬컴의 젊은 동료 하나가 수리를 시작할 것이다.

그는 할리 스트리트의 도면을 볼 때마다 생각했다. 현실에서 산다는 건 너무 어렵고, 때로는 너무 슬프다고. 지난번 건축가를 만났을 때 그는 이 사실을 새삼 깨달았다. 그때 그는 비크람에게 왜 벽돌 파티오*와 그 너머 웨이머스 뮤즈의 지붕들을 바라볼 수 있는 부엌의 오래된 나무 창들을 그대로 두지 않느냐고 물었다. "그대로 둬야 하지 않을까요?" 그가 질문했다. "저렇게 아름다운데."

"아름답죠." 비크람도 동의했다. "하지만 이 창문들은 사실 앉은 자세에서는 굉장히 열기 어려워요. 다리 힘을 많이 써야 하거든요." 그는 비크람이 그와 처음 만나 말했던 사항들을 진

*스페인식 집의 안뜰.

지하게 받아들이고 있다는 걸 알았다. 나중엔 아파트 거주자 중 한 사람이 운신의 폭이 매우 제한될 수도 있다는 걸 가정해달라고 그는 말했었다.

"아." 그는 눈을 깜박이며 재빨리 말했다. "맞아요. 고마워요. 고마워요."

"천만에요." 비크람은 말했다. "약속할게요, 윌럼. 두 분 모두에게 편안한 집이 될 겁니다." 그의 목소리는 부드럽고 자상했고, 윌럼은 그 순간 느낀 슬픔이 비크람이 한 말 속에 담긴 친절 때문인지, 그 말을 하는 친절한 어조 때문이지 알 수가 없었다.

그는 지금 뉴욕에 돌아와서 그 기억을 떠올린다. 7월 말이다. 그는 주드를 설득해 하루 휴가를 내게 했고 둘은 업스테이트 집으로 차를 타고 갔다. 몇 주 동안 주드는 피곤해했고 유독 기운이 없었다. 하지만 그날은 갑자기 괜찮았다. 머리 위 하늘은 쨍하게 새파랗고, 공기는 뜨겁고 건조하고, 집 주위 들판에선 서양톱풀과 앵초 덤불이 향긋한 내음을 풍기고, 발바닥에 닿은 수영장 근처 돌들은 서늘하고, 주드는 놀러 온 해럴드와 줄리아를 위해 부엌에서 레모네이드를 만들며 노래를 부르고 있었다. 이런 날이면 윌럼은 모든 게 괜찮은 척했던 예전 습관으로 돌아가곤 했다. 이런 날이면, 그는 그의 인생이 개선 불가능하면서도 역설적으로 완벽하게 고칠 수 있을 것 같은 일종의 마법에 굴복한다. 물론 주드는 나빠지지 않을 것이다. 물론 그는 회복될 수 있다. 물론 윌럼이 그를 고칠 것이다. 물론 가능했다. 물론 그럼직했다. 이런 날에는 밤도 없고, 밤이 있다고 해도, 자해도, 슬픔도, 절망할 일도 없을 것 같았다.

"기적을 꿈꾸고 있군요, 윌럼." 그가 어떤 생각을 하고 있는지 알면 이드리스는 이렇게 말할 테고, 사실 그가 그런 생각을 하고 있다는 것도 이드리스는 알고 있었다. 하지만 다시 생각해 보면, 그의 인생이—그리고 주드의 인생도—기적 아닌가? 그는 와이오밍에 있었어야 했다. 목장 일꾼이 되었어야 했다. 주드는 결국—어딜까? 감옥이나 병원에 있든지, 죽었든지, 아니면 더 끔찍한 처지가 되었어야 했다. 하지만 그들은 그러지 않았다. 근본적으로 비범한 데라곤 없는 사람이 다른 사람 흉내를 내면서 수백만 달러를 벌고, 도시에서 도시로 날아다니고, 매일 매일 모든 욕구를 충족시키고, 조그만 부패 국가의 권력자 같은 대접을 해주는 인공적 환경에서 일하면서 살 수 있다는 게 기적 아닌가? 서른 살에 입양되는 게, 자기를 너무 사랑해서 자기 자식으로 부르고 싶어 하는 사람들을 발견한다는 게 기적 아닌가? 우정은 그 자체로 기적 아닌가? 이 외로운 세상을 그래도 덜 외롭게 느껴지게 만드는 사람을 찾는다는 게? 이 집, 이 아름다움, 이 안락함, 이 삶이 기적 아닌가? 그러니 하나 더 바란다고 누가 그를 나무랄 수 있겠는가? 그게 아니라는 걸 알면서도, 생물학과 시간과 역사에도 불구하고, 자기들은 예외가 될 거라고, 주드 같은 부상을 입은 다른 사람들에게 벌어진 일이 그에게는 일어나지 않을 거라고, 주드가 극복해온 수많은 것들에 더해 한 가지 더 극복할 수도 있을 거라고 희망한다고 누가 그를 나무랄 수 있겠는가?

수영장 옆에 앉아 해럴드와 줄리아와 이야기를 하고 있는데 갑자기 배가 텅 빈 것 같은 이상한 느낌이 든다. 주드와 같은 집에 있을 때도 가끔씩 이런 경험을 한다. 주드가 그리운 느낌이 들고, 이상하고 강렬하게 주드가 보고 싶다. 주드에게는 절대 말하지 않겠지만, 주드는 이런 식으로 헤밍을 떠올리게 한다. 그가 사랑하는 사람들은 어쩐지 다른 사람들보다 더 일시적인 존재들이라, 그는 빌리고 있을 뿐 언젠가는 다시 제자리로 돌아갈 것 같다는 인식이 가끔 날개처럼 가볍게 그를 스친다. "가지 마." 헤밍이 죽어가고 있을 때 그는 전화로 헤밍에게 말했다. "날 떠나지 마, 헤밍." 수백 킬로미터 떨어진 곳에서 헤밍의 귀에 수화기를 대주고 있는 간호사는 그에게 정반대, 즉 헤밍에게 떠나도 좋다고, 놓아주겠다고 말하라고 했지만, 그는 그럴 수가 없었다.

주드가 약에 취해 무서워 죽을 지경으로 눈알이 앞뒤로 홱홱 돌아가고 헛소리를 하며 병원에 있을 때도 그럴 수 없었다. "나 보내줘, 윌럼." 그때 주드는 애원했다. "보내줘."

"못 해, 주드." 그는 울었다. "그럴 수는 없어."

그는 그 기억을 떨쳐버리려고 고개를 흔든다. "가서 주드 좀 보고 올게요." 해럴드와 줄리아에게 말하는데, 유리문 열리는 소리가 들려 세 사람은 모두 고개를 돌려 음료수 쟁반을 들고 언덕 위에 서 있는 주드를 보고, 셋 다 그를 도와주러 일어난다. 하지만 그들이 아직 언덕을 오르기 전, 주드가 그들을 향해 발걸음을 떼기 전 어느 한순간, 모두가 자기 위치를 잡고 선 순간이 있고, 그걸 본 윌럼은 세트장을 떠올린다. 모든 장면을 새로 찍을 수 있고, 모든 실수들을 바로잡을 수 있고, 모든 슬픔을 새로 찍을 수 있는 세트장을. 그 순간 그들은 화면 한쪽 구석에, 주드는 반대쪽 구석에 있지만, 그들은 모두 서로를 바라보며 미소 짓고 있고 세상은 온통 달콤하기만 해 보인다.

—

그의 인생에서 마지막으로 혼자 걸었던 때는 크리스마스 휴가 때였다. 이 방에서 저 방으로 벽을 잡고 조금씩 걷거나, 로젠프리처드의 복도를 따라 발을 질질 끌며 걷거나, 로비에서 차고로 조금씩 조금씩 전진해 안도의 신음 소리와 함께 차 안에 털썩 주저앉을 때처럼 걷는 게 아니라 진짜로 걸었던 때 말이다. 그는 마흔여섯이었다. 그들은 부탄에 있었다. (비록 물론 그때는 몰랐지만) 나중에 깨닫고 보니 오랫동안 걸을 수 있었던 마지막 시간을 보내기엔 좋은 선택이었다. 거기서는 모두가 걸었다. 대학 시절 지인이자 지금은 외무부에서 일하는 카르마를 포함해 거기서 만난 사람들은 모두 걷기를 킬로미터가 아니라 시간을 기준으로 말했다. "아, 맞아." 카르마는 말했다. "우리 아버지가 어렸을 때는 주말에 네 시간을 걸어 숙모 집까지 가곤 했어. 그러고는 네 시간을 걸어서 집에 돌아오고." 그와 윌럼은 처음에는 깜짝 놀랐지만 나중에는 자기들도 동의했다. 나무들이 늘어선 유장한 포물선들이 이어지고 머리 위 하늘은 청명한 푸른색인 시골길이 너무 예뻐서, 여기서 걷고 있으면 다른 곳에서 걸을 때보다 시간이 분명 훨씬 더 빠르고 즐겁게 지나갔다.

여행하는 동안 그의 컨디션은 최상은 아니었지만, 적어도 움직일 수는 있었다. 그전 몇 달 동안 기운이 더 없었지만, 특별히 안 좋은 곳도 없었고 큰 문제가 있어서 그런 것 같지도 않았다. 그냥 기운이 더 빨리 없어졌다. 쓰라리게 아프다기보다 항상 저릿한 통증이 잠들 때까지 계속됐고 아침에 일어나면 통증이 그를 맞이했다. 소나기가 자주 내리는 달과 매일 비가 내리는 달의 차이 같은 거라고, 그는 앤디에게 말했다. 통증은 심하지는 않지만 끊이지 않았고, 지루하고 진 빠지는 불편 같은 것이었다. 10월에는 매일 휠체어를 써야 했고, 그렇게 길게 연속으로 휠체어에 의존한 건 처음이었다. 11월에는 해럴드네 집에서 추수감사절 저녁식사를 할 수 있을 정도로 괜찮았지만, 사실은 너무 아파서 식탁에 앉아 음식을 먹을 수도 없었다. 그날 저녁 그는 침실에서 죽은 듯이 누워 있었고, 해럴드와 윌럼과 줄리아가 방에 들어와 그를 살핀 것, 휴일을 망쳐서 미안하다고 사과한 것, 식당에서 세 사람과 로런스와 질리언, 제임스와 캐리가 소리 죽여 대화하는 소리가 아련하게 들린 게 반쯤은 다 꿈같았다. 그 후 윌럼은 여행을 취소하려고 했지만 그가 고집했고, 취소하지 않아 다행이라는 생각이 들었다. 그 아름다운 풍경과 깨끗하고 고요한 산들을 보고, 시내와 나무에 둘러싸인 윌럼을 보고 있으면 뭔가 치유되는 느낌이 들었다. 윌럼은 늘 자연 속에서 가장 편안해 보였다.

좋은 휴가였지만, 끝이 다가오자 또 기꺼이 떠날 마음이 들었다. 이 여행을 갈 수 있다고 윌럼을 설득할 수 있었던 이유는 헤지펀드 대표인 친구 일라이저가 네팔로 가족 휴가를 가서 뉴욕까지 그의 전용기로 왕복했기 때문이다. 일라이저가 이야기를 많이 할까봐 걱정했지만 다행히 그러지 않았고, 그는 감사하는 마음으로 집에 오는 내내 잘 수 있었다. 발과 등이 타는 듯이 아팠다.

그린 스트리트로 돌아온 후 그는 침대에서 일어나지도 못했다. 너무 고통스러워, 자신이 하나의 긴 신경이고 그 신경이 바깥에 노출되어 양끝이 나달나달해진 것 같았다. 물 한 방울만 닿아도, 존재 자체가 지글지글 끓어올라 쉿쉿 소리를 낼 것 같았다. 그렇게 탈진하고 아픈 일은 좀처럼 드물었는데, 심지어 일어나 앉지도 못했다. 윌럼이 있을 때는 걱정할까봐 특별히 조심했는데도 윌럼은 놀랐고, 그는 앤디에게 전화하지 말라고 애원했다. "좋아." 윌럼은 마지못해 대답했다. "하지만 내일까지도 나아지지 않으면 전화할 거야." 그는 고개를 끄덕였고, 윌럼은 한숨을 내쉬었다. "젠장, 주드. 이럴 줄 알았어. 안 갔어야 했던 거야."

하지만 다음 날 그는 나아졌다. 적어도 침대에서 나올 정도로는 나아졌다. 걸을 수는 없었다. 하루 종일 다리와 발과 등에 쇠나사를 박아 넣고 있는 것 같았지만, 그는 억지로 웃고 이야기하고 움직였다. 하지만 윌럼이 방에서 나가거나 등을 돌리기만 하면 피곤으로 얼굴이 축 처졌다.

그리고 그런 식이 되어버렸고, 그들은 거기 익숙해졌다. 이제 그는 매일 휠체어를 써야 했지만, 그래도 매일 하다못해 욕실까지라도 최대한 걸으려고 노력했고 기운을 아끼는 데 신경 썼다. 요리를 할 때면, 냉장고까지 왔다 갔다 할 필요 없도록 시작하기 전 필요한 모든 것을 조리대에 올려놨다. 사람들과 윌럼에게는 일이 너무 많아서 갈 수 없다고 하면서 디너와 파티, 오프닝, 모금행사 초대를 거절했지만, 사실은 집에 돌아와 휠체어를 타고 형벌처럼 거대한 아파트를 쉬엄쉬엄 천천히 가로질러 가 침대에서 졸았다. 윌럼이 돌아오면 이야기할 기운을 비축하기 위해서였다.

1월 말, 그는 결국 앤디에게 갔고, 앤디는 그의 이야기를 듣고 조심스레 진찰했다. "이상한 데는 없어." 그는 진찰을 마치고 말했다. "그냥 늙고 있는 거야."

"아." 둘 다 아무 말도 하지 않았다. 말할 게 뭐가 있겠는가? "음." 그가 마침내 말했다. "어쩌면 너무 약해져서 로이만에게 더 이상 갈 기운이 없다고 윌럼을 설득할 수도 있겠네요." 그 가을 어느 날 밤—술과, 심지어 낭만에 취해 멍청하게도—윌럼에게 로이만에게 9개월 더 가겠다고 약속했기 때문이다.

앤디는 한숨을 쉬었지만 미소를 지었다. "장난꾸러기 같으니."

하지만 그 시절을 돌아보면 흐뭇하다. 모든 면에서 그해 겨울은 영광스러운 시절이었다. 12월에는 윌럼이 〈독이 든 사과〉로 주요 수상 후보에 올랐고, 1월에는 상을 받았다. 그러고는 또 더 크고 더 영예로운 수상 후보에 올랐고, 또 수상했다. 윌럼이 상을 받던 밤 그는 런던에 출장 가 있었지만, 새벽 2시에 알람을 맞춰놓고 일어나 온라인으로 시상식을 봤다. 윌럼의 이름이 호명되자 그는 커다랗게 환호성을 울렸다. 윌럼은 환히 웃으며—파트너로 데려간—줄리아에게 키스하고 계단을 올라갔고, 제작자들과 영화사, 에밀, 키트, 앨런 튜링, 로먼과 크레시와 리처드와 맬컴과 제이비에게 감사의 인사를 하고, "내 친척 줄리아 앨트먼과 해럴드 스타인에게 늘 아들처럼 대해줘서 감사드리며, 마지막으로 가장 중요한, 나의 가장 친한 친구이자 평생의 사랑, 주드 세인트 프랜시스에게 모든 것에 대해 감사"한다는 소감을 말했다. 그는 눈물을 참느라 애썼고, 40분 후 윌럼과 가까스로 통화가 됐을 때에도 울지 않으려고 기를 썼다. "정말 자랑스러워, 윌럼. 네가 탈 줄 알았어. 그럴 줄 알았어."

"넌 늘 그러지." 윌럼이 웃었고, 그도 웃었다. 윌럼의 말이 맞기 때문이었다. 그는 늘 그랬다. 윌럼이 어떤 작품으로 수상 후보에 오르건 그는 늘 윌럼이 적격자라고 생각했다. 윌럼이 상을 타지 못하면 그는 진짜로 당혹해했다. 정치와 취향 문제는 제쳐놓더라도, 심사의원들과 투표인들이 어떻게 그렇게 명백히 뛰어난 연기와 뛰어난 배우, 뛰어난 인간을 몰라볼 수 있단 말인가?

다음 날 아침 회의—여기서도 그는 울지 않으려 애쓰며 멍하게 끊임없이 미소만 지었다—에서 동료들이 그에게 축하인사를 하며 왜 시상식에 가지 않았느냐고 물었을 때, 그는 고개를 저으며 대답했다 "그런 건 나랑 안 맞아요." 윌럼이 업무차 간 모든 시상식과 프리미어, 파티 중 그가 간 곳은 두세 군데뿐이었다. 작년에 윌럼이 진지한 문학잡지와 인터뷰했을 때, 그는 기자가 온다는 걸 알았을 때마다 자리를 피했다. 윌럼이 이런 일로 마음 상해하지 않는다는 걸, 그가 좀처럼 모습을 내비치지 않는 걸 프라이버시 문제로 돌린다는 걸 알고 있었다. 그게 사실이기는 하지만, 그것만이 이유는 아니었다.

예전에 커플이 된 직후, 《타임스》에 윌럼이 출연하는 스파이 삼부작 중 완성된 1편에 대한 기사와 함께 그들의 사진이 실린 적 있었다. 오랫동안 미뤄진 제이비의 다섯 번째 전시회 "개구리와 두꺼비" 오프닝 날 찍힌 사진이었다. 그 전시회는 두 사람의 이미지만 담고 있었지만, 굉장히 흐릿하고 전작들보다 훨씬 추상적이었다. (제이비는 애정을 담은 제목이라고 주장했지만, 그들은 그 연작 제목을 어떻게 해석해야 할지 알 수가 없었다. "아놀드 로벨*이잖아? 몰라?!" 그들이 제목에 대해 묻자 제이비는 빽 소리를 질렀다. 하지만 그도 윌럼도 어릴 때 로벨의 책을 읽어본 적이 없어서, 이해를 위해 나가서 책을 사야 했다.) 이상하게도, 그의 동료들과 친구들은 《뉴욕》 잡지에 처음으로 실린 윌럼의 새 인생에 대한 기사보다 이 전시회를 통해 그들의 관계를 더 실감했다. 그 그림 대부분은 그들이 연인이 되기도 전에 찍은 사진들로 작업한 것인데도.

나중에 제이비가 말했듯이, 이 전시회는 또한 그의 도약점

---

*개구리와 두꺼비 시리즈로 유명한 미국의 동화작가.

이 되었다. 판매와 리뷰와 협회회원 자격들과 찬사에도 불구하고, 리처드와 아시안 헨리 영은 미술관에서 중견 회고전을 했는데 자기는 하지 않았다고 제이비가 괴로워하는 걸 그들은 알고 있었다. 하지만 "개구리와 두꺼비" 이후로 뭔가 국면이 전환됐다. 윌럼에게 〈플라타너스 법정〉이 그랬던 것처럼, 맬컴에게 도하 박물관이 그랬던 것처럼, 심지어—좀 빼기려 들자면—맬그레이브 앤드 배스킷 소송이 그에게 그랬던 것처럼. 친구들의 세계에서 한 발 나와서야 그는 그 전환이, 그들 모두가 바라고 얻었던 국면 전환이 정말로 드물고 소중한 일이라는 걸 깨닫게 됐다. 그들 중 제이비만 자신은 그런 전환을 누릴 자격이 있다고, 그런 일이 꼭 일어날 거라고 확신하고 있었다. 그와 맬컴과 윌럼은 그런 확신이 없었고, 그래서 그런 일이 생겼을 때 다들 당황했다. 인생이 바뀔 때까지 제이비가 가장 오래 기다렸지만, 막상 그 일이 일어났을 때는 차분했다. 어딘가 엄니가 빠져버린 것 같았다. 그를 알게 된 후 처음으로 그는 원숙해졌고, 수신기 잡음처럼 끊임없이 직직거리며 터져 나오던 가시 돋친 유머도 자력을 잃고 조용해졌다. 그는 제이비가 잘돼서 정말 기뻤다. 제이비가 바라던 인정을, "초들, 분들, 시간들, 날들" 이후 받아야 했다고 생각한 인정을 받아서 기뻤다.

"문제는 우리 중 누가 개구리고 누가 두꺼비냐는 거지." 제이비의 스튜디오에서 그 작품들을 처음 본 그날 밤 늦도록 난감하게 웃어가며 서로에게 그 인정 어린 책들을 읽어준 후, 윌럼이 말했다.

그는 빙긋 웃었다. 그들은 같이 침대에 누워 있었다. "물론 내가 두꺼비지."

"아니." 윌럼이 말했다. "내 생각엔 네가 개구리야. 네 눈이 개구리 색이랑 똑같으니까."

윌럼이 너무 진지하게 말해서 그는 씩 웃었다. "그게 증거야? 그럼 넌 두꺼비랑 무슨 공통점이 있는데?"

"사실 난 두꺼비랑 똑같은 재킷이 있는 것 같아." 윌럼이 말했고, 그들은 다시 웃기 시작했다.

하지만 사실은 알고 있었다. 그가 두꺼비였다. 《타임스》에 실린 두 사람 사진을 보자 이 생각이 다시 났다. 자기만 생각하면 별로 개의치 않았지만—그는 자기의 불안에 덜 신경 쓰려고 애쓰고 있었다—윌럼을 생각하면 그렇지 않았다. 그는 자기들이 얼마나 어울리지 않고 일그러진 짝인지 알고 있었다. 윌럼을 생각하면 당황스러웠고, 자기 존재가 윌럼에게 득이 되지 않을 거라고 걱정했다. 그래서 그는 공공장소에서는 윌럼에게서 떨어져 있으려고 애썼다. 그는 늘 윌럼이 자기를 더 낫게 해줄 거라고 생각했지만, 세월이 가면서 두려워졌다. 윌럼이 그를 낫게 할 수 있다면, 그건 그가 윌럼을 아프게 할 수 있다는 말 아닌가? 마찬가지로, 윌럼이 그를 덜 주목받게 만들 수 있다면, 그도 윌럼을 추하게 만들 수 있는 것 아닌가? 이게 논리적이지 않다는 건 알았지만, 어쨌거나 그런 생각이 들었다. 외출 준비를 하면서 욕실 거울에 비친 자기 모습, 비싼 옷을 입은 원숭이처럼 우스꽝스럽고 기괴한, 바보같이 기쁜 표정을 흘낏 보면 주먹으로 거울을 내리치고 싶었다.

하지만 윌럼과 함께 있는 모습을 보이고 싶지 않은 다른 이유는 그에 따르는 노출 때문이었다. 대학에 들어온 이후, 그는 언젠가 과거의 누군가—고객이나 고아원에 있었던 아이—가 그에게 연락을 할 거라는, 입 닫는 대가로 뭔가를 갈취하려 할 거라는 두려움에 시달렸다. "그런 일 없을 거야, 주드." 애너는 그를 안심시켰다. "약속해. 그러자면 자기가 너를 어떻게 아는지 인정해야 할 테니까." 하지만 그는 늘 두려웠고, 그간 몇 명의 유령들이 나타나기도 했다. 첫 번째는 로젠 프리처드에서 막 일을 시작했을 때 등장했다. 고아원 시절 지인—롭 윌슨이라는 도움 안 되는 흔한 이름을 가진 사람, 기억나지 않은 사람—이라고 주장하는 우편업서 한 상뿐이었고, 그는 겁에 질려 일수일 동안 거의 잠도 자지 못한 채 필연적으로 끔찍할 온갖 시나리오를 머릿속에서 상상했다. 이 롭 윌슨이라는 사람이 해럴드나 회사 동료에게 접근해 그가 누군지, 어떤 짓을 했는지 말하면 어떡하지? 하지만 그는 아무 반응도 안 보이기로 했다. 히스테리컬한 중지요청 서한 같은 걸 보내고 싶은 마음이 굴뚝같았지만, 그런 짓은 하지 않기로 했다. 그래봤자 증명되는 건 그의 존재와 과거의 존재밖에 없을 테니까. 롭 윌슨에게서는 다시 연락이 오지 않았다.

하지만 언론에 윌럼과 함께 있는 사진이 몇 장 공개된 후로, 그는 편지 두 통과 이메일 한 통을 더 받았다. 모두 직장으로 온 편지들이었다. 편지 한 통과 이메일은 또 고아원 동기라고 주장하는 사람에게서 왔지만, 이번에도 그 이름들은 기억나지 않았고 그는 답장을 보내지 않았고 그들도 다시 연락하지 않았다. 하지만 두 번째 편지에는 침대 위에 옷을 벗고 누워 있는 소년을 찍은 흑백사진 한 장이 들어 있었는데, 화질이 너무 조악해서 자기인지 아닌지도 알아볼 수 없었다. 이 편지에 대해서는 오래전 어린 시절 필라델피아의 병원 침대에 누워 있을 때 들었던 대로 했다. 고객들 중 누가 그가 누군지 알아내서 연락을 시도한다면, 그는 그 편지를 봉투에 넣어 FBI로 보내야 한다고 했다. 거기서는 그가 어디 있는지 늘 알고 있었고, 4년에서 5년에 한 번씩 요원이 그의 직장에 찾아와 사진들을 보여주며 이런저런 사람들이 기억나느냐고 묻곤 했다. 수십 년이 지난 후에도 여전히 발견되고 있는 트레일러 박사의, 루크 수사의 친구들과 동료 범죄자들이었다. 이런 방문 전 미리 경고를 받은 적은 거의 없었고, 시간이 가면서 그는 그런 방문이 있고 나면 그 기억을 떨치기 위해서 뭘 해야 하는지 알게 됐다. 사람들, 행사들, 소음과 소란, 지금 살아가고 있는 삶의 증거들로 주위를 에워싸야 했다.

그 편지를 받고 처리했던 그때, 그는 죽도록 수치스럽고 처절하게 외로웠다. 그건 윌럼에게 어린 시절 이야기를 하기 전이었고, 앤디에게는 그가 느끼는 공포를 이해할 정도로 충분한 정황을 절대 이야기하지 않았다. 나중에 그는 결국 (로젠 프리처드가 이용하는 곳이 아닌) 수사기관을 고용해 자기에 대해 찾을 수 있는 건 뭐든지 찾도록 했다. 수사는 한 달이 걸렸지만, 결국 결정적인 건 아무것도 나오지 않았다. 적어도 과거의 그를 확인할 수 있는 결정적 증거는 아무것도 없었다. 그제야 그는 긴장을 풀었고, 결국 애너의 말이 맞았다는 걸 믿을 수 있었다. 그의 과거는 대부분 너무 완전하게 지워져서 아예 존재하지 않았던 거나 다름없다는 걸 받아들일 수 있었다. 그의 과거를 가장 잘 아는 사람들, 그걸 목격하고 만들었던 사람들—루크 수사, 트레일러 박사, 심지어 애너—은 죽었고, 죽은 사람들은 아무 말도 할 수 없다. '넌 안전해.' 그는 속으로 되뇌었다. 그렇다고 해도, 여전히 조심했다. 그는 자기 사진이 잡지와 신문에 실리길 바라지 않았다.

물론 윌럼과 함께 산다는 게 이럴 거라는 건 받아들였지만, 때로는 다를 수 있다면 얼마나 좋을까 싶었다. 윌럼이 그러듯이 사람들 앞에서 스스럼없이 구는 데 조금 더 경계심을 내려놓을 수 있다면 얼마나 좋을까. 한가한 시간이면 그는 윌럼의 수상소감 영상을 몇 번이고 틀어보며 해럴드가 처음으로 다른 사람에게 그를 아들이라고 불렀던 순간 느꼈던 아찔한 행복감을 느꼈다. 이런 일이 정말 일어나다니, 그때 그는 생각했다. 이건 내가 상상한 일이 아니야. 지금 그는 똑같은 황홀감을 느끼고 있었다. 그는 정말 윌럼의 것이었다. 윌럼이 본인 입으로 그렇게 말했다.

시상식 시즌 끝 무렵인 3월, 그와 리처드는 그린 스트리트에서 윌럼에게 파티를 열어줬다. 5층에 있던 대량의 벤치들과 조각된 티크 문짝들이 막 다 나갔고, 리처드는 천장에는 밧줄로 등을 달고 벽을 따라서는 양초를 넣은 유리병들을 세웠다. 리처드의 스튜디오 매니저가 커다란 작업대 두 개를 위층으로 가져왔고, 그는 출장요리사와 바텐더를 불렀다. 그리고 생각나는 사람은 몽땅 다, 공통의 친구들과 윌럼의 친구들을 다 초대했다. 해럴드와 줄리아, 제임스와 캐리, 로런스와 질리언, 라이어넬과 싱클레어가 보스턴에서 왔고, 키트는 로스앤젤레스에서, 캐롤라이나는 욘트빌에서, 페드라와 시티즌은 파리에서, 윌럼의 친구 크레시와 수재너는 런던에서, 미구엘은 마드리드에서 왔다. 그는 의지력을 발휘해 일어서서 파티장을 걸어 다녔고, 윌럼에게 이야기만 들었던 사람들—감독, 배우, 극작가들—이 그에게 다가와 그동안 이야기 정말 많이 들었다고, 드디어 이렇게 만나게 돼서 너무 기쁘다고, 윌럼이 만들어낸 사람인 줄 알았다고 말했다. 그는 웃었지만 슬프기도 했다. 그건 꼭 그가 두려움을 무시하고 윌럼의 인생에 좀 더 참여했어야 했다는 말 같았다.

오랜만에 서로 얼굴을 보는 사람들이 하도 많아서 시끄러운 음악 위로 서로 고함을 질러대느라 파티장은 정신이 없었다. 젊은 시절에 갔던 그런 파티 같았다. 아마추어 DJ인 리처드의 조수는 몇 시간 음악을 틀더니 탈진해 북쪽 벽에 기대 사람들이 춤추는 걸 구경했다. 스크럼을 짜고 춤추고 있는 사람들 중간에서 윌럼과 줄리아가 춤추고 있었고, 미소 지으며 그들을 쳐다보다보니 방 건너편에서 해럴드도 미소 지으며 그들을 지켜보고 있었다. 해럴드가 그를 보더니 잔을 들어 보였고, 그도 잔을 들었고, 해럴드가 그 쪽으로 다가왔다.

"멋진 파티야." 해럴드가 귀에 대고 소리 질렀다.

"다 리처드가 한 거예요." 그도 소리 질렀지만, 뭐라고 더 말하려는 순간 음악이 더 시끄러워졌고, 두 사람은 서로 쳐다보다가 웃으며 어깨를 으쓱했다. 그들은 잠시 동안 웃으며 그냥 서서 사람들이 들썩거리며 춤추다 희미하게 멀어져가는 걸 지켜봤다. 그는 피곤했고 아팠지만 그건 중요하지 않았다. 피로는 달콤하고 따뜻하게 느껴졌고, 고통은 익숙하고 예상된 것이었고, 그 순간 그는 자기도 즐거울 수 있다는 걸, 인생은 달콤하다는 걸 느꼈다. 다음 순간 음악이 몽환적이고 느린 음악으로 바뀌었고, 해럴드가 이제 윌럼의 손아귀에서 줄리아를 되찾아야겠다고 소리 질렀다.

"가요." 그는 말했지만, 해럴드가 가기 전 자기도 모르게 손을 뻗어 그를 안았다. 케일럽 사건 이후 그가 먼저 해럴드에게 접촉한 건 처음이었다. 해럴드는 깜짝 놀랐다가 기뻐했고, 그는 죄의식이 온몸을 에워싸는 걸 느끼며 재빨리 몸을 빼고 해럴드를 댄스플로어로 밀어 보냈다.

방 한구석에는 리처드가 사람들 앉으라고 놓아둔 솜이 든 삼베자루들이 둥지를 틀고 있었다. 그가 그쪽으로 걸어가고 있는

데 윌럼이 나타나서 손을 잡았다. "나랑 춤추자."

"윌럼." 그는 웃으며 권고했다. "나 춤 못 추는 거 알잖아."

윌럼은 감정이라도 하듯이 그를 쳐다봤다. "같이 가." 그는 윌럼을 따라 로프트의 동쪽 끝 욕실로 갔고, 윌럼은 그를 안으로 잡아끌어 문을 닫아 잠그고는 세면대 위에 잔을 내려놨다. 음악—대학 때 유행했던 음악이었다. 그 가차 없는 감상주의, 달콤한 감상과 진지함은 당황스러우면서도 어쩐지 감동적이었다—은 여전히 들렸지만, 화장실 안이라 저 멀리 계곡에서 파이프로 전송되어 온 것처럼 한풀 꺾여 있었다. "나한테 팔 둘러." 윌럼이 말했고, 그는 따랐다. "내가 왼발을 앞으로 내밀면 오른발을 뒤로 빼." 다음에는 그렇게 말했고, 그는 따랐다.

잠시 동안 그들은 서로를 쳐다보며 아무 말 없이 천천히 서툴게 움직였다. "봐?" 윌럼이 조용히 말했다. "춤추고 있잖아."

"별로 못 하잖아." 그는 당황해서 중얼거렸다.

"완벽해." 윌럼이 말했다. 그쯤엔 발이 너무 아파서 소리 지르지 않으려 애쓰느라 땀이 송골송골 맺히기 시작했지만, 그는 계속, 그러나 최소한으로 움직였고, 음악이 끝나갈 무렵에는 둘 다 발도 떼지 않고 몸만 흔들고 있었다. 윌럼은 그가 쓰러지지 않도록 꼭 안고 있었다.

두 사람이 욕실에서 나오자 근처에 있던 사람들이 와아아 하고 야단법석을 떨기 시작했고, 그는 얼굴을 붉혔지만—그가 윌럼과 지난번, 마지막으로 섹스했을 때는 거의 16개월 전이었다—윌럼은 싱긋 웃으며 경기에서 이긴 프로 권투선수처럼 한 팔을 쳐들었다.

그리고 4월, 그의 마흔일곱 번째 생일이 됐고, 5월이 됐다. 양쪽 종아리에 상처가 생겼고, 윌럼은 스파이 삼부작 2편을 찍느라 이스탄불에 갔다. 그는 윌럼에게 상처에 대해 말했고(그는 윌럼에게 모든 걸, 심지어 중요하게 여기지 않는 일들도 가감 없이 다 이야기하려고 노력하고 있었다), 윌럼은 속상해했다.

하지만 그는 걱정하지 않았다. 지난 몇 년 동안 이런 상처가 얼마나 많이 생겼던가? 수십 개, 수십 다스. 변한 건 그걸 해결하려고 쓴 시간의 양뿐이었다. 이제 그는 앤디의 병원에 매주 화요일 점심시간과 금요일 저녁, 한 번은 괴사조직을 도려내기 위해, 한 번은 상처진공요법을 받으러 가서 앤디의 간호사에게 치료를 받는다. 상처진공요법은 살균된 발포고무를 염증 부위 위에 얹고 그 위로 노즐을 움직여 죽은 세포와 죽어가는 세포를 스펀지처럼 발포고무 안으로 빨아들이는 요법이었다. 앤디는 그 요법을 쓰기엔 그의 피부가 너무 약하다고 늘 생각했지만, 최근 그는 치료를 잘 참아냈고, 그냥 괴사조직을 제거하는 것보다 효과가 있었다.

나이가 들어가면서 상처의 빈도나 정도, 크기, 그에 수반되는 불편 정도가 점점 더 악화됐다. 상처를 가지고도 먼 거리를 걸을 수 있었던 시절은 까마득한 과거, 수십 년 전 일이었다. (그런 상처를 가지고도—아픔을 견디면서—차이나타운에서 어퍼 이스트사이드까지 산책했던 기억은 너무 낯설고 아득해서 자기 기억이 아니라 다른 사람의 기억 같았다.) 젊었을 때는 상처 하나가 낫는 데 몇 주 정도면 됐다. 하지만 이제는 몇 달씩 걸렸다. 온갖 문제들 중에서 그는 이 염증들에 가장 무심했고, 그러면서도 그 모양에는 절대 익숙해지지가 않았다. 그는 물론 피는 무서워하지 않았지만, 이렇게 많은 시간이 지나도 고름이나 괴사, 낫기 위한 절박한 시도로 몸이 자기 일부를 죽이는 광경은 여전히 보기 괴로웠다.

윌럼이 집에 아주 돌아왔을 때도 그는 나아지지 않았다. 이제 종아리 상처는 네 개로 늘어났다. 한번에 이렇게 많은 상처가 생긴 적은 처음이었다. 걸으려는 노력은 여전히 매일 하지만, 때로는 서는 것조차 힘들었다. 그는 자신의 노력을 주의 깊게 분석했다. 언제 걸을 수 있다고 생각해서 걸으려 하는지, 언제 걸을 수 있다는 걸 증명하려고 걸으려 하는지 구분하려고 했다. 살이 빠진 걸, 기운이 없어지는 걸—이젠 매일 아침 수영도 할 수 없었다—자신도 느낄 수 있었지만, 윌럼의 얼굴을 보는 순간 확실히 알았다. "주디." 윌럼은 조용히 말하며 그의 옆 소파에 무릎을 꿇고 앉았다. "말해줬으면 좋겠어." 하지만 우습게도 아무 할 말이 없었다. 이게 그였다. 다리와 발, 등만 제외하면, 다 괜찮았다. 그는—너무 대담한 말 같아, 자기에 대해 이런 말을 한다는 게 주저됐지만—정신적으로 건강했다. 자해는 다시 했지만, 일주일에 한 번뿐이었다. 밤에 바지를 벗고 진물이 새고 있지는 않은지 붕대 주위를 살펴볼 때면 자기도 모르게 콧노래를 불렀다. 사람들은 몸이 무엇을 주든 익숙해진다. 그도 예외가 아니었다. 몸이 건강하면 몸이 훌륭히, 지속적으로 잘 작동하길 기대한다. 그렇지 않으면 다른 기대를 갖는다. 적어도 이게 그가 받아들이려 하는 것이었다.

7월 말 돌아온 직후, 윌럼은 그와 로이만 박사의 대체로 과묵한 관계를 종료해도 좋다고 허락했지만, 그건 오직 더 이상 그럴 시간이 없어서였다. 이제 그는 일주일에 네 시간—앤디와 두 시간, 로이만과 두 시간—을 진찰실에서 보내고 있었는데, 그중 두 시간을 빼서 병원에 가기 위해서였다. 병원에 가면, 바지를 벗고 넥타이를 어깨 너머로 넘긴 후 누워 유리관 같은 고압산소실로 스르르 미끄러져 들어가고, 그 안에서 일을 하면서 사방에서 파이프를 통해 들어오는 농축 산소가 치료를 촉진해 주길 바란다. 로이만 박사와 보냈던 지난 18개월간의 시간에 대해 그는 죄책감을 느꼈다. 그는 거의 아무것도 털어놓지 않았고, 대부분의 시간 유치하게 프라이버시를 보호하려 했으며, 아무 말도 하지 않으려 애썼고, 그와 박사의 시간을 낭비했다. 하지만 그들이 논의한 몇 안 되는 화제 중 하나는 그의 다리 문제—어떻게 망가졌는지가 아니라 다리를 돌볼 방법—였고, 마지막 상담 때 로이만 박사는 나아지지 않으면 어떻게 되는 거냐고 물었다.

"절단이겠죠, 아마도." 그는 무심한 어조를 취하려 애쓰며 말했다. 물론 그는 무심하지 않았고, 아마도랄 것도 없었다. 언젠가 죽는 게 확실한 것처럼, 언젠가는 분명히 다리 없이 살게 된다. 그날이 너무 빨리 오지 않기만을 바라는 수밖에 없었다. 제발, 유리관 안에 누워서 가끔 그는 자기 다리한테 애원했다. 제발. 몇 년만 더 버텨줘. 10년만 줘. 40대, 50대는 멀쩡하게 보내게 해줘. 잘 돌봐줄게, 약속해.

늦여름 무렵, 그는 이 새로운 병환들과 치료에 너무 익숙해져 그게 윌럼에게 어떤 영향을 끼쳤는지 깨닫지 못했다. 그 8월 초, 그들은 윌럼의 마흔아홉 번째 생일 계획(뭘 할까? 아무것도 하지 말까?)을 짜고 있었고, 윌럼은 올해는 그냥 간단하게 보내자고 말했다.

"음, 그럼 내년 오십 때 크게 하자." 그가 말했다. "그때까지 내가 살아 있으면 말이지." 윌럼의 침묵이 이상해서 스토브에서 고개를 들어 그의 표정을 보고서야, 그는 자기의 실수를 깨달았다. "윌럼, 미안해." 그는 스토브를 끄고 천천히 고통스럽게 윌럼 쪽으로 움직이며 말했다. "미안해."

"그런 농담은 하지 마, 주드." 윌럼이 말하며 그를 안았다.

"알아. 미안해. 멍청했어. 물론 난 내년에도 있을 거야."

"그리고 앞으로도 오랫동안."

"그리고 앞으로도 오랫동안."

이제 9월이고, 그는 앤디 병원의 진찰대에 누워 있다. 상처가 벌어졌고 여전히 석류처럼 벌어져 있다. 밤이면 윌럼 옆에 눕는다. 종종 이 관계가 믿기지가 않고, 연인관계의 핵심 의무를 내켜하지 않는 자신에게 죄책감이 든다. 아주 가끔은 다시 노력해보겠다는 생각도 들지만, 그 말을 윌럼에게 하려는 순간 입을 열지 못하고, 또 한 번의 기회는 조용히 사라져버린다. 하지만 그의 죄책감이 아무리 커도 그보다는 안도감이, 감사하는 마음이 더 크다. 이런 무자격에도 불구하고 윌럼을 가질 수 있었다는 게 기적이다. 그는 다른 모든 가능한 방법으로 윌럼에게 늘 얼마나 감사하고 있는지 전달하려고 애쓴다.

어느 날 밤 그는 땀을 비 오듯 흘려 시트가 웅덩이에서 끄집어낸 것처럼 흠뻑 젖어 잠에서 깨고, 일어날 수 없다는 걸 깨닫기도 전에 일어났다가 쓰러진다. 순간 윌럼이 깨어나 온도계를 가져와 몸을 숙이고 그의 혀 아래 넣는다. "38도." 그가 온도계를 보고 말하고 손바닥을 그의 이마에 갖다 댄다. "하지만 몸은 얼음장 같아." 그가 근심 어린 표정으로 그를 바라본다. "앤디한테 전화할게."

"전화하지 마." 열과 오한, 발한에도, 멀쩡한 느낌이다. 아프지 않다. "그냥 아스피린이면 돼." 그래서 윌럼이 아스피린을 가져오고 셔츠를 가져와 옷을 벗기고 침대 시트를 갈고, 윌럼이 그를 품에 안은 채 다시 잠든다.

다음 날 밤 그는 또 열과, 또 오한과, 또 발한에 시달리며 잠에서 깬다. "사무실에 뭐가 돌고 있어." 이번에는 윌럼에게 말한다. "동계구토병 같은 거. 그게 걸린 게 분명해." 그는 또 아스피린을 먹고, 이번에도 약이 듣는다. 그는 또다시 잠이 든다.

다음 날은 금요일이고, 그는 상처를 소독하러 앤디에게 가지만, 낮 동안에는 열이 없으니 열 이야기는 하지 않는다. 그날 밤 윌럼은 로먼과 저녁을 먹으러 나가고 없고, 그는 아스피린을 먹고 일찍 잠자리에 든다. 윌럼이 들어오는 소리도 듣지 못하고 곤히 잤지만, 다음 날 잠에서 깨어보니 어찌나 땀을 많이 흘렸는지 샤워기 아래 서 있었던 것 같은 꼴을 하고 있고, 팔다리는 감각이 없고 떨린다. 옆에서는 윌럼이 살짝 코를 골고 있다. 그는 젖은 머리를 손으로 넘기며 천천히 일어나 앉는다.

토요일에는 정말로 상태가 좋아졌다. 그는 출근한다. 윌럼은 어느 감독과 점심 약속이 있다. 저녁에 퇴근하기 전, 그는 윌럼에게 문자를 해서 치료 후 앤디와 가끔 가는 어퍼이스트사이드의 한 조그만 레스토랑에서 스시 먹을 생각이 있는지 리처드와 인디아에게 물어봐달라고 부탁한다. 그린 스트리트에 그와 윌럼이 다 좋아하는 스시집이 두 군데 있지만, 두 군데 다 계단을 내려가야 하는 곳이라 그에게 너무 무리여서 몇 달째 가지 못했다. 그날 밤 그는 식사를 즐겼고, 식사 도중 피곤이 느닷없이 몰려오긴 했지만 기분이 좋다. 머리 위에 노란 등불들이 켜져 있고, 앞에는 윌럼이 제일 좋아하는 고등어회를 담은 나무 게다같이 생긴 판이 놓여 있는 이 조그맣고 따스한 곳에 있는 게 감사하다. 어느 순간 애정과 피로 때문에 윌럼에게 몸을 기대놓고는, 윌럼이 팔로 그를 감싸 안고 나서야 자기가 그랬다는 걸 깨닫는다.

나중에 그는 흐리멍덩한 상태로 잠에서 깨어나 해럴드가 옆에 앉아 있는 걸 보고는 뚫어지게 쳐다본다. "해럴드, 여기서 뭘 하는 거예요?" 하지만 해럴드는 아무 말도 하지 않고 다짜고짜 그에게 달려들고, 그는 속이 울렁거릴 정도로 흔들거리면서 해럴드가 자기 옷을 벗기려 한다는 걸 깨닫는다. '안 돼.' 그는 말한다. '해럴드는 안 돼. 이럴 수는 없어.' 그건 그의 마음 가장 깊은 곳에 자리한 가장 추하고 내밀한 공포인데, 그게 지금 현실이 되고 있다. 하지만 옛 본능이 되살아난다. 해럴드는 새로 온 고객이고, 그는 저항해서 이 고객을 쫓아버릴 것이다. 그는 몸을 비틀고 팔을 빙빙 돌리고 다리도 있는 힘껏 버둥거리며 눈앞의 말없고 결연한 이 해럴드를 당황하게 하려고, 겁주려고 기를 쓰며 루크 수사에게 도와달라고 비명을 지른다.

그 순간 해럴드는 갑자기 사라지고 윌럼이 나타난다. 얼굴을 바싹 들이대고 이해할 수 없는 말을 하고 있다. 하지만 윌럼의 머리 너머로 해럴드가, 그 음산한 표정이 다시 보이고, 그는 다시 싸우기 시작한다. 머리 위에서 말들이, 윌럼이 누군가에게 전화하는 소리가 들린다. 겁에 질린 와중에도 그는 윌럼도 겁먹었다는 걸 인지한다. "윌럼." 그가 외친다. "날 해치려 하고 있어. 내버려두지 마, 윌럼. 도와줘. 도와줘. 도와줘. 제발."

그리고 모든 게 사라진다. 긴 암흑의 시간이 흐르고, 다시 정신이 들었을 때는 병원이다. "윌럼." 방 안에 대고 말하자, 침대 옆에 앉아 있던 윌럼이 즉시 그의 손을 잡는다. 손등에서부터 긴 관이 뱀처럼 구불구불 이어져 있고, 반대쪽 손등도 마찬가지다. "조심해." 윌럼이 말한다. "정맥주사야."

그들은 잠시 아무 말도 하지 않고, 윌럼이 그의 이마를 쓰다듬는다. "날 공격하려 했어." 마침내 그가 윌럼에게 더듬더듬 고백한다. "해럴드가 나한테 그런 짓을 할 줄은 몰랐어, 정말로."

윌럼이 뻣뻣하게 굳는 게 보인다. "아니, 주드." 그가 말한다. "해럴드는 거기 없었어. 열 때문에 헛걸 본 거야. 그런 일은 없었어."

이 말에 그는 안도하면서 경악한다. 사실이 아니었다는 데 안도하고, 너무 현실 같고 진짜 같았다는 데 경악한다. 해럴드에 대해 심지어 이런 상상을 한다는 게 그에 대해, 그의 생각에 대해, 그의 두려움에 대해 무엇을 말해주나 싶어 경악한다. 그가 그렇게 믿으려고 발버둥친 사람에게, 그에게 오로지 친절만을 베풀어준 사람에게 등을 돌리게 하려 했다니 자기 마음이 어떻게 이렇게 잔인할 수 있단 말인가? 눈에 눈물이 고이지만, 윌럼에게 물어봐야만 한다. "나한테 그럴 리가 없지, 그렇지, 윌럼?"

"그럼." 윌럼이 긴장된 목소리로 말한다. "절대로. 해럴드는 절대, 결코 너한테 그런 짓 안 해, 무슨 일이 있어도."

다시 정신이 들었을 때, 오늘이 며칠인지 모른다는 걸 깨닫는다. 윌럼이 월요일이라고 말하자, 그는 허둥지둥 어쩔 줄 몰라 한다. "일. 나 가야 해."

"헛소리하지 마." 윌럼이 날카롭게 쏘아붙인다. "내가 전화했어. 넌 아무 데도 못 가. 앤디가 무슨 문제인지 알아낼 때까지는."

나중에 해럴드와 줄리아가 오고, 그는 애써 해럴드와 마주 안지만 얼굴은 쳐다보지 못한다. 해럴드의 어깨 너머로 윌럼을 쳐다보자, 그가 안심하라는 듯이 고개를 끄덕인다.

모두 함께 있는데, 앤디가 들어온다. "골수염이야." 그가 나직이 말한다. "뼈에 감염이 생겼어." 그는 어떻게 될 건지 설명한다. 그는 열이 내릴 때까지 적어도 일주일—"일주일이나!"

그가 외치자, 더 이상 뭐라고 하기도 전에 넷이서 이구동성으로 고함지르기 시작한다—내지 일주일 더 입원해야 한다. 매일 간호사가 와서 링거액을 투여하고, 그걸 다 맞는 데는 한 시간이 걸린다. 한 번이라도 거르면 안 된다. 다시 항의하려고 하자, 앤디가 막는다. "주드, 이건 심각해. 정말이야. 난 로젠 프리처드 같은 건 개뿔도 상관 안 해. 다리를 보존하고 싶으면, 이대로 하고 내 지시에 따라. 알겠어?"

주위에선 모두 입을 꾹 다물고 있다. "알았어요." 그는 마침내 말한다.

간호사가 와서 오른쪽 쇄골 바로 아래 쇄골하동맥 안으로 삽입할 중심정맥 카테터 시술 준비 작업을 한다. "너무 깊이 있어서 접근하기 어려운 혈관이에요." 간호사가 가운 목 부분을 내리고 피부를 소독하며 말한다. "하지만 컨트랙터 박사님이 하시니 운이 좋으세요. 주사를 정말 잘 놓으시거든요. 절대 실수하는 법이 없으세요." 그는 걱정하지 않지만, 윌럼은 한다는 걸 알기 때문에 그는 앤디가 먼저 차가운 금속 바늘로 그의 피부를 뚫고 가이드와이어를 그의 몸에 넣는 내내 윌럼의 손을 잡고 있다. "보지 마." 그는 윌럼에게 말한다. "괜찮아." 그래서 윌럼은 대신 그의 얼굴을 보고, 그는 앤디가 다 마치고 카테터 길이만큼의 가느다란 플라스틱 관을 그의 가슴에 테이프로 붙이고 있을 때까지 차분하고 평온한 표정을 유지하려 애쓴다.

그는 잠을 잔다. 병원에서도 일할 수 있을 거라 생각했지만, 생각보다 더 많이 지치고 정신이 흐릿해서 여러 위원장들과 몇몇 동료들과 이야기하고 나니 아무것도 할 기운이 없다.

해럴드와 줄리아는 수업과 학생 면담시간 때문에 가야 하지만, 그들은 리처드와 몇몇 직장 동료들을 제외하고는 아무에게도 그가 입원했다는 사실을 알리지 않는다. 그는 거기 오래 있지 않을 테고, 윌럼은 그는 문병객보다 잠이 더 필요하다고 생각한다. 여전히 열은 있지만 전보다는 덜하고, 망상 삽화도 더 이상 없었다. 이상하게도 이 모든 일에도 불구하고, 낙관적이라고는 할 수 없지만 적어도 차분한 기분이 든다. 주위에서 다들 너무 진지하고 말이 없어서, 그는 도전하기로, 그들이 계속해서 말하는 이 엄중한 상황에 도전하기로 굳게 결심한다.

그와 윌럼이 언제부터 앤디의 병원을 경의의 표시로 컨트랙터 호텔이라고 부르기 시작했는지는 기억나지 않지만 늘 그랬던 것 같다. "조심해." 심지어 리스페너드 스트리트 시절에도 윌럼에게 반한 오톨란 부주방장이 근무시간 후에 몰래 준 스테이크 조각을 주드가 썰고 있으면 윌럼은 농담하곤 했다. "그 고기칼은 정말 날카로워. 엄지손가락을 동강 냈다가는 컨트랙터 호텔에 가야 한다고." 피부 감염으로 입원했을 때 그도 (집을 떠나 촬영 중이었던) 윌럼에게 이런 문자를 보냈다. "컨트랙터 호텔에 있음. 별일 아니지만 맬이나 제이비한테 듣게 하고 싶진 않아서." 하지만 이제는 컨트랙터 호텔 농담—나날이 저하되는 식음료 서비스와 침구 품질에 대한 불평—을 하려 해도 윌럼이 반응을 보이지 않는다.

"안 재밌어, 주드." 금요일 밤, 저녁거리를 가지고 오는 해럴드와 줄리아를 기다리고 있다가 그가 쏘아붙인다. "빌어먹을 농담 좀 그만해." 그러고는 입을 다물고, 그들은 서로 쳐다본다. "너무 무서웠어." 윌럼이 나지막이 말한다. "넌 너무 아프고, 난 뭐가 어떻게 되나 싶어서 정말 무서웠다고."

"윌럼." 그는 부드럽게 말한다. "알아. 정말 고마워." 그는 고마워할 필요 없다고, 이 상황을 심각하게 받아들여야 한다고 윌럼이 말하기 전에 재빨리 말을 계속한다. "앤디 말 들을 거야. 약속해. 심각하게 여기겠다고 약속할게. 정말이지, 난 전혀 안 불편해. 난 괜찮아. 괜찮을 거야."

열흘 후, 앤디는 열이 내렸다고 흡족해하며, 퇴원해서 집에서 이틀 동안 휴식을 취하라고 선언한다. 금요일부터는 출근도 한다. 직접 운전하는 걸, 혼자 있고 독립적인 걸 좋아해서 그는 늘 운전사를 두지 않으려 했지만, 이제는 윌럼의 조수가 조그맣고 진지한 아메드 씨라는 남자를 운전사로 고용해둬서 출퇴근 시간에는 차에서 잠을 잔다. 아메드 씨가 간호사도 태워 온다. 말은 거의 없지만 매우 상냥한 패트리지아라는 여자인데, 매일 오후 1시에 로젠 프리처드 사무실로 찾아온다. 사무실이 사방이 유리여서 바깥을 내다보고 있기 때문에, 그는 프라이버시를 위해 블라인드를 내리고 재킷과 타이, 셔츠를 벗고 속옷 차림으로 소파에 누워 담요를 덮고 있고, 패트리지아는 카데터를 소독하고 주위 피부에 부었다거나 빨개졌다거나 하는 감염 징후가 없는지 확인한 후 링거를 꽂고 약이 카데터로 똑똑 떨어져 혈관에 들어가는 동안 기다린다. 기다리는 동안, 그는 일을 하고 간호사는 간호학술지를 읽거나 뜨개질을 한다. 곧 이것도 정상적인 일과가 된다. 매주 금요일은 앤디를 만나고, 그는 괴사조직을 제거하고 진찰한 다음, 감염이 확대되지 않는지 계속 지켜볼 수 있도록 엑스레이를 찍으러 병원으로 보낸다.

치료 때문에 주말에 아무 데도 못 가지만, 항생제를 쓴 지 4주가 지난 10월 초, 앤디가 윌럼이랑 계속 이야기했었다며, 괜찮으면 자기와 제인이 주말 동안 개리슨에 같이 가서 자기가 링거를 꽂아주겠다고 한다.

오랜만에 교외로 나와 자기 집에 돌아오니 너무 기분이 좋고,

네 사람은 함께 즐거운 시간을 보낸다. 봄인가 여름에만 그 집에 와본 앤디에게 달라진 가을 모습을 보여주기 위해 약식 투어를 시켜줄 정도로 그는 상태가 좋다. 가을 풍경은 휑하고 슬프고 사랑스럽고, 떨어진 은행잎으로 온통 뒤덮인 헛간 지붕은 황금 잎사귀 이불을 덮은 것 같다.

토요일 밤 저녁을 먹으며 앤디가 묻는다. "우리가 안 지 30년 된 거 알고 있어?"

"그럼요." 그가 미소 짓는다. 사실 아직 말은 안 했지만 앤디에게 줄 기념선물—언제든 떠날 수 있는 가족 사파리 여행—도 샀다.

"30년 동안 징그럽게도 말을 안 들었지." 앤디가 신음하자, 다들 웃음을 터뜨린다. "최고 기관에서 경험과 훈련을 통해 나온 귀중한 의학 조언을 30년이나 줬는데, 인간 생물학은 자기가 더 잘 안다고 생각하는 로펌 소송변호사한테 무시나 당하고 말이지."

다들 웃음을 멈추고 나자 제인이 말한다. "하지만 앤디, 주드가 없었으면 난 당신이랑 결혼 안 했을 거야." 제인이 그에게 말한다. "의대 시절, 전 앤디가 자기 생각만 하는 얼간이 같다고 늘 생각했거든요. 너무 오만하고, 너무 애송이 같아서"—"뭐라고!" 앤디가 상처받은 척하며 외친다—"앤디는 그런 전형적인 외과 의사가 될 줄 알았어요. 왜 그런 거 있잖아요, '늘 옳지는 않지만, 늘 확신에 찬' 외과 의사들. 그러다 당신 이야기를, 자기가 당신을 얼마나 좋아하고 존경하는지 이야기하는 걸 들은 거예요. 이 사람한테 뭔가 더 있을지도 모르겠다 싶은 생각이 들었죠. 내 생각이 맞았고."

"맞았어요." 그가 말하고, 다들 또 웃음을 터뜨린다. "당신 생각이 맞았어요." 다들 앤디를 보자, 그는 겸연쩍어하면서 와인을 한 잔 더 따른다.

다음 주 윌럼이 새 영화 리허설을 시작한다. 한 달 전 그가 아팠을 때 윌럼이 촬영에서 빠지자 그를 기다리느라 일정이 연기됐었는데, 이제 상황이 충분히 안정되자 다시 들어간 것이다. 그는 애초에 윌럼이 왜 빠졌는지 도무지 이해가 안 됐다. 그 영화는 〈절망의 그림자〉 리메이크작으로 대부분의 촬영이 바로 강 건너 브루클린하이츠에서 이루어지기 때문이다. 하여간 윌럼이 걱정스러운 얼굴로 주위에서 맴돌며, 식료품을 사러 간다거나, 요리를 한다거나, 밤늦게까지 일하는 것 같은, 아주 기본적인 일들을 가지고 그럴 기운이 정말 있느냐고 물어대지 않고 다시 일을 하자 마음이 놓인다.

11월 초, 또 한 번 고열로 입원하지만 이번에는 이틀 만에 퇴원한다. 패트리지아가 매주 피를 뽑지만, 앤디는 인내심을 가져야 한다고 말한다. 뼈의 감염을 뿌리 뽑는 데는 오랜 시간이 걸리고, 12주 사이클이 다 지나가기 전에는 완전히 나았는지 아닌지 못 느낄 수도 있다는 것이다. 하지만 그것만 빼면 다른 일들은 터벅터벅 변함없이 나아간다. 그는 출근한다. 고압산소실 치료를 받으러 간다. 상처에 진공치료를 받으러 간다. 괴사조직을 제거받으러 간다. 항생제 부작용으로 설사와 현기증 증상이 있다. 자기가 생각해도 문제다 싶을 정도로 살이 급속히 빠지고 있어서, 셔츠 여덟 벌과 양복 두 벌을 새로 맞춘다. 앤디는 영양실조 어린이용 고칼로리 음료를 처방해주고, 그는 그걸 하루에 다섯 번 마시고 그 떫고 텁텁한 맛을 헹궈내려고 물을 벌컥벌컥 들이켠다. 사무실에 있는 시간을 제외하고는, 자기 생각에도 그 어느 때보다 고분고분하고 앤디의 경고를 다 귀담아듣고,

그 조언을 남김없이 따른다. 여전히 이 삽화가 어떻게 끝날지는 생각하지 않으려고, 걱정하지 않으려고 하지만. 마음이 차분하고 암담해지는 순간이면 최근 진찰 중 앤디가 한 말이 자꾸 다시 생각난다. "심장, 완벽. 폐, 완벽. 시력, 청력, 콜레스테롤, 전립선, 혈당, 혈압, 지질, 신장 기능, 간 기능, 갑상선 기능 다 완벽해. 네 몸은 너한테 최대한 봉사할 준비가 되어 있으니까, 허락만 해주라고." 그는 그게 자기를 보여주는 완전한 수치가 아니라는 걸 안다. 예를 들어, 순환기, 문제 있음. 반사 능력, 문제 있음. 사타구니 아래 몽땅, 위태로움. 그래도 그는 앤디의 말에서 위안을 찾으려 한다. 이보다 더 나쁠 수도 있었다고, 근본적으로 아직은 건강한 사람이라고, 아직은 운이 좋다고 위안한다.

11월 말 〈절망의 그림자〉 촬영이 끝난다. 그들은 해럴드와 줄리아의 업타운 집에서 추수감사절을 보낸다. 두 사람은 그를 보러 2주에 한 번 뉴욕에 오고 있지만, 둘 다 그의 모습에 대해 아무 말 하지 않으려고, 저녁을 너무 적게 먹는다고 뭐라고 하지 않으려고 굉장히 신경 쓰는 게 보인다. 추수감사절 주간은 또 항생제 치료가 끝나는 주이기도 해서 또 한 번 혈액 검사와 엑스레이 촬영들을 하고, 앤디는 그만해도 좋다고 말한다. 그는 마지막이 되길 바라며 패트리지아에게 작별인사를 하고, 돌봐줘서 고맙다고 선물을 준다.

상처들은 크기가 줄긴 했지만 앤디가 바라는 만큼은 아니고, 그의 추천으로 크리스마스는 다들 개리슨에서 보낸다. 그들은 앤디에게 조용히 지낼 거라고 약속한다. 그때는 어차피 다들 도시를 떠날 테니, 두 사람과 해럴드, 줄리아밖에 없을 것이다.

"네가 목표로 삼아야 할 두 가지는 자고 먹는 거야." 앤디가 말한다. 그는 휴일 동안 샌프란시스코의 베켓에게 간다. "1월

첫째 금요일에는 2킬로그램은 더 늘어서 보면 좋겠네."

"2킬로그램은 너무 많아요." 그가 말한다.

"2킬로그램이야." 앤디는 반복한다. "이상적으로는 6킬로그램 더."

크리스마스 당일이다. 1년 전 그와 윌럼은 푸나카*에서 나지막이 굽이치는 능선을 따라 산책했고, 왕족들보다는 초서**의 순례자들이 득실댈 것 같은 소박한 나무집인 왕의 사냥 오두막을 지나갔었다. 그는 해럴드에게 산책하고 싶다고 말한다. 줄리아와 윌럼은 근처 지인의 목장에 승마를 하러 갔고, 그는 오랜만에 기운이 좀 나는 것 같다.

"난 잘 모르겠는데, 주드." 해럴드가 걱정스럽게 말한다.

"그냥 가요, 해럴드." 그가 말한다. "첫 번째 벤치까지만요." 맬컴은 집 뒤까지 숲을 터서 낸 길을 따라 벤치 세 개를 설치했다. 첫 번째는 호수를 끼고 도는 길 3분의 1 지점에 있고, 두 번째는 딱 중간에, 세 번째는 3분의 2 지점에 있다. "천천히 가요. 지팡이도 가지고 가고요." 지팡이를 쓸 필요가 없어진 지는 수년이 흘렀지만—10대 시절 이후로는 안 썼다—이제는 50미터만 넘어도 지팡이가 필요하다. 결국 해럴드도 그러자고 하고, 그는 해럴드의 마음이 바뀌기 전에 스카프와 코트를 쥔다.

바깥에 나가자, 행복감이 더 고취된다. 그는 이 집이 좋다. 집의 모양이, 고요함이, 무엇보다 자기와 윌럼의 집이라는 게 좋다. 상상할 수 있는 최대치로 리스페너드 스트리트에서 멀어졌지만, 그 집과 마찬가지로 두 사람의 집, 함께 만들었고 함께 사는 집이다. 두 번째 다른 숲을 바라보고 있는 그 집은 일련의 유

*히말라야 동쪽 기슭에 있는 부탄의 옛 수도.

**《캔터베리 이야기》를 쓴 중세시대 작가 제프리 초서.

리 큐브로 이루어져 있고, 그 앞에는 숲을 통과해 지그재그로 들어오는 긴 진입로가 있어서 어떤 각도에서는 일부밖에 보이지 않고 다른 각도에서는 완전히 사라져버린다. 밤에 불을 켜면 온 집이 랜턴처럼 빛나서, 맬컴은 논문에서 이 집을 '랜턴 하우스'라고 명명했다. 집 뒤쪽은 넓은 잔디밭을 내려다보고 있고, 그 너머에는 호수가 있다. 잔디밭 끝에는 슬레이트 판을 붙인 수영장이 있어 무덥기 짝이 없는 날에도 물이 늘 시원하고 맑았고, 헛간에는 실내수영장과 거실이 있다. 헛간 벽은 다 들어 올려 치울 수 있게 되어 있어서 실내 전체가 야외로, 봄이면 주위에 온통 피어나는 모란과 라일락 덤불을 향해, 초여름에는 지붕에서 늘어지는 등나무 원추꽃차례를 향해 하나로 연결된다. 집 오른편에는 7월이면 양귀비로 온통 빨갛게 물드는 들판이 있고, 왼편에는 월림과 함께 코스모스와 데이지, 디기탈리스, 야생당근 등 야생화 씨를 수천 개 뿌려놓은 들판이 있다. 이사 온 직후 어느 주말, 그들은 집 앞과 뒤의 숲을 돌아다니며 참나무와 느릅나무 주위 이끼 낀 둔덕 근처에는 은방울꽃을 심고, 사방에 박하 씨를 뿌렸다. 맬컴은 이런 식의 조경이 감상적이고 진부하다고 찬성하지 않았고, 맬컴이 아마 옳을지도 모른다는 걸 알았지만, 별로 상관하지 않았다. 공기가 향기로운 봄과 여름이면, 그들은 호전적으로 추한 리스페너드 스트리트를, 이런 곳을 그려볼 시각적 상상력조차 없었던 자신들을 생각한다. 이곳에서 아름다움은 너무 단순하고 너무 명백해서 때로는 환영 같았다.

그는 해럴드와 숲을 향해 출발한다. 숲의 험한 산책로는 공사가 시작됐을 때보다 훨씬 더 다니기 편해졌다. 그래도 그는 집중해야 한다. 길을 청소하는 건 한 계절에 한 번뿐이어서, 그사이 달들에는 묘목과 고사리, 나뭇가지, 목재들로 어수선해진다.

첫 번째 벤치까지 반도 안 갔는데, 그는 실수했다는 걸 깨닫는다. 잔디밭을 내려오자마자 다리가 욱신거리기 시작하고, 이제는 발도 욱신거린다. 한 발, 한 발이 고통스럽다. 하지만 그는 아무 말 하지 않고 지팡이를 꽉 움켜쥔 채 턱에 힘을 주고 이를 악물고 불편함을 이기려고 애쓰며 계속 앞으로 나아간다. 벤치—사실은 진회색 석회암 돌덩어리—에 왔을 무렵에는 현기증이 난다. 두 사람은 오랫동안 이야기를 나누며 앉아서 차가운 공기 속에서 은빛으로 빛나는 호수를 바라본다.

"춥구나." 해럴드가 마침내 말하고, 정말 그렇다. 바지를 뚫고 한기가 올라온다. "집에 돌아가야지."

"그래요." 그는 침을 꿀꺽 삼키고 일어서지만, 즉시 발에서부터 뜨거운 막대가 뚫고 올라오는 것 같은 고통에 숨이 막힌다. 하지만 해럴드는 눈치채지 못한다.

숲까지 겨우 서른 걸음을 걸었을 때, 그가 해럴드를 멈춰 세운다. "해럴드, 전 좀, 전 좀—" 하지만 말을 끝내지 못한다.

"주드." 해럴드의 말에 걱정이 담겨 있다. 해럴드가 그의 왼팔을 들어 자기 목에 걸치고 손을 잡는다. "최대한 기대." 해럴드가 다른 팔로 허리를 감으며 말하고, 그는 고개를 끄덕인다. "됐어?" 그는 다시 고개를 끄덕인다.

짚에 발을 얽혀가며 너무나 느리게 스무 걸음을 더 가지만, 더 이상은 꼼짝도 할 수 없다. "못 하겠어요, 해럴드." 이때쯤엔 고통이 너무 극심해서 거의 말도 하지 못한다. 그렇게 오랜 시간 아파왔어도 이런 아픔은 처음이다. 필라델피아의 병원 이후로 다리와 등과 발이 이렇게 심하게 아픈 적은 처음이다. 그는 해럴드에게서 떨어져 나와 숲 바닥에 쓰러진다.

"맙소사, 주드." 해럴드가 몸을 굽혀 주드를 일으켜 나무에 기대앉히고, 그는 자기가 얼마나 멍청하고 이기적인지 생각한다. 해럴드는 일흔둘이다. 아무리 정정하다 해도 일흔두 살 노인에게 도움을 바라서는 안 되는 거다. 세상이 온통 빙빙 돌아서 그는 눈도 뜨지 못한다. 해럴드가 전화를 꺼내 윌렘에게 전화 거는 소리가 들리지만, 숲이 너무 우거져 신호가 잘 안 잡히고, 해럴드는 욕설을 내뱉는다. "주드." 해럴드의 말소리는 들리지만 너무 희미하다. "집에 가서 휠체어를 가져와야겠다. 정말 미안해. 곧 돌아올게." 그는 겨우 고개를 까딱한다. 해럴드가 코트 단추를 여며주고, 손을 코트 주머니에 넣어주고, 뭔가로 다리를 감싸는 게 느껴진다. 해럴드 코트라는 걸 깨닫는다. "곧 돌아올게." 해럴드가 말한다. "곧 돌아올게." 그에게서 달려가는 해럴드의 발소리가, 발아래서 따닥 하고 부러지고 부서지는 나뭇가지와 잎사귀 소리가 들린다.

고개를 옆으로 돌리자 몸 아래 땅이 위험하게 기우뚱하고, 그는 그날 먹은 모든 걸 켁켁 하고 쏟아내며 토해낸다. 토사물이 입술을 타고 미끄러지고, 뺨을 타고 흘러내린다. 그러자 기분이 조금 나아져서, 다시 나무에 고개를 기댄다. 고아원에서 도망칠 때 나무들이 자기를 보호해주길 간절하게 바라며 숲에서 보냈던 시간이 생각난다. 이제 그는 다시 똑같은 희망을 품고 있다. 그는 주머니에서 손을 꺼내 더듬거리며 지팡이를 찾아 있는 힘껏 움켜쥔다. 눈꺼풀 뒤에서 환한 비즈 같은 빛이 알록달록 색종이 조각들처럼 터져 나왔다가 명멸하며 기름 얼룩처럼 희미해진다. 그는 자기 숨소리와 다리에 정신을 집중한다. 다리가 굵기가 엄지손가락만 한 기다란 쇠 나사못이 수십 개 박힌 둔한 나뭇조각 같다. 나사들은 반대 방향으로 돌아, 하나하나 천천히 그에게서 뽑혀 나와 쨍그랑 하고 시멘트 바닥에 떨어진다. 그는 다시 토한다. 너무 춥다. 경련이 일어나기 시작한다.

그때 누군가 그에게 달려오는 소리가 들리고, 목소리가 들리기도 전에 윌럼의 냄새—달콤한 백단향 향기—가 난다. 윌럼이 그를 추슬러 안아 들자, 모든 게 다시 빙빙 돌아 속이 뒤집힐 것 같지만 다행히 그렇지 않다. 그는 오른팔로 윌럼의 목을 감고 토사물이 얼룩진 얼굴을 그의 어깨에 묻은 채 안겨 옮겨진다. 윌럼이 헐떡대는 소리가 들린다. 그가 윌럼보다 몸무게는 적게 나갈지 몰라도 아직 키는 같으니 버거울 게 분명하다. 아직도 손에 쥐고 있는 지팡이가 윌럼의 허벅지에 부딪치고, 종아리는 윌럼의 갈빗대에 부딪치고 있다. 휠체어에 내려지는 느낌에 그는 안도한다. 머리 위에서 윌럼과 해럴드의 목소리가 들린다. 그는 이마를 무릎에 갖다 댄 채 몸을 숙이고 있고, 휠체어는 숲 밖으로, 언덕 위로, 집 안으로 밀려 간다. 집에 들어오자 안겨서 침대로 옮겨진다. 누군가 신발을 벗기고, 누군가 손에 뜨거운 물병을 쥐여준다. 누군가 다리를 담요로 감싼다. 머리 위에선 분노한 윌럼의 비난 소리—"이런 빌어먹을 장단에 왜 맞춰주세요? 못 한다는 거 아시잖아요!"—와 풀 죽어 사과하는 해럴드의 대답 소리가 들린다. "알아, 윌럼. 정말 미안하다. 멍청했어. 하지만 주드가 너무 원해서." 해럴드를 변호하려고, 윌럼에게 그건 자기 잘못이었다고, 자기가 해럴드를 끌고 갔다고 말하려 하지만, 말이 나오지 않는다.

"입 벌려." 윌럼이 말하고, 쇠처럼 쓴 알약이 혀에 놓인다. 입술에 물잔이 비스듬하게 기울여진다. "삼켜." 약을 삼키자, 곧 온 세상이 사라진다.

정신이 들어 고개를 돌리자 윌럼이 옆에 누워 그를 쳐다보고 있다. "미안해." 속삭여도, 윌럼은 아무 말도 하지 않는다. 그는 손을 뻗어 윌럼의 머리를 어루만진다. "윌럼, 해럴드 잘못이 아니야. 내가 하자고 했어."

윌럼이 콧방귀를 뀐다. "물론 그렇겠지. 그래도 그러지 말았어야 했어."

뒤이은 침묵 속에서 그는 자기가 해야 하는 말을, 늘 생각했지만 한 번도 하지 못했던 말을 생각하고 있다. "말도 안 되게 들리리라는 거 아는데," 그가 입을 열자, 윌럼이 그를 쳐다본다. "하지만 이렇게 많은 시간이 지났는데도, 난 여전히 내가 불구라는 생각이 안 들어. 그러니까 내 말은, 불구인 건 알아. 그렇다는 건 안다고. 불구가 아니었던 시간보다 불구로 산 게 두 배는 더 되니까. 그게 네가 알아온 내 모습이지. 도움이 필요한, 그런 사람으로. 하지만 내 기억 속엔 뛸 수 있었던 사람, 원할 때마다 걸을 수 있었던 사람이었던 내가 있어.

불구가 된 사람들은 다들 뭘 빼앗긴 것같이 생각할 거야. 하지만 난 늘 그랬어. 불구인 걸 인정해버리면, 트레일러 박사에게 패배를 인정하면, 그가 내 삶의 모습을 규정하게 만들어버릴 것 같은 기분이 들었어. 그래서 아닌 척하는 거야. 그 사람을 만나기 전의 나인 척하는 거야. 그게 논리적이지도, 실제적이지도 않다는 건 알아. 하지만 그게 이기적인 생각이라는 것도 알아. 미안해. 내가 아닌 척하고 있는 대가를 네가 치르고 있는 걸 알아. 그래서, 그만두려고." 그는 심호흡을 하고, 눈을 감았다 뜬다. "난 불구야." 그는 말한다. "난 장애인이야." 정말 바보 같지만, 울음이 터질 것 같다. 그는 결국 마흔일곱이고, 이걸 스스로 인정하는 데 32년이 걸렸다.

"아, 주드." 윌럼이 그를 끌어당긴다. "미안해하는 거 알아.

힘든 일인 거 알아. 왜 인정하고 싶지 않았는지 이해해. 정말이야. 난 그냥 걱정이 돼. 가끔은 네 생존 문제에 너보다 내가 더 노심초사하는 것 같아."

그는 이 말에 부르르 몸을 떤다. "아니야, 윌럼. 그러니까, 어쩌면 언젠가는. 하지만 지금은 아니야."

"그럼 증명해봐." 윌럼이 잠시 침묵하다 말한다.

"그럴게." 그가 말한다.

1월, 그리고 2월. 그는 그 어느 때보다 바쁘다. 윌럼은 연극 리허설 중이다. 3월. 새 상처가 두 개 더 생겼고, 둘 다 오른쪽 다리다. 이제 고통이 참을 수 없을 지경이다. 이제는 샤워와 화장실, 옷 갈아입을 때 빼고는 늘 휠체어 신세다. 발에 통증이 없었던 때는 이제 1년도 더 전의 일이다. 그래도 아침에 일어날 때마다 바닥에 발을 내려놓고 1초 동안 희망을 품는다. 어쩌면 오늘은 기분이 좀 더 낫겠지. 어쩌면 오늘은 고통이 덜하겠지. 하지만 그런 일은 결코 없다. 절대 없다. 그래도 그는 희망한다. 4월, 그의 생일이 있고, 연극이 시작된다. 5월, 한밤의 발한과 오한, 떨림, 한기, 헛소리가 다시 시작된다. 그는 다시 컨트랙터 호텔에 간다. 카데터가 다시, 이번에는 왼쪽 가슴에 시술된다. 하지만 이번에는 변화가 있다. 이번 박테리아는 다르다. 이번에는 스물네 시간이 아니라 여덟 시간마다 항생제 링거를 맞아야 한다. 패트리지아가 다시, 이제는 하루에 두 번 온다. 새벽 6시에 그린 스트리트에 왔다가, 오후 2시에는 로젠 프리처드에 오고, 밤 10시에는 야간 간호사 야스민이 그린 스트리트에 온다. 두 사람이 친구가 된 이후 처음으로, 그는 윌럼의 연극에 한 번밖에 가지 못한다. 하루가 너무 조각조각 나고 약물 치료에 좌지우지돼서 다시 한 번 더 갈 수가 없다. 1년 전 이런 주기가 시작된 후 처음으로 그는 절망 속으로 곤두박질친다. 포기하고 싶은 기분이다. 자기도 살고 싶어 한다는 걸 윌럼에게 증명해야 한다고 생각은 하지만, 사실은 그냥 다 그만두고 싶다. 우울해서가 아니라 탈진해서다. 어느 날 진료를 끝낸 후, 앤디가 이상한 표정을 하고 그에게 말한다. 알고 있는지 모르겠지만 그가 마지막으로 자해한 지 한 달이 지났다고, 자기는 요즘 이 문제에 대해 생각하고 있다고. 앤디 말이 맞다. 자해 생각을 하기엔 그는 너무 피곤하고, 너무 소진됐다.

"음, 좋은 일이야. 하지만 그런 이유로 그만뒀다니 그건 슬프다, 주드."

"나도 그래요." 그가 말한다. 두 사람 다 말이 없다. 안타까운 일이지만, 둘 다 자해가 가장 심각한 문제였던 시절을 그리워하고 있다는 생각이 든다.

그리고 6월이, 이제 7월이 온다. 다리의 상처들, 1년 넘도록 오래된 것들과 3월 이후 생긴 것들이 낫지 않는다. 거의 줄지도 않는다. 독립기념일 주간 직후, 윌럼의 공연이 끝난 직후, 앤디가 그와 윌럼에게 할 이야기가 있다며 좀 들러도 되겠냐고 묻는다. 앤디가 무슨 말을 할지 알고 있기 때문에 마치 대화를 미루면 자기 미래도 미룰 수 있을 것처럼, 윌럼이 바쁘다고, 윌럼이 시간이 없다고 거짓말을 한다. 하지만 어느 토요일 일찍 퇴근해서 집에 오니, 그들이 집에서 그를 기다리고 있다.

예상한 대로의 이야기다. 앤디는 절단을 권고—강력하게 권고—한다. 말투는 정말 상냥하지만, 앤디의 말 속에 담긴 맹연습의 흔적과 정중한 태도에서 그의 불안을 느낄 수 있다.

"이런 날이 올 줄은 우리 모두 늘 알고 있었지만," 앤디는 말문을 연다. "그렇다고 해서 쉽지는 않다. 주드, 얼마나 많은 고통과 불편을 견딜 수 있는지 아는 사람은 너뿐이야. 그건 내가 말해줄 수 있는 일이 아니야. 내가 말해줄 수 있는 건, 네가 대부분의 사람들보다 훨씬 더 오래 버텼다는 거야. 내가 말해줄 수 있는 건, 네가 믿을 수 없이 용감했다는 것—그런 표정 하지 마. 넌 용감했어. 지금도 그래—그리고 네가 어떤 고통을 겪어 왔는지 난 상상조차 할 수 없다는 것뿐이야.

하지만 그런 걸 다 차치하고서라도—주드 네가 계속 이대로 살 수 있다고 생각한다 해도—고려해야 할 몇 가지 현실적인 문제들이 있어. 치료가 말을 안 들어. 상처들이 낫지 않아. 1년도 채 안 되어 골수염이 두 번 생겼다는 건 놀라운 일이야. 혹시나 네가 그중 어떤 항생제에 알레르기가 생길까봐 걱정이 돼. 그러면 우린 정말, 정말로 끝장이야. 혹시 그런 일이 없다 해도, 넌 내가 바랐던 만큼 약을 잘 견뎌내지 못하고 있어. 살이 너무, 걱정스러울 정도로 빠졌고, 볼 때마다 기운이 더 없어지고 있어.

허벅지 쪽 세포는 건강해 보여서 무릎은 양쪽 다 확실히 살릴 수 있을 것 같아. 주드, 우리가 절단 결정을 내리면 네 삶의 질은 즉시 개선될 거야. 약속해. 더 이상 발에 통증도 없을 거야. 허벅지에는 한 번도 상처가 생긴 적 없었고, 그럴 우려는 당장은 안 보여. 지금 의족들은 10년 전하고만 비교해도 한없이 발전해서, 정말이지 네 걸음걸이도 실제 다리보다 의족을 하는 게 아마 더 낫고 더 자연스러울 거야. 수술도 간단해. 네 시간 정도밖에 안 걸려. 그리고 내가 직접 할 거고. 입원 회복 기간도 짧고. 일주일도 안 돼. 그리고 임시의족을 즉시 장착할 거고."

앤디는 손을 무릎에 올려놓고 말을 마치고, 그들을 바라본다. 오랫동안 아무도 입을 열지 않다가, 윌럼이 질문들, 똑똑한 질문들, 그가 물어봐야 하는 질문들을 한다. 입원하지 않을 경우 회복 기간은 얼마나 되나? 어떤 물리치료를 받게 되나? 수술에는 어떤 위험이 따르나? 그는 이미 대충 알고 있는 대답들을 건성으로 듣는다. 앤디가 처음으로 절단을 제안했던 17년 전부터 해마다 바로 이 질문, 바로 이 시나리오를 조사해봤기 때문이다.

마침내 그가 대화를 중단시킨다. "내가 싫다고 하면요?" 그가 이렇게 질문하자, 두 사람의 얼굴에 실망의 기색이 스쳐 지나간다.

"네가 안 하겠다고 하면, 이제까지 하던 대로 계속 밀고 나갈 테고 그게 결국엔 듣길 바라야지." 앤디가 말한다. "하지만 주드, 자기가 결심해서 절단하는 게 내몰려서 하는 것보다 늘 더 나아." 그는 잠깐 말을 멈춘다. "혈액 감염이나 패혈증이 생기면 절단을 할 수밖에 없고, 그 경우에는 무릎을 살릴 수 있다고 장담 못 해. 손가락이나 손 같은 다른 말단을 잃지 않을 거라고는, 감염이 종아리 너머로는 퍼지지 않을 거라고는 장담할 수가 없어."

"하지만 이번에도 무릎을 꼭 살릴 수 있다고는 장담 못 하잖아요." 그가 까칠하게 말한다. "나중에 패혈증이 없을 거라는 장담도 못 하잖아요."

"그래." 앤디가 인정한다. "하지만 말했다시피 무릎을 살릴 수 있는 가능성이 높아. 너무 심하게 감염된 이 부분을 몸에서 제거하면, 다른 병들을 막을 수 있을 거야."

또다시 대화가 중단된다. "이건 선택 아닌 선택 같아요." 그가 중얼거린다.

앤디가 한숨을 쉰다. "말했지만, 이건 선택이야. 네 선택이야. 내일이나 당장 이번 주 내로 할 필요 없어. 하지만 충분히 잘 생각해봤으면 해."

앤디가 떠나고 그와 윌럼만 남는다. "우리 지금 이 이야기 해야 할까?" 겨우 윌럼의 얼굴을 볼 수 있게 되자 그가 묻고, 윌럼은 고개를 젓는다. 바깥에선 하늘이 장밋빛으로 물들고 있다. 석양은 길고 아름다울 것이다. 하지만 아름다움은 필요 없다. 갑자기 수영이 하고 싶지만, 첫 번째 골수염 발병 이후 수영을 해본 적이 없다. 아무것도 안 했다. 아무 데도 가지 않았다. 링거 때문에 뉴욕에 묶여 있느라 런던 고객들은 동료에게 넘겨야 했다. 근육은 다 사라졌다. 뼈 위에 말랑말랑한 살만 있다. 움직임은 노인네 같다. "잘래." 윌럼에게 말하자, 그가 조용히 말한다. "야스민이 두 시간 뒤에 와." 울고 싶다. "맞아." 그는 바닥에 대고 말한다. "그럼 잠깐 잘래. 야스민이 오면 일어날게."

그날 밤 야스민이 떠난 후, 그는 정말 오랜만에 팔을 긋는다. 그리고 피가 대리석을 따라 흘러 배수구로 들어가는 걸 지켜본다. 수도 없는 문제를 일으킨 이 다리를, 수많은 시간, 수많은 돈, 수많은 고통을 감수해야 하는 이 다리를 그대로 가지고 가려는 게 얼마나 비합리적인 바람인지 잘 알고 있다. 하지만 그래도 그건 그의 다리다. 그 자신이다. 어떻게 자신의 일부를 기꺼이 잘라낼 수 있겠는가? 수년에 걸쳐 이미 수많은 부분을 잘라왔다. 살, 피부, 흉터들을. 하지만 이건 왠지 다르다. 다리를 희생하면 트레일러 박사가 이겼다는 걸 인정하는 게 될 것이다. 그에게, 그날 밤 그 들판, 그 차에 굴복하는 게 될 것이다.

이건 다르다. 일단 다리를 잃고 나면 더 이상 속일 수 없기 때문이다. 언젠가는 다시 걸을 수 있을 거라고, 언젠가는 더 나아질 거라고 기만할 수 없다. 불구가 아닌 척할 수 없다. 그의 기형쇼 점수는 또 한 번 올라갈 것이다. 언제나, 그 무엇보다도,

자신이 잃은 것으로 정의될 것이다.

그래서 그는 지친다. 걷는 법을 또 배워야 하고 싶지 않다. 어차피 빠질 체중을 늘리려고 애쓰고 싶지 않다. 첫 번째 골수염 때 빠진 몸무게도 힘들여 되돌려놨더니 두 번째 발병으로 다시 다 잃었었다. 병원에 입원하고 싶지 않다, 혼란스럽고 어리둥절한 기분으로 깨어나고 싶지 않다, 한밤중에 공포에 시달리고 싶지 않다, 동료들에게 또 아프다고 설명하고 싶지 않다, 몇 달 동안이나 기운 없이, 평정을 회복하려 애쓰며 살고 싶지 않다. 다리 없는 모습을 윌럼에게 보여주고 싶지 않다, 윌럼이 극복해야 할 또 다른 도전을, 또 다른 기괴함을 주고 싶지 않다. 정상이 되고 싶다. 그저 정상이 되고 싶은 것뿐인데, 그는 해가 갈수록 정상에서 점점 더 멀어지고 있다. 마음과 몸을 별개로, 서로 경쟁하는 존재로 생각하는 게 틀렸다는 걸 알지만 어쩔 수가 없다. 몸이 또 한 번 전투에서 승리하는 게, 자기 대신 결정을 내리는 게, 이런 무력감을 느끼게 하는 게 싫다. 윌럼에게 의지하고 싶지 않다. 쓸모없고 흐느적거리기만 하는 팔 때문에 윌럼에게 침대 위로, 침대 밖으로 안아서 옮겨달라고 부탁하고 싶지 않다. 화장실을 쓸 때 도움 받고 싶지 않다. 뭉툭해진 남은 다리를 보고 싶지 않다. 이 시점 이전에 경고 같은 게 있을 거라고 늘 생각했었다. 심각하게 악화되기 전에 몸이 알려줄 거라고 생각했다. 지난 1년 반이 경고였다는 걸, 길고 느리고 착실하고 무시할 수 없는 경고였다는 걸 사실은 알고 있지만, 오만과 멍청한 희망으로 그 경고를 무시했다. 늘 회복됐으니까 또 한 번 더 할 거라고 믿기로 했다. 자기에게는 무한한 기회가 있다고 가정하는 특권을 부여했다.

사흘 밤 뒤 그는 또 고열로 잠이 깬다. 또 병원에 입원한다.

또 퇴원한다. 열이 카데터 삽입 부위 감염 때문에 생긴 거라 카데터를 제거한다. 내경정맥에 새 카데터를 삽입하자, 나팔 모양으로 튀어나와 이제는 셔츠 칼라로도 완전히 가려지지 않는다.

집에 돌아온 첫날, 꿈속을 헤매다 눈을 뜨자 윌럼이 옆자리에 없어서 그는 간신히 휠체어에 타고 방에서 나온다.

윌럼이 그를 보기 전에 그가 먼저 윌럼을 본다. 그는 머리 위 식탁 등을 밝힌 채 책장을 뒤로하고 식탁에 앉아서 방 안을 물끄러미 바라보고 있다. 앞에는 물잔이 놓여 있고, 팔꿈치를 식탁에 놓고 턱을 괴고 있다. 윌럼은 너무나 지치고 늙어 보인다. 밝은 머리색은 희끄무레해졌다. 윌럼을 너무 오래 봐와서, 그 얼굴을 너무 많이 봐서, 그는 윌럼을 절대 새롭게 볼 수 없다. 그 얼굴의 모든 표정을 다 알고 있다. 윌럼의 짓는 미소들이 어떻게 다른지 다 알고 있다. 텔레비전에서 방영하는 인터뷰를 보고 있으면, 그의 미소가 정말 재미있어서 짓는 건지 예의상 짓는 건지 늘 구분할 수 있다. 어느 게 새로 씌운 치아인지, 스타가 될 게 분명해졌을 때, 그냥 연극이나 독립영화에만 나오는 게 아니라 다른 종류의 경력, 다른 종류의 삶을 살 거라는 게 분명해졌을 때 키트가 시켜서 교정한 치아가 어느 건지도 안다. 하지만 지금 여전히 너무도 잘생겼지만 피곤에, 오로지 자기만 느낀다고 생각했던 종류의 피곤에 절어 있는 그의 얼굴을 보자, 윌럼도 자기 인생—그와 함께하는 인생—이 병과 내원과 두려움과 고군분투하는 지루하고 단조로운 인생이 되었다는 걸 느끼고 있다는 걸 깨닫는다. 그는 무엇을 할 것인지, 무엇을 해야 하는지 알게 됐다.

"윌럼." 그가 부르자, 윌럼이 퍼뜩 정신을 차리고 그를 쳐다본다.

"주드, 무슨 일 있어? 안 좋아? 왜 일어났어?"

"나 할 거야." 자기들이 아주 멀리서 서로 이야기하고 있는, 무대 위의 두 배우 같다는 생각이 든다. 그는 휠체어를 굴려 그에게 가까이 다가간다. "나 할 거야." 그가 다시 말하고, 윌럼은 고개를 끄덕인다. 다음 순간 두 사람은 서로 이마를 맞대고 울기 시작한다. "미안해." 그가 윌럼에게 말하자, 윌럼은 이마를 부비며 고개를 흔든다.

"내가 미안해." 그가 대답한다. "미안해, 주드. 정말 미안해."

"알아." 그는 말한다. 정말이다.

다음 날 그는 앤디에게 전화를 걸고, 그도 안도하지만 역시 말을 잇지 못한다. 마치 그에게 경의를 표하는 것처럼. 그 이후 상황은 일사천리로 진행된다. 그들은 날짜를 잡는다. 앤디가 제안한 첫 번째 날은 윌럼의 생일이다. 몸이 회복되고 나서 윌럼의 오십 번째 생일을 축하하자고 하긴 했지만, 생일 당일에 수술을 받고 싶진 않다. 그래서 그는 8월 말, 노동절 전 주, 보통 트루로에 가는 시기보다 한 주 전에 하기로 한다. 다음 운영위원회에서 그는 짤막하게 자신의 결정을 알린다. 자의에 따른 수술이라는 걸 설명한 후, 사무실은 딱 일주일, 길어야 열흘만 비울 테고, 큰일도 아니니 괜찮을 거라고 말한다. 그리고 분과에도 알린다. 보통은 그러지 않겠지만, 고객들을 걱정시키고 싶지도 않고, 사람들이 실제보다 더 심각한 일로 생각하는 것도 싫고, (그렇게 될 거라는 건 알지만) 소문과 잡담의 대상이 되고 싶지 않다고 말한다. 직장에서 그가 자기 이야기를 하는 일은 거의 없어서, 그런 일이 있을 때마다 사람들은 자세를 바로 하고 앞으로 몸을 내민다. 귀가 쫑긋 선 게 거의 보일 것 같다. 그는 그들의 아내와 남편과 여자친구와 남자친구들을 다 만났지만, 그들은 윌럼을 만난 적이 한 번도 없다. 그는 회사 수련회나 매년 하는 휴일 파티나 여름 피크닉에 한 번도 윌럼을 데려온 적 없다. "그 사람들 별로 마음에 안 들 거야." 사실 그렇지 않다는 걸 알면서도 그는 말한다. 윌럼은 어디서나 잘 지낸다. "내 말 믿어." 그러면 윌럼은 늘 어깨만 으쓱했다. "난 가고 싶은데." 윌럼은 늘 말했지만, 그는 절대 허락하지 않았다. 지겨울 게 뻔한 일련의 행사들로부터 윌럼을 보호해주는 거라고 늘 속으로 생각했지만, 윌럼이 그의 거절에 상처 입을 수도 있다는 생각은, 사실은 그린 스트리트와 친구들을 넘어선 그의 인생의 일부가 되고 싶어 할지도 모른다는 생각은 한 번도 해보지 않았다. 이제 그는 이 사실을 깨닫고 얼굴을 붉힌다.

"질문 있습니까?" 질문이 정말 있을 거라 생각하며 물은 게 아닌데, 게이브 프레스턴이라는 이름의, 무정하지만 무시무시할 정도로 유능한 젊은 파트너변호사 하나가 손을 든다. "프레스턴?"

"그냥 정말로 안타깝다는 말씀을 드리고 싶어서요, 주드." 프레스턴이 말하자, 주위의 모두가 중얼거리며 동의를 표한다.

분위기를 가볍게 하기 위해—그리고 사실이기도 하니까—"작년 보너스를 알려줬을 때 이후로 그렇게 진심을 담은 말은 처음이군, 프레스턴"이라고 말하고 싶지만, 그는 아무 말도 하지 않고 그냥 크게 숨을 들이마신다. "고마워, 게이브." 그가 말한다. "고마워요, 모두들. 자 이제 다들 다시 일합시다." 그들은 흩어진다.

수술은 월요일에 예정됐고, 그는 금요일에는 늦게까지 사무실에 남았지만 토요일에는 가지 않았다. 그날 오후에는 입원 준비를 하고, 그날 밤 윌럼과 함께 처음으로 마지막 만찬을 했던 스시 레스토랑에 가서 저녁을 먹는다. 패트리지아와 야스민은 목요일에 마지막으로 방문했다. 토요일 아침 일찍 앤디가 전화해서, 엑스레이를 받았는데 감염이 꿈쩍도 하지 않기는 하지만 퍼지지도 않았다고 알려준다. "물론 월요일 이후에는 문제도 되지 않을 거야." 그 순간, 그는 근절되는 건 문제가 아니라 문제의 '원천'이라고 생각한다. 그 둘이 서로 같은 건 아니지만, 어떤 방법으로 이루어지건 결국 근절된다는 데 감사해야 할 것이다.

그는 일요일 저녁 7시 마지막 식사를 한다. 수술이 다음 날 아침 8시여서, 이제부터 밤 내내 음식도, 약도, 마실 것도 더 이상 섭취하면 안 된다.

한 시간 후, 그는 윌럼과 엘리베이터를 타고 1층에 내려온다. 자기 다리로 마지막 산책을 하기 위해서다. 윌럼에게 이 산책은 약속받았지만—그린을 따라 한 블록 가서 그랜드로, 거기서 서쪽으로 한 블록 걸어가 우스터로, 거기서 우스터를 따라 네 블록을 걸어 올라가 휴스턴에 간 다음 다시 동쪽으로 가 그린까지 온 다음 남쪽으로 내려와 아파트로 돌아오는 경로다—시작도 하기 전부터 과연 끝낼 수 있을지 확신이 없다. 머리 위 하늘은 멍든 것 같은 색이다. 갑자기 발가벗긴 채 케일럽에게 거리로 쫓겨나왔던 기억이 떠오른다.

그는 왼발을 들고, 산책을 시작한다. 그들은 고요한 거리를 걸어 내려와 그랜드에 와서 오른쪽으로 튼다. 그는 윌럼의 손을 잡고 있다. 사람들 앞에서는 절대 하지 않던 일이지만, 지금은 손을 꼭 잡은 채 다시 오른쪽으로 틀어 우스터를 따라 올라가기 시작한다.

이 경로를 완주하고 싶은 마음이 간절했지만, 반대로, 그럴 능력이 없다는 게—그들은 아직 휴스턴에서 남쪽으로 두 블록 떨어진 스프링에 있다. 윌럼이 그를 흘낏 보더니 묻지도 않고 그린 스트리트를 향해 동쪽으로 다시 걸어가기 시작한다—안심이 된다. 그는 지금 옳은 결정을 내리고 있는 것이다. 그는 불가피한 상황에 거의 가까이 다가가고 있었고, 자기가 할 수 있는 유일한 선택을 한 것이다. 윌럼을 위해서가 아니라 자신을 위해서. 산책이 거의 견딜 수 없을 정도로 고통스러워서, 집에 돌아와보니 놀랍게도 얼굴이 눈물범벅이다.

다음 날 아침, 근심과 두려움에 찬 표정의 해럴드와 줄리아가 병원에서 그들과 만난다. 그를 위해 꿋꿋한 모습을 보이려고 애쓰는 게 보인다. 그들은 두 사람을 안아주고 키스한 다음, 괜찮을 거라고, 걱정할 것 없다고 안심시킨다. 그는 수술 준비를 위해 옮겨진다. 부상당한 이후로 다리털이 늘 상처 주위와 사이사이로 들쭉날쭉 났지만 지금은 무릎뼈 위아래로 깨끗하게 면도가 되어 있다. 앤디가 들어와 손으로 얼굴을 감싸고 이마에 키스한다. 그는 아무 말도 하지 않고 마커를 꺼내 양쪽 무릎 아래 몇몇 지점에 뒤집힌 호 같은 선들을 모스 부호처럼 그리더니, 다시 오겠다며 윌럼을 들여보내겠다고 말한다.

윌럼이 와서 침대 가장자리에 앉고, 그들은 아무 말 없이 손만 잡고 있다. 입을 열고 뭔가 멍청한 농담을 하려는 찰나, 윌럼이 울기 시작한다. 그냥 울음이 아니라 등을 구부린 채 통렬하게 신음하며 흐느낀다. 그런 흐느낌은 본 적이 없다. "윌럼." 그는 필사적으로 말한다. "윌럼, 울지 마. 난 괜찮을 거야. 정말이야. 울지 마, 윌럼. 울지 마." 그는 일어나 앉아 윌럼을 껴안는다. "아, 윌럼." 그는 한숨을 내쉰다. 자기도 울음이 나올 것만 같다. "윌럼, 난 괜찮을 거야. 약속할게." 하지만 달랠 수가 없고, 윌럼은 하염없이 운다.

그는 윌럼이 뭔가 말하려 한다는 걸 눈치채고 등을 쓸어주며 말하라고 한다. "가지 마." 윌럼이 말하는 소리가 들린다. "날 두고 가지 마."

"안 그런다고 약속할게." 그가 말한다. "약속해, 윌럼. 이건 쉬운 수술이야. 내가 무사히 나와야 앤디가 설교를 더 늘어놓을 거 아냐, 안 그래?"

그때 앤디가 들어온다. "준비됐어?" 그는 묻다가, 윌럼을 보고 울음소리를 듣더니 "아, 저런" 하며 다가와 함께 껴안는다. "윌럼." 그는 말한다. "내 자식처럼 돌볼 거라고 약속할게. 알지, 어? 어떤 일도 생기게 하지 않을 거라는 거 알지?"

"알아요." 윌럼이 마침내 꺽꺽거리며 말한다. "알아요, 알아요."

그들은 드디어 윌럼을 진정시키고, 그는 사과하며 눈물을 닦는다. "미안해." 윌럼의 말에 그는 고개를 흔들며 윌럼의 손을 당겨 얼굴을 가까이한 다음 작별키스를 한다. "그러지 마."

수술실 밖에서 앤디가 다시 고개를 숙이고 이번에는 뺨에 키스한다. "이제부턴 못 건드려." 그가 말한다. "살균할 거니까." 두 사람이 갑자기 싱긋 웃고, 앤디가 고개를 흔든다. "그런 유치한 농담을 하기엔 좀 늙지 않았나?"*

"그러는 본인은요?" 그가 묻는다. "거의 예순이 다 됐으면서."

"절대."

그들은 수술실로 들어가고, 그는 머리 위 눈부신 하얀 조명을 바라본다. "안녕하세요, 주드." 뒤에서 누가 말한다. 보니 앤디와 제인의 디너파티에서 한 번 만난 적 있는, 앤디의 친구인 마

---

*영어 단어 'sterile(살균)'은 '불임'이라는 의미도 되기 때문에 앤디의 말들은 성적인 의미로도 뜻이 통한다.

취과 의사 이그나티우스 응비다.

"안녕하세요, 이그나티우스." 그가 말한다.

"열부터 거꾸로 세어봐요." 이그나티우스가 말하고, 그는 숫자를 세기 시작하지만 7 이후로는 세지 못한다. 오른쪽 발가락이 따끔한 느낌을 마지막으로 아무것도 느끼지 못한다.

3개월 뒤다. 다시 추수감사절이고, 이번에는 그린 스트리트에서 보내고 있다. 그가 자는 동안 윌럼과 리처드가 음식과 준비를 다 했다. 회복은 예상했던 것보다 힘들고 복잡했다. 감염이 두 번 생겼고, 잠시 동안은 영양공급관을 하고 있었다. 하지만 앤디 말이 맞았다. 무릎은 양쪽 다 살렸다. 병원에 있는 동안, 그는 잠에서 깨어 해럴드와 줄리아에게, 윌럼에게, 코끼리가 발을 엉덩이로 누르고 앉아 앞뒤로 몸을 흔들고 있는 것 같다고, 뼈가 다 바스라지고 재보다 더 곱게 갈리고 있는 것 같다고 하소연하곤 했다. 하지만 그들은 그건 상상이라고 절대 말하지 않았다. 그저 이것 때문에 간호사가 링거에 진통제를 방금 넣었다고, 곧 괜찮아질 거라고만 말했다. 이제 이런 상상 속 통증은 점점 뜸해지고 있지만, 그래도 완전히 사라지지는 않았다. 여전히 굉장히 피곤하고 기운이 없어서, 기운이 없으면 날개 부분에 머리를 기대고 있으라고—인디아가 앉을 때 가끔 사용하는—바퀴 달린 자주색 벨벳 윙백 의자를 리처드가 테이블 상석에 갖다 뒀다.

디너의 손님은 리처드와 인디아, 해럴드와 줄리아, 맬컴과 소피, 제이비와 어머니, 앤디와 제인이다. 앤디의 아이들은 샌프란시스코 삼촌에게 가 있다. 그가 먼저 축배를 들며 그에게 해준 모든 것들에 대해 모두에게 감사를 표하지만, 막상 가장 감사하고 싶은 사람—오른쪽에 앉아 있는 윌럼—부분에 오자 말을 잇지 못한다. 종이에서 고개를 들고 친구들을 보자 다들 울 것 같은 얼굴이어서, 감사의 말은 거기서 그친다.

저녁식사는 즐겁고, 처음 먹던 음식도 다 못 먹었는데 사람들이 그의 접시에 연거푸 다른 음식들을 조금씩 덜어줘서 웃기기까지 하다. 하지만 너무 졸려서 결국에는 의자에 파고들어 눈을 감은 채 미소 지으며 주위의 공기를 익숙한 대화와 익숙한 목소리들이 채우는 걸 듣는다.

결국 윌럼이 그가 잠들고 있는 걸 눈치챈다. 윌럼이 일어나는 소리가 들린다. "자, 이제 디바는 퇴장할 시간이야." 그가 의자를 테이블에서 돌려 침실 쪽으로 밀고 가기 시작하고, 그는 모두의 웃음소리와 작별인사에 화답하기 위해 마지막 남은 기운을 쥐어짜 의자 날개 옆으로 머리를 내밀고 손가락을 우아하고 연극적으로 느른하게 흔들며 미소 짓는다. "다들 있어요." 그는 멀어지며 말한다. "있으면서 윌럼한테 재미있는 이야기 좀 해줘요." 다들 그러겠다고 한다. 사실 7시도 안 됐다. 시간은 넘치게 있다. "사랑해요, 다들." 그가 말하자, 모두 함께 고함으로 답한다. 그 합창 속에서도 그는 각각의 목소리를 다 구분할 수 있다.

침실 문간에서 윌럼이 그를 안아 들고—그는 살이 너무 많이 빠졌다. 의족까지 빼면 거의 황새만도 못한 형상이라 이젠 심지어 줄리아도 그를 들 수 있다—침대로 데려가 옷과 임시의족 벗는 걸 도와주고 이불을 덮어준다. 물을 따라주고, 항생제 한 알과 한 주먹 가득한 비타민을 건넨다. 그는 윌럼이 보고 있는 동안 약을 다 삼킨다. 윌럼은 잠시 침대 옆자리에, 건드리지는 않고 그냥 가까이에 앉는다.

"나가서 늦게까지 있겠다고 약속해줘." 윌럼에게 말하자, 그는 어깨를 으쓱한다.

“나 그냥 여기서 너랑 있으면 안 될까?” 그가 말한다. “나 없이도 다들 즐거운 것 같은데.” 보란 듯이 거실에서 왁자지껄 웃음소리가 터져 나오고, 그들은 마주 보고 미소 짓는다.

“안 돼, 약속해.” 그가 말하고, 윌럼은 마지못해 약속한다. “고마워, 윌럼.” 부적절하게도 눈이 벌써 감긴다. “오늘 정말 좋았어.”

“그래, 그렇지?” 윌럼의 말소리가 들리고 뭔가 더 말하기 시작하지만, 잠이 들어버려 아무것도 듣지 못한다.

그날 밤 그는 꿈 때문에 잠에서 깬다. 이 꿈들은 어느 항생제의 부작용인데, 이번에는 그 어느 때보다 심하다. 그는 밤마다 꿈을 꾼다. 모텔 방에 있는 꿈, 트레일러 박사 집에 있는 꿈을 꾼다. 꿈에서 그는 아직 열다섯 살이고, 지난 33년은 존재하지도 않는다. 구체적인 고객들과 구체적인 사건들, 기억하는지도 몰랐던 일들이 꿈에 나온다. 자기가 루크 수사가 된 꿈을 꾼다. 해럴드가 트레일러 박사인 꿈을 꾸고 또 꾼다. 깨고 나면 아무리 무의식 속에서라도 해럴드에게 그런 행동의 소지가 있다고 생각한 게 수치스럽고, 그러면서도 한편으로는 결국 그 꿈이 진짜일지도 모른다는 두려움이 들어, 윌럼의 약속을 되새겨야 한다. ‘해럴드는 절대, 결코 너한테 그런 짓 안 해, 무슨 일이 있어도.’

가끔은 꿈이 너무 생생하고 진짜 같아서, 현실로 돌아오는데, 의식세계의 삶이 자기의 진짜 삶이라는 걸 납득하는 데 몇 분, 한 시간이 걸린다. 가끔은 자기가 누구인지 기억도 못 할 정도로 자신에게서 아득히 멀어진 채 깨어난다. “여긴 어디지?” 그는 필사적으로 묻는다. “난 누구지? 내가 누구야?”

그 순간, 귀 바로 옆에서, 너무 가까워서 마치 자기 머리에서 나온 것처럼 느껴지는 목소리가 들린다. 윌럼이 속삭이는 주문이다. "넌 주드 세인트 프랜시스야. 내 가장 소중하고 오랜 친구. 해럴드 스타인과 줄리아 앨트먼의 아들. 맬컴 어바인과 장-밥티스트 마리온, 리처드 골드파브, 앤디 컨트랙터, 루시엔 보이트, 시티즌 반 스트라튼, 로즈 애로스미스, 일라이저 코즈마, 페드라 드 로스 산토스, 헨리 영들의 친구지.

넌 뉴요커고 소호에 살아. 예술협회와 무료급식소에서 자원봉사를 해.

넌 수영을 잘하고, 베이킹도 잘하고, 요리도 잘해. 책을 많이 읽고, 목소리가 아름다워. 더 이상 노래는 안 하지만. 피아노도 정말 잘 치지. 넌 예술품 수집가야. 내가 다른 곳에 가 있을 때는 근사한 문자들을 보내줘. 넌 참을성이 많고 관대해. 내가 아는 사람 중에 남의 이야기를 가장 잘 들어주는 사람이야. 내가 아는 사람 중에서 모든 면에서 제일 똑똑해. 모든 면에서 제일 용감하고.

넌 변호사야. 로젠 프리처드 앤드 클라인의 소송분과장이지. 넌 네 일을 좋아하고, 열심히 해.

넌 수학자고 논리학자지. 몇 번이나 날 가르쳐보려 애썼어.

넌 끔찍한 취급을 받았는데, 그걸 다 극복했어. 넌 언제나 너였어."

윌럼은 끝도 없이 이야기하고 주문을 외워 그를 제자리로 돌려놓는다. 낮에—때로는 며칠 후에—그는 윌럼이 했던 말을 조각조각 떠올리고 마음 깊이 간직한다. 그가 했던 말만큼이나 하지 않은 말들, 그가 그를 정의하지 않은 방식 모두를 소중히 간직한다.

하지만 밤에는 너무 공포에 질리고 혼란스러워 기억도 하지 못한다. 너무나 현실 같고 너무나 혼을 다 빼놓는 공포다. "그런데 당신은 누구세요?" 그는 자기를 안고 알 수 없는 어떤 사람에 대해 들려주고 있는 남자를 보며 묻는다. 아주 많은 걸 가진 것 같은, 너무 바람직하고 사랑스러워 보이는 사람이다. "당신은 누구세요?"

남자는 이 질문에도 해답을 가지고 있다. "난 윌럼 라그나르 손이야." 그가 말한다. "난 절대 너 안 보내."

—

"나 갈게." 그는 주드에게 말만 하고 움직이지 않는다. 풍뎅이처럼 반지르르한 잠자리가 머리 위에서 윙윙댄다. "나 갈게." 또 말하지만, 여전히 움직이지 않는다. 세 번 말하고서야 그는 뜨거운 공기에 취한 채 안락의자에서 일어나 발을 로퍼에 찔러 넣는다.

"라임." 주드가 그를 향해 고개를 들고 햇빛을 손으로 가리며 말한다.

"알았어." 그는 몸을 굽혀 주드의 선글라스를 벗기고 눈꺼풀에 키스한 다음 안경을 다시 씌워준다. 제이비가 늘 말하듯이, 여름은 주드의 계절이다. 피부색은 짙어지고 머리색은 옅어져서 거의 같은 색조가 되고, 그 때문에 눈이 부자연스러울 정도로 녹색으로 보인다. 이런 여름이면 윌럼은 주드에게 선을 넘지 않도록 자제해야만 한다. "금방 돌아올게."

그는 하품을 하며 언덕을 터벅터벅 올라가 집으로 가서 반쯤 녹은 아이스티를 싱크대에 놓고 조약돌 깔린 진입로를 내려가

차로 간다. 공기는 너무 뜨겁고 건조하고 고요하고, 머리 위 태양은 하얗게 보일 정도로 달아올라, 눈으로 보기보다는 귀로, 코로, 혀로 느끼게 되는 그런 여름이다. 잔디깎기처럼 웅웅대는 벌과 메뚜기 소리, 해바라기에서 희미하게 풍기는 후추 향이 사방에 가득하고, 뜨거운 이파리를 혀에 갖다 대면, 방금 돌을 빤 것 같은 이상한 미네랄 향이 난다. 열기 때문에 나른하지만, 기분 나쁜 식이 아니라 그냥 졸리고 무방비해지는, 무기력이 용인될 뿐 아니라 필요해지는, 그런 더위다. 이렇게 더운 날씨에는 밥 대신 음료수—아침에는 민트 아이스티, 점심에는 레모네이드, 저녁에는 알리고테—만 마시면서 수영장 옆에서 몇 시간이고 누워 있고, 집에 창문이란 창문, 문이란 문 다 열어놓고 천장 팬을 돌리다가, 밤에 드디어 문과 창문들을 다 닫으면 들판과 나무의 향기가 집 안에 함께 갇힌다.

노동절 전 토요일이어서 보통 때라면 다들 트루로에 있겠지만, 올해는 액상프로방스 외곽에 여름철 내내 지낼 수 있는 집을 하나 해럴드와 줄리아에게 얻어줬기 때문에, 주드와 그는 개리슨에서 휴일을 보내고 있다. 해럴드와 줄리아는—어쩌면 로런스와 질리언과 함께, 어쩌면 둘만—내일 도착하지만, 오늘 윌럼은 맬컴과 소피, 그리고 제이비와, 헤어졌다 다시 만나기를 반복하는 그의 남자친구 프레더릭을 기차역에서 태워 올 예정이다. 최근 몇 달째 친구들을 만난 일이 거의 없다. 제이비는 연구비를 받아 지난 6개월간 이탈리아에 있었고, 맬컴과 소피는 상하이에 새로 짓는 도자기 박물관 공사로 눈코 뜰 새가 없었다. 그래서 마지막으로 모두 함께 만난 건 4월 파리에서였다. 그는 거기서 촬영 중이었고, 주드는 일하고 있던 런던에서 왔고, 제이비는 로마에서, 맬컴과 소피는 뉴욕으로 돌아가는 길에 며칠 들렀었다.

거의 매해 여름마다 그는 생각한다. 올해 여름이 최고라고. 하지만 이번 여름은 정말로 최고다. 여름뿐만이 아니다. 봄도, 겨울도, 가을도 최고다. 나이가 들면서 그는 인생을 점점 더 일련의 회상들로 바라보게 된다. 계절들이 포도주 제조연도인 것처럼 한 계절이 지나갈 때마다 평가하고, 살아온 세월을 역사적 시대로 나눈다. 야심찬 시절. 불안한 시절. 영광의 시절. 미혹의 시절. 희망찬 시절.

이 이야기를 해주자 주드는 빙긋 웃었다. "지금 우리는 어느 시절을 살고 있는데?" 그가 묻자, 윌럼도 그를 보며 빙긋 웃었다. "모르겠어. 아직 이름을 못 붙였거든."

하지만 적어도 끔찍한 시절을 지나왔다는 데는 둘 다 동의했다. 2년 전 바로 이 주말—노동절 주간—에 그는 어퍼이스트사이드 병원에서 창밖을 내다보고 있었다. 옥색 가운을 입은 의사와 간호사와 잡역부들이 건물 밖에 모여 아무 일도 없다는 듯이, 바로 그 건물 위에 그의 연인을 포함해 죽어가고 있는 온갖 사람들이 없다는 듯이, 먹고 담배 피우고 전화 통화하는 모습을 바라보고 있으니, 너무 증오심이 치밀어 올라 속이 뒤집히는 것 같았다. 그 순간 주드는 불덩어리 같은 몸을 하고 인위적 혼수상태에 빠져 있었고, 마지막으로 눈을 뜬 건 수술실에서 나온 다음 날인 나흘 전이었다.

"괜찮을 거야, 윌럼." 해럴드는 계속 주절주절 말했다. 해럴드는 보통 때도 지금 상황에서의 윌럼보다 훨씬 더 걱정이 많았다. "괜찮을 거야. 앤디가 그랬어." 해럴드는 윌럼도 이미 다 들은 앤디의 말을 앵무새처럼 줄곧 되풀이했고, 마침내 그는 폭발했다. "세상에, 해럴드, 제발 좀 그만둬요. 앤디 말을 다 믿어요? 주드가 나아지는 것처럼 보여요? 저게 괜찮아질 것처럼 보이냐고요?" 해럴드의 표정이 변했다. 희망을 붙들고 있는 노인의 표정, 미치도록 절박한 애원이 담긴 그의 표정을 보자, 한 대 맞은 것처럼 후회가 밀려와 그는 가서 해럴드를 껴안았다. "미안해요." 그는 이미 아들 하나를 잃었던, 또 하나는 잃지 않을 거라고 안심하려 애쓰는 해럴드에게 말했다. "미안해요, 해럴드. 미안해요. 용서해줘요. 제가 나쁜 놈이에요."

"나쁜 놈 아니야, 윌럼." 해럴드가 말했다. "하지만 주드가 안 나아진다는 소리는 하지 마. 그 말만은 안 된다."

"알아요. 물론 괜찮아질 거예요." 그는 해럴드처럼 말하고 있었다. 해럴드 말을 따라하는 해럴드가 해럴드에게 말하고 있는 것 같다. "물론 괜찮아질 거예요." 하지만 마음속에선 두려움이 할퀴고 지나갔다. 물론, 물론 같은 건 없었다. 전에도 없었다. '물론'은 18개월 전 사라졌다. '물론'은 영원히 그들 삶에서 떠나갔다.

그는 늘 낙천주의자였지만, 그 몇 달 동안 낙관 같은 건 없었다. 그는 연말까지 모든 일을 취소했지만, 가을이 다가오기 시작하자 차라리 일이 있었으면 싶었다. 뭔가 정신을 쏟을 데가 필요했다. 주드는 9월 말쯤 퇴원했지만 너무 마르고 부서질 것 같아 건드리기도 겁났다. 쳐다보기만 해도 겁이 났다. 광대뼈가 너무 두드러져 입 주위에 늘 져 있는 그림자도, 목에 움푹 들어간 자리에서 펄떡펄떡 뛰는 맥박도 보기 무서웠다. 마치 그 안에 살고 있는 뭔가가 밖으로 나오려고 발길질을 하고 있는 것 같았다. 그를 위로하려고, 농담하려고 애쓰는 주드를 보면 더 겁이 났다. 집 밖에 나오는 일—"넌 그래야 해, 안 그러면 미쳐버릴 거야, 윌럼." 리처드는 단호하게 말했다—은 거의 드물었지만, 그때마다 전화기를 꺼버리고만 싶었다. (심란한 마음으로 거리를 쏘다니거나, 아래층에서 운동을 하거나, 몇 번 안 되지만 마음을 진정하려고 마사지를 받거나 로먼이나 미구엘과 점심을 먹고 있는 그 한 시간 남짓 사이) 전화가 울리고, 리처드(든 맬컴이든 해럴드든 줄리아든 제이비든 앤디든 헨리 영들이든 로즈든 일라이저든 인디아든 소피든 루시엔이든 누구든) 이름을 볼 때마다 그는 생각했다. '올 게 왔어. 주드가 죽어가고 있어. 죽었어.' 그리고 1초, 2초 동안 전화를 받지 못하지만, 막상 받아보면 주드가 식사를 했다, 안 했다, 자고 있다, 속이 안 좋은 것 같다 등의 경과보고다. 결국 그는 사람들에게 말할 수밖에 없었다. 심각한 상황이 아니면 전화하지 마. 질문이 있는데 전화가 빨라서 그랬건 어쨌건 상관 안 해, 문자를 해. 전화를 하면 최악을 상상하게 되니까. 평생 처음으로 그는 심장이 목구멍에 걸린 것 같다는 표현을 이해했다. 심장만이 아니라 온 내장들이 불안해하며 뒤엉켜 위로 치고 올라와 입을 통해 빠져나가려고 하는 것 같았다.

사람들은 늘 회복을 예측 가능하며 점진적인 것처럼, 왼쪽 아래에서 오른쪽 위로 단호하게 사선으로 올라가는 그래프처럼 말했다. 하지만—결국 회복으로 끝나지 못했던—헤밍의 회복 과정은 그렇지 않았고, 주드도 그렇지 않았다. 그 둘의 회복 과정은 봉우리와 계곡들이 즐비한 산맥 같았다. 주드가 (여전히 무서울 정도로 깡마르고, 여전히 무서울 정도로 연약한 모습으로) 직장에 복귀한 후인 10월 중순, 밤중에 그가 고열에 시달리며 발작을 일으키기 시작한 일이 있었고, 윌럼은 이거라고, 이제 정말 끝이라고 확신했다. 겁이 나서 어쩔 줄 모르면서도, 그 순간 그는 자기가 정말로 준비되지 않았다는 걸, 그게 어떤 일일지 진짜로 생각해보지 않았다는 걸 깨달았다. 그는 타고나길 협상 같은 걸 하는 사람이 아니었지만, 그 순간에는 자기가 믿는 줄도 몰랐던 누군가와, 무엇인가와 협상을 벌였다. 더 참겠다고, 더 감사하겠다고, 욕도, 허영심도, 섹스도, 방종도, 불평도, 자기몰두도, 이기심도, 겁내는 것도 줄이겠다고 약속했다. 주드가 살자 윌럼은 어찌나 죽을 만큼 안도했는지 기절해버렸고, 앤디는 윌럼에게 항불안제를 처방하고 제이비를 붙여 주말 동안 개리슨에 보내놓고 주드는 본인이 리처드와 함께 돌봤다. 그는 늘 자기는 주드와 달리 누가 도움을 주면 받아들일 줄 안다고 생각했지만, 정작 가장 중요한 순간에는 이 기술을 잊어버렸고, 친구들이 애써서 그걸 일깨워준 게 기쁘고 감사했다.

추수감사절 즈음이 되자 상황은 좋지는 않아도 적어도 나쁘지 않게 됐고, 그때는 별다를 바 없이 받아들였다. 하지만 나중에 돌이켜보고서야 다들 그때가 상황이 전환되는 순간이었다는 걸 깨달을 수 있었다. 그때 가서 처음으로 며칠이, 그러고는 몇 주가, 그러고는 한 달이 아무 문제도 없이 지나갔고, 매일매일 두려움이 아니라 목적을 가지고 잠에서 깨는 법을 다시 알게 됐고, 마침내 조심스레 미래 이야기를 할 수 있게 됐고, 하루를 무사히 살아내는 것에 대해서만 걱정하는 게 아니라 상상할 수 없는 미래까지 걱정할 수 있게 됐다. 그즈음에 가서야 그들은 무엇을 해야 하는지 이야기할 수 있게 됐고, 앤디는 주드가 몸무게를 얼마나 늘려야 하는지, 영구의족은 언제 달지, 첫 걸음은 언제 뗄지, 언제쯤이면 다시 걸을 수 있게 될지를 정리한 심각한 일정표—한 달, 두 달, 여섯 달짜리 목표가 있는 일정표—를 짜기 시작했다. 2월 즈음이 되자 윌럼은 다시 대본을 검토하기 시작했다. 마흔여덟 번째 생일이 찾아온 4월 무렵, 느리고 우아하진 않았지만 주드는 어쨌거나 다시 걷고 있었고 다시 한 번 정상인처럼 보이고 있었다. 수술 후 거의 1년이 지나고 윌럼의 생일이 있던 그해 8월, 앤디가 예언했던 대로 그의 걸음걸이는 자기 다리로 걷던 때보다 더 나아졌다. 더 매끄럽고 더 자신 있어 보였다. 그리고 또 한 번 정상인보다 더 나아 보였다. 다시 자기 자신처럼 보였다.

"우리 아직 네 50대 환영 파티 거하게 안 했잖아." 주드는 그의 쉰 살 생일 저녁식사를—주드가 전혀 피곤한 기색도 없이 혼자 몇 시간 동안이나 스토브 앞에 서서 차린 음식이었다—함께하며 말했고 윌럼은 미소 지었다.

"내가 원하는 건 이것뿐이야." 그는 말했고, 진심이었다. 모질고 진 빠졌던 지난 2년 동안의 경험을 주드가 겪은 일과 비교한다는 건 어리석은 일 같았지만, 그래도 그는 그 경험으로 자기가 변한 것 같았다. 그 절망을 통해 새로운 무적의 의지가 샘솟은 것 같았다. 부드럽고 무관한 모든 것들은 다 불타서 사라지고, 어떤 것에도 견딜 수 있는, 파괴할 수 없지만 유연한, 무쇠로 된 핵심만 남은 것 같았다.

그들은 윌럼의 생일을 개리슨에서 둘이서만 보냈고, 저녁식사 후 밤에 호수로 갔다. 그는 옷을 벗고 나루에서 색도, 냄새도 모두 차茶 같은 호수 안으로 뛰어들었다. "들어와." 주드를 부르자 그는 주저했다. "생일 주인공으로서 명령이야." 그러자 주드는 천천히 옷을 벗고 의족을 벗은 다음 마침내 손으로 나루 가장자리를 밀었고, 윌럼이 그를 붙잡았다. 몸이 점점 건강해질수록 주드는 점점 더 몸을 의식했다. 굉장히 수줍어하거나, 의족을 벗고 신는 모습을 보이지 않으려고 굉장히 조심하는 주드의 모습에서, 윌럼은 그가 지금 자기 모습을 받아들이려고 얼마나 노력하고 있는지 알았다. 기력이 없었을 때 주드는 옷을 갈아입으며 그의 도움을 굳이 마다하지 않았지만, 이제 더 건강해지고 나자 그는 주드가 옷 갈아입는 것을 우연히, 흘낏으로밖에 보지 못했다. 하지만 그는 주드의 자의식을 일종의 건강함으로 보기로 했다. 적어도 그건 그가 혼자 샤워실에 들어가고 나올 수 있고 침대에 올라가고 내려올 수 있는 힘이 있다는 증거였다. 모두 새로 배워야만 했지만, 전에는 기력이 없어서 혼자 하지 못했던 일들이었다.

이제 그들은 말없이 수영하거나 서로 바싹 붙은 채 호수를 유유자적 떠다녔고, 윌럼이 나온 다음 주드도 팔 힘으로 나루 위로 몸을 끌어올렸다. 그들은 둘 다 옷을 벗은 채 끝으로 갈수록 가늘어지는 주드의 다리를 물끄러미 바라보며 부드러운 여름밤 공기 속에 앉아 있었다. 주드가 옷을 다 벗고 있는 모습을 보는 건 몇 달 만에 처음이어서 그는 무슨 말을 해야 할지 몰랐다. 결국 그는 그냥 주드를 팔로 안아 바싹 끌어당겼고, 결국 그게 옳았다(고 그는 생각했다).

그는 아직도 때때로 겁에 질렸다. 1년이 넘어 처음 하는 촬영으로 집을 떠나기 몇 주 전인 9월, 주드가 고열로 또 잠이 깼고, 이번엔 그도 앤디에게 전화하지 말라는 말을 하지 않았고, 윌럼도 허락을 구하지 않았다. 그들은 곧장 앤디의 병원에 갔고, 앤디는 엑스레이와 혈액 검사 등 모든 검사를 다 명령했고, 그들은 각자 다른 진찰실 침대에 누워 기다렸다. 마침내 방사선과 의사가 부르더니 골수염 증세는 전혀 없다고 했고, 실험실에서는 아무 이상 없다고 전화했다.

"비인두염." 앤디가 씩 웃으며 말했다. "흔한 감기야." 하지만 그는 주드 뒤통수에 손을 대고 있었고, 그제야 모두 마음을 놓았다. 두려움의 본능은 너무나 빨리, 너무나 괴로울 정도로 빨리 다시 깨어났다. 두려움은 그 자체가 잠복 상태의 바이러스여서 절대 영원히 쫓아버릴 수는 없었다. 기쁨, 방종은 다시 배워야만 했고, 다시 얻어야만 했다. 하지만 두려움은 절대 다시 배울 필요 없을 것이다. 그건 공통의 질환으로, 그들의 DNA를 파고 들어와 함께 얽힌 어른거리는 섬유로 세 사람 안에서 계속 살아갈 것이다.

그래서 그는 스페인으로, 갈리시아로 촬영을 떠났다. 윌럼은 오래전부터 주드가 중세시대 순례길인 산티아고 순례길을—이 길은 갈리시아에서 끝났다—걷고 싶어 한다는 걸 알고 있었다. "피레네 산맥 아스페 고개에서부터 시작하는 거야." 주드는 말했다(둘 다 프랑스도 가보기 전의 일이었다). "그리고 서쪽으로 걷는 거지. 몇 주는 걸릴걸! 잠은 책에서 읽은 순례자 공동숙소에서 자고, 캐러웨이 씨가 든 검은 빵과 요거트, 오이로 연명하는 거지."

"모르겠어." 그때는 주드의 한계보다는 자기 생각을 더 많이 한 시절이었는데도 그는 말했다. 주드에게 한계가 있을지 모른다는 걸 진짜로 믿기엔 당시 그는 너무 어렸다. 둘 다 너무 어렸다. "그건 좀 지칠 것 같은데, 주디."

"그럼 내가 널 업고 갈게." 주드는 즉시 말했고, 윌럼은 씩 웃었다. "아니면 당나귀를 구하는 거야. 녀석이 널 태우고 가는 거지. 하지만 정말이지, 윌럼, 핵심은 그 길을 '걷는' 거라고, 타고 가는 게 아니라."

나이가 들수록, 주드의 꿈이 영영 꿈으로만 남을 게 점점 분명해질수록, 순례길에 대한 그들의 환상은 점점 더 정교해졌다. "이거 한번 들어봐." 주드는 말했다. "순례길에서 만난 네 사람이 평생의 우정을 쌓는 이야기야. 자신의 섹슈얼리티를 받아들이는 중국인 여자 도교 승려, 시를 쓰는 갓 출소한 영국인 죄수, 아내와의 사별을 슬퍼하는 카자흐스탄 전직 무기상, 잘생기고 섬세하지만 불안정한 미국 대학 중퇴생—그건 너야, 윌럼. 넌 실시간으로 촬영을 할 거라서, 촬영은 걷는 동안에만 이루어져. 그래서 내내 걸어야 하는 거지."

이쯤 되면 그는 늘 웃게 된다. "끝에는 어떻게 돼?" 그가 물었다.

"도교 승려는 도중에 만난 이스라엘 장교와 사랑에 빠져서 함께 텔아비브에 돌아가 '래드클리프'라는 레즈비언 바를 차려. 죄수와 무기상도 나중에 연인이 돼. 네가 맡은 인물은 순례 중에 순진무구한 줄 알았는데 알고 보니 헤픈 스웨덴 여자를 만나 피레네 산맥에 고급 민박을 열어. 그리고 매해 원래 멤버들이 거기서 다시 모이는 거지."

"영화 제목은 뭔데?" 그는 씩 웃으며 물었다.

주드는 생각해보더니 "〈산티아고 블루스〉" 하고 말했고, 윌럼은 또 웃음을 터뜨린다.

그 후로 내내 그들은 가끔 〈산티아고 블루스〉를 언급했고, 그가 나이가 들어갈수록 출연진도 그에 맞춰 바뀌었지만, 기본 전제와 장소는 바뀌지 않았다. "대본은 어때?" 주드는 새로운 작품이 들어올 때마다 물었고, 그러면 그는 한숨을 쉬며 "괜찮아" 하고 말했다. "〈산티아고 블루스〉만큼은 아니지만, 괜찮아."

그리고 그 중요한 추수감사절 직후, 그들의 관심을 윌럼에게 들어 알고 있는 키트가 "〈산티아고 블루스〉!"라는 메모만 적혀 있는 대본을 보냈다. 〈산티아고 블루스〉와 똑같은 건 아니었지만—하느님 감사합니다, 그와 주드는 동의했다, 그편이 훨씬 나왔다—진짜로 순례길이 배경이었고, 진짜로 일부는 실시간으로 찍을 예정이고, 진짜로 피레네 산맥의 생장피에르포르에서 시작해서 산티아고 데 콤포스텔라에서 끝났다. 〈성 제임스 위의 별들〉은 한 배우가 연기하게 될, 폴이라는 이름의 두 남자를 따라가는 이야기인데, 하나는 16세기 종교혁명 직전 비텐베르크에서부터 순례해 오는 프랑스 수사이고, 두 번째는 자신의 신앙에 회의를 품기 시작한 미국 어느 마을에서 온 현재의 목회자였다. 두 폴의 삶에 나타났다 사라졌다 하는 몇몇 조연들을 제외하면, 출연자는 그뿐이었다.

대본을 읽어보라고 주자, 주드는 다 읽고 나서 한숨을 쉬었다. "굉장해." 그는 슬프게 말했다. "나도 같이 갈 수 있으면 정말 좋을 텐데."

"나도 그래." 그는 조용히 말했다. 주드의 꿈이 좀 더 쉬운 거였다면, 그가 성취할 수 있는 거라면, 윌럼이 도와줄 수 있는 거라면 얼마나 좋을까. 하지만 주드의 꿈들은 언제나 움직임과 관련되어, 엄청나게 먼 거리를 걸어간다거나 형용할 수 없는 지대를 횡단한다거나 하는 식이었다. 지금은 걸을 수 있지만, 윌럼이 기억하고 있는 지난 몇 년 동안의 고통을 지금은 조금 덜 느끼기는 하지만, 그가 영원히 고통을 안고 살아가리라는 건 둘 다 알고 있었다. 불가능은 여전히 불가능으로 남을 것이다.

그는 스페인 감독 에마누엘과 저녁식사를 했다. 젊은 나이에도 이미 평단에서 높은 평가를 받고 있고, 복잡하고 음울한 대본과는 달리 유쾌하고 밝은 성격을 가진 이 감독은 윌럼이 자기 영화에 출연한다는 것에, 그와 일하는 것이 그의 꿈이었다는 것에 계속해서 놀라움을 표했다. 그도 에마누엘에게 〈산티아고 블루스〉에 대해 말해줬다(에마누엘은 윌럼이 플롯을 설명해주자 웃음을 터뜨렸다. "나쁘지 않은데요!" 그는 말했고, 월럼도 웃었다. "나쁘다고 말해야 하는 거라고요!" 그는 에마누엘의 말을 정정했다). 그는 주드가 늘 얼마나 이 길을 걷고 싶어 했는지, 주드 대신 자기가 하게 되어 얼마나 겸허한 심정인지도 이야기했다.

"아," 에마누엘이 놀리듯 말했다. "당신이 배우 경력을 기꺼이 날릴 만큼 위하는 그 사람이군요, 맞죠?"

그도 미소 지었다. "그래요. 바로 그 사람이에요."

〈성 제임스 위의 별들〉 촬영 기간은 굉장히 길었고, 주드가 장담했던 것처럼, 엄청나게 걸었다(당나귀들 대신 서서히 이동하는 트레일러 대상大商이 있었다). 일부 구역에서는 휴대전화 신호가 잘 안 잡혀서 대신 문자를 보냈고, 어쩐지 그게 더 적절하고, 더 순례자 같았다. 아침에는 아침식사 사진(캐러웨이 씨가 든 검은 빵과 요거트, 오이)과 그날 걸을 구간 사진을 보냈다. 순례길의 많은 부분이 부산한 마을들을 통과하고 있어서 몇몇 군데에서는 다시 시골길로 노선이 변경됐다. 그는 매일 길가에서 하얀 조약돌들을 주워 병에 넣어 집에 가져가려고 챙겼다. 밤에는 호텔 방에 앉아 뜨거운 타월로 발을 찜질했다.

촬영은 크리스마스 두 주 전에 끝났고, 그는 여러 회의에 참석하러 런던에 갔다가 마드리드로 돌아와 주드와 만났고, 거기서 차를 빌려 안달루시아를 통과해 남쪽으로 달려갔다. 두 사람은 바닷가 높은 절벽 위 마을에 들러 아시안 헨리 영을 만났다. 그는 언덕을 터벅터벅 올라오다 두 사람을 보고 양팔을 흔들더니 나머지 100미터를 전력질주로 달려왔다. "저 집에서 나올 수 있는 핑계를 줘서 정말 고마워." 그는 말했다. 헨리 영은 지난 한 달 동안 언덕 아래 오렌지 나무 가득한 계곡에 있는 예술가

레지던스에서 살고 있었는데, 평소의 그답지 않게 나머지 여섯 명을 싫어했다. 그들은 오렌지 리큐어에 오렌지 조각들을 띄우고 그 위에 시나몬과 으깬 클로브와 아몬드를 얹은 요리를 먹으며 헨리가 해주는 다른 예술가들 이야기를 웃으며 들었다. 그러고 나서, 그에게 인사하고 다음 달 뉴욕에서 만나자고 한 다음, 중세 마을을 천천히 걸었다. 모든 건물들이 반짝거리는 하얀 소금 상자 같았고, 줄무늬 고양이들이 거리에 누워 천천히 손수레를 밀며 지나가는 사람들에게 꼬리를 흔들었다.

다음 날 저녁, 그라나다 외곽에서 주드가 깜짝 놀래줄 일이 있다고 말했다. 그들은 레스토랑 앞에서 대기하고 있는 차에 탔고, 주드는 저녁식사 내내 옆에 두고 있던 갈색 봉투를 가지고 탔다.

"어디 가는 거야?" 그가 물었다. "그 봉투 안엔 뭐가 있는데?"

"보면 알아." 주드가 말했다.

차는 휭 언덕을 오르고 내려 알람브라의 아치 문 앞에 섰다. 주드가 경비에게 편지를 주자 그가 살펴본 다음 고개를 끄덕였고, 차는 문을 지나 멈췄다. 두 사람은 차에서 내려 조용한 안뜰에 섰다.

"네 거야." 주드가 아래의 건물과 정원들을 향해 고개를 까딱하며 수줍게 말했다. "앞으로 세 시간 동안은." 그리고 윌럼이 아무 말도 못 하고 있는데, 계속해서 조용히 말했다. "기억해?"

그는 겨우 고개를 끄덕였다. "물론이지." 그도 조용히 말했다. 그들은 늘 자기들의 순례길 여행이 이렇게 끝날 거라고 상상했었다. 남쪽으로 기차를 타고 내려와 알람브라를 방문하면서. 몇 년 동안, 순례를 하는 일이 절대 없을 거라는 걸 알면서도 그는 절대 알람브라에 가지 않았고, 이런저런 영화 촬영을 끝내고도 하루를 빼서 와보지 않았다. 주드와 함께하길 기다리고 있었기 때문이었다.

"한 고객 덕에." 그가 물어보기 전에 주드가 말했다. "어떤 사람을 변호했는데, 대부가 알고 보니 스페인 문화부장관이더라고. 그래서 알람브라 유지기금에 후한 기부금을 내고 혼자 보는 특권을 얻었지." 그는 윌럼에게 씩 웃었다. "쉰 살 생일 때 뭐 해주겠다고 했잖아. 비록 일 년 반 늦긴 했지만." 그는 윌럼의 팔을 잡았다. "윌럼, 울지 마."

"안 울어." 그는 말했다. "우는 것 말고 다른 것도 할 수 있거든." 하지만 이젠 그게 사실인지조차 알 수 없었다.

주드가 준 봉투를 열자, 그 안에는 포장된 꾸러미 하나가 들어 있었다. 리본을 풀고 종이를 찢자 손으로 만든 책 한 권이 나왔다. 책은 〈알카사바〉, 〈사자궁전〉, 〈정원들〉, 〈헤네랄리페〉*라는 장章으로 나뉘어 있었고, 각 장 안에는 알람브라에 대해 논문을 썼고 아홉 살 이후 매해 이곳을 방문한 맬컴의 글씨로 쓰인 메모들이 담겨 있었다. 장들 사이에는 건물의 디테일 중 하나를 그린 그림들—조그만 하얀 꽃들이 피어나는 재스민 덩굴, 코발트색 타일이 박힌 석재 파사드—이 끼어 있었고, 그 그림들은 모두 아는 사람의 서명과 함께 그에게 헌정되어 있었다. 리처드, 제이비, 인디아, 아시안 헨리 영, 알리. 이제 그는 진짜로 울기 시작했다. 그가 울다가 웃다가 하고 있으니 결국 주드가 움직이는 게 좋겠다고, 입구에서 시간을 다 보낼 수는 없다고 했고, 그는 검은 옷을 입고 말없이 뒤에 서 있는 경비는 아랑곳없

*알람브라의 여름 별궁.

이 주드를 붙들고 키스했다. "고마워." 그가 말했다. "고마워, 고마워, 고마워."

그들은 주드의 손전등이 내뿜는 흔들리는 광선을 따라 고요한 밤을 헤치고 움직였다. 대리석이 너무 오래되어 부드러운 하얀 버터로 만들어진 것 같은 궁전으로 들어갔고, 아치형 천장이 너무 높아 그 안에서 새들이 소리 없이 날아다니는 접견실로 들어갔다. 창문이 대칭을 이루며 너무나 완벽하게 배치되어 있어서 달빛이 방 안에 환했다. 그들은 맬컴의 메모를 참조해 걸어가면서 그 메모가 알려주지 않았더라면 놓쳤을 디테일들을 살펴봤고, 자기들이 천 년도 전에 술탄이 편지를 구술했던 방에서 있다는 걸 깨달았다. 둘은 그림들을 꼼꼼히 보며, 그것과 눈앞에 보이는 것들을 맞춰봤다. 그림 옆 페이지에는 친구들이 언제 알람브라를 처음 봤고 왜 그 그림을 그리기로 선택했는지 이유를 적은 메모들이 있었다. 그들은 젊었을 때 종종 느꼈던 감정, 자기들이 아는 사람들은 다들 정말 세상을 많이 구경했는데 자기들은 아니라는 그런 느낌을 받았다. 비록 이제는 더 이상 그렇지 않았지만, 그들은 여전히 친구들의 삶에, 그들이 한 수많은 일과 경험에, 그걸 제대로 즐길 줄 아는 모습에, 그걸 기록하는 놀라운 재능에 경외심을 느꼈다. 헤네랄리페의 정원에서 그들은 미궁처럼 자란 삼나무 덤불 안으로 걸어 들어갔고, 돌길에 부딪치는 보안요원의 발소리가 뒤에서 희미하게 들리는데도 그는 오랫동안 자제하며 하지 않았던 강렬한 키스를 주드에게 퍼부었다.

호텔에 돌아와서도 그들은 계속 키스했다. 그는 오늘 밤이 영화였다면 그들은 지금 섹스하고 있을 거라고 생각했고, 그 생각을 거의 입 밖으로 말할 뻔하다가 정신을 차리고 멈추며 주드에게서 몸을 뗐다. 하지만 어쨌거나 상황은 마치 말을 해버린 것 같은 분위기였다. 그들은 잠시 말없이 서로 쳐다보기만 했고, 주드가 조용히 말했다. "윌럼, 원하면 우린 할 수 있어."

"넌 하고 싶어?" 그가 마침내 물었다.

"물론이야." 주드는 그렇게 대답했지만, 숙이고 있는 고개와 끊기는 목소리에서 윌럼은 그게 거짓말이라는 걸 알았다.

순간 그는 모른 척할까, 주드가 사실을 이야기하고 있다고 믿어버릴까 생각했다. 하지만 그럴 수 없었다. 그래서 그는 "아니" 하고 말하고 그의 몸에서 내려와 옆자리로 갔다. "하룻밤치 흥분으로는 충분한 것 같아." 옆에서 주드가 숨을 내쉬는 소리가 들렸다. 잠에 빠져 들고 있을 때쯤 주드는 속삭였다. "미안해, 윌럼." 이해한다고 말하려 했지만, 이때쯤에는 거의 무의식의 세계로 빠지고 있어서 그 말을 할 수가 없었다.

하지만 그게 그 시절 유일하게 슬픈 일이었고, 슬픔의 원인도 달랐다. 주드의 경우, 슬픔은 실패감, 자기의 의무를 다하지 못하고 있다는—윌럼이 절대 쫓아버리지 못할—확신에서 비롯했다. 그의 경우, 슬픔은 주드 때문이었다. 때로 윌럼은 주드가 섹스를 강제로 배우지 않고 스스로 발견할 수 있었다면 그 삶이 어땠을까 생각해보곤 했다. 하지만 그건 전혀 도움 되는 생각이 아니었고, 그런 생각을 하고 있으면 너무 마음이 아팠다. 그래서 아예 생각하지 않으려 노력했다. 하지만 그 생각은 그들의 우정 속에, 삶 속에 암반을 가르는 터키석 광맥처럼 늘 흐르고 있었다.

하지만 그동안에는 섹스나 흥분보다 더 나은 정상성과 일상이 있었다. 그날 밤 주드는 거의 세 시간 동안 연속으로—느리지만 확실하게—걸었다. 뉴욕에 돌아와서는 생활이, 전에 하던 일들이 다시 시작됐다. 이제 주드에게는 그럴 기운이 있으니까, 이제 연극이나 오페라나 디너에서 끝까지 깨어 있을 수 있으니까, 코블힐 맬컴 집 정문까지 계단을 올라갈 수 있으니까, 비니거힐 제이비 건물의 경사진 보도를 걸어 내려갈 수 있으니까. 주드의 알람이 5시 30분에 울리는 걸 듣고, 그가 아침 수영을 하러 가는 소리를 듣는 안락함, 부엌 조리대 위 상자를 들여다보니 그 안에 앤디에게 돌려줘서 병원에 기부하려고 싸놓은 의료용품—여분의 카데터 관, 멸균 거즈, 최근에야 앤디가 그만 먹어도 된다고 말한 고칼로리 단백질 음료들—이 가득 들어 있는 걸 봤을 때의 안도감이 있었다. 가끔 그는 딱 2년 전 오늘이 어땠는지 돌이켜보곤 했다. 극장에서 집에 돌아와 잠들어 있는 주드의 모습을 보면 어찌나 부서질 것처럼 연약한지 셔츠 아래 카데터가 사실은 동맥이고, 주드 자체가 꾸준히, 돌이킬 수 없이 조금씩 깎여나가 신경과 혈관, 뼈만 남고 있는 것 같았다. 때로 그 시간들을 생각하면 혼란스럽기까지 했다. 그게 정말 그들이었나, 그 시절 그 사람들이? 그 사람들은 어디로 사라졌을까? 다시 나타날까? 아니면 지금은 전혀 다른 사람이 되어 있는 걸까? 다음 순간 그는 그 사람들이 사라진 게 아니라 자기들 안에서 표면으로 다시 떠오를 기회를 기다리고 있다고, 그들의 몸과 마음을 다시 자기 것이라 주장하려고 기다리고 있다고 상상하곤 했다. 그 정체성들은 잠시 사면받았을 뿐 늘 그들 안에 있을 것이다.

그들은 별일 없이 지나가는 매일을 점차 기대하게 됐지만, 그 와중에도 그런 날들에 여전히 감사하는 걸 잊지 말라는 듯이 최근 자주 병이 찾아왔다. 주드가 몇 달 만에 처음으로 휠체어를 쓰는 걸 봤을 때, 같이 영화를 보고 있다가 삽화 때문에 혼자 있으려고 소파에서 떠나는 모습을 봤을 때, 그는 동요했다. 하지만 이것도 주드라는 걸 기억해야만 했다. 주드는 몸을 자기 마음대로 쓸 수 없는 사람이었고, 언제나 그럴 것이다. 주드가 다시—자주는 아니지만 규칙적으로—자해를 하고 있다는 걸 알게 됐을 때도, 다시 이것도 주드라고, 수술이 이걸 변화시키지는 않았다고 상기해야만 했다.

그래도, "어쩌면 지금을 '행복한 시절'이라고 불러야 할 것 같아." 어느 날 아침 그는 주드에게 말했다. 2월이고 눈이 내리고 있었고, 그들은 침대에 누워 있었다. 이제 일요일 아침마다 늦게까지 하는 일이었다.

"모르겠어." 주드가 말했다. 얼굴은 조금밖에 보이지 않았지만, 윌럼은 그가 미소 짓고 있다는 걸 알 수 있었다. "그건 좀 운명을 유혹하는 것 같지 않아? 그런 이름을 붙였더니 내 팔이 양쪽 다 툭 떨어진다거나. 게다가 그 이름은 벌써 선점됐어."

그랬다—사실 그건 윌럼의 다음 영화, 일주일 뒤에 촬영하러 떠날 새 영화의 제목이었다. 리허설은 6주 동안, 촬영은 11주 동안 예정되어 있었다. 하지만 원래 제목은 그게 아니었다. 원래 제목은 〈댄서와 무대〉였지만, 키트가 프로듀서들이 〈행복한 시절〉로 바꿨다고 얼마 전에 알려줬다.

그는 이 새 제목이 마음에 들지 않았다. "너무 냉소적이야." 그는 처음에는 키트에게, 다음에는 감독에게 불평한 후 주드에게 말했다. "뭔가 너무 섬찟하고 아이러니한 데가 있어." 그게 며칠 전 밤의 일이었다. 그들은 윌럼이 매일 받고 있는, 죽도록 힘든 발레 수업이 끝난 후 함께 소파에 앉아 있었고, 주드는 그의 발을 마사지해주고 있었다. 그는 1983년 파리오페라발레단 감독으로 임명되었을 때부터, 에이즈 진단을 받고 죽기 1년 전

병의 증상들을 처음으로 알아챌 때까지 루돌프 누레예프*의 말년을 연기한다.

"무슨 말인지 알아." 마침내 그가 마음껏 다 떠들고 나자 주드는 말했다. "하지만 어쩌면 그건 정말 그에겐 행복한 시절이었을지도 몰라. 자유로웠잖아. 사랑하는 일이 있었고, 젊은 무용수들의 스승이었고, 발레단 전체를 바꿔놓았어. 최고의 안무들을 내놓았고. 누레예프와 그 덴마크 무용수—"

"에릭 브룬."

"맞아. 그와 브룬은 여전히 함께였잖아, 적어도 조금은 더. 젊었을 때는 어쩌면 상상도 하지 못했던 것들을 경험했고, 그 모든 것, 돈과 명예와 예술적 자유를 즐길 정도로 여전히 젊었지. 그리고 사랑. 우정도." 그가 손가락 관절로 윌럼의 발바닥을 힘껏 누르자, 그가 움찔했다. "내가 보기에 그건 행복한 삶 같은데."

그들은 잠시 아무 말도 하지 않았다. "하지만 아팠잖아." 윌럼이 마침내 말했다.

"그때는 아니었어." 주드가 상기시킨다. "본격적으로는, 적어도."

"아니, 그건 아니었을지 모르지." 그는 말했다. "하지만 죽어가고 있었어."

주드가 그를 보며 빙긋 웃었다. "아, 죽어가고 있다고." 그는 무시하듯 말했다. "우린 다 죽어가고 있어. 그는 계획보다 자기 죽음이 조금 더 빨리 온다는 걸 알았을 뿐이야. 하지만 그렇다고 해서 그게 행복한 시절이 아니었다고, 그게 행복한 인생이

---

*러시아의 전설적인 발레리노이자 안무가.

아니었다고 할 수는 없지." 그는 주드를 쳐다봤고, 그 순간 주드와 주드의 지난 인생에 대해 정말로 생각할 때 가끔 느끼곤 하는 감정을 느꼈다. 슬픔이라고 할 수도 있겠지만, 동정하는 슬픔이 아니었다. 그건 더 큰 슬픔이었다. 고군분투하고 있는 가엾은 사람들, 자기도 모르는, 각자의 인생을 살고 있는 수십억 명의 사람들을 다 감싸 안는 것 같은 슬픔이었다. 매일매일이 너무나 힘들 때에도, 상황이 너무나 비참할 때도, 사방에서 사람들이 살기 위해 얼마나 애쓰고 있는지 생각하면 느끼게 되는 경탄과 경외심이 뒤섞인 그런 슬픔이었다. 인생이란 너무 슬프구나, 그런 순간이면 그는 생각했다. 너무 슬프지만, 그래도 사람은 다 그렇게 사는 거지. 삶에 매달리고, 위안거리를 찾고.

하지만 물론 이런 말을 하진 않았다. 그는 몸을 일으켜 주드의 얼굴을 잡고 키스한 뒤 다시 베개에 기댔다. "넌 어쩌다 그렇게 똑똑해졌어?" 주드에게 묻자, 그는 빙긋 웃기만 했다.

"너무 세?" 대신 그는 여전히 윌럼의 발을 문지르며 이렇게 물었다.

"아직 멀었어."

지금 그는 주드를 끌어당겨 얼굴을 마주 보고 누웠다. "그대로 '행복한 시절'로 가야 할 것 같아." 그가 말했다. "그냥 네 팔이 떨어져 나가는 위험을 무릅써야 할 것 같은데." 주드는 웃음을 터뜨렸다.

다음 주 그는 파리로 떠났다. 그건 이제껏 찍은 영화 중 제일 힘든 촬영이었다. 실제 무용수 대역이 있었지만 춤추는 장면 일부는 직접 했고, 며칠이고 실제 발레리나들을 공중으로 높이 들어 올리며 그들의 단단하고 밧줄 같은 근육에 놀라곤 했다. 너무 탈진한 나머지 밤이 되면 욕조에 털썩 들어갔다가 겨우 몸을 일으켜 나올 기운밖에 없는 날들이 계속됐다. 지난 몇 년 동안 그는 점점 더 몸을 많이 쓰는 역할에 무의식적으로 끌리고 있었고, 자기 몸이 그 온갖 요구를 다 충족시킨다는 게 늘 놀랍고 감사했다. 그는 자기 몸을 새롭게 의식하게 됐다. 이제 도약하면서 팔을 뒤로 뻗으면 욱신욱신하던 모든 근육이 살아서 깨어나는 느낌이 들었다. 그의 몸은 하고 싶은 건 뭐든 하게 해줬고, 아무 데도 부러진 적이 없었고, 매번 그의 요구를 다 받아줬다. 자기만 이런 기분, 이런 고마움을 느끼는 게 아니었다. 케임브리지에 가서 매일 해럴드와 테니스를 칠 때면, 아무 말 하지 않고도 둘 다 자기 몸에 대해 감사하고 있다는 걸, 코트를 가로질러 공을 호되게, 아무 생각 없이 후려치는 동작이 두 사람 모두에게 얼마나 소중한 일이 되었는지 알 수 있었다.

주드가 4월 말 파리로 찾아왔고, 그의 쉰 살 생일에 특별한 건 아무것도 하지 않겠다고 약속했지만 그래도 깜짝저녁은 준비해뒀다. 제이비와 맬컴과 소피 말고도 리처드와 일라이저, 로즈, 앤디, 블랙 헨리 영, 해럴드와 줄리아가 다 파리로 왔고, 페드라와 시티즌이 준비하는 걸 도와줬다. 다음 날 주드는 촬영장에 따라가 그가 촬영하는 걸 지켜봤다. 좀처럼 하지 않는 일이었다. 그날 아침 촬영분은 누레예프가 젊은 무용수의 카브리올 동작을 교정해주는 장면이었다. 그는 몇 번이고 설명하다가 결국 직접 시범을 보여주는데, 아직 찍지는 않았지만 이 장면 바로 앞에 나오게 될 장면에서 그는 에이즈 진단을 받았다. 그는 다리를 교차하며 도약하다가 넘어지고 주위는 쥐 죽은 듯 조용해진다. 그 장면은 그의 얼굴 클로즈업으로 끝나는데, 거기서 그는 자기가 어떻게 죽을 거라는 걸 갑자기 깨닫는, 하지만 바로 다음 순간 그 깨달음을 무시하기로 결심하는 누레예프의 표정을 연기해야 했다.

그들은 이 장면을 한 테이크, 한 테이크 찍었고, 한 테이크가 끝날 때마다 윌럼은 호흡이 진정될 때까지 뒤로 물러나 기다렸고, 그러면 헤어와 메이크업 팀이 퍼덕거리며 그를 에워싸고 얼굴과 목의 땀을 닦아줬고, 준비가 되면 그는 다시 자기 위치로 돌아갔다. 감독이 만족했을 때쯤엔, 그도 숨을 헐떡거리며 흡족한 얼굴을 하고 있었다.

"미안해." 그는 드디어 주드에게 와서 사과했다. "촬영 지루하지."

"아니, 윌럼." 주드가 말했다. "근사했어. 저기 있는 네 모습 정말 아름답더라." 그는 잠시 생각에 잠겼다. "너라는 걸 믿을 수 없을 정도였어."

그는 주드의 손을 잡아 깍지를 꼈다. 사람들 앞에서 주드가 용인하는 최대치의 애정 표현이었다. 하지만 신체적 능력의 아름다움을 표현하는 걸 봤을 때 주드가 어떤 기분을 느낄지는 절대 알 수 없었다. 작년 봄 제이비가 프레더릭과 또 헤어지고 유명한 현대무용단 단장과 사귀었을 때, 그들은 모두 그의 공연을 보러 갔다. 조사이어의 솔로 파트에서 그는 주드가 몸을 약간 앞으로 내밀고 턱을 손으로 괸 채 뚫어질 듯 무대를 바라보고 있는 걸 봤고, 윌럼이 손을 등에 올리자 화들짝 놀랐다. "미안해." 윌럼은 속삭였다. 나중에 침대에 누워 있을 때, 주드는 굉장히 말이 없었고, 그는 주드가 무슨 생각을 하고 있는지 궁금했다. 속상할까? 부러울까? 슬플까? 하지만 자기도 뭐라고 해야 할지 알 수 없는 질문을 주드에게 하는 건 무정한 짓 같아서, 물어보지 않았다.

뉴욕에 돌아왔을 때는 6월 중순이었고, 침대에서 주드는 그를 유심히 관찰했다. "이제 몸이 발레무용수 같아." 다음 날 거울 앞에서 자기 몸을 살펴봤더니, 주드 말이 맞았다. 그 주 후반, 그들은 옥상에서 저녁식사를 했다. 그들과 리처드와 인디아는 드디어 옥상 개조를 마쳤고, 리처드와 주드는 잔디를 깔고 과일나무를 심었다. 그는 자기가 배운 기술 몇 가지를 친구들에게 보여줬다. 처음에 느꼈던 자의식은 주테 동작으로 바닥 위를 뛰어다니다보니 들뜬 기분으로 바뀌었고, 친구들은 뒤에서 박수를 쳤고, 머리 위에서는 해가 뉘엿뉘엿 지고 있었다.

"숨겨진 재능을 하나 더 발견했군." 나중에 리처드는 미소 지으며 말했다.

"그러게." 주드도 웃으며 말했다. "윌럼은 늘 새로운 모습을 보여줘. 이렇게 많은 시간이 지났는데도."

하지만 모두들 늘 새로운 면을 보여준다는 걸 그는 알게 됐다. 어렸을 때는 서로에게 줄 게 비밀밖에 없었다. 고백이 유통화폐였고, 폭로는 친밀함의 형식이었다. 친구들에게 자기 사생활 이야기를 자세히 하지 않는 건 우선은 신비, 다음에는 일종의 쩨쩨함, 진정한 우정을 막을 인색함으로 간주되었다. "나한테 말 안 해준 거 있지, 윌럼." 제이비는 간혹 그를 비난했다. "나한테 숨기는 거야? 날 믿기는 해? 우린 친구인 줄 알았는데."

"친구 맞아, 제이비." 그는 말했다. "그리고 아무것도 숨기는 거 없어." 실제로 그랬다. 숨길 게 없었다. 그중에서 주드만 비밀이, 진짜 비밀이 있었다. 그 당시 윌럼은 자기 이야기 하는 걸 내켜하지 않는 것 같은 주드의 태도에 속이 상하긴 했지만, 그것 때문에 친하지 않다고는 한 번도 생각하지 않았다. 주드를 사랑하는 마음은 그걸로 인해 전혀 달라지지 않았다. 하지만 주드를 절대 완전히 소유할 수 없을 거라는, 근본적인 면에서 계속 알 수 없고 닿을 수 없는 사람을 계속 사랑할 거라는 생각은 정말 받아들이기 힘든 깨우침이었다.

하지만 만난 지 34년이 지난 지금도 그는 주드의 새로운 면을 여전히 발견하고 있고 거기 매혹됐다. 그해 7월 주드는 처음으로 그를 로젠 프리처드 연례 여름 바비큐 파티에 초대했다. "안 와도 돼, 윌럼." 주드는 초대하기가 무섭게 덧붙였다. "정말로, 정말로 지루할 거야."

"안 그럴 것 같은데." 그는 말했다. "그리고 난 갈 거야."

피크닉은 허드슨 강변의 커다랗고 오래된 맨션 부지에서 열렸다. 〈반야 삼촌〉을 찍었던 집의 세련된 사촌 같았다. 회사 전체—파트너변호사와 어소시에이트변호사와 직원, 그리고 그들의 가족들—가 다 초대받았다. 클로버가 지천에 깔린 잔디밭을 가로질러 사람들이 모인 곳으로 가면서 그는 갑자기 평소답지 않게 부끄러웠고 자기가 너무 침입자 같은 느낌이 들었다. 회장이 와서 급히 잠깐 의논할 게 있다며 주드를 몇 분 동안 데려가자, 가지 말라고 실제로 주드를 향해 손을 뻗기까지 했다. 주드는 뒤를 돌아보며 미안하다는 미소를 짓고 손을 들어 보였다—5분만.

그래서 갑자기 산제이가 나타났을 때 그는 기뻤다. 그는 주드의 동료들 중 윌럼이 만나본 적 있는 몇 안 되는 사람 중 하나로, 작년에 소송분과 공동분과장을 맡은 사람이었다. 그가 행정과 운영 관련 업무들을 맡는 동안, 주드는 새 사업을 따오는 데 집중할 수 있도록 하기 위해서였다. 그는 산제이와 언덕 꼭대기에 앉아 아래에 모인 사람들을 구경했고, 산제이는 자기와 주드가 싫어하는 변호사들을 알려줬다. (일부 지목된 변호사들은 고개를 돌려 그쪽을 바라봤고, 그러면 산제이는 그쪽을 향해 쾌활하게 손을 흔들며 윌럼에게는 그들의 모자란 능력과 책략 등 문제점들을 중얼중얼 읊었다.) 가만히 보니, 사람들은 그를 흘낏 보다가도 얼른 시선을 돌렸고, 한 여자는 언덕을 올라오다 그가 거기 서 있는 걸 보더니 누가 봐도 티 나게 반대 방향으로 휙 돌아섰다.

"저 여기서 대히트인가본데요." 그가 산제이에게 농담하자, 그도 웃었다.

"당신이 겁나서 그런 거 아니에요, 윌럼. 주드가 겁나서 그런 거죠." 산제이는 싱긋 웃었다. "그래요, 당신한테 겁난 것도 있어요."

드디어 주드가 돌아와서, 그들은 회장("정말 팬입니다")과 산제이와 조금 더 이야기를 나누다 언덕을 내려왔고, 주드는 몇 년 동안 이야기로만 듣던 사람들에게 그를 소개해줬다. 법률사무보조원 하나가 사진을 찍자고 해서 그렇게 했더니 다른 사람들도 청했고, 주드는 또 어디론가 끌려갔고, 어느 순간 그는 어느 세금분과 변호사의 이야기를 듣고 있었고, 그는 자신의 스파이 영화 2편에서 그가 한 스턴트 장면에 대해 이야기하기 시작했다. 아이작의 독백을 들으며 한순간 잔디밭 반대쪽을 보던 그는 주드와 눈이 마주쳤고, 그러자 주드는 입모양으로 미안하다고 했다. 그는 고개를 저으며 빙긋 웃다가 왼쪽 귀—오래전 쓰던 신호—를 잡아당겼고, 기대도 하지 않았는데 다시 고개를 돌리자 주드가 그 쪽으로 걸어오고 있었다.

"미안해요, 아이작." 그가 단호하게 말했다. "잠깐 윌럼 좀 빌려 갈게요." 그러고는 그를 끌어냈다. "정말 미안해, 윌럼." 걸어 나오며 그는 속삭였다. "원래도 사교술이 좋지는 않지만 오늘은 특히 형편없네. 꼭 동물원 안 판다 같은 기분이지? 하지만 끔찍할 거라고 난 정말 경고했다. 10분 뒤에 갈 수 있어, 약속해."

"아냐, 괜찮아." 그는 말했다. "난 재미있어." 이 다른 삶 속의 주드, 윌럼 자신보다 매일 더 많은 시간 동안 그를 소유하고 있는 사람들에 둘러싸인 주드의 모습을 보는 건 늘 흥미로웠다. 좀 전에는 전화로 뭔가 시끄럽게 떠들고 있던 젊은 변호사들 쪽으로 주드가 걸어가는 걸 봤다. 하지만 주드가 다가오는 걸 보자, 그들은 서로 쿡쿡 찌르더니 조용하게 예의를 차렸고, 누가 봐도 진심에서 우러나오는 힘찬 인사로 그를 맞이해서 윌럼은 움찔했다. 주드가 지나가고 나서야 그들은 다시 전화기를 잡았지만, 이번에는 더 조용했다.

주드가 세 번째로 옆에서 사라졌을 때는, 그도 훨씬 편안해져서 약간 거리를 두고 미소를 지으며 주위에서 얼쩡거리고 있던 사람들에게 먼저 자기소개를 하기 시작했다. 주드가 좋게 평가하던 게 기억나는, 클래리사라는 키 큰 아시아 여자를 만났다. "당신 칭찬 많이 들었어요." 그러자 클래리사는 환한 안도의 미소를 지었다. "주드가 제 이야기를 했다고요?" 그녀는 물었다. 이름은 기억나지 않지만 〈블랙 머큐리 3081〉이 자기가 본 최초의 성인등급 영화였다고 말한 변호사도 있었고, 그러자 엄청나게 늙은 기분이 들었다. 주드 분과의 변호사도 하나 만났는데, 로스쿨에서 해럴드 수업을 두 개 들었다며 해럴드가 진짜로는 어떤 사람인지 궁금하다고 말했다. 그는 주드의 비서들의 아이들과 산제이의 아들을 만났고, 그 외 열두어 명의 사람들도 만났다. 몇몇은 이름을 들어봤지만, 대부분은 이름도 들어본 적 없는 사람들이었다.

그날은 뜨겁고 바람도 없고 청명했고, 오후 내내 뭔가—레모네이드, 물, 와인, 아이스티—계속 마시긴 했지만, 너무 분주해서 두 시간 뒤 떠날 때는 사실 두 사람 다 거의 아무것도 먹을 틈이 없었다. 오는 길에 농장의 간이노점에 들러 옥수수를 샀다. 옥상에서 기른 호박과 토마토와 함께 구울 생각이었다.

"오늘 너에 대해 많은 걸 알았어." 그는 짙푸른 하늘 아래서 저녁을 먹으며 말했다. "회사 사람 대부분이 너를 무서워하고 있고, 나한테 알랑거리면 너한테 좋은 소리를 해줄 거라 생각하고 있더라. 내 생각보다 내가 훨씬 더 늙었다는 것도 깨달았고. 그리고 네 말이 맞다는 것도 알았어. 너 정말 얼간이들이랑 일하고 있던데."

주드는 미소 짓고 있다가, 이젠 웃음을 터뜨렸다. "봤지? 내가 말했잖아, 윌럼."

"하지만 정말 즐거웠어." 그가 말했다. "정말이야! 또 가고 싶어. 하지만 다음번엔 제이비를 초대해서 로젠 프리처드의 집단의식을 날려줘야겠어." 주드는 또 웃음을 터뜨렸다.

그게 거의 2개월 전 일이었고, 그 이후로 그는 대부분 시간을 랜턴 하우스에서 보내고 있다. 이른 쉰두 번째 생일선물로 그는 주드에게 남은 여름 내내 토요일은 쉬자고 부탁했고, 주드는 그렇게 하고 있다. 매주 금요일 그는 이곳으로 차를 몰고 오고, 월요일 아침마다 도시로 돌아간다. 주드가 주중에 차를 써서 그는 컨버터블을—내심 그걸 몰고 돌아다니는 걸 좋아하긴 하지만, 반은 재미로—렌트했다. 주드가 "창부 빨강"이라고 부르는 깜짝 놀랄 색의 컨버터블이었다. 주중에는 책을 읽고 수영하고 요리하고 잠을 잔다. 가을에는 엄청나게 바쁜 스케줄이 잡혀 있어서, 그때를 위해 제대로 충전하고 쉬고 있는 중이다.

식료품 가게에서 그는 종이봉투 하나는 라임으로 채우고, 두 번째 봉투에는 레몬을 담고 셀처 탄산수를 좀 더 산 후 기차역으로 가서 기다린다. 좌석에 머리를 기댄 채 눈을 감고 있으니, 맬컴이 이름을 불러 일어나 앉는다.

"제이비는 안 왔어." 윌럼이 맬컴에게 키스하고 소피에게 인사하는 동안, 맬컴이 짜증 난 목소리로 말한다. "프레더릭이랑 오늘 아침에 헤어졌대지, 아마. 하지만 어쩌면 아닐지도 몰라. 내일 오겠다고 했거든. 도대체 무슨 일인지 모르겠네."

그는 끙 하고 신음한다. "집에 가서 전화해볼게. 안녕, 소피? 두 사람 아직 점심 전이죠? 도착하자마자 점심 차리면 돼요."

점심을 안 먹었다고 해서, 그는 주드에게 전화해 파스타 삶을 물을 올리라고 한다. "제이비는 내일까지 안 온대. 프레더릭이랑 무슨 문제가 있나본데, 맬도 아직 잘 모른대. 전화해서 무슨 일인지 알아볼래?"

그는 친구들의 짐을 뒷좌석에 싣고, 맬컴은 차 트렁크를 흘낏 보며 올라탄다. "재밌는 색깔이네."

"고마워. '창부 빨강'이래."

"정말?"

그는 맬컴의 한결같은 고지식함에 싱긋 미소 짓는다. "응." 그는 말한다. "준비됐죠, 다들?"

차를 타고 가며 그들은 정말 오랜만이라고, 소피와 맬컴이 집에 돌아와서 정말 기쁘다고 또 인사를 나누고, 대참사였던 맬컴의 운전 교습에 대해, 완벽한 날씨에 대해, 달콤하고 건초 향이 나는 공기에 대해 이야기를 나눈다. 최고의 여름이야, 그는 또 생각한다.

기차역에서 집까지는 30분 거리이고 서두르면 조금 더 빨리

가지만, 그는 운전 자체를 즐기기 때문에 서두르지 않는다. 마지막 큰 사거리를 건널 때, 신호를 무시하고 그들을 향해 무서운 속도로 돌진해 오는 트럭을 보지 못한다. 소피가 앉아 있는 옆자리를 종잇장처럼 구기는 엄청난 충격을 느꼈을 때, 그는 이미 튕겨져 나가 공중에 높이 떠 있다. "안 돼!" 그는 고함지른다, 아니 그러고 있다고 생각한다. 순간 주드의 얼굴이 눈앞을 스친다. 표정은 아직 알 수 없고, 몸에서 떨어진 주드의 얼굴만 검은 하늘에 떠 있다. 그의 귀, 그의 머리는 찌그러지는 쇳소리, 유리 깨지는 소리, 속절없는 자신의 고함 소리로 가득 찬다.

하지만 머릿속에 떠오른 마지막 생각은 주드가 아니라 헤밍이다. 어릴 때 살던 집이 보이고, 마구간으로 내려가는 경사가 시작되기 직전, 잔디밭 한가운데에 헤밍이 휠체어에 앉아, 생전에는 절대 불가능했던 확고하고 침착한 시선으로 그를 쳐다보고 있다.

그는 흙길과 아스팔트가 만나는 진입로 끝에 서서 헤밍을 보고 있다. 그리움에 가슴이 벅차오른다. "헤밍!" 그는 소리 지르고, 다음 순간 말도 안 되게 "기다려줘!" 하고 말한다. 그리고 형을 향해 달려가기 시작한다. 너무 빨리 달려서 땅에 발이 닿는 것조차 느끼지 못한다.

6부

동지에게

1

윌럼이 처음으로 주연을 맡은 건 〈죽음 후의 삶〉이라는 영화였다. 오르페우스와 에우리디케 이야기를 다시 쓴 이 영화는 두 사람의 관점에서 번갈아가며 진행됐고, 명망 있는 두 감독이 촬영했다. 윌럼은 여자친구가 얼마 전 죽은, 스톡홀름의 젊은 뮤지션 O를 연기했는데, 그는 특정 멜로디를 연주하면 여자친구가 나타나는 환상을 보기 시작하고 있었다. 이탈리아 여배우 파우스타가 죽은 여자친구 E를 연기했다.

그 영화의 유머는 O가 지상에서 사라진 연인을 목격하고 울고불고 애도하는 동안, E는 지옥에서 환상의 시간을 보내고 있다는 거였다. 지옥에서 E는 드디어 예의를 차리는 일에서, 불만투성이 엄마와 불만에 지친 아빠를 돌보는 일에서, 감사인사 같은 건 절대 하지 않는 무자력 피고인들의 징징거리는 하소연에서, 자기 생각만 하는 친구들의 끝도 없는 잡담을 받아주는 일에서, 상냥하지만 늘 침울한 남자친구를 응원하는 일에서 해방됐다. 대신 그녀가 있는 저승에서는 음식이 넘쳤고, 나무들은 언제나 휘어지도록 과일들을 주렁주렁 매달고 있었고, 결과 같은 건 생각하지 않고 다른 사람에 대해 심술궂은 소리를 할 수 있었고, 심지어 (라파엘이라는 덩치 큰 근육질의 이탈리아 배우가 연기하는) 하데스의 관심까지 끌 수 있었다.

〈죽음 후의 삶〉에 대한 평론가들의 의견은 갈렸다. 어떤 평론가들은 좋아했다. 그들은 이 영화가 삶에 대한 두 다른 문화의 근본적인 상이한 접근을 잘 보여주면서도(O의 이야기는 유명한 스웨덴 감독이 음울한 회색과 푸른색 톤으로 찍었고, E의 이야기는 화려한 미학으로 유명한 이탈리아 감독이 찍었다) 동시에 번득이는 자기풍자를 담고 있다고 했다. 그들은 톤의 변화를 좋아했다. 다정하면서도 예기치 않게 산 자들을 위로해주는 이 영화의 목소리를 좋아했다.

하지만 이 영화를 싫어하는 사람들도 있었다. 그들은 이 영화의 소재와 연출을 다 거슬려했다. 영화의 애매모호한 풍자톤을 싫어했다. 가엾은 O가 지상에서 차갑고 미니멀한 음악을 튕기는 동안 E가 지옥에서 하는 뮤지컬 곡들도 싫어했다.

하지만 (미국에서는 사실상 아무도 보지 않았으면서 다들 한마디씩은 하는) 이 영화에 대한 논쟁은 뜨거웠지만, 적어도 한 가지에 대해서는 모두가 의견을 같이했다. 두 주역, 윌럼 라그나르손과 파우스타 산 필리포는 환상적이며, 앞으로도 대단한 경력을 쌓아갈 거라는 것이었다.

시간이 지나면서 〈죽음 후의 삶〉은 재고되고, 재평가되고, 재검토되었고, 윌럼이 40대 중반이 되었을 무렵에는 공식적으로 사랑받는 영화, 두 감독들의 최고 인기작, 이제는 사람들이 거의 제작에 관심을 보이지 않는, 불손하고 두려움 없으면서도 쾌활한 합작영화의 상징이 되었다. 윌럼은 너무나 다양한 영화와 연극에 출연했기 때문에, 그는 사람들이 그중 어떤 걸 가장 좋아하는지 듣는 걸 늘 좋아했고, 그 결과를 윌럼에게 들려줬다. 예를 들어, 로젠 프리처드의 젊은 남자 변호사들은 스파이 영화를 좋아했다. 여자들은 〈듀엣〉을 좋아했다. 임시직원들—그 중 다수는 배우들이었다—은 〈독이 든 사과〉를 좋아했다. 제이비는 〈정복되지 않은 사람들〉이었다. 해럴드와 줄리아는 〈라쿠나 탐정들〉과 〈반야 삼촌〉이었다. 레스토랑이나 거리에서 윌럼에게 가장 거침없이 다가오는 영화과 학생들은 예외 없이 〈죽음 후의 삶〉을 좋아했다. "그 영화는 도니체티의 최고작이에요." 그들은 확신에 차서 말했다. "베르게손이 감독했다면 근사했을 텐데요."

윌럼은 늘 친절했다. "동감입니다." 그가 말하면 영화과 학생들은 환히 웃었다. "맞아요. 정말 근사했어요."

올해는 〈죽음 후의 삶〉이 23주년 되는 해다. 2월 어느 날, 바깥에 나가자 스물세 살 때 윌럼의 얼굴이 건물 벽과 버스정류장 벽, 공사장 비계를 따라 워홀풍 분할화면으로 붙어 있다. 그날은 토요일이고, 그는 산책을 할 생각이었지만 돌아서서 계단을 올라가 다시 침대에 누워 눈을 감고 다시 잠이 든다. 월요일에는 아메드 씨가 모는 차 뒷좌석에 타고 6번가를 올라가다 빈 가게 창문에 붙은 첫 번째 포스터를 보는 순간 눈을 감았고, 차가 멈추고 아메드 씨가 사무실에 다 왔다고 말할 때까지 뜨지 않는다.

그 주 후반, 모마에서 초청장이 온다. 〈죽음 후의 삶〉이 6월 한 주 동안 열리는 시몬 베르게손 영화제의 첫 번째 상영작이고, 영화 상영 이후에는 두 감독과 파우스타도 참석하는 토론이 있는데, 주최측에서는 그가 그 행사에 참석하고—비록 전에도 청한 적이 있지만—패널로도 참여해서 영화 촬영 당시 윌럼의 경험에 대해 이야기해준다면 정말 기쁘겠다고 하는 것 같다. 여기서 그는 읽기를 멈춘다. 전에도 그를 초청했었다고? 그랬을 것 같다. 하지만 기억이 나지 않는다. 지난 6개월은 거의 기억이 없다. 이제 그는 영화제 날짜를 확인한다. 6월 3일부터 11일까지다. 그때는 도시를 비울 계획을 세워야겠다. 그래야 한다. 윌럼은 베르게손과 두 편의 영화를 더 찍었다. 그들은 친했다. 그는 윌럼의 얼굴이 있는 포스터들을 더 이상 보고 싶지 않다. 신문에서 그의 이름을 읽고 싶지 않다. 베르게손과 만나야 하고 싶지 않다.

그날 밤 자러 가기 전, 그는 옷장 안 윌럼이 쓰던 쪽으로 간다. 아직 옷들을 정리하지 않았다. 윌럼의 셔츠들은 옷걸이에 그대로 걸려 있고, 스웨터들은 옷장 칸에, 신발들은 그 아래 가지런히 정리되어 있다. 그는 봄에 윌럼이 집 안에서 잘 입고 있던, 노란색이 섞인 자주색 체크 셔츠를 꺼내어 머리에서부터 뒤집어써서 입는다. 하지만 소매에 팔을 넣는 대신 소매를 앞에서 묶는다. 그러면 꼭 구속복처럼 보이지만—마음을 집중하고 있으면—윌럼이 팔로 자기를 안아주고 있다고 상상할 수 있다. 그는 침대로 들어간다. 이런 의식儀式은 당황스럽고 부끄럽지만 정말로 필요할 때만 한다. 오늘 밤엔 정말로 이게 필요하다.

그는 누운 채 잠을 이루지 못한다. 때로는 셔츠 칼라에 코를 대고 셔츠에 남아 있는 윌럼의 체취를 맡아보려 애쓰지만, 입을 때마다 그 향기는 점점 더 희미해진다. 이건 윌럼의 셔츠 중 네 번째로 꺼낸 옷이고, 그는 그 향취를 보존하기 위해 매우 주의한다. 몇 달 동안 거의 매일 밤 입었던 처음 세 벌에선 더 이상 윌럼의 냄새가 나지 않는다. 그의 냄새가 난다. 때로 그는 자기의 향기도 윌럼에게서 받은 거라고 위안하려 하지만, 그건 오래 위안이 되지 않는다.

연인이 되기 전에도 윌럼은 어디서 촬영을 했든 늘 뭔가를 가져다주곤 했는데, 〈오디세이〉 때는 피렌체의 유명한 조향사 아틀리에에서 만든 향수 두 병을 가져왔다. "이건 좀 이상해 보일지 모르지만, 누구한테 들은 건데"—그때 그는 윌럼이 여자 이야기를 한다고 생각하고 빙긋 웃었다—"재미있을 것 같더라고." 윌럼은 자기가 어떻게 그를 묘사했고(좋아하는 색깔과 취향과 사는 곳), 조향사가 어떻게 그를 위해 이 향수를 만들게 됐는지 설명해줬다.

그는 냄새를 맡았다. 신선하고 살짝 알알하고, 잔향은 톡 쏘는 느낌이 났다. "베티베르*야." 윌럼이 말했다. "뿌려봐." 그는 향수를 손에 살짝 두드렸다. 그때는 아직 윌럼에게 손목을 보여주지 않았다.

윌럼은 그 냄새를 맡았다. "좋은데. 네가 뿌리니까 향기가 좋다." 갑자기 둘 다 수줍은 기분이 들었다.

"고마워, 윌럼." 그는 말했다. "정말 마음에 들어."

윌럼은 자기 향수도 만들어 왔다. 그의 향수는 백단향을 기본으로 한 것이었고, 그는 곧 그 나무와 윌럼을 연결시키게 됐다. 백단향 냄새를 맡을 때마다—특히 집에서 떠나 인도나 일본이나 태국 같은 곳에 출장 가 있을 때—늘 윌럼이 떠올랐고, 그러면 좀 덜 외로웠다. 시간이 가도 두 사람은 계속 피렌체의 조향사에게 이 향수들을 주문했다. 두 달 전, 생각을 할 수 있을 정도로 정신을 차렸을 때 그가 처음으로 한 일은 윌럼의 향수를 대량으로 주문하는 것이었다. 소포가 마침내 도착하자 어찌나 안도하고 흥분했는지 포장지를 찢고 상자를 여는 손이 덜덜 떨렸다. 벌써 윌럼이 그에게서 스르르 사라지고 있는 게 느껴졌다. 벌써 윌럼을 간직하려고 노력해야 한다는 걸 알게 됐다. 하

*향료 원료로 쓰는 동인도 원산 다년초.

지만 향수를 뿌려도—그는 조심해서 뿌렸다, 너무 많이 쓰고 싶지 않았다—윌럼 셔츠의 향내는 같지 않았다. 윌럼의 옷에서 나는 윌럼 냄새는 결국 향수만이 아니었다. 윌럼이었다. 윌럼 자신이었다. 그날 밤 그는 달콤한 백단향 향기, 다른 모든 냄새를 덮어버리고 남은 윌럼의 향취를 완전히 없애버릴 정도로 강한 향기가 풍기는 셔츠를 입고 침대에 누웠다. 그날 밤 그는 아주 오랜만에 처음으로 울었다. 다음 날 그는 윌럼의 다른 옷들을 오염시키지 않기 위해서 그 셔츠는 접어서 옷장 구석 상자 안에 영원히 치워버렸다.

향수와 셔츠를 입는 의식. 아무리 삐걱거리고 연약해도 이 두 가지는 그가 앞으로 나아가기 위해서, 계속 살아가기 위해서 세우게 된 두 가지 골조다. 하지만 종종 산다기보다는 그냥 존재할 뿐이라는 느낌, 하루하루를 살아간다기보다 하루하루가 그를 지나가고 있다는 느낌이 든다. 하지만 이것 때문에 스스로를 벌하고 싶은 생각은 별로 없다. 존재하는 것만으로도 충분히 힘이 드니까.

무엇이 효과가 있는지 알아내는 데 몇 달이 걸렸다. 잠시 동안은 밤마다 윌럼의 영화를 미친 듯이, 빨리돌리기로 윌럼이 말하는 장면들만 보다가 소파에서 잠이 들었다. 하지만 그 대사들, 윌럼이 연기를 하고 있다는 사실 때문에 오히려 거리감이 느껴져서 결국 그냥 정지화면으로 보는 걸 더 좋아하게 됐다. 윌럼의 얼굴이 나오는 장면을 정지시키고 그를 쳐다보고 있으면, 보고 또 보고 있으면 결국 눈시울이 뜨끈해졌다. 한 달 정도 지나고 나자, 이 효력을 잃지 않으려면 이 영화들을 좀 더 잘 분석해야 한다는 생각이 들었다. 그래서 그는 순서대로, 윌럼의 첫 번째 영화 〈은색 손을 가진 소녀〉부터 보기 시작했다. 밤마다 영화를 멈췄다가 다시 돌렸다가 특정 장면들에서 멈춰가며 집요하게 봤다. 주말이면 하늘색이 변하기 시작하는 저녁때부터 아침까지 보고 그리고 다시 밤이 되고도 또 한참이 지날 때까지 몇 시간이고 봤다. 그러다 그는 연대기 순으로 영화들을 보는 게 위험하다는 걸 깨달았다. 그건 한 편을 끝낼 때마다 윌럼의 죽음에 가까이 다가가고 있다는 뜻이었다. 그래서 이제는 그달의 영화를 무작위로 선정했고, 그게 더 안전했다.

하지만 그가 자신을 위해 만들어낸 가장 크고 지속적인 허구는 윌럼이 촬영차 어딘가에 가 있는 척하는 거였다. 촬영은 매우 길고 매우 힘들지만, 거기에는 끝이 있고 결국 윌럼은 돌아올 것이다. 그건 힘든 망상이었다. 촬영차 떠나 있을 때도, 그와 윌럼은 매일 이야기나 이메일이나 문자를 (혹은 세 가지 다를) 했기 때문이다. 윌럼의 이메일을 많이 모아둬서 정말 다행이었다. 잠시 동안은 밤에 그 메일들을 읽으며 방금 받은 척 상상할 수 있었다. 허겁지겁 다 읽고 싶어도 그러지 않았고, 주의해서 한 번에 하나씩만 읽었다. 하지만 이런다고 영원히 만족할 수 있는 건 아니라는 걸 알고 있었다. 이 이메일들을 더 현명하게 분배할 필요가 있었다. 이제 그는 일주일에 한 통, 딱 한 통씩만 읽었다. 그전에 읽은 것들은 읽을 수 있지만, 아직 읽지 않은 것들은 읽을 수 없다. 그게 또 하나의 규칙이다.

하지만 그것도 더 큰 문제, 즉 윌럼의 침묵을 해결해주진 않았다. 아침에 수영을 하다가, 밤에 스토브 앞에서 멍하니 서서 찻주전자가 삑 소리를 내기를 기다리고 있다가, 그는 질문하곤 했다. 도대체 어떤 상황에서 윌럼이 촬영 여행 중에 그와 이야기를 못 할 수가 있을까? 마침내 그는 한 가지 시나리오를 생각해냈다. 윌럼은 냉전시대 러시아 우주인들 영화를 찍고 있는데,

이 판타지 영화에서 그들은 실제 우주에 있다. 어떤 제정신이 아닌 러시아 억만장자 실업가가 영화 제작비를 대고 있기 때문이다. 그래서 윌럼은 낮이고 밤이고 그와 대화도 못 하고 집을 그리워하며 수백 킬로미터 위에서 회전하고 있는 것이다. 이 상상의 영화와 자신의 절박함이 당혹스러웠지만, 이 역시 오랫동안, 때로는 며칠 동안 스스로를 기만할 수 있을 정도로 그럴듯해 보이진 않았다. (윌럼이 하는 일의 논리와 현실이, 많은 경우 그다지 신뢰할 만하지 않다는 게 고마웠다. 그 산업 자체의 불확실성 덕분에 그래도 지금, 이 절박한 순간, 이런 이야기들을 믿을 수 있었다.)

그 영화 제목은 뭔데? 상상 속 윌럼이 물었다. 상상 속 윌럼이 미소 지었다.

〈동지에게〉, 그는 윌럼에게 말했다. 윌럼과 그는 가끔 이메일에서 그런 호칭을 썼다. 동지에게, 주드 해롤도비치에게, 윌럼 라그나라보비치에게. 윌럼이 1960년대 모스크바를 배경으로 한 스파이 영화 삼부작 중 1편을 찍고 있을 때 쓰기 시작한 호칭이었다. 그의 상상 속에서 〈동지에게〉의 촬영은 1년이 걸릴 예정이었다. 물론 그것도 조정해야 할 것이다. 벌써 3월이어서 그의 상상 속에서 윌럼은 11월에 돌아와야 하지만, 그때까지는 가면극을 끝낼 준비가 되어 있지 않을 게 분명하다. 그러니 재촬영과 연기 같은 것들을 상상해야 할 것이다. 속편 같은 것도 꾸며내서 윌럼이 더 오래 떠나 있을 이유를 만들어야 한다.

판타지를 더 그럴듯하게 만들기 위해서 윌럼에게 매일 밤 이메일도 썼다. 윌럼이 살아 있다면 그럴 것처럼, 그날 있었던 일들에 대해 썼다. 모든 메일은 항상 똑같이 끝났다. 촬영이 잘되길 바라. 너무 보고 싶어. 주드.

작년 11월, 그는 드디어 무기력에서 빠져나왔고, 윌럼의 부재가 돌이킬 수 없는 사실이라는 걸 진짜로 이해하기 시작했다. 그때 그는 자기에게 문제가 있다는 걸 알았다. 그전 몇 달이 거의 기억나지 않았다. 그날 자체가 거의 기억나지 않았다. 파스타 샐러드를 다 만들고 바질 잎을 뜯어 그릇 위에 올리고, 시계를 보며 어디까지 왔는지 궁금해했던 기억은 난다. 하지만 걱정은 하지 않았다. 윌럼은 뒷길로 오는 걸 좋아하고 맬컴은 사진 찍는 걸 좋아하니, 도중에 멈췄을 수도 있다. 시간 가는 것도 몰랐을 수 있다.

그는 제이비에게 전화를 해서 프레더릭에 대한 불평을 들었다. 디저트로 멜론을 잘랐다. 그때쯤에는 정말 늦어서 윌럼에게 전화했지만, 신호만 울렸다. 슬슬 초조해지기 시작했다. 도대체 어디 간 걸까?

그리고 더 시간이 갔다. 그는 집 안을 서성거리고 있었다. 맬컴에게, 소피에게 전화를 걸었다. 아무도 받지 않았다. 제이비에게 전화했다. 혹시 그에게 전화했나? 이야기 들은 게 있나? 하지만 제이비도 몰랐다. “걱정 마, 주디. 분명 아이스크림이나 뭐 그런 거 사러 갔을 거야. 아니면 다 같이 도망갔거나.”

“하.” 그는 말했지만, 뭔가 잘못됐다는 생각이 들었다. “알았어. 나중에 전화할게, 제이비.”

제이비랑 전화를 막 끊는 순간, 현관 벨이 울렸다. 그는 겁에 질려 그대로 멈췄다. 그 집의 현관 벨을 울리는 사람은 없었다. 그 집은 찾기 힘들었다. 작정하고 찾아야 하는 집이다. 게다가 아무도 대문을 열어주지 않으면, 도로에서부터—아주, 아주 먼 길을—걸어 들어와야 했고, 그는 대문 벨소리도 듣지 못했다. 제발, 그는 생각했다. 제발. 제발. 하지만 그때 다시 벨이 울렸고, 그는 문 쪽으로 걸어갔다. 문을 연 후, 경찰관들의 표정보다 모자를 벗는 동작이 먼저 눈에 들어왔다. 그 순간 그는 알았다.

그 이후는 기억이 없다. 짤막짤막하게 의식이 돌아왔고, 그때 본 얼굴들—해럴드, 제이비, 리처드, 앤디, 줄리아—은 자살 시도 때 본 똑같은 얼굴들이었다. 같은 사람들, 같은 눈물. 그때도 그들은 울었고, 지금도 울었다. 종종 그는 혼란스러웠다. 윌럼과 함께 보내고, 다리를 잃은 지난 10년이 결국 꿈이었을지도 모른다. 자기는 아직도 정신병동에 있는 건지도 모른다. 그 며칠 사이, 상황을 알게 됐다는 건 생각나지만, 어떻게 알게 됐는지는 기억나지 않는다. 대화를 한 기억이 없기 때문이다. 하지만 분명 했을 것이다. 자기가 윌럼의 시체를 확인했지만 사람들이 윌럼의 얼굴은 보여주지 않았다는 이야기도 들었다. 윌럼은 차에서 튕겨져 나가 길에서 30미터 떨어진 곳에 있는 느릅나무에 얼굴부터 떨어져서 얼굴이 다 망가졌다. 뼈가 하나도 남김없이 다 부러졌다. 그래서 그는 왼쪽 종아리에 있는 모반과 오른쪽 어깨에 있는 점으로 윌럼을 확인했다. 소피의 몸은 부서졌고—"흔적조차 없어졌다"고 누군가 말한 기억이 난다—맬컴은 뇌사 선고를 받았고 산소호흡기에 의지해 나흘을 더 버티다 부모님이 장기기증을 했다. 모두 안전벨트를 했다고 들었다. 렌터카—그 멍청한, 빌어먹을 렌터카—의 에어백에 문제가 있었다. 맥주 회사 트럭을 몰던 트럭 운전사는 제정신이 아니게 취해서 빨간불에 그대로 내달렸다고 했다.

대부분의 시간, 그는 안정제에 취해 멍한 상태로 지냈다. 소피의 장례식에 갔을 때도 약에 취해 있어서 아무것도, 단 하나도 기억나지 않았다. 맬컴의 장례식에 갔을 때도 약에 취해 있었다. 맬컴의 장례식 때는 어바인 씨가 그를 잡아 악수를 하더니 숨이 막힐 것처럼 꼭 안고 그에게 기대 흐느껴 울었고, 누군가, 아마도 해럴드가 뭐라고 말하며 그를 풀어줬던 기억이 난다.

윌럼도 뭔가 장례식을, 조그만 장례식을 치렀다는 건 알았다. 화장을 했다는 것도 알았다. 하지만 아무것도 기억나지 않는다. 누가 준비했는지도 모른다. 심지어 자기가 갔는지조차 모르겠다. 하지만 너무 무서워서 물어볼 수가 없다. 언제였나, 해럴드가 그에게 추도 연설을 안 해도 괜찮다고, 나중에 언제든 준비가 되면 그때 윌럼을 위한 추도식을 하면 된다고 말한 기억은 있다. 고개를 끄덕이고, 이렇게 생각했던 기억은 있다. 준비되는 일 같은 건 결코 없을 거야.

시간이 지나고 그는 다시 직장에 돌아갔다. 아마 9월 말이었던 것 같다. 그때는 무슨 일이 있었는지 다 알았다. 그랬다. 하지만 그는 알지 않으려고 기를 썼고, 그때는 그래도 쉬웠다. 신문도 안 읽고, 뉴스도 안 봤다. 윌럼이 죽은 지 2주 후, 해럴드와 거리를 걸어가다가 신문가판대를 지나쳤는데, 눈앞에 윌럼의 얼굴과 두 개의 날짜가 적힌 잡지가 나타났다. 첫 번째는 윌럼이 태어난 날짜였고, 두 번째는 그가 죽은 해였다. 그가 잡지를 뚫어져라 쳐다보며 꼼짝도 못 하고 있자, 해럴드가 팔을 잡았다. "가자, 주드." 해럴드는 상냥하게 말했다. "보지 마. 나랑 가자." 그는 고분고분 따라갔다.

사무실에 돌아오기 전, 그는 산제이에게 지시했다. "아무한테도 애도인사 같은 거 받고 싶지 않아. 언급하는 것조차 싫어. 윌럼의 이름을 말하는 것도 싫어, 절대로."

"알았어, 주드." 산제이는 겁에 질린 표정으로 조용히 말했다. "이해해."

그들은 그의 말에 따랐다. 아무도 안타깝다고 말하지 않았다.

아무도 윌럼의 이름을 말하지 않았다. 아무도 윌럼의 이름을 말하지 않는다. 이제는 사람들이 윌럼의 이름을 말해줬으면 싶다. 그는 그 이름을 말할 수 없다. 하지만 누군가 그 이름을 불러주면 좋겠다. 때로 길을 가다 누가 그 비슷한 이름—엄마가 아들에게 "윌리엄!"—을 부르면, 그는 갈급하게 그 목소리 쪽을 바라본다.

처음 몇 달 동안은 실제적인 문제들이 있었다. 그 문제들이 그에게 할 일을 줬고, 매일매일 분노하게 해줬고, 그래서 버틸 수 있었다. 그는 자동차 회사에, 안전벨트 제조사에, 에어백 제조사에, 렌터카 회사에 소송을 제기했다. 트럭 운전사를 고소했고, 운전사가 일하는 회사도 고소했다. 상대편 변호사를 통해 운전사에게 만성병을 가진 아이가 있고, 소송을 하면 가족이 파산할 거란 이야기를 들었지만, 그는 상관하지 않았다. 예전이라면 상관했을 것이다. 하지만 지금은 아니었다. 그는 무시무시하고 가차 없었다. 망가져, 그는 생각했다. 파산해. 내가 느낀 걸 느껴. 모든 걸 다, 제일 소중한 것들을 잃어버려봐. 그들 모두에게서, 모든 회사들로부터, 그 회사에서 일하는 모든 사람들에게서 마지막 1달러까지 다 짜내고 싶었다. 절망의 구렁텅이에 빠뜨려주고 싶었다. 빈털터리로 만들어주고 싶었다. 비참하게 살게 해주고 싶었다. 죽은 것처럼 사는 기분을 느끼게 해주고 싶었다.

그들 하나하나는 윌럼이 정상적인 수명을 살았다면 얻었을 모든 것에 대해 소송을 당했다. 그건 터무니없는 숫자, 믿을 수 없는 숫자였고, 그걸 볼 때마다 그는 절망했다. 숫자 그 자체 때문이 아니라, 그 숫자가 상징하는 시간들 때문이었다.

합의하려 할 거야, 그의 변호사는 말했다. 악명 높게 공격적인 부패행위 전문 변호사 토드는 그와 《법학 리뷰》에 함께 있었다. 합의금은 넉넉할 거라 했다.

넉넉하건 안 하건 그는 관심 없었다. 그가 관심 있는 건 그들이 고통 받는 것뿐이었다. "흔적조차 남기지 마." 그는 토드에게 명령했다. 목소리가 증오로 갈라졌다. 토드는 깜짝 놀란 얼굴을 했다.

"그럴게, 주드." 그는 말했다. "걱정하지 마."

물론 돈은 필요 없었다. 돈은 자기에게도 있었다. 게다가 조수와 그의 대자에게 남기는 돈, 다양한 자선단체—윌럼이 매해 기부하는 단체들과 거기에 더해, 착취 아동을 돕는 구호재단—에 나눠주는 돈을 제외한 윌럼의 모든 재산은 그에게 남겨졌다. 그 자신의 유언과 같았다. 그해 초, 그와 윌럼은 해럴드와 줄리아의 75세 생일을 기념하여 모교에 장학금 두 개를 만들었다. 하나는 로스쿨에 해럴드의 이름으로, 하나는 의대에 줄리아의 이름으로 설립했다. 그들은 함께 기금을 댔고, 윌럼은 장학금이 언제나 운영될 수 있도록 신탁에 돈을 충분히 남겼다. 그는 윌럼의 나머지 유산을 지출했다. 윌럼이 수혜자로 지정한 자선단체와 재단과 박물관과 기구들에 수표를 썼다. 윌럼이 친구들—해럴드와 줄리아, 리처드, 제이비, 로먼, 크레시, 수재너, 미구엘, 키트, 에밀, 앤디, 하지만 맬컴은 아니었다, 더 이상은—에게 남긴 물건들(책, 그림, 영화와 연극의 기념물들, 예술품)을 줬다. 윌럼의 유언장에는 놀랄 일이 하나도 없었다. 때로는 그런 게 있었으면 싶었다. 윌럼에게 숨겨놓은 아이가 있어서 만날 수 있다면, 그래서 윌럼의 미소를 볼 수 있다면 얼마나 감사한 마음이 들까. 오랫동안 간직한 고백을 담은 비밀 편지가 있다면 얼마나 무서우면서도 흥분될까. 윌럼을 미워하고 원망할 핑계가 생겨서, 몇 년이고 인생을 바쳐 풀 수수께끼가 생겨서 얼마나 고마울까. 하지만 아무것도 없었다. 윌럼의 삶은 끝났다. 살았을 때와 마찬가지로 죽어서도 깨끗했다.

그는 자기가 잘 살고 있다고, 아니면 적어도 그럭저럭은 살고 있다고 생각했다. 하루는 해럴드가 전화해서 추수감사절에 뭘 하고 싶으냐고 물었다. 잠시 그는 해럴드가 무슨 말을 하고 있는지, 그 말—추수감사절—이 도대체 무슨 뜻인지 이해할 수가 없었다. "모르겠어요." 그는 대답했다.

"다음 주야." 해럴드가 말했다. 요즘 모든 사람들이 그의 앞에서 쓰는 새롭고 조용한 목소리다. "여기 올래, 아니면 우리가 갈까, 아니면 어디 다른 데 갈까?"

"못 할 것 같아요." 그는 말했다. "할 일이 너무 많아요."

하지만 해럴드는 고집했다. "어디서든 보자, 주드." 그는 말했다. "누구와 오든, 아무도 안 데리고 오든 상관없어. 하지만 우린 널 봐야겠다."

"저랑 같이 있어도 즐겁지 않을 거예요." 그는 결국 말했다.

"너 없이는 즐거운 시간을 보낼 수 없어. 아니, 어떤 시간도 못 보낸다. 그러니까 제발, 주드. 어디서든 보자."

그래서 그들은 런던으로 가서 플랫에서 지냈다. 텔레비전에서는 온통 가족들이 등장하고, 동료들은 아이들과 아내들, 남편들, 시댁과 처가에 대해 행복한 불평을 늘어놓을 나라를 떠나니 마음이 놓였다. 런던에서는 추수감사절도 그냥 또 하루의 평범한 날일 뿐이었다. 그들은 셋이서 산책했다. 해럴드는 야심찬 실패작들을 요리했고, 그는 먹었다. 그는 자고 또 잤다. 그리고 집으로 돌아왔다.

그러다 12월 어느 일요일, 잠에서 깨어 알았다. 윌럼은 사라졌다. 영원히 그에게서 떠났다. 다시는 돌아오지 않을 것이다. 다시는 볼 수 없다. 다시는 윌럼의 목소리를 듣지 못하고, 그의 냄새를 맡지 못하고, 그의 팔에 안길 수도 없다. 다시는 수치심에 흐느껴 울며 과거의 기억을 털어놓을 수 없을 테고, 다시는 한밤중에 공포에 질려 벌떡 잠에서 깨어나도 얼굴을 만져주는 윌럼의 손을, 머리 위에서 "넌 안전해, 주디. 안전해. 그건 다 끝났어. 끝났어. 끝난 일이야" 하고 속삭이는 윌럼의 목소리를 듣지 못할 것이다. 그는 울음을 터뜨렸다. 정말로 울었다, 사고가 나고 나서 처음으로 울었다. 윌럼을 위해 울었다. 얼마나 무서웠을까, 얼마나 아팠을까. 그의 가엾은 짧은 일생이 슬퍼서 울었다. 하지만 대부분은 자기 때문에 울었다. 윌럼 없이 어떻게 계속 살아갈 수 있을까? 평생—루크 수사 이후의 삶, 트레일러 박사 이후의 삶, 수도원과 모텔 방과 고아원과 트럭들 이후의 삶, 그의 인생에서 유일하게 중요한 시간들—동안 윌럼은 늘 옆에 있었다. 후드홀의 방에서 윌럼을 만난 열여섯 살 이후로 어떤 식으로든 윌럼과 이야기하지 않고 지나간 날은 단 하루도 없었다. 심지어 그들은 싸우는 도중에도 이야기했다. "주드." 해럴드는 말했다. "괜찮아질 거야. 맹세해. 내가 약속할게. 지금은 그럴 것 같지 않겠지만, 괜찮아질 거야." 모두들 그렇게 말했다. 리처드와 제이비와 앤디. 카드를 써준 사람들. 키트. 에밀. 다들 괜찮아질 거라는 말만 했다. 하지만 입 밖에 내어 말하지는 않아도 그는 속으로 생각했다. 그렇지 않아. 해럴드는 제이컵과 5년 동안 함께했다. 윌럼은 34년이었다. 비교가 될 수 없었다. 윌럼은 처음으로 그를 사랑해준 사람이었고, 처음으로 그를 이용할 물건이나 불쌍하게 여길 대상이 아니라 다른 걸로, 친구로 봐준 사람이었다. 언제나, 언제나 그에게 친절하게 대해

준 두 번째 사람이었다. 윌럼이 없었다면, 그 누구도 얻지 못했을 것이다. 윌럼을 먼저 믿지 않았다면, 절대로 해럴드를 믿을 수 없었을 것이다. 그가 없는 삶을 상상할 수 없었다. 윌럼이 그의 삶을, 그의 삶이 무엇이며 무엇이 될 수 있는지를 정의했다.

다음 날 그는 한 번도 한 적 없는 일을 했다. 그는 산제이에게 전화해서 다음 이틀 동안 회사에 가지 않을 거라고 말했다. 그리고 침대에 누워 베개에 대고 목이 완전히 쉴 때까지 비명을 지르며 울었다.

하지만 그 이틀 사이 그는 다른 해결책을 발견했다. 이제 그는 매우 늦게까지, 너무 늦어서 해가 뜨는 걸 볼 때까지 회사에서 일한다. 주중에는 매일, 토요일에도 마찬가지다. 하지만 일요일에는 최대한 늦게까지 자고, 잠에서 깨면 약을 먹는다. 그냥 다시 잠들게 하는 정도가 아니라 어렴풋하게 남은 의식마저 둔기로 패서 남김없이 없애버리는 그런 약이다. 약 기운이 다할 때까지 자고 일어나면 샤워를 하고 다시 침대로 돌아와 또 약을 먹는다. 이번에는 얕고 흐리멍덩한 잠을 자게 하는 약이다. 그리고 월요일 아침까지 잔다. 월요일이 되면 스물네 시간째, 때로는 그보다 더 오래 아무것도 먹지 않은 상태라 몸이 떨리고 머리가 멍하다. 수영을 하고 출근한다. 운이 좋으면, 적어도 잠깐 동안은 윌럼 꿈을 꾸며 일요일을 보낸다. 그는 남자 키만 한 통통한 베개, 임신한 여자들이나 허리가 아픈 사람들이 쓰는 베개를 샀다. 그리고 거기에 윌럼의 셔츠를 입히고 안고 잔다. 하지만 살아 있었을 때 안아준 건 윌럼이었다. 이러는 자신이 싫지만, 어쩔 수가 없다.

친구들이 자신을 지켜보고 있다는 걸, 걱정하고 있다는 걸 어렴풋이 알고 있다. 사고 후 며칠을 거의 기억하지 못하는 이유가 자살할까봐 감시하기 위해 입원시켜놓았기 때문이라는 걸 어느 순간 알게 됐다. 이제 그는 비틀비틀 하루하루를 버텨가며 정말이지 왜 자기가 자살을 하지 않고 있는지 생각해본다. 지금이야말로 결국 그럴 때가 아닌가. 누구도 비난하지 않을 것이다. 하지만 그러지 않는다.

적어도 누구도 그에게 이제 네 인생을 살아야 한다고는 말하지 않는다. 그는 자기 인생을 살고 싶지 않다. 다른 살 이유를 발견하고 싶지 않다. 영원히 딱 이 자리에 머물고 싶다. 적어도 누구도 그가 현실을 부정하고 있다고 말하지 않는다. 부정은 그를 버티게 하는 힘이다. 언젠가 망상이 설득력을 잃어버리는 날이 두렵다. 수십 년 만에 처음으로 그는 전혀 팔을 긋지 않는다. 팔을 긋지 않으면 늘 멍하고, 멍한 상태로 지내야 한다. 세상이 너무 가까이 오게 해서는 안 된다. 드디어 그는 윌럼이 늘 바라던 일을 해냈다. 그저 윌럼이 그에게서 사라져버리기만 하면 되는 일이었다.

1월에 그는 윌럼과 함께 업스테이트 집에서 저녁 준비를 하며 이야기하는 꿈을 꿨다. 수백 번 같이한 일이다. 꿈속에서 자기 목소리는 들렸지만, 윌럼의 목소리는 들리지 않았다. 입이 움직이는 건 보였지만, 말은 전혀 들리지 않았다. 그 순간 그는 잠에서 깨서 허겁지겁 휠체어에 몸을 던지고 미친 듯이 서재로 가 예전 이메일들을 다 뒤졌고, 마침내 잊어버리고 지우지 않은 윌럼의 음성메시지 몇 개를 찾아냈다. 메시지들은 짧았고 별것 없었지만, 그는 울면서 그것들을 틀고 또 틀었다. 그 메시지들의 일상성—"안녕. 주디. 파 사러 시장에 갈 거야. 뭐 다른 거 필요한 거 없어? 알려줘"—에 고꾸라진 채 울었다. 그건 그들이 함께한 생활의 소중한 증거였다.

“윌럼.” 그는 아파트에 대고 큰 소리로 말했다. 때로 정말 견디기 힘들면 그는 윌럼에게 말을 걸었다. “돌아와. 돌아와줘.”

그는 살아남아서 죄의식을 느끼는 게 아니라, 살아남아서 어리둥절하다. 그는 늘, 언제나, 자기가 윌럼보다 먼저 죽을 거라고 생각했다. 다들 알았다. 윌럼, 앤디, 해럴드, 제이비, 맬컴, 줄리아, 리처드도 그가 그들보다 먼저 죽을 거라고 생각했다. 궁금한 거라곤 어떻게 죽을 건지 뿐이었다—제 손으로 죽게 될까, 아니면 감염 때문일까. 하지만 누구도 그 모든 사람들 중에서 윌럼이 그보다 먼저 죽을 거라고는 생각조차 하지 않았다. 그에 대비한 계획은, 만일의 사태 같은 건 전혀 없었다. 그런 가능성이 있다는 걸 알았다면, 그게 그렇게 터무니없다고 생각하지 않았더라면, 그에 대비해 뭔가 비축해뒀을 것이다. 자기에게 이야기하는 윌럼의 목소리를 녹음해서 보관해뒀을 것이다. 사진도 더 찍었을 것이다. 윌럼의 체향 자체를 추출했을 것이다. 방금 잠에서 깬 윌럼을 피렌체의 조향사에게 데려갔을 것이다. “자, 이거요. 이 향. 이걸 병에 담아줘요.” 언젠가 제인은 어렸을 때 아버지가 돌아가실까봐 두려워했었다고, 그래서 (역시 의사였던) 아버지가 처방을 내리는 목소리를 몰래 디지털 파일로 만들어 외장하드에 저장해뒀다는 이야기를 해줬었다. 4년 전 아버지가 드디어 돌아가셨을 때, 제인은 그 파일을 찾아내 방에서 재생시키면서 조용하고 차분한 목소리로 처방을 내리는 아버지의 목소리를 들었다. 제인이 정말 부러웠다. 자기도 그런 생각을 했기를 얼마나 바랐는지 몰랐다.

적어도 그에게는 윌럼의 영화들과 이메일, 수년 동안 보낸 편지들이 있었고, 그건 다 보관해뒀다. 적어도 그에게는 윌럼의 옷과 윌럼에 대한 기사들이 있었고, 그것도 다 가지고 있다. 적어도 그에게는 제이비가 그린 윌럼의 그림들이 있다. 적어도 그에게는 윌럼의 사진들, 수백 장의 사진들이 있다. 하지만 그는 조금씩만 할당했다. 일주일에 열 장씩만 보기로 했고, 그 사진을 몇 시간씩 보고 또 봤다. 하루에 한 장을 보든 한 번에 열 장을 보든, 그건 그가 선택했다. 컴퓨터가 망가져서 사진들이 사라질까봐 그는 겁에 질렸고, 그래서 복사본을 몇 개씩 만들어 여러 군데에 보관했다. 그린 스트리트의 금고 안에, 랜턴 하우스의 금고 안에, 로젠 프리처드의 책상 안에, 은행 개인금고 안에 보관했다.

윌럼이 자기 인생을 철저하게 정리해서 목록화하는 사람이라고는 생각하지 않았지만—그도 그런 사람이 아니다—그는 3월 초 어느 일요일 약을 먹고 자는 대신 개리슨으로 올라간다. 9월 그날 이후 거기 간 적은 두 번밖에 없었지만, 정원사들은 여전히 오고 있다. 진입로 주위에는 꽃들이 피기 시작하고 있었고, 안으로 들어가자 부엌 조리대 위에는 자두나무 가지들을 꽂아둔 화병이 있다. 그는 걸음을 멈추고 그걸 물끄러미 바라본다. 자기가 올 거라고 가정부에게 문자를 했던가? 그랬던 게 틀림없다. 하지만 그는 잠시 매주 초 누군가 와서 새 꽃을 조리대 위에 올려놓고, 매 주말 아무도 오지 않은 채 또 한 주가 지나가버리는 상상을 한다.

그는 윌럼이 자기 파일과 서류들을 넣어둘 수 있도록 여분의 캐비닛을 설치해둔 서재로 간다. 바닥에 앉아 코트를 벗고 심호흡을 한 후 첫 번째 서랍을 연다. 그 안에는 연극이나 영화 제목들이 붙어 있는 파일폴더들이 있고, 그 안에는 윌럼의 메모들이 적힌 촬영 대본들이 들어 있다. 간혹 가다 윌럼이 특히 존경하는 배우와 같이 찍는 날의 일정표들도 있다. 〈플라타너스 법정〉

을 찍을 때 윌럼이 얼마나 흥분했었는지 기억난다. 윌럼은 클라크 버터필드 바로 밑에 자기 이름이 찍힌 그날의 일정표를 그에게 사진으로 보내며 이런 문자를 썼다. "믿겨져?!"

완전 믿겨. 그는 이렇게 답장했다.

그는 파일들을 휙휙 넘겨보다 그중 몇 개를 무작위로 꺼내 내용물을 조심스레 살펴봤다. 다음 서랍 세 개는 모두 똑같았다. 영화, 연극, 그 외 프로젝트들.

다섯 번째 서랍에는 "와이오밍"이라는 파일이 있고, 그 안에는 대부분 사진들이, 대부분 전에 본 적 있는 사진들이 들어 있다. 헤밍 사진들, 윌럼과 헤밍 사진들, 부모님 사진들, 윌럼이 본 적 없는 형제자매인 브릿과 악셀 사진들. 윌럼 사진만 열두어 장 들어 있는 봉투도 하나 있다. 학교 사진들, 보이스카우트 유니폼을 입은 윌럼, 축구부 유니폼을 입은 윌럼. 그는 주먹을 꼭 쥔 채 이 사진들을 뚫어지게 바라보다가 다시 봉투에 집어넣는다.

와이오밍 파일에는 다른 것들도 있다. 윌럼이 정성 어린 흘림체로 쓴 〈오즈의 마법사〉 독서감상문. 그는 미소 짓는다. 손으로 그린 헤밍의 생일카드. 울컥 눈물이 날 뻔한다. 어머니의 사망진단서. 아버지의 사망진단서. 부모님 유서. 그가 부모님께 보낸, 부모님이 그에게 보낸, 스웨덴어로 쓴 몇 통의 편지들. 이것들은 번역을 맡기려고 따로 모아둔다.

윌럼이 일기를 쓴 적 없다는 건 알지만, "보스턴" 파일을 뒤질 때는 왠지 뭔가 나올 것 같다. 하지만 아무것도 없다. 대신 사진들이 더 나온다. 다 전에 본 사진들이다. 너무나 훤하게 잘생긴 윌럼. 대학 시절 내내 해보려 했지만 성공하지 못한 지저분한 아프로 스타일 머리를 하고 약간 야성적이고 의심쩍은 표정을 한 맬컴. 지금과 전혀 다를 바 없이 볼이 통통하고 유쾌한 제이비. 몸에 맞지 않는 큰 옷, 너무 긴 머리, 시커멓게 다리를 둘러싼 교정기를 한, 겁에 질리고 바싹 마르고 주눅 든 그. 후드홀 방 소파에 앉은 두 사람 사진에서 그는 동작을 멈춘다. 윌럼은 그 쪽으로 몸을 숙여 그를 바라보며 뭐라고 말하면서 미소 짓고 있고, 그는 손으로 입을 가리고 웃고 있다. 고아원 카운슬러들이 미소가 보기 싫다고 말한 후부터 생긴 습관이었다. 두 사람은 그냥 다른 사람 정도가 아니라 완전히 다른 종처럼 보이고, 그는 사진을 반으로 찢어버리기 전에 얼른 다시 파일 속에 집어넣는다.

이제 숨도 쉬기 힘들지만 그래도 계속한다. "보스턴" 파일과 "뉴헤이븐" 파일에는 대학신문에 실린 윌럼이 출연한 연극 리뷰들, 리 로자노에게 영감 받은 제이비의 행위예술에 관한 기사가 있다. 찡하게도 윌럼이 유일하게 B를 받은 미적분 시험지도 있다. 그가 몇 달 동안이나 과외를 해줬던 시험이다.

그리고 서랍 안으로 다시 손을 넣는다. 서랍은 낱개 파일이 아니라 회사에서 주로 쓰는 큰 아코디언 파일폴더 하나가 거의 차지하고 있다. 파일을 들어내보니 자기 이름이 쓰여 있다. 그는 천천히 폴더를 연다.

그 안에는 모든 것이 다 들어 있다. 윌럼에게 보낸 모든 편지들이 다 들어 있고, 조금이라도 긴 이메일은 다 프린트 되어 있다. 윌럼에게 준 모든 생일카드들. 그의 사진들. 그중 몇 장은 자기도 못 본 사진들이다. 〈담배를 든 주드〉가 표지에 실린 《아트포럼》. 입양 직후 해럴드가 와줘서 고맙고 선물 고맙다고 보낸 감사카드. 분명 자기가 윌럼에게 보낸 건 아닌데 누군가 보낸 것 같은, 그가 로스쿨에서 상을 탔을 때의 기사도 있다. 결국 그가 자기 인생을 정리할 필요도 없었다. 윌럼이 내내 하고 있었던 것이다.

하지만 윌럼은 왜 그를 그렇게 아꼈을까? 왜 그의 주변에서 그렇게 많은 시간을 보내고 싶어 했던 것일까? 그는 정말 이해할 수가 없었고, 이젠 영원히 알 수 없게 됐다.

'가끔은 네 생존 문제에 너보다 내가 더 노심초사하는 것 같아.' 윌럼의 말을 떠올리고, 그는 몸을 떨며 길게 숨을 들이마신다.

그의 삶의 기록은 끝도 없이 계속된다. 여섯 번째 서랍 안을 들여다보자, 거기도 첫 번째 것과 똑같은 아코디언 파일이 하나 더 있고, "주드 II" 뒤에는 "주드 III" "주드 IV"라고 적혀 있다. 하지만 그때쯤에는 더 이상 볼 수가 없다. 그는 파일들을 곱게 다시 제자리에 넣어두고 서랍을 닫고 캐비닛을 잠근다. 윌럼과 부모님의 편지들을 봉투에 넣고, 잘 보호하기 위해 다시 한 번 더 봉투에 넣는다. 자두나무 가지들을 꺼내 잘린 부분을 비닐봉지에 싼 다음 화병 물을 싱크대에 버리고 문을 잠그고 가지를 조수석에 싣고 집으로 돌아온다. 자기 집으로 올라가기 전, 그는 리처드의 스튜디오에 들러 빈 커피 캔 하나에 물을 넣고 가지들을 넣은 다음 그가 아침에 볼 수 있도록 작업대 위에 올려놓고 나간다.

그리고 3월 말이 된다. 그는 사무실에 있다. 금요일 밤, 아니 토요일 새벽이다. 컴퓨터에서 눈을 돌려 창밖을 내다본다. 허드슨 강이 훤하게 보이고 강 위로는 점점 밝아오는 하늘이 보인다. 그는 오랫동안 서서 지저분한 회색 강물과 빙빙 선회하는 새 떼를 물끄러미 바라본다. 그리고 다시 일로 돌아간다. 지난 몇 달 동안 자기가 변했다는 걸, 사람들이 자기를 무서워한다는 걸 자기도 느끼고 있다. 사무실에서 유쾌한 인물인 적이야 한 번도 없었지만, 이제는 자기가 봐도 음울하다. 그는 더 무자비한 인간이 됐다. 더 얼음장 같은 인간이 된 게 느껴진다. 전에는 산제이와 점심을 먹으면서 동료들에 대한 불평도 늘어놓곤 했지만, 이제는 아무하고도 이야기를 할 수가 없다. 사건들을 가져온다. 자기 일을 한다. 필요 이상으로 한다. 하지만 아무도 주위에 있으려 하지 않는 게 느껴진다. 그는 로젠 프리처드가 필요하다. 일 없이는 버틸 수가 없다. 하지만 이제는 일에서 어떤 기쁨도 느끼지 않는다. 그건 괜찮다, 그는 위안하려 한다. 대부분의 사람들에게 있어, 일이란 원래 즐거워서 하는 게 아니다. 하지만 그에겐 그랬다, 예전에는. 하지만 이제는 아니다.

2년 전 수술을 하고 회복하고 있을 때, 너무 기력이 없어서 윌럼이 침대로, 침대 밖으로 안아서 옮겨줬어야 했던 때, 어느 날 아침 그는 윌럼과 함께 이야기를 하고 있었다. 바깥이 추웠던 게 분명하다. 안이 따스하고 안전한 느낌이었으니까. 그때 그는 말했다. "여기 영원히 누워 있을 수 있으면 좋겠다."

"그럼 그렇게 해." 윌럼이 말했다. (늘 하는 이야기였다. 알람이 울리고 그는 일어난다. "가지 마." 윌럼은 늘 말한다. "왜 일어나야 하는 거야? 늘 어딜 그렇게 급하게 가는 거야?")

"그렇게는 못 해." 그는 미소 지으며 말했다.

"들어봐." 윌럼이 말했다. "그냥 직장 그만두는 게 어때?"

그는 웃음을 터뜨렸다. "직장을 그만둘 수는 없지."

"왜 안 돼?" 윌럼이 물었다. "지적 자극이 전혀 없고 줄곧 나하고만 지내야 한다는 가능성을 제외하고, 하나라도 그럴듯한 이유를 대봐."

그는 다시 미소 지었다. "그럼 그럴듯한 이유는 하나도 없지.

너하고만 지내는 거야 환영이니까. 하지만 난 하루 종일 뭘 하게 되는 거야, 원조 받는 애인으로서?"

"요리하고. 책 읽고. 피아노 치고. 자원봉사하고. 나랑 여행하는 거지. 내가 다른 배우들 불평하는 거 들어주고. 얼굴 마사지를 받고. 나한테 노래도 해주고. 나한테 끊임없이 칭찬해주고."

그는 웃었고, 윌럼도 같이 웃었다. 하지만 이제 그는 생각한다. 왜 그만두지 않았을까? 같이 여행을 다닐 수도 있었는데, 왜 그렇게 오랜 세월 동안 윌럼이 몇 달이고 나를 떠나 있게 했을까? 왜 윌럼보다 로젠 프리처드에서 더 많은 시간을 보냈을까? 하지만 이제 선택은 끝났고, 남은 건 로젠 프리처드밖에 없었다.

그는 생각한다. 왜 윌럼에게 내가 줬어야 했던 걸 주지 않았을까? 왜 다른 데 가서 섹스하게 했을까? 왜 좀 더 용감하지 못했을까? 왜 내 의무를 다하지 못했을까? 윌럼은 도대체 왜 내 옆에 계속 있었을까?

그는 그린 스트리트로 돌아가 샤워를 하고 몇 시간 잔다. 그날 오후 사무실에 돌아갈 것이다. 운전해서 집으로 오는 길에, 〈죽음 후의 삶〉 포스터들을 보지 않으려고 눈을 내리깔고 문자들을 확인한다. 앤디, 리처드, 해럴드, 블랙 헨리 영이다.

마지막 문자는 제이비에게 온 문자다. 그는 적어도 일주일에 두 번은 전화나 문자를 한다. 왜인지는 알 수 없지만, 그는 제이비를 보는 걸 참을 수가 없다. 사실 증오한다. 오랫동안 누구를 증오했던 것보다 더 순수하게 증오한다. 이게 얼마나 비합리적인 생각인지는 충분히 알고 있다. 제이비 잘못이 아니라는 건, 전혀 아니라는 건 너무나 잘 알고 있다. 이 증오심은 말이 안 된다. 제이비는 그날 그 차에 있지도 않았다. 어떤 식으로도, 가장 형편없는 논리로도 그에겐 어떤 책임도 없다. 하지만 제정신으로 처음 제이비를 봤을 때, 머릿속에서 또렷하고 차분한 목소리가 말했다. '그건 너여야 했어, 제이비.' 입 밖으로 말하진 않았지만 표정에 뭔가가 드러났던 게 틀림없다. 왜냐하면 제이비가 그를 포옹하러 다가오다가 갑자기 발을 멈췄기 때문이다. 그 이후로 제이비를 본 적은 두 번밖에 없지만, 그리고 두 번 다 리처드와 함께였지만, 그때마다 뭔가 악의적이고 용서할 수 없는 말을 하지 않으려고 애를 써야만 했다. 그래도 제이비는 전화하고 늘 문자를 남기고, 그 문자들은 늘 똑같다. "안녕 주디, 나야. 그냥 안부차 연락하는 거야. 네 생각 많이 해. 보고 싶어. 사랑해. 안녕." 하지만 이런 문자에도 그는 제이비와 이야기할 생각이 없다, 어쩌면 평생 동안. 이 세상은 뭔가 지독히 잘못됐어, 그는 생각한다. 네 사람—그와 제이비, 윌럼, 맬컴—중에서 가장 훌륭한 두 사람, 가장 친절하고 가장 사려 깊은 두 사람이 죽고, 더 못한 견본 두 개가 살아남는 이런 세상은 뭔가 잘못됐다. 적어도 제이비는 재능이 있다. 그는 살 자격이 있다. 하지만 자기가 왜 살아야 하는지는 이유를 생각할 수가 없다.

"이제 남은 사람은 우리뿐이야, 주드." 어느 날 제이비가 말했다. "적어도 우리에겐 서로가 있잖아." 그 순간 또 머릿속에 순식간에 이런 생각이 떠오르지만, 가까스로 입 밖에 꺼내지는 않았다. '난 널 윌럼과 바꾸고 싶어.' 윌럼을 돌려받을 수 있다면 누구와도 바꿨을 것이다. 제이비는 생각할 것도 없다. 리처드와 앤디—가엾은 리처드와 앤디, 그렇게 모든 걸 다 해줬는데!—도 즉시. 심지어 줄리아도. 해럴드도. 윌럼을 돌려받을 수 있다면, 그들 중 누구와도, 그들을 다 주고라도 바꿨을 것이다. 번쩍이는 이탈리아 근육과, 졸도하는 E를 가진 저승세계의

하데스를 생각한다. '제안할 게 있어.' 그는 하데스에게 말한다. '영혼 하나에 다섯 개 어때. 거절 못 하겠지?'

4월 어느 일요일, 자고 있는데 요란하고 끈질기게 문 두드리는 소리가 들린다. 그는 휘청대며 잠에서 깨지만 다시 옆으로 누워 베개로 머리를 누르고 눈을 감는다. 드디어 문 두드리는 소리가 멈춘다. 그래서 누가 그의 팔을 살짝 건드렸을 때 그는 비명을 지르며 벌떡 돌아눕는다. 옆에 리처드가 앉아 있다.

"미안해, 주드." 리처드가 말한다. "하루 종일 잔 거야?"

그는 엉거주춤 몸을 일으키며 침을 삼킨다. 일요일에는 모든 블라인드를 다 내리고 커튼을 다 쳐놓아서, 정말이지 밤인지 낮인지조차 알 수 없다. "응. 피곤해."

"음." 리처드가 잠시 침묵하다 말한다. "이렇게 불쑥 들어와서 미안해. 하지만 네가 전화를 안 받아서. 내려가서 같이 저녁 먹자."

"아, 리처드, 난 잘 모르겠는데." 그는 핑계거리를 생각하려고 애쓰며 말한다. 리처드 말이 맞다. 일요일 잠수를 위해, 어떤 것도 잠을, 꿈속에서 윌럼을 만나려는 시도를 방해하지 못하게 하기 위해, 그는 전화기란 전화기는 다 꺼둔다. "별로 기분이 안 좋아. 같이 있어도 별로 즐겁지 않을 거야."

"오락을 바라는 거 아니야, 주드." 리처드가 말하고 살짝 미소 짓는다. "가자. 뭘 먹어야지. 너랑 나밖에 없어. 인디아는 주말 동안 업스테이트 친구 집에 갔거든."

둘 다 한참 동안 말이 없다. 그는 주위를, 지저분한 침대를 둘러본다. 백단향 향기와 라디에이터에서 나오는 열기로 공기가 답답하다. "가자, 주드." 리처드가 나지막한 목소리로 말한다. "가서 저녁 먹자."

"좋아." 마침내 그가 말한다. "좋아."

"좋아." 리처드가 일어서며 말한다. "그럼 30분 후에 아래층에서 보자."

그는 샤워를 하고 리처드가 좋아하는 템프라닐로 한 병을 들고 아래층으로 내려간다. 리처드가 부엌 근처에도 못 오게 해서, 그는 공간을 압도적으로 장악하고 있는 기다란 24인용 테이블에 앉아 무릎에 뛰어 올라온 리처드의 고양이를 쓰다듬는다. 처음 이 집에 왔을 때가 생각난다. 달랑달랑 매달린 샹들리에들과 밀랍 조각들이 있던 아파트는 시간이 가면서 조금 더 가정적인 느낌이 들게 됐지만, 뼈 같은 흰색과 밀랍 같은 노란색을 주조로 하는 공간에는 여전히 리처드의 개성이 뚜렷이 담겨 있다. 하지만 이제 벽에는 인디아가 그린 밝은색 여자 누드 추상화가 걸려 있고, 바닥에는 카펫이 깔려 있다. 전에는 적어도 일주일에 한 번은 왔었는데, 오늘은 몇 달 만의 방문이다. 물론 리처드는 여전히 보지만 지나치면서 보는 것뿐이고, 대부분의 경우 피하려고 애쓴다. 리처드가 전화해서 저녁을 먹자거나 들르라고 청하면, 늘 너무 바쁘다거나 너무 피곤하다고 핑계를 댄다.

"내 유명한 밀고기 볶음을 네가 좋아했는지 기억이 안 나서 가리비를 준비했어." 리처드가 이렇게 말하며 앞에다 접시를 놓는다.

"그 유명한 볶음 좋아하지." 하지만 그게 뭔지, 좋아하는지 아닌지 기억조차 안 난다. "고마워, 리처드."

리처드는 와인 두 잔을 따르고 자기 잔을 든다. "생일 축하해, 주드." 리처드의 엄숙한 말에, 그는 리처드 말이 맞다는 걸 깨닫는다. 오늘은 그의 생일이다. 해럴드도 일주일 내내 평소답지 않게 자주 전화하고 이메일을 보냈지만, 아주 피상적인 대답을 제외하고는 전화도 걸지 않았다. 해럴드가 걱정할 거라는 건 알고 있었다. 앤디도 문자를 더 많이 보냈고, 다른 사람들에게서도 문자가 왔다. 이제야 그는 이유를 알고 울기 시작한다. 자기가 형편없이 보답한 모든 사람들의 친절에, 자신의 외로움에, 계속 살아가려고 노력은 했지만 그래도 삶이 결국 계속된다는 증거에 왈칵 눈물이 난다. 그는 쉰하나고, 윌럼이 죽은 지는 8개월이었다.

리처드는 아무 말도 하지 않고 그냥 옆자리에 앉아 그를 안아준다. "이 말이 도움 되진 않겠지만," 그가 마침내 말한다. "나도 너를 사랑해, 주드."

그는 아무 말도 나오지 않아 고개만 흔든다. 몇 년 사이에 그는 우는 것 자체를 부끄러워하는 단계에서, 혼자서 끊임없이 우는 단계로, 윌럼 앞에서 우는 단계로 변화했고, 이제 품위를 저버리는 마지막 단계까지 왔다. 그는 누구 앞에서건, 언제건, 무슨 일로건 운다.

그는 리처드의 가슴에 기대어 그의 셔츠에 대고 흐느낀다. 윌럼에 이어, 리처드가 자기에게 주는 아낌없고 변함없는 우정과 공감에 늘 그는 어리둥절했다. 자신에 대한 리처드의 감정은 윌럼에 대한 감정과 얽혀 있다는 걸 알고 있었고, 그건 이해한다. 그는 윌럼에게 약속을 했고, 리처드는 의무를 진지하게 여기는 사람이다. 하지만 리처드의 한결같고, 완벽하게 믿음직한 면모에는 어딘가—그의 키, 그의 덩치와 더불어—거대한 나무 정령, 인간의 형상을 한 떡갈나무처럼 견고하고 고대적이고 파괴할 수 없는 뭔가가 느껴진다. 이야기를 많이 하는 사이는 아니지만 리처드는 성인기의 친구가 됐고, 어떤 면에서는 그냥 친구가 아니라 나이차가 네 살밖에 안 나는데도 아버지 같은 존재가 됐다. 나이차를 생각하면 형 같은 존재라고 해야 할까. 절대 파괴할 수 없는 믿음직함과 품위를 가진 사람이다.

마침내 그는 울음을 멈추고 사과하고 화장실에서 씻고 나오고, 그들은 천천히 음식을 먹고 와인을 마시며 리처드의 일 이야기를 한다. 식사가 끝나자, 리처드가 부엌에서 양초 여섯 개를 꽂은 조그만 케이크를 들고 나온다. "다섯 개 더하기 하나." 리처드가 설명한다. 그는 애써 미소 짓는다. 촛불을 끄고, 리처드가 케이크를 잘라 건넨다. 케이크는 부드럽고 무화과가 들어 있고, 케이크라기보다는 스콘 같다. 그들은 묵묵히 자기 몫의 케이크를 먹는다.

설거지를 도와주려고 일어나자 리처드는 그냥 올라가라고 하고, 그는 안도한다. 그는 지쳤다. 추수감사절 이후 해본 최고치의 사교 생활이다. 문간에서 리처드가 갈색 종이로 싼 꾸러미를 주고 그를 포옹한다. "네가 불행하게 있는 건 원하지 않을 거야, 주디." 그는 리처드의 뺨에 대고 고개를 끄덕인다. "이런 모습을 보면 속상해할 거라고."

"알아." 그는 말한다.

"한 가지만 해줘." 리처드가 여전히 그를 안은 채 말한다. "제이비한테 전화해, 알았지? 힘든 일이라는 거 알아, 알지만, 제이비도 윌럼을 사랑했어. 너처럼은 아닌 거 알지만, 그래도. 그리고 맬컴도. 맬컴을 그리워하고 있어."

"알아." 다시 눈에서 눈물이 흐른다. "알아."

"다음 일요일에 또 와." 리처드가 말하며 키스한다. "아니면 아무 날이나, 정말. 널 보고 싶어."

"그럴게." 그는 말한다. "리처드—고마워."

"생일 축하해, 주드."

그는 엘리베이터를 타고 위층으로 올라온다. 갑자기 밤늦은 시간이다. 집으로 돌아와 그는 서재로 가서 소파에 앉는다. 지난주 플로라가 택배로 보낸 상자가 아직 뜯기지도 않은 채 놓여 있다. 그 안에는 맬컴이 그와 윌럼에게 주는 유품이 들어 있다. 이젠 둘 다 그의 것이다. 윌럼의 죽음으로 도움이 된 건 맬컴의 죽음의 충격을 둔화시켜준 것뿐이다. 그는 여전히 그 상자를 열지 못하고 있다.

하지만 이제는 열 것이다. 하지만 그는 먼저 리처드의 선물을 풀어본다. 그건 육중한 정사각형의 검은 쇠받침대 위에 올린 윌럼의 조그만 나무 흉상이다. 그는 한 대 맞은 것처럼 헉 숨을 내쉰다. 리처드는 늘 자기는 구상조각에는 소질이 없다고 주장했지만 그는 그게 아니란 걸 알고 있고, 이게 그 증거다. 그는 아무것도 보지 못하는 윌럼의 눈 위를, 정수리 위를 손가락으로 가만히 쓸어보다가, 들어서 코에 갖다 대고 백단향 냄새를 맡는다. 기단 바닥에는 "J의 쉰한 번째에. 사랑을 담아 R"이라는 문구가 새겨져 있다.

그는 또 울기 시작한다. 그러다 멈추고 흉상을 옆의 쿠션 위에 올려둔 뒤, 상자를 연다. 처음에는 신문지 뭉치밖에 보이지 않는다. 조심스레 상자 안을 더듬자 손에 뭔가 단단한 게 닿아 그걸 들어 올린다. 회양목으로 만든 랜턴 하우스의 축소 모형이다. 모형으로건 실제로 만들었건 벨카스트에서 이제까지 만든 모든 프로젝트들의 축소 모형과 함께 사무실에 전시되어 있던 사방 60센티미터 정도의 모형이다. 그는 그걸 무릎에 놓았다가 얼굴 가까이 들어 올려 얇은 플렉시글라스* 창문 안을 들여다보

*비행기 창문 등에 사용되는 투명합성수지.

고 지붕을 들어 올리고 손가락으로 방 안을 걸어 다녀본다.

그는 눈물을 닦고 다시 상자 안에 손을 넣어본다. 다음으로 꺼낸 것은 두툼한 봉투다. 봉투 안에는 대학, 뉴욕, 트루로, 케임브리지, 개리슨, 인도, 프랑스, 아이슬란드, 에티오피아에서 찍은 네 사람, 혹은 그와 윌럼의 사진들이 들어 있다. 그들이 살았고, 그들이 여행했던 곳들이다.

상자는 별로 크지 않지만, 물건이 계속 나온다. 프랑스 삽화가가 그린 아름다운 일본 집 스케치 희귀본 두 권, 그가 늘 좋아했던 젊은 영국 화가의 작은 추상화, 윌럼이 늘 좋아했던 유명한 미국 화가의 조금 더 큰 남자 얼굴 그림, 맬컴의 상상으로 가득 찬 예전 스케치북 두 권. 드디어 그는 상자에서 신문지에 겹겹이 싸인 마지막 물건을 꺼내 조심스레 신문지를 벗긴다.

그의 손에는 리스페너드 스트리트, 그들의 아파트가 있다. 이상한 비율, 마구잡이로 만든 두 번째 침실, 좁은 복도, 미니어처 같은 부엌이. 창문들이 고급 피지나 플렉시글라스가 아니라 글라신*으로 만들어져 있고 벽도 나무가 아니라 마분지로 만들어진 걸로 보아 맬컴의 초기 작품이다. 맬컴은 아파트 안에 딱딱한 종이를 접고 잘라 만든 가구들도 넣어뒀다. 콘크리트 벽돌 위에 두꺼운 요를 깔아 만든 그의 침대, 길거리에서 주워 온 스프링 부러진 간이소파, 제이비의 이모들이 준, 삐걱거리는 바퀴가 달린 안락의자. 없는 건 종이로 만든 윌럼뿐이다.

그는 리스페너드 스트리트를 발치에 놓았다. 아주 오랫동안 눈을 감은 채 꼼짝 않고 앉아서 과거로 돌아가 헤맨다. 그 시절은 낭만화할 게 별로 없다, 지금도. 하지만 무엇을 바라야 할지

*책 등의 포장지로 쓰이는 반투명 종이.

몰랐던 그 시절에는 인생이 리스페너드 스트리트보다 더 나을 수 있을 거라는 걸 몰랐다.

"거기서 절대 못 떠났다면 어떻게 됐을까?" 윌럼은 가끔 묻곤 했다. "내가 절대 성공하지 못했다면? 네가 계속 미연방지검에 있었다면? 내가 여전히 오톨란에서 일하고 있다면? 지금 우리 인생은 어떤 모습일까?"

"어느 정도까지 이론적으로 따져보고 싶어, 윌럼?" 그는 미소 지으며 물었다. "우리는 같이 있을까?"

"물론 우린 같이 있을 거야." 윌럼은 말했다. "그 부분은 똑같아."

"음, 그렇다면 우리가 가장 먼저 할 건 그 벽을 부셔버리고 거실을 다시 만드는 거야. 두 번째는 괜찮은 침대를 사는 거지."

윌럼은 웃었다. "그리고 집주인을 고소해서 엘리베이터를 제대로 작동하게 하는 거야, 확실히."

"맞아, 그게 다음에 할 일이야."

그는 앉아서 호흡이 정상으로 돌아오길 기다린다. 그러고는 전화를 들어 부재중 통화를 확인한다. 앤디, 제이비, 리처드, 해럴드와 줄리아, 블랙 헨리 영, 로즈, 시티즌, 또 앤디, 또 리처드, 루시엔, 아시안 헨리 영, 페드라, 일라이저, 또 해럴드, 또 줄리아, 해럴드, 리처드, 제이비, 제이비, 제이비.

그는 제이비에게 전화한다. 늦은 시간이지만, 제이비는 늦게까지 자지 않는다. "안녕." 제이비가 받자 그가 말한다. 제이비의 놀란 목소리가 들린다. "나야. 전화해도 괜찮아?"

2

적어도 이제 한 달에 한 번 토요일에는 반나절 시간을 비워 어퍼이스트사이드로 간다. 그린 스트리트를 떠날 때 동네 부티크들과 가게들은 아직 문을 열지 않았고, 돌아올 때는 하루를 마감했다. 그런 날들이면 해럴드가 어렸을 때 알았던 소호의 모습이 그려진다. 셔터가 내려지고 사람들이 없는, 인기척이라곤 없는 곳.

먼저 들르는 곳은 파크와 78번에 있는 건물이다. 그는 엘리베이터를 타고 6층에 올라간다. 가정부가 그를 맞이해 뒤쪽에 있는 환하고 커다란 서재로 안내한다. 루시엔이 기다리고 있는 곳이다. 아니, 딱히 기다리는 건 아니지만, 기다리고 있다.

늘 그를 위한 늦은 아침이 준비되어 있다. 한번은 얇은 훈제 연어와 조그만 메밀 팬케이크, 다음에는 레몬 아이싱을 하얗게 덮은 케이크. 그는 도저히 아무것도 먹을 수가 없지만, 때로 정말 어쩔 수 없다 싶을 때는 가정부에게서 케이크 한 조각을 받아 있는 내내 무릎에 올려놓고 있다. 하지만 음식은 아무것도 안 먹어도 차는 계속 마신다. 언제나 딱 그가 좋아하는 방식으로 우려낸 차다. 루시엔은 아무것도 먹지 않고—식사는 먼저 마쳤다—아무것도 마시지 않는다.

이제 그는 루시엔에게 가서 손을 잡는다. "안녕하세요, 루시엔."

루시엔의 아내 메러디스가 전화했을 때, 그는 런던에 있었다. 모마에서 베르게손 회고전이 열렸던 주여서, 그는 거기서 벗어나려고 출장을 잡았다. 루시엔이 심각한 뇌졸중을 일으켰다고 메러디스는 말했다. 생명에는 지장이 없지만, 의사들도 아직 손상이 얼마나 심각할지는 모른다고 했다.

루시엔은 2주 동안 병원에 있었고, 퇴원했을 때는 손상이 심각하다는 게 명백했다. 5개월이 좀 덜 지났지만, 상황은 그대로였다. 얼굴 왼쪽은 흘러내리는 것처럼 보이고, 왼쪽 팔과 다리도 전혀 쓰지 못한다. 말은 할 수 있고 여전히 놀랄 만큼 잘하지만, 기억이 없어져서 지난 20년이 통째로 날아갔다. 7월 초에는 넘어지다 머리를 부딪쳐서 혼수상태에 빠졌고 이제는 걸을 수조차 없을 정도로 불안정해서, 메러디스는 코네티컷의 집에서 병원과 딸들에게 좀 더 가까이 있을 수 있는 시내 아파트로 다시 이사 왔다.

그는 루시엔이 자기가 오는 걸 좋아한다고, 아니 적어도 싫어하지는 않는다고 생각하지만, 확실히는 알 수 없다. 분명 루시엔은 그가 누구인지 모른다. 그는 그의 삶에 나타났다가 사라지는 사람이고, 매번 새로 소개를 해야 한다.

"누구시죠?" 루시엔이 묻는다.

"주드예요." 그가 말한다.

"자, 앞으로 저 기억해주십시오." 루시엔이 마치 칵테일파티에서 만난 것처럼 유쾌하게 말한다. "우리가 어떻게 알죠?"

"제 사수셨어요." 그가 말한다.

"아." 루시엔이 말한다. 그리고 침묵이 이어진다.

처음 몇 주 동안 그는 루시엔이 자기 인생을 기억하게 하려고 애썼다. 로젠 프리처드에 대해, 그들이 아는 사람들에 대해, 같이 논쟁했던 사건들에 대해 이야기했다. 하지만 다음 순간 그는—자신의 멍청한 희망에서—배려라고 착각했던 것들이 사실은 두려움이라는 걸 깨달았다. 그래서 이제 그는 과거 혹은 적어도 함께했던 과거 이야기는 하나도 하지 않는다. 루시엔이 대화를 이끌어가게 두고, 루시엔이 언급하는 내용들을 이해하지 못해도 미소를 지으며 이해한 척한다.

"누구시죠?" 루시엔이 묻는다.

"주드예요." 그가 말한다.

"자, 말해봐요. 우리가 어떻게 알죠?"

"제 사수셨어요."

"아, 그로톤에서!"

"네." 그는 미소 지으려고 애쓰며 말한다. "그로톤에서."

하지만 때로는 루시엔이 그를 쳐다본다. "사수라고요?" 그가 말한다. "난 당신 사수라기엔 너무 젊은데!" 때로는 아무것도 묻지 않고 그냥 느닷없이 대화를 시작해서, 그는 충분한 실마리를 모아 자기 역할—딸들의 오래전 남자친구나 대학 친구나 컨트리클럽의 친구—이 무엇인지 파악할 때까지 기다렸다가, 적절한 응답을 한다.

이런 시간들 속에서 그는 전에 루시엔에게 들었던 것보다 루시엔의 과거에 대해 더 많은 것들을 알게 된다. 하지만 루시엔은 더 이상 루시엔이, 적어도 그가 아는 루시엔이 아니다. 이 루시엔은 흐리멍덩하고 개성이 없다. 그는 달걀처럼 매끈하고 날카로운 데라곤 없다. 목소리마저 다르다. 예전에 문장들, 하나하나가 진술인 그 문장들을 말할 때의 익살스럽고 울리는 쉰 목소리, 사람들이 웃음을 터뜨리는 데 너무 익숙해져서 중간중간 말을 끊고 중단하는 버릇, 처음과 끝에 농담을, 하지만 사실은 실크 망토로 덮은 모욕을 넣는 그 특유의 문단 구성 방식까지 다르다. 같이 일하던 시절에도 사무실의 루시엔과 컨트리클럽의 루시엔이 다르다는 건 알고 있었지만, 그 루시엔은 본 적 없었다. 그리고 이제 마침내 그는 보게 됐고, 보고 있다. 이제 그가 보는 건 이 루시엔뿐이다. 이 루시엔은 날씨와 골프, 항해, 세금 이야기를 하지만, 그가 말하는 세법은 20년 전 법이다. 그에 대해 묻는 일은 전혀 없다. 그가 누구며, 무엇을 하고, 왜 가끔은 휠체어에 앉아 있는지 절대 묻지 않는다. 루시엔은 이야기하고, 그는 식어가는 찻잔을 손으로 감싼 채 미소 지으며 고개를 끄덕인다. 루시엔의 손이 떨리면 자기 손으로 잡아준다. 자기 손이 떨릴 때도 그렇게 하면 도움이 됐다. 윌럼이 손을 잡아줬고 함께 호흡을 맞춰줬다. 그러면 늘 마음이 진정됐다. 루시엔이 침을 흘리면 냅킨 모서리로 닦아준다. 하지만 그와는 달리 루시엔은 떨건 침을 흘리건 당황하지 않는 것 같고, 그는 루시엔이 당황하지 않아 마음이 놓인다. 루시엔은 당황스러워하지 않지만, 자기가 더 많은 걸 해줄 수 없다는 게 당황스럽다.

"당신을 만나는 걸 좋아해요, 주드." 메리디스는 늘 이렇게 말하지만 그는 사실이라고 생각하지 않는다. 때로 그는 루시엔보다는 메리디스를 위해서 계속 와야 된다는 생각을 하고, 그게 맞다는 걸, 그래야 한다는 걸 깨닫는다. 사라져버린 사람들을 만날 수는 없다. 사라진 사람들을 찾는 사람들을 만나는 것이다. 루시엔은 의식하지 못하지만, 그는 처음과 두 번째 자신이 아파서 윌럼이 돌봐주고 있었을 때를 기억하고 있다. 정신이 들어서 윌럼 말고 다른 사람이 옆에 앉아 있는 걸 보면 얼마나 고마웠는지 모른다. "로먼이랑 같이 있어." 리처드나 맬컴이 말하곤 했다. "제이비랑 같이 점심 먹으러 나갔어." 그러면 그는 마음을 놓았다. 절단수술 후 몇 주 동안, 오로지 포기하고 싶은 생각밖에 없었던 그 시절, 윌럼이 위안을 받고 있겠구나 하고 상상할 수 있었던 그런 순간들만이 유일하게 행복한 순간들이었다. 그래서 그는 루시엔을 보고 나면 메러디스와 앉아서 이야기를 나눈다. 메러디스 역시 그의 생활에 대해서는 아무것도 묻지 않지만 그건 상관없다. 메러디스는 외롭고, 그도 외롭다. 그녀와 루시엔에게는 딸이 둘 있는데, 하나는 뉴욕에서 살고 있지만 끊임없이 재활원을 들락날락하고 있고, 다른 하나는 필라델피아에서 남편과 세 아이들과 살면서 변호사 일을 하고 있다.

그는 두 딸을 다 만나본 적 있다. 루시엔은 해럴드 정도 나이지만, 딸들은 둘 다 그보다 열 살 정도 젊었다. 루시엔이 병원에 있을 때 병문안을 갔더니, 뉴욕에 있는 큰딸이 그를 증오심 가득한 눈으로 쳐다봐서 그는 거의 뒷걸음질을 칠 뻔했다. 그녀는 동생에게 말했다. "어머, 이게 누구야. 아빠의 총아가 오셨네. 놀라운걸."

"그러지 좀 마, 포티셔." 동생이 쉿 하고 경고했다. 그리고 그에게 말했다. "주드, 와줘서 고마워요. 윌럼 일은 정말 마음 아파요."

"와줘서 고마워요, 주드." 이제 메러디스가 그에게 작별키스를 하며 말한다. "곧 또 볼 수 있는 거죠?" 그녀는 늘 이렇게 묻는다. 마치 그가 언젠가 아니라고 말하기라도 할 것처럼.

"그럼요." 그는 말한다. "이메일 드릴게요."

"그래요." 그녀는 엘리베이터 쪽으로 복도를 따라오며 손을 흔든다. 늘 다른 사람은 아무도 오지 않는다는 느낌이 든다. 하지만 어떻게 그럴 수가 있을까? 그러진 않기를, 그는 간절히 바란다. 메러디스와 루시엔에게는 늘 친구가 많았다. 수많은 디너파티들을 열었다. 루시엔이 검은 넥타이 차림으로 눈을 굴리며 손을 흔들면서 퇴근하는 모습을 보는 건 드문 일이 아니었다. "자선행사." "파티." "결혼식." "만찬." 그는 설명하곤 했다.

루시엔을 보고 나면 늘 지치지만, 그래도 그는 남쪽으로 일곱 블록, 그리고 동쪽으로 4분의 1 블록을 걸어 어바인 씨 집에 간다. 몇 달 동안 그는 어바인 씨를 피했지만, 1주기였던 지난달 어바인 부부가 그와 리처드와 제이비를 집에 초청했고, 그는 가야 한다는 걸 알았다.

노동절 다음 주말이었다. 지난 4주—윌럼이 쉰셋이 되는 날, 윌럼이 죽은 날을 포함한 4주—는 그가 경험한 가장 힘든 시간 중 하나였다. 힘들 거라는 건 알았고, 대비하려고 애썼었다. 회사에서는 베이징에 출장 갈 사람이 필요했고, 그는 뉴욕에 있어야 할 상황—베이징 일보다 더 그를 필요로 하는 사건을 맡고 있었다—이었지만, 그래도 자원해서 갔다. 처음에는 안전할 수 있을 줄 알았다. 시차로 인한 흐리멍덩하고 무감각한 느낌은 때로 흐리멍덩하게 무감각한 슬픔과 구분되지 않았고, 다른 물리적 불편들—텁텁하고 축축한 열기 등—도 있어서 딴 생각을 하지 않을 수 있을 줄 알았다. 하지만 출장 막바지 어느 날 밤 하루 종일 회의들을 하고 차를 타고 호텔로 돌아가던 중, 차창 밖을 보다가 윌럼의 얼굴을 담은 거대한 빛나는 광고판을 봤다. 윌럼이 2년 전에 찍은 맥주 광고로 동아시아에서만 보이는 광고였다. 하지만 광고판 위쪽에는 도르레에 매달린 사람들이 있었고, 그는 그 사람들이 광고판을 칠하고 있다는 걸, 윌럼의 얼굴을 지우고 있다는 걸 깨달았다. 갑자기 숨을 쉴 수가 없었고 운전사에게 차를 세워달라고 거의 부탁하기까지 했지만, 그들은 출구도, 차를 정차할 수 있는 갓길도 없는 순환선을 달리고 있어서 세울 수가 없었다. 그래서 그는 꼼짝도 않고 앉아서 호텔까지 오는 동안 튀어나올 것 같은 심장의 박동수를 세다가, 운전사에게 고맙다고 하고 내려 로비를 걸어 엘리베이터를 타고 복도를 걸어가 방에 들어갔고, 생각도 하기 전 입을 벌리고 눈을 감은 채 샤워실의 차가운 대리석 벽에 구토하고 있었다. 벽에 몸을 던지고 또 던져, 너무 아파서 척추가 덜컹거리면서 몸에서 뽑혀 나오는 것만 같았다.

그날 밤 그는 억제하지 못하고 미친 듯이 팔을 그었고, 손이 떨려 더 이상 긋지 못하게 되자, 바닥을 치우고 주스를 마셔 기력을 채운 다음 다시 시작했다. 이렇게 세 번 반복한 후에야 샤워실 구석에 기어 들어가 팔로 고개를 감싸고 머리카락이 피떡이 된 채 울었고, 그날 밤에는 이불 대신 타월을 덮고 거기서 잤다. 어린 시절, 죽어가는 별처럼 자신에게서 분리되고 있을 때, 폭발하고 있을 때, 그래서 뼈들이 바싹 붙을 정도로 최대한 좁은 공간 안에 숨어야만 했을 때 종종 이런 짓을 했었다. 그는 루크 수사 몸 아래서 조심스레 빠져나와 침대 아래, 가시와 압핀으로 따끔거리고 사용한 콘돔들과 이상하게 축축한 부분들 때문에 미끈거리고 지저분한 카펫에 몸을 동그랗게 말고 누워 있거나, 욕조나 벽장 안에서 최대한 웅크리고 자곤 했다. "우리 가엾은 감자벌레." 루크 수사는 그가 이러고 있는 걸 발견하면 말하곤 했다. "왜 그러고 있어, 주드?" 루크는 상냥했고, 걱정하고 있었지만, 그는 결코 설명할 수가 없었다.

그는 어찌어찌 그 출장을 마쳤고, 어찌어찌 1년을 살아냈다. 윌럼의 1주기 밤, 그는 꿈에서 유리 화병이 깨지는 모습을, 윌럼의 몸이 공중으로 튕겨져 나가는 모습을, 그의 얼굴이 나무에 부딪쳐 산산조각 나는 모습을 봤다. 잠에서 깨자 윌럼이 너무 그리워 눈이 멀어버릴 것 같았다. 집으로 돌아간 다음 날, 그는 처음으로 〈행복한 시절〉의 포스터를 봤다. 제목은 원제였던 〈댄서와 무대〉로 돌아가 있었다. 어떤 포스터들은 윌럼의 얼굴을 담고 있었다. 머리는 누레예프처럼 약간 길고 머리를 가슴 쪽으로 낮게 숙이고 있어서 길고 힘찬 목선이 보였다. 어떤 포스터들은 발끝으로 선, 토슈즈 신은 발—실제 윌럼의 발이라는 걸 그는 알고 있었다—을 아주 커다랗게 담고 있었다. 어찌나 근접촬영을 했는지, 혈관과 털, 긴장된 근육들과 지방이 불룩 튀어나온 힘줄까지 다 보였다. 포스터에는 "추수감사절 개봉"이라고 적혀 있었다. 안 돼. 그는 생각하며 다시 안으로 들어갔다, 안 돼. 그를 상기시키는 것들이 그만 나타났으면 좋겠다. 그것들이 나타날 날이 두려웠다. 최근 몇 주 동안, 슬픔의 강도는 전혀 줄어들지 않는데도 윌럼은 점점 그에게서 멀어지고 있는 것 같았다.

다음 주 그들은 어바인 씨 집에 갔다. 무언의 합의로 다들 같이 올라가기로 하고 리처드의 아파트에서 만났다. 그는 리처드에게 차 열쇠를 줬고 리처드가 차를 몰았다. 모두들, 심지어 제이비까지도 말이 없었다. 그는 몹시 불안했다. 어바인 부부가 자기에게 화가 나 있을 것 같았다. 그 분노가 마땅하다는 생각이 들었다.

저녁식사는 모두 맬컴이 제일 좋아하는 음식들이었다. 저녁을 먹으면서 그는 어바인 씨가 자기를 바라보고 있는 걸 느낄 수 있었고, 그도 자기가 늘 하던 생각을 하고 있을까 궁금했다. 왜 맬컴이야? 왜 네가 아니야?

어바인 부인이 돌아가면서 맬컴에 대한 추억을 이야기하자고 제안했고, 그는 앉아서 다른 사람들 이야기를 들었다. 어바인 부인은 맬컴이 여섯 살 때 판테온에 갔던 이야기를 했다. 판테온에서 나가서 5분 후 맬컴이 없어진 걸 알고 다시 달려 들어갔더니, 맬컴이 바닥에 앉아 돔 꼭대기 원형 창을 계속 물끄러미 바라보고 있었다고 했다. 플로라는 2학년 때 맬컴이 다락방에 있던 자기 인형의 집을 가져가서 인형들을 다 치우고 그 안에 온갖 조그만 물건들, 진흙으로 만든 수십 개의 의자들과 테이블, 소파, 이름도 없는 가구들을 채워놓았던 이야기를 했다. 제이비는 어느 추수감사절 기숙사를 온통 다 차지하려고 다들 하루 일찍 후드에 돌아와 기숙사에 몰래 들어갔을 때, 맬컴이 소시지를 구울 수 있도록 거실 벽난로에 불을 피워준 이야기를 했다. 그리고 자기 차례가 되자, 그는 리스페너드 스트리트 시절 맬컴이 책장을 만들어준 이야기를 했다. 그 책장은 찌그러진 거실을 길고 좁은 조각으로 분할해서, 소파에 앉아 다리를 뻗으면 책장 안으로 발이 들어갔었다. 그래도 그는 책장이 가지고 싶었고, 윌럼은 좋다고 했다. 그래서 맬컴이 목재소에서 제일 싸구려 자투리 목재들을 가지고 왔고, 이웃들이 쾅쾅거리는 소리에 불평하지 않도록 맬컴과 윌럼이 나무를 옥상에 가지고 올라가 거기서 책장을 조립해 가지고 내려와 설치했다.

하지만 막상 설치를 하고 보니, 맬컴은 자기가 치수를 잘못 쟀다는 걸 깨달았다. 책장이 8센티미터 더 길어서 귀퉁이가 복도로 튀어나왔던 것이다. 그는 상관없었고 윌럼도 개의치 않았지만, 맬컴은 고치고 싶어 했다.

"그러지 마, 맬." 둘 다 말했다. "굉장해. 좋다고."

"안 굉장해." 맬컴은 시무룩하게 말했다. "안 좋아."

결국 그들은 겨우 맬컴을 설득해서 돌려보냈다. 그는 윌럼과 함께 책장을 진홍색으로 칠하고 책들을 꽂았다. 다음 주 일요일 아침 일찍, 맬컴이 결연한 표정을 하고 다시 나타났다. "도저히 안 되겠어." 그러고는 바닥에 가방을 놓더니 쇠톱을 꺼내 책장을 자르기 시작했다. 두 사람은 소리를 질렀지만, 결국 자기들이 도와주건 말건 맬컴은 책장을 고칠 작정이라는 걸 깨달았다. 그래서 책장은 다시 옥상으로 올라갔고, 다시 한 번 내려왔고, 이번에는 완벽했다.

"늘 그 일이 생각나요." 그는 듣고 있는 사람들에게 말했다. "그 일은 맬컴이 자기 일을 얼마나 진지하게 여겼는지, 늘 완벽하게 하려고, 대리석이건 합판이건 소재를 존중하려고 얼마나 노력했는지를 정말 잘 보여줘요. 하지만 전 그 일이 또한 맬컴이 얼마나 공간을, 어떤 공간이든 존중했는지를 잘 보여준다고 생각해요. 심지어 차이나타운의 끔찍하고 답도 없고 음울한 아파트조차도. 그런 공간도 존중받을 자격이 있었던 거죠.

또 그 일은 맬컴이 친구들을 얼마나 존중했는지, 우리 모두가 자기가 우릴 위해 상상한 곳에서 사는 걸 얼마나 바랐는지를 잘 보여줘요. 맬컴이 상상하는 그런 아름답고 활기찬 곳에서요."

그는 말을 멈췄다. 그가 말하고 싶었던 건—하지만 끝까지 이야기할 수 없을 것 같았던 이야기는—그가 세면대 밑에서 붓과 페인트를 가져오려고 화장실에 갔다가 엿들은 이야기였다. 윌럼이 책장을 다시 제자리로 들어 옮기는 일을 가지고 불평하자, 맬컴은 말했다. "이 책장을 이대로 내버려두면 주드가 걸려서 넘어질 수도 있다고, 윌럼." 맬컴은 속삭였다. "넌 그러고 싶어?"

"아니." 윌럼이 말하더니, 잠시 있다가 부끄러운 듯이 말했다. "아니, 물론 아니야. 네 말이 맞아, 맬." 그들 중 처음으로 맬컴이 그가 불구라는 걸 인지했다는 걸 그는 깨달았다. 맬컴은 심지어 그보다 먼저 알았다. 늘 그 사실을 의식하고 있었지만, 절대 그에게 자의식을 느끼게 하지 않았다. 맬컴은 그저 그의 생활을 좀 더 편하게 만들어주고 싶어 했고, 한때 그는 그것 때문에 맬컴을 원망했었다.

그날 밤 모두 떠나고 있을 때, 어바인 씨가 그의 어깨에 손을 올렸다. "주드, 넌 조금 더 있다 갈래?" 그가 물었다. "몬로를 시켜서 집까지 데려다줄게."

그는 그럴 수밖에 없었고, 그렇게 했다. 차는 리처드에게 그린 스트리트로 가져가라고 했다. 그와 어바인 씨는 둘이서—맬컴의 어머니는 플로라와 사위, 아이들과 함께 식당에 있었다—잠시 거실에 앉아 그의 건강, 어바인 씨의 건강 문제, 해럴드, 그의 일 이야기를 했고, 그러다가 어바인 씨가 갑자기 울기 시작했다. 그는 일어나서 다시 어바인 씨 옆으로 가서 앉았고, 어색하고 부끄러운 마음으로, 아래에서 수십 년의 세월이 빠져나가는 기분으로 주저주저하며 그의 등에 손을 올렸다.

어바인 씨는 내내 그들 모두에게 위압적인 존재였다. 큰 키, 냉정한 태도, 커다랗고 무정한 이목구비, 모든 게 뭔가 에드워드 커티스*가 찍은 사진 같았고, 그래서 다들 그를 "추장님"이라고 불렀다. "추장은 이 일에 대해 뭐라고 하실까, 맬?" 제이비는 맬컴이 랫스타를 그만두겠다고 하고 모두 자제를 촉구하고 있을 때 그렇게 물었다. 또 (이번에도 제이비가 한) 이런 말도 기억난다. "맬, 다음 달 파리를 지나갈 때 아파트 좀 써도 되

*미국의 민족학자이자 사진가로 서부와 미원주민들의 사진을 많이 찍었다.

냐고 추장한테 부탁해도 돼?" 하지만 어바인 씨는 더 이상 추장이 아니었다. 여전히 논리적이고 꼿꼿했지만, 그는 여든아홉이었고, 검은 눈은 아주 어리거나 아주 늙은 사람만 가지는 뭐라 형언할 수 없는 회색, 사람이 와서 다시 돌아가는 바다 색깔로 변했다.

"난 갤 사랑했다." 어바인 씨는 말했다. "넌 알지 주드, 그렇지? 넌 알 거다."

"알아요." 그는 말했다. 그는 늘 맬컴에게 그렇게 말했다. "물론 네 아버지는 널 사랑하셔, 맬. 물론 그래. 부모님은 자식을 사랑한다고." 한번은 맬컴이 굉장히 화가 나서(그 이유는 더 이상 기억나지 않는다) 그에게 쏘아붙였다. "네가 거기에 대해 뭘 안다고 그래?" 그리고 침묵이 흘렀고, 맬컴은 혼비백산해서 사과하기 시작했다. "미안해, 주드. 정말 미안해." 그는 할 말이 없었다. 맬컴 말이 맞았으니까. 그가 아는 건 아무것도 없었다. 아는 건 다 책에서 읽은 거였고, 책들은 거짓말을 했다. 사실을 미화했다. 그건 맬컴이 그에게 한 최악의 말이었고, 그는 절대 그 일을 다시 거론하지 않았지만, 맬컴은 한 번 더 그 이야기를 언급한 적 있다. 입양 직후의 일이었다.

"내가 한 말 난 절대 못 잊을 거야." 그는 말했다.

"맬, 잊어버려." 그는 이렇게 대답했지만, 맬컴이 무슨 이야기를 하고 있는지 정확히 알았다. "넌 화가 나 있었어. 오래전 일이야."

"하지만 그건 잘못된 일이야." 맬컴은 말했다. "내가 나빴어. 모든 차원에서."

어바인 씨와 같이 앉아 있으면서 그는 생각했다. 맬컴이 이 순간을 가졌다면 얼마나 좋아했을까. 이 순간은 맬컴의 것이어야 했다.

그래서 이제 그는 루시엔을 본 다음 어바인 부부에게 가고, 두 방문은 그리 다르지 않다. 그들은 모두 과거로 흘러가고 있고, 둘 다 그가 공유하지 않는 추억들, 그가 잘 모르는 문맥들에 대해 이야기하는 노인들이다. 하지만 이 일이 우울하긴 해도 자기가 해야 하는 일이라는 생각이 든다. 두 사람 다 그가 필요할 때, 하지만 어떻게 청해야 할지 몰랐을 때, 늘 시간을 내주고 함께 대화해준 사람들이었다. 스물다섯에 처음 뉴욕에 왔을 때, 그는 어바인 씨 집에서 살았고, 어바인 씨는 시장과 법에 대해 이야기해주고 조언을 해줬다. 어떻게 사고해야 하는지에 대한 조언이 아니라 어떻게 살아야 하는지, 별난 사람을 종종 용인하지 않는 세상에서 어떻게 별난 사람으로 살아야 하는지에 대한 조언들이었다. "네 걸음걸이 때문에 사람들은 너에 대해 어떤 생각들을 갖게 될 거야." 어바인 씨가 어느 날 그에게 이렇게 말하자, 그는 고개를 숙였다. "아니." 그는 말했다. "고개 숙이지 마라, 주드. 그건 부끄러워할 일이 아니다. 넌 똑똑한 아이고, 계속 똑똑할 거고, 그 똑똑함에 대한 보상을 받게 될 거야. 하지만 네가 부적격자처럼 행동하면, 너 자신에 대해 변명하듯 행동한다면, 사람들도 널 그렇게 취급하게 돼." 그는 심호흡을 했다. "내 말 믿어." 원하는 만큼 단단해 져, 어바인 씨는 말했다. 사람들이 널 좋아하게 하려고 애쓰지 마. 동료들을 더 편하게 해주려고 맞춰주지 마. 해럴드는 법정변호사로 어떻게 사고해야 하는지 가르쳐줬지만, 어바인 씨는 법정변호사로 행동하는 법을 가르쳐줬다. 루시엔은 이 두 능력을 다 알아보고 인정해줬다.

그날 오후 어바인 씨 방문은 어바인 씨가 피곤해서 짧게 끝나고, 나오는 길에 그는 플로라—맬컴이 너무나 자랑스러워하고 질투했던 "멋쟁이 플로라"—를 만나 몇 분 동안 이야기를 나눈 다음 떠난다. 10월 초지만 날씨는 여전히 덥고, 오전은 여름 같지만 오후에는 음산하고 겨울 같은 날씨로 변한다. 차를 둔 파크 애비뉴까지 걸어가면서 그는 20년 전 토요일마다 여기 왔던 기억을 떠올린다. 그때 그는 집까지 걸어가면서 도중에 매디슨 애비뉴에 있는 비싸고 유명한 빵집에 가끔 들러 호두빵 한 덩어리—한 덩어리만 해도 그때 그에게는 저녁 한 끼 값이었다—를 사 와서 버터를 바르고 소금을 찍어 윌럼과 함께 먹곤 했다. 그 빵집은 아직도 거기 있었고, 그는 파크에서 서쪽으로 방향을 틀어 빵을 산다. 다른 모든 것들이 훨씬 더 비싸졌는데도 빵 값은 왠지, 적어도 그의 기억에는 그대로인 것 같다. 루시엔과 어바인 씨 댁 토요일 방문을 시작하기 전까지는 낮에 언제 이 동네에 와봤는지 기억이 가물가물하다. 앤디와의 약속은 늘 밤 시간이었으니까. 머뭇머뭇 창백한 노란색으로 변해가는 참피나무 아래서 그는 자리를 좀처럼 떠나지 못하고 미적거리며, 귀여운 꼬마들이 깨끗하고 넓은 보도를 달려 내려가고 예쁜 엄마들이 그 뒤를 느긋하게 걸어가는 모습을 구경한다. 한때 펠릭스를 가르쳤던 75번가를 지난다. 펠릭스는 이제 놀랍게도 서른다섯 살이고, 더 이상 펑크 밴드 가수가 아니라 더 놀랍게도 자기 아버지처럼 헤지펀드 매니저가 됐다.

아파트에 와서 그는 빵을 자르고 치즈를 자른 후, 식탁에 접시를 가져와 물끄러미 바라본다. 그는 진짜 식사를 하려고, 삶의 습관과 실천들을 다시 시작하려고 진짜로 노력하는 중이다. 하지만 먹는 건 아무래도 힘들다. 입맛이 사라졌고, 모든 게 반죽이나 고아원에서 줬던 가루 매시드포테이토 맛 같다. 그래도 그는 노력한다. 보는 사람이 있으면 그래도 먹는 게 조금은 더 쉬워져서, 매주 금요일에는 앤디와, 매주 토요일에는 제이비와 저녁을 먹는다. 그리고 일요일 저녁에는 리처드 집에 꼬박꼬박 나타난다. 두 사람이 함께 리처드의 케일 채식주의 요리를 만들면, 인디아가 함께 식탁에 앉는다.

신문도 다시 읽기 시작했다. 이제 그는 빵과 치즈를 옆으로 치우고, 문화면이 마치 자기를 물기라도 할 것처럼 조심조심 읽기 시작한다. 2주 전 일요일 그는 자신만만하게 1면을 펼쳤다가 윌럼이 작년 9월에 찍기 시작하려 했던 영화에 대한 기사를 맞닥뜨렸다. 그 기사에는 그 영화 캐스팅이 새로 이루어졌다는 것, 벌써부터 강력한 지지와 호평을 받고 있다는 것, 주인공의 이름이 윌럼으로 바뀌었다는 내용이 실려 있었다. 그는 신문을 덮고 침대로 가서, 다시 일어설 수 있게 될 때까지 머리를 베개를 누른 채 누워 있었다. 하지만 오늘은 〈댄서와 무대〉 전면광고 외에는 아무것도 없다. 그는 거의 실물 크기로 나온 윌럼의 얼굴을 오래, 오래 바라보며, 눈에 손을 갖다 댔다가 뗀다. 만약 이게 영화라면, 그 얼굴은 그에게 말을 걸기 시작할 것이다. 만약 이게 영화라면, 그가 고개를 들면 윌럼이 눈앞에 서 있을 것이다.

때로 그는 생각한다. 난 더 잘하고 있어. 난 괜찮아지고 있어. 때로는 불굴의 의지와 활기로 충만해 잠을 깬다. 오늘이 그날이 될 거야, 그는 생각한다. 오늘이 정말로 괜찮아지는 첫날이 될 거야. 오늘이 윌럼을 덜 그리워하게 되는 날이 될 거야. 그러다 무슨 일이, 아주 간단한 일이 생겨버린다. 옷장에 들어갔다가 다시는 옷이 걸리지 않을 외로운 윌럼의 옷걸이를 보기만 해도 그의 야심과 희망은 온데간데없어지고, 그는 또 한 번 절망에 빠진다. 때로 그는 생각한다. 할 수 있어. 하지만 이제 점점 더 깨닫는다. 난 못 해. 살아갈 새로운 이유를 매일매일 찾겠다고 그는 자신 자신과 약속했다. 어떤 이유들은 조그맣다. 좋아하는 맛, 좋아하는 교향곡, 좋아하는 그림, 좋아하는 건물, 좋아하는 오페라와 책들, 다시 가는 곳이건 처음 가는 곳이건 보고 싶은 장소들 같은. 어떤 이유들은 의무들이다. 그래야 하니까. 할 수 있으니까. 윌럼이 원할 테니까. 어떤 이유들은 크다. 리처드 때문에. 제이비 때문에. 줄리아 때문에. 그리고, 특히, 해럴드 때문에.

자살을 시도하고 나서 1년 남짓 지났을 때, 그는 해럴드와 산책을 했다. 노동절이었고, 그들은 트루로에 있었다. 그 주말에는 걷는 게 힘들었던 기억이 난다. 그는 모래사장을 조심스레 걸었고, 해럴드가 그를 건드리지 않으려고, 돕지 않으려고 애쓰고 있던 게 기억난다.

마침내 그들은 앉아서 쉬면서 바다를 바라보며 그가 맡고 있는 사건에 대해, 로런스의 은퇴에 대해, 해럴드의 새 책에 대해 이야기를 나누었다. 그러다 갑자기 해럴드가 말했다. "주드, 다시는 그러지 않겠다고 약속해줘야겠다." 해럴드의 어조—해럴드가 아주 드물게 내는 엄한 어조—때문에 그는 해럴드를 쳐다봤다.

"해럴드." 그가 입을 열었다.

"난 너한테 아무것도 부탁하지 않으려고 애쓴다." 해럴드는 말했다. "네가 나한테 뭐든 빚지고 있다고 생각하는 게 싫으니까. 사실 그렇지도 않고." 그는 고개를 돌려 그를 바라봤다. 그의 표정도 엄했다. "하지만 이거 하난 부탁하려고. 부탁이다. 약속해줘야 해."

그는 망설였다. "약속할게요." 그가 마침내 말하자, 해럴드는 고개를 끄덕였다.

"고맙다."

그들은 이 대화를 다시는 거론하지 않았고, 비록 별로 논리적이지 않다는 건 알았지만, 그는 해럴드에게 한 약속을 어기고 싶지 않았다. 때로는 이 약속—이 구두계약—이 그가 다시 시도하는 걸 막는 유일한 진짜 억제제 같았다. 하지만 그는 알고 있었다. 다시 한 번 한다면, 그건 시도가 아닐 거라는 걸. 이번에는 진짜로 할 것이다. 어떻게 할지도 알고 있었고, 그건 성공한다는 것도 알고 있었다. 윌럼이 죽은 후로, 거의 매일 그 생각을 했다. 어떤 계획을 짜야 할지, 어떻게 발견되도록 할지도 알고 있었다. 두 달 전 정말 힘들었던 주에는 심지어 유서까지 다시 썼다. 사과할 일들을 안고 죽은 사람, 용서를 비는 시도를 유산으로 남긴 사람의 유서가 되도록 유서까지 다시 썼다. 그 유서를 유효화시킬 생각은 없지만, 고치지도 않았다.

그는 감염을, 뭔가 신속하고 치명적인 걸, 자기를 죽여서 비난받지 않게 해줄 뭔가를 희망한다. 하지만 감염은 일어나지 않는다. 다리를 절단한 후로는 상처가 생긴 적이 없다. 여전히 고통은 있지만, 전보다 크지 않다. 사실 더 적다. 그는 나았다, 아니 적어도 나을 수 있을 데까지는 나았다.

그래서 앤디를 일주일에 한 번씩 볼 이유가 없지만, 그래도 간다. 그가 자살할까봐 앤디가 걱정하고 있다는 걸 알기 때문이다. 그도 자기가 자살할까봐 걱정된다. 그래서 매주 금요일마다 업타운에 간다. 이 금요일 만남에는 대부분 저녁만 먹고, 두 번째 금요일에만 식사 전에 진찰을 한다. 여기서는 모든 게 다 똑같다. 그저 사라진 발과 종아리만이 상황이 변했다는 증거다.

다른 점에서는 그는 10년 전으로 돌아갔다. 다시 자의식이 생겼다. 다시 신체적 접촉을 두려워하게 됐다. 윌럼이 죽기 3년 전, 그는 드디어 등의 흉터를 연고로 마사지해달라고 부탁할 수 있게 됐다. 윌럼은 그렇게 해줬고, 잠시 동안 그는 새살이 생겨나는 뱀이 된 것 같은, 다른 기분을 느꼈다. 하지만 물론 이제는 그를 도와줄 사람도 없고, 흉터들은 다시 딱딱하고 커져서 그의 등을 팽팽하게 뒤얽고 있다.

이제는 안다. 사람들은 변하지 않는다. 그는 변할 수 없다. 윌럼은 그를 도와 회복시킨 경험으로 스스로가 변했다고 생각했다. 윌럼은 자신의 자제심에, 자신의 인내심에 스스로 놀랐다. 하지만 그—그와 다른 모든 사람들—는 늘 윌럼이 이미 그런 자질을 가진 사람이라는 걸 알고 있었다. 그 시간들이 윌럼 자신에게 그걸 분명히 알게 해줬을지는 모르지만, 그가 발견한 자질들은 윌럼 본인에게만 놀라운 일일 뿐이었다. 마찬가지로, 윌럼을 잃은 경험도 상황을 명료하게 만들어줬다. 윌럼과 함께 있으면서 그는 자기가 다른 사람이라고, 더 행복하고 더 자유롭고 더 용감한 사람이라고 스스로를 설득할 수 있었다. 하지만 이제 윌럼이 사라지고 나자, 그는 다시 20년, 30년, 40년 전의 그 사람이었다.

그래서 또 금요일이다. 그는 앤디의 병원에 간다. 체중계. 앤디가 한숨짓는다. 질문들과 그의 대답들, 일련의 그렇다와 아니다들. 그렇다, 그는 괜찮다. 아니다, 고통은 평소와 다를 바 없다. 아니다, 상처의 조짐은 없다. 그렇다, 열흘에서 2주 간격으로 삽화가 한 번씩 일어난다. 그렇다, 잠을 자고 있다. 그렇다, 사람들을 만나고 있다. 그렇다, 먹고 있다. 그렇다, 하루에 세 번씩. 그렇다, 매일. 아니다, 왜 살이 빠지는지 모른다. 아니다,

로이만 박사를 다시 볼 생각은 없다. 팔 검사. 앤디가 손으로 팔을 잡고 돌리면서 새 상처가 있는지 보지만 아무것도 발견하지 못한다. 베이징에서 돌아온 다음 주, 그가 자제심을 잃고 나서 일주일 후, 팔을 본 앤디는 놀랐고, 그도 자기 팔을 내려다보고 기억했다. 가끔 얼마나 상황이 안 좋았고, 얼마나 제정신이 아니었는지. 하지만 앤디는 아무 말도 하지 않고 그냥 소독했고 다 마치고 나자 양손으로 그의 양손을 잡았다.

"1년이야." 앤디가 말했다.

"1년." 그가 되풀이했다. 둘 다 아무 말도 하지 않았다.

진찰을 마친 후 그들은 모퉁이를 돌아 좋아하는 조그만 이탈리아 레스토랑에 간다. 이렇게 함께 저녁을 먹을 때면 앤디는 늘 그를 지켜보고 있다가, 그가 음식을 충분히 시키지 않는 것 같으면 추가 주문을 더 해서 먹을 때까지 괴롭힌다. 하지만 오늘 저녁 앤디는 뭔가 불안해 보인다. 음식을 기다리며 재빨리 물을 마시더니 축구 이야기를 한다. 앤디는 축구에 관심도 없고, 그와는 축구 이야기를 한 적도 없다. 윌럼과는 가끔 스포츠 이야기를 했고, 그러면 그는 두 사람이 식탁에 앉아 피스타치오를 먹으며 이 팀 저 팀을 가지고 논쟁하는 소리를 들었고, 디저트를 준비했다.

"미안해." 마침내 앤디가 말한다. "내가 혼자 떠들어댔지." 에피타이저가 도착하고, 그들은 말없이 먹는다. 앤디가 심호흡을 한다.

"주드, 나 병원 그만두려고."

그는 가지를 썰고 있다가 동작을 멈추고 포크를 내려놓는다. "당장 그만둔다는 소리는 아니야." 앤디가 재빨리 덧붙인다. "아직 3년 정도는 더 할 거야. 하지만 올해 파트너를 데려올 거고, 최대한 부드럽게 이행 절차를 진행할 거야. 직원들을 위해서도 그렇고, 특히 환자들을 위해서. 그 친구가 매해 더 많은 환자들을 맡게 되는 거지." 그는 잠시 말을 멈춘다. "너도 그 친구를 좋아하게 될 거야. 분명 그럴 거야. 그만두는 날까지는 내가 널 볼 거고, 그만두기 전에는 충분히 알려줄게. 하지만 네가 그 친구를 만나봤으면 좋겠어, 둘이 잘 맞는지도 좀 보고"—앤디는 살짝 미소 짓지만, 그는 차마 미소가 지어지지 않는다—"그리고 무슨 이유에서건 잘 안 맞는다 해도, 다른 사람을 찾아볼 시간은 충분히 있어. 내가 염두에 두고 있는 친구들이 몇 명 있거든. 너한테 포괄적 치료를 해줄 수 있는 사람들이. 그리고 널 어딘가 정착시킬 때까지는 난 그만두지 않을 거야."

그는 여전히 아무 말도 할 수가 없다. 고개를 들어 앤디를 쳐다볼 수조차 없다. "주드." 앤디가 애원하듯 부드럽게 말한다. "나도 널 위해서 영원히 있을 수 있으면 좋겠다. 계속 있었으면 하는 이유는 너밖에 없어. 하지만 난 피곤해. 이제 예순둘이 다 됐어. 그리고 늘 예순다섯 전엔 은퇴하고 싶다고 맹세했었고. 난—"

하지만 그가 말을 막는다. "앤디, 물론 하고 싶을 때 은퇴해야죠. 나한테 설명할 필요 없어요. 정말 잘됐어요. 진짜예요. 난 그저. 난 그저 앤디가 보고 싶을 거예요. 나한테 너무 잘해줬으니까." 그는 말을 멈췄다. "내가 너무 많이 의존했어요." 그가 마침내 자백한다.

"주드." 앤디가 입을 열었다가 다시 다문다. "주드, 난 언제까지나 네 친구야. 언제나 여기서 널 도와줄게, 의학적으로든 다른 일이든. 하지만 너한텐 같이 늙어갈 수 있는 사람이 필요해. 내가 데려올 친구는 마흔여섯이야. 네가 원한다면, 네 남은 평생 널 치료해줄 수 있어."

"19년 안에만 죽으면 말이죠." 그는 자기도 모르게 말한다. 또 다른 침묵이 흐른다. "미안해요, 앤디." 기분이 너무 비참해서, 자기가 너무 치졸하게 굴고 있어서 소름이 끼친다. 결국 언젠가는 앤디가 은퇴할 거라는 걸 늘 알고 있었다. 하지만 그는 이제야 자기가 그때까지 살아 있을 거라고는 절대 생각하지 않았다는 걸 깨닫는다. "미안해요." 그가 되풀이한다. "내 말 듣지 마요."

"주드." 앤디가 조용히 말한다. "난 어떤 식으로든 늘 여기 있을 거야. 예전에도 약속했었고, 지금도 여전히 약속해."

"이봐, 주드." 그는 조금 있다가 다시 말을 잇는다. "쉬운 일 아니라는 거 알아. 누구도 우리 지난 시간을 다시 똑같이 만들 순 없다는 거 알아. 오만해서 이런 말 하는 거 아니야. 다른 누구도 반드시 완벽하게는 이해하지 못할 거야. 하지만 우리 최대한 노력해보자. 그리고 누가 널 안 좋아하겠어?" 앤디는 다시 미소 짓지만, 이번에도 그는 그 미소를 돌려주지 못한다. "어떻게 되든, 네가 이 새 친구 만나봤으면 좋겠어. 라이너스야. 좋은 의사고, 그 못지않게 좋은 사람이야. 네 자세한 이야기는 그 친구한테 전혀 하지 않을 거야. 그냥 와서 만나만 봐, 알겠지?"

그래서 다음 금요일 그는 업타운에 가고, 앤디의 병원에는 한 사람이 더 있다. 키가 작고 잘생기고 윌럼을 떠올리게 하는 미소를 가진 남자다. 앤디의 소개를 받고 두 사람은 악수를 한다. "말씀 정말 많이 들었어요, 주드." 라이너스가 말한다. "드디어 만나뵙는군요. 반갑습니다."

"저도요." 그가 말한다. "축하드려요."

앤디는 자리를 비켜주고, 그들은 꼭 소개팅이라도 하는 것 같다고 농담을 하며 약간 어색하게 이야기를 나눈다. 라이너스가 들은 이야기는 절단수술과 그전의 골수염밖에 없어서, 그 이야기를 좀 한다. "그 치료는 치명적일 수도 있죠." 라이너스는 이렇게 말하지만, 다리를 잃은 데 대해 어떤 위로도 하지 않고, 그는 그게 마음에 든다. 라이너스는 앤디가 전에 말한 적 있는 공동진료 병원에 있었고, 앤디를 정말로 존경하고 같이 일하게 된 걸 엄청나게 기뻐하는 것 같다.

라이너스에게는 전혀 문제가 없다. 그가 하는 질문들과 정중한 태도로 정말로 좋은 의사라는 걸, 그리고 아마도 좋은 사람이라는 걸 알 수 있다. 하지만 라이너스 앞에서 절대 옷을 벗을 수 없을 거라는 것도 안다. 앤디와 나눈 이야기들을 다른 사람과 한다는 건 상상할 수 없다. 다른 누군가가 그의 몸에, 그의 두려움에 그렇게 가까이 다가오는 걸 허락한다는 걸 상상할 수가 없다. 누군가가 그의 몸을 새로 본다는 생각만 해도 움찔하게 된다. 그도 절단 이후로 자기 몸을 딱 한 번밖에 보지 않았다. 그는 라이너스의 얼굴, 마음을 어지럽게 하는, 윌럼을 닮은 미소를 지켜본다. 라이너스보다 고작 다섯 살 많을 뿐인데, 수세기는 더 늙은 사람 같은 기분이다. 자기가 망가지고 바싹 마른, 척 보기만 해도 재빨리 다시 방수포를 덮어놓을 물건 같다. "치워버려." 사람들은 말할 것이다. "고물이잖아."

앞으로 해야 할 대화들, 등과 팔, 다리, 병에 대해 해줘야 할 설명들을 생각한다. 자기의 두려움이, 걱정이 지긋지긋하지만, 아무리 지긋지긋해도 그 생각을 떨쳐버릴 수가 없다. 라이너스가 그의 차트를 천천히 넘기며 앤디가 써놓은 지난 수십 년의 기록을, 자해 상처들과 다리의 상처들, 먹은 약들, 급성감염들의 목록들을, 자살 시도와 로이만 박사에게 가라는 앤디의 애원에 대한 메모들을 읽는 걸 생각해본다. 앤디가 그 모든 걸 기록해놓았다는 걸 알고 있다. 얼마나 꼼꼼한 사람인지 안다.

"누군가Someone에게 말해야 해." 애너는 말했고, 나이가 들면서 그는 이 문장을 문자 그대로 해석하기로 결심했다. '어떤 한 사람Some One'에게 말하는 거다. 언젠가는, 어떻게든, 어떤 한 사람에게 말할 방법을 찾을 것이다. 그리고 그는 믿을 수 있는 사람을 가졌고, 그 사람은 죽었고, 이제 다시는 자기 이야기를 할 용기가 없다. 하지만 다들 자기 이야기—진짜 자기 이야기—는 한 사람에게 하는 거 아닌가? 정말이지 얼마나 자주 자기 이야기를 반복하길 기대하는 걸까? 한 번 이야기할 때마다 피부에서 옷을, 뼈에서 살점을 벗겨내서 조그만 분홍색 생쥐처럼 연약해질 때까지? 다른 의사에게는 절대 갈 수 없다. 앤디가 할 수 있을 때까지는, 앤디가 받아줄 때까지는 앤디에게 갈 것이다. 그 후로는 모르겠다. 그때 가서 생각해봐야겠다. 아직까지는 그의 사생활과 인생은 여전히 자기 것이다. 아직까지는 다른 누구도 알 필요 없다. 머릿속이 온통 윌럼으로 가득 차 있어서—그를 다시 만드느라, 머릿속에 그의 얼굴과 목소리를 붙들고 있느라, 옆에 붙들어두느라—과거는 그 언제보다 아득하게 멀리 있다. 그는 호수 한가운데에서 떠 있으려고 애쓰고 있다. 호숫가로 돌아가서 다시 기억들 속에서 살아야 한다는 건 생각도 할 수 없다.

그날 밤엔 앤디와 저녁 먹으러 가고 싶지 않지만, 그래도 라이너스에게 인사하고 그들은 간다. 그들은 말없이 스시 레스토랑으로 걸어가서, 말없이 앉고, 주문하고, 말없이 기다린다.

"무슨 생각해?" 앤디가 마침내 묻는다.

"윌럼이랑 좀 닮았어요." 그가 말한다.

"그래?" 앤디가 어깨를 으쓱한다.

"약간요." 그가 말한다. "미소가."

"아." 앤디가 말한다. "그러게. 그런 것 같네." 다시 침묵이 흐른다. "그런데 어떻게 생각해? 한 번 봐서 알기는 힘들긴 하지만, 잘 지낼 수 있을 사람 같아?"

"아닌 것 같아요, 앤디." 그는 드디어 말한다. 앤디의 실망이 느껴진다.

"정말이야, 주드? 뭐가 마음에 안 드는데?" 하지만 그는 대답하지 않고, 결국 앤디는 한숨을 쉰다. "미안해." 그가 말한다. "적어도 고려해볼 정도로는 편할 수 있었으면 했는데. 그래도 생각해봐줄래? 한 번 더 기회를 주는 건 어때? 그리고 그사이에 스테판 우라고, 만나보면 좋을 사람이 하나 더 있어. 정형외과의는 아닌데, 사실 난 그게 더 나을 거라 생각해. 내가 같이 일해본 내과의 중에서 단연 최고야. 아니면 또—"

"세상에, 앤디, 그만해요." 그는 말한다. 자기 안에 있는지조차 몰랐던 분노가 자기 목소리에 담겨 있다. "그만해요." 그는 고개를 들고 앤디의 놀란 표정을 본다. "그렇게 날 보내버리고 싶어요? 잠깐만 좀 가만둘 수 없어요? 생각해볼 시간을 좀 줄 수 없어요? 이게 나한테 얼마나 힘든 일인지 이해 못 해요?" 자기가 얼마나 이기적이고 비합리적이고 자기 생각만 하고 있는지 알고 있고, 비참하지만 멈출 수가 없다. 그는 테이블에 부딪치면서 자리에서 일어선다. "나 좀 내버려둬요. 날 위해서 여기 있어줄 거 아니면 그냥 좀 내버려두라고요."

"주드." 하지만 앤디는 이미 테이블 사이로 뛰쳐나오고 있고, 그 순간 웨이트리스가 음식을 가지고 온다. 앤디가 욕설을 내뱉으며 지갑을 꺼내는 장면까지 보고, 그는 비틀비틀 레스토랑에서 나온다. 금요일에는 그가 직접 차를 몰고 앤디에게 가기 때문에 아메드 씨는 근무하지 않는다. 그는 앤디의 병원 앞에 세워둔 차를 가지러 돌아가는 대신 택시를 불러 앤디가 붙잡기 전에 재빨리 타고 떠난다.

그날 밤 그는 전화기를 끄고 약을 먹은 후 침대에 기어 들어간다. 다음 날 일어나 제이비와 리처드에게 몸이 안 좋아서 저녁 약속을 취소해야겠다고 문자를 보낸 뒤 다시 약을 먹고 월요일까지 잔다. 월요일, 화요일, 수요일, 목요일. 그는 앤디의 전화와 문자, 이메일, 모든 메시지를 무시했다. 더 이상 화도 안 나고 그냥 부끄러울 뿐이지만, 또 사과한다는 걸, 자신의 비열함과 약함을 참을 수가 없다. "난 무서워요, 앤디." 그는 말하고 싶다. "앤디 없이 어떻게 살아요?"

앤디는 단걸 좋아한다. 목요일 오후 그는 비서 하나를 시켜 앤디가 가장 좋아하는 사탕 가게에 터무니없는, 말도 안 되는 양의 초콜릿을 주문하게 한다. "메모는요?" 비서가 묻자 그는 고개를 흔든다. "아니, 그냥 내 이름만 써줘요." 비서가 고개를 끄덕하고 나가려는데, 그는 다시 불러 책상에서 메모지 하나를 뜯어 휘갈긴다. "앤디, 너무 부끄러워요. 제발 용서해줘요. 주드." 그리고 메모를 비서에게 건넨다.

하지만 다음 날 그는 앤디에게 가지 않는다. 예고 없이 뉴욕에 온 해럴드와 집에서 저녁을 함께하기 위해서다. 지난봄은 해럴드의 마지막 학기였는데, 그는 9월이 될 때까지도 그 사실을 인지하지 못했다. 그와 윌럼은 해럴드가 드디어 은퇴할 때가 되면 파티를 열어주자고 늘 이야기했었다. 줄리아가 은퇴했을 때 해줬던 것처럼. 하지만 그는 잊어버렸고 아무것도 하지 않았다. 나중에야 기억이 났지만, 그래도 여전히 아무것도 하지 않았다.

그는 피곤하다. 해럴드를 보고 싶지 않다. 그래도 저녁은 차린다. 자기는 안 먹을 게 뻔한 저녁을 차려 해럴드에게 주고, 그도 자리에 앉는다.

"배 안 고파?" 해럴드가 묻자, 그는 고개를 흔든다. "점심을 5시에 먹었어요." 그는 거짓말한다. "나중에 먹을게요."

그는 해럴드가 먹는 걸 지켜보며, 해럴드가 늙었구나 생각한다. 손이 아기 피부처럼 부드럽고 매끄러워졌다. 그는 언제나 처음 만났을 때의 해럴드 나이를 의식하고 있다. 자기는 그때의 해럴드보다 한 살이, 두 살이, 그리고 이제는 여섯 살이 더 많아졌다. 하지만 아무리 세월이 지나도, 그가 인식하는 해럴드는 여전히 마흔다섯이다. 유일하게 달라진 건 마흔다섯이 정확히 얼마나 늙은 것인지에 대한 그의 인식이다. 스스로도 인정하기 당황스럽지만, 아주 최근에 와서야 그는 자기가 해럴드보다 더 오래 살 가능성이 있을 뿐 아니라, 심지어 그렇게 될 것 같다는 생각을 하기 시작했다. 이미 그는 상상을 초월해서 살고 있었다. 더 오래 살 가능성이 왜 없겠는가?

서른다섯 살이 됐을 때 했던 대화가 생각난다. "전 중년이에요." 그가 말하자, 해럴드는 웃었다.

"넌 젊어. 너무 젊어, 주드. 일흔에 죽는다고 생각해야 지금이 중년이지. 그리고 안 그러는 게 좋을걸. 정말이지 네 장례식에 갈 기분 같은 건 안 들 테니까."

"그때는 아흔다섯일 텐데요." 그는 말했다. "정말로 그때까지 살아 계실 거예요?"

"팔팔하게 살아 있을 거야. 풍만하고 젊은 온갖 간호사들의 시중을 받고 있을 거고, 장광설이나 늘어놓는 장례식 같은 데는 절대 안 갈 거야."

그는 결국 미소를 지었다. "그럼 그 풍만한 젊은 간호사들 비용은 누가 대는 거예요?"

"너지, 물론." 해럴드는 말했다. "너랑 너의 그 거대 제약회사 말종들이 내는 거지."

하지만 지금은 결국 이런 일이 일어나지 않을 것 같다는 걱정이 든다. 떠나지 마요, 해럴드, 그는 생각한다. 하지만 그건 진짜 희망이라기보다 기계적으로 하는, 들어줄 거라 기대하지 않는, 기운 없고 축 처진 소망이다. 날 두고 가지 말아요.

"아무 말도 안 하는구나." 해럴드의 말에 그는 정신을 차린다.

"미안해요. 잠깐 딴 생각을 하고 있었어요."

"그래 보여." 해럴드가 말한다. "줄리아랑 여기서 더 많은 시간을 보내는 게 어떨까, 아예 업타운에서 계속 살까, 그런 생각을 하는 중이다."

그는 눈을 껌벅거린다. "그러니까, 여기로 이사 오신다고요?"

"음, 케임브리지 집은 그대로 둘 거야." 해럴드가 말한다. "하지만 맞아. 내년 가을에 컬럼비아에서 세미나 한 과목을 가르칠까 생각 중이고, 우린 여기 있는 걸 좋아하니까." 그가 주드를 바라본다. "너랑 더 가까이 사는 것도 좋을 것 같고."

그는 뭐라고 생각해야 좋을지 알 수가 없다. "하지만 거기 생활은 어쩌시고요?" 그가 묻는다. 이 소식이 당황스럽다. 해럴드와 줄리아는 케임브리지를 사랑한다. 그들이 그곳을 떠난다는 생각은 한 번도 해본 적 없었다. "로런스와 질리언은요?"

"로런스랑 질리언은 늘 여기 오잖아. 다른 사람들도 마찬가지고." 해럴드는 다시 그를 물끄러미 바라본다. "별로 안 좋아하는 것 같구나, 주드."

"미안해요." 그는 고개를 숙이며 말한다. "하지만 여기 이사

오는 게, 그러니까, 저 때문은 아니었으면 좋겠어요." 침묵이 흐른다. "주제넘은 소리를 하려는 건 아니지만," 그는 마침내 말한다. "그게 만약 저 때문이라면, 그러지 마세요, 해럴드. 전 괜찮아요. 잘하고 있어요."

"그래, 주드?" 해럴드가 매우 조용하게 묻자, 그는 갑자기 벌떡 일어나 부엌 옆 화장실로 들어가 변기 위에 앉아 손으로 얼굴을 감싼다. 문 너머에서 해럴드가 기다리는 소리가 들리지만, 그는 아무 말도 하지 않고, 해럴드도 아무 말 하지 않는다. 몇 분이 지나고서야 그는 겨우 마음을 추스르고 문을 열고 나오고, 두 사람은 서로 마주 본다.

"전 쉰하나예요." 그가 해럴드에게 말한다.

"그게 무슨 뜻인데?" 해럴드가 묻는다.

"혼자 알아서 할 수 있다고요." 그는 말한다. "다른 사람 도움이 필요 없다는 말이에요."

해럴드가 한숨을 쉰다. "주드, 도움을 필요로 하는 데는, 사람을 필요로 하는 데는 유효기간이라는 게 없어. 어떤 나이가 되면 사라지는 그런 일이 아니야." 다시 대화가 끊긴다. "너무 말랐구나." 해럴드가 다시 이야기를 계속하지만, 그가 아무 말도 하지 않자 말한다. "앤디는 뭐라고 하니?"

"이 이야긴 더 이상 못 하겠어요." 마침내 그가 갈라지고 쉰 목소리로 말한다. "못 하겠어요, 해럴드. 그리고 해럴드도 못 해요. 전 계속 실망만 드리는 것 같아요. 그건 정말 미안해요. 모든 게 다 미안해요. 하지만 정말 노력하고 있어요. 최선을 다하고 있어요. 이 정도밖에 안 돼서 미안해요." 해럴드가 끼어들려 하지만, 그는 무시하고 계속 말한다. "이게 저예요. 이게 현실이에요, 해럴드. 골칫거리라서 미안해요. 은퇴를 망쳐버려서 미안해요. 더 행복하지 못해서 미안해요. 윌럼을 잊지 못해서 미안해요. 존중할 수 없는 일을 하고 있어서 미안해요. 이런 쓸모없는 인간이라 미안해요." 이젠 무슨 말을 하는지조차 알 수 없다. 무슨 기분인지도 알 수 없다. 팔을 긋고 싶다. 사라지고 싶다. 누우면 다시는 일어나지 않았으면 좋겠다. 몸을 내던지고 싶다. 그는 자신을 증오하고, 동정한다. 스스로를 동정하는 자신을 증오한다. "가시는 게 좋겠어요." 그는 말한다. "가시는 게 좋겠어요."

"주드." 해럴드가 말한다.

"제발 가세요." 그가 말한다. "제발. 피곤해요. 혼자 있고 싶어요. 제발 저 좀 내버려두세요." 그는 해럴드에게 등을 돌리고 서서 기다리고, 마침내 해럴드가 멀어져가는 소리가 들린다.

해럴드가 떠난 후, 그는 엘리베이터를 타고 옥상으로 올라간다. 옥상 가장자리에는 가슴 높이로 돌담이 쳐져 있고, 그는 떨리는 손을 진정시키기 위해 돌담 위에 손바닥을 대고 기대서서 차가운 공기를 마신다. 윌럼을 생각한다. 윌럼과 함께 밤에 이 옥상에 서서 아무 말도 안 하고 다른 사람들 아파트를 내려다보던 걸 생각한다. 지붕 남쪽 끝에서는 리스페너드 스트리트 옛 건물 옥상이 거의 보였고, 때로 그들은 그 건물만이 아니라 그 안에 있는 자신들, 매일의 일상을 연기하고 있는 과거의 자신들까지 볼 수 있는 척했다.

"시공간 연속체에 접힌 곳이 있는 게 틀림없어." 윌럼은 액션 히어로 목소리로 말하곤 했다. "넌 여기 내 옆에 있는데, 그런데—저 쓰레기 아파트에서 네가 돌아다니는 모습이 보여. 맙소사, 세인트 프랜시스, 무슨 일이 벌어지고 있는지 알겠어?!" 그때는 늘 웃음을 터뜨렸지만, 지금 그 기억을 떠올리면 웃을 수가 없다. 요즘 그의 유일한 기쁨은 윌럼 생각이지만, 바로 그 생각들이 가장 큰 슬픔의 원천이기도 하다. 루시엔처럼 완전히 잊어버릴 수 있다면 얼마나 좋을까. 윌럼이 존재했다는 것 자체를, 그와 함께했던 인생을 다 잊어버릴 수만 있다면.

옥상에 서서 그는 자기가 한 짓을 생각했다. 분별없는 행동이었다. 다시 한 번 도움의 손길을 내민 사람에게 화를 냈다. 은혜를 베풀어준, 사랑하고 감사하는 사람에게. 왜 이런 행동을 하는 걸까. 하지만 답을 모르겠다.

'나아지게 해줘요.' 그는 부탁한다. '나아지게 해주든지 끝내게 해줘요.' 사방으로 몇 개의 출구가 나 있는 차가운 시멘트 방 안에 있는데, 자기 손으로 그 문들을 하나하나 닫으며 자신을 가두고 있는 것 같다. 스스로 탈출 가능성을 제거하고 있는 것 같다. 하지만 왜 이런 짓을 하는 걸까? 다른 곳에도 갈 수 있는데, 왜 증오하고 두려워하는 이곳에 스스로를 가두고 있는 걸까? 그는 생각한다, 이건 다른 사람들에게 기댄 벌이다. 사람들은 하나하나 그에게서 떠나고, 그는 다시 혼자가 될 것이다. 하지만 더 좋았던 시절을 기억하고 있을 테니 이번에는 훨씬 더 끔찍하겠지. 또다시 자기 인생이 뒤로 가고 있다는, 점점 더 작아지고 있다는 느낌이 든다. 시멘트 상자는 점점 좁아지며 육박해 들어오고, 결국 남은 공간이 너무 좁아 그는 몸을 접어 웅크릴 수밖에 없다. 누우면 천장이 바싹 내려와 숨이 막혀 죽게 될 테니까.

자러 가기 전 그는 해럴드에게 자기의 행동을 사과하는 메모를 쓴다. 토요일에는 내내 일하고, 일요일에는 내내 잔다. 그리고 새로운 주가 시작된다. 화요일에는 토드에게 메시지를 받는다. 첫 번째 소송이 엄청난 합의금으로 종결됐지만, 토드조차도 축하파티를 하자는 소리를 하지 않을 정도의 분별은 있다. 그의 메시지들은 전화건 이메일이건 짧고 간결하다. 합의할 회사들 이름과 제의 금액, 짤막한 "축하해"뿐이다.

수요일에는 여전히 무료법률상담을 해주고 있는 예술가 비영리단체에 들를 예정이었지만, 대신 제이비의 회고전이 열리고 있는, 다운타운의 휘트니에서 제이비를 만난다. 그 전시회는 유령이 된 과거가 남긴 또 하나의 기념품으로, 거의 2년 동안 준비 단계에 있었다. 제이비가 처음 그 이야기를 했을 때, 세 사람은 그린 스트리트에서 조그만 파티를 열었다.

"제이비, 이게 무슨 뜻인지 알지, 응?" 윌럼은 거실에 나란히 걸려 있는 제이비의 첫 번째 전시회 작품들 〈윌럼과 소녀〉와 〈윌럼과 주드, 리스페너드 스트리트, II〉를 가리키며 물었다. "그 쇼가 끝나자마자, 이 그림들은 곧장 크리스티로 갈 거야." 모두들 웃음을 터뜨렸고, 제이비가 가장 크게 웃었다. 뿌듯함과 기쁨과 안도감이 뒤섞인 웃음이었다.

그 그림들뿐만 아니라 "초들, 분들, 시간들, 날들" 전시회에서 그가 산 〈윌럼, 런던, 10월 8일 아침 9시 8분〉과 윌럼이 산 〈주드, 뉴욕, 10월 14일 아침 7시 2분〉, 그 외에 "내가 알았던 모든 사람"과 "나르시시스트의 자기혐오 가이드"와 "개구리와 두꺼비"에서 산 그림들, 두 사람이 대학 시절부터 제이비에게 받아 간직한 모든 데생과 그림, 스케치들이 휘트니 전시장에 걸릴 것이고, 전에 공개되지 않았던 작품들도 전시될 것이다.

이와 동시에 제이비의 갤러리에서는 새로운 그림들로 전시회가 열린다. 3주 전 그는 그 그림들을 보러 그린포인트에 있는 제이비의 스튜디오를 찾아갔다. 연작 제목은 "50주년 기념일"이었고, 그건 제이비 부모님의 삶의 연대기였다. 그가 태어나기 전 두 분이 함께 있을 때부터 두 사람이 함께 늙어가며 계속 살아가는 상상의 미래까지 이어지는 연대기다. 현실에서 제이비의 어머니는 여전히 살아 있고 이모들도 살아 있지만, 이 그림들 속에는 서른여섯 살 때 돌아가신 제이비의 아버지도 있다. 연작은 열여섯 점이고, 그중 다수는 제이비의 전작들보다 크기가 작다. 그는 제이비의 스튜디오에 걸린 이 가족 판타지 장면들—사과 씨를 파내고 있는 예순 살의 아버지와 샌드위치를 만드는 어머니, 소파에 앉아 신문을 읽는 일흔 살의 아버지와 그 뒤로 계단을 내려오고 있는 다리만 보이는 어머니—을 보면서 자기의 삶 역시 어떤 모습이었는지, 어떤 모습일 수 있었는지를 생각하지 않을 수 없었다. 윌럼과 살던 시절에서 가장 그리운 순간이 바로 그런 장면들이었다. 아무 일도 일어나지 않는 것 같은, 아무것도 아닌 사소한 순간들이지만, 도저히 메워지지 않는 부재의 순간들.

초상화 사이사이에는 제이비 부모님의 생활을 하나로 만들어 주는 물건들을 그린 정물화들이 있었다. 침대 위의 베개 두 개. 베개들은 숟가락 뒷면으로 굳은 아이스크림 위를 꾹꾹 누르면서 지나간 것처럼 살짝 눌려 있다. 커피잔 두 개. 그중 한 개의 가장자리에는 분홍색 립스틱 자국이 연하게 묻어 있다. 10대의 제이비와 아버지 사진이 들어 있는 사진 액자 하나. 제이비가 등장하는 유일한 그림이다. 이 그림들을 보면 그는 제이비가 함께하는 생활을, 윌럼과 함께한 그의 생활을 얼마나 완벽하게 이해했는지에 생각이 미쳐 다시 한 번 놀랐다. 그의 아파트에 있는 모든 물건들—아직도 세탁 바구니 테두리에 걸쳐져 있는 윌럼의 바지, 욕실 세면대 위 유리잔 안에서 기다리고 있는 윌럼의 칫솔, 사고 때 유리가 깨어진 채로 손도 안 대고 협탁 위에 올려둔 윌럼의 시계—은 그만이 읽을 수 있는 룬 문자로 이루어진 토템이 됐다. 랜턴 하우스의 침대 옆 윌럼의 협탁은 의도치 않게 윌럼에게 바치는 일종의 사당이 됐다. 그 위에는 윌럼이 마지막으로 물을 마신 컵과 최근 쓰기 시작한 검은 테 안경이 고스란히 있고, 읽고 있던 책이 여전히 그가 두고 간 모양 그대로 거꾸로 펼쳐져 있다.

"아, 제이비." 그는 한숨을 쉬었고, 뭐라 더 말하고 싶었지만 말이 나오지 않았다. 하지만 제이비는 그래도 고맙다고 했다. 이제 그들은 같이 있을 때 별로 말이 없었다. 제이비 자체가 변한 건지, 아니면 그와 함께 있을 때 모습이 변한 건지 그는 알 수가 없었다.

미술관 문을 두드리자, 그를 기다리고 있던 제이비의 스튜디오 조수 하나가 그를 맞이해 제이비는 지금 꼭대기 층에서 설치 작업을 감독하고 있다고 말해주면서, 6층부터 시작해서 올라가 제이비를 만나보라고 한다. 그는 그렇게 한다.

그 층 전시실들에는 어린 시절 작품들을 포함한 제이비의 초기작들이 전시되어 있다. 제이비의 어린 시절 스케치들이 액자에 넣어져 주르르 걸려 있었는데, 그중에는 수학 시험지 위에 아마도 반 친구들인 듯한 여덟아홉 살 정도 된 아이들이 책상 위에 고개를 숙이고 있는 모습, 사탕을 먹는 모습, 새에게 모이를 주는 모습 등을 연필로 그린 귀여운 초상화도 있었다. 문제는 하나도 풀지 않았고, 시험지 위에는 밝은 빨간 펜으로 "F"와 함께 이런 글귀가 적혀 있었다. "마리온 부인께—문제가 뭔지 아시겠죠. 좀 봐었으면 해요. 진심을 담아, 제이비 그린버그. 추신. 아드님 재능이 엄청나요." 그걸 보고 그는 미소 짓는다. 미소 짓는 건 정말 오랜만에 처음 있는 일이다. 방 한가운데 위치한 대 위에 놓인 투명합성수지 상자 안에는, 제이비가 그에게 돌려주지 않았던, 털로 뒤덮인 솔빗을 비롯한 "쿼티디언" 작품 몇 점이 들어 있다. 그걸 보자 머리카락을 찾아 돌아다니던 주말 생각이 나면서 다시 미소가 지어진다.

그 층의 나머지 공간에는 다 "소년들"의 작품들이 전시되어 있었다. 그는 방 안을 천천히 거닐며 맬컴과 그, 윌럼의 그림들을 구경했다. 리스페너드 스트리트의 침실에 앉아 있는 두 사람의 그림, 둘 다 각자의 침대에 앉아 제이비의 카메라를 똑바로 응시하고 있고, 윌럼은 살짝 미소 띠고 있다. 이번에는 카드테이블에 앉아 있는 두 사람의 그림, 그는 서류를 놓고 일을 하고 있고 윌럼은 책을 읽고 있다. 이번에는 파티에 간 모습. 또 다른 파티. 다음에는 페드라와 함께 있는 그의 모습, 다음에는 윌럼과 리처드. 이번에는 맬컴과 누나, 맬컴과 부모님 그림이 있다. 〈담배를 든 주드〉와 〈주드, 아프고 나서〉도 있다. 어느 한 벽에는 펜과 잉크로 그들을 스케치한 그림들이 걸려 있다. 그 그림들의 원천이 된 사진들도 있다. 〈담배를 든 주드〉의 바탕이 된 사진도 있다. 사진 속의 그—그 얼굴 표정, 구부정한 어깨—는 자신에게조차 낯설지만, 그래도 자기는 즉시 알아볼 수 있다.

층간 계단통에도 제이비가 주요 작품군 사이사이에 작업한 작품들, 스케치와 소품들, 습작과 실험들이 빼곡하게 걸려 있다. 그의 입양을 축하하며 해럴드와 줄리아에게 그려준 초상화도 있고, 트루로의 그, 케임브리지의 그, 해럴드와 줄리아의 스케치들도 있다. 네 사람의 모습도 있다. 제이비의 이모들과 어머니, 할머니도 있고, 추장과 어바인 부인도 있고, 플로라, 리처드, 알리, 헨리 영들, 페드라도 있다.

다음 층은 "내가 알았던 모든 사람 내가 사랑했던 모든 사람

내가 미워했던 모든 사람 내가 잤던 모든 사람"과 "초들, 분들, 시간들, 날들"이다. 그의 뒤와 주위에서는 설치부들이 하얀 장갑 낀 손으로 그림을 조금씩 조정했다가 뒤로 갔다가 벽을 응시했다가 하며 부지런히 일을 하고 있다. 그는 다시 계단통으로 들어간다. 고개를 들자, 거기에는 온통 그의 그림들이 있다. 그의 얼굴, 서 있는 모습, 휠체어에 앉아 있는 모습, 그와 윌럼이 함께 있는 모습, 혼자 있는 모습이. 서로 말을 안 하던 시절, 그가 제이비를 버렸던 시절 제이비가 만든 작품들이다. 다른 사람들 그림도 있지만, 대부분은 그와 잭슨의 그림이다. 가도 가도 잭슨과 그가 체커판처럼 교차한다. 그의 그림들은 연필, 펜과 잉크, 수채화로 그려져 아련하고 희미하다. 잭슨의 그림들은 아크릴화로, 선이 굵고 거칠고 분노에 차 있다. 엽서 크기 정도의 굉장히 작은 그림이 하나 있어서, 가까이 가서 보자 뭔가 썼다가 지운 흔적이 있다. "주드에게"까지는 알아볼 수 있고 "제발"이라는 글자까지는 어찌어찌 봤지만, 그 이후에는 아무 말도 없다. 가쁘게 숨을 몰아쉬며 되돌아서자, 자살 시도 후 병원에 있을 때 제이비가 보내준 동백나무를 그린 수채화가 있다.

다음 층은 "나르시시스트의 자기혐오 가이드"다. 이건 제이비의 전시회 중 상업적으로 가장 성공하지 못한 쇼였고, 그 이유는 보면 알 수 있다. 이 작품들을, 그 끈덕진 분노와 자기혐오를 보면 감탄과 동시에 거의 참을 수 없는 불편함이 느껴진다. 한 그림의 제목은 〈깜둥이〉다. 그 외에도 〈어릿광대〉, 〈게으름뱅이〉, 〈스테핀 페칫〉*이 이어진다. 각각의 그림에서 제이비는

*20세기 초 미국의 흑인 배우이자 코미디언 스테핀 페칫(Stepin Fetchit)의 이름을 'Steppin(stepping)'으로 변형한 제목. 페칫은 흑인에 대한 부정적 고정관념을 보여주는 전형적 인물들을 많이 연기해서 후대의 평가가 엇갈린다.

윤나는 검은 피부에 황달이 들고 툭 튀어나온 눈을 하고는 춤추거나 울부짖거나 깔깔대고 있다. 그의 잇몸은 끔찍하고 거대하고 생선살 같은 분홍색이고, 고야풍의 음울한 갈색과 회색조 뒷배경 속에는 반쯤 형상을 드러낸 잭슨과 친구들이 다들 그를 향해 환호성을 지르고 박수를 치며 손가락질하고 웃고 있다. 이 연작의 마지막 그림은 〈원숭이마저 우울하다〉였고, 그림 속 제이비는 멋진 빨간색 터키모자를 쓰고 쪼그라든 견장 달린 빨간 재킷을 입고 바지는 벗은 채 텅 빈 창고 안에서 한쪽 다리로 깡충깡충 뛰어다니고 있었다. 그는 이 층에 오래 머물면서 그림들을 본다. 목이 메고 눈이 자꾸 깜박거린다. 그리고 천천히 마지막 계단으로 간다.

이제 꼭대기 층이고, 여기에는 사람들이 더 많다. 그는 잠시 옆쪽에 서서 큐레이터와 갤러리 사람들과 웃고 손짓하며 이야기하는 제이비의 모습을 지켜본다. 이 전시실에는 대부분 "개구리와 두꺼비"의 그림들이 걸려 있고, 그는 이 그림에서 저 그림으로 이동하며 구경한다. 딱히 그림을 본다기보다 제이비의 스튜디오에서 이 그림들을 처음 봤을 때의 경험을 기억하는 중이다. 그때 그와 윌럼은 서로에게 새로운 존재였고, 그는 그 넘치는 감정, 삶의 경이를 받아들이기 위해 자기 몸에 새로운 기관—두 번째 심장, 두 번째 머리라도 돋아나는 것 같은 기분이었다.

그림 하나를 보고 있는데 제이비가 드디어 그를 보고 다가왔고, 그는 제이비를 가볍게 포옹한 다음 축하인사를 건넨다. "제이비, 정말 자랑스럽다."

"고마워, 주디." 제이비가 미소 지으며 말한다. "나도 내가 자랑스러워, 젠장." 그러더니 미소를 거둔다. "다들 여기 있다면 좋을 텐데."

그는 고개를 젓는다. "나도." 그는 간신히 말한다.

잠시 침묵이 흐른다. 그러다 제이비가 "이리 와" 하며 그의 손을 잡더니, 갤러리 사람들 앞을 지나고, 액자를 한 그림들이 나오고 있는 마지막 나무 상자를 지나 반대쪽 끝 벽으로 데려간다. 벽에는 에어캡 포장을 조심스레 벗겨내고 있는 그림이 있다. 제이비가 그 앞에 서고 비닐 포장이 벗겨지자, 윌럼의 그림이 나타난다.

그림은 별로 크지 않아서 가로세로가 1.2미터, 1미터 정도이고, 가로 방향 그림이다. 몇 년 동안 제이비가 그린 그림들 중 단연코 가장 뚜렷한 포토리얼리즘 작품이다. 색채는 풍부하고 진하고, 윌럼의 머리카락을 그린 붓놀림은 깃털처럼 가볍고 섬세하다. 그림 속 윌럼은 죽기 직전의 모습이다. 〈댄서와 무대〉를 찍기 이전이거나 이후 몇 달 그 언저리의 모습이다. 그때 그의 머리는 평소보다 더 길고 짙었다. 〈댄서〉 이후라고 그는 판단한다. 윌럼이 입고 있는 스웨터, 목련잎 색의 진녹색 스웨터가 그가 파리에 윌럼을 만나러 갔을 때 사준 스웨터라는 게 기억났기 때문이다.

그는 그림에서 눈을 떼지 않은 채 뒤로 물러난다. 그림 속 윌럼의 상체는 관람객들을 향하고 있지만, 얼굴은 오른쪽을 보고 있어서 거의 옆모습이 보인다. 그는 무엇 혹은 누군가를 향해 몸을 숙인 채 미소 짓고 있다. 윌럼의 미소를 알기 때문에, 뭔가 사랑하는 걸 보고 있을 때 포착된 윌럼의 모습이라는 걸 그는 알 수 있다. 그 순간 윌럼은 행복하다. 윌럼의 얼굴과 목이 그림을 장악하고 있고, 배경은 암시되어 있을 뿐 뚜렷하게 보이지 않지만, 윌럼이 앉아 있는 곳은 집 식탁이다. 제이비가 윌럼의 얼굴에 빛과 그림자를 그린 방식에서 알 수 있다. 이름을 부르면 그림 속 윌럼이 그를 돌아보며 대답할 것 같다. 손을 뻗어 그림을 만지면, 손가락 끝에 윌럼의 머리카락, 속눈썹이 만져질 것만 같다.

하지만 그는 물론 그러지 않는다. 그저 그림을 쳐다보다가, 슬픈 미소를 짓고 있는 제이비를 바라본다. "제목 카드도 이미 올렸어." 제이비의 말에 그는 그림 뒤쪽 벽으로 천천히 다가가 제목을 본다. 〈주드의 이야기를 듣고 있는 윌럼, 그린 스트리트〉. 숨을 쉴 수가 없다. 심장이 갈린 고기처럼 차갑고 질척거리는 뭔가로 만들어져 있는데, 누가 그걸 주먹으로 꽉 움켜쥐어서 그 덩어리가 발 근처 땅바닥에 털썩하고 떨어지는 것 같다.

갑자기 현기증이 난다. "나 좀 앉아야겠어." 겨우 말하자, 제이비가 윌럼의 그림이 걸린 벽 반대쪽, 조그만 막힌 공간으로 그를 데려간다. 그는 거기 남겨져 있는 나무 상자 하나에 엉거주춤 앉아 허벅지에 손을 올려놓고 고개를 숙인다. "미안해." 그는 가까스로 말한다. "미안해, 제이비."

"네 거야." 제이비가 조용히 말한다. "전시회가 끝나고 나면, 주드, 저 그림은 네 거야."

"고마워, 제이비." 그는 말한다. 억지로 일어서지만 속이 뒤집히는 것 같다. 뭘 좀 먹어야 해, 그는 생각한다. 마지막으로 먹은 게 언제였더라? 아침, 그는 생각한다, 하지만 어제다. 그는 중심을 잡으려고, 머리와 척추에 느껴지는 흔들림을 멈추려고 나무 상자를 향해 손을 뻗는다. 이런 감각을 점점 더 자주 느낀다. 정처 없이 흘러가는 느낌, 황홀경 비슷한 상태다. '날 어디로 데려가줘.' 그 안의 목소리가 말하지만, 누구에게 하는 소리인지, 어디로 가고 싶은지는 자기도 모른다. '데려가줘, 데려가줘.' 팔로 몸을 감싸 안은 채 이런 생각을 하고 있는데, 갑자기 제이비가 그의 어깨를 잡더니 입술에 키스한다.

그는 몸을 비틀어 빠져나온다. "도대체 무슨 짓이야?" 그는 손등으로 입술을 닦으며 비틀비틀 물러난다.

"주드, 미안해. 무슨 짓 하려던 거 아니야." 제이비가 말한다. "네가 그냥 너무, 너무 슬퍼 보여서."

"그러면 이렇게 하는 거야?" 그는 다가오는 제이비에게 침을 뱉는다. "어디 감히 손대기만 해봐, 제이비." 뒤에서 설치부들, 제이비의 갤러리 사람들, 큐레이터들이 잡담하는 소리가 들린다. 그는 벽 가장자리를 향해 한 걸음 더 걸어간다. 기절할 것 같아, 그는 생각한다. 하지만 기절하지는 않는다.

"주드." 제이비가 말하다가 표정이 변한다. "주드?"

하지만 그는 제이비에게서 물러난다. "저리 가." 그는 말한다. "건드리지 마. 날 내버려둬."

"주드." 제이비가 쫓아오면서 소리 죽여 말한다. "상태가 안 좋아 보여. 내가 도와줄게." 하지만 그는 제이비에게서 벗어나려고 계속 걷는다. "미안해, 주드." 제이비는 계속 말한다. "미안해." 한 무리의 사람들이 그가 나가고 제이비가 옆에 따라가는 걸 거의 눈치채지도 못한 채 다른 쪽으로 우르르 함께 움직인다. 마치 그들이 존재하지 않는 것 같다.

스무 걸음만 더 가면 엘리베이터야, 그는 어림잡아 판단한다. 열여덟 걸음만 더, 열여섯, 열다섯, 열넷. 발아래 바닥이 축을 중심으로 불안정하게 흔들리는, 기우뚱기우뚱 돌아가는 팽이가 된다. 열, 아홉, 여덟. "주드." 제이비가 멈추지 않고 말한다. "도와줄게. 왜 넌 나한테 더 이상 이야기를 안 해?" 엘리베이터에 다 왔다. 손바닥으로 버튼을 철썩 친다. 벽에 기대 계속 똑바로 서 있을 수 있게 해달라고 빈다.

"저리 가." 그는 제이비를 위협한다. "날 좀 내버려둬."

엘리베이터가 도착하고 문이 열린다. 그는 안으로 들어간다. 이제 그의 걸음걸이는 다르다. 여전히 그는 왼발부터 내딛고, 여전히 부자연스럽게 높이 든다. 그건 변하지 않았다. 부상 때부터의 습관이다. 하지만 이제 오른발을 끌지는 않는다. 의족이—자기 발보다 훨씬 더—연결이 잘돼서, 발이 바닥에서 떨어질 때 느낌, 다시 땅에 내려놓을 때의 복잡하고 아름다운 느낌을 차례, 차례 다 알 수 있다.

하지만 피곤할 때면, 절망적일 때는, 자기도 모르게 무의식적으로 과거 걸음걸이로 돌아간다. 각 발을 납작하고 편평하게 바닥에 놓고 오른발을 뒤에 비스듬하게 대기시킨다. 엘리베이터 안으로 들어가면서 그는 강철과 섬유유리로 만든 자기 다리들을 훨씬 더 섬세하게 사용해야 한다는 걸 잊고는 발을 헛디뎌 넘어진다. "주드!" 제이비의 고함 소리가 들린다. 너무 기운이 없어서 잠시 동안 모든 게 캄캄해지면서 텅 빈다. 다시 눈앞이 보이자, 제이비의 고함 소리를 듣고 사람들이 그쪽으로 오고 있는 게 보인다. 위에 제이비의 얼굴이 보이지만, 너무 피곤해서 표정이 해석이 안 된다. 그는 〈주드 이야기를 듣고 있는 윌럼〉을 생각한다. 눈앞에 그림이 나타난다. 윌럼의 얼굴, 윌럼의 미소. 하지만 윌럼은 그를 보고 있는 게 아니라 다른 곳을 보고 있다. 그는 생각한다. 만약 그림 속 윌럼이 사실 자기를 찾고 있으면 어쩌지? 갑자기 맹렬하게 그림 오른쪽 옆으로 가서 서 있고 싶다, 윌럼의 시선이 닿는 곳에 가서 앉아 있고 싶다, 그 그림을 혼자 두고 싶지 않다. 그림 속 윌럼은 영원히 일방적 대화에 갇혀 있다. 여기 현실의 그도 갇혀 있다. 그는 그림 속에 혼자 있는 윌럼을, 매일 밤 텅 빈 미술관에서 그가 이야기해주길 기다리고 또 기다릴 윌럼을 생각한다.

'용서해줘, 윌럼.' 그는 머릿속 윌럼에게 말한다. '용서해줘, 하지만 난 지금은 가야만 해. 용서해줘, 하지만 난 가야 해.'

"주드." 제이비가 말한다. 엘리베이터 문이 닫히고 있지만, 제이비가 팔을 뻗는다.

하지만 그는 무시하고 일어서서 엘리베이터 구석에 기댄다. 이제 사람들은 바로 앞까지 왔다. 모두들 그보다 훨씬 더 빨리 움직인다. "거기 그대로 있어." 제이비에게 말하지만, 그는 대답이 없다. "날 내버려둬. 제발 날 내버려둬."

"주드." 제이비가 다시 입을 연다. "미안해."

제이비가 무슨 말인가 더 하려고 하지만, 그 순간 엘리베이터 문이 닫힌다. 그는 드디어 혼자다.

3

의식적으로 시작한 건 아니었다. 정말이다. 하지만 자기가 무슨 짓을 하고 있는지 이해하게 되자, 멈출 수가 없다. 지금은 11월 중순이고, 그는 아침 수영을 마치고 수영장에서 나오고 있다. 편하게 휠체어에 타고 내릴 수 있도록 리처드가 수영장 주위에 설치한 철제 바를 잡고 몸을 일으키는 순간, 세상이 사라진다.

다시 정신이 들었을 때, 시간은 10분밖에 지나지 않았다. 조금 전은 6시 45분이고 휠체어 위로 몸을 끌어올리고 있었는데, 다음 순간 시간은 6시 55분이고 그는 의자 쪽으로 팔을 뻗은 채 검은 고무바닥에 엎드려 있다. 바닥에는 그의 상체가 남긴 축축한 얼룩 자국이 있다. 그는 끙 하고 신음하며 일어나 앉아 주위가 제자리를 찾을 때까지 기다린 후, 몸을 위로 끌어올리려고 시도하고 이번에는 성공한다.

두 번째는 며칠 후에 나타났다. 그는 방금 퇴근했고, 밤늦은 시간이다. 요즘은 로젠 프리처드가 에너지 자체의 공급원인 듯한 느낌이 점점 더 많이 든다. 회사에서 떠나는 순간, 그의 기력도 다 빠져나간다. 아메드 씨가 차 뒷문을 닫는 순간 그대로 잠이 들고, 그린 스트리트로 옮겨지고 나서야 깨어난다. 하지만 그날 밤 어둡고 고요한 아파트에 걸어 들어오는데 온몸에서 기운이 다 빠져나가는 느낌이 덮쳐, 그는 혼란스러워 눈을 깜박거리며 잠시 걸음을 멈췄다가 거실 소파로 가서 눕는다. 그냥 잠깐, 단지 몇 분만, 다시 설 수 있을 때까지만 쉴 생각이었다. 하지만 다시 눈을 떴을 때는 날이 밝았고, 거실에는 회색 태양빛이 희미하게 들어차 있다.

세 번째는 월요일 아침이다. 그는 알람이 울리기 전 잠에서 깬다. 침대에 누워 있는데도 안팎의 모든 것이 소용돌이치며 미친 듯이 날뛴다. 구름 같은 바다를 떠다니는, 물이 반쯤 든 병이 된 기분이다. 최근 몇 주 동안은 일요일에 약을 먹을 필요가 전혀 없었다. 토요일에 제이비와 저녁을 먹고 집에 와서 침대에 기어 들어가면, 다음 날 리처드가 올 때야 깬다. 리처드가 오지 않으면—이번 주에는 오지 않았다—하루 종일, 밤까지 내내 잔다. 아무런 꿈도 꾸지 않고, 깨는 일도 없다.

물론 그는 무슨 일이 벌어지고 있는지 안다. 제대로 먹지 않고 있기 때문이다. 벌써 몇 달째다. 어떤 날에는 과일 한 조각, 빵 한 조각 같은 극소량의 음식만 먹고, 어떤 날에는 아무것도 먹지 않는다. 아무것도 안 먹겠다고 결심했다거나 그런 것도 아니다. 그냥 더 이상 관심이 없다. 그냥 더 이상 먹을 수가 없다. 배가 고프지 않으니까 안 먹는 것이다.

하지만 그 월요일에는 뭘 먹었다. 그는 자리에서 일어나 비슬거리며 아래층으로 내려간다. 수영을 하지만 어쭙잖고 느리다. 그리고 위층으로 올라와 아침식사를 준비한다. 접힌 신문을 옆에 놓은 채 아파트를 바라보며 앉아서 아침을 먹는다. 입을 벌리고, 포크에 찍은 음식을 집어넣고, 씹고, 삼킨다. 기계적으로 동작을 반복하다가, 문득 이 과정이 굉장히 기괴하다는 생각이 든다. 뭔가를 입에 집어넣고, 혀로 이리저리 굴리고, 침과 섞은 덩어리를 삼키다니. 그는 동작을 멈춘다. 그래도 그는 스스로에게 약속한다. 먹을 거다. 원하지 않아도 먹을 거다. 나는 살아 있고, 이게 내가 할 일이니까. 하지만 잊어버린다, 자꾸만 잊어버린다.

그리고 이틀 뒤, 어떤 일이 벌어진다. 그는 막 집에 돌아왔고, 너무 탈진한 나머지 증발해서 사라져버릴 것 같은 기분이다. 온몸이 텅 비어 자기 몸이 피와 뼈가 아니라 수증기와 안개로 만들어진 것 같다. 그 순간 눈앞에 윌럼이 서 있다. 입을 벌려 뭐라고 말하려다 눈을 깜박이자, 윌럼은 사라져버렸고 그는 팔을 앞으로 내민 채 비틀거린다.

"윌럼." 그는 텅 빈 아파트에 대고 소리 지른다. "윌럼." 눈을 감으면 그를 소환할 수 있을 것처럼 눈을 감아보지만, 윌럼은 다시 나타나지 않는다.

하지만 다음 날 그가 나타난다. 그는 또 집에 있다. 또 밤이다. 또 아무것도 먹지 않았다. 그는 침대에 누워 캄캄한 방 안을 물끄러미 바라보고 있다. 그 순간 느닷없이 윌럼이 홀로그램처럼 가장자리를 희미하게 빛내며 어렴풋이 나타난다. 윌럼은 그를 보고 있지 않다. 다른 곳, 문 쪽을 바라보고 있다. 어찌나 집중해서 보고 있는지, 윌럼이 보는 걸 보기 위해 그 시선을 따라가보고 싶다. 하지만 눈을 깜박여서는 안 된다는 걸 안다. 고개를 돌려서도 안 된다. 그러면 윌럼은 떠나버릴 것이다. 그래도 그를 보는 것만으로도, 어떤 식으로든 그가 여전히 존재한다는 걸 느끼는 것만으로도, 그가 사라진 게 결국 영원한 게 아닐지도 모른다는 것만으로도 충분하다. 하지만 결국 그는 눈을 깜박이고, 윌럼은 또다시 사라진다.

하지만 많이 속상하지 않다. 이제 그는 안다. 음식을 먹지 않으면, 의식을 잃기 직전까지 버틸 수 있으면 환영을 보기 시작할 테고, 그 환영이 윌럼일 수 있다는 것을. 그날 밤, 그는 만족해서 잠이 든다. 거의 15개월 만에 처음으로 느껴보는 만족감이다. 이제 그는 윌럼을 부를 수 있는 방법을 알고 있다. 이제 그에게는 자기 마음대로 윌럼을 소환할 수 있는 능력이 있다.

그는 집에서 실험을 해보기 위해 앤디와의 약속을 취소한다. 앤디를 안 본 지 연속 3주째다. 그날 밤 레스토랑에서의 일 이후로 두 사람은 서로에게 예의를 지키고 있고, 앤디는 라이너스도, 다른 어떤 의사도 다시 언급하지 않지만 6개월 후에 이 이야기를 다시 하겠다고 했다. "널 보내버리고 싶어서 그러는 게 아니야, 주드." 그는 말했다. "미안해. 그런 식으로 들렸다면 정말로 미안해. 난 그냥 걱정이 돼서 그래. 그냥 우리가 네 마음에 드는 사람, 네가 편해할 수 있는 사람을 확실히 찾을 수 있기를 바라는 거야."

"알아요, 앤디. 그리고 고마워요. 정말이에요. 내가 못되게 굴었어요. 화를 엉뚱한 데다 풀었어요." 하지만 그는 이제 조심해야 한다는 걸 안다. 그는 분노를 맛봤고, 그걸 통제해야 한다는 걸 안다. 분노는 톡 쏘는 검은 파리 떼처럼 그의 입 속에서 터져 나오려고 기다리고 있다. 이런 분노가 그동안 어디 숨어 있었을까? 그는 의아하다. 어떻게 사라지게 할 수 있을까? 최근에는 잔인한 꿈들을 꿨다. 끔찍한 일들이 그가 미워하는 사람들, 사랑하는 사람들에게 벌어지는 꿈이다. 루크 수사가 찍찍거리는 허기진 쥐들이 득실대는 자루 안에 쑤셔 넣어진다. 제이비의 머리가 벽에 처박히고 뇌에서 회색 흙탕물이 튀어나온다. 꿈속에서 그는 늘 거기서 냉정하게 지켜보고 있고, 그들의 파멸을 목격한 후 돌아서서 걸어가버린다. 그는 손을 부들부들 떨고 얼굴을 구겨가며 분노발작을 억제하려고 애쓰던 어린 시절처럼 코피를 흘리며 잠에서 깬다.

그 금요일, 결국 윌럼은 그에게 오지 않는다. 하지만 다음 날 저녁 제이비와의 저녁 약속에 맞춰 나가려고 차에 타 오른쪽으로 고개를 돌리는데, 거기 차 옆자리에 윌럼이 앉아 있다. 이번 윌럼은 조금 더 또렷하고, 조금 더 견고한 것 같다. 그가 보고 또 보다 결국 눈을 깜박이자, 윌럼은 또 스르르 사라져버린다.

이런 삽화들을 겪고 나면 탈진해버리고, 모든 힘과 전기가 윌럼을 창조해내는 데 들어간 것처럼 주변 세상이 희미해진다. 그는 아메드 씨에게 레스토랑 대신 집으로 가자고 지시한다. 남쪽으로 가면서 제이비에게 몸이 안 좋아서 약속을 못 지키겠다고 문자를 보낸다. 이런 일이 점점 잦아진다. 사람들과의 약속을 날림으로, 주로 용서할 수 없는 최후의 순간에 취소한다. 예약하기 힘든 레스토랑 저녁 약속을 한 시간 전에, 갤러리에서 만나기로 한 모임 약속을 몇 분 후에, 무대 막이 올라가기 몇 초 전에 연극을 취소한다. 리처드, 제이비, 앤디, 해럴드와 줄리아, 한 주 한 주가 가도 아직도 끈질기게 연락하는 사람들은 이들뿐이다. 시티즌이나 로즈, 헨리 영들, 일라이저, 페드라의 목소리는 언제 마지막으로 들었는지 기억도 안 난다. 적어도 몇 주는 됐다. 걱정해야 할 상황이라는 건 알지만, 그는 신경 쓰지 않는다. 그의 희망, 에너지는 더 이상 보충 가능한 자원이 아니다. 비축량이 제한되어 있으니, 아무리 추적이 힘들어도, 아무리 실패할 것 같아도 모든 에너지를 윌럼을 찾는 일에 쓰고 싶다.

그래서 그는 집으로 가서 윌럼이 나타나기를 기다리고, 또 기다린다. 하지만 윌럼은 나타나지 않고, 결국 그는 잠든다.

다음 날에는 침대에 누운 채 깨어 있지도, 몽롱하지도 않은 어중간한 상태를 유지하려 애쓰며 기다린다. (그가 생각하기에) 그게 윌럼을 소환하기에 가장 그럴듯한 상태인 것 같다.

월요일에는 바보가 된 기분으로 잠에서 깬다. '멈춰야 해.' 그는 생각한다. '산 사람들 세계로 복귀해야 해. 넌 지금 미친놈처럼 굴고 있어. 환상? 얼마나 미친 소리 같은지 알기는 해?'

수도원에서 파벨 수사는 힐데가르트라는 11세기 수녀의 이야기를 즐겨 들려줬다. 힐데가르트는 환상을 봤다. 눈을 감으면 영롱한 물체들이 눈앞에 나타나서, 하루하루가 빛으로 충만했다. 하지만 파벨 수사는 힐데가르트보다 힐데가르트의 선생님인 주타에 더 관심이 많았다. 주타는 물질세계를 버리고 조그만 독방에서 은거하는 고행자로, 산 자들의 관심사에 마음을 닫은 채 살아 있지만 죽은 것처럼 사는 사람이었다. "말 잘 안 들으면 저렇게 될 거다." 파벨 수사가 그렇게 말하면, 그는 겁에 질리곤 했다. 수도원 땅에는 무시무시하게 생긴, 끝부분에 못이나 창, 낫 같은 게 달려 있는 철물들이 어수선하게 널린 춥고 어둡고 조그만 연장 헛간이 있었는데, 주타의 이야기를 들으면 그 연장 헛간에 갇히는 게 상상됐다. 겨우 목숨을 부지할 정도의 음식만 먹으며, 잊히기 일보 직전, 죽기 일보 직전의 상태로 거기서 꾸역꾸역 살아가는 상상을 했다. 하지만 심지어 주타마저 힐데가르트가 옆에 있었다. 그에게는 아무도 없을 것이다. 그는 한없이 공포에 질렸고, 언젠가 이런 일이 생길 거라고 철석같이 확신했다.

지금 침대에 누워 있자니, 그 옛 가곡이 아련하게 들린다. "세상은 나를 잊어가네." 그는 조용히 노래한다. "수많은 시간을 낭비했던 세상이."

하지만 아무리 바보 같은 행동이라는 걸 알아도, 여전히 음식을 먹을 수가 없다. 먹는 행위 자체가 혐오스럽다. 뭔가를 원하고, 필요로 하는 일을 초월해 있었으면 좋겠다. 자기 인생이 닳아서 반들반들해지고 화살촉처럼 얄팍하고 끝이 뭉툭한, 하루하루 조금씩 더 뭉개져가는 비누 조각 같다.

그리고 스스로에게도 인정하고 싶지 않지만 의식하고 있는 게 있다. 해럴드에게 한 약속을 깰 수는 없다—깨지 않을 것이다. 하지만 음식을 먹지 않으면, 노력하지 않으면, 결과는 마찬가지일 것이다.

보통은 자기가 얼마나 청승맞고, 자기만 생각하고, 비현실적으로 굴고 있는지 잘 알고 있고, 적어도 하루에 한 번은 스스로를 꾸짖는다. 사실 소품에 의존하지 않고는 윌럼의 구체적인 모습들을 점점 더 불러내기 힘들다. 저장해놓은 음성메시지를 먼저 듣지 않고는 윌럼의 목소리를 기억할 수가 없다. 셔츠 냄새를 먼저 맡지 않고서는 윌럼의 향취를 기억하지 못한다. 그래서 자기가 애도하고 있는 게 윌럼이 아니라 자기 인생, 그 하찮음과 무가치함이라는 생각이 든다.

그는 한 번도 자기 유산에 관심을 가지지 않았고, 가져본 적도 없다. 그건 다행인 게, 그가 남기는 건 아무것도 없을 것이기 때문이다. 건물도 그림도 영화도 조각도 남길 게 없다. 책도 없다. 논문도 없다. 사람들—배우자, 아이들, 아마 부모님도 없다. 그리고 이런 식으로 계속 행동하면 아마 친구들도 남지 않을 것이다. 새 법조차 남기지 않을 것이다. 그는 아무것도 창조하지 않았다. 아무것도 만들지 않았다. 돈밖에 없다. 그가 번 돈, 그리고 윌럼을 빼앗긴 보상으로 받은 돈. 아파트는 리처드에게 돌아갈 것이다. 다른 재산들은 주거나 팔고, 거기서 나온

돈은 자선단체에 기부될 것이다. 예술품들은 미술관에, 책은 도서관에, 가구는 아무나 원하는 사람에게 갈 것이다. 마치 그가 존재하지도 않았던 것처럼 될 것이다. 비참한 생각이지만, 자신은 모텔 방에 있었을 때가 가장 가치 있는 인간이었다는 생각이 든다. 비록 그가 제공해야 했던 게 자발적인 게 아니라 강탈이긴 했지만, 거기선 적어도 누군가에게 유일하고 의미 있는 존재였다. 거기서 그는 적어도 다른 사람에게 진짜였다. 그들이 본 것은 그의 진짜 모습이었다. 거기서는 적어도 가장 덜 기만적이었다.

그는 윌럼이 해석한 자신을 절대 진심으로 믿을 수 없었다. 윌럼은 그가 용감하고 재주 있고 훌륭한 사람이라고 했다. 그는 윌럼에게 사기라도 치고 있는 것처럼 부끄러웠다. 윌럼이 묘사하고 있는 이 사람은 도대체 누구란 말인가? 심지어 그의 고백조차 윌럼의 인식을 바꿔놓지 못했다. 사실 그 고백은 그에 대한 윌럼의 존경심을 더 높여준 것 같았고, 그건 절대 이해할 수 없는 일이었지만 그래도 위로는 됐다. 납득은 못 해도 누군가 그를 가치 있는 사람으로, 그의 인생을 의미 있는 걸로 봐준다는 건 어쩐지 힘이 됐다.

윌럼이 죽기 전 봄, 그들은 몇몇 사람들—그냥 그들 넷과 리처드, 아시안 헨리 영—을 불러 저녁 모임을 가졌다. 맬컴과 소피는 아이를 갖지 않기로 결정했지만, 맬컴은 가끔씩 후회에 시달렸고, 그러면 다들 그들은 애초부터 아이를 원하지 않았었다고 상기시켜주었다. 그날은 맬컴이 그런 후회에 빠져 있던 때였다. "난 궁금해. 아이들이 없다면 도대체 무슨 의미가 있어? 다들 그런 걱정 안 돼? 우리 인생이 의미 있다는 걸 어떻게 아는 거지?"

"이봐, 맬." 윌럼이 새 와인을 따는 동안, 리처드가 병에 남은 와인을 따르며 말했다. "그거 좀 불쾌한 발언이네. 애들이 없기 때문에 우리 인생이 덜 의미 있다는 소리야?"

"아니." 맬컴은 잠시 생각에 빠졌다. "음, 어쩌면."

"내 인생은 의미 있어." 윌럼이 갑자기 말했고, 리처드는 그를 보며 미소 지었다.

"물론 네 인생은 의미 있지." 제이비가 말했다. "넌 사람들이 실제로 보고 싶어 하는 걸 만드니까. 여기 나랑 맬컴이랑 리처드랑 헨리와는 달리."

"사람들은 우리 걸 보고 싶어 해." 아시안 헨리 영이 상처 입은 목소리로 말했다.

"뉴욕과 런던과 도쿄와 베를린 바깥에 있는 사람들을 말하는 거야."

"아, 그 사람들. 하지만 그 사람들을 누가 상관이나 한대?"

"아니." 다들 웃음을 멈추고 나자 윌럼이 말했다. "내 인생이 의미 있다고 한 건, 왜냐하면," 그는 잠시 말을 멈추고 멋쩍은 표정을 지으며 입을 다물었다가 계속했다. "내가 좋은 친구여서야. 난 친구들을 사랑하고 걱정해. 그리고 친구들을 행복하게 해주고 있다고 생각하고."

방 안이 조용해졌고, 짧은 순간 그와 윌럼은 테이블 건너편에서 서로를 바라봤다. 다른 사람들, 아파트 전체가 멀리 사라졌다. 두 개의 의자에 앉아 있는 두 사람뿐, 주위에는 아무것도 없었다. "윌럼에게 건배." 그가 마침내 말하며 잔을 들었고, 다른 사람들도 합세했다. "윌럼에게 건배!" 모두 따라 말했고, 윌럼은 모두를 바라보며 미소 지었다.

그날 밤 친구들이 모두 돌아간 후, 침대에 누워 그는 윌럼 말이 옳다고 말했다. "네 인생이 의미 있다는 걸 네가 알고 있어서 기쁘다. 내가 확신을 줘야 하는 게 아니어서 좋아. 네가 얼마나 근사한 사람인지 알고 있어서 기뻐."

"하지만 네 인생도 내 인생만큼이나 의미 있어." 윌럼이 말했다. "너도 근사해. 그걸 모르겠어, 주드?"

그때 그는 뭔가 윌럼이 동의라고 생각할 수 있는 말을 중얼거렸지만, 윌럼이 잠든 후 잠을 이루지 못한 채 누워 있었다. 인생이 의미 있나 없나를 따지는 건 늘 굉장히 호사스러운 문제, 사실 특권 같았다. 그는 자기 인생이 의미 있다고 생각하지 않았다. 하지만 별로 개의치 않았다.

인생이 가치 있는지 없는지를 놓고 안달복달하지 않았지만, 왜 자기가, 왜 그렇게 수많은 사람들이 계속 살아가는지는 늘 궁금했다. 때로는 납득하기 힘들었지만, 그래도 수많은 사람들, 수백만, 수십억의 사람들이 가늠할 수 없는 비참 속에서, 터무니없이 극단적인 궁핍과 질병을 안고 살아가고 있다. 다들 그래도 꾸역꾸역 살아간다. 그러니 삶을 계속 살아나가는 결의는 선택이 아니라 진화적 완성이 아닐까? 마음 그 자체에 힘줄처럼 질기고 상처투성이인 뉴런 무리가 있어서 논리가 그렇게 자주 주장하는 바를 실행하지 못하게 하는 게 아닐까? 하지만 본능이 절대 틀리지 않는 건 아니다. 그는 한 번 본능을 극복한 적 있다. 하지만 그 후 그 본능은 어떻게 되었을까? 약해졌을까, 아니면 더 유연해졌을까? 계속 살기를 선택할 정도로 그의 삶이 자기 것일까?

병원에 있었던 때 이후로 그는 스스로를 위해 살라고 누군가를 설득하는 건 불가능하다는 걸 알았다. 하지만 다른 사람들을 위해 살아가야 할 필요성을 더 절박하게 느끼게 만드는 게 더 효과적인 치료법이라는 생각은 종종 들었다. 그에게는 그게 늘 가장 설득력 있는 주장이었다. 사실 그는 해럴드에게 의무가 있다. 윌럼에게 의무가 있다. 그들이 그가 살기를 바란다면, 그는 그렇게 할 것이다. 힘들게 하루하루를 버티어내던 그 시절에는 동기가 흐릿하게 보이지 않았지만, 이제 그는 그들을 위해서 살았다는 걸 깨달을 수 있었고, 그 드문 이타심이야말로 결국 그가 자랑스러워할 만한 것이었다. 그들이 왜 자기가 살아 있기를 원하는지는 이해할 수 없었다. 그냥 그렇다는 것만 알았고, 그래서 그는 그렇게 했다. 결국에는 만족을, 심지어 즐거움까지 재발견하게 됐다. 하지만 그게 시작은 아니었다.

이제 다시 한 번 사는 게 점점 더 힘들어지고 있다. 매일 어제보다 오늘 조금 더 불가능해진다. 그의 나날 속엔 나무 한 그루가 서 있다. 시커멓게 죽어가는 그 나무에는 가지 하나가 허수아비의 유일한 의족처럼 오른쪽으로 튀어나와 있고, 그는 그 가지에 매달려 있다. 머리 위에서는 비가 늘 안개처럼 흩뿌리고 있어서 가지가 미끄럽다. 피곤해 죽을 지경이지만, 아래에는 끝이 보이지 않을 정도로 깊은 구멍이 나 있어서 그는 매달려 있다. 손을 놓으면 그 구멍 안으로 떨어질 테니까 뻣뻣하게 굳은 채 매달려 있지만, 결국에는 손을 놓을 거라는 걸 안다. 놓아야 한다는 걸 안다. 너무 고단하다. 한 주, 한 주가 지날 때마다 손아귀 힘이 조금, 아주 조금씩 약해진다.

그래서 그는 죄의식과 후회에 시달리며, 하지만 어쩔 수 없는 심정으로 해럴드와의 약속을 어긴다. 자카르타 출장 때문에 추수감사절을 함께할 수 없다고 해럴드를 속인다. 수척한 얼굴을 가려줬으면 하는 마음에서 수염을 기르기 시작할 때도 거짓말한다. 산제이에게 괜찮다고, 그냥 장염이었다고 했을 때도 거짓말이다. 사무실에 오는 길에 뭘 사 왔다며 비서에게 점심 사 올 필요 없다고 하는 말도 거짓말이다. 일이 너무 많다며 리처드와 제이비와 앤디와 다음 달치 약속을 몽땅 취소한 것도 거짓말이다. 시도 때도 없이 들리는 그 목소리의 속삭임을 내버려둘 때마다 약속을 기만한다. '이제 얼마 남지 않았어, 얼마 남지 않았어.' 문자 그대로 굶어 죽을 수 있을 거라고 생각할 정도로 제정신이 아닌 건 아니다. 하지만 아주 조만간 너무 기운이 없어서 비틀거리다 실수로 넘어져 그린 스트리트 로비의 시멘트 바닥에 머리를 부딪치고, 그 사고로 어떤 방법으로도 사라지지 않을 바이러스 감염을 얻게 되는 날이 오길 기대한다.

적어도 거짓말 하나는 진실이다. 정말로 일이 너무 많다. 한 달 뒤 항소심이 있고, 그는 로젠 프리처드에서, 이제껏 어떤 나쁜 일도 벌어진 적 없는 로젠 프리처드에서, 수많은 시간을 보낼 수 있게 되어 안도한다. 그곳에서는 심지어 윌럼마저 그 예측 불가능한 출현으로 그의 마음을 어지럽히지 않는다. 어느 날 밤에는 산제이가 그의 사무실 앞을 황급히 지나가며 혼자 중얼거려서—"젠장, 그 여자가 날 죽일 거야"—고개를 들어보니 밤이 아니라 벌써 낮이고, 허드슨 강이 끈적끈적한 오렌지색으로 변하고 있다. 그걸 봐도 아무것도 느껴지지 않는다. 여기서는 그의 인생이 정지된다. 여기서는 누구도 될 수 있고, 어디든 갈 수 있다. 원하는 만큼 늦게까지 있을 수 있다. 누구도 그를 기다리지 않고, 그가 전화하지 않아도 누구도 실망하지 않고, 집에 가지 않아도 누구도 화내지 않을 것이다.

재판 전 금요일, 늦게까지 일하고 있는데 비서 하나가 들어오더니 컨트랙터 박사라는 방문객이 로비에서 기다리고 있다며 올라오시게 할까 묻는다. 그는 어떻게 해야 좋을지 몰라 잠시 주저한다. 앤디는 계속 전화를 했지만 그는 답을 하지 않았고, 앤디가 그냥 가지는 않을 거라는 걸 안다.

"알았어요." 그는 비서에게 말한다. "남쪽 회의실로 모셔요."

그는 그 회의실에서 기다린다. 창문이 없어서 가장 은밀한 방이다. 회의실로 들어오는 앤디의 입가가 긴장된 게 보이지만, 그들은 모르는 사람들처럼 악수를 나눈다. 비서가 나가고 나서야 앤디가 일어나 그에게 다가온다.

"일어나." 그가 명령한다.

"못 해요." 그가 말한다.

"왜 못 해?"

"다리가 아파서요." 그의 말은 거짓말이다. 그가 설 수 없는 건 의족이 더 이상 안 맞기 때문이다. "이 의족의 장점은 매우 민감하고 가볍다는 거죠." 의족을 맞춰보고 있을 때 기공사는 말했다. "단점은 이음매가 유연성이 별로 없다는 겁니다. 체중에서 10퍼센트—그러니까 선생님 같은 경우에는 6에서 7킬로그램—이상 빠지거나 늘어나면 체중을 조절하든가 새 의족을 맞춰야 해요. 그러니까 체중을 유지하는 게 중요합니다." 지난 3주 동안 그는 휠체어를 썼고, 의족을 계속 하고 있기는 하지만 그건 바지를 채우기 위한 전시용일 뿐이다. 전혀 맞지 않아서 실제로 사용할 수가 없고, 기공사를 만나기에는, 그와 해야 할 게 뻔한 대화를 하기에는, 설명을 생각하기에는 너무 지쳤다.

"거짓말인 것 같은데." 앤디가 말한다. "살이 너무 빠져서 의족이 헐거워진 것 같은데, 맞지?" 하지만 그는 대답하지 않는다. "살이 얼마나 빠진 거야, 주드?" 앤디가 묻는다. "지난번 봤을 때 넌 이미 5킬로그램이 빠졌어. 지금은 얼마야? 10? 그 이상?" 또 침묵이 이어진다. "도대체 무슨 짓을 하고 있는 거야?"

앤디가 목소리를 한층 더 낮추며 묻는다. "너한테 무슨 짓을 하고 있는 거냐고, 주드?"

"꼴이 말이 아냐." 앤디가 계속한다. "끔찍해. 아파 보여." 그가 말을 멈춘다. "뭐라고 말 좀 해봐." 그가 말한다. "뭐라고 좀 해보라고, 젠장, 주드."

이 대화가 어디로 갈 건지 그는 알고 있다. 앤디가 그에게 고함지른다. 그도 앤디에게 고함친다. 그러고는 궁극적으로는 아무것도 바꿔놓지 않을, 팬터마임에 불과한 긴장 완화 국면에 도달한다. 그는 해결책이 아니라 앤디 기분을 낫게 해줄 조치에 따를 것이다. 그리고 더 나쁜 일이 벌어지고, 팬터마임은 딱 그 정도라는 게 드러날 테고, 그는 원하지 않는 치료를 강제로 받게 될 것이다. 해럴드가 소환될 것이다. 그는 연설을 듣고, 듣고, 또 들을 테고, 거짓말하고 거짓말하고 또 거짓말을 할 것이다. 똑같은 사이클이 다시, 또다시 돌아갈 것이다. 모텔 방에 남자들이 들어와 침대 위에 시트를 깔고 그와 섹스를 하고 떠나가듯이 예측 가능한 사이클. 그러고 나면 또 다음, 또 다음이 온다. 다음 날이 되고, 상황은 똑같다. 그의 인생은 일련의 음산한 패턴이다. 섹스, 자해, 이것, 저것. 앤디, 병원. 이번에는 안 해, 그는 생각한다. 이번은 뭔가 다른 것을 할 때다. 이번이 탈출할 때다.

"맞아요, 앤디." 그는 최대한 차분하고 감정 없는 목소리, 법정에서 사용하는 목소리로 말한다. "살이 빠졌어요. 미리 가지 않아서 미안해요. 속상해할 것 아니까 안 간 거예요. 하지만 정말 지독한 장염에 걸렸는데, 지금은 다 지나갔어요. 식사는 하고 있어요, 약속해요. 꼴이 말이 아니라는 거 알아요. 하지만 노력하겠다고 약속할게요." 아이러니하게도, 실제로 지난 2주 동안 그는 더 많이 먹고 있었다. 재판이 끝날 때까지 버텨야 한다. 법정에서 기절하고 싶지는 않다.

이렇게 말하는데, 앤디가 뭐라고 할 수 있겠는가? 그는 여전히 의심하고 있지만, 그가 할 수 있는 건 없다. "다음 주에 나한테 안 오면 내가 또 올 거야." 비서의 안내를 받고 나가기 전 앤디가 말한다.

"좋아요." 그는 여전히 쾌활하게 말한다. "그다음 주 화요일. 그때까지는 재판이 끝나요."

앤디가 가고 난 후, 잠시 기분이 의기양양하다. 마치 자기가 동화 속 영웅이고 방금 위험한 적을 무찌른 것 같다. 하지만 물론 앤디는 그의 적이 아니고, 그는 말도 안 되는 생각을 하고 있고, 그의 승리감은 곧 절망으로 바뀐다. 점점 더, 인생을 만들어 나가는 데 자기가 무슨 역할을 하는 게 아니라 그냥 인생이 자신에게 일어나는 것처럼 느껴진다. 그는 한 번도 자기 인생의 모습을 상상해본 적이 없었다. 심지어 어릴 때도, 심지어 다른 곳을, 다른 인생을 꿈꿀 때도 그 다른 장소들과 인생들을 그려볼 수 없었다. 자기가 누구며 어떤 사람이 될 것인지에 대해 배운 말들을 다 믿었다. 하지만 그의 친구들, 애너, 루시엔, 해럴드와 줄리아는 그 대신 그의 인생을 상상했다. 그들은 자기 스스로는 한 번도 보지 못한 방식으로 그를 바라봤고, 그는 절대 꿈도 꾸지 못했을 가능성을 믿게 해줬다. 그는 자기 인생을 등식의 공리로 봤지만, 그들은 다른 수수께끼, 이름 없는 어떤 공리, 주드=x로 봤다. 그리고 그들은 루크 수사나 고아원 카운슬러들, 트레일러 박사는 절대 쓰지 않았던,, 그에게 결코 쓰라고 격려하지 않았던 방식으로 이 x를 채웠다. 그는 그들처럼 그들의 증명을 믿고 싶다. 그들이 어떻게 그런 풀이에 도달했는지 보여줬으면 좋겠다. 그 증명을 어떻게 풀었는지 안다면, 왜 계속해서 살아야 하는지 알 수 있을 것 같다. 그에게 필요한 건 오로지 하나의 대답이다. 그에게 필요한 건 오로지 단 한 번이라도 확신을 갖는 것이다. 증명은 우아할 필요도 없다. 그저 납득만 되면 된다.

재판 날이 온다. 그는 잘해낸다. 그 금요일, 그는 집에서 휠체어를 밀고 욕실로, 침대로 간다. 주말 내내 낯설고 무시무시한, 잠이라기보다 활주 같은, 기억과 환상, 무의식과 각성, 불안과 희망의 영역 사이에서 무중력으로 활공하는 것 같은 잠을 잔다. 이건 꿈의 세계가 아니라 다른 곳이다. 잠깐잠깐 깰 때면 주위를, 머리 위 샹들리에나 주위의 이불, 맞은편에 놓인 고사리무늬 소파를 보고 의식은 하지만, 환상 속에서 벌어진 일들과 실제로 벌어진 일들을 구분하지 못한다. 칼날을 팔 위로 들고 살을 긋는 자기 모습이 보이지만, 베인 상처에서 솟구치는 건 감긴 철사줄과 깃털솜, 말총이다. 그는 자신이 변이를 거쳐 이젠 심지어 인간도 아니라는 걸 깨닫고 안도한다. 결국 그는 해럴드에게 한 약속을 어기지 않아도 될 것이다. 그는 마법에 걸렸다. 인간성과 함께 그의 과실도 사라졌다.

'이게 현실이야?' 조그맣고 희망찬 목소리가 묻는다. '우린 이제 무생물이야?'

하지만 그는 대답할 수가 없다.

루크 수사, 트레일러 박사가 자꾸 보인다. 기운이 없어질수록 그는 자신에게서 점점 표류하고, 그들은 점점 더 자주 나타난다. 윌럼과 맬컴은 희미해져가지만, 루크 수사와 트레일러 박사는 그렇지 않다. 자신의 과거는 오래전 치료했어야 했는데 무시해버린 암 같다. 이제 루크 수사와 트레일러 박사는 전이가 됐고, 이제는 너무 크고 너무 압도적이어서 제거할 수가 없다. 이제 그들은 나타나도 말이 없다. 그들은 그를 물끄러미 바라보며 그의 앞에 서 있다. 침실 소파에 나란히 앉아 있다. 그건 말하는 것보다 더 끔찍하다. 그들이 그를 어떻게 할 건지 결정하려 하고 있다. 그 결정이 무엇이든 간에, 그가 상상할 수 있는 것보다, 전에 벌어졌던 일보다 더 끔찍할 것이다. 한번은 둘이 서로 속삭이는 모습을 보고, 그들이 자기 이야기를 하고 있다는 걸 눈치챈다. "그만해." 그가 고함지른다. "그만해, 그만해." 하지만 그들은 그를 무시한다. 쫓아내려고 일어서려 하지만 일어설 수가 없다. "윌럼." 자기 목소리가 말한다. "날 보호해줘, 도와줘. 날 떠나게 해줘. 저 사람들 좀 쫓아줘." 하지만 윌럼은 오지 않고, 그는 혼자라는 깨달음에 두려워서 담요 밑에 숨어 꼼짝도 않는다. 시간이 과거로 거슬러 올라가고 그는 순서대로 인생을 다시 살아야 할 것이다. '결국엔 괜찮아질 거야.' 그는 스스로에게 약속한다. '기억해, 나쁜 시절 뒤에는 좋은 시절이 왔잖아.' 하지만 다시 할 수는 없다. 그 15년을 한 번 더 살 수는 없다. 반평생이 너무 길고 너무 영향이 컸던 그 15년, 훗날의 그와 그의 행적을 모두 결정한 그 15년을 한 번 더 살 수는 없다.

월요일 아침 드디어, 완전히 깼을 때쯤에 그는 일종의 경계선을 넘은 상태다. 거의 다 왔다는, 한 세계에서 다른 세계로 옮겨 가고 있다는 느낌이 든다. 휠체어에 앉으려고 시도하는 도중에만도 두 번 의식을 잃는다. 욕실에 가는 도중에도 기절한다. 하지만 어쩐지 부상은 입지 않는다. 어찌어찌 여전히 살아 있다. 그는 옷을 입는다. 한 달 전 다시 맞춘 양복과 셔츠가 벌써 헐렁하다. 잘린 다리를 의족에 끼워 넣고, 아래층으로 내려가 아메드 씨를 만난다.

회사에서는 모든 게 똑같다. 새해다. 사람들이 휴가에서 돌아오고 있다. 운영위원회 회의 중 정신을 똑바로 차리고 있기 위해 허벅지를 손가락으로 찌른다. 나뭇가지를 잡은 손에서 힘이 빠지는 게 느껴진다.

산제이는 그날 밤 일찍 퇴근한다. 그도 일찍 퇴근한다. 오늘은 해럴드와 줄리아가 이사 오는 날이라, 업타운 집에서 만나기로 약속했다. 그들을 안 본 지 한 달이 넘었고, 자기 모습이 어떤지 더 이상 가늠이 잘 안 되지만, 오늘은 약간 더 몸집이 있어 보이도록 옷을 껴입었다. 속옷, 셔츠, 스웨터, 카디건, 양복 재킷, 코트를 꼼꼼히 챙겨 입었다. 해럴드 집에 도착한 그는 수위와 인사를 나누고 안으로 들어가, 눈을 깜박이지 않으려고 애쓰며 위로 올라간다. 눈을 깜박이면 현기증이 더 심해진다. 문밖에서 걸음을 멈추고 충분히 기운이 날 때까지 손으로 얼굴을 감싸고 있다가, 손잡이를 돌리고 안으로 들어간다. 그리고 쳐다본다.

모두들 거기 있다. 해럴드와 줄리아는 물론, 앤디와 제이비, 리처드와 인디아와 헨리 영들과 로즈와 일라이저와 산제이와 어바인 부부. 다들 사진 촬영이라도 하는 것처럼 다른 가구들에 자세를 잡고 앉아 있어서, 순간 웃음이 터질 것 같아 걱정된다. 다음 순간 그는 궁금하다. 이게 꿈인가? 내가 깨어 있는 건가? 자신이 축 처진 매트리스가 된 환상이 생각난다. 내가 여전히 진짜가? 내가 여전히 의식이 있나?

“맙소사.” 겨우 말문이 열리자 그가 말한다. “이게 도대체 뭐예요?”

“정확히 네가 생각하는 바로 그거야.” 앤디가 말한다.

“난 갈래요.” 그는 말하려 하지만 할 수가 없다. 움직일 수가 없다. 그들 중 누구도 쳐다볼 수가 없다. 대신 앤디가 말하는 동안, 자기 손—상처투성이 왼손, 정상적인 오른손—만 내려다본다. 그들은 몇 주 동안 그를 지켜봐왔다. 산제이는 그가 사무실에서 식사하는 횟수를 계속 세고 있었고, 리처드는 그의 아파트에 들어가 냉장고 음식을 확인했다. "체중 감소는 등급으로 표현해." 앤디가 말한다. "체중에서 1에서 10퍼센트가 감소되면 1등급. 11에서 20퍼센트가 빠지면 2등급. 2등급은 영양보급관을 고려하는 단계야. 알지, 주드, 전에 해봤으니까. 딱 보기만 해도 넌 2등급이야, 적어도." 앤디는 끝도 없이 이야기하고, 울음이 나올 것 같지만, 눈물이 나오지 않는다. 모든 게 너무 엉망이 됐다고 그는 생각한다. 어쩌다 모든 게 이렇게 엉망이 되어버렸을까? 윌럼과 함께 있을 때 자기가 어떤 사람이었는지 어쩌면 이렇게 완전히 잊어버렸을까? 마치 그 사람은 윌럼과 함께 죽어버렸고, 남은 건 기본적인 자아뿐인 것 같다. 전혀 좋아하지 않았던 자기 인생, 이런 인간임에도 불구하고 어찌어찌 만들어낸 인생을 차지할 능력이 전혀 없는 사람만 남은 것 같다.

겨우 고개를 들자, 해럴드가 그를 쳐다보고 있다. 사실 계속 그를 쳐다보면서 소리 없이 울고 있다. "해럴드." 앤디가 여전히 이야기하고 있는데도 그는 말한다. "해방시켜줘요. 해럴드한테 한 약속에서 날 해방시켜줘요. 더 이상 내게 강요하지 말아요. 계속 가게 하지 말아요."

하지만 누구도 그를 해방시켜주지 않는다. 해럴드도, 누구도. 대신 그는 잡혀서 병원으로 끌려가고, 병원에 가서 저항하기 시작한다. 마지막 싸움이야, 그는 생각한다. 그는 그 어느 때보다도 격렬하게, 수도원에서 어린애였던 시절만큼 격렬하게 싸운다. 그가 될 거라고 그들이 늘 말했던 괴물이 되어 울부짖고, 해럴드와 앤디의 얼굴에 침을 뱉고, 손에서 정맥주사를 잡아 뽑고, 침대에 몸을 던지고, 리처드의 팔을 할퀴려 한다. 마침내 간호사가 욕을 하며 바늘을 찔러 그를 진정시킨다.

정신을 차리자, 손목은 침대에 묶여 있고, 의족도, 옷도 사라지고 없다. 쇄골에는 탈지면이 붙어 있고, 그 아래에는 카데터가 삽입되어 있다. 똑같은 일이 또다시 시작된다, 그는 생각한다. 똑같은 일, 똑같은 일, 똑같은 일이.

하지만 이번에는 똑같지 않다. 이번에는 선택이 없다. 이번에는 배에 구멍을 내서 위장까지 영양공급관을 삽입해놓았다. 이번에는 강제로 로이만 박사에게 가야 한다. 이번에는 식사 시간마다 감시당한다. 리처드는 아침 먹는 걸 본다. 산제이는 점심을, 사무실에 늦게까지 있을 때는 저녁 먹는 것도 지켜본다. 주말에는 해럴드가 지켜본다. 매번 식사를 끝낸 후 한 시간이 지날 때까지는 화장실에 갈 수 없다. 금요일마다 앤디에게 가야 한다. 토요일마다 제이비를 만나야 한다. 일요일마다 리처드를 만나야 한다. 해럴드가 결정할 때마다 해럴드를 봐야 한다. 식사나 치료를 거르다가, 음식을 버리다가 들키면 입원하게 되고, 이 입원은 몇 주 정도 차원이 아닐 것이다. 몇 달은 될 것이다. 최소한 15킬로그램은 늘어야 하고, 그리고 그 체중을 6개월간 유지했을 때만 그만해도 좋다는 허락을 받을 것이다.

그래서 새로운 인생이, 굴욕과 슬픔과 희망을 넘어선 새로운 인생이 시작된다. 지친 친구들의 지친 얼굴이 그가 오믈렛을, 샌드위치를, 샐러드를 먹는 걸 지켜보는 삶이다. 그들은 그의 맞은편에 앉아 그가 포크로 파스타를 마는 걸, 숟가락으로 죽을 휘적거리는 걸, 뼈에서 살을 바르는 걸 지켜본다. 그들은 그의 접시를, 그릇을 보고는, 됐어, 가도 좋아 하며 고개를 끄덕이거나, 안 돼, 주드, 더 먹어야 해, 하며 고개를 젓는다. 직장에서는 그가 결정을 내리고 사람들이 그의 말을 따르지만, 1시 점심시간이 되면, 점심이 사무실로 배달된 후 30분 동안은, 회사 사람들은 아무도 모르지만 그의 결정은 아무 의미가 없어진다. 산제이가 절대 권력을 가지고, 그는 그가 무슨 말을 하든 복종해야 한다. 산제이가 앤디에게 문자 한 통만 보내면, 그는 병원에 가야 하고 거기서 다시 침대에 묶여 강제로 음식을 먹어야 한다. 다들 그렇게 할 수 있다. 이게 그가 원하는 게 아니라는 것은 아무도 상관하지 않는 것 같다.

'다들 잊어버렸어?' 그는 간절하게 묻고 싶다. '다들 윌럼을 잊어버렸어? 내가 얼마나 윌럼을 필요로 하는지 잊어버렸어? 윌럼 없이 어떻게 살아 있을 수 있는지 모르겠다는 걸 잊었어? 누가 나를 가르칠 수 있어? 지금 내가 뭘 해야 하는지 누가 말할 수 있어?'

처음 그를 로이만 박사에게 보낸 건 최후통첩이었다. 지금 박사를 다시 불러들인 것도 최후통첩이다. 그는 로이만 박사에게 늘 예의 발랐다. 예의 바르게 거리를 뒀지만, 이제는 적대적이고 무뚝뚝하게 군다. "여기 있고 싶지 않아요." 다시 만나서 반갑다며 무슨 이야기를 하고 싶으냐고 박사가 묻자, 그는 말한다. "거짓말하지 말아요. 날 봐서 반갑지도 않잖아요. 나도 여기 있는 게 싫고. 이건 시간 낭비예요. 박사님과 내 시간 다. 내가 여기 온 건 협박당했기 때문이에요."

"왜 여기 왔는지 이야기할 필요는 없어요, 주드. 그러고 싶지 않은 것만 아니라면." 로이만 박사가 말한다. "무슨 이야기 하고 싶죠?"

"아무것도요." 그가 쏘아붙이고, 침묵이 흐른다.

"해럴드 이야기를 하죠." 로이만 박사가 제안하고, 그는 짜증을 내며 한숨 쉰다.

"할 이야기 없어요."

그는 매주 월요일과 목요일 로이만 박사에게 간다. 월요일 밤에는 진료 후 사무실로 돌아간다. 하지만 목요일에는 해럴드와 줄리아에게 가야 하고, 그들에게도 무서울 정도로 무례하게 군다. 무례한 정도를 넘어서 험악하고 악의적이다. 그는 자기도 놀랄 만큼, 평생 한 번도, 심지어 아이 때도 감히 해보지 않은 식으로, 다른 사람에게 그랬다면 맞았을 게 뻔한 식으로 행동한다. 하지만 해럴드와 줄리아는 그를 때리지 않는다. 절대 비난하지 않는다. 절대 징벌하지 않는다.

"이건 역겨워요." 그날 밤 그는 해럴드가 만들어준 치킨 스튜를 밀치며 말한다. "안 먹을래요."

"그럼 다른 걸 줄게." 줄리아가 일어나며 재빨리 말한다. "뭘 먹고 싶어, 주드? 샌드위치 줄까? 달걀이나?"

"다른 거 아무거나." 그는 말한다. "이건 개밥 같아요." 그는 해럴드를 똑바로 쳐다보며, 그에게 움찔하라고, 무너지라고 말하고 있다. 기대감에 맥박이 목에서 튀어나올 것 같다. 해럴드가 의자에서 벌떡 일어나 자기 얼굴을 때리는 환상이 보인다. 해럴드가 얼굴을 구기며 우는 모습이 보인다. 그를 집에서 내쫓는 해럴드의 모습이 보인다. "당장 이 집에서 나가, 주드." 해럴드는 말할 것이다. "우리 인생에서 당장 나가 다시는 돌아오지 마."

"좋아요." 그는 말할 것이다. "좋아요, 좋다고요. 나도 어차피 필요 없어요, 해럴드. 둘 다 필요 없어요." 결국 해럴드가 그를 정말로 원하지 않았다는 걸, 입양이 변덕이었다는 걸, 그 새로움은 이미 오래전에 빛이 바래버린 어리석은 행동이었다는 걸 알면 얼마나 안심이 될까.

하지만 해럴드는 아무것도 하지 않고 그냥 그를 보기만 한다. "주드." 그가 마침내, 굉장히 나직한 목소리로 말한다.

"주드, 주드." 그는 해럴드를 흉내 낸다. 어치처럼 자기 이름을 꽥꽥 불러 해럴드를 조롱한다. "주드, 주드." 너무 화가 난다, 분노가 치솟는다. 뭐라고 형언할 수가 없다. 증오가 혈관 속에서 지글지글 끓어오른다. 해럴드는 그가 살길 바라고, 이제 해럴드는 그 소원을 이루고 있다. 이제 해럴드는 그의 진짜 모습을 보고 있다.

'내가 당신한테 얼마나 심한 상처를 줄 수 있는지 알아?' 해럴드에게 묻고 싶다. '당신이 절대 잊지 못할 말들을, 절대 용서할 수 없을 말들을 할 수 있는 거 알아? 내게 그런 힘이 있는 거 알아? 당신을 알았을 때부터 매일매일 당신한테 거짓말해왔다는 걸 알아? 내가 진짜 누군지 알아? 내가 얼마나 많은 남자들과 함께 있었는지, 그 사람들이 내게 어떤 짓을 하게 내버려뒀는지 알아? 내 몸 안에 들어온 것들, 내가 낸 소리들을?' 유일하게 그의 것인 그의 인생은 장악당했다. 그가 살아 있기를 바라는 해럴드에게, 그의 몸을 할퀴어대는, 그의 갈빗대에 대롱대롱 매달려 있는, 그의 폐에 구멍을 내고 있는 악마들에게 장악당했다. 루크 수사에게, 트레일러 박사에게 장악당했다. '인생의 의미가 뭐야?' 그는 자문한다. '내 인생의 의미가 뭐야?'

아, 그는 생각한다, 절대 잊지 마, 아무리 시간이 흘러도 결국 이게 나라는 걸.

코에서 코피가 흐르는 느낌이 들어 그는 식탁에서 의자를 뒤로 뺀다. "난 갈래요." 말하는 순간, 줄리아가 샌드위치를 가지고 들어온다. 아이에게 해주듯이 가장자리 껍질을 자르고 삼각형으로 자른 샌드위치다. 그는 화가 나서 거의 소리 지르기 시작하지만, 다음 순간 정신을 차리고 다시 해럴드를 노려본다.

"아니, 넌 못 가." 해럴드는 화는 내지 않지만 단호하게 말한다. 의자에서 일어나 손가락으로 그를 가리킨다. "여기서 다 먹어야 해."

"아니, 안 그럴 거예요." 그는 선언한다. "앤디한테 전화해요. 상관 안 해요. 난 죽어버릴 거예요, 해럴드. 당신이 무슨 짓을 하건 난 죽어버릴 거라고요. 당신은 절대 날 못 막아요."

"주드." 줄리아가 속삭인다. "주드, 제발."

해럴드가 줄리아에게서 접시를 받아 들고 그에게 다가온다. 그는 생각한다. 이거야. 그는 턱을 치켜들고, 해럴드가 접시로 얼굴을 치기를 기다린다. 하지만 그는 대신 그냥 접시를 그의 앞에 놓는다. "먹어." 해럴드가 목메인 목소리로 말한다. "지금 먹는 거다."

갑자기 해럴드와 줄리아의 집에서 처음 삽화를 겪었던 날 생각이 난다. 줄리아는 장을 보러 갔고, 해럴드는 자기가 만들겠다고 공언한 걱정스러울 정도로 복잡한 수플레 조리법을 위층에서 프린트하고 있었다. 그는 고통을 못 이겨 발길질하지 않으려고 기를 쓰며 찬장에 누워 있었다. 해럴드가 계단을 내려와 부엌으로 들어오는 소리가 들렸다. "주드?" 그가 보이지 않자, 해럴드가 이름을 불렀다. 그는 소리를 내지 않으려고 애를 썼지만, 어쨌거나 소리가 났고 해럴드가 문을 열고 그를 발견했다. 그때쯤엔 해럴드를 안 지 6년이 됐지만, 그는 늘 해럴드 앞에서 주의했다. 그의 진짜 모습이 드러날 날을 두려워하고 기대하며 늘 조심했다. "죄송해요." 해럴드에게 말하려 애썼지만, 쉰 목소리밖에 나오지 않았다.

"주드." 해럴드가 경악하며 외쳤다. "내 말 들리니?" 그가 고개를 끄덕이자, 해럴드는 종이타월 더미와 세제 통들 사이를 비집고 찬장 안으로 들어와 바닥에 앉더니 그의 머리를 부드럽게 안아 자기 무릎에 올려놓았다. 그때 그는 이게 늘 예상했던 순간, 이제 해럴드가 바지 지퍼를 열고 그는 늘 하던 일을 하게 되는 순간일 거라고 생각했다. 하지만 그런 일은 일어나지 않았고, 해럴드는 그저 머리만 쓰다듬었다. 잠시 후, 고통 때문에 온몸에 힘을 주며 열에 들떠 경련하며 신음하고 있던 그는 해럴드가 노래를 불러주고 있다는 걸 깨달았다. 들어본 적 없는 노래였지만, 본능적으로 그게 어린애들 노래, 자장가라는 걸 알았다. 그는 온몸을 떨고 이를 딱딱 부딪치며 씩씩 숨을 내뱉었고, 왼손은 주먹을 쥐었다 폈다 하고, 오른손으로는 근처에 있던 올리브오일 병 주둥이를 꽉 쥐고 있었다. 해럴드는 계속 노래했다. 거기서 한없이 굴욕적으로 누워 있는 와중에도, 이 상황이 지나고 나면 해럴드는 그에게서 멀어지든지 더 가까워질 거라는 생각을 했다. 그게 어느 쪽이 될지 몰랐기 때문에, 그는 이 삽화가 절대 끝나지 않기를, 해럴드의 노래가 영원히 끝나지 않기를, 이 뒤에 무슨 일이 벌어질지 영원히 모르기를 바랐다. 그 이전에도 이후에도 한 번도 가져본 적 없는 바람이었다.

이제 그는 훨씬 늙었고, 해럴드도 훨씬 늙었고, 줄리아도 훨씬 늙었다. 그들은 세 늙은이가 됐는데, 그는 어린애용 샌드위치를 받고 어린애한테나 하는 명령—먹어—을 듣고 있다. 우린 늙었는데, 다시 젊어졌네, 그는 생각한다. 그리고 접시를 들어 저쪽 벽에 집어던진다. 접시가 장렬하게 박살 난다. 샌드위치는 그릴드치즈 샌드위치였고, 삼각형 조각 하나가 벽에 철썩 부딪치더니 거기서 하얀 치즈가 덩어리째 끈적하게 흘러나온다.

그는 다시 한 번 해럴드가 다가오는 걸 바라보며 거의 아찔한 기분으로 바란다. 지금이야, 지금, 지금. 해럴드가 손을 올리고, 그는 호되게 맞을 각오를 하고 기다린다. 그러면 이 밤은 끝나고, 정신을 차려보면 자기는 침대에 누워 있을 테고, 그러면 잠시라도 이 순간을 잊어버릴 수 있을 것이다. 자기가 한 짓을 잊어버릴 수 있을 것이다.

하지만 대신 해럴드는 그를 품에 안았고, 빠져나오려는 순간, 줄리아도 갑옷 같은 휠체어 위로 그를 안아서 그는 그 사이에 꼼짝달싹 못 하고 갇힌다. "날 내버려둬요." 그는 울부짖지만, 기운이 다 빠져나가 힘이 없고 배가 고프다. "내버려둬요." 다시 말하지만, 그 말은 공허하고 쓸모없다. 그의 팔만큼, 다리만큼 쓸모없다. 그는 곧 노력을 포기한다.

"주드." 해럴드가 조용히 말한다. "가엾은 주드. 가엾은 아가." 그 말에 그는 울기 시작한다. 루크 수사 이후로 그에게 아가라고 불러준 사람은 처음이다. 윌럼도 때로 자기라거나 여보라고 부르려 했지만, 그가 못 하게 했다. 그런 애칭은 역겹다. 타락과 악행의 단어다. "우리 아가." 해럴드가 또 부른다. 그 말을 못 하게 하고 싶다, 하지만 그 말이 영원히 멈추지 않았으면 좋겠다. "우리 아가." 그는 울고 또 운다. 이제까지 자신의 모습 때문에, 이제까지 자신이 저질렀을 수도 있는 일들 때문에, 과거의 모든 상처, 과거의 모든 행복 때문에, 드디어 모든 아이다운 변덕과 소원과 불안함을 가진 아이가 된 수치심과 기쁨 때문에, 못된 행동을 하고도 용서받는 특권 때문에, 다정함, 애정, 식사를 받고 먹으라고 강요받는 것 때문에, 마침내, 마침내 부모의 확신을 믿게 될 수 있게 된 것 때문에, 모든 실수와 밉살스러움에도 불구하고, 그 모든 실수와 밉살스러움 때문에 누군가에게 자기가 특별한 존재라는 믿음이 들어 눈물이 난다.

결국 줄리아가 부엌에 가서 새로 샌드위치를 만들어 온다. 결국 그는 샌드위치를 먹는다. 몇 달 만에 처음으로 진짜 배가 고프다. 결국 그날 밤 그는 손님 침실에서 잠들고, 해럴드와 줄리아는 잘 자라는 키스를 해준다. 결국 시간은 과거로 돌아가고 있는 걸지도 모른다. 다만 이번 버전에서 그는 처음부터 줄리아와 해럴드의 아이일 것이다. 무엇이 될지 누가 알겠느냐만, 다만 그는 더 훌륭한 사람, 더 건강한 사람, 더 친절한 사람이 될 테고, 자기 인생과 이렇게 힘들게 싸우지 않아도 될 것이다. 열다섯 살 자신이 한 번도 해본 적 없는 말—"엄마! 아빠!"—을 외치며 케임브리지 집으로 달려 들어가고 있다. 이 꿈속 자신이 왜 이렇게 흥분해 있는지 상상할 수 없지만(아무리 정상적인 아이들과 그들의 관심, 행동을 유심히 지켜봐도 그가 구체적으로 아는 건 거의 없다), 행복한 건 분명하다. 어쩌면 그는 축구부 유니폼을 입고 있고, 팔과 다리를 훤히 내놓고 있다. 어쩌면 친구를, 여자친구를 데리고 오고 있을지도 모른다. 아마도 섹스는 한 번도 해보지 않았고, 아마도 기회가 있을 때마다 해보려 하고 있을 것이다. 어른이 되면 어떤 사람이 될까 가끔 생각하지만, 자기 발로 카펫처럼 부드러운 잔디 위를 달리고 있는 그는 사랑하고 섹스할 사람이 없을 거라는 가능성은 생각조차 않는다. 그가 팔을 긋고, 그 상처를 숨기고, 기억을 억누르느라 썼던 그 모든 시간들, 그 모든 시간들로 대신 무엇을 할까? 더 나은 사람이 될 것이라는 건 안다. 더 애정 어린 사람이 될 것이다.

하지만 어쩌면, 어쩌면 너무 늦은 건 아닐지도 몰라. 그는 생각한다. 어쩌면 한 번 더 거짓을 믿어볼 수 있을지도 모른다. 이 마지막 시도를 통해 달라질 수 있을지도 모른다. 그가 될 수도 있었던 사람이 될지도 모른다. 그는 쇠하나다. 늙었다. 하지만 어쩌면 아직 시간이 있을지 모른다. 어쩌면 아직도 그를 고칠 수 있을 가능성이 있을지도 모른다.

월요일에 로이만 박사에게 가면서 그는 여전히 이 생각을 하고 있다. 그는 그 전주, 그리고 그전 몇 주 동안의 못된 행동에 대해 사과한다.

이번에는, 처음으로 정말로 로이만 박사와 이야기하려고 한다. 그의 질문들에 답하고, 정직하게 답하려고 애쓴다. 전에 딱 한 번만 했던 이야기를 시작하려고 애쓴다. 하지만 너무 힘들다. 그 이야기를 하는 게 거의 불가능해서가 아니라, 이야기할 때마다 윌럼 생각이 나기 때문이다. 지난번 이 이야기를 했을 때 그는 처음으로 애너처럼 그를 바라봐준 사람, 그를 직시하면서도 그걸 넘어서 봐준 사람, 그러면서도 자신을 완전히 봐준 사람과 있었다. 그러자 숨이 가쁘고 기분이 엉망진창이 되어 그는 휠체어—다시 의족을 차고 걸으려면 아직 2, 3킬로그램이 모자란다—를 휙 돌리고는 실례한다고 말한 후 로이만의 진찰실에서 나가 복도를 달려 화장실로 간다. 그리고 문을 잠그고 천천히 숨을 몰아쉬며 손바닥으로 심장을 달래려는 듯이 가슴을 문지른다. 여기 차갑고 조용한 화장실에서 그는 혼자서 예전의 '만약에' 게임을 한다. 루크 수사를 따라가지 않았더라면. 트레일러 박사에게 잡혀가지 않았다면. 케일럽을 집 안으로 들이지 않았더라면. 애너 말을 좀 더 들었더라면.

그는 계속한다. 머릿속에서 비난이 규칙적으로 울린다. 하지만 이런 생각도 든다. 윌럼을 절대 만나지 못했더라면. 해럴드를 만나지 못했더라면. 줄리아나 앤디나 맬컴이나 제이비나 리처드나 루시엔을, 수많은 사람들을 만나지 못했더라면. 로즈와 시티즌과 페드라와 일라이저를. 헨리 영들과 산제이를. 가장 끔찍한 '만약'들은 사람들과 연관되어 있다. 모든 좋은 '만약'들도 마찬가지다.

드디어 그는 마음을 진정하고 화장실에서 나온다. 떠나도 된다는 건 안다. 엘리베이터는 저기 있다. 아메드 씨를 보내 코트를 가져오게 하면 된다.

하지만 그러지 않는다. 대신 방향을 바꿔 진찰실로 돌아간다. 로이만 박사는 여전히 의자에 앉아서 그를 기다리고 있다.

"주드." 로이만 박사가 말한다. "돌아왔군요."

그는 심호흡을 한다. "네, 있기로 했어요."

7부

리스페너드 스트리트

너의 2주기에 우린 로마에 갔어. 그건 우연이었지만, 아니기도 했지. 주드와 우린 뉴욕 주에서 아주 먼 곳, 다른 곳에 있어야 했거든. 수여식을 그때 잡은 걸 보면 어바인 부부도 같은 생각이었던 것 같아. 온 유럽이 다 다른 곳으로 이동하는 8월 말에 우린 그곳, 재잘거리는 무리, 원거주자들은 다 떠나버린 그 대륙으로 날아갔지.

소피와 맬컴이 한때 주재했던 '아메리칸 아카데미'에서 어바인 부부는 젊은 건축가에게 장학금을 수여했어. 그들이 도와서 선정한 첫 번째 수상자는 런던에서 온 굉장히 키가 크고 귀엽게 긴장한 아가씨였는데, 시간이 지나면 천천히 분해되는 흙과 잔디, 종이로 만든 복합형 임시건물을 주로 짓더구나. 회원 발표가 있었고, 추가 상금도 주어졌고, 리셉션에서는 플로라가 연설을 했지. 우리와 벨카스트 파트너들 외에도 로마에서 잠시 지낸 적 있던 리처드와 제이비도 왔어. 식이 끝난 뒤에는 두 사람이 여기 살았을 때 좋아했던 근처 조그만 레스토랑에 가서, 리처드에게 어느 벽이 에트루리아 시대 벽이고 어느 벽이 로마 시대 벽인지 들었어. 식사는 맛있고 편안하고 즐거웠지만, 다들 조용해서 어느 순간 고개를 들어보면 아무도 음식을 먹지 않고 모두 물끄러미 벽을, 접시를, 서로를 쳐다보기만 하면서 각자 생각에 잠겨 있더군. 하지만 다들 똑같은 생각을 하고 있었겠지.

다음 날 오후 줄리아는 낮잠을 잤고, 우린 나가서 산책을 했어. 숙소는 스페인 광장 근처 강 건너였지만, 우린 차를 타고 트라스테베레 쪽으로 건너가 복도처럼 보이는 좁고 어두운 골목길들을 걸어갔고, 가다보니 결국 어느 광장으로 나오더라. 조그맣고 각이 딱 맞고 햇살 외에는 어떤 장식도 없는 그런 광장이었지. 우린 석조 벤치에 앉았어. 흰 수염에 리넨 양복을 입은 나이 지긋한 남자가 반대쪽 끝에 앉더니 고개를 끄덕하고 인사하길래 우리도 그렇게 인사했지.

둘 다 오랫동안 아무 말 없이 햇살을 받으며 앉아 있는데, 갑자기 주드가 이 광장이 기억난다고, 너와 함께 온 적 있다고 하더니, 길 두 개만 건너면 유명한 젤라토 집이 있다고 했어.

"갈까요?" 그가 미소 지으며 물었어.

"대답은 벌써 알 것 같은데." 내 말에 주드는 일어나서 말했지. "갔다 올게요." "스트라시아텔라."* 내가 말하자, 그는 고개를 끄덕였어. "알아요."

그 남자와 나는 주드가 가는 걸 지켜봤고, 그러자 그 남자가 내게 미소를 지었고 나도 미소를 지었지. 다시 보니 결국 그렇게 노인도 아니었어. 나보다 몇 살 정도나 더 많을까. 하지만 난 나 자신을 늙은이로 볼 수가 없다(여전히 그래). 나이 타령이야 하지만, 그건 그냥 웃기기 위해서나 다른 사람들에게 젊은 기분을 내게 해주려고 그러는 거지.

"루이 에 투오 필리오(아드님이군요)?" 그가 물었고, 나는 고

---

*바닐라 아이스크림에 초코칩을 넣은 것.

개를 끄덕였지. 누가 우리 관계를 그렇게 봐줄 때마다 나는 놀라고 기뻤어. 우린 닮은 데가 하나도 없으니까. 그래도 우리가 같이 있을 때 단순히 외형이 닮은 것보다 더 강력한 어떤 증거가 있는 게 틀림없다고 난 생각―희망―했어.

"아." 주드가 모퉁이를 돌아 시야에서 사라지기 전 남자가 한 번 더 쳐다보더니 말했어. "몰토 벨로(아주 잘생겼네요)."

"시(네)." 갑자기 슬퍼지더구나.

그는 살짝 수줍은 표정을 하더니 물었어, 아니 말했어. "투아 모이에 데베 에세레 몰토 벨라, 노(부인께서 정말 아름다우신가 봅니다, 그렇죠)?" 그러더니 농담으로, 칭찬으로 한 말이라는 걸 보이기 위해 싱긋 웃었어. 내가 평범한 사람이라면 그런 잘생긴 아들을 준 아름다운 부인을 가져서 행운아라는 말이었지, 화낼 일이 아니라. 난 그 남자에게 싱긋 웃어줬어. "정말 그렇습니다." 그는 놀라지 않고 웃더군.

주드가 내게 줄 콘과 줄리아에게 줄 레몬그라니타 통을 들고 돌아왔을 때 남자는 이미―내게 고개를 끄덕이며 지팡이를 짚고―가고 없었지. 난 주드가 자기 것도 사 오길 바랐지만, 아무것도 없었어. "가요." 그는 말했고, 우린 갔고, 그날 밤엔 일찍 잠자리에 들었어. 다음 날―네가 죽은 날―우린 하루 종일 주드를 못 봤어. 프론트데스크에 산책 간다고, 내일 보자고, 미안하다는 메모를 남겨놓았더구나. 우리도 하루 종일 산책했고, 마주칠지도 모른다고―로마는 결국 그렇게 크지 않으니까―생각했지만 그런 일은 없었어. 그날 밤 자러 가면서 생각해보니, 난 골목마다, 사람들을 볼 때마다 주드를 찾고 있었어.

다음 날 아침식사 때 주드는 신문을 읽고 있다가, 창백하지만 미소 띤 얼굴로 우리를 쳐다보더군. 우린 전날 뭘 했냐고 묻지 않았고, 주드도 먼저 이야기를 꺼내지 않았어. 그날 우린 그냥 시내를 돌아다녔지만 익숙한 곳, 사람들이 많은 곳, 비밀 추억이 없는 곳, 내밀한 기억이 없는 곳만 돌아다녔어. 세 사람은 거추장스러운 무리여서, 보도에서는 나란히 가지 못하고 한 줄로, 번갈아 앞장서가며 걸어갔지. 콘도티 거리 근처에서 줄리아가 조그만 보석 가게 안을 조그만 창문으로 들여다보기에 안으로 들어갔더니 우리 셋만으로 가게가 꽉 차더구나. 우리는 각자 줄리아가 창문에서 보고 있던 귀고리를 집어 들었지. 정교한 귀고리였어. 새 모양으로 만든 묵직한 순금이었는데, 눈에는 조그만 동그란 루비가 박혀 있었고, 부리에는 조그만 황금가지가 물려 있었어. 주드가 줄리아에게 귀고리를 사줬고, 줄리아는 당황하면서도 기뻐했지. 줄리아는 장신구를 별로 안 하거든. 하지만 그런 걸 해줄 수 있다는 데 주드도 기뻐했고, 주드가 행복하고 줄리아도 행복하니까 나도 행복했어. 그날 밤 우린 제이비와 리처드를 만나 마지막 식사를 했고, 다음 날 아침에는 우린 북쪽 피렌체로, 주드는 집으로 떠났어.

"닷새 뒤에 보자." 내가 말하자 그는 고개를 끄덕였어.

"재밌게 지내세요. 좋은 시간 보내시고요. 곧 봬요."

우리가 차를 타고 떠날 때 그는 손을 흔들었고, 우리도 앉은 채 뒤를 돌아보며 손을 흔들었어. 손을 흔들어서 말로 할 수 없는 걸 전달하고 싶었지. '절대 생각도 하지 마.' 그 전날 밤 주드와 줄리아가 제이비와 이야기하는 동안, 나는 리처드에게 우리가 없는 동안 경과보고 좀 해줄 수 있느냐고 물었고, 리처드는 그러겠다고 했어. 주드는 앤디가 원하는 만큼 거의 다시 체중이 늘었지만, 두 번 — 한 번은 5월에, 한 번은 7월에 — 다시 예전으로 되돌아가서, 우린 여전히 주시하고 있었거든.

때로는 우리가 관계를 거꾸로 살고 있는 것 같았어. 난 점점 걱정을 덜 하는 게 아니라, 점점 더 많이 주드 걱정을 하고 있었어. 해가 갈 때마다 주드의 허약함이 더 의식됐고, 내 능력에 확신이 없어졌어. 제이컵이 아기였을 때는, 걔가 한 달 더 살 때마다 더 확신이 들었어. 이 세상에서 더 오래 살수록 삶에 더 깊이 닻을 내릴 것 같았지. 마치 살아 있다는 것으로 삶이 자기 것이라고 주장하는 것 같았어. 물론 이건 말도 안 되는 생각이었고, 가장 끔찍한 방식으로 틀렸다는 게 증명되었지만. 하지만 그 생각을 떨칠 수가 없었어. 삶이 삶을 구속한다는 거 말이야. 하지만 어느 시점—시점을 잡아야 한다면 케일럽 이후—부터 난 주드가 꼭 열기구를 타고 있는 것 같았어. 긴 밧줄로 땅에 고정되어 있는 열기구 말이야. 하지만 해가 갈수록 그 기구가 하늘로 날아가려고 해서 그 줄이 점점 더 팽팽해지는 거지. 아래에서는 우리가 기구를 다시 땅으로 잡아당기려고, 다시 안전한 곳으로 가져오려고 기를 쓰고 있고. 그래서 난 늘 주드 때문에 겁이 났고, 주드가 늘 겁이 났어.

무서워하는 사람과 진짜 관계를 만들 수 있을까? 물론 넌 할 수 있어. 하지만 난 여전히 주드가 무섭다. 힘을 가진 사람이 주드고, 난 없으니까. 주드가 죽어버린다면, 자의로 내게서 떠나버린다면, 살기야 하겠지. 하지만 그런 생존은 지루한 일일 뿐일 거야. 그러고 나면 난 영원히 설명을 찾아 헤맬 테고, 과거를 이 잡듯이 뒤지며 내 실수를 검사하게 되겠지. 물론 주드가 너무나 그리울 거야. 영원히 떠나버리기 전 그걸 위한 시운전 시도들이 있었지만, 난 그 상황들을 다루는 데 결코 더 능숙해지지 않았고, 절대로 거기 익숙해질 수 없었어.

하지만 집에 와보니, 모든 게 다 똑같았어. 아메드 씨가 공항으로 마중 나와서 아파트로 데려다줬고, 장을 보지 않아도 되도록 식료품 가방들이 수위와 함께 우리를 기다리고 있었지. 다음 날은 목요일이었고, 주드가 와서 같이 저녁을 먹었고, 그는 우리가 보고 했던 일들을 물어봤고 우린 이야기를 해줬지. 그런데 그날 밤 설거지를 하고 있는데 주드가 식기세척기에 넣을 접시를 건네주다가 손가락 사이로 미끄러져 박살이 났어. "젠장." 그가 고함쳤어. "정말 미안해요, 해럴드. 제가 멍청했어요, 너무 서툴렀어요." 문제없다고, 괜찮다고 이야기했는데도, 주드는 점점 더 동요했고, 너무 동요한 나머지 손이 떨리기 시작했고, 코피가 났어. "주드, 괜찮아. 그럴 수 있어." 하지만 그는 고개를 저었어. "아니에요, 제가 문제예요. 제가 다 망쳐요. 내가 건드리는 건 다 엉망이 돼요." 줄리아와 난 깨진 조각들을 줍고 있는 그의 머리 너머로 서로를 쳐다보며 무슨 말을 해야 할지, 뭘 해야 할지 알 수가 없었어. 일어난 일에 비해 반응이 너무 과했으니까. 하지만 그전 몇 달 동안에도 그런 일들이 몇 번 있었어. 접시를 방 건너편에 던진 그 이후 말이야. 그때 난 주드를 만나고 나서 처음으로, 주드가 얼마나 화가 나 있는지, 매일 그걸 참기 위해 얼마나 노력하고 있는지 깨달았어.

그 첫 번째 접시 사건이 있고 몇 주 후, 그런 일이 또 있었어. 이번에는 랜턴 하우스에서였지. 그는 몇 달 동안 거기 간 적이 없었어. 그때는 아침식사 직후 오전이었는데, 난 줄리아와 가게에 가려다가 뭐 필요한 게 있는지 물어보려고 주드를 찾으러 갔어. 침실에 있더군. 문이 살짝 열려 있어서 주드가 뭘 하고 있는지 보였어. 무슨 이유에서인지 난 이름도 안 부르고 가지도 않은 채 그냥 밖에 조용히 서서 지켜봤지. 주드는 의족 한쪽은 끼우고, 다른 쪽을 끼우고 있었어. 주드가 의족을 하고 있지 않은 모습을 난 본 적이 없었어. 주드는 왼쪽 다리를 이음매 부분 안에 넣고 고무커버를 무릎과 허벅지 위로 끌어당기고 바지자락을 그 위로 내렸지. 알겠지만, 그 의족에는 발가락과 발뒤꿈치 모양 비슷한 판이 붙은 발이 달려 있잖아. 나는 그가 양말을 신고 신발을 신는 걸 지켜봤어. 그는 심호흡을 하고 일어서더니, 한 걸음, 또 한 걸음을 내디뎠어. 하지만 뭐가 잘못됐는지 내가 알아채기도 전에—의족들은 여전히 너무 컸어. 주드가 여전히 너무 말랐거든—내가 뭐라고 외치기도 전에, 주드는 균형을 잃고 침대에 엎어져서 잠시 그대로 꼼짝도 하지 않았어.

다음 순간 그는 몸을 굽혀 의족을 하나하나 양쪽 다 거칠게 벗었고, 순간 그 의족들—여전히 양말과 신발이 신겨 있었지—은 마치 진짜 다리 같았어. 주드가 자기 몸 일부를 잡아떼는 것 같아서, 금방이라도 피가 곡선을 그리며 분출될 것 같았지. 하지만 대신 의족 하나를 집고 끙끙대면서 침대에 다시, 또다시, 또다시 내동댕이쳤고, 그러더니 바닥에 집어던지곤 매트리스 가장자리에 앉아 팔꿈치를 허벅지에 올리고 손으로 얼굴을 가린 채 몸을 앞뒤로 흔들며 아무 소리도 내지 않고 있었어. "제발." 주드가 말하는 게 들렸어. "제발." 하지만 다른 말은 하지 않았지. 난 부끄럽게도 몰래 빠져나와 우리 침실로 돌아갔고, 주드와 똑같은 자세로 앉아 나도 모르는 뭔가를 기다렸어.

그런 순간이면 종종 내가 애쓰고 있는 일에 대해, 살고 싶어 하지 않는 사람을 살아 있게 하는 게 얼마나 힘든 일인지에 대해 생각하곤 해. 처음에는 논리('살아야 할 이유가 너무 많아')를 들이밀고, 다음에는 죄의식('그건 나의 대한 의무야')을 갖다 대고, 그러고는 분노를, 위협을, 애원('난 노인이야, 노인한테 이런 짓 하지 마라')을 해보지. 하지만 막상 거기 동의하고 나면, 감언이설로 속인 사람도 자기기만의 영역으로 들어가야 해. 그들이 어떤 대가를 치르고 있는지, 여기 얼마나 있기 싫어하는지, 존재하는 것만으로도 얼마나 힘든지가 다 보이니까 매일 혼자 되뇌어야만 해. 난 옳은 일을 하고 있다고. 그가 하고 싶어 하는 대로 내버려두는 건 자연법칙을, 사랑의 법칙을 거스르는 일이라고. 행복한 순간이 있으면, 그 한 순간이 다른 모든 순간들, 대부분의 순간들을 보상할 수 없다 해도 거기 달려들어 그걸 증거로 들이밀지—'봐? 이래서 살 가치가 있는 거야. 이래서 내가 노력하게 한 거라고.' 제이컵에 대해 했던 생각들을 하게 돼. 아이의 존재 이유가 뭔가? 내게 위안을 주기 위해서인가? 내가 아이에게 위안을 주기 위해서인가? 아이가 더 이상 위안을 받을 수 없으면, 떠나도 좋다고 허락해줘야 하나? 그게 내가 할 일인가? 그러고는 다시 생각하지. 하지만 그건 혐오스러운 일이야. 그럴 수는 없어.

그래서 물론 난 노력했어. 하고, 또 했어. 하지만 매달 주드는 점점 더 멀어졌지. 육체적으로 쇠약해지는 걸 말하는 게 아니야. 11월에는 빈약하긴 해도 예전 체중으로 돌아왔고, 그 언제보다도 더 괜찮아 보였어. 하지만 주드는 더 조용해졌어, 훨씬 더. 물론 주드는 늘 조용한 사람이었지. 하지만 이제는 거의 말을 안 했고, 함께 있을 때면 내겐 보이지 않는 뭔가를 보고 있는 게 보여. 그러다 갑자기 고개를 아주 살짝, 말이 귀를 쫑긋하듯이 움찔하면서 다시 자기로 돌아오곤 했지.

한번은 추수감사절 저녁 모임 때 얼굴과 목에 멍이 들어서 왔더구나. 한쪽에만. 마치 늦은 오후에 건물 근처에 서 있어서 태양이 그쪽에만 그림자를 드리운 것 같았지. 멍은 짙은 녹, 말린 피 같은 갈색이었고, 난 깜짝 놀라서 물었어. "무슨 일이야?"

그랬더니 넘어졌다고 하면서 금세 "걱정 말아요" 하는 거야. 물론 난 걱정됐어. 다음번에 멍을 봤을 때는 붙잡고 얘기하려고 했지. "말해봐." 하지만 주드는 또 빠져나갔어. "말할 게 없어요." 난 여전히 무슨 일인지 몰랐어. 자기에게 무슨 짓을 한 건가? 아니면 또 누가 그에게 무슨 짓을 한 건가? 어느 쪽이 더 끔찍한지 알 수가 없었어. 어떻게 해야 할지도 몰랐어.

주드는 널 그리워했어. 나도 네가 그리웠다. 우리 다 그랬어. 이건 알아줘, 네가 주드를 더 좋게 만들었기 때문에 네가 그리웠던 게 아니야. 그냥 네가 보고 싶었어. 네가 좋아하는 일들을 하던 걸 즐겁게 봤던 게 그리웠어. 음식을 먹던 모습, 테니스공을 치려고 쫓아가던 모습, 수영장에 뛰어들던 모습, 다. 너와 이야기하던 게 그리웠어. 네가 방 안을 돌아다니던 모습이, 로런스의 증손자들한테 깔려 잔디밭에 누운 채 무거워서 못 일어나는 척하던 게 그리웠어. (그날 로런스의 막내 증손자, 널 짝사랑했던 애가 민들레를 엮어 팔찌를 만들어줬는데, 넌 고맙다며 그걸 하루 종일 차고 다녔고, 네 손목에 걸린 팔찌를 볼 때마다 그 애는 달려가 아빠 등에 얼굴을 묻었지. 그것도 그립구나.) 하지만 무엇보다 너희 둘이 함께 있는 모습을 보는 게 그리웠어. 네가 주드를 보고, 주드가 널 보던 모습이. 서로를 늘 배려해주던 모습이, 자연스러우면서도 진심으로 다정하던 그 모습이, 서로의 이야기를 너무나 열심히 경청하던 모습이 너무 그리웠어. 제이비의 그림—〈주드의 이야기를 듣고 있는 윌럼〉—은 정말 진짜였어. 딱 그 표정이었지. 제목을 보기도 전에 난 그림 속에서 무슨 일이 벌어지고 있는지 알 수 있었어.

네가 떠나고 나서 행복한 날들이, 행복한 순간이 없었다고는 생각하지 않길 바라. 물론 그런 날은 적었지. 찾기도 힘들고, 만들기도 힘들었어. 하지만 있기는 했어. 이탈리아에서 돌아온 후 난 컬럼비아에서 세미나를 가르치기 시작했다. 로스쿨 학생들과 일반 대학원생들 모두 들을 수 있는 강좌로, 제목은 '법의 철학, 철학의 법'이었어. 오랜 친구와 함께 가르쳤는데, 우린 법의 공평함, 법체계의 도덕적 토대, 그게 어떻게 때로는 우리의 국가적 도덕관과 모순되는지를 토론했지. 수많은 시간이 흐른 후, 결국 드레이먼 241호로 온 거야! 오후에는 친구들을 만났어. 줄리아는 인체 데생 수업을 듣고, 우린 다른 나라(수단, 아프가니스탄, 네팔)에서 온 전문가들이 자기 분야에서 일할 수 있게 도와주는 비영리단체에서 자원봉사도 했어. 그 일들이 전에 하던 일과 살짝 스칠 정도의 유사성밖에 없다 해도 말이야. 간호사들은 간호보조가 됐고, 판사들은 서기가 됐지. 몇몇은 로스쿨에 지원하게 도와주기도 했고, 만나면 뭘 배우고 있는지, 그들이 알던 법과 이 법이 어떤 점에서 다른지 이야기를 나눴어.

"우리 같이 프로젝트를 해야 할 것 같아." 그해 가을 난 주드에게 말했지(그는 여전히 예술가 비영리단체에서 법률상담 일을 하고 있었어. 자원봉사하러 가서 직접 봤더니, 내가 생각했던 것보다 훨씬 감동적인 일이었더라. 절대 성공하지 못할 게 뻔한데 창의적인 삶을 살려고 기를 쓰는 재능 없는 인간들이 모여 있는 곳이라고 난 생각했고, 사실 그렇기도 했지만, 난 주드만큼이나 그 사람들을 존경하게 됐어. 그들의 인내심, 말없고 강인한 믿음을. 이들은 누구도, 어떤 것도 삶을 포기하게 할 수 없는, 삶이 자기 것이라 주장하는 걸 포기하게 할 수 없는 사람들이었어.)

"예를 들어서요?" 그가 물었어.

"요리하는 걸 가르쳐주면 되지." 주드는 거의 미소 지을 뻔하지만 완전히는 아니고, 재미있어하지만 드러내지는 않는 그런 표정을 지으며 날 바라봤지. "나 지금 진지하다. 진짜로 요리하는 거 말이야. 내 무기고에 넣어둘 수 있는 요리 예닐곱 가지를 가르쳐줘."

그래서 우린 했어. 토요일 오후, 퇴근 후, 혹은 루시엔과 어바인 부부를 방문하고 돌아와서, 개리슨에 우리끼리, 아니면 리처드와 인디아, 혹은 제이비나 헨리 영과, 그들의 아내와 함께 올라가 일요일에는 뭔가 요리를 하곤 했어. 내 가장 큰 문제는 알고 보니 인내심 부족, 지루함을 참지 못하는 거였더구나. 옆길로 새서 뭔가 읽을거리를 찾다가 리조토 올려놓은 걸 깜박해서 끈적끈적한 풀죽을 만들어버린다거나 올리브오일에 넣어놓은 당근을 뒤집는 걸 깜박해서 와보면 팬 바닥에 눌어붙어 있다거나 하는 식이었지. (요리의 아주 많은 부분은 어르고 씻고 지켜보고 뒤집고 섞고 달래는 일 같더군. 내가 보기엔 꼭 유아기의 요구들 같았어.) 주드의 말에 의하면, 또 다른 문제는 내 개혁 고집인데, 그건 베이킹에 있어서는 실패로 가는 확실한 길이었어. "이건 화학이에요, 해럴드, 철학이 아니라." 주드는 그 알 듯 말 듯한 미소를 지으며 계속 말했지. "명시된 양을 지키지 않고 그대로 나오길 바랄 순 없는 거예요."

"더 좋은 게 나올지도 모르지." 난 대부분은 그를 즐겁게 해주기 위해 말했어. 주드를 기쁘게 해줄 수만 있다면 난 늘 바보 역할을 기꺼이 했고, 이제 그는 미소를, 진짜 미소를 지었지. "그럴 일 없어요."

하지만 결국 난 몇 가지 요리법을 실제로 배웠어. 닭구이, 수란, 넙치구이 하는 법을 배웠어. 당근케이크랑, 주드가 케임브리지에서 일했던 빵집에서 즐겨 샀던 다양한 견과류가 든 빵도 배웠지. 그의 레시피는 무시무시할 정도로 대단해서, 난 몇 주 동안 계속 그 빵을 구워댔어. "대단해요, 해럴드." 어느 날 주드가 한 조각 먹어보고 말했어. "알겠죠? 이제 백 살이 되어도 혼자 만드실 수 있을 거예요."

"무슨 소리야, 혼자 만들다니?" 내가 물었지. "당연히 네가 나한테 해줘야지." 그러자 그는 슬프고 이상한 미소를 지으며 아무 말도 하지 않았고, 난 주드가 뭐라고 곤란한 말을 하기 전에 재빨리 화제를 돌렸어. 난 늘 미래를 암시하려고, 몇 년 뒤의 계획을 하려고 노력하고 있었어. 주드가 약속하게 하려고, 자기 약속을 지키게 만들려고. 하지만 그는 주의 깊었지. 절대 약속 같은 건 하지 않았어.

"음악 수업 듣자, 너랑 나랑." 난 내가 무슨 소리를 하는지도 모르면서 그런 말도 했어.

그는 약간 미소 지으면서 "그러든지요"라거나 "좋아요, 의논해봐요" 하고 말했지만, 거기까지가 한계였어.

요리 수업 후에는 산책을 했지. 업스테이트 집에 있을 때면 맬컴이 만들어준 산책길을 걸었어. 예전에 고통에 시달리며 경련하는 주드를 나무에 기대놓고 왔던 곳을 지나, 첫 번째 벤치를 지나고 두 번째, 세 번째를 지나 산책했어. 두 번째에서는 늘 앉아서 쉬었지. 주드는 예전처럼 쉴 필요가 없었어. 너무 천천히 걸어서 나도 휴식이 필요 없었어. 하지만 의례적으로 늘 머무는 곳은 있지. 거기서 집 뒷면이 가장 잘 보이거든. 기억나? 맬컴이 나무들을 좀 베어서, 벤치에 앉아서 보면 집이 바로 정면에 보이고, 집 뒤쪽 베란다에 있으면 벤치가 정면으로 보이는 그 자리? "정말 아름다운 집이야." 난 늘 똑같은 소리를 했고, 늘 그렇듯이 주드가 그 말을 내가 그를 자랑스러워한다는 말로 들어주길 바랐어. 그가 만든 집과 그 안에서 그가 만든 인생을 자랑스러워한다고.

이탈리아에서 돌아온 후 한 달쯤 지난 어느 날, 이 벤치에 앉아 있는데 주드가 말했어. "윌럼이 저하고 있을 때 행복했다고 생각하세요?" 목소리가 너무 조용해서 처음에는 상상인 줄 알았어. 하지만 주드가 날 쳐다보고 있어서 그게 아니라는 걸 알았지.

"물론이지. 난 안다."

주드는 고개를 저었어. "제가 하지 않은 게 너무 많아요." 한참 있다 그가 말했어.

무슨 소리인지는 몰랐지만, 그래도 내 생각은 바뀌지 않았어. "그게 뭐든 간에, 그건 상관없었다는 거 알아. 윌럼은 너와 행복했어. 나한테 말했다." 그러자 나를 쳐다보더군. "내가 알아." 난 되풀이해서 말했어. "내가 안다." (넌 한 번도 내게 그런 말을 대놓고 이야기한 적은 없었지만, 용서해주리라는 거 알아. 넌 분명 용서해줄 거야. 내가 그렇게 말해주길 바랐을 거야.)

또 한번은 그랬지. "로이만 박사는 제가 해럴드에게 제 이야기를 털어놔야 한다고 생각해요."

"무슨 이야기?" 난 주드를 보지 않으려고 조심하며 말했어.

"내가 무엇인지에 대해." 그는 잠시 말을 멈췄어. 그리고 말을 수정했어. "내가 누구인지."

"음." 난 조금 있다 말했지. "그러면 좋겠구나. 너에 대해 더 많이 알고 싶으니까."

그러자 그가 미소 지었어. "그거 이상하네요, 안 그래요? '더 많이'라. 우린 이렇게 오랫동안 알았는데 말이죠."

그런 이야기를 나눌 때면 늘 그런 느낌이 들었어. 단 하나의 정답은 없지만, 사실 단 하나의 오답은 있다고. 그걸 택하면 주드는 다시는 아무 말도 하지 않을 거라고. 그래서 난 늘 그 오답을 말하지 않으려고 늘 그 대답이 무엇일지 가늠해보려고 했어.

"맞아." 난 말했지. "하지만 네 이야기라면 늘 더 알고 싶다."

주드는 조용히 날 쳐다보다가 다시 집을 바라봤어. "음, 노력은 해볼게요. 뭘 쓴다거나."

"그거 좋겠네. 아무 때나 준비될 때 해."

"시간이 좀 걸릴 거예요." 그는 말했어.

"그건 괜찮아. 아무리 오래 걸려도 괜찮다." 난 생각했지, 시간이 오래 걸린다는 건 좋은 거야. 그건 그가 무슨 말을 하고 싶은지 생각하려고 몇 년을 보낸다는 뜻이니까. 그 세월이 힘들고 고통스럽다 해도, 적어도 살아 있을 테니까. 그렇게 생각했어, 난. 주드가 고통스러워하며 살아 있는 걸 보는 게 낫다고. 죽은 것보다는.

하지만 결국 시간은 별로 걸리지 않았어. 우리가 개입한 후 1년 정도 지난 2월이었지. 5월까지 체중을 유지할 수만 있으면 모니터링을 그만둘 참이었고, 주드가 원하면 로이만 박사도 그만 만날 수 있었어. 앤디와 나는 주드가 계속 갔으면 하긴 했지만. 하지만 그건 더 이상 우리 결정이 아니었어. 그 일요일, 우린 도시에 있었고 그린 스트리트에서 요리 수업(아스파라거스와 아티초크를 넣은 테린)을 한 다음 산책을 갔지.

쌀쌀하지만 바람은 없는 날이어서, 우린 그린 스트리트가 처치 스트리트로 바뀔 때까지 남쪽으로 계속 내려갔어. 그러고도 계속 내려가서 트라이베카를 지나고, 월스트리트를 지나 거의 섬 끝까지 내려갔지. 난 취업지원센터에서 만난 한 중년 남자 이야기를 계속 떠들어대고 있었어. 1년 전쯤 티베트에서 온

망명자로 주드보다 한 살 정도 더 많은 의사인데 미국 의대에 지원하고 있었거든.

"그거 굉장하네요. 다시 시작한다는 건 정말 힘든 일인데."

"그렇지." 난 말했어. "하지만 너도 다시 시작했잖니, 주드. 너도 굉장해." 그는 나를 흘낏 봤다가 시선을 돌렸어. "진심이야." 자살 시도 후 퇴원하고 나서 1년 남짓 되었을 때 어느 날이 생각났어. 그때 주드는 우리와 트루로에 있었고, 그때도 같이 산책을 했지. "네가 다른 누구보다 더 잘한다고 생각하는 일 세 가지를 대봐." 해변에 앉아 있다 내가 말하자, 그는 뺨 가득 공기를 마셨다가 입으로 뱉어 지친 듯한 훅 소리를 냈어.

"지금은 안 할래요, 해럴드."

"그러지 말고 해봐. 세 가지야. 다른 사람보다 네가 더 잘하는 것 세 가지만 대봐. 그럼 더 이상 귀찮게 하지 않을게." 하지만 그는 생각하고 또 생각해도 아무것도 생각하지 못했고, 그 침묵을 듣고 있자니 속에서 뭔가 두려워지기 시작했어. "그럼 네가 잘하는 거 세 가지." 난 질문을 수정했지. "너 자신한테 좋아하는 점 세 가지." 이때쯤 되자 난 거의 빌다시피 하고 있었어. "뭐든, 뭐든지 말해봐."

"전 키가 커요." 주드는 드디어 말했어. "큰 편이에요, 어쨌거나."

"큰 건 좋지." 비록 난 뭔가 다른 것, 더 질적인 어떤 걸 바라고 있었지만, 그래도 그걸 대답으로 받아들이자고 결심했어. 그걸 생각해내는 데도 그렇게 오랜 시간이 걸렸으니까. "두 개만 더." 하지만 주드는 더 이상은 아무것도 생각하지 못했어. 주드는 당황하고 좌절했고, 결국 난 그 이야기를 더 하지 않았어.

트라이베카를 걷고 있는데, 주드가 굉장히 무심하게 회사의 회장직을 맡아달라는 요청을 받았다고 말하더군.

"세상에." 난 말했지. "그거 엄청나구나, 주드. 세상에. 축하한다."

그는 딱 한 번 고개를 까딱했어. "하지만 수락하지 않을 생각이에요." 그의 말에 난 깜짝 놀랐어. 빌어먹을 로젠 프리처드에 그 모든 걸—그 모든 시간들, 그 모든 세월들—다 바쳤는데, 그 제안을 안 받아들인다고? 그는 나를 쳐다봤어. "좋아하실 줄 알았는데." 그의 말에 난 고개를 저었어.

"아니야. 네가 네 일에 얼마나 만족하고 있는지 잘 안다. 내가 널 인정하지 않고 있다고, 널 자랑스러워하지 않는다고 생각하지 마." 그는 아무 말도 하지 않았어. "왜 안 하려는 건데?" 난 물었지. "넌 정말 잘할 거야. 넌 타고났어."

그러자 그는 움찔하면서—난 이유를 몰랐어—고개를 돌렸어. "아니에요. 그럴 것 같지 않아요. 제가 알기로, 그건 어쨌거나 논란이 많은 결정이었고. 게다가," 그는 입을 열었다가 다시 다물었어. 우린 어느새 걸음도 멈췄어. 마치 이야기와 움직임이 서로 양립할 수 없는 반대 행위인 것처럼 말이야. 우린 추위 속에서 잠시 그대로 서 있었어. "한두 해 사이에 회사를 떠나려고요." 그는 내 반응을 보려는 듯이 나를 쳐다보다가 하늘을 올려다봤어. "여행이나 할까 싶기도 하고." 하지만 그의 목소리는 마치 원하지 않은 먼 곳으로 징집되어 가기라도 하는 것처럼 공허하고 쓸쓸했어. "떠날 수 있어요." 그는 혼잣말하는 것처럼 중얼거렸어. "봐야 할 곳들도 있고."

난 뭐라고 해야 할지 몰랐어. 그냥 계속 물끄러미 보고만 있었어. "내가 같이 갈게." 내가 속삭이자, 그는 정신을 차리고 날 쳐다봤지.

"그래요." 그 목소리가 단호해서 난 안심했어. "그래요. 같이 가요. 아니면 두 분이서 저랑 어디서 만나도 되고."

우린 다시 걷기 시작했어. "세계여행가로서의 네 인생 2막을 부당하게 연기시키려는 건 아니지만, 로젠 프리처드 제안을 다시 한 번만 생각해봤으면 좋겠다. 몇 년 정도만 해보고, 발레아레스 제도나 모잠비크나 어디든 가고 싶은 곳으로 훌쩍 떠나도 되잖아." 회장직 제안을 수락하면 자살하지 않을 거라는 생각이 들었거든. 주드는 너무 책임감이 강해서 일을 하다가 중간에 떠나진 않을 테니까. "어때?" 난 재촉했어.

그는 환하고 아름다운 예전 미소를 지었어. "좋아요, 해럴드. 다시 생각해볼게요."

그때 우린 집에서 몇 블록 떨어진 곳에 있었고, 난 우리가 리스페너드 스트리트로 가고 있다는 걸 깨달았어. "세상에." 난 주드가 기분 좋을 때에 편승해서 우리 둘 다 기분을 좀 띄워보려고 말했지. "내 모든 악몽의 본거지에 왔네. 세상 최악의 아파트." 그러자 그는 웃었고, 우린 처치에서 그대로 방향을 틀어 반 블록을 내려가 리스페너드 스트리트로 걸어갔고, 너희 옛 건물 앞에 섰어. 잠시 동안 난 그곳이 얼마나 끔찍했었는지 주절주절 떠들어대면서 효과를 더하기 위해 과장하고 윤색했고, 주드는 웃고 이의를 제기했어. "난 불이 나서 저 집이 다 무너지고, 너희 둘 다 죽을까봐 늘 무서웠다고." 난 말했지. "쥐 떼한테 갉혀서 죽은 너희 시체를 발견했다는 응급구조대원 전화를 받는 꿈도 꿨고."

"그 정도는 아니었어요, 해럴드." 그는 미소 지었어. "사실 전 이곳에 아주 소중한 추억이 많다고요." 그러자 분위기는 또 바뀌었고, 우린 그 건물을 쳐다보고 서서 너를, 그를, 이 순간과 내가 주드를 만났던 순간 사이의 그 모든 세월을 생각했어. 그때 주드는 정말 어렸지. 무시무시하게 어렸고, 굉장히 똑똑하고 지적으로 유연하지만, 그 이상은 아닌, 내게 이런 존재가 되리라곤 상상조차 할 수 없었던 그냥 많은 학생들 중 하나였어.

그때 그가 말했어. 주드도 내 기분을 좋게 해주려고 노력하고 있었지. 우린 서로를 위해 연기하고 있었어. "제가 우리가 옥상에서 침실 밖 비상사다리로 뛰어내린 이야기 했던가요?"

"뭐라고?" 난 진짜로 놀라서 물었어. "아니, 한 적 없어. 그랬으면 기억했겠지."

주드가 내게 어떤 존재가 될지는 절대 상상도 하지 못했겠지만, 날 어떻게 떠날 거라는 건 알고 있었어. 내 모든 희망과 애원과 암시와 위협과 마법 같은 생각들에도 불구하고, 난 알고 있었어. 5개월 후인 6월 12일, 어떤 기념일과도 관계없는 아무것도 아닌 날, 주드는 떠났어. 전화가 울렸고, 불길한 밤 시간도 아니었는데, 나중에 전조로 돌이켜볼 어떤 일도 없었는데, 난 알았어. 전화기 너머에서는 제이비가 폭발하듯 가쁘게, 이상하게 숨을 쉬고 있었고, 그가 말도 하기 전에 난 알았지. 주드는 쉰셋이었어. 쉰셋이 된 지 2개월도 되지 않았지. 동맥에 공기를 주사해서 뇌졸중을 일으켰다더군. 앤디는 빠르고 고통 없는 죽음이었을 거라고 말했지만, 나중에 온라인에서 찾아보니 거짓말이었어. 벌새 부리 정도는 되는 굵기의 바늘로 적어도 두 번은 찔러야 하는 거였어. 엄청나게 괴로웠을 거야.

마침내 아파트에 가봤을 때는, 모든 게 너무나 깔끔했어. 서재 물건들은 다 상자에 싸놓았고, 냉장고는 깨끗이 비웠고, 모든 것—유서, 편지들—은 결혼식 좌석표처럼 식탁 위에 차곡차곡 쌓여 있었어. 리처드, 제이비, 앤디, 너와 주드의 모든 오랜 친구들이 다 모였어. 다들 늘 우리 주위에 있어줬고, 우린 늘 서로 가까이 있었어. 우린 충격 받았지만, 충격 받지 않았고, 우리가 그렇게 놀랐다는 데 놀랐고, 망연자실했고, 기진맥진했고, 무엇보다 무력했지. 우리가 뭘 놓쳤을까? 뭔가 다르게 할 수도 있었을까? 장례식에는 많은 사람들이 왔어. 주드의 친구들과 너의 친구들, 친구들의 부모님과 가족들, 로스쿨 친구들, 고객들, 예술 비영리단체의 직원과 후원자들, 무료급식소 위원회 사람들, 과거와 현재의 로젠 프리처드 직원들, 거의 완전히 기억을 잃어버린 루시엔을 데리고 온 메레디스(잔인하게도 루시엔은 지금까지도 살아 있어, 비록 코네티컷의 요양원에 있기는 하지만), 우리 친구들, 기대도 하지 않았던 키트와 에밀과 필리파와 로빈. 장례식 후 앤디가 울면서 와서 자기가 병원을 그만둔다는 말을 한 후부터 상황이 정말 나빠지기 시작했다며, 다 자기 잘못이라고 고백하더군. 난 앤디가 은퇴한다는 사실—그런 말은 나한테 한 적도 없었어—도 전혀 몰랐지만, 그를 달래면서 앤디 잘못이 아니라고, 전혀 아니라고, 정말 앤디는 주드에게 내내 너무 잘해줬다고, 주드는 늘 그를 믿었다고 말했어.

"적어도 윌럼은 여기 없잖아." 우리는 서로 말했지. "적어도 윌럼은 이걸 안 보잖아."

하지만 물론, 네가 여기 있었다면, 주드도 여전히 있지 않았을까?

하지만 주드가 어떻게 죽을지 몰랐다고는 말 못 한다 해도, 내가 전혀, 결국 모르는 일들이 많이 있었다는 말은 할 수 있어. 앤디가 3년 뒤 심장마비로 죽을 줄은, 리처드가 2년 뒤 뇌암으로 죽으리라고는 생각도 못 했지. 너희들은 다 너무 일찍 죽었어. 너, 맬컴, 주드. 일라이저는 예순에 뇌졸중으로, 시티즌도

폐렴으로 예순에 죽었어. 결국 남은 사람은 제이비밖에 없었지. 지금도 그렇고. 주드는 제이비에게 개리슨 집을 남겼고, 우린 자주 만나. 거기서든, 시내에서든, 케임브리지에서든. 제이비에게는 이제 진지한 남자친구가 있어. 소더비에서 일본 중세미술 전문가로 일하는 토마즈라는 사람인데, 아주 좋은 사람이고, 우리도 무척 좋아해. 너랑 주드도 좋아했을 거야. 물론 나 자신, 우리에게도 슬픈 일이지만, 제이비를 생각하면 너무나 슬프다. 제이비는 노년의 문턱에서 너희 모두를 다 잃고 혼자 남게 됐으니까. 물론 새 친구들은 있지만, 어릴 때부터 알던 친구들 대부분은 사라졌지. 적어도 난 제이비가 스물두 살 때부터 띄엄띄엄 봐왔지만, 안 보고 산 세월들은 우리 둘 다 치지 않으니까.

이제 제이비는 예순한 살이고, 난 여든 넷이야. 주드가 죽은 지는 6년, 넌 9년이 됐지. 제이비가 가장 최근 연 전시회 제목은 "주드, 혼자"이고, 주드만 있는 열다섯 점의 그림이 걸렸어. 네가 죽은 후 몇 년, 주드가 너 없이 버티어낸 3년의 세월 중 상상한 순간들을 그린 그림들이었지. 애써는 봤지만, 그 그림들은 도저히 볼 수가 없어. 노력하고 또 노력해봐도 볼 수가 없어.

내가 몰랐던 일들은 여전히 더 있었어. 주드 말이 맞아. 우린 오로지 주드 때문에 뉴욕으로 이사 왔거든. 주드의 재산을 정리한 다음(내가 돕긴 했지만, 리처드가 유언집행자였어), 우린 우릴 오랫동안 알았던 사람들 옆에 있고 싶어서 케임브리지 집으로 돌아갔어. 우린 많은 정리 작업을 했어. 리처드와 제이비와 앤디와 함께 (그다지 많지 않은) 주드의 개인 서류들과 옷들(점점 작아지는 양복을 보자니 가슴이 찢어지는 것 같더구나), 네 옷들을 정리했어. 랜턴 하우스에 있는 네 파일들도 함께 정리했어. 울고 흥분해서 소리 지르고 아무도 전에 본 적 없는 사진들을 돌려보느라 계속 멈췄기 때문에 정리 작업은 며칠이나 걸렸지. 하지만 케임브리지 집으로 다시 돌아와서도 정리하는 게 거의 반사작용처럼 몸에 배어서, 어느 토요일 난 책장 정리를 하려고 앞에 앉았어. 야심찬 계획이었지만 곧 흥미를 잃어버렸고, 그 순간 책 두 권 사이에 주드의 글씨로 우리 이름이 쓰인 봉투 두 개가 끼어 있는 걸 봤어. 난 요동치는 심장을 부여잡고 내 이름—해럴드에게—이 쓰인 봉투를 열고, 수십 년 전, 입양 날 주드가 쓴 글을 읽었고, 울고 흐느꼈고 컴퓨터에 시디를 넣고 그의 목소리를 들었어. 그 노래는 너무 아름다워서 어쨌거나 눈물을 흘렸겠지만, 주드의 노래라서 더 눈물이 났지. 그리고 줄리아가 집에 와서 나를 봤고, 줄리아에게 남겨진 글을 읽었고, 우리는 또다시 울었어.

그로부터 몇 주는 더 지나고서야 난 마침내 식탁 위에 남겨둔 우리 몫의 편지를 읽을 수 있었어. 그전에는 도저히 감당할 수가 없었어. 지금도 과연 감당할 수 있을 건지는 모르겠다. 하지만 읽었어. 루크 수사에 대해, 트레일러 박사에 대해, 주드에게 일어난 일에 대해. 타이핑한 여덟 페이지짜리 고백이었지. 우리가 그 편지를 다 읽는 데는 여러 날이 걸렸어. 짧았지만 끝없는 이야기였고, 우린 읽다가 편지를 놓고 어디 멀리 갔다가, 서로에게 용기를 북돋워주며—준비됐어?—다시 앉아 읽었어.

“미안해요.” 그 글은 그렇게 시작됐지. “부디 용서해줘요. 절대 속일 생각은 없었어요.”

아직도 그 편지에 대해 뭐라고 말해야 할지 모르겠다. 아직도 그 편지를 생각조차 할 수 없어. 난 주드가 누구며 왜 주드인지에 대해 그 모든 대답들을 원했지만, 이제 그 대답들은 오로지 고통스럽기만 하다. 주드가 그렇게 혼자서 죽었다는 걸 생각만 해도 가슴이 미어지는데, 주드가 우리에게 사과해야 한다고 생각하며 죽었다는 생각을 하면 미칠 것만 같아. 주드가—너를 만나고, 나를 만나고, 그를 사랑한 우리 모두를 만나고도—자신에게 가르친 그 모든 것들을 여전히 철석같이 믿으며 죽었다는 생각을 하면 내 인생도 결국 실패였다는 생각이 들어. 정말로 중요한 한 가지에서 실패했다는 생각이 들어. 그럴 때면 난 늦은 밤 아래층에 내려가 〈주드의 이야기를 듣고 있는 윌럼〉 앞에 서서 너한테 이야기하지. "윌럼." 난 네게 물어. "너도 이런 기분이니? 주드가 나와 행복했다고 생각해?" 주드는 행복할 자격이 있었어. 행복을 보장받는 사람은 없지, 모두 다 그래. 하지만 주드는 행복할 자격이 있었어. 하지만 넌 내게가 아니라 내 뒤의 누군가에게 미소를 지을 뿐이고 아무 대답도 들려주지 않아. 그럴 때면 내세 같은 걸 믿고 싶어져. 우리한테 다리가 아니라 꼬리가 있어서 바다표범처럼 대기 속을 헤엄쳐 다니는, 공기 자체가 무수한 단백질과 설탕 분자로 이루어진 자양물이어서 그저 입만 벌리고 흡입하면 건강하게 살 수 있는, 조그만 빨간 행성 같은 곳, 다른 우주. 너희 둘은 거기서 함께 대기 속을 떠다니고 있을 거야. 아니면 주드는 더 가까이 있을지도 모르지. 요새 우리 옆집 바깥에 앉아 내가 손을 뻗으면 가르랑거리는 저 회색 고양이일지도, 어쩌면 다른 이웃이 잡고 있는 저 강아지일지도, 몇 달 전 뒤에서 뭐라 하며 쫓아오는 부모님은 아랑곳 않은 채 기쁨에 겨워 깩깩거리며 광장을 뛰어다니던 그 걸음마쟁이일지도 모르지. 어쩌면 오래전에 죽었다고 생각한 저 철쭉 덤불에 갑자기 피어난 꽃일지도, 저 구름, 저 파도, 저 비, 저 안개일지도 몰라. 주드가 죽었다거나 어떻게 죽었다는 것만이 아니라, 무엇을 믿으며 죽었는지를 생각하면 가슴이 무너져. 그래서 난 눈에 보이는 모든 것들에게 친절하려고 애쓴다. 그리고 모든 것들에서 주드를 봐.

하지만 그때, 리스페너드 스트리트에 서 있을 때는 이런 걸 몰랐어. 그때 우린 그냥 서서 그 붉은 벽돌 건물을 올려다보고 있었고, 난 주드 때문에 두려워해야 할 필요 없는 척하고 있었고, 그는 그런 척하는 나를 봐주고 있었지. 주드가 저지를 수 있었던 그 모든 위험한 일들, 내 가슴을 찢어놓을 수도 있었던 그 온갖 방법들은 이야깃거리인 과거 속에 있었고, 우리 뒤에 놓인 시간은 무서웠지만 우리 앞에 놓인 시간은 그렇지 않았어.

"옥상에서 뛰어내렸다고?" 난 주드 말을 되풀이했어. "도대체 그런 짓을 왜 했는데?"

"긴 이야기예요." 그는 심지어 싱긋 웃으며 말했어. "이야기 해드릴게요."

"그러렴." 난 말했어.

그리고 그는 이야기를 시작했어.

감사의 말

건축, 법, 의학, 영화제작에 대한 지식을 알려준 매튜 바이오토, 재닛 네자드 밴드, 스티브 블라츠, 캐런 시노르, 마이클 구언, 피터 코스탄트, 샘 레비, 더못 린치, 배리 터치에게 감사의 말을 전한다. 더글러스 이클리의 박학한 지식과 인내심에, 프리실라 이클리와 드류 리, 에이미어 린치, 세스 누킨, 러셀 페로, 휘트니 로빈슨, 매리수 루치, 로널드와 수전 야나기하라의 아낌없는 응원에 특별히 고마움을 전한다.

내 삶에 기쁨을 가져다준 마이클 '비터' 다익스와 케이트 맥스웰, 카자 페리너, 위안을 준 케리 로먼, 진심으로 감사한다. 요시 밀로와 에반 스모크와 스티븐 모리슨과 크리스 업톤은 사랑하는 사람들을 어떻게 대해야 하는지 가르쳐준 오랜 스승들이다. 여러 가지 이유로 그분들께 감사와 존경을 바친다.

이 책이 탄생할 수 있도록 넉넉하고 헌신적인 마음으로 지켜봐준 충실한 친구 제리 하워드와 비길 데 없는 라비 미찬다니에게, 나를 믿어준 앤드류 키드에게, 나를 끝없이 받아주고 침착하게 늘 옆에 있어준 애너 스타인 오설리번에게 감사를 표한다. 이 책이 나올 수 있도록 도와준 모든 사람들, 특히 렉시 블룸, 알렉스 호이트, 제러미 메디나, 빌 토머스와 피터 후자르 재단에 감사의 말을 전한다.

마지막으로, 내 책을 가장 먼저 읽어주는, 내가 가장 좋아하는 독자이자 내 비밀을 지켜주는 북극성 같은 존재, 제리드 홀트와의 대화가 없었다면 난 이 책을 절대 쓰지 못했을 뿐만 아니라, 절대 쓰지도 않았을 것이다. 제리드와 나눈 소중한 우정은 내 성인기의 가장 큰 선물이다.

한야 야나기하라

옮긴이의 말

2015년 전미도서상과 맨부커상 최종후보에 모두 오른 아시아계 미국 작가의 두 번째 소설이라는 정보만 가지고 《리틀 라이프》를 읽기 시작한 독자들이라면 (역자와 마찬가지로) 책을 읽어나갈수록 빤한 기대들이 차근차근 배반당하는 경험을 하게 될 것이다. 다양한 인종으로 구성된 20대 중반 네 대학 동창생들의 돈과 인종적 정체성과 직업에 대한 현실적인 고민으로 시작되는 소설은 초반에는 〈섹스앤더시티〉의 (정치적으로 공정한) 남성 버전, 맨해튼을 배경으로 하는 현대적 성장소설 같은 예상을 하게 하지만 누구도 기대하지 못한 방향으로 전개되며 마지막까지 독자들에게 거듭 충격을 안겨준다. 대서양 양안의 대표 문학상 후보로 선정되기 이전부터 독자들 사이에서 천 페이지가 넘는 긴 이야기임에도 책을 손에서 놓지 못하게 하는 놀라운 흡인력을 가진 소설로 일치감치 입소문이 퍼지기 시작했던 《리틀 라이프》는 일단 그것만으로도 대단한 성취다. 140자로 제한된 트위터로 대표되는 짧은 글을 통한 의사소통의 시대, 이미지와 영상이 활자를 대체하는 시대에 이렇게 긴 소설을 내놓는다는 것 자체가 시대를 거스르는 뚝심 아닌가.

예상을 가차 없이 빗나가기로는 작가 한야 야나기하라 또한 마찬가지다. 수십 년에 걸친 남성들의 우정과 사랑을 다룬 소설이지만, 야나기하라는 우선 남성 작가도, 게이 작가도 아니다. 이 소설은 작가의 삶을 토대로 작품을 이해하고자 하는 전기적 접근을 완전히 거부하는, 전적으로 상상력의 산물인 셈이다. 야나기하라의 삶과 《리틀 라이프》의 공통점을 굳이 찾는다면, 어린 시절 한곳에 정착하지 못한 아버지를 따라 주간 고속도로 옆의 모텔들에서 수많은 시간을 보냈다거나, 뉴욕에서 직장 생활을 하며 결혼과 아이를 거부하는 비혼 친구들과 함께 성인기를 보내고 있다는 것 정도랄까. 한 과학자의 충격적인 도덕적 몰락을 그린 데뷔작 《숲 속의 사람들People in the Trees》(2013)에서부터 《리틀 라이프》까지 야나기하라의 소설들은 아시아계 미국인 여성 작가에게 흔히 기대할 법한 소재들과는 어떤 접점도 없는 자기만의 세계를 구축하고, 편안한 독서 경험과는 거리가 먼 충격적이고 불편한 이야기들을 일관되게 제시한다.

본업인 잡지사 일을 해나가면서도 18개월 만에 완성했다는 두 번째 소설 《리틀 라이프》에서 야나기하라는 친구들에게 좀처럼 자신을 내보이지 않는 수수께끼의 인물 주드를 중심으로 어린 시절의 성적 학대와 폭력의 트라우마가 남긴 끈질기고 파괴적인 영향력을 탐구한다. 작가는 어떤 특정 시기와 연결시킬 수 있는 모든 정치적, 역사적 준거점을 의도적으로 교묘하게 회피함으로써 최고의 문명과 인간 이하의 야만이 공존하는 잔혹동화 같은 공간을 만들고, 행복과 불행의 낙차를 최고치로 제시한다. 끔찍한 과거의 기억에서 육체적으로도, 정신적으로도 헤어나지 못하는 주드의 고통에는 그와 해럴드가 대변하는 법도, 제이비가 창조하는 예술도, 친구들의 한없는 우정도, 윌럼의 있을 수 없는 애정도, 앤디의 의학도 구원이 되지 못한다. 현재의 행복과 과거의 끔찍한 기억의 낙차가 클수록 그 트라우마의 무시무시함은 더욱 선명하게 부각된다. 주드의 성장과 구원 가능성을 가차 없이 부정하는 야나기하라의 태도는 비록 비관적일지는 모르지만, 주드가 겪은 경험들이 최고의 공동체와 최고의 문명도 구원하지 못하는 끔찍한 폭력임을 가장 웅변적으로 상기시킨다.

사제들의 아동 성추행을 암묵적으로 용인한 가톨릭 대교구의 비리를 캔 기자들의 취재 실화를 다룬 영화 〈스포트라이트〉에서 한 등장인물은 말한다. "아이 하나를 키우는 데 마을 하나가 필요하다면, 아이 하나를 학대하는 데도 마을 하나가 가담하는 거야." 영어권에서 그랬듯이, 《리틀 라이프》가 우리 독자들 사이에서도 수많은 토론의 장을 열어주는 소설이 되기를 희망한다.

권진아

옮긴이 **권진아**

서울대학교에서 영문학을 전공하고 동 대학원에서 〈근대 유토피아 픽션 연구〉로 박사 학위를 받았다. 현재 서울대학교 기초교육원 강의 교수로 재직하고 있다. 옮긴 책으로는 조지 오웰의《1984년》《동물농장》, 어니스트 헤밍웨이의《태양은 다시 떠오른다》, 로버트 루이스 스티븐슨의《지킬 박사와 하이드 씨》, 더글러스 애덤스의《은하수를 여행하는 히치하이커를 위한 안내서》(공역) 등이 있다.

리틀 라이프 2

초판 1쇄 발행일 2016년 6월 16일
초판 16쇄 발행일 2024년 11월 1일

지은이 한야 야나기하라
옮긴이 권진아

발행인 조윤성

편집 황경하 **디자인** 박지은 **마케팅** 이지희
발행처 ㈜SIGONGSA **주소** 서울시 성동구 광나루로 172 린하우스 4층(우편번호 04791)
대표전화 02-3486-6877 **팩스(주문)** 02-585-1755
홈페이지 www.sigongsa.com / www.sigongjunior.com

ISBN 978-89-527-7638-9 04840
ISBN 978-89-527-7636-5 (세트)